ALICE HOFFMAN
Wo bleiben Vögel im Regen
Die Nacht der tausend Lichter

Wo bleiben Vögel im Regen
Glücklich und harmonisch leben Ivan und Polly Farrell mit ihren beiden Kindern in einer idyllischen Kleinstadt im amerikanischen Bundesstaat Massachusetts. Da beginnt ihre elfjährige Tochter Amanda eines Tages zu kränkeln. Und was Ivan und Polly anfangs für eine harmlose Grippe hielten, entpuppt sich plötzlich als eine heimtückische Krankheit. Von einem Tag auf den anderen verändert sich das Leben der Farrells völlig. Amandas Eltern müssen sich nicht nur mit der hoffnungslosen Gewißheit abfinden, daß ihr Kind sterben wird; sie haben auch gegen die Vorurteile von Schulkameraden und ängstlichen Eltern anzukämpfen. Unter diesem fast unerträglichen Druck wird die Familie von einer schweren Krise erschüttert. Am Ende sind es jedoch gerade die schmerzvollen Erfahrungen, die die Farrells zu einer neuen, positiven Sicht des Lebens finden lassen, zu einem inneren Reichtum, dem Krankheit und Tod nichts anzuhaben vermögen.

Die Nacht der tausend Lichter
André und Vonny sind der Großstadthölle von New York entflohen und leben mit ihrem kleinen Sohn Simon zurückgezogen auf der Insel Martha's Vineyard. Da zieht eines Tages die sechzehnjährige Jody zu ihrer Großmutter Elizabeth Renny ins Nachbarhaus und verliebt sich unsterblich in André. Dieser wehrt sich verzweifelt gegen das massive Werben des Mädchens, denn er ahnt, daß seine Ehe zerstört werden könnte. Doch die erotische Spannung zwischen Jody und André wächst ins schier Unerträgliche, und als sie sich endlich entlädt, scheint die Katastrophe hereinzubrechen. Gibt es noch eine Möglichkeit, den Zusammenhalt der Familie zu retten?

Autorin
Alice Hoffman wurde 1952 in New York geboren. Sie ist Autorin von mehreren Romanen und zahlreichen Erzählungen und lebt mit ihrem Mann und ihren zwei Söhnen in der Nähe von Boston.

Von Alice Hoffman ist bei Goldmann außerdem lieferbar:
Das erste Kind. Roman (9784) · Das halbe und das ganze Leben. Roman (41349) · Der siebte Himmel. Roman (41029) · Herzensbrecher. Roman (42181) · Im Hexenhaus. Roman (43945) · Wolfsnacht. Roman (43373) · Zaubermond. Roman (42799)

ALICE HOFFMAN
Wo bleiben Vögel im Regen
Die Nacht der tausend Lichter

Deutsch von Elke vom Scheidt

GOLDMANN

Umwelthinweis:
Alle bedruckten Materialien dieses Taschenbuches
sind chlorfrei und umweltschonend.
Das Papier enthält Recycling-Anteile.

Der Goldmann Verlag
ist ein Unternehmen der Verlagsgruppe Bertelsmann

Genehmigte Taschenbuchausgabe 2/98
»Wo bleiben Vögel im Regen«
Copyright © der Originalausgabe 1988 by Alice Hoffman
Copyright © der deutschsprachigen Ausgabe 1989, 1998
by Wilhelm Goldmann Verlag, München
»Die Nacht der tausend Lichter«
Copyright © der Originalausgabe 1987 by Alice Hoffman
Copyright © der deutschsprachigen Ausgabe 1989, 1998
by Wilhelm Goldmann Verlag, München
Umschlaggestaltung: Design Team München
Umschlagfoto: Mauritius/Superstock
Druck: Elsnerdruck, Berlin
Verlagsnummer: 13185
CN · Herstellung: Heidrun Nawrot
Made in Germany
ISBN 3-442-13185-5

1 3 5 7 9 10 8 6 4 2

Wo bleiben Vögel im Regen

Deutsch von Elke vom Scheidt

Die Originalausgabe erschien unter dem Titel
»At Risk«
bei G. P. Putnam's Sons, New York

1

Eine Wespe ist in der Küche. Angezogen vom Duft der Aprikosenmarmelade, träge von der Wärme des Morgens, surrt sie über den Kindern. In der ganzen Stadt liegt gelbes Licht auf den grünen Rasenflächen und den Rhododendronbüschen. Bei Einbruch der Dunkelheit wird ein Gewitter kommen mit Regentropfen, die erstaunlich kalt sein werden, aber natürlich werden die Vögel in den Hintergärten und draußen im Sumpfland inzwischen davongeflogen sein. Wohin fliegen Vögel im Regen? Wie schaffen sie es, so völlig zu verschwinden? Die Spatzen im Kastanienbaum sind schon unruhig. Sie lassen sich nicht täuschen von dem reinen gelben Licht und auch nicht vom letzten Aufflackern der Augusthitze.

»Schau mal den Bauch von der Wespe an«, sagte Charlie. »Er ist voller Eier.«

Amanda, mit elf drei Jahre älter als ihr Bruder, legt sich ein Geschirrtuch über den Kopf. »Schaff sie hier raus!« sagt sie. »Schlag sie sofort tot, wirklich.«

»Kommt nicht in Frage«, sagt Charlie. Er sammelt verschiedene Tiergattungen und liebt alles, was ein bißchen unappetitlich ist: Frösche, Insekten in Flaschen, Fledermausflügel, Tausendfüßler. »Ich lass' mir nichts befehlen von jemandem, der noch Zahnspangen trägt«, läßt Charlie seine Schwester wissen.

»Mami!« schreit Amanda.

Die Wespe flieht erschrocken an die Zimmerdecke.

»Na, toll«, ächzt Charlie. Er klettert auf seinen Stuhl und hält das Marmeladenglas in die Luft, um die Wespe aus ihrem Versteck zu locken.

»Du bist wirklich widerlich«, sagt Amanda zu ihrem Bruder. »Mami!« ruft sie.

»Dummes Huhn«, sagt Charlie zu seiner Schwester.
»Trottel«, antwortet Amanda.
Ihre Mutter, Polly Farrell, die draußen im Garten ist, hört die Kinder streiten. Es war nicht leicht, aber sie hat sich angewöhnt, sich aus ihren Auseinandersetzungen herauszuhalten; sonst würde sie den größten Teil ihrer Zeit damit zubringen, Streitereien zu schlichten. Auch um ihren Garten kümmert sie sich gewöhnlich nur nebenbei. Dieses Jahr allerdings fanden die Wühlmäuse das kleine, ungepflegte Stückchen Erde offenbar unwiderstehlich. In der Gartenabteilung des Supermarktes an der Ecke riet ihr Jack Larson, Dynamitstangen unter ihren Gemüsen zu vergraben, der Schwefelgeruch werde die Wühlmäuse vertreiben. Aber der Gedanke, daß ihre Gemüse auf Sprengstoff wachsen, war Polly zu unbehaglich. Statt dessen steckte sie rund um jede Pflanze Streichhölzer mit blauen Köpfen in die Erde. Natürlich verschwanden trotzdem ganze Broccoli-Pflanzen und sämtliche Karotten und Salatköpfe im Untergrund. Das einzige, was die Wühlmäuse nicht anrührten, waren die Zucchini, und die wucherten wie wild. Polly hat sie unter jedes Gericht gemischt, aber inzwischen können ihre Kinder sie herausschmecken, ganz egal, wie sehr sie sich bemüht, sie zu verstecken. Gestern hat sie sie fritiert und versucht, sie als Zwiebelringe auszugeben, aber Charlie kratzte sofort die knusprige Teighülle ab und entlarvte die Zucchini. Amanda hat neulich ein Gelübde abgelegt, nichts zu essen, was grün ist.

Polly pflückt zwei große Zucchini und versteckt sie unter ihrem weißen Baumwollhemd. Heute abend will sie sie fein raspeln und heimlich unter den Hackbraten mischen. Sie muß wirklich etwas unternehmen. Schon wachsen dünne grüne Triebe am Drahtzaun rings um den Garten hoch, und selbst ihr Mann Ivan, der so ziemlich alles ißt – fett, angebrannt oder fade –, fängt an, sich zu beschweren und im Tiefkühlschrank nach grünen Bohnen oder italienischen Mischgemüsen zu stöbern. Bevor sie die Tür mit dem Fliegengitter öffnet, wischt Polly sich die Hände an ihren ausgeblichenen Jeans ab; im Haus schlüpft sie sofort in die Vorratskammer und versteckt die Zucchini, die sie gepflückt hat, hinter einer Reihe von Haferflockenpaketen.

»Mami, das ist kein Spaß mehr«, ruft Amanda. »Ehrlich!«
Polly streicht ihr Hemd glatt und geht in die Küche. Sie zieht Amanda das Geschirrtuch vom Kopf, so daß das blonde Haar ihrer Tochter in hellen, strähnigen Büscheln hochsteht. Rasch befühlt sie Amandas Stirn. Seit Juni schlägt sich das Mädchen mit einer Sommererkältung herum, und obwohl sie behauptet, keine Halsschmerzen mehr zu haben, fühlt sich ihre Stirn noch immer heiß an.

»Ich möchte, daß du Tylenol einnimmst«, sagt Polly. »Jetzt sofort.«

»Charlie hat eine Wespe hier drin«, sagt Amanda.

Polly blickt zur Decke. »Charlie!« sagt sie. Sie zieht Charlie von seinem Stuhl herunter.

»Ich hab' sie nicht ins Haus gebracht«, behauptet Charlie. »Sie ist ganz allein reingekommen. Und überhaupt«, belehrt er seine Schwester, »hat sie dasselbe Recht wie du, hier zu wohnen.«

Polly, die allergisch gegen Bienenstiche ist, nähert sich der Tür für den Fall, daß die Wespe auf sie herunterschießen sollte.

»Ivan«, ruft sie. »Eine Wespe!«

»Eine was?« ruft Ivan zurück.

Amanda und Charlie sehen sich an und verbeißen sich das Lachen; ihre Mutter beschwert sich dauernd, daß ihr Vater nur hört, was er hören will.

»Sehr lustig«, sagt Polly zu den Kindern. »Eine Wespe«, ruft sie laut.

»Ein Weibchen«, brüllt Charlie. »Sie hat ungefähr eine Milliarde Eier im Bauch.« Dann sieht Charlie seine Mutter entschuldigend an. »Das macht ihm sicher Beine«, erklärt er.

Ivan kommt in die Küche und scheucht alle hinaus. Er ist groß und hat die typische Haltung hochgewachsener Männer; wenn er läuft, gleicht er einem Storch. Für Polly sieht Ivan noch genauso jung aus wie damals, als sie sich kennenlernten, obwohl er vorigen März achtunddreißig geworden ist. Ganz gleich, wie böse sie auf ihn ist – und sie ist oft böse, vor allem, weil Ivan vergeßlicher und merkwürdig achtlos ihr gegenüber geworden ist –, Polly liebt sein Aussehen noch immer, gerade weil sie weiß, daß Ivan nie einen Gedanken daran verschwendet. Am glücklichsten ist er, wenn er ausgefranste Sweater und ungewaschene, lockere Baumwollhosen trägt; wenn Polly ihn nicht daran erinnerte, würde er sich nie die Haare schneiden lassen.

»Euer Held schleicht sich jetzt an die Wespe an«, sagt Ivan.

»O ja!« rufen die Kinder begeistert aus dem Flur.

»Direkt über dir!« sagt Polly.

Die Kinder spähen in die Küche und kichern, als ihr Vater ein Sieb von der Arbeitsfläche nimmt und es sich über den Kopf stülpt.

»Schutzmaßnahme«, ruft Ivan durch die Löcher im Sieb.

Ivan öffnet die Fenster und die Hintertür, rollt eine Zeitung zusammen und steigt dann auf einen Stuhl. Er wedelt mit der Zeitung nach der Wespe, aber Polly merkt, daß er nicht wirklich auf das verdammte Ding zielt. Er will es nicht verletzen.

»Ivan«, sagt Polly kalt. In diesem Augenblick ist er alles andere als ihr Held. »Bring sie doch einfach um.«

Ivan nimmt das Sieb vom Kopf, damit er sie ansehen kann. Er muß sich bücken, um nicht an die Decke zu stoßen.

»Möchtest du's versuchen?« schlägt er vor.

»Mach's, wie du meinst«, sagt Polly und läßt die Kinder allein zuschauen, wie Ivan die Wespe behutsam aus einem offenen Fenster treibt, während sie auf die Suche nach ihren Autoschlüsseln geht.

Es ist gut, daß der August fast vorbei ist. Sie waren den ganzen Sommer zusammen und haben schon längst den Punkt überschritten, an dem sie sich gegenseitig auf die Nerven gehen. Im Haus herrscht unzufriedene Stimmung; die Tage sind zu heiß und zu lang, und sie haben zuviel Zeit für Streitereien. Ivan, der Astronom ist, teilt seine Arbeitsstunden gewöhnlich zwischen seiner eigenen Forschungsarbeit und der Lehrtätigkeit in einem Graduiertenseminar des Instituts, das er mitbegründet hat. Diesen Sommer hatte er keine Vorlesungen und arbeitete an einem Vortrag, den er in ein paar Wochen bei einer Konferenz in Florida halten soll. Der Vortrag gefällt ihm nicht, er hat ihn immer wieder umgeschrieben. Ihm mißfällt auch die Tatsache, daß er als einer der letzten Redner an die Reihe kommen soll, und zwar zu so später Stunde, daß die meisten anderen Astronomen schon abgereist sein werden. Auch Polly ist mit ihrer Arbeit nicht glücklicher. Sie ist ihr irgendwie peinlich; vor Leuten wie ihren Eltern hat sie sie geheimgehalten, weil sie weiß, daß die sie mißbilligen würden. Sie ist an etwas beteiligt, was die Kinder als Geister-Projekt bezeichnen: Sie fotografiert die Séancen eines lokalen Mediums und arbeitet dabei mit Betsy Stafford zusammen, einer Autorin, deren Bücher sie schon zweimal mit Fotos illustriert hat. Am unzufriedensten von allen aber ist Charlie. Er hat die letzten zwei Monate damit zugebracht, seine Unarten durch Dauerfernsehen zu vervollkommnen und eine Sammlung von Tierarten anzulegen, die den ganzen Keller füllt, darunter auch einige Feldmäuse, die Polly nachts quieken hören kann. Charlie beklagt sich, seine Eltern bevorzugten Amanda und behandelten ihn wie ein Baby; der einzige Mensch, dessen Gesellschaft er ertragen kann, ist sein bester Freund Sevrin, der Sohn von Betsy Stafford. Aber immer, wenn die Jungen zusammen sind, und sie sind Tag und Nacht zusammen, tun sie etwas Unverantwortliches – verfolgen ein Stinktier durch die Wälder oder radeln durch den dichtesten Verkehr zum Einkaufszentrum –, was beweist, daß Ivan und Polly ihm zu Recht Privilegien verweigern.

Amanda ist die einzige, die in diesem Sommer ein wirkliches Ziel hat. Sie ist eine begeisterte Turnerin und von der gehemmten Anfängerin, die sie letztes Jahr war, zu einer der besten Schülerinnen des Kursus in Kunstturnen geworden, den die Schule diesen Sommer veranstaltet hat. Amanda kann nicht über einen Parkplatz gehen, ohne auf den gelben Absperrgittern zu balancieren; die Schaukel, die von der Weide im Garten hing, ist durch eine hölzerne Turnstange ersetzt worden. Polly staunt immer wieder, daß dieses Mädchen, das sich mit geradezu fliegender Anmut auf einen Barren werfen kann, ihre Tochter ist. Irgendwie, während Polly gerade nicht hinsah, ist Amanda ein eigenständiger Mensch geworden. Wenn sie ihre Tochter bei Wettbewerben beobachtet, spürt Polly das, was Laurel Smith, das Medium, das sie fotografiert, als »kalte Hand« bezeichnet: eine durchdringende körperliche Reaktion auf etwas Außergewöhnliches. Bei solchen Anlässen ist Amanda nicht das Kind, das Polly nachts mit einer zusätzlichen Decke zudeckt, das seine Turntrikots auf dem Fußboden liegenläßt und mit Engelszungen überredet werden muß, zum Kieferorthopäden zu gehen. Sie ist ein Geschöpf, das Polly nicht benennen kann und das nicht aus Fleisch und Blut besteht, sondern aus leuchtenden Lichtpunkten.

»Statt die blöde Wespe umzubringen, hättest du lieber zugelassen, daß sie Daddy sticht«, sagt Amanda zu Charlie, nachdem die Wespe aus dem Fenster dirigiert, die Autoschlüssel gefunden und sämtliche Rucksäcke und Sporttaschen eingesammelt worden sind.

Besorgt schaut Amanda zu Ivan hinüber. Es ist ein Blick, den Polly in letzter Zeit ziemlich häufig beobachtet hat. Auf einmal interessiert Amanda sich dafür, wie Ivan sich fühlt und was er denkt. Wenn er spricht, hört Amanda zu. Wenn Polly etwas sagt, setzt Amanda ihren Walkman auf. Und Polly weiß, das ist nur der Anfang. Wenn Amanda erst einmal vierzehn ist, wird Polly Glück haben, wenn ihre Tochter überhaupt noch mit ihr spricht, von Zuhören ganz zu schweigen. Polly entsinnt sich nur zu gut, wie sie sich damals vor Claire, ihrer eigenen Mutter, verschlossen hat. In der Erinnerung kommt es ihr vor, als hätte sie zwei Mütter gehabt: die warmherzige Person, die sie gern berührte und in ihrer Nähe hatte, und die schwache, enttäuschende Frau, als die sie ihre Mutter erkannte, kaum daß sie dreizehn geworden war. Natürlich waren damals die Umstände anders. Claire hatte Polly wirklich enttäuscht. Aber Polly hat ihr jugendliches Urteil über ihre Mutter nie revidiert, und das macht ihr heute Sorgen. Amanda war ein problemloses Kind von der Art, der man nie sagen muß, sie solle einem die Hand geben, wenn man die Straße überquert. Früher oder später wird sie ihre Mutter hassen müssen, und Polly kann nur hoffen, daß der Bruch zwischen ihnen bloß vorübergehend sein wird und keinen bleibenden Schaden anrichtet.

Während Ivan die Kinder durch die Vordertür hinausläßt, drückt Polly mit dem Absatz ihres Schuhs die zerbrochene Eingangsstufe fest. Das Haus ist weiß und hat schwarze Läden; die Decke im Hausflur ist von einem zarten Blau, als sei ein Stück des Mittagshimmels in dem Holz gefangen. Mit seinen ovalen Fenstern im Treppenhaus und seinen breiten, unebenen Dielen ist es die Art von Haus, die Polly sich als Kind immer erträumt hat. Doch Charlie und Amanda nehmen es als selbstverständlich hin und behandeln es schlecht. Sie schlagen die Türen und beklagen sich über Zugluft; ihre Vorstellung von einem tollen Haus ist etwas Modernes, Glattes mit Oberlichtern und riesigen Räumen und Kabelfernsehen.

»Du machst mich wirklich krank«, sagt Amanda zu ihrem Bruder.

»Vielen Dank«, sagt Charlie mit einer förmlichen Verbeugung.

Ursprünglich waren Polly und Ivan der Kinder wegen von Boston nach Cape Ann gezogen. Doch wie sich herausstellte, sind sie diejenigen, die jetzt am meisten daran hängen. Es war nicht nur das Haus, in das sie sich verliebt hatten, sondern auch die Stadt. Morrow hat eine düstere Geschichte, die die Kinder nicht interessiert, eine Geschichte, die hübsch kaschiert ist durch die großen, weißen Häuser der Seekapitäne, den von Läden umgebenen Stadtplatz und die Tagesausflügler aus Boston, die den ganzen Sommer über an die breiten Strände kommen. Ob in dem Brunnen in der Mitte des Platzes zwei Hexen ertränkt wurden oder nicht, ist ungewiß, aber viele Städte in Massachusetts könnten Anspruch auf ein solches Erbe erheben. Was Morrow beinahe zu einer Geisterstadt machte, war die Tuberkulose-Epidemie in den zwanziger Jahren. In einzelnen Zimmern starben ganze Familien, reihenweise waren Kinder zu beklagen. Ehefrauen schlossen sich in Dachstuben ein, um ihre Männer nicht anzustecken. Noch Jahre später war niemand an den Häusern der Seekapitäne oder an den Sommerhäusern interessiert, obwohl der Grund, aus dem man sie aufgegeben hatte, schon lange vergessen war. In den sechziger Jahren begannen Neuankömmlinge aus Boston, die nichts von der Epidemie wußten, die Häuser billig aufzukaufen, und einige der vegetarischen Restaurants und Handwerksläden, die sie eröffneten, bestehen noch, obwohl ihre Preise heute sehr viel höher sind. Der Schulinspektor begann, Absolventen aus Harvard anzuheuern, die wohl in anderen Zeiten Betriebswirtschaft oder Jura studiert hätten, die sich aber 1965 von einer kleinen Stadt angezogen fühlten, wo ihre Hunde frei herumlaufen konnten und man den Sommer damit verbrachte, nach Muscheln zu graben und sich Sonnenbrände zu holen. Als Polly und Ivan ein Haus gesucht hatten, gehörte der Schuldistrikt von Morrow zu den zehn besten in ihrem Bundesstaat. Das allein war Grund genug für einen Umzug.

Natürlich erzählen ihnen die Kinder immer wieder, daß sie die Stadt verlassen wollen, sobald sie achtzehn sind. Amanda möchte in Manhattan leben. Charlie schwankt zwischen Alaska und Kalifornien.

»Gut. Geht. Ich zahle euch die Flugkarten«, sagt Ivan zu ihnen, wenn sie bei Meinungsverschiedenheiten damit auftrumpfen, wieviel Entfernung sie zwischen sich und ihre Eltern zu legen gedenken, sobald sie frei sind, das zu tun, was sie wollen. Doch wenn die Kinder im Bett liegen und Polly und Ivan draußen auf der Veranda sitzen und zusehen, wie Glühwürmchen zwischen den Büschen schweben, ertappen sie sich bei dem Wunsch, die Zeit anzuhalten und Amanda und Charlie für alle Zeit Kinder bleiben zu lassen.

Unmöglich, und doch hoffen sie.

»Keine Laurel Smith heute?« neckt Ivan Polly, während sie die Kinder in das Auto, einen Blazer, scheucht.

»Mach dich nicht lustig über Laurel«, sagt Polly zu Ivan. Sie stützt sich auf die offene Tür des Blazers und erinnert sich erst jetzt daran, daß sie den Wagen heute nachmittag wegen neuer Stoßdämpfer in die Werkstatt bringen muß.

»Ich wußte es!« sagt Ivan. »Du fällst auf ihren Quatsch herein. Du bist so leicht zu beeinflussen.«

»Bin ich nicht«, sagt Polly.

In diesem Sommer hat sich Polly ihr langes, dunkles Haar zu einer kurzen Stufenfrisur schneiden lassen, weil sie meinte, ihrem sechsunddreißigsten Geburtstag das schuldig zu sein. Aber statt ihrem Alter entsprechend sieht sie mit der neuen Frisur so jung aus wie ein Schulmädchen.

»Wie wär's, wenn wir die Kinder mit einem Taxi losschickten und zurück ins Bett gingen?« flüstert Ivan.

Polly grinst ihn an, ohne seinen Vorschlag ernst zu nehmen.

»Für Laurel Smith hast du Zeit«, beschwert sich Ivan.

»Das ist mein Job«, sagt Polly ärgerlich.

»Mami«, ruft Amanda vom Rücksitz, »ich möchte nicht als letzte ankommen.«

»Sie möchte nicht als letzte ankommen«, sagt Polly zu Ivan, dankbar für die Unterbrechung des Gesprächs; sie weiß, es würde mit dem Vorwurf enden, sie arbeite zuviel, obwohl das auch auf Ivan selbst zutrifft.

»Ein Schicksal, schlimmer als der Tod«, sagt Ivan. Er küßt Polly, und Polly erwidert seinen Kuß. Bevor Ivan sich zurückzieht, beißt sie ihn leicht in die Lippe.

»Das ist für die gemeine Bemerkung über meinen Job«, sagt Polly, während sie in den Wagen steigt.

»Ich war nicht gemein«, behauptet Ivan. Er beugt sich durchs Fenster und küßt Amanda, geht um den Blazer herum zu dem alten Karmann-Ghia, von dem er sich nicht trennen kann, und tritt dann an das Fenster, wo Charlie sitzt. »Ich mach' mir bloß nicht viel aus Medien wie Laurel Smith«, sagt er grinsend, und beide Kinder lachen auf.

»Das war gut, Dad«, sagt Charlie.

»Und jetzt laßt mich«, sagt Ivan, »Ich gehe irgendwohin, wo man mich zu schätzen weiß.«

»Ach, ja?« erwidert Polly, die weiß, wie gering Ivan sich vor kurzem geschätzt fühlte. »Wo ist denn das?«

»Mutter, mußt du immer streiten?« fragt Amanda vom Rücksitz.

Ivan und Polly sehen einander an. Er ist amüsiert, sie nicht.

»Glotz nicht«, sagt Polly zu Ivan. »Dich werden sie sich als nächsten vorknöpfen.«

Ivan grinst und steigt in seinen Wagen. Er winkt, während er rückwärts aus der Einfahrt fährt. Als er fort ist, greift Polly nach ihrer Sonnenbrille und macht sich auf den Weg zur Cheshire-Schule. Charlie sitzt mürrisch neben ihr; wie immer begleitet er sie äußerst unwillig. Für ihn ist jeder außer seinem besten Freund Sevrin Luft. Während Polly in der Einfahrt zurücksetzt, blickt sie im Rückspiegel kurz auf Amandas nachdenkliches, undurchschaubares Gesicht. Vor einem Wettkampf ist Amanda immer weit weg; ihre Nervosität nimmt die Form unirdischer

Ruhe an, so daß Polly alles zweimal sagen muß, bis Amanda sie hört.

Heute findet eine Séance statt, die Polly versäumt, aber die Sache ist es wert. Sie hat seit Juni Séancen fotografiert – Laurel Smith bezeichnet sie als Lesungen –, und bisher ist noch kein einziger Geist auf den Bildern erschienen. Polly hat längere Belichtungszeiten und empfindlichere Filme ausprobiert und ist von Farbe zu Schwarzweiß übergegangen. Einige der Fotos sind allerdings bemerkenswert. Auf manchen ist Laurel Smith, die einige Jahre jünger ist als Polly, völlig unkenntlich. Es gibt ein Foto, auf dem sie wie eine alte, dunkelhäutige Frau aussieht, und ein anderes, auf dem sie wie ein Kind wirkt und ihr schweres, farbloses Haar herunterhängt, als sei es tropfnaß. Das Bild, das Polly sich unwillkürlich immer wieder ansieht, wurde bei einer Lesung aufgenommen, als Laurel Kontakt mit dem Mann einer Klientin hatte, der bei einem Autounfall umgekommen war. Auf diesem Bild hat Laurel Smith zweifelsfrei eine Narbe auf der Stirn.

»Entweder ist sie eine fabelhafte Schauspielerin«, hatte Polly zu ihrer Partnerin Betsy Stafford gesagt, »oder hier geht wirklich etwas vor.«

Betsy, die wesentlich zynischer ist als Polly, hatte gelächelt und gemeint: »Wart's ab und lies mein Buch, wenn du die Antwort wissen willst.« Auch nachdem sie einige der Fotos gesehen hatte, wollte Betsy nicht zugeben, daß Laurel etwas anderes sein konnte als ein Scharlatan. »Nehmen wir Laurel doch als das, was sie ist«, hatte sie beharrt, »eine Spinnerin.«

Polly wird Betsy ewig dankbar sein. Sie ist nämlich diejenige, die Polly aus ihrer Unschlüssigkeit gerissen hat, als sie nicht wußte, ob sie Berufsfotografin werden sollte oder nicht, etwas, das man ihr nicht hoch genug anrechnen kann. Ihre erste Zusammenarbeit – ein Bastelbuch für Vorschulkinder – kam zustande, nachdem die beiden Frauen sich durch ihre Söhne kennengelernt hatten, die denselben Kindergarten besuchten. Charlie und Sevrin sind seither beste Freunde, aber die Beziehung zwischen ihren Müttern bleibt bewußt auf den Beruf beschränkt, obwohl Polly durch Charlie alle möglichen eigenartigen und intimen Einzelheiten über Betsys Leben erfährt, von denen sie sonst nichts wüßte, etwa, daß sie gezuckerte Frühstücksflocken erlaubt, über die Polly die Stirn runzelt, oder daß Betsys Mann Frank, ein Staatsanwalt, der in Boston arbeitet, häufig erst nach neun Uhr abends heimkommt, oder daß Betsy und er sich, wenn sie streiten, nicht die Mühe machen, die Schlafzimmertür zu schließen. Wenn sie streiten, schreien sie sich an. Das hat Charlie ihr erzählt.

Polly räumt ein, daß sie die passive Partnerin ist. Betsy ist diejenige, die die Exposés schreibt und dann losgeht und Buchverträge besorgt. Danach heuert sie Polly an. Vielleicht ist es also gar keine echte Partnerschaft. Besonders weil ihr letztes Buch, eine eingehende Studie, wie Menschen den Tod bewältigen, eine Wahl war, die Polly selbst nie getroffen hätte. Fast hätte sie das Projekt abgelehnt, aber das Honorar war zu verlockend, genug, um jahrelang Turnkurse, Kieferorthopäden und Hamsterkäfige zu bezahlen. Nachdem sie ihren ersten sterbenden Patienten fotografiert hatte, hatte Polly sich am Straßenrand eine halbe Stunde lang übergeben müssen. Es wurde nie leichter, ob die Fototermine nun in einem Krankenhaus, einem Altersheim oder bei dem Betreffenden zu Hause stattfanden. Nur zwei von den Leuten, die sie fotografiert hat, sind noch nicht gestorben, eine ältere Frau mit Krebs und ein junger Mann in Boston, der an der Schädelbasis einen inoperablen Tumor hat. Beide schreiben Polly gelegentlich, und sie antwortet immer, aber sie schaut nie in das fertige Buch, obwohl diese Arbeit sie für alle Zeiten davon befreit hat, Geburtstagsparties und Hochzeiten fotografieren zu müssen.

Der Band über Laurel Smith sollte sie beide aufheitern. Er sollte ein leichteres Buch und eine milde Entlarvung werden. Aber es ist anders gekommen. Laurel sieht eher wie eine Bibliothekarin als wie ein Medium aus, und außerhalb der Séancen benimmt sie sich vollkommen vernünftig. Sie hat langes blondes Haar wie Amanda und tiefliegende graue Augen. Mit Make-up hält sie sich nicht auf, und Polly hat sie nie anderen Schmuck tragen sehen als zwei Ringe: eine kleine, in Gold gefaßte Perle und einen schmalen Silberreif. Obwohl ihre Klienten anscheinend jeden Preis zahlen würden, um mit den ersehnten Geistern in Verbindung zu treten, erhöht Laurel ihr Honorar nie. Ganz gleich, wie reich der Klient ist, sie verlangt immer zweihundert Dollar für eine Lesung. Betsy, die sich ohne Laurels Wissen nach deren Verhältnissen erkundigt hat und auf ein kleines Treuhandvermögen gestoßen ist, das ihre Eltern ihr hinterließen, hält sie nicht für großzügig. Doch Polly ist nicht so schnell bereit, ein Urteil über Laurel zu fällen. In Laurels Landhaus hat Polly sich manchmal dabei ertappt, daß sie an ein Leben nach dem Tod glaubte. Sie selbst sagt sich, daß das der Einfluß von Laurels Kunden ist, die so verzweifelt davon überzeugt sind, jemanden, den sie geliebt und verloren haben, noch erreichen zu können. Vielleicht ist es aber auch der Ort selbst, die Bewegung der Gräser und Schilfkolben im Sumpfland und die Art, wie das Licht einfällt und sich in der Perle fängt, die Laurel am Finger trägt.

Als Polly auf den Parkplatz der Schule fährt, steigt die Hitze schon in schlangenförmigen Wellen vom Asphalt auf. Die gläsernen Fenster der Turnhalle sehen rauchig und dunkel aus, als sei sie leer, doch das täuscht. Die Fenster sind behandelt, um die Sonne fernzuhalten; auf der anderen Seite der Scheiben füllt sich die Halle bereits mit Eltern. Polly weiß, sie kann nicht verhindern, daß Amanda ein Teenager wird, aber sie ist dankbar, daß die High School und die Junior High School, die im selben Gebäude untergebracht sind, auf der anderen Seite der Stadt liegen, so daß Amanda noch ein weiteres Jahr davor bewahrt bleibt, mit Schülern der High School zusammenzukommen.

Amanda steigt aus dem Wagen. Sie trägt ihre rosafarbene Sporttasche aus Nylon wie ein Profi, wirft sie sich über die Schulter, als bemerke sie ihr Gewicht nicht. Einige Haarsträhnen sind aus dem elastischen Band gerutscht, das ihren Pferdeschwanz hält. Dies ist der letzte Wettkampf des Sommers, und Amanda freut sich auf ihre drei besten Übungen: Bodenturnen, Stufenbarren und Pferdsprung. In ihrer Tasche hält sie die Kassette für das Bodenturnen bereit, Duran Durans *Hungry Like the Wolf*. Amanda schwitzt zu stark; die Hitze setzt ihr zu. Vielleicht ist sie auch nervöser, als sie dachte. Als sie heute morgen aufwachte, waren ihre Laken schweißnaß. Sie möchte diesen Wettkampf gewinnen. Sie erwähnt die Olympiade nicht mehr, weil Leute wie ihre Eltern einen herablassenden Ausdruck bekommen, wenn sie es tut. Sie weiß, daß Hunderte von Mädchen davon träumen, nach Texas zu gehen und Bela Karolyi als Trainer zu haben, doch Amanda spart tatsächlich ihr Geld. Alles, was sie will, ist, bei ihm vorzuturnen. Wenn er ihr sagt, sie sei nicht gut genug, wird sie das akzeptieren müssen.

Natürlich kann sie sich nicht vorstellen, daß er das sagen wird.

»Zeig es ihnen«, sagt Polly zu ihr, als sie die Tür der Schule erreichen. Sie drückt Amanda fest an sich. Als Amanda zum Umkleideraum läuft, machen Polly und Charlie sich auf den Weg in die Turnhalle. Charlie liest weiter, während er durch die Zuschauerreihen geht; es macht Polly verrückt, daß er nicht sieht, wohin er tritt, aber sie beißt sich auf die Zunge. Sie hat gelernt, mit Belehrungen sparsam umzugehen und sie sorgfältig zu dosieren in der Hoffnung, sie könnten tatsächlich beachtet werden.

Als sie einen Platz in den Reihen gefunden haben, nimmt Charlie seinen Rucksack ab, setzt sich hin, zieht den Reißverschluß des Rucksacks auf und holt ein weiteres Saurierbuch heraus. Er ist ein Fan des *Tyrannosaurus rex*. Er weiß, wie lang der Zahn eines Tyrannosaurus war, und kann genau angeben, wo Paläontologen dessen Überreste gefunden haben. Charlie ist ganz ähnlich wie sein Vater, als er im gleichen Alter war. Ivan sagt immer, den zukünftigen Wissenschaftler erkenne man mit Sicherheit daran, daß er überallhin Bücher mitnimmt, um nicht von Leuten gelangweilt zu werden.

»Man hört ja seltsame Sachen über dich, Polly.«

Das ist Evelyn Crowleys Mutter, Fran. Die Crowleys wohnen auf der anderen Straßenseite, gegenüber den Farrells, und Evelyn ist eine der besten Turnerinnen der Cheshire-Schule, vor allem am Stufenbarren, an dem sie ihren schmalen Körper vehement herumschleudert. Fran setzt sich neben Polly. »Befaßt du dich jetzt mit Okkultismus?«

Draußen herrscht eine Temperatur von etwa dreiunddreißig Grad, doch hier in der Turnhalle ist es mindestens fünf Grad heißer, und der Wettbewerb hat noch nicht einmal begonnen. Polly hofft, daß Fran die Röte auf ihrem Gesicht der Hitze und nicht der Verlegenheit zuschreiben wird.

»Wenn du meinst, daß ich Laurel Smith fotografiere, dann hast du recht«, sagt Polly kühler als beabsichtigt. »Wenn du das als okkult bezeichnest...«, fügt sie mit einem Lachen hinzu.

»Ich wünschte, ich hätte einst so viel Engagement aufgebracht wie diese Mädchen«, sagt Fran, als die Türen des Umkleideraums aufgestoßen werden.

»Vielleicht sind sie bloß blöde«, sagt Charlie, ohne von seinem Buch aufzusehen.

Polly und Fran sind schon jahrelang Freundinnen – was vermutlich der Grund ist, warum Amanda und Evelyn einander nicht ausstehen können. Polly nimmt es nicht übel, daß Charlie Fran beleidigt hat, es stört sie nicht einmal, daß Charlie an ausgestorbenen Reptilien eindeutig mehr interessiert ist als am Erfolg seiner Schwester. Die Mädchen treten nun in einer Reihe aus dem Umkleideraum, und Polly kann ihre Nervosität nicht unterdrücken. Fünfzehn Turnerinnen gehören zu Amandas Mannschaft, weitere fünfzehn kommen aus einer Schule in Gloucester. In ihren Trikots wirken die Mädchen linkisch und verlegen, als die Zuschauer sie bejubeln. Amanda ist leicht auszumachen, weil sie die Blondeste und mit einem Meter fünfundfünfzig eine der Größten ist. Einige der Mädchen lächeln, wenn sie Verwandte im Publikum entdecken, doch Amanda, die sich immer ihrer Zahnspangen bewußt ist, hält den Mund fest geschlossen. Polly weiß, daß Amanda hofft, nicht mehr zu wachsen; je kleiner eine Turnerin ist, desto besser stehen ihre Chancen, bei diesem Sport zu bleiben. Amanda ist die zweite in der Reihe, die über das Pferd springen muß, und sie tut es mit Leichtigkeit, wirklichem Schwung und Anmut. Polly klatscht so heftig, daß ihre Hände schmerzen.

»Mach sie doch nicht verlegen, Mami«, sagt Charlie zu ihr.

Auf dem Schwebebalken ist Amanda weniger sicher, aber gewiß ist sie besser als die meisten anderen. Ein armes Mädchen stürzt direkt zu Beginn ihrer Übung, und sie stürzt unglücklich und verstaucht sich einen Fußknöchel so heftig, daß sie nicht weitermachen kann. Selbst Charlie blickt auf, als sie tränenüberströmt aus der Turnhalle hinkt. Polly ist dankbar, daß die Tochter von jemand anderem gestürzt ist und nicht ihre eigene, und dann ist sie über diese Gefühle verstört. Sie merkt, daß sie die Hände zu Fäusten geballt hat. Ein Sonnenstrahl malt ein helles Viereck auf das Parkett der Turnhalle. Polly lockert ihre Fäuste, als Amanda ihre Übung am Stufenbarren beendet hat. Sie bekommt die bisher höchste Wertung, doch danach setzt Amanda sich neben einen Stapel Matten, und der Trainer hockt sich an ihre Seite. Polly sorgt sich, daß etwas nicht in Ordnung ist, aber da steht Amanda auf und geht hinüber zu ihrer Mannschaft, wo sie auf ihre letzte und beste Übung wartet: Bodenturnen.

»Unsere Mädchen sind fabelhaft«, sagt Fran zu Polly. Und Polly stimmt ihr zu. Wenn sie Kampfrichter wäre, fiele es ihr schwer, zwischen den beiden zu wählen. Vielleicht ist das der Grund, warum Fran und sie bei Wettkämpfen nebeneinander sitzen können. In sämtlichen Zuschauerreihen beobachten andere Mütter und ein paar Väter nur ihre eigenen Töchter.

Charlie hat die Knie angezogen, um eine Ablage für sein aufgeschlagenes Buch zu haben. Sein kurzgeschnittenes Haar ist schweißfeucht. Polly glaubt, die Darstellung eines Hadrosaurus zu erkennen. Sie kennt inzwischen die meisten Dinosaurier, weiß, welche kühne Fleischfresser waren und welche sich nur von Sumpfpflanzen ernährten. Sie würde gern den Arm um Charlie legen, aber da sie weiß, daß er das entsetzlich fände, berührt sie nur mit der Hand sein Knie. Charlie schaut zu ihr auf und meint irrtümlich, sie sollten gehen. Dann hören sie beide die ersten Takte von *Hungry Like the Wolf*. Charlie zieht ein Gesicht.

»Kannst du nicht das Buch wegtun?« flüstert Polly.

»Nein«, sagt Charlie, »kann ich nicht.« Er hat dieses Buch schon Dutzende von Malen gelesen und ist nicht weniger interessiert als bei der ersten Lektüre. Manchmal bewegen sich beim Lesen seine Lippen, und Polly weiß dann, daß er Fakten auswendig lernt. Wenn sie ihn anschaut, sieht sie ihn oft als Krabbelkind vor sich, wie er feierlich Steine oder Perlen zählte. Er war damit zufrieden, einer Spinne beim Bau ihres Netzes zuzusehen, und sein Wesen war schon so ausgeprägt, daß sein erstes Wort, an einem Teich gesprochen, nicht Mama oder Papa lautete, sondern Quak.

Amanda beginnt ihre Übung mit einem Rad, zwei Überschlägen rückwärts und einem Salto rückwärts. Polly, die zwar schwimmt, aber sonst unsportlich ist, spürt ein kaltes Gefühl im Nacken. Amandas Füße berühren kaum die Matte. Sie macht eine Rolle vorwärts, dann einen Handstand und eine volle Pirouette. Vereinzelt ertönt Applaus. Ihre Kür ist glänzend, und alle wissen es. Als Amanda fertig ist, verbeugt sie sich graziös. Polly kümmert sich nicht darum, ob sie jemanden in Verlegenheit bringt. Sie springt auf und klatscht.

»Nicht schlecht«, räumt Charlie mürrisch ein, als Polly sich wieder hinsetzt.

Polly grinst und gibt ihm einen Rippenstoß. Als Amanda die Höchstwertung bekommt, steht Polly wieder auf und applaudiert. Andere Eltern in den Reihen vor ihr stehen ebenfalls auf, und Polly muß sich anstrengen, um Amanda zu sehen. Sie ist so gefaßt, daß niemand erraten würde, daß sie gesiegt hat. Amanda verbeugt sich und verläßt rasch die Turnhalle, als habe sie jetzt, nach der Wertung, kein Interesse mehr an den Übungen.

»Sie hat verdient gewonnen«, sagt Evelyns Mutter zu Polly.

»Sie waren alle phantastisch«, sagt Polly mit mehr Großmut, als sie empfindet.

Polly schiebt Charlie auf die Tür zu und sagt ihm, sie werde ihn draußen beim Auto treffen. Sie begrüßt unterwegs einige Eltern, die sie kennt, und bleibt dann stehen, um dem Trainer die Hand zu schütteln. »Ich habe gesehen, wie hart Sie mit ihnen gearbeitet haben, Jack«, sagt Polly.

»Sie können stolz auf sie sein«, sagt Jack Eagan zu ihr.

»Bin ich auch«, sagt Polly, entzückt, daß endlich jemand da ist, vor dem sie ihre Erregung nicht zu verbergen braucht.

»Sie hat sich nach dem schlechten Start wieder prima gefangen«, sagt der Trainer.

Polly, die nichts von einem schlechten Start bemerkt hat, lächelt und macht sich auf den Weg in den Umkleideraum. Heute abend werden sie Amanda zur Feier des Tages zum Essen ausführen, vielleicht zu Dexter's, wo es wunderbare gebratene Muscheln gibt. Polly wird Ivan anrufen, damit er auf dem Heimweg ein paar Blumen besorgt; nach all ihrer harten Arbeit verdient Amanda, daß man sie wie einen Champion behandelt.

Im Umkleideraum riecht es muffig, und die Türen der Garderobenschränke stehen offen. Hier sehen die Turnerinnen eher wie die kleinen Mädchen aus, die sie sind. Eine bedeckt, als sie Polly sieht, rasch ihre nackte, unentwickelte Brust. Polly geht an den Kabinen entlang und hält nach Amanda Ausschau. Statt dessen trifft sie auf Evelyn Crowley.

»Du hattest ein paar großartige Übungen«, sagt sie zu ihr.

Evelyn lächelt, doch Polly kann ihre Enttäuschung sehen.

»Ich hab' nicht genug trainiert«, sagt Evelyn.

»Hast du Amanda gesehen?« fragt Polly.

Evelyn zuckt die Achseln. Amanda ist wahrscheinlich der letzte Mensch, den sie jetzt sehen möchte.

»Vielleicht ist sie unter der Dusche«, sagt Evelyn.

Polly geht auf den rückwärtigen Teil des Umkleideraums zu. Sie sieht Amandas offene Sporttasche in einem Spind hängen. Sie enthält Haarspangen und eine Bürste und eine Halskette aus kleinen Plastikperlen, die wie Samenkörner aussehen und die Amanda manchmal vor Wettkämpfen als Glücksbringer trägt.

Alle Duschen laufen, und Polly kann die Stimmen der kleinen Mädchen hören, ein Murmeln, das ebenso leicht zu einem Kichern wie zu einem vernichtenden Urteil über vorgeturnte Übungen explodieren kann. Polly hat beschlossen, daß sie heute abend auf jeden Fall gebratene Muscheln essen werden. Und wenn sie nach Hause kommen, werden sie sich draußen auf die Veranda setzen, um die letzten Glühwürmchen zu sehen. Sie werden einen Chor von Fröschen hören, sowohl aus den Sumpfgebieten rund um Morrow als auch aus dem Aquarium im Haus, in dem Charlie vorübergehend einen Ochsenfrosch hält; er hat geschworen, das sei der letzte seiner Art, den er ins Haus bringen werde, ebenso wie er schwört, es sei für ihn eine Sache von Leben und Tod, die Anzahl seiner Quaktöne pro Stunde unter verschiedenen Wetterbedingungen aufzuzeichnen. Vielleicht kann Polly Amanda überreden, einmal einen Tag nicht zu trainieren und statt dessen morgen mit ihr an den Strand zu gehen, nur sie beide allein. Als die Kinder klein waren, fiel es Polly schwer, ihre Zeit gleichmäßig auf beide zu verteilen. Charlie und Amanda hatten so unterschiedliche Wünsche, daß einer von ihnen immer zurückstehen mußte, und jedesmal fühlte Polly sich zwischen ihnen hin und her gerissen. Ganz gleich, was sie tat, sie hatte immer das nagende Gefühl, eines der Kinder zu enttäuschen. Doch inzwischen haben sich die Dinge geändert; die Kinder sind lieber mit ihren Freunden zusammen, und Polly muß ihnen gemeinsame Stunden abschmeicheln. Das fällt ihr oft ein, wenn ihre Mutter aus New York anruft, aber es hindert sie nicht daran, immer diejenige zu sein, die als erste auflegt.

Je näher Polly den Duschen kommt, desto stärker wird der Geruch nach Ammoniak. Sie benutzen anscheinend ein scharfes Reinigungsmittel, und das Ergebnis ist betäubend.

»Hi, Polly«, sagt eine hohe Stimme, und Polly dreht sich um und umarmt Amandas beste Freundin, Jessie Eagan, die Tochter des Trainers. Jessie ist eine gute Turnerin, aber sie ist nicht so besessen wie Amanda, und vielleicht ist das der Grund, warum sie Amanda anfeuern kann, ohne eifersüchtig zu sein. Zu schade, daß Jessie die Sache nicht ernst nimmt, denn sie hat den perfekten Körper für eine Turnerin, nur knapp einen Meter vierzig groß und erstaunlich leicht. Sie hat kurzgeschnittenes braunes Haar und goldene Augen. Sie und Amanda sind beide in den Sänger einer Rockgruppe verliebt, den sie beim Vornamen nennen, Brian, als stünden sie auf vertrautem Fuß mit ihm.

»Amanda war phantastisch«, sagt Jessie. »Sogar mein Vater sagt das.« Der Trainer ist also jemand, der nicht leichtfertig Komplimente verteilt.

»Komm heute abend mit uns zum Essen«, sagt Polly.

»Kann ich nicht«, sagt Jessie traurig. »Sagen Sie nicht, daß Sie Muscheln essen gehen, weil ich zu meiner Tante muß und irgendwas Scheußliches bekommen werde.«

Polly umarmt Jessie noch einmal und geht weiter auf die Duschen zu. Sie zwingt sich, nicht zu lachen, als sie eines der Mädchen im Büstenhalter duschen sieht; tatsächlich ist sie ein wenig schockiert, daß eine Elf- oder Zwölfjährige überhaupt einen Büstenhalter trägt. Das Geräusch der Duschen erweckt den Eindruck, als stünde der Raum unter Wasser. Die Kacheln sind grün, und hier hinten gibt es keine Fenster. Polly sieht, wie eine Hand aus einer der Duschen greift und sich an der Seitenwand festklammert. Ohne nachzudenken, beginnt sie zu laufen.

Amanda kauert vornübergebeugt; ihr blondes Haar sieht grün aus. Sie erbricht sich unter der Dusche, ihr ganzer Körper bebt. Ein Handtuch, das sie sich umzubinden versuchte, ist auf den Boden gefallen und tropfnaß. Das Wasser läuft noch immer. Polly fühlt, wie ihr eiskalt wird. Vielleicht liegt das an all dem Wasser, den Kacheln, der grünlichen Farbe des fluoreszierenden Lichts. Sie legt ihre Hände auf Amandas Schultern und versucht, sie zu stützen. Amanda scheint nicht zu bemerken, daß ihre Mutter da ist. Sie erbricht sich weiter, bis sie nichts mehr hervorbringt als gelbe Galle. Danach ist sie so schwach, daß Polly sie nur mit Mühe aufrecht halten kann.

»Das wird schon wieder«, sagt Polly.

»Mir ist nicht gut«, sagt Amanda zu ihr.

Zuviel Aufregung, denkt Polly. Zuviel Druck. Sie legt eine Handfläche auf Amandas Stirn und merkt, daß ihre Tochter Fieber hat, hohes Fieber. Polly stellt das heiße Wasser ab, dann hält sie die Hand auf, um kaltes Wasser in Amandas Gesicht zu spritzen. Sie sind einander zugewandt, Amanda gegen Polly gelehnt, so daß Pollys Kleider ganz naß sind.

»Ich friere«, sagt Amanda.

In Wirklichkeit ist sie heißer als vorher.

Polly schleppt Amanda aus der Dusche, setzt sie auf eine Bank, nimmt ein Handtuch und wickelt sie darin ein. Sie läuft zum Garderobenspind, holt die rosa Sporttasche, rennt dann zurück und beginnt, ihre Tochter rasch anzuziehen. Amanda fühlt sich schwer und schlaff an wie eine Puppe.

»Au«, sagt Amanda, als Polly ihr Bein in die Hose schiebt.

Sanft berührt Polly Amandas Kniekehle und spürt, daß das Gelenk geschwollen ist. Sie zieht sie fertig an und hilft ihr aufzustehen. »Morgen früh wird's dir bessergehen«, sagt Polly.

Das sagt sie immer, wenn die Kinder krank sind, und immer glauben sie ihr. Doch diesmal irrt sich Polly. Kurz nach Einbruch der Dämmerung wird der Regen einsetzen, und er wird keine Linderung bringen. Morgen, am letzten Tag des Augusts und dem heißesten seit Menschengedenken, wird Amanda noch immer unter zwei Bettdecken vor Kälte zittern.

2

Laurel Smith liebt Kaffee mit Sahne. Das ist ihre Schwäche. Schon der Duft veranlaßt sie, sich die Lippen zu lecken wie eine Katze. Sie gießt eine zweite Tasse aus der gläsernen Kaffeekanne in einen gelben Becher, einen billigen Tonbecher, dessen Griff genau die richtige Größe hat. Draußen ist Ebbe, und die Silberreiher sind ihrem Landhaus näher als gewöhnlich. Die Fenster haben keine Fliegengitter, doch wenn Laurel ihren Kaffee trinkt, öffnet sie sie immer, damit sie den Vögeln lauschen kann, selbst wenn das bedeutet, daß sie hinterher unter den Stichen der Mükken zu leiden hat, die hereinkommen.

Sie hat vergessen, die Katze Stella zu füttern. Stella ist schwarz und eigentlich keine Hauskatze. Sie benimmt sich überhaupt nicht katzenhaft, sondern gleicht mehr einem Hund. Sie apportiert einen Ball, wenn man ihr einen wirft; sie geht mit auf Spaziergänge und hat nichts gegen Wasser. Es ist schon vorgekommen, daß sie einer Ente oder Gans nachsprang, die doppelt so groß war wie sie. Laurel geht in die Vorratskammer, um eine Packung Katzenfutter zu holen, und Stella folgt ihr und reibt sich an Laurels weißem Kimono. Draußen herrscht brütende Hitze, doch hinter dem Landhaus stehen hohe Kiefern, die es immer kühl halten; im November oder mitten im Februar ist das kein reines Vergnügen, aber heute fühlt sich das Linoleum unter Laurels Füßen wunderbar kalt an. Da sie schon einmal dabei ist, nimmt Laurel ein Ei, füllt einen blauen Blechtopf mit Wasser und stellt ihn auf den Herd. Sie hatte früher einen Ehemann, der behauptete, sie könne nicht einmal ein Ei kochen. Er irrte sich also.

Er irrte sich über viele Dinge. Laurel hatte ihn nicht mit Tricks dazu gebracht, sie zu heiraten. Er verliebte sich ganz von selbst in sie; er wollte nicht merken, wie schüchtern sie war, wie unbeholfen Menschen gegenüber, ihn selbst eingeschlossen. Er hatte so vieles an ihr auszusetzen, woran Laurel sich gar nicht mehr recht erinnern kann. Aber sie weiß noch genau, wie oft er behauptete, sie sei in den Tod verliebt. Darin irrte er sich mehr als in allem anderen; Laurel empfindet und empfand immer großes Entsetzen vor dem Tod. Wenn ein Baby schreit, hört sie einen Todesschrei. Die Zweige einer weißen Birke sind Totengebeine. Sie kann keine aufgeworfene Erde sehen, selbst wenn es nur die Ecke eines Vorstadtrasens ist, die jemand umgegraben hat, um einen neuen Rhododendronbusch zu pflanzen.

Sie hat sich nie gewünscht, Botschaften zu empfangen. Es passierte einfach, als sie zwölf war, und fing mit etwas an, das sie für einen Traum hielt. Sie ging einen langen Korridor entlang, der immer enger wurde; Wände und Boden zogen sich zusammen, bis er zu einem Tunnel wurde. Sie blieb stehen. Alles um sie herum war kalt. In der Ferne konnte sie ihre Großmutter stürzen sehen. Laurels Großmutter trug ein blaues Seidenkleid und eine lange Perlenkette, und sie stürzte abwärts, als führe der Tunnel senkrecht vom Himmel zur Erde. Es gab keine Schwerkraft, jeder Weg war eine langsame, kreisende Spirale.

Am Morgen kam der Anruf, Laurels Großmutter sei gestorben. Sie war bei einer Hochzeit gewesen und gestürzt; sie hatte einen Schlaganfall erlitten und das Bewußtsein nicht wiedererlangt. Laurel erhielt eine weitere Botschaft von ihrer Großmutter; sie war entsetzt, aber sie erzählte niemandem davon. Die Botschaften, die sie im Traum bekam, wurden immer genauer, als versuche jemand, ihr etwas zu beweisen. Sie träumte, ihre Großmutter ziehe die Uhr in ihrer Küche auf, und am nächsten Tag traf die Uhr ein, per Luftpost. Sie träumte, ihre Großmutter führe sie zu einem Engel, der seine Flügel eng um den Körper gefaltet hatte, und als ihre Eltern sie zum Friedhof mitnahmen, war da der Engel, in den Grabstein ihrer Großmutter gemeißelt.

Als sie dreizehn war, begannen die Botschaften sie auch im Wachzustand zu erreichen, Botschaften von Leuten, die sie im Leben gar nicht gekannt hatte. Wenn sie im Mathematikunterricht die Augen schloß, konnte sie eine Kinderstimme hören, die Stimme der bei der Geburt gestorbenen Schwester einer Klassenkameradin. Sie fürchtete sich vor dem kalten, klammen Gefühl in ihren Händen, das sie immer befiel, wenn jemand in der Nähe war, der kürzlich einen Angehörigen verloren hatte. Während andere Mädchen ihres Alters an Lippenstiftfarben und Samstagabende dachten, mußte Laurel immer wieder darüber nachgrübeln, wie kurz ein Menschenleben ist. Nachts hatte sie schreckliche Träume von Friedhöfen, Stille und weißem Vollmond.

Als sie siebzehn war, unternahm Laurel eine große Anstrengung, ließ sich Valium verschreiben und schaffte es beinahe, nicht mehr an den Tod zu denken. Sie schloß die High School ab, ging aufs College und heiratete mit einundzwanzig. Zuerst machte ihr Mann sich nichts aus ihren eigenartigen Gewohnheiten. Er sah darüber hinweg, daß sie sich bei Gewitter in Wandschränken versteckte, daß sie sich, nachdem ihre Katze von einem Auto überfahren worden war, drei Wochen lang weigerte, das Haus zu verlassen, daß sie ihn nicht zur Beerdigung seines Vaters begleiten konnte. Sicher, er hatte genügend Grund, sich zu beschweren; alles, was sie tat, tat sie halbherzig. Sie begann, sich die Wäsche vorzunehmen, doch sie machte sie nicht fertig, so daß ihr Mann in feuchten Kleidern zur Arbeit gehen mußte. Die Tiefkühlgerichte, die sie zubereitete, waren in der Mitte stets kalt. Sie empfing noch immer Botschaften, doch nun waren sie verworren, als sei die Verbindung gestört, und sie litt ständig unter dumpfen Kopfschmerzen. Was Laurel nie verstehen konnte, war, warum ihr Mann so überrascht wirkte, als er ihre Fehler zu bemerken und zu registrieren begann.

Nach ihrer Scheidung zog sie in das Landhaus in Morrow und begann, »Lesungen« zu halten. Zuerst kamen die Botschaften mit großer Klarheit an, doch in letzter Zeit hat sie bemerkt, daß sie abgelenkt war, und ihre Zuflucht zu Lügen genommen. Das ist ganz leicht; ihre Klienten verraten sich auf tausend Arten. Sie braucht nur ihre Hinweise aufzunehmen, zu lauschen, wann ihr Atem schneller geht, und nachzuschauen, ob ihre Fingernägel abgebissen sind. Heute um elf hat sie eine neue Klientin. Eine schlechte Tageszeit für eine Lesung; besser ist die Dämmerung oder wenigstens der späte Nachmittag, aber der

Mann dieser Klientin hält nichts von Séancen, und er kommt um zwei Uhr vom Golfspielen nach Hause.

Laurel macht das Bett, duscht sich und zieht sich ein weißes Hemd und einen Wickelrock aus Jeansstoff an. Sie bürstet ihr langes Haar, das einzige, worauf sie stolz ist, so, wie der Kaffee ihr einziges Laster ist. In ihrem Bücherschrank stehen hauptsächlich Romane und Kochbücher und, in der hinteren Reihe verborgen, ein paar Kriminalgeschichten. Nichts über Okkultismus. Laurel vermeidet okkulte Zusammenkünfte; sie windet sich, wenn sie von Medien liest, die öffentliche Séancen mit Hunderten von Anhängern abhalten. In ihrem Landhaus gibt es keine Kerzen, keine Kristallkugeln und keine Schalen mit Kräutern. Die Einrichtung besteht größtenteils aus Korb- und Eichenmöbeln, die sie auf Auktionen und in Second-Hand-Läden erstanden hat. Ihre neueste und teuerste Anschaffung ist eine hohe Messingstehlampe mit rosa Seidenschirm. Sie hat zuviel dafür bezahlt. Sie wollte sie neben das Fenster hinter dem Korbsofa stellen, doch als sie die Lampe nach Hause brachte, versteckte sie sie in einer dunklen Ecke in ihrem Schlafzimmer. Laurel verstand nicht, warum sie das getan hatte, bis die Fotografin, die manchmal kommt, die Lampe erspähte. Polly fand sie so hübsch, daß sie sie mit auf allen Fotos haben wollte, die sie aufnahm, und fragte, ob man sie neben den Tisch stellen könnte, an dem Laurel ihre Lesungen abhielt. Laurel hatte behauptet, die Lampe würde zu sehr ablenken. Ganz plötzlich hatte sie erkannt, daß sie sie niemals hätte kaufen dürfen. Rosa Seide und Tod paßten nicht zusammen.

Es ist der letzte Tag im August, und der letzte Tag jedes Monats deprimiert Laurel. Sie erinnert sich jetzt, daß sie von ihrer Kindheit geträumt hat, obwohl sie normalerweise nicht mehr träumt. Ihr Schlaf ist gewöhnlich leer und tief, als verbrauche sie ihre ganze Traumzeit in ihren wachen Stunden. Gleich wird Betsy, an die Laurel immer als »Bossy« denkt, seit sie sich von ihr hat überreden lassen, Gegenstand ihres Buches zu sein, mit der Fotografin kommen. Dummerweise hat Laurel vergessen, ihrer neuen Klientin gegenüber die Anwesenheit einer Autorin und einer Fotografin zu erwähnen; die Frau ist so nervös und heimlichtuerisch, daß sie vielleicht kehrtmacht und wegläuft, wenn sie eine Kamera sieht. Es wird schon schwer genug sein, sich bei dieser Hitze auf eine Lesung zu konzentrieren.

Das Sonnenlicht draußen ist dicht wie ein Schwarm gelber Bienen. Früher konnte Laurel solches Sonnenlicht leicht aushalten; sie glaubt nicht einmal, daß sie es überhaupt bemerkte, ehe sie hierher in das Sumpfland zog. Sie zerschlägt die braune Schale des Eis, das sie hart gekocht hat, und ißt es im Stehen. Sie ist fahrig; etwas stimmt nicht mit ihr. Laurel geht, um die Katze ins Freie zu lassen; dann, ohne Grund, folgt sie Stella hinaus auf das hölzerne Sonnendeck. Dieses Deck, das wie eine Terrasse vor dem Haus liegt, ist auf Stützen direkt über dem Sumpf gebaut. Nachts kann Laurel Krabben durch die Löcher kriechen und im feuchten Untergeschoß graben hören, das oft überflutet wird, wenn bei Vollmond Flut herrscht. Einmal fand sie einen Seestern auf der Kellertreppe. Sie lehnt sich auf die Brüstung und fühlt die Sonne durch ihre Baumwollbluse und auf ihren nackten Beinen. Ehe sie hierherkam, hatte Laurel Smith noch nie einen Eisvogel gesehen; sie kannte den Unterschied zwischen einem Kardinalsvogel und einem Zaunkönig nicht. In ein paar Minuten werden Betsy Stafford und auch die neue Klientin in den Sandweg einfahren, aber Polly wird nicht mitkommen, um die Lesung zu fotografieren. Es spielt keine Rolle, es wird nichts zu fotografieren geben, und Laurel Smith weiß das. Sie spürt einen Druck auf der Stirn wie eine Hand, die sich dagegen preßt.

Draußen im Sumpfland fliegen zwei Silberreiher auf und fliehen so eilig, als fürchteten sie um ihr Leben.

3

Charlie macht sich Arme Ritter. Er läßt die Eierschüssel auf dem Tresen und die verbrannte Bratpfanne auf dem Herd stehen. Der Sommer ist so langweilig, aber er haßt den Gedanken an die Schule. Noch zehn Tage Freiheit. Heute werden Sevrin und er heimlich zu dem Teich radeln, den ihre beiden Mütter für zu weit entfernt halten, und nach Tieren Ausschau halten. Sie haben eine Theorie, der zufolge Zucker nicht nur unschädlich, sondern sogar gut für den Menschen ist, und sie haben die Absicht, ein Experiment zu machen, das ihre Annahme beweist, und zwar bei Sevrin im Keller, den niemand je betritt. Charlies Rucksack ist prall gefüllt mit Einmachgläsern, die er aus der Vorratskammer stibitzt hat. Er hofft, daß seine Mutter ihr Fehlen erst im nächsten Juni bemerken wird, wenn sie Erdbeermarmelade machen will. Vielleicht kann Charlie, wenn das Experiment beendet ist, die Wassermolche freilassen und die Gläser zurückstellen, so daß seine Mutter nie erfahren wird, daß je irgendwelche Amphibien darin waren. Er amüsiert sich über den Gedanken, was seine Mutter auf dem Bord finden könnte: Erdbeermarmelade, Molche in Orangensaft, eingelegte Gurken, kleine grüne Frösche in Essig.

Was immer seine Schwester hat, wenn Charlie es auch kriegt und seine letzte Woche in Freiheit versäumt, wird er Harakiri begehen. In zehn Tagen hat er eine Million Dinge zu tun. Die Tür fällt ins Schloß, während Charlie Sirup über einen Armen Ritter gießt. Ivan war bereits im Drugstore. Er wird sich heute etwas später auf den Weg ins Institut machen.

»He, Kumpel«, sagt Ivan zu Charlie. Er beäugt den Armen Ritter. »Sieht gut aus.«

Polly kommt von oben herunter. Sie hat Amanda mit Alkohol

abgerieben, wie der Doktor ihr riet, als sie ihn telefonisch konsultierte.

»Hast du Tylenol und Gatorade bekommen?« fragte sie Ivan.

Ivan holt das Tylenol hervor. »Gatorade gab es bei Larson's nicht«, sagt er.

»Und sonst hast du es nirgends versucht?« sagt Polly wütend. »Nur in einem einzigen verdammten Laden?«

Charlie hat Mitleid mit seinem Vater. Auch er neigt dazu, Dinge zu vergessen, vor allem, wenn er Besorgungen macht.

»Ich geh' noch mal los«, sagt Ivan.

Polly weiß, daß er sich auf die bevorstehende Konferenz in Florida vorbereiten muß; er wollte früh zur Arbeit gehen und versuchen, seinen Vortrag noch einmal umzuschreiben.

»Laß nur«, sagt Polly. »Ich werde fahren.« Sie wendet sich an Charlie. »Du.«

»Ich hab' nichts getan«, sagt Charlie rasch.

»Du bleibst bei Amanda«, sagt Polly zu ihm.

»Kann ich nicht«, murrt Charlie. »Sevrin wartet auf mich.«

»Laß ihn warten«, sagt Polly.

Polly küßt Ivan zum Abschied nicht, und sie sieht keinen von beiden an, als sie nach ihren Autoschlüsseln greift. Charlie und Ivan wechseln einen schuldbewußten Blick.

»Sie wird sich schon beruhigen«, sagt Ivan.

Ivan nimmt seinen Rucksack und folgt Polly nach draußen in der Hoffnung, sie in der Einfahrt zu treffen und zu versöhnen. Charlie ißt seinen Armen Ritter auf und geht dann nach oben, um das Netz zu suchen, das er und Sevrin brauchen werden. Amandas Tür ist offen, das Zimmer dunkel. Alle Läden sind geschlossen. Charlie bleibt an der Tür stehen und schaut hinein.

»Hi«, sagt Amanda unter den Decken hervor.

Charlie kommt ins Zimmer und schaltet die Lampe auf dem Nachttisch ein. »Mami ist verrückt, daß sie immer alles dunkel haben will, wenn einer krank ist.«

»Ja«, sagt Amanda.

»Ich such' mein Netz«, sagt Charlie. »Ich geh' mit Sevrin sammeln.«

»Viel Glück«, sagt Amanda.

Sie flüstert, weil ihr Hals wirklich weh tut, schmerzhafter denn je. Sie friert, ganz gleich, wie viele Decken über ihr gestapelt sind. Dies ist schlimmer als damals die Windpocken, als sie sich nicht hinsetzen konnte, nicht einmal, um zur Toilette zu gehen. Schlimmer als damals, als sie die ganze Nacht weinte, weil ihre Haut so juckte.

»Na, dann zieh los«, sagt Amanda. »Geh nur zu Sevrin.«

Ihr Hals tut so weh, daß sie vielleicht weinen wird, und sie will nicht, daß Charlie es sieht.

»Ich muß bei dir bleiben«, sagt Charlie zu ihr. »Mami«, fügt er entschuldigend hinzu.

»Oh«, sagt Amanda, die vollkommen versteht. Ihre Mutter hat dasselbe mit ihr getan, sie gezwungen, Charlie Gesellschaft zu leisten, wenn sie nicht einmal mit ihm in einem Zimmer sein wollte.

Charlie setzt sich auf einen Stuhl beim Bett. »Soll ich ein Band für dich auflegen?« fragt er. »Duran Duran?«

Amanda sagt nein; sie hat Kopfschmerzen. Sie kann am Ende des Häuserblocks Kinder hören, die ihre Freiheit genießen.

»Blas bloß nicht deine Bazillen in der Gegend rum«, sagt Charlie. »Nur noch zehn Tage bis zum Gefängnis.«

Darüber muß Amanda lächeln. Sie kann gar nicht erwarten, daß die Schule wieder anfängt; den ganzen Sommer hat sie sich auf die sechste Klasse gefreut. Da Helen Cross jetzt mit der Schule fertig ist und Evelyn Crowley nachlässig wird, wird Amanda die beste Turnerin der Mannschaft sein.

Charlie sitzt neben ihr und denkt an Molukkenkrebse. Wenn er mit dem Rad die längere Strecke nimmt und am Moor entlangfährt, wird er auf dem Weg zu Sevrin vielleicht welche finden. Molukkenkrebse sind für ihn unendlich faszinierend, weil sie schon vor den Dinosauriern da waren. Er kann nicht verstehen, warum niemand das Geheimnis entschlüsselt hat, wie ihnen das Überleben gelungen ist. Charlie ist schon um eine halbe Stunde verspätet, und inzwischen hat Sevrin wahrscheinlich eine Wut auf ihn. Seine Mutter tut ihm und Amanda dauernd solche Sachen an. Sie versteht nicht, wann sie Verabredungen einhalten oder Telefongespräche führen müssen. Sie vergißt, daß Kinder ein eigenes Leben haben.

»Ich könnte dir einen Molch mitbringen«, sagt er zu Amanda. »Du könntest ihn in einem Terrarium halten.«

Er merkt, daß seine Schwester eingeschlafen ist. Sie umklammert die Quilt-Decke, mit der ihre Mutter sie immer zudeckt, wenn sie krank ist. Sie ist blau und weiß und hat einen Rand mit Sternen und ein paar rote Karos in der Mitte. Früher glaubten sie, es sei dieser Quilt, der sie gesund mache, und wenn sie beide krank waren, stritten sie sich darum. Charlie streckt die Hand aus und schaltet die Lampe auf dem Nachttisch aus. Er sitzt auf dem Stuhl, die Hände auf den Knien. Er ertappt sich dabei, daß er die Minuten zählt, bis seine Mutter zurückkommt. Im Dunkeln kann er die weißen Sterne am Rand des Quilts sehen, weißer noch als Knochen.

Nachdem vierundzwanzig Stunden vergangen sind und Amandas Fieber nicht gesunken ist, fährt Polly mit ihr zum Arzt. Ed Reardon ist seit sieben Jahren, seit sie nach Morrow gezogen sind, ihr Kinderarzt. Er legt routinemäßig eine Kultur mit einem Abstrich aus Amandas Hals an, untersucht ihre Ohren, und dann, besorgt über die Anzahl der weißen Blutkörperchen, beschließt er, einige Blutuntersuchungen durchzuführen. Er sagt Polly, die Laborergebnisse würden morgen oder übermorgen vorliegen, und in der Zwischenzeit solle Amanda weiter Tylenol nehmen. Absolute Bettruhe, auch wenn Amanda sich wehrt und behauptet, es ginge ihr besser.

Ed Reardon hat in der letzten Woche mindestens ein Dutzend Kinder mit einem Virus gesehen, das mit hohem Fieber und Erbrechen einhergeht; er denkt wieder einmal, daß er einen Partner oder wenigstens eine weitere Praxishilfe bräuchte. Morgen hat er seinen freien Tag, und er hat ihn nötig. Er weiß, daß er längere Sprechstunden abhalten und den einzelnen Patienten weniger Zeit widmen sollte; das hat ihm sein Steuerberater gesagt. Aber Ed ist nicht Kinderarzt geworden, um mehr Körper pro Stunde abfertigen zu können. Er hat selbst drei Kinder, einen zweijährigen Sohn und zwei Töchter von fünf und acht Jahren.

»Das ist nicht fair«, sagt Amanda, während sie sich anzieht.
»Sie hat keine Ruhe, weil sie trainieren will«, erklärt Polly.
»Turnen.«

»Keine Sorge«, sagt Ed Reardon zu Amanda. »Das sehe ich dir an. Du bist besser als Mary Lou Retton.«

Amanda, plötzlich schüchtern, senkt den Kopf, doch Polly weiß, daß sie sich freut. »Danke«, sagt sie zu Ed, nachdem Amanda zur Toilette gegangen ist, um eine Urinprobe zu hinterlassen. »Es scheint ihr schon besserzugehen.«

Polly fügt nicht hinzu, daß auch sie sich durch Ed jetzt besser fühlt. So ist es immer. Hohes Fieber macht sie verrückt vor Angst. Ivan hält das für eine Überreaktion, aber Ed Reardon hört ihr zu; er scheint ihrem Instinkt zu vertrauen.

»Sie ist ein fabelhaftes Kind«, sagt Ed zu Polly.

»Das sagen Sie sicher zu allen Müttern«, scherzt Polly.

»Ganz bestimmt nicht«, sagt Ed. »Ich wette zehn zu eins, daß ihr Fieber bis morgen früh zurückgegangen ist.«

Er hat recht. Amandas Fieber vergeht irgendwann in der Nacht, und zur Frühstückszeit ist ihre Temperatur normal. Sie ist noch immer zu müde, um etwas anderes zu tun, als auf der Couch zu sitzen und fernzusehen, und das kommt Charlie sehr gelegen. Sonst hätte sie vielleicht mit zum Teich gehen wollen, und sie will immer schwimmen. Amanda hat nicht die Geduld, auf besondere Tierarten zu warten.

Charlie und Sevrin haben gestern alle Einmachgläser mit Molchen gefüllt, und abends haben sie sich in Sevrins Keller geschlichen. Die Hälfte der Molche bekam Zuckerwasser; die Kontrollgruppe erhielt nur Salat und Wasser. Jetzt haben sich die Jungen wieder getroffen, sind erneut am Teich, um auf etwas zu warten, das sie gestern nicht erwischt haben. Zumindest Charlie tut das. Sevrin ist damit beschäftigt, ein Sandwich zu essen, und hat es verpaßt. Er glaubt nicht ganz, daß die Schildkröte mindestens drei Fuß groß war.

»Scheiße«, sagt Sevrin jetzt. Er liegt auf dem Bauch, die Hände im kühlen Wasser, Knie und nackte Füße dunkel von Staub. Er hat seinen Hund mitgebracht, einen Golden Retriever namens Felix, den sie an der Leine halten müssen, damit er nicht ins Wasser springt. »Keine Schildkröte kann in einem so kleinen Teich so groß werden.«

»Vielleicht ist sie ein Mutant«, schlägt Charlie vor. »Vielleicht hat jemand radioaktiven Abfall in den Teich geschmissen.«

»Na klar, sicher«, sagt Sevrin und ahmt den zynischen Ton seiner Mutter nach. »Und nur diese hat überlebt.«

»Wir werden sie sehen«, sagt Charlie. »Wenn's sein muß, bleiben wir den ganzen Tag hier sitzen.«

Charlie greift in seinen Rucksack und holt zwei Dosen Orangenlimonade und zwei Mandelriegel heraus. Sevrin lehnt sich zurück und nimmt eine der Limonaden. Laut öffnet er die Dose.

»Ruhe!« flüstert Charlie ärgerlich.

Sevrin rümpft die Nase und schluckt seine Limonade.

Es ist heiß, und Charlie zieht sein Red-Sox-T-Shirt aus. Wenn sie nicht auf die Schildkröte warteten, würde er sofort in den Teich springen. Statt dessen hält er die kalte Limonadendose an seine nackte Haut. Blaue Libellen streichen über die Wasseroberfläche. Hinter den Bäumen entsteht ein neues Wohngebiet, doch die Jungen sind sich dessen nicht bewußt. Noch immer kommen in Morrow Rehe an die Teiche und zu den Sümpfen; Charlie weiß, daß man sie in der Dämmerung sehen kann, wenn man still genug ist.

»Stell dir bloß vor, daß es hier Tyrannosaurier gegeben haben könnte«, sinniert Sevrin. »Sie könnten genau hier, wo wir sitzen, einen Brontosaurier angegriffen haben.«

Charlie öffnet seine Limonadenbüchse und nimmt einen tiefen Schluck. Er macht sich nicht die Mühe, Sevrin zu sagen, daß Tyrannosaurier und Brontosaurier im Abstand von achtzig Millionen Jahren gelebt haben und daß von keinem von beiden in der Nähe von Morrow Fossilien gefunden wurden. Charlie hat schon zu oft gehört, er sei ein Besserwisser, und hat deshalb gelernt, wann er den Mund halten muß.

Sevrin setzt sich auf und nimmt einen Mandelriegel. Er streckt seine Füße ins Wasser, und erschrocken springen kleine Frösche in den Teich. Sevrin sieht sich mit einem entschuldigenden Blick nach Charlie um.

»Glaubst du, daß unsere Mütter reich werden mit dem Buch,

das sie machen?« fragt Sevrin. Felix sitzt vor ihm, hechelnd, und wartet darauf, daß etwas Schokolade herunterfällt. Sevrin ißt den Mandelriegel auf und steckt das zerknitterte Papier in die Tasche. »Vielleicht wird es ein Bestseller. Vielleicht werden wir alle Millionäre. Junge, mein Vater wird durchdrehen. Er sagt meiner Mutter immer, sie solle was Vernünftiges arbeiten.«

»Meine Mutter hat nichts davon gesagt, daß wir Millionäre werden«, sagt Charlie.

»Weißt du, was ich mir kaufen würde?« sagt Sevrin. »Zuerst ein Motorrad und dann eine Yacht.«

Charlie ist gern mit Sevrin zusammen, weil er dann nicht reden muß. Selbst wenn Sevrin eine Frage stellt, erwartet er nicht unbedingt eine Antwort. So war es immer, seit sie drei Jahre alt waren. Sevrin zog im Kindergarten sein Stühlchen neben das von Charlie, und das war's, sie waren beste Freunde. Was Charlie angeht, so hat er kein Bedürfnis nach anderen Freunden, solange er Sevrin hat.

»Ißt du den Mandelriegel auf?« fragt Sevrin.

Charlie hat erst einmal hineingebissen, aber er gibt Sevrin den Rest. Es ist zu heiß für Schokolade; sie schmilzt einem in der Hand.

»Wenn ich auf einer Yacht leben könnte«, fährt Sevrin fort, während er in Charlies Mandelriegel beißt, »würde ich nie in die Schule gehen. Ich würde nach Seesternen tauchen. Und ich würde niemals meine Kleider in den Schrank hängen, weil es keine Schränke gäbe.« Er streckt seine Hände aus, damit Felix die Schokolade ablecken kann.

»Es würde nichts zu essen geben außer Spaghetti«, sagt Charlie.

»Ja. Und zu trinken Orangenlimonade und Kakao.«

Ein Eisvogel fliegt über den Teich, und Charlie stößt Sevrin mit dem Fuß an. Sevrin nickt und notiert den Vogel in dem Logbuch, das er für beide führt.

»Auf der Yacht würde es einen Pool geben«, flüstert Sevrin.

»Ja, mit so einer Rutsche«, flüstert Charlie zurück.

Im Wasser ertönt ein Platschen, als habe der Eisvogel einen Stein hineingeworfen. Als Charlie die Augen verengt, kann er erkennen, daß der Stein sich bewegt. Er stößt Sevrin noch einmal an, und Sevrin schaut automatisch hoch nach dem Eisvogel.

»Ich hab' ihn schon notiert«, sagt Sevrin.

Aus dieser Entfernung sieht sie aus wie ein Stück bemoostes Holz oder ein leeres Faß. Nur, daß Charlie jetzt ihre Augen sehen kann. Charlie hat nicht gewagt, Sevrin zu sagen, was er erhofft. Es ist so irrational, so unwissenschaftlich, aber er hofft, daß sie auf einen Kryptodirus gestoßen sind, eine Schildkröte, die sich im triassischen Zeitalter entwickelt hat, gleichzeitig mit den Dinosauriern, vor etwa zweihundertdreißig Millionen Jahren. Und wenn er darüber nachdenkt, dann scheint es gar nicht so unmöglich, daß noch eine existiert, da alle modernen Schildkröten verwandt sind und sich nicht von denen unterscheiden, die das überlebt haben, was die Dinosaurier nicht überleben konnten.

Wasser spritzt gegen das Ding, das wie ein Faß aussieht. Charlie gibt Sevrin einen festen Tritt, und Sevrin dreht sich zu ihm um.

»He!« sagt Sevrin.

Charlie nickt in Richtung auf den Teich, und Sevrin folgt seinem Blick. Die Schildkröte kommt näher.

»Heilige Scheiße«, sagt Sevrin.

»Das ist sie«, flüstert Charlie.

Sevrin beginnt fieberhaft in sein Logbuch zu schreiben. Charlie sieht zu, wie die Schildkröte noch näher kommt, ehe sie kehrtmacht und untertaucht.

»Das glaubt uns keiner«, flüstert Sevrin.

»Ist doch egal«, flüstert Charlie. »Wir wissen, was wir gesehen haben.«

Sie bleiben noch zwei Stunden, verzichten auf das Mittagessen, aber die Schildkröte kommt nicht wieder an die Oberfläche oder, wenn doch, nur im Schilf, wo sie verdeckt ist. Gegen Abend nehmen sie widerstrebend ihre Räder und machen sich auf den Weg zu Sevrin. Im Unterschied zu vielen Häusern in Morrow, die meist weiß sind und schwarze oder grüne Läden haben, ist Sevrins Haus blau und hat gelbe Fenster. Überall auf der Terrasse hängen Pflanzen an Haken, Töpfe mit Fuchsien und rosa Hängegeranien. Sie lassen den Hund draußen und gehen in die

Küche. Charlie und Sevrin hören das heftige Klappern von Betsys Schreibmaschine. Die Jungen bewegen sich schnell, schnappen sich ein Glas Erdnußbutter, ein Brot, vier Würstchen und ein Paket Zucker, und ehe Betsy sie hören kann, sind sie schon unten im Keller. Betsy möchte oft über etwas Wichtiges mit ihnen reden, wenn sie nichts anderes wollen, als in Ruhe gelassen zu werden, Sevrins weiße Ratte zu füttern oder *Star Trek* anzusehen.

Unten im Keller macht Sevrin die Sandwiches, während Charlie weiteres Zuckerwasser für die Molche anrührt. Die Schildkröte war eine absolut spektakuläre Entdeckung, und doch können sie nicht darüber reden. Noch nicht. Das ist die Sache, die ihre beiden Elternpaare nicht verstehen. Man braucht nicht die ganze Zeit zu reden. Man kann einfach nebeneinander auf alten Holzstühlen sitzen und zwei Sandwiches mit Erdnußbutter und je zwei Würstchen verschlingen, ohne ein einziges Wort zu sagen. Die Molche, die Zuckerwasser bekommen haben, sehen gut aus, viel energiegeladener als die Kontrollgruppe. Charlie macht Notizen in ihrem Logbuch, während Sevrin etwas Erdnußbutter auf den Deckel des Erdnußbutterglases streicht und Cyrus, die Ratte, damit füttert.

Sie gehen erst nach oben, als Sevrins Vater nach Hause gekommen ist und Betsy sie zum Abendessen ruft. Eigentlich ruft sie Sevrin, aber als sie Charlie sieht, legt sie ein weiteres Gedeck auf.

»Weiß deine Mutter, daß du hier bist?« fragt Betsy Charlie, während Sevrin das Glas mit der Erdnußbutter zuschraubt und wieder in den Schrank stellt.

»Ja«, sagt Charlie. »Muß sie wohl.«

Betsy weist auf das Telefon, und Charlie ruft zu Hause an. Er haßt Telefonieren; er versteht nicht, was Amanda und Jessie Eagan sich in all den Stunden, in denen sie miteinander telefonieren, eigentlich zu sagen haben.

»Sag ihr, daß du bei uns schläfst«, flüstert Sevrin Charlie zu.

»Frag sie«, sagt Betsy betont.

Charlie macht einen Kompromiß und sagt zu Polly: »Wenn es okay ist, schlafe ich hier.« Es ist eigentlich keine Frage, und

Charlie weiß, daß seine Mutter ihm keine Schwierigkeiten machen wird; wann immer Charlie oder Amanda krank sind, ist Polly so zerstreut, daß sie demjenigen, der gesund ist, leicht nachgibt.

»Richtig«, sagt Charlie, als er den Hörer auflegt.

»Verstanden, Ende«, sagt Sevrin, als sie sich an den Tisch setzen und darauf warten, etwas zu essen zu bekommen.

»Wie wär's, wenn ihr Jungs helfen würdet«, sagt Sevrins Vater Frank, als er in die Küche kommt.

Sevrins Vater ist groß darin, von ihnen Hilfe zu verlangen, obwohl Charlie bemerkt hat, daß Frank selbst nie viel zu tun scheint.

»Wir hatten einen anstrengenden Tag«, sagt Sevrin zu seinem Vater.

»Ach, wirklich?« sagt Frank.

»Einen richtigen Kryptodirus-Tag«, sagt Sevrin, und er und Charlie lachen hysterisch.

Betsy verteilt aufgewärmte Lasagne, und als Frank enttäuscht aussieht, sagt sie: »Tut mir leid. Ich habe gearbeitet.«

Die Jungen wissen jetzt schon, daß Betsy und Frank sich heute abend streiten werden. Sie streiten sich so ziemlich über alles. Charlie glaubt, daß das für sie ähnlich ist wie Fernsehen. Aber das ist in Ordnung, Sevrin wird sie dann leichter überreden können, ihn und Charlie draußen im Zelt schlafen zu lassen, das sie im Garten aufgestellt haben für den Fall, daß sie allein sein wollen. Gegen neun sind Frank und Betsy oben in ihrem Schlafzimmer und schreien sich an, und Sevrin und Charlie haben sich mit einem Schlafsack, zwei Decken, den fünf restlichen Würstchen, einer Taschenlampe und einer Kanne mit Heidelbeersaft in das Zelt zurückgezogen.

Das haben sie den ganzen Sommer gemacht, manchmal zweimal wöchentlich, und Charlie hat auf alle Sternzeichen gewiesen, die Ivan ihm gezeigt hat: Orion mit seinem weißen Gürtel, Aquarius mit seinem leuchtenden Wasserkrug. Doch heute ist der Himmel so schön, so besternt und schwarz, daß die Jungen schweigend näher zusammenrücken. Es ist beinahe, als hätten sie alles vergessen, was sie wissen, daß nämlich die Sterne aus

Gasen bestehen und größer sind als die Erde. Sie sitzen unter einer riesigen, schwarzen Schüssel, die von Millionen Lichtpunkten durchbohrt ist. Sie sind noch Kinder, vielleicht sollten sie nicht ganz allein hier draußen sein. Vielleicht wird ein Meteor auf die Erde stürzen und ihr Zelt zerschmettern. Als sie ins Zelt krabbeln, einigen sie sich darauf, die Taschenlampe die ganze Nacht brennen zu lassen; sie lassen den Hund zu sich ins Zelt, obwohl er schnarcht, und sie schlafen eng beieinander, Rücken an Rücken gedrängt.

Es ist heiß, sogar noch um Mitternacht, und Charlie und Sevrin schlafen beide unruhig, aber als sie aufwachen, gibt keiner von ihnen zu, daß er Angst gehabt hat. Sie gehen ins Haus, ignorieren das Frühstück, das Betsy für sie hingestellt hat, ehe sie nach oben in ihr Arbeitszimmer ging, und essen statt dessen jeder zwei Stücke kalten Kuchen.

»Laß uns niemand was von der Schildkröte sagen, bis wir beweisen können, daß wir sie gesehen haben«, sagt Charlie.

»Klar«, willigt Sevrin ein.

Charlie weiß, daß der beste Beweis ein Foto wäre, aber er weiß nicht, wie er an eine Kamera kommen soll. Seine Mutter würde nie zulassen, daß er ihre Minolta anrührt; sie behandelt diese Kamera, als sei sie aus Gold, und die alte Polaroid hat er schon seit Ewigkeiten nicht mehr gesehen.

Charlie muß gegen Mittag zu Hause sein, damit er bei Amanda bleiben kann – er soll sie bedienen und ihr Tylenol und Saft bringen, während seine Mutter den Wagen endlich in die Werkstatt bringt, damit er neue Stoßdämpfer bekommt. Sevrin begleitet Charlie den halben Weg mit dem Fahrrad, und sie halten da an, wo sie immer stehenbleiben, an der Ecke Ash- und Chestnut-Street.

»Ich sollte wohl besser nach Hause fahren«, sagt Sevrin. »Wenn ich mein Zimmer aufräume, kauft mein Vater mir vielleicht einen neuen Fußball.«

Charlie nickt, dann schiebt er sein Rad um die Ecke.

»Bis morgen«, sagt Sevrin. Er dreht sein Fahrrad um und beginnt zu treten. »He, Idiot«, ruft er, als Charlie nicht auf Wiedersehen sagt. »Adiós.«

»Adiós«, ruft Charlie zurück.

Auf dem restlichen Heimweg tritt Charlie kräftig in die Pedale. Der Wind ist heiß, aber er fühlt sich trotzdem gut an. Während er am Haus der Crowleys und der Wagoners vorbeifährt, strampelt Sevrin ebenso schnell in die andere Richtung.

Nachmittags läßt die Hitze nicht nach, und bei Pearson's Tierfarm, wohin Ed Reardon und seine Frau Mary die Kinder geführt haben, steigt Staub in dichten Wolken auf und setzt sich in ihr Haar und ihre Kleider. Mary war diejenige, die im Brotkasten altes Brot für die Enten und Gänse gesammelt hat, aber als sie den Streichelzoo erreichen, sagt sie zu Ed: »Geh du mit ihnen rein.« Dann eilt sie in die andere Richtung, wo sie sich auf eine Bank im Schatten fallen läßt.

Eds Töchter betteln um Vierteldollars, damit sie das Babylama mit der Flasche füttern können. Sein Sohn Will klammert sich an seine Beine, weil er sich vor den Zwergziegen fürchtet, die herbeigerannt kommen und sie stoßend und drängend umgeben und nach Brot suchen.

»Sie können dir nichts tun«, sagt Ed zu seinem Sohn.

Um Will zu zeigen, wie lieb die Ziegen sind, beugt Ed sich hinunter, um einer den Kopf zu streicheln, und fängt sich einen Stoß ein. Er hebt Will hoch, damit er den Ziegen Brot hinwerfen kann, ohne zertrampelt zu werden. Im Schatten knöpft Mary einige Knöpfe ihrer Bluse auf und fächelt sich mit der Hand Kühlung zu. Ed beobachtet sie verblüfft, und dann wird ihm klar, was er sieht. Aus dieser Entfernung wirkt sie unzufrieden. Das Glück kam mühelos zu ihnen, sie brauchten nicht darum zu kämpfen. Aber in letzter Zeit herrscht Schweigen zwischen ihnen, und dies läßt Ed an ihrem Glück zweifeln. Er kann Mary Dinge mitteilen, die ihn zutiefst verstören – wie gestern abend, als er Amanda Farrells beunruhigend geringe Anzahl von weißen Blutkörperchen und seinen Entschluß erwähnte, eine Reihe von Tests durchzuführen, Tests, deren positives Ergebnis verheerend wäre –, ohne von Mary eine Antwort zu bekommen. Hört sie ihm nicht zu? Hat sie so viele Geschichten über seine Patienten gehört, daß sie ihn einfach reden läßt?

»Alles in Ordnung mit dir?« fragt er Mary, als die Kinder vom Streichelzoo genug haben.

»Natürlich«, sagt Mary. Sie zieht Will auf ihren Schoß und fühlt nach seiner Windel, um zu sehen, ob sie gewechselt werden muß.

Eds Rufgerät piepst, und er schaltet es rasch ab.

»Wir treffen dich beim Karussell«, sagt Mary.

»Tut mir leid«, sagt Ed. Er sagt das jedesmal, wenn er dienstlich abgerufen wird.

»Wenn ich mich nach all der Zeit nicht daran gewöhnt habe, werd' ich mich nie daran gewöhnen«, sagt Mary, aber Ed macht sich noch immer Gedanken. Manchmal meint er, Mary gebe ihm die Schuld an den Krankheiten seiner Patienten und glaube irgendwie, er benutze seine Arbeit als Ausrede, um sich seiner eigenen Familie zu entziehen.

Ed will es kurz machen und zurückkommen, ehe die Kinder das Karussell verlassen haben, aber er muß zuerst eine Telefonzelle suchen. Endlich findet er eine hinter dem Erfrischungsstand. Es ist drei Uhr, Zeit für den Mittagsschlaf. Überall auf Pearson's Tierfarm sind Kinder weinerlich, wollen getragen werden, verlangen Eis, werden von ihren Eltern gescholten. Als er in seiner Praxis anruft, sagt man ihm, das Labor wolle mit ihm persönlich sprechen. Er muß in seinen Taschen nach Kleingeld suchen und bereut jetzt, daß er seinen Töchtern alle Vierteldollars gegeben hat. Der Telefonhörer in seiner Hand fühlt sich kühl an; die Tasten sind klebrig, als er die Nummer des Labors eintippt. Er weiß, daß etwas nicht stimmt, er spürt es an der Art, wie die Luft vor Hitze prickelt. Er fühlt sich schon schwindlig, ehe er erfährt, daß Amanda Farrell, die er durch Windpocken, Mittelohrentzündungen, Impfungen, einen Armbruch und eine besorgniserregende Blinddarmoperation begleitet hat, sich beim AIDS-Test als positiv erwies. Ed Reardon, Absolvent der Harvard Medical School, der seine Facharztausbildung am Bostoner Kinderkrankenhaus verbracht hat und seit zwölf Jahren eine Privatpraxis führt, setzt sich auf den Boden hinter dem Erfrischungsstand, an dem Limonade und Popcorn verkauft werden.

Er hat vor, sich lange nicht von dort wegzurühren.

Die Nacht ist ruhig, man hört den Chor der Grillen nicht mehr, der den ganzen Sommer lang ertönte. Um Mitternacht weicht plötzlich die Hitze; ein Faden dünner, milchiger Wolken bildet einen Ring um den Mond. Es ist merkwürdig, daß Alpträume sich nicht ebenso in einer Stadt ausbreiten wie Windpocken, nicht durch offene Fenster und angelehnte Türen eindringen.

Ivan liebt kühles Wetter, daher schläft er besonders gut in dieser Nacht. Am nächsten Morgen ist er schon vor neun im Institut. Das Institut liegt in einem kleinen Haus direkt gegenüber dem Stadtplatz, einem kreisrunden Rasen, umgeben von Hortensien und spät blühenden Lilien, der einst als Weideplatz der Gemeinde benutzt wurde. Draußen im Sumpfland in der Nähe des Red-Slipper-Strandes steht das domartige Gebäude, in dem sich das Teleskop befindet. Für Charlie ist dieses riesige Teleskop heute nichts Besonderes mehr, doch Ivan kann sich noch erinnern, wie erstaunt Charlie mit zwei Jahren war, als sich auf einmal die Decke öffnete und den Himmel freigab. Gewöhnlich fährt Ivan nur einmal pro Nacht zum Red-Slipper-Strand hinunter, obwohl in letzter Zeit die graduierten Studenten den größten Teil der Beobachtungen durchgeführt haben, da die Astronomen ihre Vorträge vorbereiten. Ivan hat vor der Konferenz von Miami noch eine Menge Arbeit. Sein besonderes Interesse gilt der Supernova, und soeben ist eine erschienen. In Wirklichkeit erschien sie vor hundertsiebzigtausend Jahren, aber sie ist gerade über Südamerika gesichtet worden. Ivan macht sich unwillkürlich Gedanken darüber, ob er, wenn er am MIT oder an der Universität von Stanford wäre statt bei einem Institut mit geringen Mitteln, jetzt nicht in Chile sein könnte, statt bei der Konferenz auf Informationen aus zweiter Hand angewiesen zu sein. Es gibt am Institut vier Astronomen, fünf graduierte Studenten und zwei Sekretärinnen. Gerade die Kleinheit und die intensive Arbeit des Instituts haben ihm immer gefallen. Jetzt fragt er sich, ob er sich nicht vielleicht mit der zweiten Wahl zufriedengegeben hat.

Als er jung war, wirkte Ivan wie ein umgänglicher, gelassener Junge, aber das war er nicht. Schon im Alter von zehn Jahren hatte er zwei feste Vorsätze: Er wollte Wissenschaftler werden, und er wollte New Jersey und seine Familie verlassen. Noch immer betrachtet er es als seine Rettung, daß das MIT ihn damals akzeptierte. Seine Eltern leben beide nicht mehr, aber seine Schwestern Irene und Natalie wohnen noch immer in Fairlawn. Sie sehen einander jedes Wochenende, und Nat und ihre Familie leben in dem großen Ziegelhaus, in dem sie aufgewachsen sind. Ivan weiß, daß sie über ihn sprechen – nach der Beerdigung seines Vaters hörte er eine Bemerkung in der Küche des alten Hauses mit an. Tatsächlich klatschten sie über Polly, weil sie kein Make-up und keinen anderen Schmuck als ihren Ehering trug, doch es hätte ebensogut ein direkter Angriff auf Ivan sein können. Ivan weiß, es läuft darauf hinaus, daß er und seine Schwestern zwar im selben Haus aufgewachsen sind, aber schon immer in verschiedenen Welten lebten.

Noch immer können sie nicht verstehen, womit Ivan seinen Lebensunterhalt verdient und warum er das tut. Wie es möglich ist, daß sie dasselbe genetische Material haben und trotzdem so total verschieden sind, ist Ivan ein größeres Rätsel als alle Geheimnisse dieser oder einer anderen Galaxie. Und vielleicht ist das der Grund, warum Charlie ihm solche Freude macht. Nicht, daß Ivan eines seiner Kinder mehr liebte als das andere, aber Charlie ist wie er. Er interessiert sich für Wolken und Sternbilder; er hört vielleicht nicht zu, wenn man ihm sagt, er solle sein Zimmer aufräumen, aber er hört zu, wenn im hohen Gras die Grillen zirpen, und Veränderungen am Himmel entgehen ihm nie.

Ivan sitzt früher als alle Kollegen an seinem Schreibtisch, eine heiße Tasse Kaffee und ein Butterhörnchen vor sich, das er unterwegs gekauft hat. Er sichtet die Daten aus ihrem mit der NASA verbundenen Computer, als das Telefon läutet. Er macht sich nicht die Mühe, den Hörer abzunehmen, bis eine der Sekretärinnen, Monica, ihn über die Sprechanlage informiert, daß der Anruf für ihn ist. Er nimmt an, daß es Polly ist, die ihn an etwas erinnern will – in letzter Zeit vergißt er viel –, aber es ist die Stimme eines Mannes, und er erkennt sie nicht.

»Hier spricht Ed«, sagt die Stimme.

»Ed«, wiederholt Ivan und braucht einen Augenblick, bis er diesen Ed als den Kinderarzt identifizieren kann.

»Ich würde Sie gern heute vormittag sehen«, sagt Ed.

Ivan fragt sich, ob sie Dr. Reardon für die letzte Untersuchung der Kinder noch etwas schuldig sind. Er weiß, daß er diesen Monat die Hypothek und die Stromrechnung bezahlt hat, aber an mehr als das kann er sich nicht erinnern.

»Wie wär's um zehn?« sagt Ed.

»Paßt mir eigentlich überhaupt nicht«, sagt Ivan. »Ich muß bis Freitag einen Vortrag fertigmachen. Haben Sie's bei Polly probiert? Sie ist ohnehin diejenige, die die Schecks ausstellt.«

Den ganzen Morgen hat Ed sich gesagt, daß es einfacher sein würde, Ivan allein, ohne Polly, zu unterrichten; ein Wissenschaftler müßte den mutwilligen Weg eines Virus eher akzeptieren können. Jetzt weiß er, daß er sich etwas vorgemacht hat. Niemand kann die Willkür der Grausamkeit akzeptieren. Niemand kann auch nur versuchen, sie zu erklären, und trotzdem muß er sich bemühen, genau das zu tun.

»Dann vielleicht um halb elf?« drängt Ed Reardon.

»Hören Sie, Ed«, scherzt Ivan, »meinen Sie nicht, daß ich für Ihre Praxis ein bißchen zu alt bin?« Schweigen am anderen Ende der Leitung. Ivan kann seinen eigenen Herzschlag hören. »In Ordnung«, sagt Ivan. »Ich fahre gleich los.«

Er sagt Monica, er werde nach dem Essen zurück sein, und geht noch in Max Lymans Büro vorbei, um ihm zu sagen, daß er diese Woche nicht Squash spielen kann. Er braucht weniger als fünfzehn Minuten, um Reardons Praxis zu erreichen. Er sagt der Arzthelferin, der blonden, daß er da ist, und sie geht rasch ins Sprechzimmer des Arztes. Bildet er sich ein, daß sie verlegen aussieht? Bildet er sich ein, daß sie etwas wie Panik ausstrahlt?

Das Wartezimmer ist überfüllt. Ivan findet einen Platz auf der Couch, aber er fühlt sich zu groß für diesen Raum. Er ist seit mehr als einem Jahr mit keinem der Kinder mehr hiergewesen, und er kann sich nicht mehr genau erinnern, ob es daran liegt, daß die Kinder gesund waren, oder ob Polly das übernommen hatte. In den ersten Jahren waren sie dauernd hier, sowohl mit Amanda als auch mit Charlie. Hauptsächlich wegen entzündeter Ohren. Eine Zeitlang sah es so aus, als vergehe kein Monat, ohne daß eines der Kinder eine Mittelohrentzündung hatte.

Ed Reardon kommt heraus, geht direkt auf ihn zu und gibt ihm die Hand. »Gehen wir in mein Sprechzimmer«, sagt Ed. Er läßt Ivans Hand nicht los.

Ein Kleinkind stößt einen Schrei aus, sobald es den Doktor sieht, und die Mutter hält es fest, damit es nicht weglaufen kann.

»Wie ich sehe, sind Sie ja äußerst beliebt«, scherzt Ivan.

Ed öffnet die Tür zu seinem Sprechzimmer und bedeutet Ivan, als erster einzutreten. Ivan spürt, wie er beobachtet wird, als er sich auf einen Stuhl vor dem Schreibtisch setzt. In diesem Augenblick weiß er, daß etwas nicht stimmt.

Später, auf dem Heimweg, wird Ivan an den Straßenrand fahren, nicht weit von der Stelle entfernt, wo die wilden Brombeeren wachsen, die Polly und die Kinder im Sommer gern pflücken. Er hat geweint, seit er Ed Reardons Praxis verließ, doch jetzt beginnt er laut zu schluchzen. Es ist ein entsetzliches Geräusch. Es kommt aus seinem tiefsten Inneren, doch es scheint nicht zu ihm zu gehören, er kann es von außen hören, als wäre es der Schmerz eines anderen. All die Vormittage, an denen er es nicht erwarten konnte, das Haus zu verlassen und ins Institut zu kommen, fallen ihm wieder ein, die Nächte, in denen er zu müde war, um nachzuschauen, wer da weinte, und Polly hinschickte, die verschüttete Milch, das entnervende Geräusch von Zeichentrickfilmen an Samstagen, die Ferien, die Polly und er geplant haben, nur sie beide allein, um einmal den Kindern zu entkommen.

Als das Schluchzen aufhört, sitzt Ivan reglos hinter dem Steuerrad, ohne es loszulassen. Der Gedanke schießt ihm durch den Kopf, Ed Reardon umzubringen. Er ist derjenige, der Amandas Blinddarmentzündung diagnostizierte. Während der Operation kam es zu einer unerwarteten Blutung. Ivan erinnert sich, daß man ihm sagte, sie brauche eine Transfusion. Bei dieser Gelegenheit bekam sie das infizierte Blut. Seither hat er sie fünf Jahre lang allmählich verloren, ohne es zu wissen. Jedesmal, wenn er sie in ihr Zimmer schickte, weil sie frech gewesen war, jedesmal, wenn er nicht zu einem Turnwettkampf ging, in jeder Stunde, in der er tote Sterne betrachtete, verlor er sie ein Stück.

Und jetzt, an einem Donnerstagmorgen, während Amseln in den Brombeersträuchern zwitschern, hat er sie ganz verloren.

4

Sie können den Straßenverkehr von draußen hören. Amanda trägt weiße Jeans und ein mit Wolken bedrucktes T-Shirt; ihr Haar ist mit zwei Spangen zurückgesteckt. Auf dem Schreibtisch der Ärztin steht eine Schachtel mit Geleebohnen von der teuren Sorte, die nach Blaubeeren, Schokolade und Pfefferminz schmecken. Die Ärztin ist hübsch, und Amanda gefallen die Ohrringe, die sie trägt, silberne Mondsicheln, die jedesmal, wenn sie den Kopf bewegt, hin und her schaukeln.

»Verstehst du, was ein Virus ist?« fragt die Ärztin. Sie ist Spezialistin für AIDS bei Kindern und heißt Ellen Shapiro.

Amanda nickt bejahend. Sie sieht so ernst aus wie in der Schule, wenn sie eine Lektion lernt, die später geprüft wird. Polly zwingt sich, den Blick von ihrer Tochter abzuwenden. Auf einem Stuhl mit harter Lehne zu Amandas anderer Seite sitzt Ivan, ohne sich zu rühren; er sieht aus wie versteinert. Das Fenster ist offen, und der Stadtlärm von Boston klingt schrill für jemanden, der an die Ruhe von Morrow gewöhnt ist. In Morrow macht der Wind die meisten Geräusche; im November weht er die Blätter von den Bäumen, heult in wilden Januarnächten in den Schornsteinen und bricht die dünnen blauen Eiszapfen von den Regenrinnen. Vor langer Zeit, vor unendlich langer Zeit, als Polly ein kleines Mädchen in New York war, hat sie den Verkehrslärm nie bemerkt. Jetzt hört sie nicht nur den Verkehr, sondern hinter dem Brummen der Motoren und den Autohupen noch etwas anderes. Sie könnte schwören, daß es das Schreien eines Menschen war.

Polly und Ivan haben sich geschworen, nicht in Gegenwart von Amanda zu weinen, und sie halten sich daran, aber wenn sie allein sind, brechen sie plötzlich zusammen. Sie ertappen sich dabei, daß sie weinen, wenn sie sich die Zähne putzen oder Socken aus einer Schublade nehmen. Sie denken nicht darüber nach, warum sie einander nicht mehr berührt haben, seit Ivan die Schlafzimmertür versperrt und es Polly gesagt hat, oder warum sie beide dieses schreckliche Schuldgefühl haben, als müsse da etwas sein, das sie hätten tun können, um dies zu verhindern, wenn sie nur bessere Eltern gewesen wären.

Gestern, ehe sie es Amanda sagten, schickten sie Charlie mit dem Bus nach New York, um Pollys Eltern zu besuchen. Es war mehr als nur der Wunsch, ihn zu beschützen; die Gegenwart eines gesunden Kindes, und sei es auch Charlie, macht das, was mit Amanda geschieht, realer. Ständig erwägen sie die Möglichkeit einer Fehldiagnose, doch wenn sie abends im Bett liegen, ohne sich anzurühren, fühlen sich beide ohne jede Hoffnung.

Als sie es ihr sagten, starrte sie sie an, als seien sie verrückt geworden.

»Aber nein«, hatte Amanda gesagt, »ich bin nicht krank.«

Während Ivan ihr die Sache mit der Bluttransfusion und dem Virus erklärte, kaute Amanda Kaugummi und starrte an die Decke. Als er fertig war, seufzte sie und sagte: »Also gut. Wie lange muß ich in der Schule fehlen?«

»Wir wissen noch nicht, was mit der Schule sein wird«, hatte Ivan gesagt.

Der Blick, den Amanda ihm zuwarf, verursachte Polly eine Gänsehaut.

»Was?« hatte Amanda geschrien. »Aber das müßt ihr wissen.«

Polly versuchte, sie in den Arm zu nehmen, aber Amanda sprang vom Tisch auf. Sie stand zwischen dem Ausguß und dem Kühlschrank, in die Enge getrieben, einen wilden Blick in den Augen.

»Ich kann nicht krank sein!« hatte Amanda sie angeschrien. »Versteht ihr das denn nicht? Ich kann nicht in der Schule fehlen!«

Sie rannte nach oben in ihr Zimmer und schloß sich ein, und sie ließen sie. Sie ließen sie im Dunkeln sitzen und weinen, sie ließen sie eine Kassette nach der anderen hören, und als sie kurz nach neun am Abend wieder herunterkam, nickten sie, als sie sagte, ihre Augen sähen deshalb so komisch aus, weil sie müde sei. Sie saßen um den Küchentisch und aßen Schokoladeneis. Aber sie sahen einander nicht an; sie wagten nur im Flüsterton zu sprechen. Sie sind zu Schlafwandlern geworden, die durch ihren eigenen Alptraum irren, jeder dem anderen ausweichend aus Angst, ein Wort, ein Satz, ein Kuß könne ihnen klarmachen, daß sie nicht träumen.

Heute morgen, ehe sie nach Boston aufbrachen, hatte Polly eine Kanne starken Kaffee gekocht. Sie hatte sich eine Tasse eingegossen, aber sie konnte nichts trinken. Das Haus war viel zu still; es war wie das Haus in einem Traum, von dem sogar der Träumer weiß, daß es nicht wirklich ist, einfach weil die Ränder der Dinge verschwimmen. Polly fürchtete, wenn sie nach einer Kaffeetasse greifen würde, führe ihre Hand durch eine Wand, und wenn sie den Hahn drehen würde, kämen statt Wasser Spinnen und Steine heraus.

Als das Telefon läutete, nahm Polly automatisch den Hörer ab. Es war Betsy Stafford, die anrief, um ihr heftige Vorwürfe zu machen.

»Wenn du die Fotografin nur spielst, brauchst du es mir bloß zu sagen«, hatte Betsy gesagt, ohne Polly Gelegenheit zu einer Antwort zu geben. »Ich suche mir dann jemand anderen, der mit mir arbeitet.«

Polly war so benommen, daß sie Betsys Stimme nicht erkannt hatte, und war vom Telefon zurückgewichen, als habe sie einen obszönen Anruf erhalten.

»Wir hatten gestern einen Termin, und du warst nicht da. Du bist nicht gekommen, du hast nicht angerufen, nichts.«

Nun merkte Polly, wer dran war, aber sie konnte noch immer nicht sprechen. Als sie den Mund öffnete, fühlte ihre Zunge sich an wie Watte. Zu der Zeit, als Polly in Laurel Smiths Landhaus hätte sein sollen, hatten sie und Ivan sich mit Ed Reardon getroffen, um die im Kinderkrankenhaus gemachten diagnostischen Tests zu besprechen. Zweimal mußte Polly Ivan zurückhalten, sonst hätte er sich auf Ed gestürzt. Und selbst nachdem er versprochen hatte, Ed ausreden zu lassen, zitterte er noch. Er hatte einen Gesichtsausdruck wie ein Wahnsinniger. Es war entsetzlich, Ivan so zu sehen; er ist der am wenigsten gewalttätige Mensch, den Polly kennt, er kann nicht einmal einer Fliege etwas zuleide tun und geht den meisten Streitigkeiten mit gelassener Ruhe aus dem Weg. Es ist nicht so, als kenne Ivan seine eigene Größe und Kraft nicht – er ist einfach nicht zum Kämpfen geschaffen. Er würde sich zu viele Sorgen zum seinen Gegner machen. Doch hier, im Sprechzimmer des Arztes, ließ Ivan seine Fingergelenke knacken; er sah niemandem ins Gesicht. Er hatte Polly schon gesagt, daß Amandas Erkrankung seiner Meinung nach Mord war. Er sucht nach Verdächtigen; wenn er jemals denjenigen finden könnte, der das Blut gespendet hat, das Amanda bekam, würde er ihm den Hals brechen und dem Knacken der Knochen lauschen. Er wird diese Person niemals finden, aber so, wie er sich benahm, sah es aus, als wäre Ed Reardon der nächste auf seiner Liste. Er schien nicht zuzuhören, als Ed und Polly darüber sprachen, wie wichtig es für Amanda sei, weiter zur Schule zu gehen, sondern machte noch immer dieses schreckliche Geräusch mit den Fingerknöcheln. Dann, ohne jeden Grund, stand er plötzlich auf und schrie Ed an: »Gott verfluche Sie!«

Polly stellt fest, daß sie häufiger als gewollt über den wahnsinnigen Ausdruck auf Ivans Gesicht nachdenkt. Sie dachte die ganze Zeit daran, während Betsy sie anschrie.

»Heute morgen solltest du um halb neun bei mir sein, um die letzten Abzüge durchzugehen«, sagte Betsy zu ihr. »Was zum Teufel hast du gemacht? Frühstück für deine Kinder?«

»Amanda ist krank«, hatte Polly darauf gesagt.

»Dann hättest du mich doch anrufen können!« sagte Betsy. »Laß uns einen neuen Termin ausmachen. Sei doch ein bißchen professionell! Laurel hat inzwischen eine erstaunliche Lesung gehalten. Ihre neue Kundin war so außer Fassung, daß sie umfiel und ich ihr ein Valium geben mußte.«

»Sie ist wirklich krank«, sagte Polly.

»Was meinst du?« sagte Betsy.

»Sie hat AIDS«, sagte Polly. Es war das erste Mal, daß sie das Wort ausgesprochen hatte. Es schien ein unmögliches Wort zu sein, ein Wort, das sie eigentlich nicht einmal kennen sollte.

»Sie hat vor sechs Jahren eine Transfusion bekommen. Sie sagen, sie hätte AIDS.«

Am anderen Ende der Leitung herrschte vollkommenes Schweigen. Endlich sagte Betsy: »O mein Gott. Das ist nicht möglich.«

»Nein«, hatte Polly gesagt. »Es ist nicht möglich.«

»Vergiß das Buch«, hatte Betsy zu ihr gesagt. »Vergiß es, bis die ganze Sache vorbei ist.«

Polly gefiel dieser Gedanke nicht. Als sie auf ihre Hände hinunterschaute, sahen sie alt aus. Es hätten die Hände ihrer Mutter sein können.

»In Ordnung«, stimmte Polly zu.

»Ach, herrje«, sagte Betsy dann, »ich hab' vergessen, daß Charlie heute rüberkommen sollte. Ich muß mit Sevrin neue Schuhe kaufen gehen. Für die Schule«, erklärte sie. »Er will unbedingt Reeboks haben.«

»Charlie ist in New York. Wir haben ihn zu meinen Eltern geschickt. Wir können's ihm noch nicht sagen.«

»Natürlich nicht«, hatte Betsy gesagt. »Vor allem, weil sich ja alles noch als Irrtum rausstellen kann. So was passiert dauernd. Bei meiner Mutter haben sie Brustkrebs diagnostiziert und wollten sofort operieren, aber meine Mutter, schwierig wie immer, wollte absolut nicht. Sie gaben ihr höchstens noch ein Jahr zu leben, und das ist jetzt acht Jahre her. Da siehst du, wieviel die Ärzte wissen.«

Aber diese Ärztin im Kinderkrankenhaus scheint eine Menge zu wissen. Sachlich erklärt sie Amanda das AIDS-Virus.

»Das Immunsystem erhält dich gesund«, sagt Ellen Shapiro. »Es ist wie eine Armee, die mithilft, Viren abzuwehren.«

»Ich verstehe das nicht«, sagt Amanda.

»Nun, ohne diese Armee, dieses Immunsystem, ist der Körper anfälliger für Krankheiten. Er kann Infektionen nicht abwehren. AIDS setzt das Immunsystem außer Kraft, und du bist anfällig für Krankheiten, die du nicht bekommen würdest, wenn du nicht mit AIDS infiziert wärst.«

»Das verstehe ich«, sagt Amanda. Sie beugt sich auf ihrem Stuhl vor. »Ich verstehe nicht, warum Kinder das bekommen.«

Polly kann nicht an sich halten, ein Laut dringt aus ihrem Mund. Sie hustet, um den Schluchzer zu verbergen. Ivan sieht zu ihr herüber; er hat den gleichen seltsamen Ausdruck, seine Augen sind ganz leer. Einmal hat er Polly erzählt, er habe gesehen, wie auf dem Highway Nr. 16 ein Hund überfahren wurde; als er aus dem Wagen stieg und das Blut sah, fühlte er sich, als sei er selbst am Verbluten, als sei nichts mehr in seinem Inneren.

Ellen Shapiro steht auf und geht um den Schreibtisch herum. Sie setzt sich auf eine Ecke des Tisches und legt eine Hand auf Amandas Schulter.

»Ich auch nicht«, sagt sie.

Amanda weicht vor Ellen Shapiro zurück; ihr Gesicht wird rot vor Zorn. »Das sollten Sie aber«, sagt Amanda. »Ärzte sollten das wissen.«

»Es ist eine neue Krankheit«, sagt Ellen Shapiro freundlich. »Wir lernen immer mehr darüber.«

»Ich möchte darüber nicht mehr reden«, sagt Amanda. Sie wendet sich an ihre Mutter. »Ich will nicht länger hierbleiben.«

»In Ordnung«, sagt Polly.

Warum sollte Amanda auch hierbleiben? Ein Team unter Leitung von Dr. Shapiro hat sie bereits untersucht. Sie haben in ihrem Mund unter der Zunge zwei kleine Läsionen gefunden, und sie haben Ed Reardons Beobachtung bestätigt, daß ihre Drüsen und Lymphknoten geschwollen und ihre Muskeln entzündet sind. Niemand braucht Polly zu sagen, daß Amanda fast zehn Pfund abgenommen hat; sie sieht das daran, wie lose ihre Kleider sitzen. Die weißen Jeans, die Amanda trägt, waren früher so eng, daß Polly ihr mit dem Reißverschluß helfen mußte. Jetzt werden sie von einem blauen, gewebten Gürtel festgehalten.

»Ich werde mit Ihrem Hausarzt zusammenarbeiten«, sagt Ellen Shapiro.

»Wie tröstlich«, sagt Ivan.

Ellen Shapiro schreibt ihre Telefonnummer auf einen gelben Notizzettel, reißt ihn vom Block und gibt ihn Polly. »Sie können mich jederzeit anrufen, wenn Sie Fragen haben. Ich hoffe, daß Sie Fragen haben werden.«

»Und Sie meinen, Sie könnten unsere Fragen beantworten?« sagt Ivan.

»Sie müssen einsehen, daß niemand daran schuld ist«, sagt Ellen Shapiro. Als Ivan den Blick senkt, wendet die Ärztin sich Polly zu. »Das wissen Sie doch.«

»Ich weiß es«, sagt Polly.

Sie wirft Ed Reardon nicht vor, daß er Amandas Blinddarmentzündung diagnostiziert hat. Tatsächlich fühlt sie sich von Ed getröstet. Mehrmals am Tag möchte sie ihn anrufen.

Warum meint sie dennoch, jemand oder etwas müsse schuld sein?

Draußen im Gang legt Polly einen Arm um Amandas Schulter, während sie zum Aufzug gehen. Sie folgen Ivan, und Polly denkt daran, wie unangenehm es jedesmal war, wenn Ivan sie ausführte und er so schnell ging, daß sie Mühe hatte, mit ihm Schritt zu halten. Sie pflegte ihn damit aufzuziehen und sagte, er habe sich angewöhnt, so schnell zu gehen, weil er so dringend von seiner Familie fort wolle. Mit den Jahren ist Ivans Gang langsamer geworden, aber manchmal, wenn er mit den Kindern zusammen war, merkte Polly, daß die Kinder entweder laufen oder zurückbleiben mußten.

»Machen wir, daß wir hier rauskommen«, sagt Ivan, als sie den Aufzug erreichen. »Gehen wir eine Pizza essen.«

Polly starrt ihn an.

»Das ist mein Ernst«, sagt Ivan. »Gehen wir ins North End.«

Amanda schaut zu Boden und fängt an zu weinen.

»Schätzchen«, sagt Polly, aber Amanda dreht ihr den Rücken zu. »Tolle Idee«, sagt Polly zu Ivan. »Einfach großartig.«

Ivan ignoriert Polly. Er tritt zu Amanda und beugt sich hinunter, um ihr ins Ohr zu flüstern. »Sollen wir einfach nach Hause fahren?« sagt er.

»Ja«, sagt Amanda mit belegter Stimme.

Polly drückt auf den Knopf des Aufzugs. Sie können Charlie nicht länger aus der Sache, die sich in ihrem Leben breitmacht, heraushalten. Polly weiß, daß das feige ist, aber sie wird ihren

Vater bitten, es Charlie zu sagen. Sie kann es einfach nicht, und sie hat Angst, Ivan zu bitten, Angst vor dem, was er einem kleinen Jungen sagen würde.

»Ich hätte zu dieser Ärztin nicht so gemein sein sollen«, sagt Amanda. Ihre Stimme ist ganz leise, wie immer, wenn sie geweint hat.

»Sie hat es dir sicher nicht übelgenommen«, sagt Polly.

Polly hat das Gefühl, sie werde sich auflösen, wenn der Aufzug nicht bald kommt. In diesem Krankenhaus ist es immer viel zu warm; immer hört man das Geräusch von Metall, quietschenden Rädern, Maschinen, Bettpfannen und Essenstabletts, die auf glänzend silbrigen Wagen aneinanderstoßen. Sie wird alles tun, um Amanda dies hier zu ersparen.

»Ich hätte einfach nicht so mit ihr reden sollen«, sagt Amanda. »Ich muß nett zu ihr sein.«

Sie stehen vor dem Aufzug. Polly dreht Amanda um, so daß sie einander ansehen.

»Du brauchst zu niemandem nett zu sein, zu dem du nicht nett sein willst«, sagt Polly zu ihr.

»Es wäre aber besser«, sagt Amanda, »wenn ich will, daß sie mich gesund macht.«

Amanda tritt vor den Aufzug, als die Türen sich öffnen, und Polly und Ivan folgen ihr. Ivan drückt den Knopf für das Erdgeschoß, und als der Aufzug nach unten fährt, gestattet Polly sich einen schwindelerregenden Augenblick der Hoffnung. Sie lehnt sich gegen Ivan; sie hat ihn vermißt. Zusammen durch den Raum fallend, halten sie einander bei den Händen, und sie lassen erst los, als sie die Halle erreichen.

In dieser Nacht merkt Amanda, daß sie sich vor der Dunkelheit fürchtet. Sie macht das Licht in ihrem Wandschrank an und läßt die Tür offen. Sie schaltet ihre Schreibtischlampe ein und legt sich dann ins Bett, aber sie kann die Augen nicht schließen. Die Dinge sehen eigenartig aus. Die Gürtel auf einem Haken in ihrem Schrank sehen aus wie schwarze Schlangen, ihre alten Stofftiere oben auf dem Regal über dem Frisiertisch machen ihr angst: sie sehen aus, als drehten sich die Augen in ihren Köpfen.

Amanda zwingt sich, im Bett zu bleiben und den Kopf auf dem

Kissen liegen zu lassen. Sie probiert es mit einem alten Trick, den ihre Mutter ihr beigebracht hat, als sie noch klein war und häufig Alpträume hatte. Sie wird nur an die Dinge denken, die sie mag; sie wird eine Liste von hundert wunderbaren Sachen machen, und wenn sie Glück hat, wird sie eingeschlafen sein, ehe ihr die wunderbaren Sachen ausgehen.

Bald wird es unmöglich sein, bei offenem Fenster zu schlafen, ausgenommen in den wenigen geheimnisvollen Altweibersommernächten, in denen der Mond orangefarben und die Luft trügerisch warm ist. Aber jetzt ist noch Sommer, zumindest auf dem Kalender. Es ist gut, an Apfelkuchen, silberne Zigeunerarmreifen und Morgenröcke aus rosa Seide zu denken, die spitzenbesetzten, die zu teuer sind, als daß man sie kaufen könnte. Es ist gut, an Kaninchen im Gras zu denken und an die Art, wie ihr Vater lächelt, wenn sie jemanden auf der Straße treffen und er sie als seine Tochter vorstellt. Eines Tages wird sie Bier trinken und ein rotes Kleid mit einem breiten Silbergürtel haben und Ohrringe, die so lang sind, daß sie ihre Schultern streifen.

Spät in der Nacht, irgendwann nach Mitternacht, nachdem Amanda eingeschlafen ist und Ivan sich ein letztes Mal umgedreht hat und endlich auch schläft, steht Polly auf und zieht Jeans und ein altes graues T-Shirt an. Sie ist sehr leise, als sie durch den Flur geht. Alles Geschirr ist vorgespült und in die Geschirrspülmaschine gestellt worden. Es hat keinen Sinn, so zu tun, als wolle sie eine Tasse Tee. Im Dunkeln in der Küche stehend, hört Polly das Quietschen eines Laufrades aus dem Keller und erinnert sich daran, daß Charlie sie gebeten hat, seine Tiere zu füttern. Sie schaltet das trübe Licht auf der Treppe ein und geht nach unten. Es riecht nach Tieren und Erde; Polly fragt sich, was die Mäuse, die durch ihr Haus laufen, denken, wenn sie in diesen Teil des Kellers kommen und Charlies Hamster und Feldmäuse so faul und wohlgenährt in ihren warmen Käfigen sitzen sehen.

Die Feldmäuse starren Polly an, als sie die Futtertüte herausholt. Sie sind nicht weiß wie die Mäuse in der Tierhandlung, sondern klein und braun und haben schwarze Augen; wenn eine über den Fußboden läuft, denkt man, sie sei weiter nichts als ein Schatten.

Heute nacht schläft Charlie im Haus ihrer Eltern in Pollys altem Zimmer, das vor Jahren schon in einen Wohnraum mit einer ausziehbaren Couch für Besucher umgewandelt wurde. Polly hatte früher ein Bett mit gedrechselten Eichensäulen, das ihr Vater, Al, auf einem Flohmarkt auf Long Island gefunden hatte. Polly sah ihm an den Wochenenden zu, wie er dieses Bett wieder herrichtete, und zwar im Keller des Gebäudes, dessen Hausmeister er war und noch immer ist. Dort unten war es stets warm wegen der Heißwasserleitungen in der Decke. Al ließ immer zwei oder drei halbwilde Katzen frei im Keller herumlaufen, um »Mäusevettern« zu vertreiben, und seine Katzen, die immer groß und böse waren, schienen dazu willens und fähig, falls je eine Ratte so dumm sein sollte, ihnen über den Weg zu laufen. Al stibitzte aus der Küche Sachen für sie, Dosen mit Thunfisch, Schweizer Käse, Hühnerflügel. Er bezeichnete die Katzen ungeachtet ihres Geschlechts als seine »Jungs«, und immer, wenn sie einen gestohlenen Happen in den Keller trugen, sagte er zu Polly: »Sagen wir deiner Mutter nichts von dem Abendessen für die Jungs.«

Polly fragt sich noch heute, ob sie hätte merken müssen, daß zwischen ihren Eltern etwas nicht stimmte, aber das, was mit ihnen passierte, schien für Al genauso überraschend zu kommen wie für alle anderen. An den Sommerwochenenden fuhr er nach Blue Point auf Long Island zum Fischen, und eines Sonntags kam er nicht zurück. Polly erinnert sich noch, was sie und ihre Mutter an diesem Tag zum Abendessen hatten: Hackbraten, Bratkartoffeln und Lima-Bohnen. Zum Dessert gab es Geleepudding von der Art, wie Al ihn gern hatte, mit Ananasstückchen darin.

»Wir heben das Essen für deinen Vater einfach auf«, hatte Claire, Pollys Mutter, gesagt.

Claire deckte den Teller mit Alufolie ab und stellte ihn in den Kühlschrank, wo er vier Tage blieb, bis sie ihn schließlich wegwarf. Wenn Mieter anriefen, log Claire und sagte, Al habe Grippe und könne erst nächste Woche den Wasserhahn reparieren oder den Hausflur anstreichen. Sie schrieb jede Beschwerde auf einen gelben Zettel, den sie neben das Telefon gelegt hatte.

»Was ist, wenn er nicht zurückkommt?« hatte Polly ihre Mutter gefragt.

»Dann sagen wir einfach, daß er noch immer Grippe hat«, antwortete ihr Claire.

Wenn Polly im Bett lag, konnte sie ihre Mutter weinen hören, doch morgens sagte Claire nie ein Wort gegen Al, verhielt sich nie so, als sei es etwas Ungewöhnliches, daß sie nur zu zweit am Tisch saßen und ihre Frühstückseier aßen. Einmal wachte Polly nachts plötzlich schweißüberströmt auf. Sie stand auf; sie hatte einen Kloß in der Kehle. Als sie ins Wohnzimmer kam, brannten alle Lampen, doch die Wohnung war leer. Niemand war im Schlafzimmer ihrer Eltern, in der Küche, im Badezimmer. Sie war allein, beide hatten sie verlassen.

Polly wußte, daß sie nicht in der leeren Wohnung bleiben konnte. Sie spürte, wie ihr Herz klopfte. Sie zog ihre Schuhe an und streifte einen Pullover über ihr Nachthemd; sie nahm fünf Dollar aus dem Versteck unter dem Ausguß, das sie kannte. Sie atmete schwer, und vielleicht weinte sie, aber sie wollte nicht auf sie warten, nicht, wenn sie sie verlassen hatten. Ganz allein würde sie verhungern, würde sie vor Durst sterben.

Die Wohnung lag im Erdgeschoß. Polly brauchte also nur durch den Gang, durch die schweren Doppeltüren auf die Straße und zwei Blocks weit nach Osten zu gehen, dann war sie bei der Polizeistation. Sie würde sich als Waise melden, und die Polizisten würden wissen, was mit ihr zu tun wäre. Doch draußen im Flur sah sie, daß die Metalltür zum Keller nur angelehnt war und die Lampen brannten. Polly schlüpfte durch die Tür und lauschte, ob Diebe da waren, doch alles, was sie hörte, war ein tappendes Geräusch. Sie dachte nicht an Kakerlaken oder Ratten. Sie folgte dem Geräusch die Treppe hinunter.

Claire kniete auf dem Fußboden und löffelte Katzenfutter auf die alten, angeschlagenen Teller, die Al dort aufbewahrte. Die Katzen hockten in einer Ecke und beäugten sie argwöhnisch. Als sie merkte, daß jemand sie beobachtete, sah Claire auf und zwinkerte. »Die Jungs«, erklärte sie.

»Du hättest sie verhungern lassen sollen«, sagte Polly zu ihrer Mutter.

»Polly!« sagte Claire.

»Ja, das hättest du tun sollen«, sagte Polly.

Als Al zurückkam, neun Tage später, haßte ihn Polly. Er habe einen Freund besucht, sagte er, aber Polly wußte, daß es eine Freundin gewesen war. Sie hatte ein kleines Haus in Blue Point mit einem Rasen und einer immergrünen Hecke. Al hatte Polly tatsächlich einmal dorthin mitgenommen, und sie hatte fast eine Stunde im Auto gewartet und war endlich mit der Wange an der kratzigen Polsterung eingeschlafen.

»Fabelhafte Angelplätze in Blue Point«, sagte Al, als er wiederkam.

»Bestimmt«, sagte Claire.

»Ich konnte nicht dort bleiben«, sagte Al.

»Das sehe ich«, sagte Claire, und da beinahe Abendessenszeit war, nahm sie ein paar Karotten und Kartoffeln heraus, um sie zu schälen.

»Ist das alles?« hatte Polly zu ihrer Mutter gesagt. »Du nimmst ihn zurück?«

»Bilde dir nicht ein, daß du die Erwachsenen verstehst, denn das tust du nicht«, sagte Al zu Polly.

Polly ignorierte ihren Vater. Sie sah zu, wie ihre Mutter in einer Schublade nach dem Gemüseschälmesser suchte. Sie haßte ihren Vater, aber was sie für Claire empfand, war schlimmer. Sie wußte nicht, wie man es nannte, aber es war Mitleid, und es veränderte etwas zwischen ihnen für immer. Noch heute kann Polly ihre Mutter nicht ansehen, ohne an den Abend zu denken, an dem ihr Vater nach Hause kam, und daher hält sie sich von ihr fern. Sie sieht ihre Eltern so selten wie möglich, und sie zieht es vor, sie zu besuchen, statt sie zu sich einzuladen. Auf diese Weise kann sie jederzeit gehen. Doch heute nacht, während sie in ihrem eigenen Keller sitzt, denkt sie freundlicher an ihren Vater als seit vielen Jahren. Sie denkt an das, was er ihr beigebracht hat: wie man eine Dichtung auswechselt, wie man auf der Unterseite einer lackierten Kommodenschublade nachsieht, um festzustellen, ob sie aus Eichen- oder Fichtenholz ist, wie man im dunklen Keller keine Angst hat und wie Heizungsrohre sich anhören, wenn sie ächzen und Wärme verteilen. Heute nacht schläft Charlie in ihrem alten Zimmer, wo das Muster von Scheinwerfern an der Wand für Polly einst ebenso tröstlich war, wie es heute die Glühwürmchen sind, und Polly hofft, daß wenigstens ihr Sohn heute nacht gut schläft.

Am Morgen braucht niemand Charlie aufzuwecken oder ihn zum Frühstück zu rufen. Um acht Uhr ist er angezogen und fertig, und er ist einer der ersten, die das Naturkundemuseum betreten. Im Museum ist es angenehm kühl, und Charlies Atem läßt das Glas beschlagen, als er in die Fossilienkästen schaut. Er kommt gern in dieses Museum; das ist das beste an den Besuchen bei seinen Großeltern, die nur zwei Blocks davon entfernt wohnen. Normalerweise läßt sein Großvater ihn allein umhergehen. Heute begleitet er ihn von Saal zu Saal, aber das ist in Ordnung. Es ist nicht so, als wäre seine Mutter bei ihm, denn die würde die ganze Zeit reden.

Charlies Großvater schätzt das Museum ebenfalls, seinen Geruch, die dämmrige Beleuchtung, die Art, wie Schritte hallen. Charlie hat seine Eltern immer gebeten, ihn im Bus nach New York fahren zu lassen, und sie haben es ihm nie erlaubt, doch diesmal war seine Mutter selbst diejenige, die vorschlug, er solle allein fahren. Er hat vor, Sevrin etwas aus dem Andenkenladen mitzubringen als Entschuldigung dafür, daß er ihn nicht angerufen und Bescheid gesagt hat, er könne sich nicht um die Molche kümmern. Sevrin war noch nie in New York und kennt nur das Peabody-Museum in Cambridge. Charlie will ihm einen Aufkleber mitbringen, den seine Mutter ihm auf die Jacke nähen kann, irgend etwas wahnsinnig Cooles – er hat einige gesehen, die im Dunkeln leuchten.

»Sieh dir diese Knochen an«, sagt Charlies Großvater Al ab und an, während sie vom Brontosaurus zum Allosaurus gehen. Endlich, vor dem Tyrannosaurus, fügt er hinzu: »Was für ein Ungeheuer.«

Nach etwas mehr als zwei Stunden im Museum sagt Charlies Großvater: »Mir tun die Füße weh. Machen wir eine Pause.«

Sie haben noch nicht viele von Charlies liebsten Ausstellungsstücken gesehen, noch nicht einmal einen Blick auf die Säugetiere geworfen, aber Charlies Großvater läßt sich nicht zum Bleiben überreden. Charlie besteht allerdings darauf, beim Andenkenladen haltzumachen. Dort kauft er einen Aufkleber mit einem Tyrannosaurus für Sevrin und dann, impulsiv, noch einmal den gleichen für sich selbst. Nicht unbedingt, um zu zeigen, daß sie einen privaten Club haben; für so etwas sind sie zu alt. Es soll nur darauf hinweisen, daß sie einen Hang zur Naturwissenschaft haben. Charlie bezahlt an der Kasse und geht dann zu seinem Großvater, der am Eingang auf ihn wartet.

»Können wir später wiederkommen?« fragt Charlie.

Draußen ist es heiß, und nach dem Dämmerlicht im Museum blinzeln Charlie und sein Großvater in der Sonne. Der Geruch von Ruß und Auspuffgasen weht ihnen entgegen.

»Vielleicht«, sagt Al. Er war nie ein guter Lügner. »Wahrscheinlich nicht.«

»Okay«, sagt Charlie. »Dann vielleicht morgen? Wir könnten den ganzen Tag dort bleiben.«

»Setzen wir uns«, sagt Al.

Sie gehen auf einige Bänke zu, und Großvater Al setzt sich hin. Charlie will sich auch hinsetzen, aber er kann dem Gitter hinter der Bank nicht widerstehen. Als er es gerade ersteigen will, klopft Al mit der gewölbten Handfläche neben sich auf die Bank.

»Setz dich zu mir«, sagt sein Großvater zu Charlie.

Charlie setzt sich neben ihn, und Al legt einen Arm um ihn und drückt seine Schulter.

»Deine Mutter hat angerufen«, sagt Al. »Morgen fahre ich dich nach Hause.«

Charlie sieht ihn an und fühlt sich betrogen. Er ist erst gestern abend angekommen, und das soll schon alles sein? Nur zwei Stunden im Museum?

»Das ist nicht fair«, sagt Charlie.

»Nein«, sagt Al, »das ist es nicht.«

Genau deshalb kann man sich mit Großvater Al nicht streiten; er gibt einem immer recht.

»Amanda ist krank«, sagt Al. »Deswegen fahre ich dich nach Hause.«

Charlie trägt alte Turnschuhe, die bis über die Knöchel reichen. Plötzlich merkt er, daß sie ihm zu eng sind. Er kann spüren, wie sie ihm oberhalb der Knöchel ins Fleisch schneiden.

»Wie krank?« fragt Charlie.

»Es ist sehr schlimm«, sagt Al zu ihm. »Es ist ein Virus, das AIDS heißt.«

Charlie steht auf und schaut nach dem Museum. »Ich weiß, was AIDS ist, und ich weiß, daß es ein Virus ist.«

»Sie hat es durch eine Bluttransfusion«, sagt Al. »Bevor man von AIDS wußte, bevor man gespendetes Blut auf Viren untersuchte.«

Charlie beißt sich auf die Lippen, bis Blut kommt. Er ist ein Idiot. Er hätte wissen müssen, daß etwas nicht stimmt, als seine Mutter ihn allein nach New York fahren ließ. Al tritt hinter Charlie und bleibt dicht bei ihm stehen. Charlie fühlt die Untergrundbahn unter der Straße, er spürt die Hitze aus den Schächten. Unwillkürlich fragt er sich, ob da nicht ein Fehler passiert ist.

Vielleicht hätte das ihm zustoßen sollen.

In dieser Nacht hat Charlie Schwierigkeiten einzuschlafen, und als er es endlich tut, träumt er, daß er kein Mensch mehr ist. Über ihm stehen rote Sterne und Feuersbrünste. Die Erde bebt und mit ihr etwas tief in seinem Inneren. Er denkt *Wasser*, weil er es riechen kann. Wasser bedeutet Wärme, also geht er dem Geruch nach. Er hat Glück, noch am Leben zu sein; die Eier seiner Artgenossen waren der Kälte stärker ausgesetzt, und sie sind alle erfroren.

Er kann sich kaum erinnern, was vor der Gegenwart war. Wie es war, dem Ding zu folgen, das ähnlich war wie er, nur größer, und alles zu essen, was es ihm gab, und in Panik zu geraten, wenn er das Ding, das wie er war, aber größer, aus der Witterung verlor, denn er wußte, wenn er es verlor, würde es sich niemals umdrehen, um nach ihm zu suchen. Stehenbleiben bedeutete das Ende.

Ganz am Anfang waren die Eier der anderen da, die er essen konnte, bis er dem Ding folgen konnte, das wie er war, aber größer. Sie waren zusammen, bis das Ding, das wie er war, aber größer, ihn nicht mehr in die Nähe seiner Beute ließ, und er schlug nach ihm. Er hörte ein Röhren aus seiner eigenen Kehle, und er war so hungrig, daß er nicht aufgeben wollte. Das Ding, das wie er war, aber größer, rannte weg und hinterließ eine Blutlache. Dann war er allein, er folgte nicht mehr dem Ding, das wie er war, denn es war nicht mehr größer.

Er weiß genug, um am Leben zu bleiben. Manchmal läßt er sich vom Sonnenlicht beinahe täuschen. Er legt sich hin und fühlt, wie sich sein Körper damit vollsaugt, als könne er sich davon ernähren, aber wenn er zu lange an einem Platz bleibt, wird die Kälte ihn töten. Es gibt Zeiten, da tötet er, um zu essen, doch häufiger ißt er, was er findet. Dinge, die sich nicht mehr bewegen, weil sie erfroren sind. Er bricht sich die Krallen ab, wenn er ihre vereisten Überreste zerreißt. Er sucht in ihren Körpern nach irgendeinem warmen Kern, vielleicht einer fleischernen Stätte, an der er schlafen kann, aber er findet nichts, das ihm Trost gibt.

Überall, wohin er geht, waren einst Sümpfe, Wasser, so warm, daß Dampf aus dem Sumpfgras stieg. Die Dinge waren lebendig. Es gab Hitze, Dinge, die kleiner waren, die man töten und essen konnte, und unzählige grüne Pflanzen. Das war vor seiner Zeit. Ihm ist immer kalt gewesen. Er fühlt sich innen schwarz; außen fallen Schuppen von ihm ab und gefrieren, wenn sie den Boden berühren. Er sieht nicht mehr auf, wenn er am Himmel Dinge explodieren hört. Früher lief er weg und versteckte sich. Früher krallte er sich an der harten, kalten Erde fest. Jetzt bleibt er einfach in Bewegung. Nun geht er auf Wasser zu. Er sucht nach etwas Warmem. Er kann nicht genug essen, um seinen riesigen Körper zu füllen. Wenn er andere seiner Art sieht, ist er bereit zu kämpfen, wenn er muß, aber er will seine Kraft nicht verbrauchen, daher wartet er, und oft sehen die anderen ihn und fliehen.

Tyrannechse wird man ihn nennen, *Tyrannosaurus rex*. Aber er ist kein Tyrann; er hat Mühe, zum Gehen seine Füße zu heben, weil die Kälte unten anfängt und sich nach oben ausbreitet. Wasser. Er kann es riechen. Er folgt weiter dem Geruch, denselben Weg, auf dem er dem Ding zu folgen pflegte, das wie er war, aber größer. Die Erde, auf der er geht, ist so kalt wie eh und je; eine dünne Eisschicht haftet auf seinem Rücken und seinem Schwanz, aber irgendwo, tief in seinem Inneren, ist noch Wärme.

Charlie erwacht kurz vor der Morgendämmerung, erschrocken über seinen eigenen Herzschlag. Er legt die Hände auf die

Brust; seine Haut fühlt sich heiß an. Er zählt von einhundert aus rückwärts, und dabei hört sein Herz zu hämmern auf. Er fällt wieder in einen traumlosen Schlaf, und später, als er erwacht, ist er noch immer müde. Er kann nicht aufhören, an seinen Traum zu denken. Er trödelt beim Frühstück, er sieht bis Mittag fern, zwingt sich dann, zwei überbackene Käsesandwiches zu essen, nicht aus Hunger, sondern um die Zeit totzuschlagen.

Spät am Nachmittag näht Charlies Großmutter ihm einen der Tyrannosaurus-Aufkleber auf seine Jacke, während sein Großvater die Kühltasche holt und Äpfel und Käse und Bier für die Fahrt einpackt. Charlies Großmutter wird nicht mit ihnen nach Morrow fahren. Sie ist ausdrücklich nicht eingeladen. Claire weiß, daß Polly Angst hat, sie werde zusammenbrechen; Polly hat ihr nie Enttäuschungen verziehen; Enttäuschungen, die vor so langer Zeit passiert sind, daß Claire nicht einmal mehr weiß, worin sie bestanden.

Charlie bemerkt, daß die Hände seiner Großmutter beim Annähen des Aufklebers zittern. Sie war früher Näherin bei Bendel's, doch ihre Stiche sind nicht mehr so klein wie einst. Charlie küßt sie zum Abschied, als sie mit der Jacke fertig ist.

»Fahr bloß nicht heute nacht noch zurück«, sagt Claire zu ihrem Mann.

»Glaubst du, ich bin verrückt?« sagt Al, und er zwinkert Charlie zu. Charlies Großvater ist seit fünfunddreißig Jahren Hausmeister des Gebäudes, in dem er wohnt. Er hat einen eigenen Parkplatz in der kleinen Tiefgarage, er kennt fast jeden im Wohnblock, zumindest die langjährigen Bewohner, und er kann alles reparieren oder es wenigstens so aussehen lassen, bis es zum nächsten Mal kaputtgeht. Er hat Charlie seinen ersten Hamsterkäfig aus Holz und Maschendraht gebaut, und er hat einige merkwürdige Angewohnheiten: er trinkt zum Frühstück heißes Wasser mit Zitronensaft, weigert sich, Filme anzusehen, die nach 1952 gedreht wurden, und trinkt immer ein Bier, wenn er aus Manhattan hinausfährt. Das Bier ist das greifbare Objekt, das die Stadt und Als endlose Pflichten als Hausmeister voneinander trennt. Nachdem sie die Triborough-Brücke überquert haben, bittet Al Charlie, eine Flasche Bier zu öffnen.

»Es ist besser, daß deine Großmutter nicht mitkommt«, sagt er zu Charlie. »Sie kann nicht gut mit Krankheiten umgehen. Obwohl ihrer Meinung nach die Ärzte alles heilen können. Ich sage ihr immer, sie hätte einen Arzt heiraten sollen. Stört es dich, wenn ich eine Zigarre rauche?«

Der Geruch verursacht Charlie Übelkeit, aber er sagt: »Überhaupt nicht«, und nimmt eine Zigarre aus dem Handschuhfach. Zu Hause darf sein Großvater nicht rauchen; er muß sich in den Keller setzen, wenn er eine Zigarre möchte. Al gibt Charlie die kalte Bierflasche zum Halten, dann nimmt er die Zigarre und zündet sie an.

»Glaubst du, daß sie sterben wird?« fragt Charlie.

»Tja, mein Junge«, sagt Al, »sterben müssen wir alle, nicht?«

»Red nicht mit mir, als ob ich ein Baby wär'«, sagt Charlie.

»Du hast recht«, sagt Al. »Ich vergaß, wie alt du bist. Soweit ich sagen kann, sieht es nicht gut aus.« Er schaut zu Charlie hinüber. »Willst du auch einen Schluck Bier?«

Charlie sieht seinen Großvater an, um festzustellen, ob er scherzt. Als Augen sind auf die Straße gerichtet. Charlie nimmt einen Schluck Bier; es brennt beim Hinunterschlucken. Es ist ekelhaft. Charlie wischt sich mit dem Handrücken den Mund ab.

»Nicht schlecht«, sagt er.

Sie nehmen die Abfahrt zum New England Thruway. Charlie starrt aus dem Fenster und stellt sich den Tyrannosaurus aus seinem Traum vor. Er ist größer als alle diese Bäume am Straßenrand, größer als die Laternenmasten und die Wassertürme. Der Himmel ist klar, von dem leuchtenden Blau eines Sommerabends kurz vor der Dunkelheit. Charlie denkt an Zähne und Klauen, Blut und Knochen. Er hat immer gedacht, er sei klug, und jetzt, ganz plötzlich, sieht er, daß die Naturwissenschaft ihn dumm gemacht hat. Er hat wirklich daran geglaubt, die Wissenschaft könne, wenn man ihr genug Zeit läßt, jede Frage beantworten, aber sie kann keine Antwort auf das geben, was am wichtigsten ist: Was, wenn keine Zeit mehr ist?

»Ich bin diese Straße so viele Male gefahren, daß ich sie auswendig kenne«, sagt Großvater Al. »Wollen wir ein bißchen Musik machen?«

»Ich will nicht nach Hause«, sagt Charlie.

»Natürlich nicht«, sagt Al, den Fuß fest auf dem Gaspedal.

Den Rest der Fahrt legen sie schweigend zurück bis auf ein paar Lieder, die Charlies Großvater singt, alte Lieder, deren Text Charlie nicht kennt, Liebeslieder, an die Al selbst sich kaum noch erinnert. Nachdem sie Boston passiert haben, beginnt die Luft salzig zu riechen. Sie fahren auf der 95. an Peabody, Gloucester und Ipswich vorbei. An der Ausfahrt nach Morrow sehen sie drei weiße Fischreiher, die am Straßenrand gehen. Charlies Großvater schaltet das Fernlicht ein und trinkt ein zweites Bier; es ist nicht kalt genug, um etwas zu taugen, gewiß nicht dazu, seinen Durst zu stillen. Es gibt keine Glühwürmchen mehr, und es ist früher dunkel geworden als noch vor ein paar Tagen. Sie fahren durch die Stadt, am Park und den Geschäften vorbei.

»Wir sind fast da«, sagt Al traurig.

Sie biegen in die Chestnut Street ein, fahren einen halben Block und kommen dann in die Einfahrt. Ivan ist draußen auf der Veranda. Vielleicht wartet er auf sie, vielleicht will er nur frische Luft schnappen. Er steht auf, als der Wagen vorfährt. Charlie hat Angst, seinen Vater anzusehen, tut es aber doch. Sein Vater sieht genauso aus wie vor zwei Tagen, als er Charlie zum Bus fuhr, nur trägt er jetzt ein blaues Hemd, beige Hosen und Mokassins ohne Socken. Er steht vor dem Haus und rührt sich nicht; er ist auf der Stelle erstarrt. Charlie macht die Autotür auf, ehe der Wagen zum Stehen gekommen ist. Als er auf seinen Vater zugeht, beginnt der Aufkleber, den seine Großmutter auf seine Jacke genäht hat, wie ein vergessenes Stück Meteorasche zu glühen.

Charlie tut sein Bestes, um für den Rest des Abends mit niemandem zu sprechen, und sobald er kann, flieht er in sein Zimmer. Als Amanda hereinkommt, ist das Licht aus, und sie kann nichts erkennen.

»Bist du da?« sagt sie.

Das Fenster ist offen, und das weiße Papierrollo schwingt hin und her und schlägt gegen die Fensterbank. Der Großvater der Kinder bleibt über Nacht, und er und ihre Eltern sitzen draußen auf der Veranda, trinken Bier und reden leise miteinander. So leise, daß Amanda ziemlich sicher ist, daß sie über sie reden.

»Ich bin hier«, sagt Charlie.

Aus irgendeinem Grund will er seine Kleider nicht ausziehen, bevor er zu Bett geht, nicht einmal seine Jacke. Amanda sieht den phosphoreszierenden Dinosaurier und folgt ihm zum Bett. Sie setzt sich auf den Bettrand, und obwohl ihre Augen sich noch nicht an die Dunkelheit gewöhnt haben, kann sie Charlies Gegenwart spüren.

»Wahrscheinlich warst du nicht sehr lange im Museum«, sagt Amanda.

»Zwei Stunden«, sagt Charlie.

»Der Aufkleber ist Spitze«, sagt Amanda. Jetzt kann sie sein Gesicht sehen.

»Wie fühlst du dich?« fragt Charlie Amanda förmlich.

»Die spinnen alle«, sagt Amanda. »Mir geht's gut. Bestens.«

»Ja«, stimmt Charlie rasch zu.

»Ich wünschte, ich hätte nach New York fahren können statt in dieses blöde Krankenhaus«, sagt Amanda.

Amanda ist diejenige, die wirklich nach New York hätte gehen sollen. Sie ist diejenige, die so wild darauf ist, dort zu leben.

»Hast du jemand Berühmten gesehen?« fragt sie.

Sie ist besessen von Berühmtheiten und hat schon George Burns, James Taylor, Sing und Carol Channing gesehen, alle auf der Straße, wo niemand außer Amanda sie anstarrte.

»Nein«, sagt Charlie. »Aber bald ist Labour Day. Alle Prominenten fahren in ihre Ferienhäuser.«

»Mick Jagger geht nach Montauk«, sagt Amanda sehnsüchtig.

Sie lauschen, wie das Papierrollo gegen die Fensterbank schlägt.

»Ich wünschte, der Sommer würde erst anfangen«, sagt Charlie.

Sie hören draußen die erhobene Stimme ihres Vaters; er streitet mit jemandem, mit ihrer Mutter oder Großvater Al, aber sie können die Worte nicht verstehen. Sie wollen sie auch nicht verstehen.

»Sag Mami nichts«, flüstert Amanda. »Ich hab' Halsschmerzen.«

Charlie greift in seine Tasche; hinter dem Dinosaurier-Aufkleber für Sevrin steckt eine Rolle Drops.

»Hier«, sagt er. Er schiebt sie Amanda in die Hand und weicht zurück, als er spürt, wie kalt ihre Hand ist.

»Du kannst dich nicht anstecken, wenn du mich anfaßt oder so«, sagt ihm Amanda.

»Ich weiß«, sagt Charlie verlegen. Davor fürchtete er sich nicht, er fürchtete sich vor der Kälte. Er denkt an seinen Tyrannosaurus, der über den eisigen Boden geht, während der Himmel sich mit Sternschnuppen füllt. »Du kannst die ganze Rolle behalten«, sagt er.

Amanda nimmt ein Bonbon mit Kirschgeschmack und steckt es sich in den Mund. »Danke«, sagt sie. Seit man es ihr gesagt hat, hat Amanda Angst, schlafen zu gehen, aber sie wird immer früh müde. Jetzt steht sie auf. Ihre Augen haben sich angepaßt, und sie kann Charlie sehen, der sich gegen die Wand lehnt, noch immer in Jeans, Jacke und Turnschuhen.

»Ich wollte nur hören, wie's in New York war«, sagt Amanda.

Charlie spürt in seiner Tasche die Ränder von Sevrins Dinosaurier-Aufkleber. »Ich hab' dir was mitgebracht«, sagt er.

»Machst du Witze?« fragt Amanda.

»Nein, wirklich«, sagt Charlie zu ihr.

Er rutscht an den Bettrand und gibt Amanda den Dinosaurier-Aufkleber, der durch die Zellophanhülle glüht.

»Den näh' ich auf meine Sporttasche«, sagt Amanda.

»Klasse«, sagt Charlie.

»Ist der wirklich für mich?« fragt Amanda.

»Ich hab' ihn dir doch gegeben, oder?« sagt Charlie.

»Was hast du damit gemacht, ihn vergiftet?« fragt Amanda.

»Hör zu, wenn du ihn nicht willst, dann gib ihn mir wieder«, sagt Charlie.

»Kommt nicht in Frage«, sagt Amanda. »Danke schön, Spatzenhirn.«

»Bitte sehr, Fuchsgesicht«, erwidert Charlie.

»Du weißt ja«, sagt sie, »Geschenke kann man nicht zurückverlangen.«

»Schon gut«, sagt Charlie, »ich verlang's nicht zurück.«

5

Polly hat mit den Kindern immer bei Bradlee's eingekauft, wenn sie Kleidung oder Schulsachen brauchten, und sie will es auch dieses Jahr tun. Auf dem Parkplatz herrscht ungeheurer Betrieb, doch schon bevor sie ihn erreichen, ist Polly so angespannt, daß ihr Nacken schmerzt. Eine nervöse Angewohnheit aus ihrer Kindheit ist zurückgekommen; sie hat angefangen, mit den Zähnen zu knirschen.

»Mami!« ruft Amanda, als ein zurücksetzender Volvo beinahe mit ihnen zusammenstößt.

Polly verlangsamt die Fahrt nicht. Man hat ihr alles andere genommen, und sie ist nicht bereit, sich jetzt den Parkplatz nehmen zu lassen, den sie in der zweiten Reihe erspäht. Sie fährt so schnell in die Lücke, daß die Kinder nach vorn geschleudert werden, bis ihre Gurte sie zurückhalten.

»Saubere Arbeit, Mami«, sagt Charlie vom Rücksitz.

Polly ist in Schweiß gebadet. Sie hätte gemordet, um diesen Parkplatz zu bekommen. Überall auf dem Gelände sind Mütter, die sich für nichts anderes interessieren als für Cordhosen und Sweater in den richtigen Größen. Polly und Ivan haben sich in dieser Woche dreimal mit Ed Reardon getroffen, und er hat ihnen zu verstehen gegeben, daß die im Augenblick größte Gefahr für Amanda eine Lungenentzündung ist. Ihr Entschluß, Amanda in die Schule gehen zu lassen, ist riskant, nicht für die anderen Kinder, sondern für Amanda, die sich leicht irgendeines der Viren einfangen kann, die so oft in Klassenzimmern herumschwirren. Doch wie sollen sie Amanda das einzige verweigern, das sie sich wünscht und das sie noch haben kann? Sollen sie sie aus Angst, sie könnte sich ein Magenvirus zuziehen, das jedes andere Kind nach vierundzwanzig Stunden los wäre, das sie aber wochenlang ans Bett fesseln könnte, vollkommen isolieren? Das kann doch nicht richtig sein.

Es kann nicht das beste für sie sein.

Gestern abend beim Essen haben sie über die Endwettkämpfe im Turnen gesprochen, die immer im Juni abgehalten werden. Amanda glaubt nicht nur, sie werde daran teilnehmen, sie ist sogar sicher, daß sie gewinnen wird. Sie plant bereits ihre Kür im Bodenturnen für den ersten Wettkampf Ende September und trainiert auf ihrer grauen Matte unten im Keller. Dabei spielt sie ihr Band, *True Blue* von Madonna, so oft, daß Polly das Lied schon auswendig kennt.

Während sie vom Wagen in das Geschäft gehen, muß Polly den Drang bekämpfen, Amanda zu berühren. Amanda neue Schulkleider zu kaufen fühlt sich an, als unterzeichne sie ihr Todesurteil; am liebsten würde Polly ihre Tochter zu Hause behalten und alle Türen abschließen. Sie kann nicht verstehen, wie Ivan weiterhin jeden Tag ins Institut gehen kann, obwohl sie sich versprochen haben, ihr normales Leben so gut wie möglich weiterzuführen. Polly ihrerseits hat ihre Arbeit ganz aufgegeben. Sie würde nicht eine Minute in der Dunkelkammer zubringen, die Ivan ihr im Waschraum im Keller eingerichtet hat, wenn das bedeutete, eine Minute fern von Amanda zu verbringen. Alles, was Amanda ausschließt, ist vergeudete Zeit. Doch natürlich weiß Polly, sie darf niemanden merken lassen, daß nichts außer Amanda mehr zählt.

In den Verkaufsräumen von Bradlee's läuft die Klimaanlage auf vollen Touren, und die fluoreszierenden Lichter flackern. Polly schnappt sich einen Einkaufswagen und geht direkt auf die Abteilung für Mädchenkleidung zu. Charlie, der neue Kleider haßt, ist bereits in die Schreibwarenabteilung abgewandert. Amanda beginnt einen Kleiderständer durchzusehen, auf dem fast nur rote und in Pollys Augen gleich aussehende Kleider hängen. Während Polly einige Strumpfhosen in den Wagen legt, kommt Amanda mit zwei von den roten Kleidern zu ihr.

»Nicht beide«, sagt Polly automatisch. Im gleichen Augenblick bedauert sie ihre Worte. Was zum Teufel macht es schon aus, wenn Amanda beide Kleider bekommt?

»Ich brauche beide...«, beginnt Amanda in weinerlichem Ton.
»Schon gut«, sagt Polly rasch, ehe Amanda etwas erklären kann. Sie nimmt die Kleider, legt sie über den Wagen und geht dann weiter zu den Schlafanzügen. Sie blickt auf und sieht, daß Amanda sie aufmerksam beobachtet. Ehe Polly den Wagen zum nächsten Stand weiterschieben kann, kommt Amanda herüber und nimmt eines der Kleider vom Wagen.
»Dieses ist doch nicht so toll«, sagt Amanda.
»Aber ja«, sagt Polly.
Polly will das Kleid wieder zurücklegen, doch Amanda ist zu schnell für sie. Sie bringt das Kleid zurück zum Ständer, und dort trifft sie jemanden, den sie kennt, eine andere Sechstkläßlerin, die für den Herbst ausgestattet wird. Polly schaut genau hin, um festzustellen, ob der Unterschied zwischen den beiden Mädchen, eins gesund, eins krank, zu sehen ist. Dieses Mädchen, wer immer sie sein mag, ist nicht so hübsch wie Amanda, und als ihre Mutter meint, sie müßten nun gehen, wirft sie ihr einen wütenden Blick zu. Dann sagt sie etwas, worüber Amanda hysterisch lachen muß, und beide verdecken ihre Gesichter und kichern. Zweifellos irgendeine böse Bemerkung über Mütter.

Polly wurde nie in Geschäfte geführt, um Schulkleidung zu kaufen. Ihre Mutter nähte alles selbst, und Polly verachtete jeden Stich. Die Kleider, die Claire schneiderte, waren zu ausgefallen; wenn die anderen Mädchen rosa Wollstoff trugen, hatte Polly einen schwarzen Samtrock mit passendem Umhang. Sie trug Kleider mit verlängerter Taille, wenn bauschige Röcke Mode waren. Heute wünscht sie sich, sie hätte diese Kleider noch, denn sie hat erkannt, daß ihre Mutter ein wirkliches Talent für Mode hatte. Nichts, was ihre Mutter schneiderte, hätte überleben können, denn Polly behandelte die Sachen schrecklich, goß Tinte darüber und riß beim Ausziehen die Säume los.

»Du bist so furchtbar unachtsam!« hatte Claire einmal geschrien, als sie eine weiße Satinbluse, die sie erst vor wenigen Tagen fertiggenäht hatte, da fand, wo Polly sie hatte liegenlassen, zu einem Knäuel zusammengerollt auf dem Fußboden. Später hatte Polly ihre Mutter weinen sehen, als sie die Bluse bügelte. Ihre Mutter war damals im gleichen Alter wie Polly heute. Sie hatte so alt gewirkt, wie sie da bügelte, das Haar mit Kämmen zurückgesteckt. Polly erinnert sich, wie sie dachte, es sei lächerlich für eine erwachsene Frau, in der Küche zu weinen.

Während Polly die Mädchen beobachtet, schleudert Charlie unbemerkt ein Ringbuch mit losen Blättern und eine Lunchdose in den Wagen. Das Krachen läßt Polly zusammenfahren.

»Du sollst dich nicht so anschleichen!« sagt Polly.

»Das ist Janis Carter«, sagt Charlie mit einem Blick auf das Mädchen, das Amanda getroffen hat. »Sie hat eine dänische Dogge, die größer ist als sie. Und intelligenter auch.«

Sie ist nicht intelligent, sie ist nicht hübsch, sie wirft ihrer Mutter wütende Blicke zu. Ein großes, unachtsames Mädchen, das leben wird, bis es eine alte Frau ist, umgeben von Enkelkindern.

»Hol dir zwei Jeans und ein Sweatshirt«, sagt Polly. »Wir treffen uns an der Kasse.«

Verwirrt starrt Charlie sie an.

Polly greift nach zwei Päckchen mit geblümten Unterhosen und einem Morgenrock mit roten Bändern.

»Ich weiß nicht, was für welche ich nehmen soll«, sagt Charlie.

»Amanda!« ruft Polly. »Wir müssen gehen.«

Amanda verabschiedet sich von ihrer Klassenkameradin und kommt auf sie zu.

»Mami«, sagt Charlie, »ich weiß nicht, welche Jeans ich nehmen soll.«

»Sei doch kein Baby!« versetzt Polly. »Nimm, was du siehst.«

»Ich brauche ein ganz großes Ringbuch«, sagt Amanda zu Polly.

»In Ordnung«, sagt Polly.

Da die Klimaanlage so stark aufgedreht ist, fragt sich Polly, ob Amanda wohl friert. Amanda geht zwischen den Regalen durch, und Polly folgt ihr. Auf dem Weg in die Schreibwarenabteilung kommt Amanda an der Schmuckabteilung vorbei. Polly hilft ihr, drei Armreifen auszusuchen, alle in verschiedenen Rotschattierungen. Als sie wieder zu ihrem Einkaufswagen zurückkommt, sieht Polly, daß Charlie noch immer da steht, wo sie ihn zurückgelassen hat, in der Mädchenabteilung. Polly hat vergessen, daß dies auch ihn trifft. Sie denkt daran, wie er ihr überallhin folgte, als er noch klein war. Die anderen Mütter, die sie kannte, pflegten darüber zu lachen und ihn als ihr kleines Entlein zu bezeichnen. »Quak«, rief er ihr zu, wenn er sie im Park brauchte, und die anderen Mütter lachten und sie selbst auch, aber irgendwie brach es ihr das Herz zu wissen, daß er bald sprechen würde wie alle anderen und ihr nicht mehr nachlaufen und sich an ihre Beine klammern würde.

Als er ihren Blick bemerkt, macht Charlie sich auf den Weg in die Knabenabteilung und verschwindet zwischen den Gestellen mit Windjacken und Sweatshirts mit Kapuzen. Es ist viel zu kalt hier drinnen. Polly kann das nicht ertragen. Amanda streift sich Armreifen über, einen nach dem anderen. Als sie einige Hefte und Stifte ausgewählt haben und sich an der Kasse anstellen, wartet Charlie auf sie mit einer Jeans, die ihm erst nächsten September passen wird, und einem dunkelblauen Sweatshirt, das genauso aussieht wie eines, das er schon hat.

Sobald sie zu Hause angekommen sind, geht Charlie nach unten in den Keller. Er haßt seine Mutter und seine Schwester. Tatsächlich haßt er alle. Er kann nicht glauben, daß er so schreckliche Gefühle haben kann, aber er hat sie. Er hat nicht vor, die Kamera seiner Mutter zu stehlen, aber als er die offene Tür der Dunkelkammer sieht, weiß er, daß er es tun wird. Es ist eine Minolta, viel zu teuer, als daß Charlie damit herumspielen dürfte. Er steckt sie in seinen Rucksack und wartet, bis es oben still ist. Dann geht er hinauf in die Küche und ruft rasch bei Sevrin an, doch niemand meldet sich. Also fährt Charlie allein zum Teich, entschlossen, ein Foto von der Schildkröte zu machen. Er merkt, daß niemand ihn vermissen, niemand merken wird, daß er fort ist. Seine Mutter interessiert sich für ihn genauso wenig wie für die Kamera. Vielleicht, ja vielleicht wird Charlie sich nicht einmal die Mühe machen, sie zurückzugeben. Er will sehen, wie lange es dauert, bis Polly merkt, daß sie nicht mehr da ist.

Jetzt, da Polly aufgegeben hat, macht Betsy Stafford selbst Fotos von Laurel Smiths Lesungen. Die neue Klientin, die schüchterne, hat eingewilligt, ihre Sitzungen fotografieren zu lassen, aber es hat nicht gut geklappt. Als Polly Fotos machte, waren ihre

Schritte unhörbar; sie trug oft ein graues Baumwollhemd, das mehr wie eine nebelhafte Form wirkte als wie ein Kleidungsstück an einer menschlichen Gestalt. Betsys Gegenwart aber ist unübersehbar.

»Nur weiter, benehmen Sie sich ganz natürlich«, sagt Betsy zu der neuen Klientin, doch Betsy selbst macht ihr das nicht leicht. Sie flucht jedesmal, wenn sie die Kamera bedient, und mußte das Band im Kassettenrecorder zweimal neu einlegen. Laurel Smith spürt Schweißperlen auf der Stirn und im Nacken. Es ist der Freitag des Labor-Day-Wochenendes, und die Strände sind so überfüllt, daß man die Touristen bis in die sonst stillen Sümpfe hört. Laurel ist bei dieser Klientin auf ziemlichen Widerstand gestoßen. Sie scheint übertrieben gefällig, hat aber etwas Starres an sich; sie ist jemand, der fest daran glaubt, es gebe nur eine Art, Dinge richtig zu machen, ob es sich nun um das Lagern von Butter oder den Kontakt mit einem Geist handelt. Dies ist ihre zweite Sitzung, und es ist Laurel überhaupt nicht gelungen, die Tochter der Frau zu erreichen, eine zwanzigjährige College-Studentin aus Boston, die letzten Sommer umkam, als ein Segelboot im tiefen Wasser kenterte.

Nach der Hälfte der Sitzung beginnt Laurel zu lügen, zuerst tastend, dann, als ihre Klientin sich aufmerksam vorbeugt, mit mehr Selbstsicherheit. Sie schließt die Augen und stellt sich vor, sie sei wieder zwanzig; ihre Stimme wird lauter und höher, als sie beschreibt, wie das Sonnenlicht durch das klare Wasser und das leuchtend weiße Segel des Bootes fällt. Während sie ihr Gefühl von Schwerelosigkeit schildert, öffnet Laurel ein Auge und sieht, daß Betsy sie beobachtet. Betsy hat die Lippen geschürzt; sie weiß, daß Laurel schwindelt.

»Tut mir leid«, sagt Laurel plötzlich. »Ich sehe sie einfach nicht mehr. Ich kann sie nicht erreichen.«

Als die neue Klientin geht, verlangt Laurel kein Geld von ihr. Betsy brummt vor sich hin, während sie ihre Ausrüstung zusammenpackt, und weil sie ihr ausweichen will, geht Laurel in die Küche, um Eiskaffee zu bereiten.

»Ich hätte auch gern von dem, was Sie da machen«, ruft Betsy, als sie Eiswürfel in ein Glas fallen hört.

Laurel nimmt ein zweites Glas und füllt es mit dem Kaffee von heute früh. Sie verabscheut sich selbst; sie spürt ihre Heuchelei überall an sich wie eine Schicht faulig riechenden Schmutz. Sie möchte duschen. Sie möchte sich mit der Schere alle Haare abschneiden und sie den Vögeln hinstreuen, damit sie sie in ihre Nester weben. Laurel kann Betsy im Wohnzimmer herumkramen hören, während sie einen langen Silberlöffel nimmt und den Kaffee in beiden Gläsern mit Sahne verrührt. Gleich darauf kommt Betsy in die Küche und lehnt sich an den Kühlschrank.

»Könnte es sein, daß Ihnen irgendwie der richtige Dreh verlorengeht?« fragt Betsy, als sie nach einem der Gläser greift.

Laurels Schultern versteifen sich. »Nächstes Mal, wenn Polly bei Ihnen ist, wird es einfacher sein«, sagt sie.

Sie bedauert dieses Arrangement mit Betsy. Der Gedanke an ein Buch über sie hat eine Zeitlang etwas in ihr genährt, das sich Ruhm und Geld wünscht. Sie fragt sich, ob sie für ihre Gier bestraft wird. Das war nicht ihre erste verheerende Sitzung; seit Wochen hat Laurel Smith ihre Klienten belogen und ihnen alles erzählt, was sie hören wollten. Doch dies ist das erste Mal, daß sie tatsächlich mit der Stimme eines verstorbenen Geistes gesprochen hat; sie kommt sich vor wie eine Schauspielerin in einem schlechten Stück.

»Polly kommt nicht mehr«, sagt Betsy Stafford jetzt.

Laurel streift ihre Sandalen ab, damit sie das kühle Linoleum spüren kann. Im Winter legt sie Häkelteppiche aus, um ihre Füße warm zu halten.

»Ihre Tochter ist sterbenskrank«, sagt Betsy zu Laurel. »Es ist wirklich unglaublich. Sie hatte vor Jahren eine Bluttransfusion, bevor das Blut getestet wurde, und jetzt hat sie AIDS.«

Laurel Smith nimmt diese Nachricht in sich auf. Sie wünscht sich, sie hätte die rosa Seidenlampe, die Polly so gut gefiel, versetzt, damit sie mit auf die Fotos gekommen wäre.

»Und das schlimmste ist«, sagt Betsy, »daß ihr Sohn der beste Freund meines Sohnes ist. Sie haben zusammen gegessen und weiß Gott was sonst noch. Ihr Junge hat den halben Sommer in meinem Haus geschlafen. Vielleicht haben sie sogar das Bett geteilt.«

Laurel erkennt, daß all das Betsy etwas bedeutet, denn Betsy zittert. Laurel kann Angst riechen.

»Damit muß ich leben«, sagt Betsy.

»Ich verstehe nicht«, sagt Laurel Smith, aber sie fürchtet, daß sie sehr gut versteht.

»Mein Sohn hat Kontakt mit ihrem Sohn gehabt«, sagt Betsy mit brechender Stimme.

»Sie irren sich«, sagt Laurel Smith. »Man holt sich AIDS nicht wie eine Erkältung. Es muß zu einem Austausch von Blut oder Samen kommen. Man holt es sich nicht bei irgendeinem zufälligen Kontakt. Selbst wenn Sie mit dieser Person zusammenleben, selbst wenn Sie in derselben Familie leben.«

»Ach, wirklich?« sagt Betsy wild. »Danke für Ihren medizinischen Rat. Wer weiß, ob sie sich nicht mit Messern die Haut geritzt haben, um Blutsbrüder zu werden.«

Jetzt beginnt Betsy zu weinen. Sie geht fort, ins Wohnzimmer, und packt weinend den Rest ihrer Ausrüstung ein.

Laurel folgt Betsy in den Wohnraum. »Ich glaube, Sie reagieren zu heftig. Wirklich.«

»Na, es ist ja nicht Ihr Sohn, oder?« sagt Betsy. »Und es ist auch nicht Ihr Problem.«

Nachdem Betsy gegangen ist, setzt sich Laurel Smith auf das Korbsofa in ihrem kleinen Wohnzimmer und schaut hinaus auf das Sumpfland. Das Sonnenlicht ist so grell, daß es ihren Augen weh tut. Laurel merkt, daß sie nach draußen muß, daß sie frische Luft braucht. Sie beschließt, auf den kleinen Markt oben an der Straße zu gehen, und Stella, die Katze, folgt ihr dorthin. Laurel kauft Roggenbrot, eine Packung Cheddar-Käse und drei Schokoladenriegel. In letzter Minute verlangt sie noch eine Schachtel leichter Zigaretten. Sie hat seit vier Jahren nicht geraucht, doch nun zündet sie sich eine der Zigaretten an. Der Schwefelgeruch treibt ihr Tränen in die Augen. Laurel Smith mag Betsy Stafford nicht und traut ihr nicht, doch sie merkt, daß etwas von Betsys Angst auf sie abgefärbt hat. Deshalb hatte sie dieses plötzliche Verlangen nach einer Zigarette – sie wollte diesen unangenehmen Geruch der Angst durch irgend etwas ersetzen, und sei es Schwefel.

»Komm weiter«, sagt Laurel zu Stella. »Du gehst auf keinen Fall ins Wasser.« Stella zögert neben dem Weg, der zum Teich führt, bereit, durch Gräser und Büsche davonzuschießen und Schildkröten und Enten zu jagen.

Laurel bückt sich nieder. Sie drückt ihre Zigarette aus, klatscht in die Hände und macht das zischende Geräusch, auf das ihre Katze gewöhnlich reagiert. Stella schaut sie hochmütig an, springt von der Böschung herunter und geht die Straße entlang vor Laurel her. Auf dem ganzen Heimweg denkt Laurel an Polly. Sie erinnert sich, wie Polly einen neuen Film einlegte und eine Tochter erwähnte, deren Namen Laurel vergessen hat. Eine Tänzerin, meint sie gehört zu haben, oder eine Turnerin.

Polly, die nie vorher irgend etwas über ihr persönliches Leben mitgeteilt hatte, hatte zu Laurel gesagt: »Ihr Haar würde meiner Tochter gefallen. Sie will ihr Haar wachsen lassen, bis es so lang ist wie Ihres.«

Laurel biegt von der Straße in ihre Einfahrt ein. Hier weichen die Farne und Ahornbäume dem Seegras, dem Seelavendel und dem Schilf. Der Anblick der Gartenmöbel aus Plastik, die auf dem Sonnendeck stehen, läßt ihr vor Sehnsucht das Herz eng werden. Sie merkt, daß Betsy Stafford sich irrt. Sie hat den »Dreh« nicht verloren.

Sie ist es einfach müde, mit den Toten zu reden.

Das ganze Wochenende lang versucht Charlie, Sevrin anzurufen. Jedesmal wird ihm gesagt, Sevrin sei nicht zu Hause. Charlie sucht die gemeinsamen Lieblingsplätze ab. Die Pizzabude am Rand des Parks, der Basketballplatz hinter der Schule, die Theke im Drugstore. Er geht jeden Tag an den Teich und macht jedesmal Fotos, wenn das Wasser sich kräuselt; er wartet dort stundenlang, doch Sevrin kommt nicht. Am Sonntag schließlich ruft Charlie zur Abendessenszeit bei Sevrin an und erfährt von dessen Mutter, er sei nicht zu Hause. Charlie weiß, daß Sevrin nie das Abendessen versäumt. »Geht es den Molchen gut?« fragt Charlie; es ist ihm egal, daß er ihr geheimes Experiment verrät, doch Betsy legt auf, ehe er eine Antwort bekommt.

»Sie will nicht, daß Sevrin Charlie trifft«, sagt Polly zu Ivan, als sie allein sind. Es dämmert, und sie sehen Charlie draußen; er beobachtet die Straße in der Hoffnung, daß Sevrin auftaucht.

»Das ist paranoid«, sagt Ivan. »Wir haben wirklich andere Sorgen.« Morgen früh treffen sie sich mit den Mitgliedern des Schulkomitees, und sie sind besorgt über die Schnelligkeit, mit der dieses Treffen einberufen wurde, nur Stunden nachdem Ed Reardon das Komitee über Amandas Krankheit unterrichtet hatte. Diese Art von Neuigkeiten verbreitet sich rasch, mit der Geschwindigkeit der Hysterie.

»O Gott, ja«, sagt Polly bitter. »Wir haben wirklich andere Sorgen. Wir haben genug Sorgen für den Rest unseres Lebens.«

»Hör auf«, sagt Ivan zu ihr. »Tu dir das nicht an.«

»Diese Ziege«, sagt Polly.

Ivan rührt in seinem Kaffee. Sie können Madonna unten im Keller *True Blue* singen hören, wo Amanda und Jessie Rollen vorwärts trainieren. Polly kann sich gerade noch beherrschen, um nicht nach unten zu laufen und das Band aus dem Recorder zu reißen. Sie hat schreckliche Angst, daß Amanda sich verletzen könnte; selbst eine Rolle vorwärts scheint ihr zu gefährlich.

»Diese saudumme Ziege«, sagt Polly über Betsy Stafford.

Ivan greift nach Pollys Hand, aber sie zieht sie weg, als habe sie sich verbrannt. Ivan kann seine eigene Einsamkeit nicht ertragen, und er weiß, daß Polly ihre auch nicht viel länger ertragen kann. »Du solltest mit mir reden«, sagt er, als Polly zu weinen anfängt.

»Es gibt nichts zu sagen«, sagt Polly zu ihm.

Sie trinkt ihren Kaffee, obwohl er kalt ist. Sie kann sich Ivan nicht zuwenden, denn wenn sie es täte, müßte sie sehen, wie verletzt er ist. Sie kann Charlie nicht ansehen, der draußen auf den Stufen sitzt und auf einen Freund wartet, der nie kommen wird. Sie kann nicht zuhören, wie Madonna wieder und wieder *True love, oh baby* singt, wenn sie weiß, daß ihre Tochter nie in einer Sommernacht im Dunkeln stehen wird, mehr ihres eigenen Herzklopfens bewußt als der Mücken, die um die Lampe auf der Veranda schwirren, und nie ihr Gesicht ihrem ersten Kuß entgegenheben wird.

6

Als Kind wurde Polly angewiesen, höflich zu Erwachsenen zu sein. Man erwartete von ihr, auch die gröbsten Hausbewohner anzulächeln und ihren Lehrern nie zu widersprechen. Ein artiges Mädchen zu sein ist eine Gewohnheit, die sich schwer durchbrechen läßt; als sie das Büro des Schulleiters betritt, um am Treffen des Komitees teilzunehmen, setzt sich Polly daher rasch zwischen Ivan und Ed Reardon, und wenn jemand sie anstarrt, senkt sie den Blick. Die fünf Mitglieder des Schulkomitees wissen bereits, daß Pollys und Ivans Tochter AIDS hat. Die Schulleiterin, Linda Gleason, hat es ihnen erst Minuten vor Pollys und Ivans Ankunft mitgeteilt. Niemand spricht ihnen sein Mitgefühl aus. Niemand sagt, daß es ihm leid täte. Sie sehen Polly nur dauernd an, und wider Willen hat Polly das Gefühl, schuldig zu sein, als habe sie irgendwie zugelassen, daß ihre Tochter krank wurde.

Linda Gleason, die rotes, lockiges Haar hat, das sich nicht durch Haarbänder und Silberspangen bändigen läßt, ist seit zwei Jahren Leiterin der Cheshire-Schule. Alle lieben sie, nicht nur die Lehrer und die Eltern, sondern auch die Schüler. Sie verfügt über ungeheure Energien, und sie liebt die Kinder, auch die wilden, die regelmäßig wegen ungebührlichen Verhaltens in ihr Büro geschickt werden. Heute abend liegt ein Lächeln auf ihrem Gesicht, aber ihre Haut ist weiß und wirkt allzu straff über die Knochen gespannt. Sie eröffnet das Treffen, indem sie Ed Reardon vorstellt. Die meisten Leute im Raum kennen Ed, er ist ihr Kinderarzt, doch als er den kurzen Vortrag über AIDS hält, den er vorbereitet hat, ist es plötzlich kalt im Raum. Polly wünscht sich, sie hätte einen Pullover angezogen, und sie hofft, daß Amanda und Charlie warme Schlafanzüge tragen. Sie macht sich Sorgen, wenn sie die Kinder allein zu Hause läßt, aber sie behaupten, zu alt für Babysitter zu sein.

Linda Gleason und der Schulinspektor, ein rotgesichtiger Mann namens Scott Henry, erläutern die Politik der Schulbehörden von Massachusetts gegenüber AIDS – Kinder, denen es gut genug geht, um die Schule zu besuchen, dürfen das tun, den anderen muß ein Tutor gestellt werden –, bis ein Komiteemitglied namens Mike Shepard unterbricht.

»Wenn Sie damit sagen wollen, daß dieses Kind weiterhin zur Schule gehen wird, dann kann ich Ihnen versprechen, daß es Probleme gibt. Die Eltern werden sich das nicht bieten lassen.«

Wenn Polly mehr Mut hätte, würde sie sagen, was sie denkt. Sich was bieten lassen? Daß meine Tochter stirbt?

Unter dem Tisch nimmt Ivan Pollys Hand. Polly zieht sie nicht fort, aber sie schließt auch nicht ihre Finger um seine. Sie fragt sich, ob Ivan sich wohl erinnert, daß Mike Shepard die Baufirma leitet, die ein neues Dach auf ihr Haus setzte.

Die Mitglieder des Schulkomitees fragen Ed Reardon, was geschieht, falls Amanda sich schneidet und auf ein anderes Kind blutet; sie wollen wissen, ob ihr Speichel gefährlich ist. Nicht einer von ihnen hört wirklich zu, als Ed erklärt, daß Geschwister von AIDS-kranken Kindern sogar deren Zahnbürsten benutzt haben, ohne sich mit dem Virus anzustecken. Sie hören ihm nicht zu, als er behauptet, die Wahrscheinlichkeit, daß ihre Kinder im eigenen Garten von einem Lastwagen überfahren werden, sei größer als die, sich bei Amanda mit AIDS anzustecken. Jetzt weiß Polly, warum sie, Ivan und Ed Reardon zusammen an einer Seite des Tisches Platz genommen haben. Die Angeklagten.

»Ich meine, die Zeit wird zeigen, ob es für dieses kleine Mädchen am besten ist, einen Tutor zu haben, der zu ihr nach Hause kommt, oder nicht«, sagt Henry, der Schulinspektor.

An dieser Stelle stößt Polly ihren Stuhl zurück und steht auf. Ivan wendet sich besorgt zu ihr um, aber Polly geht aus dem Raum, ohne ihn anzusehen. Sie geht weiter, bis sie die Tür findet, auf der *Mädchen* steht. Innen ist alles klein: die Becken, die Toiletten, die Wasserhähne. Polly beugt sich über eines der

Becken und übergibt sich. Sie hört, daß sich hinter ihr die Tür öffnet, aber sie erbricht weiter.

»Halten Sie den Kopf tiefer, damit Ihnen nicht schwindlig wird«, sagt Linda Gleason.

Linda läßt Wasser in ein anderes Becken laufen und feuchtet einige Papierhandtücher an, die sie Polly reicht. Polly wischt sich das Gesicht ab. Sie hat ihre Bluse beschmutzt, und als sie versucht, sie mit Papiertüchern zu säubern, zittern ihre Hände.

»Verdammt«, sagt Polly.

Linda Gleason nimmt eine Zigarette heraus und zündet sie an. »Das ist gegen die Vorschriften«, sagt sie zu Polly. »Erzählen Sie keinem, daß die Schulleiterin drei Zigaretten am Tag raucht.«

Polly setzt sich auf den Beckenrand. Es ist ihr egal, daß ihr Rock naß wird.

»Sie haben Angst«, sagt Linda Gleason. »Sie werden alles tun, um ihre Kinder zu beschützen. Wie würden Sie empfinden, wenn Ihr gesundes Kind in der Klasse neben jemandem säße, der AIDS hat? Sie würden sich Sorgen machen, die Wissenschaftler könnten sich geirrt haben, könnten entdecken, daß das Virus viel leichter übertragbar ist, als sie dachten.«

»Ich hätte Mitleid mit dem kranken Kind!« sagt Polly. »Ich würde mich nicht vor einem kleinen Mädchen fürchten!«

»Sie würden über die Möglichkeiten einer Infektion nachdenken, so irrational die auch wären. Sehen Sie, es ist Ihr Kind, Ihr gesundes Kind, das da sitzt. Sie müßten ein Engel sein und keine Mutter, wenn Sie nicht besorgt wären. Und genau das werden viele der Eltern auch empfinden.«

Polly und Linda Gleason sehen einander an.

»Auf wessen Seite stehen Sie?« fragt Polly.

»Auf der Seite meiner Schüler«, sagt Linda Gleason.

»Ich verstehe«, sagt Polly.

»Und Amanda ist eine meiner Schülerinnen.«

Polly wischt sich mit dem Handrücken die Augen. »Was sind Sie, ein Engel oder eine Schulleiterin?«

»Beides«, sagt Linda Gleason.

»Sie bleibt«, sagt Polly. »Es ist mir egal, ob sie die einzige

Schülerin der Schule ist, aber sie bleibt. Ich werde ihr das nicht auch noch wegnehmen.«

Linda Gleason raucht ihre Zigarette zu Ende, hält sie dann unter den Wasserhahn und wirft die Kippe in den Abfalleimer. Zusammen verlassen sie die Mädchentoilette, und während sie zum Verwaltungsbüro zurückgehen, kommen sie an einem Wandschmuck der ersten Klassen vorbei, den der Lehrer schon mit Kürbissen und Herbstlaub dekoriert hat. Laß es niemals Oktober werden, denkt Polly im stillen. Geh zurück, August, Juli, Juni, Mai und April. Es ist uns egal, ob wir je wieder einen Herbst sehen.

Als Linda Gleason nach Hause kommt, ist fast Mitternacht. Ihre Kinder, eine Zehnjährige namens Kristy und ein siebenjähriger Sam, schlafen schon lange. Ihr Mann Martin sieht im Bett die Fernsehnachrichten und gibt sich Mühe, wach zu bleiben, bis sie kommt.

Linda bleibt in der Küche stehen, obwohl sie das Summen des Fernsehgeräts hören kann und weiß, daß Martin wach ist. Peepers, ihre Katze, reibt sich an ihren Beinen, als sie den Kühlschrank öffnet. Sie nimmt ein Bier, eine Dose mit gehackter Hühnerleber und dann ein Paket Crackers aus dem Brotkasten und stapelt alles auf ein Tablett, das sie ins Schlafzimmer trägt.

»Hi«, sagt Martin müde. Er setzt sich im Bett auf und beäugt das Tablett mit den Nahrungsmitteln. »Bist du schwanger?« fragt er.

»Mach mich nicht an«, sagt Linda. Sie setzt sich auf den Bettrand und reißt das Crackerpaket auf.

Martin rutscht an ihre Seite. »So schlimm?«

Linda rollt die Augen und merkt, daß sie vergessen hat, ein Messer mitzubringen. Mit den Fingern kratzt sie etwas Hühnerleber aus der Dose und streicht sie auf einen Cracker. Dann graut ihr plötzlich davor. Was sie fühlt, ist nicht Hunger, sondern Übelkeit.

»Welches Kind ist es?« fragt Martin.

»Amanda Farrell«, sagt Linda. »Sie geht in die sechste Klasse. Gute Turnerin.«

Martin kann sich nicht erinnern, von Linda vorher etwas über diese Schülerin gehört zu haben; gewöhnlich berichtet sie zu Hause nur von denen, die Probleme machen.

»Das Schulkomitee wird mir die Hölle heiß machen«, sagt Linda. »Ich muß Schulleiter in Connecticut und New Jersey anrufen, die so was schon mitgemacht haben.«

»Du wirst schon das Richtige tun«, sagt Martin.

Linda ist voller Liebe zu ihm; er glaubt nicht nur an sie, sondern auch an Güte. Sie steht auf und stellt das Tablett auf die Kommode. Wenn die Katze sich nicht darüber hermacht, wird es morgen früh noch da stehen.

»Was ist, wenn es das Richtige nicht gibt?« fragt sie, als sie sich neben ihn ins Bett legt.

»Dann wirst du es erfinden«, versichert Martin ihr.

Am nächsten Morgen, als Linda das Tablett von der Kommode wegräumt, schaltet sie auch das Radio ein. So erfährt sie, daß mehrere Protestler, die sich als Aktionskomitee der Gemeinde bezeichnen, angefangen haben, Flugblätter zu verteilen, auf denen die Eltern vor den Folgen gewarnt werden, die es haben kann, wenn ein AIDS-Patient eine öffentliche Grundschule besucht. Linda hört die Worte, die der Ansager spricht, aber sie meint, sie höre nicht richtig; so etwas geschieht im Süden, es geschieht tief im Landesinneren, wo die Leute leichter zu ängstigen sind als in Morrow. Linda kam bisher als Schulleiterin gut zurecht, und sie hat ihr Bestes getan, um alle zufriedenzustellen. Das wird bald nicht mehr möglich sein. Von jetzt an wird jede Entscheidung, die sie trifft, jemanden unglücklich machen, obwohl sie sich fragt, wer wohl noch unglücklicher sein könnte als Amandas Eltern, wenn sie die Nachrichten hören und erfahren, was da draußen los ist.

Ivan reagiert auf die Proteste, wie es ihm am besten erscheint. Er wirft die Zeitung weg und zieht den Stecker des Radios heraus.

»Denk nicht daran«, sagt er zu Polly. »Reagier nicht darauf.«

Es ist Samstag, und Ivan hat vor, die ganze Familie zum Frühstück auszuführen. Sie gehen immer in ein Café namens The Station, wo es hausgemachte Pommes frites und Blaubeerpfannkuchen gibt, aber heute sagt Ivan, er wolle ein Lokal in Gloucester ausprobieren, von dem er gehört habe und das für seine Armen

Ritter berühmt sei. Er würde Polly oder irgend jemandem sonst nie gestehen, daß er einfach aus Morrow hinausmuß, wenigstens für eine Stunde. In Gloucester kennt sie niemand. Sie werden einfach eine ganz normale Familie sein, die Frühstück bestellt, sich Kaffee nachschenken läßt und eine Extraportion Roggenbrot verlangt.

Polly zieht sich an, sie legt sogar etwas Rouge auf, aber als die Kinder draußen im Auto sitzen, sagt sie Ivan, sie habe Kopfschmerzen. Sie kann nicht mitgehen.

»Bleib nicht allein hier«, sagt Ivan an der Tür.

»Das macht mir nichts aus«, sagt Polly. »Ich werd' Wäsche waschen.«

»Polly, komm mit uns«, sagt Ivan. Er bittet sie um etwas, und sie hat nichts, was sie ihm geben könnte.

»Oh, um Gottes willen«, sagt Polly. »Nun geh schon!«

Er schlägt die Tür mit dem Fliegengitter hinter sich zu. Polly wartet, bis sie sicher ist, daß er nicht zurückkommt. Dann geht sie an alle Fenster und schließt die Läden oder zieht die Vorhänge zu. Sie kann nicht aufhören, über die verschwendete Zeit nachzudenken. Sie möchte alle Stunden sammeln, die durch Teenagerselbstmorde vergeudet werden, und sie für Amanda beanspruchen. Das Telefon läutet, und Polly läßt es läuten. Wahrscheinlich ist es diese schreckliche Gruppe, die Amanda nicht in der Schule haben will, oder ihr Vater, der sie verrückt macht. Al will mit Claire für ein Wochenende, ein paar Tage, vielleicht ein paar Wochen herkommen. Während Polly Amanda zu Blutuntersuchungen ins Krankenhaus fährt, will er mit Charlie Basketball spielen; Claire wird einen Eintopf kochen. Das ist das letzte, was Polly sich wünscht. Sie ist immer auf der Hut, wenn ihre Eltern sie besuchen – wenn nicht, könnte sie ihnen sagen, was sie von ihnen hält –, und sie hat jetzt nicht die Energie, sich zusammenzureißen, sie ist zu verwundet. Wenn Claire und Al eine Weile blieben, würden die Kinder merken, wie schlecht die Dinge in Wirklichkeit stehen, und Polly tut, was sie kann, um ihr Leben normal erscheinen zu lassen. Sie plant alle Mahlzeiten nach dem bestmöglichen Nährwert und achtet sorgfältig darauf, wieviel Amanda von ihrem Lammkotelett, ihrem Broccoli, ihrem

Karamelpudding ißt. Sie sagt den Kindern, daß ihre Zimmer unordentlich sind, obwohl ihr das jetzt vollkommen egal ist, und besteht darauf, daß sie ihre Sachen aufräumen. Sie erinnert Charlie daran, den Müll hinauszutragen, und sie stapelt stets das Geschirr vom Abendessen zusammen, damit Amanda es in die Spülmaschine räumen kann. Doch während sie die ganze Zeit ihrer täglichen Routine folgt, würde sie eigentlich am liebsten ihre beiden Kinder verstecken und rings um sie eine Mauer aus Ziegelsteinen errichten, damit ihnen niemand Schaden zufügen kann.

Das Telefon läutet weiter, und Polly schaut es an und stellt sich vor, es könnte explodieren. Es gibt niemanden, mit dem sie reden möchte, aber das Läuten macht sie verrückt. Was, wenn es Ed Reardon ist, was, wenn er entdeckt hat, daß Amandas Blutprobe im Labor verwechselt wurde und ein anderes Kind positiv ist? Polly nimmt den Hörer ab und weiß im gleichen Augenblick, daß sie einen Fehler gemacht hat.

Ihr Vater.

»Wir wollten euch diese Woche mal besuchen«, sagt Al.

Er tut, als hätten sie nicht schon ein Dutzend Male darüber gesprochen.

»Daddy«, sagt Polly müde.

»Deine Mutter kann binnen zehn Minuten einen Koffer packen und auch noch alles in Seidenpapier wickeln.«

Das ist keine leere Drohung. Polly hat ihre Mutter schon dabei gesehen.

»Auf keinen Fall«, sagt Polly.

»Nächstes Wochenende«, sagt Al. »Wir kommen Freitagabend an.«

»Ich lege gleich auf«, sagt Polly zu ihm.

»Was hast du gegen uns?« sagt Al. »Was haben wir dir Schreckliches angetan?«

»Nichts«, sagt Polly. »Hör zu, ich will nicht, daß Mutter sich aufregt.«

Das entspricht ganz und gar nicht der Wahrheit, und Al weiß das; er lacht ein eigenartiges, düsteres Lachen. Seit damals, als ihre Mutter ihren Vater wiederaufgenommen hat, hat Polly ihr nichts als Schwäche zugetraut. Das ist genau das, was sie jetzt nicht brauchen können, eine schwache alte Frau, die in ihrer Küche weint.

»Sie ist unsere Enkelin«, sagt Al. »Du kannst uns nicht daran hindern, ihr zu helfen.«

»Mach, was du willst«, sagt Polly gepreßt. »Das hast du ja immer getan.«

Nachdem sie den Hörer aufgelegt hat, beginnt Polly zu weinen. Als sie ein Kind war, glaubte sie nicht an Pech. Sie meinte, ihre Kindheit sei unglücklich, weil ihre Eltern sie nicht liebten, und konnte es gar nicht erwarten, ihnen zu entkommen. Was das Glück betraf, so irrte sie sich, wie sie jetzt erkennt, und der Gedanke, wo sie sich sonst noch geirrt haben könnte, erschreckt sie. Sie weiß, wenn ihre Eltern zu Besuch kommen, wird Claire den Nachttisch im Gästezimmer abstauben und die gerahmten Familienfotos aufstellen, die sie immer in ihrem Koffer hat. Sie wird einen grünen Müllsack mit dem Seidenpapier füllen, das sie benutzt hat, um Als Pullover und Schuhe einzuwickeln. Die Kinder werden entzückt sein, ihre Großeltern zu sehen. Das sind sie immer. Polly kann nicht glauben, daß Al und Claire ihr auch nur ein Zehntel der Aufmerksamkeit geschenkt haben, die sie Charlie und Amanda widmen, doch da fällt ihr plötzlich der Samtumhang ein, den Claire für sie genäht hat. Jeder Stich war Handarbeit, und die Stiche waren so klein, daß man sie nicht sah. Es dauerte lange, etwas so Vollkommenes zu machen, länger, als Polly sich je vorgestellt hätte.

An diesem Abend, als die Kinder im Bett sind, breitet Ivan seine Arbeit auf dem Kaffeetisch aus und fängt an, seinen Vortrag durchzusehen. Er kann Polly in der Küche abwaschen hören; er hört Wasser aus dem Hahn laufen und das Klappern von Tellern. Ivan lehnt sich auf dem Sofa zurück und läßt die Arme fallen. Es hat keinen Sinn, seine Arbeit noch einmal zu lesen; er kann an nichts anderes denken als an Blut, Knochen und Antikörper. Er wird nicht nach Florida fahren, und er wird seinen Vortrag nie halten. Er geht in die Küche, um Polly das zu sagen, doch als er in der Tür steht, sieht er, daß sie nicht wirklich abwäscht. Sie steht einfach da und läßt das Wasser laufen, damit er denkt, sie wasche ab. Also wird er sie allein lassen. Das ist es, was sie will.

Ivan geht durch den Wohnraum zurück; er greift nach seiner Jacke und seinen Autoschlüsseln und geht durch die Vordertür, die sie nie benutzen. Als er den Karmann-Ghia anläßt, dringt Rauch aus dem Auspuffrohr, und der Motor spuckt. Direkt über dem Spülbecken, wo Polly steht, ist ein Fenster. Sie kann sehen, wie Ivan den Wagen warmlaufen läßt; wenn sie wollte, könnte sie ihn aufhalten, ihn wenigstens fragen, wohin er fährt. Aber sie tut es nicht, sie versucht es nicht einmal. Ivan fährt hinaus zum Red-Slipper-Strand. Zwei kleine Rehe laufen über die Straße, und er muß abrupt bremsen. Er kann sein Herz schlagen fühlen, er kann seine Einsamkeit fühlen, als sei sie aus greifbarem Stoff.

Er parkt vor dem Observatorium neben einem alten, zerbeulten Mustang und kurbelt das Fenster herunter, um den Ozean zu hören. Es ist Ebbe, und der Algengeruch ist stark. Ivan weiß nicht, ob er seinen Kollegen ausgewichen ist oder sie ihm, aber er fühlt sich, als habe er seit Wochen mit keinem anderen menschlichen Wesen mehr gesprochen, abgesehen von den oberflächlichen Unterhaltungen mit Polly, bedeutungslosem Gerede über die neuen Kleider, die sie für die Kinder gekauft hat, oder die Kosten der neuen Stoßdämpfer für den Wagen. Er sieht einen der graduierten Studenten, einen Jungen namens Sandy, das Observatorium abschließen. Sandy winkt Ivan zu, als er in seinen Wagen steigt, und Ivan winkt zurück. Er wartet, bis der Junge weggefahren ist; dann steigt er aus und geht zum Observatorium. In seiner Brieftasche, zwischen zwei Zwanzigdollarnoten, steckt eine Telefonnummer, die er seit Tagen mit sich herumträgt. Max Lyman im Institut hat ihm die Nummer gegeben. Max' Vetter ist Sozialarbeiter und hilft mit, in Boston einen AIDS-Notdienst einzurichten, eine Schwulenorganisation, von der Ivan noch nie gehört hat.

Jeder, der das Observatorium betritt, muß sich eigentlich eintragen, doch heute abend kümmert Ivan sich nicht darum. Er ist nicht hier, um Sterne zu betrachten. Er geht ins Büro, schaltet eine Schreibtischlampe ein und setzt sich in den alten Ledersessel, in dem er schon tausendmal gesessen hat. Der Telefonhörer ist kalt, als er ihn aufnimmt, so kalt, wie ein Teleskop sich am Auge anfühlt. Als eine menschliche Stimme seinen Anruf beantwortet, ist Ivans Kehle so eng, daß das, was herauskommt, sich nicht wie verständliche Sprache anhört. Aber die Stimme am anderen Ende redet weiter, sagt Ivan, das sei schon in Ordnung, er brauche noch nichts zu sagen, er solle einfach weiterweinen. Die Stimme gehört einem Mann namens Brian, der zwei Nächte pro Woche Telefondienst hat. Das merkwürdige ist, daß er sich gar nicht wie ein Fremder anhört, und vielleicht ist das der Grund, warum es Ivan immer leichter fällt, ihn anzurufen, so daß er eine Woche später die Nummer gar nicht mehr auf dem Zettel nachsehen muß.

Er kennt sie auswendig.

7

Amanda und Jessie Eagan sitzen in der Schule immer nebeneinander. Sie sind seit drei Jahren beste Freundinnen und können einander Zettel so blitzschnell zustecken, daß ein Lehrer Röntgenaugen bräuchte, um sie zu erwischen. Am Morgen des ersten Schultages wartet Jessie schon, als Polly vor der Schule vorfährt. Amanda und Jessie haben ihre Aufmachung sorgfältig geplant; sie tragen die gleichen getupften Kleider, die sich nur dadurch unterscheiden, daß Amandas Kleid von ihrer Großmutter Claire, die über das Labor-Day-Wochenende zu Besuch ist, makellos gebügelt worden ist.

Es war nicht ganz so verheerend, wie Polly gemeint hatte, obwohl Claire, die nie daran glaubt, daß Geschirrspülmaschinen so gute Arbeit leisten wie sie selbst, es schaffte, jedesmal, wenn Polly nicht aufpaßte, das ganze Geschirr von Hand zu waschen. Al hat geschworen, wiederzukommen und die zerbrochene Eingangsstufe zu reparieren. Er spielte mit Charlie endlose Monopoly-Partien und verlor jedesmal, und am Sonntag fuhr er Amanda und Jessie in das Kino im Einkaufszentrum und ging mit ihnen in einen Film, den zu sehen ihre Eltern ihnen verboten hatten. Am Montagabend, als ihre Eltern sich für die Abreise fertigmachten, hatte Polly das Gefühl, im Stich gelassen zu werden. Sie bestand darauf, daß ihre Eltern zum Essen blieben, obwohl das bedeutete, daß sie in den schlimmsten Rückreiseverkehr nach New York kommen würden. Es ist schrecklich, das zuzugeben oder auch nur zu denken, aber sie hat Angst, mit Ivan allein zu sein.

Mit jedem Tag kommt er ihr mehr wie ein Fremder vor. Er verschwindet zu eigenartigen Zeiten, vermeidet es, ins Institut zu gehen, und hat Amanda eine strenge Diät mit hohen Dosen Folsäure und Vitamin C verordnet. Einmal, als Polly in seiner

Mappe einen Stift suchte, fand sie einen Ordner voller Artikel über alternative Therapien für AIDS-Patienten. Sie ließ den Ordner auf den Boden fallen; ihre Hände fühlten sich an, als habe sie sich verbrannt. Das sieht Ivan ganz und gar nicht ähnlich, ihm, der immer an die Wissenschaft, die Medizin, an erprobte und bewiesene Heilmittel geglaubt hat. Amanda beklagt sich über die Vitamine, sie sagt, ihr werde übel davon, aber Ivan bleibt hart; er gibt ihr Gläser mit Gatorade oder Hawaii-Punsch, um die Kapseln hinunterzuspülen. Als Polly vorschlug, sie sollten mit Ed über die Vitamine und die ballaststoffreiche Diät sprechen, die Ivan für alle einführen wollte, lehnte Ivan ab. Was kann er uns bieten, fragte Ivan Polly. Nichts.

Bisher sind fünf Kinder bei privaten Schulen angemeldet und schon vor dem ersten Schultag von der Cheshire-Schule genommen worden. Obwohl Linda Gleason Polly jedesmal anruft, wenn ein Eltern- oder Lehrertreffen stattfindet, macht Polly sich nicht die Mühe hinzugehen; sie kann keine Zeit vergeuden, die sie besser zu Hause verbringt, mit Amanda. Sie bedauert Linda Gleason, die versuchen muß, alles unter Kontrolle zu behalten, aber sie bedauert die Schulleiterin aus der Ferne; es ist dem Betrachten einer Marionettenvorführung nicht unähnlich.

Von ihrem Parkplatz vor der Schule aus kann Polly auf dem Gehsteig zwei Personen sehen, die Pamphlete an die Eltern verteilen. Eine von ihnen, eine Frau in blauem Baumwollkleid, kommt ihr bekannt vor; Polly meint, ihr Kind könnte mit Charlie im Kindergarten gewesen sein. Polly will Amanda nicht allein hineingehen lassen, doch als sie sich anschickt, aus dem Wagen zu steigen, reagiert Amanda aufgebracht.

»Du kannst nicht mit mir reingehen«, behauptet sie.

»Gibt es eine Regel, die das verbietet?« sagt Polly. »Ich sehe da auch andere Eltern.«

Charlie schnappt sich seinen Rucksack und sein Ringbuch und benutzt die Gelegenheit, um sich davonzumachen.

»Bis später«, ruft er, und als er fortläuft, wirft Amanda ihm einen wütenden Blick zu.

»Ich bring' dich nur bis zur Tür«, sagt Polly. Es ist schlimm genug, für einen ganzen Tag von Amanda getrennt zu sein. Unmöglich, sie an diesen Leuten vorbeigehen zu lassen, die Flugblätter gegen sie verteilen.

»Mutter!« sagt Amanda. »Ich bin in der sechsten Klasse!«

Amandas Haarspangen sitzen so fest, daß Polly ihre helle Kopfhaut sehen kann. Ihr Nacken ist zart und blaß. Draußen auf dem Gehsteig wartet Jessie und tritt von einem Fuß auf den anderen.

»Ich hol' dich um drei ab«, sagt Polly.

»Um vier«, sagt Amanda.

»Vier?« fragt Polly.

»Heute ist das erste Training«, erklärt Amanda. »Ich will nicht, daß du deshalb so ein Aufsehen machst.«

Amanda beugt sich vor und küßt sie zum Abschied, aber Polly kann spüren, wie es das Mädchen drängt, aus dem Auto hinauszukommen. Amanda öffnet die Tür und läuft auf Jessie zu. Als die zwei einander erreichen, haken sie sich unter und beginnen zu reden.

»Meine Mutter wollte mit reinkommen«, vertraut Amanda Jessie an. Sie schaut zurück und winkt Polly zu. Polly winkt zurück und zwingt sich dann wegzufahren.

»O Gott«, sagt Jessie mit echtem Mitgefühl.

»Ich sehe doch nicht krank aus, oder?« fragt Amanda.

»Du siehst glänzend aus«, sagt Jessie. »Dein Kleid steht dir phantastisch.«

Amanda lächelt, aber als sie durch die Tür treten, hat sie Angst. Angst, sie müßte sich übergeben oder Schlimmeres. Sie zögert, bis Jessie sagt: »Wenn jemand was Gemeines zu dir sagt, verhaue ich ihn.«

Amanda lacht darüber, vor allem, weil Jessie so klein ist. Es ist seltsam, aber sogar wenn sie lacht, spürt sie etwas Heißes hinter den Augen. Manchmal hält sie den Atem an und versucht sich vorzustellen, wie es ist, wenn man tot ist. Wie würde es sein, wenn sie ihren Körper verließe? Sie hat nie an den Himmel geglaubt, aber jetzt ist sie unsicher: Schlaf, weiße Wolken, Flügel. Könnte sie daran wirklich glauben? Nein, das kann sie nicht. Es ist einfacher, sich vorzustellen, daß man mit der Erde eins wird. Das könnte sie glauben; aus ihrem Körper würden Gras, Rosen und

Stiefmütterchen wachsen. Beinahe könnte sie das glauben, wenn es nicht ihr selbst zustieße.

»Sieh dich nicht um«, sagt Jessie Eagan auf dem Gang.

Amanda späht über die Schulter und sieht einen Jungen, der ebenfalls in die sechste Klasse geht, Keith Davies.

»Er starrt dich an!« flüstert Jessie laut, aufgeregt.

»Nein, tut er nicht«, sagt Amanda, aber als sie sich umschaut, starrt er sie an. Er sieht ein bißchen dämlich aus, aber irgendwie auch ganz süß.

»Die sechste Klasse ist überhaupt die beste«, sagt Jessie.

»Ja«, stimmt Amanda zu. »Bist du soweit?«

»Ja, bin ich«, sagt Jessie, aber als sie ihr Klassenzimmer betreten, vergessen sie für einen Augenblick, daß sie jetzt Sechstkläßlerinnen sind, und halten sich an den Händen.

Um Viertel vor drei machen Amanda und Jessie sich auf den Weg in die Turnhalle, die gleichen rosa Sporttaschen über die Schulter gehängt.

»O nein, nicht Charlie«, sagt Jessie dramatisch, als sie ihn vor der Turnhalle stehen sehen.

Amanda ist verwirrt, als Charlie nicht gleich eine Erwiderung parat hat. Gewöhnlich fällt ihm in null Komma nichts irgendein häßliches Wortspiel mit Jessies Namen ein. Amanda selbst ist fröhlich; niemand hat etwas Böses zu ihr gesagt, und ihre Lehrerin, die Amanda für eine Lehrerin viel zu hübsch und zu jung vorkommt, hat sie beiseite genommen und ihr gesagt, sie freue sich, sie in der Klasse zu haben, und wenn sie den Unterricht versäumen müsse, könne man ihr die Arbeiten nach Hause schicken. Amanda hat nicht vor, in der Schule zu fehlen. Sie ist ein bißchen nervös wegen des Turntrainings, und sie hofft, daß die Schmerzen in ihren Beinen ihr keine Probleme bereiten und sie von der Spitze vertreiben werden.

»Na, was ist los?« sagt sie zu Charlie. Eigentlich möchte sie nicht im Gespräch mit einem Drittkläßler gesehen werden. Charlie zuckt die Achseln, daher wendet sich Amanda an Jessie und sagt: »Wir treffen uns im Umkleideraum.«

»In Ordnung«, sagt Jessie und geht weiter, »aber mein Vater macht dir die Hölle heiß, wenn du zu spät kommst.«

»Was ist los?« fragt Amanda Charlie.
Charlie zuckt wieder die Achseln. Er hat ein flattriges Gefühl im Magen.
»Nun sag schon«, sagt Amanda. Sie kann den Trainer in der Turnhalle hören.
»Sevrin ist nicht in der Schule«, sagt Charlie.
»Na und?« sagt Amanda. »Ruf ihn an und frag, was er hat.«
»Er ist nie da, wenn ich anrufe«, sagt Charlie.
Amanda fühlt in ihre Sporttasche, um sich zu vergewissern, daß sie ihr Band nicht vergessen hat. Sie hofft, daß der Trainer sie nicht wegen Madonna aufziehen wird, was er manchmal tut, wenn ein Mädchen zu Rock-and-Roll-Musik turnen will.
»Na, dann geh doch einfach bei ihm vorbei«, sagt Amanda zu Charlie.
Charlie sieht sie an und blinzelt. Darauf hätte er selbst kommen sollen.
»Ja«, sagt er.
»Ab und zu könntest du ruhig versuchen, dein Hirn zu benutzen«, sagt Amanda. Dann läuft sie in Richtung Umkleideraum. Dabei bemerkt sie zwei Mädchen aus dem Team, Sue Sherman und Evelyn Crowley, die sie anstarren. Amanda wendet sich ab und zieht rasch ihr Trikot an. Sie wünscht, sie trüge einen BH, aber ihre Mutter hält sie dazu für zu jung.
»Sie wissen, daß sie dich erst mal schlagen müssen«, sagt Jessie Eagan, als sie neben Amanda tritt.
Amanda nickt und steckt ihr Haar mit einer Silberspange hoch. Sie hatte nicht daran gedacht, daß andere Leute sie anschauen könnten, als sei sie krank, und ist gehemmt, als sie mit Jessie die Turnhalle betritt. Sie geht an die Stange und macht einige Dehnungsübungen zum Aufwärmen; weil sie nicht soviel trainiert hat, wie sie hätte sollen, fühlen ihre Bänder sich ungewohnt angespannt an. Während sie sich aufwärmt, beginnt der Trainer, einige neue Mädchen, die erst in die vierte Klasse gehen, anzuschreien, sie sollten ihre Halsketten und Armbänder abnehmen.
»Für was haltet ihr das hier eigentlich?« ruft Jack Eagan. »Für eine Modenschau?«

Amanda weiß, daß er hinter sie getreten ist und ihr zusieht, also bückt sie sich noch tiefer. Sie wartet darauf, daß er sie anschreit, aber er tut es nicht. Er könnte sie aus der Mannschaft werfen, wenn er wollte, wegen ihrer Krankheit. Sie hat den ganzen Sommer an den Wettbewerb im nächsten Juni gedacht, weil der ihr helfen würde, in der Junior High School sofort einen guten Platz zu bekommen. Eine Zeitlang wollte sie die beste Turnerin ihrer Schule werden, weil sie das in ihrem Brief an Bela Karolyi erwähnen könnte, wenn sie ihm schriebe und ihn bäte, sie als Schülerin anzunehmen. Doch sie denkt nicht mehr daran, Bela zum Trainer zu bekommen, und sie denkt auch nicht mehr an die Junior High School. Sie möchte nur noch den Wettbewerb am Ende des Schuljahres gewinnen, einfach um des Sieges willen. Als Amanda es nicht mehr aushalten kann, angestarrt zu werden, dreht sie sich um und sieht den Trainer an.

»Was mache ich falsch?« sagt sie.

Jack Eagan, der darauf nicht gefaßt war, lacht. »Du mußt mich für ziemlich gemein halten«, sagt er, und als Amanda keine Antwort gibt, lacht er wieder. Er lehnt sich an die Wand und nickt in Richtung auf den Barren. »Das ist das gefährlichste Gerät in der Turnhalle.«

Aus dem Augenwinkel sieht er Amanda an. Es gab Augenblicke, in denen er sich gewünscht hat, statt Jessie möge Amanda seine Tochter sein. Nicht, daß er Jessie nicht liebte, das tut er, aber Amanda ist ein Champion. Das liegt nicht nur daran, daß sie gut ist, sondern daran, daß sie gewinnen will. Unbedingt. Genug, um dem Sport alles zu geben, was sie kann; wenn sie hier ist, dann ist sie wirklich in der Turnhalle und nirgendwo sonst. Er hat durch Jessie von dem AIDS-Problem gehört, aber selbst wenn die Mädchen keine Busenfreundinnen wären, würde er inzwischen Bescheid wissen. So sind Schulen nun einmal, Informationen sprechen sich schnell herum. Außerdem hat Louise, seine Frau, einen Anruf von einer protestierenden Gruppe bekommen, obwohl Jack Eagan nicht ganz einsieht, was es da zu protestieren gibt.

»Die Sache ist die«, sagt er etwas verlegen, »wenn du

schwach bist oder dich nicht wohl fühlst, möchte ich nicht, daß du dich verletzt.«

»Sie müssen mich für ziemlich dumm halten«, sagt Amanda. So hat sie noch nie mit dem Trainer gesprochen. Tatsächlich hat sie Angst vor ihm. Sie geht ihm aus dem Weg, wenn sie bei Jessie zu Hause ist, weil er zu Hause fast genausoviel schreit wie in der Turnhalle. Jessie und Amanda haben sich schon überlegt, ob er vielleicht gar nicht mehr mit normaler Stimme sprechen kann.

»Ich hab' nicht gesagt, daß du dumm bist«, sagt Jack Eagan. Er beobachtet ein neues Mädchen, das auf dem Schwebebalken turnt. »Du bist ein Champion. Champions gestatten sich nicht, Schmerzen zu fühlen. Darüber mache ich mir Sorgen.«

Amanda sieht ihn aufmerksam an. Ihr Mund ist trocken. Früher hat er sie kritisiert, wenn sie versagte, aber sie weiß, daß sie ihre Sache nur dann gut gemacht hat, wenn er überhaupt keinen Kommentar abgibt. Er hat sie tatsächlich noch nie gelobt.

»Sind Sie nur nett zu mir, weil ich Ihnen leid tue?« sagt Amanda hitzig.

»Du weißt, daß ich nicht nett bin«, sagt Jack Eagan.

Er fragt sich, ob sie das Turnen aufgegeben hätte. Sie hätte zu schwer oder zu groß werden können, oder vielleicht hätte sie sich entschlossen, ihre Zeit den Jungen oder den Schularbeiten zu widmen, hätte die Blasen an ihren Händen und die schwarzen und blauen Flecken an ihren Schenkeln satt bekommen. Sie wäre auf jeden Fall herangewachsen und hätte all das hinter sich gelassen.

»Hast du dir mal Gedanken über deine Bodenübung gemacht?« fragt er.

Er weiß, daß er mitten in der Halle stehen und seinen üblichen Vortrag halten, allen neuen Mädchen angst machen sollte, damit sie pünktlich zum Training kommen. Man hat ihm vorgeworfen, er bevorzuge die guten Turnerinnen, besonders Amanda, aber warum zum Teufel sollte er nicht?

Amanda greift in ihre Sporttasche und zieht ihre Madonna-Kassette heraus. Jack Eagan kneift die Augen zusammen, um besser zu sehen. Er kann sich nicht erinnern, wann er zum letzten

Mal geweint hat. Er kann sich nicht erinnern, wann er seiner Tochter zum letzten Mal gesagt hat, daß er sie liebt.

»O nein!« bellt er jetzt, so daß alle anderen Mädchen sich nach ihnen umsehen. »Nicht Madonna!«

Die meisten Mädchen in der Halle beginnen zu kichern, und Amanda grinst, als Jack Eagan so tut, als reiße er sich den Rest seiner noch verbliebenen Haare aus. Selbst Jessie, die ihren Vater diese Nummer schon tausendmal hat abziehen sehen, beginnt zu lachen.

»Alles, aber nicht Madonna!« schreit Jack Eagan, während die Mannschaft näher kommt, um Amandas Band anzusehen, und Jack so Amanda auffordern kann, ihre Bodenübung als erste zu turnen, ohne daß man ihn beschuldigt, Amanda vorzuziehen.

Charlie hat sich mit dem Fahrrad schon auf den Weg zu Sevrin gemacht. Er nimmt die Abkürzung durch die Wälder. Noch immer fühlt es sich nach Sommer an: Die Luft ist schwer und warm, und die feuchte Erde riecht stark. Aber einige der Ahornbäume werden schon rot, und die Eichen und Akazien wirken gelblich, wo die Sonnenstrahlen ihr Laub treffen. Um diese Jahreszeit kommen Leute aus Boston und New York nach Morrow, um den Zug der Wildgänse zu sehen. Charlie weiß, wann der Sommer wirklich vorbei ist, nämlich dann, wenn das Sumpfland voll ist mit Wildgänsen und man in den Hintergärten morgens und in der Dämmerung ihr Schnattern hört.

Als er Sevrins Haus erreicht, steigt Charlie vom Rad, geht aber nicht zum Haus. Er ist den ganzen Weg gerast, und sein Gesicht ist heiß. Er stellt das Rad in der Nähe eines Quittenbaums ab und wartet, obwohl er nicht genau weiß, worauf er wartet. Er kann einfach nicht zur Tür gehen und klingeln. Er kommt sich dumm vor, und er hockt sich auf die Fersen, damit seine Anwesenheit nicht so offenkundig ist. Betsys Wagen steht in der Einfahrt, daher weiß Charlie, daß zumindest jemand zu Hause ist. Er glaubt, draußen hinter der Garage Sevrins Fahrrad zu erkennen.

Endlich kommt Sevrin heraus. Von der Stelle aus, an der Charlie hockt, sieht Sevrin klein aus, als er Felix herausläßt. Er dreht sich um und sagt etwas zu jemandem hinter der Tür mit dem Fliegengitter, wahrscheinlich seiner Mutter, die noch drinnen ist. Charlie ruft ihn nicht, aber er richtet sich neben dem Quittenbaum auf. Er fühlt eine gewisse Erleichterung. Wenigstens ist Sevrin nicht ins Gefängnis oder zum Militär geschickt worden. Wenigstens hat er nicht irgendeine unheilbare Krankheit. Sevrin geht ums Haus zum Hintergarten, und Charlie muß die Augen zusammenkneifen, um ihn zu sehen. Sevrin pfeift nach dem Hund, aber Felix hat Charlies Geruch gewittert und ignoriert seinen Herrn.

»Hierher, Felix!« ruft Sevrin.

Felix saust auf Charlie zu, und Sevrin steht da, beschattet mit einer Hand seine Augen und versucht zu erkennen, wohin Felix rennt. Felix wedelt nicht nur mit dem Schwanz, er wedelt mit dem ganzen Körper. Sobald er Charlie erkennt, springt er ihn an und wirft ihn um. Sevrin kommt herbeigerannt und lacht, als er Charlie mit Felix ringen sieht.

»Halt mir deinen Hund vom Hals«, sagt Charlie.

Sevrin streckt die Hand aus und packt Felix am Halsband.

»Wo bist du gewesen?« fragt Charlie, während er aufsteht.

»Ich war nirgends«, sagt Sevrin. Er hält den Hund am Halsband und sieht eigenartig aus. Jetzt versteht Charlie, warum sein Vater sich beschwert, wenn jemand ihm nicht in die Augen sieht.

»Ich gehe in eine andere Schule«, sagt Sevrin.

»Ach, ja?« sagt Charlie vorsichtig.

»Sie ist gar nicht so übel«, sagt Sevrin. »Meine Vettern gehen auch dorthin, und meine Tante ist im Vorstand; darum haben sie mich aufgenommen.«

»Prep School?« Charlie fühlt sich immer unbehaglicher.

»Eine private Schule«, erklärt Sevrin. »Mein Vater setzt mich auf dem Weg nach Boston in Cambridge ab. Nächste Woche komme ich erst nach sieben nach Hause.«

»Aber an den Wochenenden mußt du doch nicht hin, oder?« fragt Charlie.

»Das ist doch kein Gefängnis, du Idiot«, sagt Sevrin. »Vielleicht komme ich in die Junioren-Fußballmannschaft.«

»Dann können wir uns ja samstags treffen«, sagt Charlie erleichtert.

Sevrin sieht ihn noch immer nicht an. Er läßt das Halsband des Hundes los, und Felix trottet in den Garten eines Nachbarn.

»Meine Mutter will das nicht«, sagt Sevrin unglücklich.

»Was will sie nicht?« sagt Charlie verwirrt.

»Ich kann nicht dein Freund sein, wegen Amanda«, sagt Sevrin.

»Was hat sie denn gemacht?« fragt Charlie, verwirrter denn je.

»Es ist, weil sie krank ist«, sagt Sevrin.

Charlie starrt seinen Freund an. »Das ist doch verrückt«, sagt er endlich.

»Meine Mutter hat Angst, daß ich es auch kriege«, sagt Sevrin.

»Aber wissenschaftlich ist das Quatsch«, sagt Charlie. »Wo sind die Daten, die das bestätigen? Hast du ihr nicht gesagt, daß du dich nicht anstecken kannst?«

Sevrin sieht ihn noch immer nicht an.

»Du bist vielleicht ein Wissenschaftler...«, sagt Charlie angewidert. Er spürt, wie seine Kehle eng wird, aber er wird nicht weinen.

»Meine Mutter regt sich wirklich darüber auf«, sagt Sevrin. »In diesem Punkt ist mit ihr nicht zu spaßen.«

»Aha«, sagt Charlie. Er nimmt sein Fahrrad.

»Ich geb' dir die Hälfte von den Molchen, wenn du willst«, sagt Sevrin.

»Nein, danke«, sagt Charlie.

Er und Sevrin sind im gleichen Monat geboren, im Februar, und seit ihrem dritten Lebensjahr haben sie ihre Geburtstage immer zusammen gefeiert. Für dieses Jahr hatten sie eine Dinosaurier-Party geplant; sie haben schon Gummikrallen und Reißzähne aus einem Versandhauskatalog bestellt.

»Viel Glück für die Fußballmannschaft«, sagt Charlie.

Er weiß, daß Sevrin weint, aber es ist ihm egal. Er denkt an die Heimfahrt; wenn man den richtigen Moment erwischt und die Bodenwelle in der Ash-Street mit vollem Tempo nimmt, dann saust das Fahrrad in die Luft und fliegt förmlich durch die Kurve. Er ist jetzt sowieso ein bißchen zu alt für Geburtstagspartys. Sie sind blöde. Kinderkram. Sie sind etwas, an das er nicht einmal mehr denken wird.

8

Manchmal fährt Laurel Smith abends an ihrem Haus vorbei. Sie will nicht, daß irgend jemand in der Nachbarschaft sie hört, daher nimmt sie ihr altes grünes Fahrrad, das früher ihrem Ex-Mann gehörte. Das Fahrrad hat kein Licht; sie muß also durch die Schwärze der Sumpfstraße radeln und sorgfältig dem Graben ausweichen, der hinunter zu den Stufen der Drainagegräben führt. Im Frühjahr sind die Gräben Brutplätze für Libellen; die Insekten schweben über dem stillen Wasser und säumen die Straße mit einem schimmernd blauen Band. Jetzt sind die Libellen fort, aber es gibt noch andere Lebewesen in den Wäldern. Wann immer ein Fahrrad vorbeikommt, ertönt hektisches Flügelschlagen, und Äste brechen, wenn die Rehe in den dunkelsten Teil der Wälder fliehen.

Laurel weiß nicht, was alle Kinder der Stadt wissen: es gibt eine Abkürzung, einen Sandweg durch die Kiefern, auf dem sie mit dem Fahrrad vom Sumpfland bis zum Stadtrand fahren können, ohne am Friedhof vorbei zu müssen. Die Kinder nehmen diese Abkürzung schon so lange, daß die meisten von ihnen sich gar nicht mehr erinnern, warum sie dieses Straßenstück meiden. Ein paar von ihnen bekommen noch immer eine Gänsehaut, ehe sie in die Wälder abbiegen. Es gibt eine scharfe Kurve direkt vor dem Friedhof, eine Stelle, wo die Kiefern besonders hoch sind; bei schlechtem Wetter ist diese Stelle wie ein Windkanal. In dieser Kurve beschleunigt Laurel immer ihre Radfahrt, vor allem, wenn der Mond scheint und sie den Eisenzaun mitten im Wald sehen kann. Sie wundert sich über diesen Zaun und fragt sich, ob er Leute fernhalten oder einsperren soll.

Es dämmert, als Laurel anhält, so plötzlich, als sei sie vom Rad gestoßen worden. Der Zaun rings um den Friedhof ist grün geworden, und selbst aus einiger Entfernung verströmt er einen eigenartigen, modrigen Geruch, eine Mischung aus Rost und Tränen. Er umgibt nicht mehr als dreißig Grabsteine, von denen einige zerbrochen sind. Engel sind in Hälften gespalten, der Regen hat die Züge kleiner Steinlämmer verwischt und sie blind gemacht. Es gibt einen neuen Friedhof auf der anderen Seite des Highway Nr. 16, daher ist hier seit zweihundert Jahren niemand mehr begraben worden, und niemand erinnert sich an die Toten, die hier liegen. Es ist ein Ort, wo kein Gras wachsen kann, wo Spottdrosseln und Krähen in den Ästen der Bäume nisten; sie haben sich so viele Federn ausgerupft, daß die Erde an einer oder zwei Stellen schwarz aussieht.

»Ich muß hier weg«, sagt Laurel laut zu sich selbst. Ihr Kopf dröhnt wie ein Kessel, aber sie bleibt stehen, wo sie ist, neben ihrem Fahrrad. Sie wartet auf die Toten, aber sie kommen nicht heraus, um sie zu begrüßen. Sie flüstern nicht einmal. Zwei tintenschwarze Federn fallen vom Himmel. »Sagt etwas«, befiehlt Laurel Smith, aber die Stille hält an, nur durchbrochen von knackenden Zweigen und Wind. Laurel berührt die Spitze eines der Eisenstäbe des Zauns; sie ist scharf, sie könnte ihr leicht in die Finger schneiden.

Es ist dunkel geworden, als Laurel wieder auf die Straße kommt, und als sie schließlich in die Chestnut Street einbiegt, ist sie sicher, daß man sie nicht bemerken wird. Nach der Schwärze der Straße und der Wälder ist sie immer schockiert, wenn sie die weißen Häuser in dieser Straße sieht, das Licht hinter den Fenstern, die Chrysanthemenbüsche neben den Eingangstüren. Laurel legt ihr Fahrrad in das Gras auf der anderen Straßenseite. Von hier aus kann sie in ihr Küchenfenster sehen. Manchmal sieht sie sie alle beim Abendessen, und wenn der Wind richtig steht, kann sie Gemüsesuppe und gegrillte Koteletts riechen. Sie hat ein paar von den anderen Häusern in der Chestnut Street beobachtet, in andere Küchen und Wohnzimmer gespäht. Sie fühlt sich närrisch, wenn sie das tut; sie balanciert auf Fenstersimsen wie eine Katze auf dem Dachfirst. Manchmal denkt sie, die Farrells seien genauso wie alle anderen, und das gibt ihr ein gutes Gefühl. Sie glaubt, sie wisse, was an ihrem Tisch, in ihren Betten vorgeht, einfach weil sie sie durch ihr Fenster sieht. Aber sie kann nicht wissen, daß Amanda kaum essen kann und daß ihre Appetitlosigkeit ansteckend wirkt, denn die Hälfte der Speisen, die Polly kocht, wird in den Mülleimer geworfen. Sie kann sich nicht vorstellen, daß Charlie, sobald das Essen beendet ist, in den Keller flüchtet wie eine Schildkröte in ihren Panzer; daß Polly und Ivan sich nicht mehr küssen können, denn ihre Lippen scheinen gesprungen, und ihre Zungen funktionieren nicht mehr; daß Amanda die Vitamine nicht mehr schlucken kann, die ihr Vater ihr gibt. Sie schiebt sie in die Backe, und wenn niemand hinschaut, spuckt sie sie aus, tief über die Toilette gebeugt.

Das Abendessen ist vorbei, und auf dem Tisch stehen Teller mit Schokoladenkuchen. Heute abend weht der Duft von Kaffee über die Straße. Charlie hat seinen Kuchen mit in den Keller genommen und füttert ihn seinen Hamstern. Er kann seine Schwester in der Küche hören, wenn sie auf den Boden stampft, er kann durch die Dielenbretter ihre Wut hören. Es ist nicht fair. Alle denken das. Alle sagen es dauernd. Morgen abend gibt es eine Geburtstagsparty, alle bleiben über Nacht, nur Amanda darf nicht. Sie ist mit Jessie und Mrs. Eagan schon ins Einkaufszentrum gegangen und hat ein Geburtstagsgeschenk gekauft, sechs bunte Haarreifen aus Plastik und sechs dazu passende Armreifen.

»Ihr haßt mich«, sagt Amanda zu ihren Eltern.

Sie hat einen schrecklichen Ausdruck im Gesicht. Heftig stößt sie ihren Kuchenteller weg. Der Teller rutscht über den Tisch und zerschellt auf dem Boden.

»Wir lieben dich«, sagt Polly. Sie beherrscht sich, um nicht niederzuknien und den Kuchen aufzuwischen. Sie beherrscht sich die ganze Zeit.

»Ach ja«, sagt Amanda. »Sicher. Das sagt ihr nur. Das müßt ihr ja sagen.«

»Keine Diskussionen«, sagt Ivan. »Du kannst zur Party gehen, aber du kannst nicht dort übernachten.«

»Macht mich nur vor allen unmöglich«, weint Amanda. »Mein Leben ist sowieso ruiniert.«

Ihre Worte fallen auf den Tisch wie Glassplitter. Sie sollten

Schokoladenkuchen essen, und statt dessen blutet ihnen die Seele. Ivan schließt die Augen und wünscht sich sofort, er könnte mit Brian reden; der Gedanke verblüfft ihn, und dann sagt er sich: Natürlich. Er möchte einen Notdienst anrufen und mit einem Fremden sprechen, weil in diesem Haus niemand mehr ist, mit dem er reden kann, weil es nicht einmal mehr Worte gibt, die man benutzen kann. Amanda starrt ihre Eltern an, fordert sie zu dem Versuch heraus, sie zu trösten.

»Amanda«, sagt Polly. »Bitte.«

»Bitte was?« versetzt Amanda. »Bitte stirb einfach und mach der Sache ein Ende?«

Ihre Eltern antworten nicht, und Amanda verspürt Triumph. Sie hat das letzte Wort gehabt und wird nicht einmal in ihr Zimmer geschickt. Amanda lehnt sich auf ihrem Stuhl zurück und verschränkt die Arme vor der mageren Brust. Grundlos fällt ihr eine Kaninchenpfote ein, die ihr Großvater ihr einmal geschenkt hat. Die Kaninchenpfote war weiß und weich, und man konnte sie wie ein Geheimnis in der Tasche tragen. Amanda liebte sie und hatte sie in der Manteltasche oder unter ihrem Kopfkissen, bis sie darauf kam, daß man von einem Kaninchen nur dann eine Pfote bekommt, wenn man sie abschneidet. Im Augenblick fühlt sie sich genauso wie damals, als sie die Kaninchenpfote tief im Abfalleimer der Küche unter Orangenschalen und nassen Teebeuteln versteckte. Ihre Arme sind schlaff, und etwas Spitzes wie eine Nadel scheint hinter ihren Augen zu sitzen.

Niemand versucht Amanda aufzuhalten, als sie nach draußen rennt. Die Tür mit dem Fliegengitter schlägt hinter ihr zu, und ihr Atem geht schwer. Draußen ist es dunkel; nur wenige Sterne stehen hoch über den Bäumen. Amanda läuft über die Einfahrt und dann im Zickzack über den Rasen, aber als sie den Gehsteig erreicht, bleibt sie stehen und beginnt zu weinen. Es ist dumm, aber erst am Abendbrottisch ist ihr klargeworden, daß man, um an einer Krankheit zu sterben, wirklich sterben muß und nicht mehr zurückkommt. Sie steht auf dem Gehsteig, kratzt mit den Turnschuhen über die Sprünge im Zement und bedeckt die Augen mit den Händen.

Auf der anderen Seite zieht sich Laurel Smith die Ärmel ihrer

Strickjacke über die Finger. Amandas helles Haar hängt in der Dunkelheit locker herunter wie aufgelöste Silberfäden. Sie weint lautlos, aber ihr ganzer Körper zittert. Nach einer Weile öffnet jemand die Hintertür.

»Amanda?« ruft Polly mit hoher, ängstlicher Stimme. »Liebes?«

Laurel rührt sich nicht, bis Amanda sich umdreht und zurück ins Haus geht. Die Bäume der Chestnut Street sind dicht belaubt; sie bewegen sich im Wind und machen ein leises, raschelndes Geräusch. Als die Tür mit dem Fliegengitter hinter Amanda ins Schloß fällt, steigt Laurel auf ihr Fahrrad, tritt heftig in die Pedale, überquert den Gehsteig und fährt auf die Straße. Sie tritt so heftig, daß das alte Fahrrad vibriert; die Luft ist salzig und kühl, aber sie schwitzt so stark, daß ihr Haar naß ist, als sie das Sumpfland erreicht. Ihr Pullover ist feucht. Sie läßt das Rad auf den Boden fallen und geht auf ihr Sonnendeck; im Dunkeln stolpert sie über einen Liegestuhl. Ihr Atem geht stoßweise, durchsetzt mit seltsamen kleinen Schluchzern, die nicht ganz herauskommen und auch nicht innen bleiben. Sie sieht sich selbst, wie sie in der Dunkelheit das Leben anderer Menschen auspäht, und sie ist angewidert.

Im Haus sieht sie den Inhalt des Küchenschranks durch, nimmt eine Dose Thunfisch heraus und ißt im Stehen, als sei sie ausgehungert. Dann nimmt sie eine Tüte Mehl und etwas braunen Zucker, und gegen Mitternacht hat sie einen wunderschönen Boden für einen Apfelkuchen fertiggebacken. Am nächsten Morgen steigt sie in ihren Wagen und fährt zurück in die Chestnut Street. Der Apfelkuchen ist in Aluminiumfolie eingeschlagen, und Laurel hat auch einen Strauß rosa Malven mitgebracht, Sumpfblumen, die so groß sind, daß sie aussehen, als seien sie auf einem anderen Planeten gewachsen. Der Apfelkuchen ist noch warm, die Blumen nur ganz leicht erschlafft. Während sie darauf wartet, daß jemand an die Tür kommt, schiebt Laurel den Riemen ihrer Segeltuchtasche von einer Schulter auf die andere. Bei Tageslicht hierzusein macht sie nervös. Als sie um das Haus zur Hintertür der Farrells geht, sieht sie alles unscharf. Sie konnte nie gut mit Leuten umgehen; als sie verheiratet war, konnte sie ihren

Mann nie beim Namen nennen, und er beschwerte sich oft darüber, daß sie ihm nie voll ins Gesicht sah, aber auf der Straße innehielt und sich bückte, um streunende Katzen zu begrüßen.

Es ist Samstag. Als sie das Läuten der Türglocke hört, nimmt Polly daher an, das seien ihre Eltern, die früher als erwartet ankommen. Sie hat ihnen den kleinen Finger gereicht, und jetzt kommen sie jedes Wochenende. Sie hat das Gefühl, daß sie freitagabends auf die Uhr zu schauen beginnen, damit sie samstags bei Tagesanbruch fertig sind, um in Als Auto zu springen. Polly läßt sich Zeit und wischt erst noch eine Arbeitsplatte in der Küche ab, ehe sie zur Tür geht. Als sie Laurel sieht, spürt Polly etwas Scharfes im Rücken, als sei sie ein Tier, das die Haare sträubt. Auf der anderen Straßenseite räumt Fran Crowley langsam ihre Einkäufe aus dem Kofferraum ihres Kombis, damit sie einen guten Blick auf Laurel erhascht; sie legt eine Hand über die Augen, um sie zu beschatten, und ihr Mund verformt sich zu einem O.

»Ich arbeite nicht mehr an dem Buch«, sagt Polly rasch.

»Ich auch nicht«, sagt Laurel.

Polly hat die Gittertür nicht geöffnet; sie spricht durch den Draht mit Laurel wie mit einem Bettler.

»Ich habe gehört, daß Ihre Tochter krank ist, daher wollte ich sie besuchen«, sagt Laurel. »Ich habe einen Kuchen mitgebracht.«

»Sie hätten warten sollen«, sagt Polly. »Noch ist sie nicht tot.«

Laurel fährt zurück, als sei sie geschlagen worden. Sie bleibt mit dem Absatz ihres Schuhs an der Stufe hängen und landet auf Händen und Knien. Rasch öffnet Polly die Gittertür, um ihr zu helfen. Sie hebt den Kuchen auf und lüftet die Folie; nur eine Seite des Teigrandes ist eingedrückt. Sie legt die Folie wieder über die Kuchenform.

»Bei dieser Stufe müssen Sie achtgeben«, sagt Polly. »Wir sind alle so daran gewöhnt, daß wir nie stolpern.«

»Sie brauchen mich nicht hereinzubitten, wenn Sie nicht wollen«, sagt Laurel Smith.

»Ich weiß nicht, warum Sie hier sind«, sagt Polly. »Warum sind Sie hier?«

»Ich dachte einfach, die meisten Kinder mögen Apfelkuchen«, sagt Laurel. »Ich mochte ihn immer gern.«

Die Kuchenform in Pollys Händen fühlt sich warm an.

»Ich rufe Amanda«, sagt Polly.

Laurel Smith folgt Polly nach innen; sie legt die Blumen auf den Tisch, während Polly in den Keller hinunter nach Amanda ruft.

»Sie trainiert«, erklärt Polly.

Aus irgendeinem Grund glaubt Polly, dieser Besuch ginge sie nichts an; Laurel ist einfach jemand, der höflich behandelt werden muß, bis Amanda kommt. Polly hat keine Ahnung, wo Ivan und Charlie sind, weiß nur, daß beide ohne zu frühstücken gegangen sind, jeder mit eigenem Ziel.

»Amanda«, ruft Polly nochmals.

»Ich trainiere«, schreit Amanda zurück, und ihre Stimme ist etwas brüchig vor Anstrengung.

»Komm trotzdem nach oben«, ruft Polly.

Was das Training betrifft, so lügt Amanda; in den letzten zwei Stunden hat sie nur auf einer grauen Matte gesessen und ihrer Madonna-Kassette gelauscht. Als sie heute aufwachte, dachte sie bei sich, sie würde nicht ins Finale kommen, und kaum hatte sie das gedacht, da wußte sie, daß es wahr ist. Sie hat weder die Kraft noch die Ausdauer. Ihre Beine schmerzen; einfache Bewegungen, die sie auswendig kennt, machen sie schwindlig und kurzatmig. Amanda zieht die Knie an die Brust und verschränkt die Arme. Sie beugt den Kopf nach unten, und als sie ausatmet, spürt sie die Wärme ihres Atems auf der Haut. Sie fragt sich, wohin der Atem geht, wenn man stirbt.

Laurel Smith steht noch immer, als Amanda nach oben kommt; allerdings wurde ihr ein Stuhl angeboten. Amanda trägt ein rosa T-Shirt und Jeans; sie weiß, daß ihre Mutter einen Gast hat, aber sie sieht keine der beiden Frauen an. Sie lehnt sich an den Kühlschrank und studiert den Fußboden.

»Das ist Laurel«, sagt Polly. »Die Frau, die ich fotografiert habe. Sie hat einen Kuchen mitgebracht.«

Amanda blickt auf. »Ich esse keinen Kuchen«, sagt sie. »Er macht dick.«

Amanda ist so mager, daß Laurel ihre Knochen sehen kann, zerbrechlich wie die eines Vogels.

»Vielleicht magst du die hier«, sagt Laurel und hält ihr die Blumen hin.

»Sind die echt?« fragt Amanda. Und ehe sie es sich verbeißen kann, fügt sie hinzu: »Sie sind wunderschön.«

»Rosa ist meine Lieblingsfarbe«, sagt Laurel.

»Meine auch«, sagt Amanda vorsichtig, während sie Laurel betrachtet, vor allem Laurels Haar, das bis zur Taille reicht, außer an den Seiten, wo es zurückgekämmt und kompliziert geflochten ist.

»Ich kann dir beibringen, dein Haar so zu frisieren«, sagt Laurel Smith.

Pollys Augen verengen sich; sie erkennt, daß sie Amandas Gedanken mit der gleichen Leichtigkeit gelesen hat wie Laurel.

»Ja?« sagt Amanda.

»Wären Sie damit einverstanden?« fragt Laurel Polly.

»Sie haben sicher viel zu tun«, sagt Polly.

»Nein«, sagt Laurel. »Das Wichtigste, was ich heute tun muß, ist Katzenfutter einkaufen.«

»Sie haben eine Katze?« fragt Amanda, als sei das die faszinierendste Nachricht, die sie je gehört hat.

»Die Großeltern kommen heute«, sagt Polly schwach.

»Aber doch jetzt noch nicht«, sagt Amanda. Sie sieht sehr klein aus und jünger, als sie ist. »O bitte!«

Polly und Laurel schauen einander an.

»In Ordnung«, sagt Polly.

Amanda läuft davon, um eine Bürste und ein paar Gummibänder zu holen.

»Warum tun Sie das?« sagt Polly argwöhnisch. Sie glaubt ein Recht auf Argwohn zu haben, wenn eine Frau, die mit Geistern in Verbindung tritt, ihrer Tochter das Haar bürsten will.

»Sie wird hübsch aussehen mit geflochtenem Haar«, sagt Laurel Smith. »Meinen Sie nicht auch?«

Amanda und Laurel gehen hinaus auf die Veranda. Durch das Fenster kann Polly sehen, daß Laurel hinter Amanda sitzt und ihr Haar bürstet. Polly sollte Laurel auffordern zu gehen; sie brauchen keine Hilfe von Fremden. Statt dessen schaut sie durchs Fenster und weint.

»Wie lange haben Sie gebraucht, um Ihr Haar so lang wachsen zu lassen?« fragt Amanda Laurel.

»Als es zum letzten Mal geschnitten wurde, war ich vierzehn«, sagt Laurel. Dann fügt sie hinzu: »Ich wette, du benutzt eine Cremespülung. Dein Haar ist so glatt.«

Amanda lächelt. Gewöhnlich ist sie in Gegenwart Erwachsener schüchtern, aber Laurel Smith scheint nicht viel älter zu sein als sie. Es ist, als wären sie beide Teenager, und Amanda ist froh, daß sie nicht ihr dummes Schlumpf-T-Shirt anhat.

»Waren Sie schon mal verliebt?« fragt Amanda Laurel.

»Noch nicht«, gibt Laurel Smith zu.

»Ich auch nicht«, sagt Amanda.

»Aber ich habe jemanden gern gehabt«, fügt Laurel Smith hinzu.

»Ich glaube, das ist nicht dasselbe«, sagt Amanda.

»Nein«, sagt Laurel, »da hast du recht, es ist nicht dasselbe.«

Laurel greift in ihre Tasche und holt einen Spiegel heraus.

»Schau's dir an«, sagt sie zu Amanda.

Amanda starrt in den Spiegel und lächelt breit, vergißt, den Mund geschlossen zu halten, damit man ihre Zahnspange nicht sieht.

»Gefällt mir sehr«, sagt Amanda.

»Vielleicht kannst du mich mal in meinem Haus besuchen«, sagt Laurel Smith. »Ich glaube, es würde dir gefallen. Es ist mitten im Sumpfland.«

»Sagen Sie das nur, weil Sie glauben, ich sterbe, ehe ich kommen kann?« sagt Amanda.

Laurel spürt, daß ihre Arme und Beine eine Gänsehaut bekommen.

»Es tut mir leid, daß ich das gesagt habe«, sagt Amanda. »Ich bin schrecklich.«

Laurel und Amanda sitzen jetzt nebeneinander und lassen die Beine über die zerbrochene Stufe hängen.

»Manchmal mache ich Schokoladentörtchen mit Schokoladenchips«, sagt Laurel Smith. »Wenn du willst, kann ich dir zeigen, wie man das macht.«

»Ja, gern«, sagt Amanda. »Hört sich gut an.«

Das ganze Wochenende lang übt Amanda, ihr Haar zu flechten, und am Montag geht sie nach dem Unterricht in den Waschraum für Mädchen, um sich zu bewundern. Sie sieht älter aus, mindestens wie zwölf oder dreizehn. Mit dem Kamm zieht sie ein paar lose Strähnen an den Schläfen nach hinten und schiebt sie wieder in die Flechten. Zwei Mädchen, die Amanda aufrichtig haßt – nicht weil sie beliebt sind, sondern weil sie Snobs sind, die mit niemandem sprechen, der keinen Büstenhalter trägt und keine durchstochenen Ohrläppchen hat –, kommen herein, während Amanda sich frisiert. Jeder an der Cheshire-Schule kennt ihre Namen, Mindy Griffon und Lori Walker. Mindy, die auch in der Turnriege ist, hat schickere Trikots als alle anderen, wirklich schöne, die ihre Großmutter ihr aus Los Angeles schickt. Als Mindy Amanda sieht, packt sie Loris Arm.

»O Gott, das ist sie«, hört Amanda Mindy sagen.

Amanda nimmt ihre Sporttasche und öffnet den Reißverschluß, um den Kamm wegzuräumen.

»Hi, Amanda«, sagt Lori mit so viel geheucheltem Mitleid in der Stimme, daß Amanda schlecht wird.

Amanda wirft sich ihre Tasche über die Schulter, und als sie sich vom Spiegel wegdreht und auf die Tür zugeht, weichen Mindy und Lori zurück. Amanda weiß sofort, warum sie das tun: sie haben Angst vor ihr. Amanda geht zur Tür und verläßt den Waschraum, ohne zurückzuschauen, aber sie kann Mindy laut flüstern hören: »Glaubst du, daß sie auf einer der Toiletten gesessen hat? Ich werde sie nie, nie wieder benutzen.«

Rasch geht Amanda durch den leeren Flur. Die Schule ist aus, aber im Gang riecht es noch immer nach dem heutigen Mittagessen. Amanda konnte nichts essen, und jetzt ist ihr nach Weinen zumute. Sie weiß, sie hassen sie. Sie nimmt es ihnen nicht einmal übel; sie haßt sich selbst auch, nicht alles an sich, aber diese Sache, die in ihr ist. Zuerst glaubte sie nicht wirklich daran, denn wenn sie sich im Spiegel betrachtete, sah sie genau wie immer aus, nur dünner. Sie pflegte sich zu sagen, sie brauche nur zu warten, bis man irgendeine Spritze oder Pille finden würde, die man ihr geben könnte. Jetzt sagt sie sich jeden Abend vor dem Einschlafen, daß sie sterben wird. Sie wiederholt sich das, ruhig, sorgfältig, die Worte auf der Zunge schmeckend.

Sie wird nie eine von Belas Schülerinnen werden. Sie wird nie aufs College gehen oder Auto fahren. Sie fragt sich, ob es sich blau und wäßrig anfühlen wird wie damals im Sommer vor zwei Jahren, als sie in Crane's Beach von einer riesigen Welle umgeworfen wurde. Lärm, der in Lautlosigkeit übergeht. Hitze, die durch kalten Druck ersetzt wird.

Amanda fährt mit der Zunge über das Silberband auf ihren Zähnen. »Doofe Nuß«, sagt sie zu sich selbst. »Idiotin.«

Sie will es bis zum letzten Wettkampf im Juni schaffen. Das ist alles. Weiter denkt sie nicht voraus. Das Training fällt ihr jetzt schwer. Hinterher fühlt sie sich krank; einmal mußte sie die Turnhalle verlassen, um sich in eine der Toiletten einzuschließen und sich zu übergeben. Aber wenigstens ihre Bodenübung hat nicht gelitten; sie hat eine tolle Kür.

»Warte«, ruft jemand, aber Amanda ist zu sehr mit den Gedanken an ihr Training beschäftigt und geht einfach weiter.

Jessie rennt durch den Gang, um sie einzuholen.

»Hast du mich nicht gehört?« fragt Jessie. »Du wirst es nicht glauben!«

Amanda geht langsamer, um sich Jessies Schritten anzupassen.

»Mein Vater will vier Mädchen aus der Mannschaft werfen«, flüstert Jessie.

»O nein, mein Gott! Nein!« sagt Amanda erregt und ganz Ohr.

»Er hat's meiner Mutter gesagt. Ich sollte es nicht hören«, grinst Jessie. »Eine hat zu oft beim Training gefehlt, und die anderen sind so schlecht, daß mein Vater Angst hat, sie würden sich verletzen. Kannst du dir das vorstellen?«

Amanda versteift sich plötzlich. »Bin ich eine davon?«

»Spinnst du?« sagt Jessie. »Frag mich nicht nach Namen, weil ich sie nicht weiß.«

»Bitte!« sagt Amanda. Sie weiß, daß sie Jessie zum Reden bringen kann.

Jessie kichert und schüttelt verneinend den Kopf. Amanda kann nicht sagen, ob Jessie weiß, daß sie sterben wird. Sie benimmt sich nicht so, als ob sie es wüßte, sie hat nie etwas gesagt, aber sie verbringt nicht mehr viel Zeit mit ihren anderen Freundinnen. Keine von ihnen tut das. Wenn sie könnten, wären sie dauernd zusammen, obwohl Amanda sich allmählich fragt, was mit Jessie passiert, wenn sie selbst stirbt. Die Mädchen, die Amanda ausweichen und hinter ihrem Rücken tuscheln, gehen auch Jessie aus dem Weg und behaupten, sie hätten sie ohnehin nie sonderlich gemocht.

»Mein Vater bringt mich um, wenn er merkt, daß ich gelauscht habe. Er ermordet mich auf der Stelle«, sagt Jessie.

»Sag mir nur einen Namen«, bittet Amanda.

»Helen Gates und Joyce Gorman«, platzt Jessie heraus.

»Das sind zwei!« frohlockt Amanda. »Dann kannst du mir die anderen auch noch sagen.«

Jessie zieht Amanda in die Nähe der Wand, und beide schauen über die Schulter, um sicher zu sein, daß niemand in der Nähe ist.

»Sally Tremont und Mindy Griffon.«

Amanda stößt einen Schrei aus. »O mein Gott«, sagt sie.

»Mindy hält sich für so großartig«, flüstert Jessie. »Aber jetzt kriegt sie's. Ist das nicht zum Totumfallen?«

Amanda wendet den Blick ab.

»Oh, so hab' ich das nicht gemeint«, sagt Jessie schnell. »Wirklich nicht.«

»Ist schon okay«, sagt Amanda.

Langsam machen sie sich auf den Weg in die Turnhalle.

»Du wirst immer meine beste Freundin sein«, sagt Jessie.

»Danke«, sagt Amanda.

»Ich mein' das ernst«, sagt Jessie zu ihr. Sie betrachtet Amanda genauer. »Was hast du mit deinen Haaren gemacht?«

»Eine Freundin hat mir gezeigt, wie man das macht. Sie ist fast dreißig«, sagt Amanda leichthin.

»Dreißig«, sagt Jessie beeindruckt. »Sie muß viel von Frisuren verstehen.«

»Ja, eine Menge«, sagt Amanda. »Sie ist nicht so eine Freundin wie du«, fügt Amanda hinzu. »Keine beste Freundin oder so was.«

Jessie lächelt und nimmt, da sie schon fast bei der Turnhalle sind, ihren Armreif ab.

»Mein Vater haßt Madonna. Er hat meiner Mutter gesagt, wenn eine andere als du ihre Musik benutzen wollte, würde er das Band konfiszieren. Er sagt, deine Bodenübung sei so gut, daß du in einer High-School-Mannschaft sein könntest.«

»Wirklich?« fragt Amanda entzückt.

»Ich schwör's dir«, sagt Jessie. »Spiel es heute richtig laut. Das wird ihn verrückt machen.«

Amanda lacht und stößt die Tür des Umkleideraums auf, weigert sich, an den Ozean zu denken, an die Welle, die sie umwarf, an die Stille, die auf die Geräusche folgt.

Linda Gleason ist noch in ihrem Büro, als das Turntraining schon lange vorbei ist. Sie hat einen ständigen, dumpfen Schmerz im Hinterkopf. Vorerst sind erst fünf Kinder von der Schule genommen worden, was nicht so schlecht ist, wie es hätte sein können, aber noch immer finden fast jeden Abend Versammlungen statt, bei denen Linda die Hysterie dämpfen soll, die schlimmer ist denn je.

Linda war immer arbeitssüchtig; oft ist sie zur Abendessenszeit noch in der Schule, und gewöhnlich nimmt sie Arbeit mit nach Hause. Sie hat sich nie mehr auf das Wochenende gefreut als im Augenblick. Am Samstagmorgen bezeichnet Martin sie als Schlafmütze und bringt ihr den Kaffee ans Bett, aber sie schläft gar nicht so lange; sie genießt einfach die Zeit, die sie für sich allein hat, Zeit, in der sie keine Besuche vom Schulinspektor oder von Eltern bekommt, die bei der falschen Vorstellung in Panik geraten, AIDS könne durch Mücken oder Fliegen verbreitet werden.

Nachdem sie aufgestanden ist und sich angezogen hat, macht sich Linda daran, die Schränke der Kinder aufzuräumen, die so vollgestopft sind, daß ein Flüstern eine Lawine von Kleidern und Spielzeug auslösen könnte. Die Arbeit erweist sich als Vergnügen. Das Aufräumen der Schränke gibt Linda das Gefühl, daß sie wirklich etwas in Ordnung bringen kann, anders als die Sache mit dem kleinen Mädchen in der sechsten Klasse. Linda weiß, daß einige von den Eltern und Lehrern sie jetzt gern so sehen würden, schwitzend, Pullover, Rollerskates und Stiefel aussortierend. Es ist manchmal nicht leicht für ihre Kinder, die Kinder der Schulleiterin zu sein, vor allem für ihre Tochter Kristy. Entweder bevorzugen die Lehrer sie, oder sie stellen zu hohe Anforderungen. Linda selbst hat nicht die Geduld, die sie vielleicht hätte, wenn sie nicht so hart arbeitete; sie verbringt zuviel Zeit damit, Autorität zu sein, und neigt daher dazu, sich zu Hause genauso zu verhalten. Im Augenblick zieht Kristy ihren Vater so offenkundig vor, daß Linda sich richtig ausgeschlossen fühlt. Sie sagt sich, daß es daran liegt, daß Martin, der im Junior College in Beverly Englisch lehrt, einen einfacheren Stundenplan hat als sie und mehr Zeit mit den Kindern verbringen kann; er kann mit ihnen Plätzchen backen und Ball spielen, während Linda sich mit Budgetproblemen oder der Suche nach einem neuen Musiklehrer herumschlagen muß.

Er ist mit den Kindern draußen und streicht den Vorgartenzaun weiß an, während Linda das, was sie im Schrank ihrer Tochter findet, in drei Stapel sortiert: Wäsche, die gewaschen werden muß, Sachen zum Wegwerfen und Spielzeug zum Forträumen. Nachdem Linda zwei grüne Plastikmülltüten gefüllt hat, findet sie ein Geschenk zum Valentinstag, das Kristy vor Jahren für sie gemacht hat. Ein herzförmig zugeschnittenes Deckchen. Darauf steht in sorgfältigen Druckbuchstaben *Ich liebe dich*, gefolgt von einem zittrigen Ausrufezeichen.

Linda Gleason hebt das Deckchen auf, hängt einige Kleider wieder in den Schrank und geht nach unten. Es ist fast Mittag, und sie nimmt etwas Schinken und Käse für Sandwiches aus dem Kühlschrank. Sie geht zur Hintertür, um alle zum Mittagessen zu rufen, und sieht, daß im Augenblick nur Martin und ihr kleiner Sohn Sam am Streichen sind. Kristy sitzt auf den Stufen der Veranda, vornübergebeugt, die Ellbogen auf den Knien. Linda geht nach draußen und setzt sich neben sie. In den letzten paar Monaten gab es keine Gespräche zwischen Kristy und ihr, nur Anklagen und Verhöre.

»Ich habe deinen Schrank aufgeräumt«, sagt Linda.
»Was für ein Aufwand«, sagt Kristy.
»Es wäre kein Aufwand, wenn du jemals etwas wegräumen würdest«, versetzt Linda.
»Ich hasse dich«, sagt Kristy. »Alle hassen dich.«
»Zum Beispiel?« sagt Linda Greason schelmisch.
»Zum Beispiel alle in der Schule. Dorie Kiley sagt, du bist schuld, wenn wir alle sterben!«
»Kristy!« sagt Linda.
»Wir werden alle AIDS kriegen. Niemand benutzt die Toiletten. Wir verkneifen es uns, bis wir es nicht mehr aushalten können. Dorie pinkelt in der Pause ins Gebüsch.«
»Hör mir zu«, sagt Linda. »Du kannst dich nicht auf der Toilette mit AIDS anstecken.«

Sie packt Kristy und zieht sie an sich. Kristy, noch immer wütend, wehrt sich, gibt dann aber nach und sitzt schlaff neben ihrer Mutter. Linda merkt, wie wenig Kristy versteht, wie wenig alle Kinder in der Schule verstehen.

»Amanda Farrell wurde durch eine Bluttransfusion mit AIDS infiziert, bevor die Blutbanken überprüft wurden. Heute kannst du es auf zwei Arten bekommen, entweder, indem du Spritzen benutzt, die jemand mit AIDS vorher benutzt hat, oder durch Sex mit jemand, der das Virus hat.«
»Also kriegt man es, wenn man jemanden umarmt«, sagt Kristy.
»Nein«, sagt Linda, »dabei kann man sich nicht anstecken.«
»Du hast Sex gesagt!« sagt Kristy. »Das ist Sex.«

Martin und Sam arbeiten noch immer; beide haben weiße Farbe im Haar. Zwei junge Frauen führen ihre Neufundländer spazieren, die wie riesige, schwarze Bären dahertrotten. Linda kann durch das T-Shirt die schmalen Schulterblätter ihrer Tochter fühlen. Wahrscheinlich denkt sie, Sex bedeute Händchenhalten. Sie ist ein Kind, das seine Ängste für sich behält, und es muß ziemlich schlimm sein, wenn sie mit etwas herausplatzt. Linda stellt sich all die Viertkläßlerinnen vor, die sich fürchten, die Toilette zu benutzen, und flüstern, wenn sie sich hinter die Büsche auf dem Schulhof kauern und sich beeilen, ihre Unterhosen herunterzuziehen, ängstlich, ein Lehrer könne sie erwischen. Nicht nur Kristy muß mehr über Sex erfahren, sie alle müssen es. Linda hatte immer vor, mindestens bis zur Junior High School zu warten, ehe sie ihren Kindern Einzelheiten über die menschliche Sexualität mitteilt. Sie ist nicht prüde, sie dachte nur, das alles hätte noch viel Zeit. Aber das war, bevor kleine Mädchen anfingen, Händchenhalten und die Benutzung öffentlicher Toiletten mit dem Tod gleichzusetzen.

Sie wird eine Versammlung einberufen. Sie wird Ed Reardon einladen. Sie wird einen Sprecher von einer AIDS-Organisation finden, die auf Erziehung spezialisiert ist. Sie wird dieses Thema nicht in der Schulversammlung zur Sprache bringen; deren Diskussionen könnten wochenlang andauern, und ihre Schüler müssen jetzt erfahren, was AIDS ist und wie sie sich anstecken können und wie nicht. Sie wird nicht noch eine Woche vergehen lassen, in der diese kleinen Mädchen zuviel Angst haben, um die Toilette zu benutzen. Sie wird nicht darüber nachdenken, ob die Schule das Recht hat, die Kinder in die Aula zu rufen und ihnen etwas zu früh etwas über Sex zu erzählen. Etwas zu früh ist besser als etwas zu spät. Und wenn sich jemand mit ihr anlegt und ihr sagt, sie habe kein Recht zu dieser Entscheidung, dann wird sie einfach sagen, daß in diesem Fall alle Kinder ihre Kinder sind.

Die Briefe gehen am 15. September hinaus. Das Schreiben, adressiert an dreihundertachtzig Haushalte, ist kurz, verrät nichts von den langen Stunden, die Linda darüber gebrütet hat, nach Worten suchend, die nicht bedrohlich klingen. Außerdem enthält der Umschlag einen Erlaubnisschein, den jedes Kind seinem Lehrer unterschrieben mitbringen muß. Einige der Briefe erreichen den Empfänger schon am folgenden Tag; Linda Gleason weiß das, weil um zwei Uhr die Anrufe beginnen, und um halb vier sind beide Sekretärinnen in Lindas Büro in Tränen aufgelöst. Linda übernimmt für einen Augenblick das Telefon und fühlt sich gelähmt durch den Haß, der aus dem Hörer schlägt, irgend etwas über die feurige Hand Gottes, über Sünder und über diejenigen, die den Tod verdienen. Linda legt auf und wischt sich die Handfläche an ihrem Rock ab.

»Wenn sie grob sind, hängen Sie einfach auf«, sagt Linda Gleason beiden Sekretärinnen.

Linda Gleason hat bereits Anrufe vom Morrower *Chronicle* und *The Boston Globe* bekommen, aber nicht angenommen. Nun geht sie in ihr Büro und schließt die Tür ab, damit sie hastig ein Statement für die Zeitungen tippen kann. Sie fragt sich, ob sie eine üble Situation noch schlimmer gemacht hat. Sie hört zu tippen auf und zündet sich eine Zigarette an. Sie ist schockiert über die Reaktion auf die bevorstehende Versammlung. Dies hier ist kein ländlicher Schuldistrikt, wo die Schlachten um die Sexualerziehung leidenschaftlich und bösartig geführt wurden. Dies ist Morrow, sie kann den Stadtplatz von ihrem Fenster aus sehen. Sie kann die Kaffeebar sehen, in die Martin die Kinder am Sonntag zum Frühstück führt, damit sie länger schlafen kann. Sie kann auch einige ihrer Lehrer sehen, die auf dem Parkplatz stehen und die Köpfe zusammenstecken. Linda läßt das halbfertige Statement in der Schreibmaschine und drückt ihre Zigarette in einer Untertasse aus.

Sechs Lehrer diskutieren auf dem Parkplatz. Die Situation ist scheußlich, darüber sind sich alle einig. Sie sagen einander, daß Linda Gleason nicht mehr dieselbe Person zu sein scheine. Zwei von ihnen werden beauftragt, die Petition zu schreiben, in der Lindas Rücktritt verlangt wird und die sie im Laufe des Vormittags herumgehen lassen. Linda greift nach ihrer Jacke und sagt den Sekretärinnen, sie gehe hinüber in die Schreibwarenhandlung, um Briefumschläge zu kaufen. Die Sekretärinnen nicken, obwohl im Büroschrank eine Schachtel voller Umschläge steht.

Linda geht zum Stadtpark. Um diese Tageszeit ist er fast verlassen bis auf ein paar Mütter mit Kleinkindern. Linda setzt sich auf eine Bank, greift in ihre Jackentasche und zieht Gummibänder, einen Spinnenring, der ihrem Sohn gehört, und ihre Zigaretten heraus. Heute wird sie das Rauchen aufgeben; es macht ihr nicht einmal mehr Spaß, es ist einfach eine schlechte Angewohnheit. Sie zündet sich eine letzte Zigarette an, raucht sie langsam, zertritt sie dann auf dem Weg und macht sich auf den Rückweg zur Schule. Sie kann jetzt leichter atmen, und ihr Gesicht fühlt sich nicht mehr so heiß an. Sie denkt nicht an Verrat oder Grausamkeit, sie denkt an die Bestellungen der Mittagessen für den nächsten Monat bei der Lieferfirma und zieht Würstchen und Bohnen, Pizza und Gelee mit Früchten in Erwägung.

Zweihundertsechzig unterschriebene Erlaubnisscheine werden zurückgeschickt, und Linda fühlt sich etwas getröstet, als sie feststellt, daß nur zweiunddreißig Lehrer und Eltern die Petition gegen sie unterschrieben haben, nicht genug, um ihre Stellung zu gefährden, aber genug, um ihr jedesmal ein unbehagliches Gefühl zu geben, wenn sie durch die Gänge geht. Die Leute von der Aktionsgemeinschaft haben aufgehört, Flugblätter zu verteilen, aber Linda hat gehört, daß sie noch immer in Hobbyräumen und Kellern kleine, feierliche Versammlungen abhalten. Ein paar ihrer Mitglieder stehen am Morgen der Versammlung draußen vor der Schule; sie gehen in der Nähe der Fahrradständer auf und ab, und diejenigen mit Söhnen und Töchtern im Schulalter halten ihre Kinder an der Hand, um deutlich zu machen, daß sie sie heute nicht in die Schule lassen werden.

Charlies Klasse ist eine der ersten, die in die Aula kommt. Er hat sich ein wissenschaftliches Buch unter den Pullover geschoben, und der Buchrücken fühlt sich hart an an seiner Brust. Charlie hält dies einfach für eine weitere langweilige Versammlung, nur ist diesmal Amanda schuld, daß sie alle hier sitzen und einem Haufen Doktoren zuhören müssen. Charlie setzt sich auf einen der Metallstühle und zieht das Buch unter seinem Pullover hervor. Er beginnt sofort zu lesen, aber als die höheren Klassen hereinkommen, ist es so laut, daß er sich kaum konzentrieren kann. Er macht ein Eselsohr in eine Buchseite – er liest gerade den Abschnitt über Schmetterlinge und glaubt, am Teich eine seltene Spezies gesichtet zu haben –, und als er aufsieht, erkennt er plötzlich, daß er von leeren Stühlen umgeben ist. Einen Augenblick lang ist Charlie verwirrt und fragt sich, ob er einen Platz weiterrücken soll. Er schaut hinüber zu Barry Wagoner, der zwei Plätze weiter sitzt. Barry wendet sich rasch Judd Erickson zu, der neben ihm sitzt, und beide prusten los, aber sie scheinen etwas nervös und merkwürdig, während sie lachen, und mit einem Mal versteht Charlie, daß niemand neben ihm sitzen will.

Die Kunstlehrerin, Miß Levy, kommt an ihnen vorbei, bleibt

dann am Ende der Reihe stehen und winkt den Jungen, sie sollten aufrücken. »Kommt, Kinder«, sagt sie, als sie ignoriert wird, »macht ein bißchen Platz.«

Niemand rührt sich. Charlie spürt, wie ihm heiß wird; die Kinder seiner Klasse starren ihn an. Miß Levy tritt in die Reihe hinter ihnen und legt Barry Wagoner eine Hand auf die Schulter. »Rück schon auf«, sagt sie.

Barry schüttelt den Kopf. »Ich muß nicht neben ihm sitzen«, sagt er zu Miß Levy. »Sie können mich nicht zwingen.«

»Du bist ein dicker, blöder Fettwanst«, sagt Charlie zu Barry.

»Charlie«, sagt Miß Levy.

Charlie wirft ihr den gemeinsten Blick zu, zu dem er fähig ist, obwohl er sie immer mochte, und Miß Levy fährt irgendwie zurück. Da weiß Charlie, daß sie nichts tun wird, um ihn aufzuhalten. Er steht auf, schiebt seinen Stuhl weg, damit er in die hintere Reihe schlüpfen kann, und geht auf die Tür zu. Miß Levy ruft ihn, aber er überhört sie einfach und geht an einer fünften Klasse vorbei aus der Aula. Er geht durch die Gänge, an Klassenzimmern und der Cafeteria vorbei auf die Eingangstür zu. In seinem Inneren explodiert etwas. Er würde Amanda am liebsten erwürgen. Er weiß, daß sie an allem schuld ist. Sie ist der Grund, warum alle ihn angestarrt haben, und dabei hat er gar nichts getan; sie ist diejenige, die krank ist.

Niemand hält ihn auf. Er geht einfach zur Tür hinaus. Er umklammert sein Buch so fest, daß seine Finger schmerzen. Er merkt, daß er seine Jacke vergessen hat, aber es ist ihm egal. Als er am Pausenhof vorbeikommt, sieht er, daß jemand auf der Schaukel sitzt. Es ist Amanda, und sie schaukelt nicht richtig, sondern bewegt sich nur langsam vor und zurück, während ihre Turnschuhe über den Boden kratzen. Charlie steht da und beobachtet sie; selbst aus dieser Entfernung kann er das Quietschen der Ketten hören, wenn sich die Schaukel bewegt. Und dann, völlig grundlos, hat Charlie auf einmal Angst, seine Schwester könnte aufblicken und ihn sehen. Er läuft fort, so schnell er kann, und obwohl er das Gefühl hat, daß er in die falsche Richtung rennt, bleibt er nicht eher stehen, als bis er zu Hause ist.

9

Fast jeden Abend nach dem Essen, wenn die Kinder im Bett sind, fährt Ivan ins Institut zurück. Keiner seiner Kollegen stellt ihm Fragen, denn sie sind an das gewöhnt, was jeder andere als eigenartige Arbeitszeiten betrachten würde; letztes Jahr gab es einen graduierten Studenten aus Kalifornien, den alle den Vampir nannten – er arbeitete nur von neun Uhr abends bis zur Morgendämmerung, niemand hatte ihn je tagsüber gesehen.

Polly fragt Ivan nie, wohin er geht. Sie hat die Teile eines Quilts wieder hervorgeholt, den sie vor Jahren begonnen hat, obwohl Ivan argwöhnt, daß sie gar nicht wirklich daran arbeitet. Heute macht sich Ivan im äußeren Büro eine Kanne starken Kaffee, gießt sich eine Tasse ein, geht dann in sein Büro und verschließt die Tür. Er wählt die Nummer des Notdienstes und gießt, während er wartet, Sahne in seinen Kaffee. Nach dem zweiten Läuten nimmt ein Mann den Hörer ab, aber Ivan kennt die Stimme nicht. Er hat schon früher warten müssen, bis Brian Gespräche beendet hatte, daher ist er auch jetzt bereit, am Apparat zu bleiben. Heute abend will er von Brian mehr über Interferon erfahren, ein Medikament, für das Brian nach Mexiko zu fahren pflegte, als er voriges Jahr in Kalifornien war, aber heute ist Brian nicht da, um seine Fragen zu beantworten. Erst als Ivan die Leitung nicht freigibt, sagt man ihm, wie krank Brian die ganze Zeit gewesen ist. In den letzten Wochen brachte er einen Sauerstoffbehälter mit, wenn er Telefondienst hatte, und am Wochenende, als Ivan die defekte Heizung im Wohnzimmer reparierte, hatte Brian einen Rückfall seiner Lungenentzündung. Er wird nicht zurückkommen.

Später, als Ivan zu Bett geht, bemerkt Polly, daß seine Augen geschwollen sind. Er wirkt abgezehrt. Sie wechseln sich nachts bei Amanda ab; sie schwitzt nachts so stark, daß man ihr bis morgens mindestens einmal die Bettlaken und das Nachthemd wechseln muß. Heute ist Polly an der Reihe, aber Ivan sagt ihr, sie solle im Bett bleiben. Er folgt Amandas Stimme den Gang entlang; wie immer wird sie sich am Morgen nicht daran erinnern, daß sie aus dem Bett gehoben wurde. Während er ihr das Flanellnachthemd über den Kopf zieht, denkt Ivan daran, wie er ihr die Windeln gewechselt hat, als sie ein Baby war. Er denkt an den Geruch von Puder und wie seidig ihre nackte Haut sich damals anfühlte. Jetzt, als er sie aufhebt, um ihr Bett abzuziehen, riecht Amanda schlecht; ihre Haut hat einen schwefligen Geruch. Sie hat rosa Nagellack auf den Fingernägeln, aber ihre Hände scheinen nicht viel größer als damals, als sie ein Baby war.

»Alles in Ordnung?« fragt Polly, als Ivan wieder ins Schlafzimmer kommt.

Ivan zieht Pullover und Hose aus. Achtlos reißt er sein Hemd auf, und zwei Knöpfe springen ab und fallen auf den Boden.

»Morgen fahre ich nach Boston«, sagt Ivan. »Ein Freund von mir liegt im Sterben.«

Polly setzt sich im Bett auf und sieht zu, bis er fertig ausgezogen ist. Er sieht zerbrechlich aus, nur noch Haut und Knochen.

»Ist es jemand, den ich kenne?« fragt Polly.

»Nein«, sagt Ivan. »Aber er hat AIDS. Willst du mitkommen?«

Polly sieht Ivan nicht mehr an. Sie greift nach der Uhr auf dem Nachttisch und stellt den Wecker. Ivan zieht zuletzt Schuhe und Socken aus. Schwer setzt er sich aufs Bett; er kann spüren, wie Polly sich von ihm abwendet.

»Ich bin zu müde, um irgendwohin zu gehen«, sagt Polly. »Wenn du Blumen mitnehmen willst, solltest du sie vorher hier kaufen. In Boston sind sie sicher teurer.«

Ihre Stimme bricht, während sie spricht, aber sonst läßt Polly sich nichts anmerken.

»Ja, gut«, sagt Ivan, als er das Licht ausschaltet, »das werde ich machen.«

Er wählt gelbe Lilien, obwohl sie pro Stück drei Dollar kosten. Die Blumen sind in grünes Seidenpapier gewickelt, und als Ivan in der Marlborough Street parkt, rutschen sie auf den Boden des Karmann-Ghia. Heute morgen hat er mit dem Leiter des Notdienstes gesprochen, der Brian anrief und die Erlaubnis bekam, seine Adresse weiterzugeben. Die Collegestudenten sind aus den Sommerferien zurück, und ihre Kombis stehen in zwei Reihen auf beiden Straßenseiten. Das braune Ziegelgebäude, in dem Brian wohnt, ist in drei Wohnungen aufgeteilt. Früher war es ein Einfamilienhaus. Über der Tür befinden sich rote und blaue Glasfenster, und der Boden der Eingangshalle hat ein rundes Muster aus weißem und schwarzem Marmor. Das Haus ist prachtvoll. Im Erdgeschoß und im zweiten Stock wohnen Rechtsanwälte. Brian verbringt viel Zeit damit, aus seinem Fenster zu sehen, das mit schwarzen Eisenstäben vergittert ist. Wenn er die Marlborough Street betrachtet, ist er froh, daß er sich von den Burschen aus seiner Band nie hat überreden lassen, ganz nach Los Angeles zu ziehen, als sie ihre erste Langspielplatte machten. Er ist in New Hampshire geboren und wollte immer in Boston leben. Er hat sich geschworen, nie einfach im Bett zu liegen und fernzusehen, doch er hat angefangen, sich Spielshows anzusehen. Er kann sich nicht dazu aufraffen, Platten oder CDs zu hören, obwohl er von Musik träumt. Er hat eine Sammlung von Songs, die er in den letzten paar Monaten geschrieben hat, ganz andere Musik als die, die er für die Band schrieb; er hat für Instrumente komponiert, die keiner von ihnen spielen kann. Fagott, Oboe, Geige. Dunkelblaue Musik mit einer Linie weißer Wut in der Mitte, einer Linie aus Sternen, einer Linie aus Verlassenheit, kalt wie der Mond. Er hat allmählich bemerkt, daß er Trauergesänge geschrieben hat. Er bewahrt sie in einem Ordner auf; niemand wird sie je hören, nur Brian, der die Musik im Geist hört. Nachts hilft sie ihm einzuschlafen. Sie hilft ihm, sich von seiner Wut zu lösen. Niemand kann so wütend sein, wie er es war, und doch am Leben bleiben; er wollte explodieren, seine Kleider mit einem Flammenwerfer anzünden, aus dem zwölften Stock springen.

Er ist achtundzwanzig Jahre alt und näßt jede Nacht das Bett. Er weiß, daß er bald einen Katheter brauchen wird, aber jetzt kann er ihn noch nicht ertragen. Die Krankenschwester, die jede

Nacht bei ihm bleibt, weiß nicht einmal davon; um sich nicht gedemütigt zu fühlen, bleibt er liegen, auf den uringetränkten Laken, bis Adelle morgens kommt, um die Krankenschwester abzulösen. Adelle war früher sein größter Fan, sie war die Sekretärin der Band, eine wirkliche Anhängerin, aber jetzt arbeitet sie nur noch für ihn. In seinem Testament hat er ihr alles hinterlassen, auch diese Wohnung, aber das genügt nicht. Anfangs hat er Verzeichnisse und Listen aufgestellt; er wollte unbedingt herausfinden, wie er AIDS bekommen hatte; er hat nur Männer geliebt, aber er hat mit Männern und Frauen geschlafen, und vor Jahren hat er bei einer Tournee im Süden Kokain gespritzt, ohne sich Gedanken zu machen, wenn er mit jemandem die Nadel teilte. Er ist so daran gewöhnt, *ich muß mit dem Rauchen aufhören* zu denken, wenn er nach einer Zigarette greift, daß er es noch immer denkt, obwohl es jetzt keinen Grund mehr zum Aufhören gibt. Er sorgt immer dafür, daß er in sicherer Entfernung von seiner Sauerstoffflasche raucht; er sitzt am Fenster, und der Rauch weht zwischen den Gitterstäben hindurch nach draußen.

Vorige Woche, ehe Brian seinen Rückfall hatte, kam Reggie zu Besuch. Reggie war so verlegen, daß Brian doppelt froh war, seiner Familie in New Hampshire nichts gesagt zu haben. Sie haben nie etwas an ihm gebilligt außer dem Geld, das er verdiente. Reggie hat nichts in der Wohnung berührt; sein Gesicht hatte einen leeren, verblüfften Ausdruck, und Brian merkte, daß Reggie vorher nie die Spuren des Kaposi-Sarkoms auf seinem Gesicht gesehen hatte. Die letzte Platte der Band war ein ungeheurer Flop, und sie müssen strampeln, um ihre Karriere zu retten. Brian begann zu weinen, als Reggie ihm erzählte, sie hätten einen neuen Lead-Sänger gefunden. Daraufhin zog Reggie sich noch weiter zurück.

»Schau, vergiß, daß ich's dir gesagt habe«, sagte er.
»Nein, wirklich«, sagte Brian. »Es freut mich für euch.«
»Ja?« hatte Reggie gesagt. Er wandte sich ab, und Brian konnte sehen, daß sein Körper vom Weinen geschüttelt wurde.
»Mann«, sagte Reggie, ohne Brian noch einmal anzusehen. »Warum hast du uns das angetan?«

Heute hat Adelle eine Schachtel Kekse mitgebracht, die sie bei

Rebecca's gekauft hat, und gießt eine Kanne Tee auf, den sie trinken können, wenn sein Gast kommt. Brian wird nichts davon trinken; er hat Probleme mit dem Schlucken. Adelle macht ihm eine Mischung aus Quellwasser und Honig und einer Art flüssigen Proteinen. Aus dem Fenster kann Brian sehen, daß ein Mann das Haus betritt, und als die Türglocke läutet, ruft er Adelle zu: »Das ist er.«

Gott, er ist wirklich aufgeregt, Besuch zu bekommen. Diesen Mann kennt er nicht einmal, aber als Ivan hereinkommt, merkt Brian natürlich, daß er ihn doch kennt. Er hat stundenlang mit ihm gesprochen; er weiß Dinge über Ivan, die niemand anderer je wissen wird oder wissen kann. Ehe sie ihn ins Wohnzimmer führte, hat Adelle Ivan die Jacke abgenommen und gesagt: »Ich muß Sie warnen. Er sieht jetzt nicht mehr so aus wie auf seinen Fotos.«

»Schon gut«, hatte Ivan gesagt. Er hat nie ein Foto von Brian gesehen, und was er jetzt sieht, ist ein sehr dünner Mann, der den größten Teil seiner Haare verloren hat. Brian trägt einen goldenen Ring an einem Ohrläppchen und weite blaue Jeans. Vor ein paar Monaten noch haben ihm die Jeans wahrscheinlich gepaßt; jetzt muß Brian sie festhalten, als er aufsteht, um Ivan zu begrüßen. Sie geben sich die Hand, und dann reicht Ivan Brian die Blumen. Brian betrachtet die Lilien einen Augenblick, dann gibt er sie Adelle, damit sie sie in eine Vase stellt.

»Ich wollte Sie gern besuchen«, sagt Ivan. Er kann nicht glauben, wie verzweifelt er sich anhört.

»Fein«, sagt Brian. »Setzen Sie sich.«

Adelle geht in die Küche, um den Tee zu holen. Die Wohnung ist riesig, und ihre Schritte hallen. Eine ganze Wand im Wohnzimmer ist von Bandmaschinen bedeckt; neben dem Fenster steht ein Flügel, auf dem Brian nicht mehr spielt. Das Elfenbein ist zu kalt; wenn er zu spielen versucht, hat er das Gefühl, seine Fingerknochen könnten brechen.

»Wahrscheinlich wollte ich Ihnen danken«, sagt Ivan.

Brian beginnt zu husten, und er wendet den Kopf ab. Der Husten läßt seinen ganzen Körper beben. Ivan greift nach einer Schachtel Kleenex auf dem Tisch und hält sie ihm hin, doch

Brian schüttelt den Kopf; er kann nichts abhusten, alles bleibt in ihm stecken. Ivan fühlt Panik in sich aufsteigen; er greift in seine Tasche und findet eine Rolle Drops, die er für Charlie gekauft, aber ihm zu geben vergessen hat.

»Nehmen Sie davon eins«, sagt Ivan. »Es wird Ihnen helfen.«

Brian nimmt eines der Bonbons, doch statt es zu essen, hält er es gegen das Licht. »Diese mochte ich immer gern«, sagt er. Er legt das Bonbon auf den Tisch, greift nach einer Zigarette, zündet sie an und hustet.

»Ich habe mir vorgenommen, das Rauchen aufzugeben, wenn ich dreißig bin«, sagt Brian. Ivan starrt ihn an. »Das sollte ein Witz sein«, sagt Brian.

»Aha«, sagt Ivan. »In letzter Zeit habe ich nicht viel Sinn für Witze.«

»Nein«, sagt Brian. »Erzählen Sie mir von Amanda. Sagen Sie mir, wie es ihr geht.«

Ivan schaut ihn an, unbehaglich; dann sieht er, daß Brian es wirklich wissen will, und so erzählt Ivan es ihm, erzählt ihm, daß sie ihr Haar jetzt geflochten trägt, wie sie sich in seinen Armen anfühlt, so feucht und mager, wenn er mitten in der Nacht zu ihr geht. Er sagt ihm, daß er gegen die Durchfälle, die sie neuerdings hat, alles versucht hat, daß sie aber an manchen Tagen deswegen nicht in die Schule gehen kann. Und dann, aus irgendeinem Grund, beginnt Ivan, über die Sterne zu sprechen. Er erzählt Brian die Geschichten, die er früher den Kindern immer erzählte, Geschichten von mythischen Helden, die dem Tod entrissen und in den Himmel gestellt wurden. In jeder Geschichte gibt es einen Lohn für Tapferkeit und Mut, in jeder werden Fleisch und Blut in blendend weißes Licht verwandelt.

Brian hat die Augen geschlossen, und als Ivan zu reden aufhört, öffnet er sie langsam wieder; selbst das kostet große Anstrengung.

»Schön«, sagt Brian. Seine Stimme ist heiser, nicht mehr die Stimme eines Sängers. Er zündet sich eine neue Zigarette an und fragt: »Wie geht es mit Amandas Vitamintherapie?«

»Bis auf die Durchfälle hat sich ihr Zustand nicht verschlechtert«, sagt Ivan.

»Das ist ja schon etwas«, sagt Brian, »nicht wahr?«
Adelle kommt mit Tee und Gebäck herein.
»Mach die Zigarette aus«, sagt sie.
»Mach mir keine Vorschriften«, sagt Brian, drückt aber die Zigarette aus. Blauer Rauch hängt wie ein Spinnennetz in der Luft.
»Gieß den verdammten Tee ein.«
»Ich bleibe nur seines Charmes wegen«, sagt Adelle zu Ivan. »Mach nur weiter so, sage ich zu ihm. Du hast Glück, du bist zu gemein und zu dickköpfig, um schnell zu sterben.«
Ivan trinkt einen Schluck Tee, weil seine Kehle so eng wird. Was zum Teufel soll er nur machen ohne Brian? Mit wem kann er dann reden?
»Das stimmt«, sagt Brian. »Und wenn ich's tue, komme ich zurück. So leicht wird man mich nicht los.«
Adelle grinst ihn an, aber sobald er den Blick abwendet, sieht sie aus, als werde sie gleich in Tränen ausbrechen. Sie hat Brian ein Glas Quellwasser gebracht, das er jetzt trinkt. Er ist so blaß, daß man das Wasser beinahe durch die zarte Haut seines Halses fließen sehen kann. Brian ist müde. Ivan sieht jetzt, daß er zu lange geblieben ist. Brian beugt sich vor. Er hat leuchtend blaue Augen; Mädchen, die sich in sein Bild verliebten, konnten nicht sagen, ob sie aquamarinblau oder saphirblau waren.
»Kinder sind komisch«, sagt Brian. »Sie können stärker sein als wir. Geben Sie sie nicht auf.«
»Nein«, sagt Ivan, »das werde ich nicht tun.«
»Hören Sie nicht auf die Ärzte. Denen zufolge müßte ich schon seit Monaten tot sein.«
»Und Sie sind immer noch da«, sagt Ivan.
Es ist spät geworden, die Sonne verblaßt. Adelle hustet und geht zum Fenster, um die Jalousien höher zu ziehen. Als das Licht den Raum füllt, möchte Ivan schwören, daß er alle Knochen in Brians Körper an die Oberfläche treten sieht wie Fische im Wasser. Er kann sehen, wie Brian sich auflöst, und in diesem Moment erkennt Ivan, daß Brian kaum noch hier ist. Er schaut schon nach etwas, das weit entfernt ist, etwas in einer anderen Dimension, das keiner sonst sehen kann.

10

Laurel Smith sitzt in den Zuschauerreihen, die Knie hochgezogen, die Füße auf dem leeren Sitz vor ihr, die Zehen gekrümmt, damit ihre Gummisandaletten ihr nicht von den Füßen fallen. Sie hat diese Seite der Turnhalle gewählt, weil hier viel weniger Menschen sind als in den Reihen auf der anderen Seite, wo Schüler und Eltern sich um gute Plätze drängen. Dies ist der erste Wettkampf der Saison, und er wird gegen Medfield ausgetragen, eine Schule, die Cheshires Erzrivale ist. Es ist ein wichtiger Wettkampf, und Laurel weiß, es ist eine Ehre, daß Amanda sie dazu eingeladen hat. In den Stunden, in denen sie zusammen waren, war Laurel die Lehrerin, zeigte Amanda, wie sie ihr Haar flechten, Schokolade für Mousse schmelzen und im Sand des Sumpflandes besondere, blaue Krebse finden konnte. Jetzt möchte Amanda ihr etwas zeigen, und deshalb ist Laurel hier, obwohl sie eigentlich arbeiten müßte.

Laurel hat Glück gehabt, in Morrow eine Stellung zu finden, und sie weiß das. Jetzt, da sie ihre Lesungen aufgegeben hat, hat sie nur noch das kleine Einkommen aus dem Vermögen ihrer Eltern und keine wirklichen Fertigkeiten außer denen, die sie Amanda beigebracht hat. Sie hat auch Glück, daß Marie Pointer, die den Geschenkladen führt, ziemlich taub ist; wenn jemand ihr gesagt hätte, sie solle Laurel nicht einstellen, hätte sie das vermutlich nicht gehört. Mrs. Pointer ist außerordentlich geduldig. Sie hat einen ganzen Nachmittag damit zugebracht, Laurel die Handhabung der Registrierkasse zu erklären, und einen weiteren damit, ihr zu zeigen, wie man Rechnungen ausstellt. Mrs. Pointers Laden ist keiner von den besseren Läden in der Stadt; es gibt keine Ausstellung von lokalem Kunsthandwerk, keine Töpfer- und Webarbeiten. Aber es gibt eine Menge Glückwunschkarten und Keramikfiguren von Pudeln und Collies und Enten, die Kinder am Muttertag kaufen, und Regale mit Bonbons und Kaugummi, Zeitschriften, Schreibwaren und, neben der Registrierkasse, Gestelle mit billigem Schmuck, meist Geburtssteinringe aus billigem Buntglas.

Laurel hat nichts gegen diesen Job. Der Laden ist unordentlich, und immer sind im Lagerraum Pakete auszupacken; Geschenkartikel müssen abgestaubt und Zeitschriften im Regal sortiert werden. Wenn wirklich ein ruhiger Tag ist, kann sie sie auch lesen. Die Anforderungen, die der Job stellt, sind gering. Der Höhepunkt war bislang das Entwirren einer verknäuelten Rolle Geschenkband. Doch Laurel hat die Stelle wegen des wöchentlichen Gehaltsschecks angenommen, nicht zu ihrer persönlichen Befriedigung. Dafür hat sie Amanda.

Laurel hat zu den Leuten in Morrow immer Distanz gehalten; ihr Landhaus liegt weit genug außerhalb der Stadt, so daß man sie kaum bemerkt. Dies ist nicht der einzige Ort, an den sie nicht zu passen scheint. Sie hat ihr ganzes Leben lang dieses Gefühl gehabt; sie ist geübt darin, sich so unsichtbar wie menschenmöglich zu machen. Heute trägt sie eine Sonnenbrille, und ihr Haar ist zu einem Knoten hochgesteckt, aber sie war so töricht, ein weißes Baumwollkleid anzuziehen. Natürlich sieht Polly sie sofort, als sie und Ivan die Turnhalle betreten.

»Ich kann es kaum glauben«, sagt Polly zu Ivan. »Laurel Smith ist hier.«

»Dies ist ein freies Land«, sagt Ivan, »und eine freie Turnhalle.«

»Ha«, schnaubt Polly, und Ivan fragt sich, ob sie an all die Wettkämpfe denkt, die er letztes Jahr versäumt hat.

»Wir sollten rübergehen und guten Tag sagen«, sagt Ivan zu Polly.

»Auf keinen Fall«, sagt Polly.

»Gut«, sagt Ivan, »dann gehe ich allein.«

»Tu das nicht«, sagt Polly, und sie meint es ernst. Sie traut Laurel Smith nicht. Sie ist sicher, daß Laurel hinter irgend etwas her ist.

Ivan war sogar noch mißtrauischer gegen Laurel als Polly; nur mit einer gräßlichen Szene hat Amanda ihn dazu bringen können, sie zu Laurels Haus zu fahren. Er weiß nicht, was er erwartet hatte, aber gewiß nicht, daß Laurel so handfest sein würde. Kaum hatte er Laurels Landhaus betreten, da wußte er auch schon, daß es genau das war, was Amanda sich ausgesucht hätte, könnten Elfjährige ihre eigenen Häuser haben, alles rosa und gelb und Korbmöbel und eine Katze, die auf den Tisch springen und Rührschüsseln auslecken darf. Ivan ging nach draußen, um sich in den Karmann-Ghia zu setzen; gelegentlich konnte er durch das Fenster sehen, wie Amanda und Laurel etwas rührten, die Gesichter mit Schokolade beschmiert. Hinterher kam Amanda strahlend zum Auto gelaufen. Sie trug ein Tablett mit kleinen Schokoladensachen, das Ivan in den Kofferraum des Wagens schob.

»Törtchen«, informierte ihn Amanda.

Es interessierte ihn nicht, ob Laurel eine Schwindlerin war, solange sie Amanda mit einem Tablett voll winziger Kuchen so glücklich machen konnte.

»Du weißt doch«, sagt Ivan in der Tür der Turnhalle zu Polly, »Amanda ist verrückt nach ihr.«

Polly mußte ihre Eltern förmlich an Küchenstühle binden, um sie daran zu hindern, zu diesem Wettkampf mitzugehen. Sie wollte den heutigen Tag zu einem besonderen Ereignis machen, das sie, Amanda und Ivan miteinander teilten. Nur sie drei. Nun ist das zerstört. Polly fragt sich unwillkürlich, was Amanda und Laurel einander wohl zu sagen haben könnten. Es quält sie, daß Amanda lieber mit einer Fremden als mit ihrer eigenen Mutter zusammen ist. Aber Ivan hat recht, wichtig ist, was Amanda will, und Amanda will Laurel Smith.

»Ich gehe und hole sie zu uns«, sagt Polly schließlich.

Ivan sucht Plätze für sie, während Polly die Turnhalle durchquert. Laurel sitzt in der dritten Reihe. Ihr Kopf ist gesenkt; sie liest eine Zeitung, obwohl Polly sicher ist, daß sie durch ihre dunkle Sonnenbrille nichts erkennen kann.

»Sie sitzen auf der falschen Seite«, ruft Polly ihr von unten zu.

Laurel blickt auf; verwirrt nimmt sie die Brille ab.

»Jeder auf dieser Seite der Turnhalle drückt die Daumen für Medfield«, sagt Polly zu Laurel.

Laurel zieht eine Grimasse und bahnt sich dann schnell einen Weg nach unten. »Dumm von mir«, sagt sie.

»Warum setzen Sie sich nicht zu uns?« sagt Polly ohne jede Wärme.

»O nein, das kann ich nicht«, sagt Laurel.

»Da Sie sich uns schon aufgedrängt haben, können Sie sich ruhig auch zu uns setzen«, entfährt es Polly. Sie wendet sich von Laurel ab, schockiert über das, was sie gesagt hat. »Es tut mir leid«, sagt sie dann.

»Wenn Amanda Sie nicht liebte, bräuchte sie nicht mit mir zu reden«, sagt Laurel Smith.

»Sagen Sie das nicht«, versetzt Polly. »Wagen Sie es nicht, mir zu sagen, was meine Tochter braucht.«

»Sie hat Angst, Ihnen die Dinge zu sagen, über die sie nachdenkt«, sagt Laurel.

»Woher zum Teufel wissen Sie, worüber sie nachdenkt?« sagt Polly. »Sie kennen sie nicht einmal.«

Polly wird nicht hier stehenbleiben und sich das anhören. Sie dreht sich um und geht durch die Halle, aber Laurel Smith folgt ihr.

»Sie denkt über den Tod nach«, sagt Laurel. »Darüber reden wir. Sie will Ihnen das nicht sagen, weil sie fürchtet, Ihnen weh zu tun.«

Polly bleibt unter den Zuschauerreihen für die Heimmannschaft stehen.

»Ich könnte sie Ihnen nie wegnehmen«, sagt Laurel. »Man kann Amanda Ihnen nicht wegnehmen. Sie ist Ihr Kind.«

Polly kann nicht sprechen, aber sie nickt mit dem Kopf.

»Ich brauche nicht bei Ihnen zu sitzen«, sagt Laurel.

»Doch, kommen Sie zu uns«, sagt Polly. »Wirklich«, sagt sie, »ich möchte es gern.«

Während Laurel Polly nach oben zu den Plätzen folgt, die Ivan freigehalten hat, muß Jack Eagan etwas tun, das ihm sehr schwerfällt.

In der Schule ist viel über Amanda geredet worden, aber er hat nicht darauf gehört. Er ist so etwas wie ein Einzelgänger, er betrachtet nicht viele der Lehrer als seine Kollegen. Die einzige, die er wirklich mag, ist Rose Traymore, die andere Turnlehrerin, die Basketball trainiert und die Vorschulklassen und die ersten drei Schulklassen betreut. Als Linda Gleason gestern in sein Büro kam, war Jack Eagan schockiert. Niemand kommt je in sein Büro, das kaum größer ist als ein Wandschrank mit zwei Schreibtischen für Rose Traymore und ihn direkt neben dem Geräteraum.

»Ihr Büro könnte einen Anstrich vertragen«, hatte Linda Gleason gesagt, als sie hereinkam.

»Wir könnten ein Büro vertragen«, hatte Jack zu ihr gesagt. Er stellte gerade den Plan für Auswärtswettkämpfe zusammen und wollte nicht dabei gestört werden.

Als Linda Gleason ihm sagte, sie wolle über Amanda Farrell sprechen, raufte Jack sich die Haare und sagte: »Nicht schon wieder!« Und jetzt muß er Amanda sagen, was die Schulleiterin ihm gesagt hat. Jack Eagan denkt nie über die Blasen an den Händen seiner Mädchen nach; jede Turnerin hat sie, gewöhnlich von der Arbeit am Stufenbarren. Weil die Eltern einer ihrer Mannschaftskameradinnen einen glaubhaften medizinischen Bericht darüber haben, daß eine geringe Infektionsgefahr für ihre Mitschülerinnen besteht, wenn ihre Blasen bluten, während sie am Stufenbarren ist, und ein anderes Mädchen mit offenen Blasen unmittelbar nach ihr das Gerät benutzt, kann Amanda an dieser Übung nicht teilnehmen. Was tatsächlich bedeutet, daß sie überhaupt nicht am Wettkampf teilnehmen kann, da eine Turnerin nur dann ernst genommen wird, wenn sie alle Übungen mitmacht. Der medizinische Bericht ist blödsinnig, aber sogar Jack Eagan merkt, daß hier wirkliche Infektionsängste im Spiel sind. Amanda kann alle ihre anderen Übungen weitermachen, doch Jack Eagan fragt sich, was das für einen Sinn hat.

Eagan möchte am liebsten gar nicht zu diesem Wettkampf gehen. Viel lieber würde er sich in seinen Pontiac setzen und an den Strand fahren und surfen. Statt dessen bittet er Rose Traymore, in den Umkleideraum zu gehen und Amanda in sein Büro zu holen.

Sie hat schon Kreide an den Händen und den leeren Blick, den Turnerinnen vor einem Wettkampf haben. Doch als der Trainer sich auf seinem Stuhl zurücklehnt und nach Worten sucht, verliert Amandas Gesicht die Farbe, als wisse sie, was er sagen wird, ehe er es sagt.

»So krank bin ich nicht!« sagt sie. »Ich sehe nicht mal krank aus!«

»Ich weiß«, sagt Jack Eagan. »Ich habe nicht gesagt, daß das fair ist. Die Leute täuschen sich gewaltig über den Sport; sie glauben, Sport sei fair, dabei gibt es mehr Verlierer als Gewinner.«

Amanda dreht ihm den Rücken zu, und sie weint.

»Und übers Verlieren weiß ich Bescheid«, sagt Eagan. Er weiß nicht, was er machen soll, falls sie in Ohnmacht fällt oder hysterisch wird; vielleicht sollte er aufhören, aber er tut es nicht. »Ich habe oft genug verloren, als ich noch an Wettkämpfen teilnahm.«

Amanda wischt sich mit dem Handrücken die Augen und dreht sich wieder zu ihm um.

»Die Leute halten Lesen und Mathematik für wichtig, aber es ist der Sport, bei dem man wirklich was lernt. Man gewinnt nicht immer.«

»Nein«, sagt Amanda. Ihre Stimme ist sehr leise, aber sie ist nicht mehr so blaß. »Stufenbarren war immer meine schlechteste Übung«, sagt Amanda.

»Du hattest keine schlechteste Übung«, sagt Jack Eagan.

»Ich glaube sowieso nicht, daß ich sie hätte machen können«, gibt Amanda zu. »Ich habe nicht genug Kraft. Ich wollte es nur keinem sagen.«

Jack Eagan weiß, daß man sich über seinen Körper nur schwer etwas vormachen kann, wenn man sich einmal dem Sport verschrieben hat. Man muß das benutzen, was daran gut ist, seine Grenzen akzeptieren und damit arbeiten.

»Könnte ich meine Bodenübung trotzdem turnen?« fragt Amanda. »Ich habe eine Freundin zum Zuschauen eingeladen.«

Jack Eagan denkt bei sich, daß das Leben mies ist. Es ist mies, weil Dinge schön sind und einem dann weggenommen werden.

»Natürlich«, sagt er. »Turn deine Kür.«

Polly und Ivan merken, daß etwas nicht stimmt, als die meisten Mädchen des Cheshire-Teams zwei oder drei Übungen geturnt haben und Amanda noch immer auf der Bank sitzt.

»Vielleicht ist ihr übel«, flüstert Polly.

»Sie sieht gut aus«, sagt Ivan. »Eagan würde sie nicht dort sitzen lassen, wenn ihr übel wäre.«

Ivan starrt durch die Turnhalle. Etwas ist mit ihm passiert. Er sieht die Dinge anders. Er kann nicht mehr so denken wie bei seiner Arbeit im Institut; es gibt keine Antworten mehr auf Fragen, obwohl er mehr Fragen hat denn je. Oft ertappt er sich bei Gedanken an das nachmittägliche Licht in Brians Wohnung, wie es in breiten Streifen auf den polierten schwarzen Flügel fiel. Manchmal wird Ivans Kehle grundlos so eng, daß er nicht sprechen kann. Er fragt sich, ob er je wieder arbeiten wird. Die Arbeit scheint ihm einfach gleichgültig zu sein, obwohl er nachts von Sternschnuppen und Supernovas träumt und beim Aufwachen noch immer ihr strahlendes Licht sieht.

Unten in der Halle turnt Jessie Eagan ihre Kür, begleitet von ihrer *Eleanor Rigby*-Kassette. Als sie fertig ist, ertönt vereinzelt Applaus. Laurel Smith weiß nicht, was sie zuerst anschauen soll; Mädchen von Cheshire und Medfield turnen gleichzeitig an Stufenbarren, Schwebebalken und Pferd. Kunstturnen ist wie ein Zirkus mit Manegen für verschiedene Ereignisse, die es schwermachen, eine einzelne Wettkämpferin zu beobachten. Laurel Smith fühlt sich an ein Buch erinnert, das sie als Kind liebte; es gab darin ein Bild von tausend Elfen, alle in leuchtenden Kleidern, die über einem Weizenfeld hin und her flogen. So sehen diese Mädchen für sie aus, luftig und klein und in der Lage, Dinge zu tun, die jedem menschlichen Körper eigentlich unmöglich sein müßten.

Amanda steht von der Bank auf und geht zur Matte. Als die Rhythmen von *True Blue* durch die Halle tönen, beugen Polly und Ivan sich vor. Beide haben Angst, Amanda könnte sich zuviel zumuten und sich verletzen, aber genausoviel Angst haben sie davor, was Versagen oder Enttäuschung ihr antun könnten. Amanda steht am Rand der grauen Übungsmatte. Ihr Haar ist zurückgekämmt und geflochten, ihre Arme recken sich in den

Himmel. Da steht sie, reglos und bleich. Es sieht so aus, als werde sie ewig so stehen bleiben, aber dann, beim neunten Takt des Liedes, als Madonna »Hey!« ruft, läuft Amanda auf die Matte, macht einen Salto, zwei eingesprungene Handstände und einen vollen Spagat rückwärts.

Laurel Smith merkt, daß die turnende Amanda an ein Geschöpf erinnert, das sich auf einmal in seinem angestammten Element befindet, wie ein Fisch, der sich in der Hand nicht bewegen kann und plötzlich in ein Wasserbecken gesetzt wird.

»Ich hatte andere Männer«, singt Madonna auf der Kassette. »Ich habe ihnen in die Augen geschaut. Aber die Liebe habe ich nie gekannt, bevor du durch meine Tür kamst.«

Amanda beginnt den nächsten Teil ihrer Übung mit einem gestreckten Salto vorwärts, einem gestreckten Salto rückwärts und zwei perfekten Doppelschrauben. Als ihre Übung beendet ist, steht Amanda in der Mitte der Matte und macht eine tiefe Verbeugung. Niemand sieht, daß sie zittert. Einen Augenblick herrscht Stille, dann beginnt Jack Eagan zu applaudieren. Es ist verblüffend, sein Klatschen zu hören, um so mehr, als er noch nie vorher einem Mädchen aus seiner Mannschaft applaudiert hat. Jessie Eagan steht von der Bank auf und beginnt zu klatschen, und alle anderen Mitglieder der Mannschaft tun es ihr nach. Amanda läuft von der Matte, und als sie Jack Eagan erreicht, nimmt er sie in die Arme und hebt sie in die Luft. Nachdem er sie losgelassen hat, geht Amanda ans Ende der Bank zu Jessie. Jessie wirft ihr die Arme um den Hals.

»Du hast es geschafft!« sagt Jessie.

Amanda grinst und setzt sich dann auf die Bank, den Kopf zwischen die Knie gebeugt, um wieder zu Atem zu kommen. Sie weiß, näher wird sie einer Zehnerwertung nie kommen. Von jetzt an wird sie auf dieser Bank sitzen und ihren Mannschaftskameradinnen zuschauen, statt auf ihren eigenen Einsatz zu warten. Sie hat ihren Einsatz gehabt. Ihr Herz rast noch immer. Als Jessie zu ihrer letzten Übung aufsteht, richtet Amanda sich auf und wünscht ihr Glück.

»Ich werd's brauchen«, flüstert Jessie zurück.

Amanda sieht zu, wie Jessie auf den Schwebebalken springt,

dann sieht sie an ihr vorbei. Hoch oben kann sie ihren Vater und ihre Mutter und Laurel Smith sitzen sehen. Laurel schiebt sich die Sonnenbrille ins Haar und macht Amanda ein Zeichen mit erhobenem Daumen. Nach dem Wettkampf beglückwünschen die anderen Mädchen Amanda noch immer zu ihrer Bodenübung. Sie freut sich, aber sie geht zu ihrem Garderobenspind und holt ihre Kleider heraus. Jessie kommt herüber und setzt sich neben sie.

»Du bist immer noch die Größte«, sagt Jessie.

Amanda ist zu erschöpft, um sich zu duschen. Als sie ihr Trikot auszieht, schmerzen ihre Arme und Beine.

»Mein Vater sagt, du könntest zum Abendessen kommen und ganz lange bleiben«, sagt Jessie zu ihr.

Amanda hat in letzter Zeit viel über Jessie nachgedacht. Sie hat daran gedacht, wie die anderen Mädchen sie ansehen, wenn sie zusammen sind.

»Ich kann nicht«, sagt sie jetzt.

»Warum nicht?« fragt Jessie. »Meine Mutter kann uns einen Videofilm holen. Vielleicht kann ich sie überreden, *The Breakfast Club* für uns auszuleihen.«

»Ich kann einfach nicht«, sagt Amanda.

Sie hat bereits angefangen, seltener mit ihrer Mutter zusammenzusein. Jetzt ist es Zeit, dasselbe mit Jessie zu tun.

»Warum nicht?« drängt Jessie.

»Weil ich nicht mag, klar?« sagt Amanda. Sie kann sehen, wie verletzt Jessie ist, aber sie fährt fort: »Warum fragst du nicht Evelyn?«

»Weil ich nicht will. Weil sie blöd ist.«

»Frag Sue Sherman«, sagt Amanda.

»Du willst nicht mehr meine Freundin sein«, sagt Jessie heftig. »Jetzt, wo du eine Freundin hast, die dreißig ist, brauchst du mich nicht mehr.«

»Mach keine große Sache draus«, sagt Amanda. »Lad jemand anderen ein.«

»Du kannst mich mal«, sagt Jessie.

Jessie geht zu ihrem Spind und reißt ihn auf.

Amanda zieht ihren Pullover an und folgt Jessie. Ihre Beine

fühlen sich immer schlimmer an, daher setzt sie sich auf die Bank.

»Du solltest andere Freundinnen haben«, sagt Amanda.

Jessie ignoriert sie und zieht sich an.

»Ich werd' nicht immer dasein«, sagt Amanda. »Du mußt jetzt anfangen, dir andere Freundinnen zu suchen.«

Jessie starrt in ihren offenen Spind und beginnt zu weinen.

»Ich hasse alle anderen«, sagt Jessie. »Ich mag nur dich.«

Amanda steht auf und geht auf die Tür zu.

»Ich hasse alle«, schreit Jessie hinter ihr her, aber Amanda geht weiter. Draußen in der Vorhalle warten ihre Eltern. Polly läuft auf sie zu und umarmt sie.

»Alles in Ordnung?« flüstert Polly.

»Klar«, sagt Amanda.

»Wunderbar«, sagt Polly. Sie sieht zu Ivan hinüber.

»Eine tolle Kür«, sagt Ivan zu Amanda. »Unglaublich.«

»Danke, Dad«, sagt Amanda. Sie umarmt ihn, weicht dann zurück und grinst. Sie sieht, daß Laurel Smith in ihrem weißen Kleid draußen auf dem Rasen wartet.

»Ich will hören, wie's Laurel gefallen hat«, sagt Amanda.

Polly möchte Amanda zurückrufen, aber sie tut es nicht. Amanda wird immer ihre Tochter sein, jetzt und für alle Zeit. Deshalb kann sie stehenbleiben und zusehen, wie Amanda so schnell nach draußen läuft, daß man denken könnte, sie sei schwerelos, fliege direkt in die Sonne.

11

Amanda hat wieder Fieber, und jeden Tag ist Ed Reardon morgens und dann abends auf dem Heimweg bei den Farrells vorbeigekommen. Das bedeutet, daß er erst nach Hause kommt, wenn die Kinder schon zum Schlafengehen fertig sind. Er muß morgens eine halbe Stunde eher das Haus verlassen, aber er braucht sich keinen Wecker zu stellen. Gewöhnlich steht er in der Morgendämmerung auf. Er kann in letzter Zeit nicht schlafen, und wenn er schläft, dann fährt er plötzlich aus Alpträumen auf, an die er sich nicht erinnern kann, eher verblüfft als getröstet durch sein vertrautes Schlafzimmer, Mary neben ihm und die blaue Decke auf ihrem Bett.

Mary hat angefangen, nach Amanda zu fragen. Wenn die Lichter gelöscht sind und die Kinder fest schlafen, fragt sie ihn, ob die Temperatur des Mädchens gesunken ist, ob ihre Drüsen noch immer so geschwollen sind. Ed Reardon geht nie ins Detail, erwähnt zum Beispiel nicht, daß er Amanda sorgfältig überwacht und jede zweite Woche ins Kinderkrankenhaus schickt, wo sie Pentamidin erhält, weil er eine Lungenentzündung fürchtet. Er hat das unangenehme Gefühl von Betrug, wenn er im Bett mit Mary redet; dasselbe empfindet er, wenn sie morgens für ihn Kaffee kocht und er auf die Uhr sieht und weiß, daß Polly schon auf ihn wartet. Es ist, als wäre nicht Mary seine Frau, sondern Polly, und als schulde er ihr Treue. Er kann sich jetzt vorstellen, wie ein Bigamist sich fühlen muß, nie zur richtigen Zeit am richtigen Ort.

Gestern abend, als er Amanda untersuchte, waren ihre Lungen schwer von Flüssigkeit. Er sagte Polly, sie solle ihn anrufen, wenn irgendeine Veränderung eintrete, und seither hat er auf ihren Anruf gewartet. Er kommt am Sonntagmorgen, als er seinen

Kaffee trinkt. Er kann oben die Kinder hören, als er nach dem Hörer greift, und er kann hören, wie Mary Eier in eine Rührschüssel schlägt. Es ist Ivan, der anruft, und Ed sagt Ivan, er sei schon unterwegs. Ehe er geht, telefoniert er zweimal. Einmal mit Henry Bayden, einem Kinderarzt in Ipswich, der ihn vertritt und den er fragt, ob er für heute seine Notfälle übernehmen kann. Der andere Anruf geht ins Kinderkrankenhaus, und er vergewissert sich, daß ein Zimmer verfügbar ist. Für alle Fälle. Er sagt Mary, er werde spät nach Hause kommen, und geht rasch, ehe die Kinder nach unten kommen und verlangen, daß er ihnen Knöpfe zuknöpft und Toast buttert. Er muß hier hinaus, ehe die Kinder sich über ihre Enttäuschung klarwerden; er ist selbst zu enttäuscht, um sie leicht wegzustecken.

Als er bei den Farrells ankommt, erwarten ihn Ivan und die Großeltern in der Küche. Charlie sitzt am Tisch, aber er frühstückt nicht. Ed tut, was er tun muß: Er lächelt, schüttelt Hände, dann geht er allein nach oben. Polly hat ihn gehört und erwartet ihn im oberen Flur. Ihr Gesicht ist verquollen, ihr Haar unfrisiert. Sie geht auf Ed zu und greift nach seinem Arm, sobald er die oberste Stufe erreicht hat.

»Da bringen wir sie durch«, sagt Ed.

Polly nickt. Sie glaubt ihm. Deshalb fühlt sich Ed Reardon mit ihr verheiratet. Sie glaubt ihm und nur ihm, und angesichts dieser Agonie, gegen die er machtlos ist, glaubt Ed vorübergehend an sich selbst.

Das Schlafzimmer ist stickig und dunkel.

»Es ist gut«, sagt Polly zu Amanda. »Er ist hier.«

Ed setzt sich auf Amandas Bett. Sobald er sie sieht, weiß er, daß es sich um Lungenentzündung, *Pneumocystis carinii*, handelt. Amanda versucht, ihm zuzulächeln, aber sie muß um jeden Atemzug kämpfen. Ehe er Amanda untersucht, zieht Ed ein Paar chirurgische Handschuhe über.

»Zu ihrem Schutz«, erklärt er Polly, und Polly nickt zufrieden, obwohl das, was Ed ihr gesagt hat, nur teilweise stimmt. Man hat ihm geraten, Handschuhe zu tragen, wenn er AIDS-Patienten untersucht, vor allem, wenn er meint, er könnte Abschürfungen an den Händen haben.

»Wer ist das?« fragt er und weist auf das Poster über dem Bett, während er das Stethoskop unter Amandas Schlafanzugjacke schiebt. »Ein entflohener Schwerverbrecher?«

»Bruce Springsteen«, sagt Amanda. Sie kann die Worte nur gurgelnd aussprechen.

»Bruce Springsteen!« sagt Ed. Er schaut Polly an, die sich auf die Lippen beißt, und dann wieder Amanda. »Kann er sich keine besseren Klamotten leisten? Der Mann muß Millionär sein und trägt zerrissene Sachen.«

Amanda lächelt schwach, als sie sich in ihr Kissen zurücklehnt. Ed tätschelt ihr Bein.

»Wir werden dich im Kinderkrankenhaus wieder auf die Beine bringen«, sagt Ed.

Amanda nickt, aber Ed kann sehen, daß sie ihm nicht so glaubt wie Polly. Sie ist helle, die Kleine, und sie ist müde.

Polly folgt Ed hinaus in den Flur.

»Ich möchte nicht, daß sie ins Krankenhaus kommt«, sagt Polly. Sie hat das verrückte Gefühl, wenn sie Amanda ins Krankenhaus brächte, würde sie sie nie wiedersehen.

»Ich würde das nicht tun, wenn es nicht unbedingt erforderlich wäre«, sagt Ed. »Das glauben Sie mir doch, oder?«

Polly nickt, und Ed geht nach unten, um mit Ivan zu sprechen und sich im Krankenhaus mit ihnen zu verabreden. Der Großvater ist jetzt mit dem Jungen fort, um ihn von alldem fernzuhalten. Die Großmutter sieht älter aus, als Ed zuerst gedacht hatte. Sie legt eine Hand auf Ivans Schulter, als Ed ihm sagt, Amanda müsse heute vormittag ins Krankenhaus eingeliefert werden, und sagt: »Fahrt nur. Wir bleiben hier bei Charlie.«

Ed Reardon erreicht das Krankenhaus vor den Farrells. Er sucht Ellen Shapiro auf, die ihm hilft, auf der bereits überfüllten Station ein Zimmer zu bekommen. Alles, was sie hier tun können, ist, Amanda zu überwachen und möglichst vor Infektionen zu schützen. Als die Farrells eintreffen, wird Amanda in einem Rollstuhl nach oben auf die Station gebracht, während Polly und Ivan bei der Aufnahme Papiere ausfüllen müssen. Ed hat es geschafft, für Amanda ein Einzelzimmer zu bekommen, aber

Polly ist schockiert, als sie das Schild an der Tür liest. *Achtung vor Blut und Körperflüssigkeiten*, steht darauf.

Ed sagt Polly, niemand werde Handschuhe tragen, solange man ihr kein Blut abnehmen oder eine Infusion machen müsse.

Polly und Ivan gehen langsam, mit bleiernen Bewegungen. Als sie das Zimmer betreten, sieht Amanda erschrocken aus. Sie können hören, wie der Atem in ihrer Brust rasselt.

»Ich will hier nicht bleiben«, sagt Amanda. Sie setzt sich mühsam auf und sieht aus, als wolle sie weglaufen, obwohl sie an einem Infusionsgerät hängt.

»Ich bleibe bei dir«, sagt Polly. »Ich gehe erst nach Hause, wenn du auch gehst.«

Das beruhigt Amanda, und sie lehnt sich erschöpft zurück. Ivan setzt sich auf die andere Seite des Bettes und fragt Amanda, was er ihr von zu Hause bringen solle. Amanda verlangt zuerst nach ihrem Kassettenrecorder und ihren eigenen Schlafanzügen. Als sie fertig ist, wiederholt Ivan Amandas Aufzählung, um sie sich einzuprägen: *True Blue, Born in the USA, Thriller*. Polly geht zum Fenster und stellt sich neben Ed Reardon. Sie sprechen nicht miteinander. Sie beobachten die Autos auf dem Parkplatz, und nach einer Weile kommt Ivan zu ihnen.

»Sie schläft«, sagt Ivan.

Als sie auf den Gang treten, macht Ed den Vorschlag, Polly solle die Nacht in der Halle verbringen und nicht in Amandas Zimmer wie letztes Mal, als Amanda im Krankenhaus war.

Beim letzten Mal war es die Blinddarmentzündung.

»Ich habe ihr gesagt, daß ich ihr den Kassettenrecorder morgen bringe«, sagt Ivan zu Ed.

»Sie können ihr bringen, was sie haben will«, sagt Ed. »Wir wollen es ihr angenehm machen. Besorgen wir uns was zu essen, solange sie schläft.«

Ivan nickt, und er und Ed gehen in Richtung Lift. Polly folgt ihnen nicht; also kommt Ivan zu ihr zurück. Sie will nicht gehen, sie sagt, sie sei nicht hungrig, und als sie nach einer halben Stunde wiederkommen, steht sie noch an derselben Stelle. Den Kaffee und das Sandwich, das sie ihr mitgebracht haben, ignoriert sie. Am späten Nachmittag geht Ed, um in seiner Praxis anzurufen und dann mit Ellen Shapiro zu sprechen. Während er fort ist, holt Ivan für Polly einen Stuhl aus der Halle, aber sie will sich nicht setzen. Sie steht Wache, sie kann es sich nicht leisten, sich hinzusetzen.

»Du brauchst nicht zu bleiben«, sagt Polly zu Ivan. Ivan ist die ganze Nacht auf den Beinen gewesen, und einer von ihnen sollte für Charlie dasein. Es ist ein Schock, plötzlich Charlies Namen zu denken. Polly hat den ganzen Tag über nicht ein einziges Mal an ihn gedacht.

»Ich will dich hier nicht allein lassen«, sagt Ivan.

»Ich bin nicht allein«, sagt Polly. »Ich bin bei Amanda.«

Nicht lange nach Ivans Weggehen kommt die Krankenschwester, die bei Amanda Wache hält, heraus und sagt Polly, Amanda sei aufgewacht und verlange nach ihr. Amanda atmet leichter, und sie sieht etwas weniger verängstigt aus. Polly sitzt auf einem Stuhl mit harter Lehne und liest aus einem Klatschmagazin vor, das die Schwester ihnen gebracht hat. Zum Glück ist es voll persönlicher Einzelheiten über sämtliche Lieblingssänger Amandas, und sie hört ruhig zu. Während sie liest, könnte Polly schwören, daß sie eine Kombination aus Blut und Zucker riecht, aber vielleicht ist das nur der Geruch ihrer eigenen Panik. Kein Kind sollte so ruhig sein, wie Amanda ist, kein kleines Mädchen sollte so blaß aussehen. Als die Schwester Amandas Tropf wechseln muß, streift sie Gummihandschuhe über.

»Ich weiß, daß ich dir nicht weh getan habe«, sagt die Schwester scherzend zu Amanda. »Ich kann die besten Infusionen des ganzen Krankenhauses legen. Ich bin die Cindy Lauper der Tröpfe.«

Als Amanda einzuschlafen beginnt, schlägt die Schwester vor, Polly solle sich am Empfang eine Decke und ein Kissen holen. »Es gibt eine Couch in der Halle«, sagt sie zu Polly. »Legen Sie sich dort hin, ehe jemand anderer kommt. Sie wird die Nacht über durchschlafen.«

Polly nickt und geht hinaus, aber sie ist bereits entschlossen, die Nacht vor Amandas Zimmer zu verbringen. Rasch geht sie in die Halle, um sich eine Tasse Kaffee zu holen, und während sie an dem Automaten steht, bricht sie in Schluchzen aus. Mehrere

Eltern sind hier, die versuchen, ein wenig Schlaf zu bekommen; daher hält Polly sich die Hand vor den Mund und geht mit ihrem Kaffee wieder hinauf in den Gang. Ed Reardon wartet dort auf sie.

»Ich muß nach Hause«, sagt Ed.

»Ich weiß«, sagt Polly.

»Ich mag aber nicht«, sagt Ed.

Er geht hinein, um Amanda zu untersuchen. Als er herauskommt, fällt Polly ein, daß sie nicht zu Hause angerufen hat. Sie will nicht mit Ivan oder ihren Eltern oder Charlie sprechen. Sie hat keinen Raum für sie.

»Machen Sie einen Spaziergang mit mir«, sagt Ed Reardon.

Polly schüttelt den Kopf.

»Sie schläft«, sagt Ed. »Gehen Sie zehn Minuten mit mir spazieren.«

Polly kann sich nicht erinnern, wann sie zum letzten Mal gut geschlafen hat. Sie kann sich nicht erinnern, ob sie heute irgend etwas gegessen hat oder ob sie in den letzten zehn Stunden auf der Toilette war oder nicht. Sie folgt Ed Reardon den Gang hinunter; sie versucht, nicht daran zu denken, daß jeder Schritt, den sie tut, ein Schritt fort von Amanda ist. Als sie nach draußen kommen, macht die frische Luft sie benommen; die Wolken hängen tief. Heute abend wird kein einziger Stern am Himmel stehen. Polly fühlt sich, als würde sie ohnmächtig. Als wisse er das, legt Ed Reardon einen Arm um sie und führt sie über den Parkplatz. Sie kommen zu seinem Wagen, und Ed öffnet für Polly die Beifahrertür. Ed setzt sich hinters Steuer, und Polly rutscht von ihm weg und lehnt ihren Rücken gegen die Tür.

Der Wagen ist ein alter Volvo-Kombi. Hinten sind zwei Kindersitze für Eds kleinere Kinder; Popcorn und Sand liegen auf dem Teppich und in den Ritzen der Sitze. Ed Reardon wird klar, daß er den anderen Wagen hätte nehmen und diesen mit den Kindersitzen Mary lassen sollen. Aber er hat heute morgen nicht nachgedacht. Er denkt auch jetzt nicht nach.

»Alles in Ordnung?« fragt er Polly.

»Nein«, sagt Polly.

»Ich habe Sie belogen«, sagt Ed Reardon. »Ich habe Sie glauben lassen, daß es Möglichkeiten gibt, daß es nicht tödlich ist. Ich kann Sie nicht länger belügen.«

Wenn Polly ihre Ohren schließen könnte, wie sie die Augen schließt, dann würde sie das tun. Sie kann kaum atmen. Sie beugt sich zu Ed Reardon und streckt ihre Arme nach ihm aus. Ed zieht Polly an sich und nimmt sie in die Arme. Für Polly fühlt er sich unglaublich warm an; sie kann die Wärme durch das blau-weiß gestreifte Hemd fühlen, das er trägt. Sie lehnt ihr Gesicht an seinen Hals und fühlt sich wie ein Vampir, verzweifelt nach dem verlangend, was er hat. Sie bleiben so, einander umarmend, lange Zeit sitzen. Andere Wagen verlassen den Parkplatz, und nach einer Weile beginnt es zu regnen. Als Ed Reardon über ihr Haar streicht, fühlt Polly sich sicher. Ihr Atem, der die Scheiben beschlagen läßt, schafft ihnen einen Kokon. Ein Regenschauer prasselt auf die Windschutzscheibe, und der Himmel ist so dunkel geworden, daß ebensogut Mitternacht sein könnte. Was sie hier tun, ist intimer als der Liebesakt; sie existieren nicht ohne einander. Polly kann nicht mehr sagen, wo Ed Reardons Wärme aufhört und ihre eigene beginnt. Die Art, wie sie sich fühlt, läßt Polly glauben, daß Dinge lebendig sein können. Sie sehnt sich verzweifelt danach, an etwas zu glauben. Sie schläft in seinen Armen ein, und als sie aufwacht, zwanzig Minuten später, gerät sie in der Dunkelheit in Panik. Sie weiß nicht, wo sie ist, bis sie fühlt, daß Ed sie fester an sich drückt.

»Jetzt geht es Ihnen besser«, sagt Ed zu ihr.

Polly küßt ihn, und als er ihren Kuß erwidert, weiß Polly, daß er auf sie gewartet hat. Sie küßt ihn, als werde sie ohne ihn sterben. Das ist der Kuß, den Amanda nie haben wird. Polly will nicht aufhören, sie möchte nie wieder aufhören, aber sie weiß, daß sie es tun muß. Sie rutscht hinüber auf ihren eigenen Sitz, tastet in ihrer Tasche nach einem Taschentuch und putzt sich die Nase.

»Vorübergehender Wahnsinn«, sagt sie. Es soll ein Scherz sein.

Ed Reardon blickt starr vor sich hin. »Kein Wahnsinn«, sagt er.

Polly sieht ihn an und spürt wieder, wie sehr sie ihn begehrt. Sie nimmt seine Hand, läßt sie dann wieder los.

»Ich gehe hinein«, sagt sie.

»Ich komme mit«, sagt Ed.

»Gehen Sie nach Hause und schlafen Sie etwas«, sagt Polly zu ihm. »Wir brauchen Sie zu sehr; Sie dürfen nicht müde sein.«

Sie steigt aus dem Wagen und weiß, daß Ed ihr nachsieht für den Fall, daß sie sich umdreht. Noch immer fühlt sie den Kuß. Eine Wärme liegt in ihrem Mund und tief in ihrem Inneren. Viel später, als sie neben der schlafenden Amanda sitzt, kann Polly die Wärme noch immer spüren. Sie ist so rein, daß sie, als sie sich vorbeugt und Amanda auf die Stirn küßt, die Wärme an ihre Tochter weitergibt, genau dahin, wohin sie gehört.

12

Nachdem er das Krankenhaus verlassen hat, fährt Ivan auf den Storrow Drive und nach Westen in Richtung Highway Nr. 93, aber als er die Ausfahrt Copley erreicht, biegt er ab und fährt in die Marlborough Street. Es ist nicht Adelle, die auf sein Läuten die Sprechanlage betätigt, sondern die Nachtschwester. Sie sagt ihm, Brian schlafe und könne nicht gestört werden. Es tat gut, einfach durch die dunkle Marlborough Street zu gehen, wo die alten Straßenlaternen kaum einen Schatten werfen. Es war gut, an Brian zu denken, der schläft und von etwas anderem träumt als von Schmerzen. Kurz bevor er seinen geparkten Wagen erreicht, schaut Ivan auf, über die schwarzen Dächer hinweg; es ist eine Erleichterung, vertraute Sterne zu sehen. Doch während er sie betrachtet, ziehen Wolken auf und verschließen den Himmel. Ivan kann den Regen riechen, ehe er kommt, er kann die Feuchtigkeit in der Magengrube spüren. Er kann sich nicht gestatten, an seine Tochter im Krankenhaus zu denken, er will nicht an das mühsame Luftholen, das Rasseln bei jedem Atemzug denken. Er fährt einfach, und auf dem ganzen Heimweg denkt er an Sterne. Es fährt ihm durch den Kopf, daß er Brian ein Teleskop kaufen sollte, ein kleines, das sie am Fenster aufstellen könnten. Er hat den glühenden Wunsch, das Teleskop jetzt sofort zu besorgen: er würde alles tun, um zu Hause nicht an Amandas leerem Zimmer vorbeigehen zu müssen, aber er fährt weiter, und ehe er es merkt, ist er in Morrow. Er hat überhaupt nicht darauf geachtet, wie er fuhr, aber er ist jedenfalls zu Hause, und es ist nicht wirklich so, als hätte er je eine Wahl gehabt.

Am nächsten Morgen sammelt Ivan ein paar Sachen ein, um die Amanda gebeten hat, und packt sie in ihre Sporttasche. Unten in der Küche kann er Al und Claire und Charlie frühstücken hören, aber ihm steht der Sinn nicht nach Essen. Auch sie können ihn hören, wie er in Amandas Schubladen kramt und ihre Kassettenbox durchsieht.

»Du machst noch immer den besten Kaffee, den ich je getrunken habe«, sagt Al zu seiner Frau.

»Jetzt weiß ich, daß du ein Lügner bist«, sagt Claire. »Ich konnte nämlich keine Filtertüten finden. Das ist Pulverkaffee. Und den haßt du doch.«

Beide beobachten, wie Charlie auf diese gegenseitige Neckerei reagiert.

»Hast du das gehört, Junge?« fragt Al. »Sie will mich unbedingt reinlegen, was?«

Charlie schaut seinen Großvater verblüfft an. »Wahrscheinlich«, sagt er.

Al kommt es so vor, als hätten alle vergessen, daß Charlie existiert. Als Ivan aus dem Krankenhaus nach Hause kam, sprach er mit keinem. Er setzte sich draußen auf die Veranda und ging dann noch vor zehn nach oben und zu Bett.

»Ich werde dich zur Schule fahren«, sagt Al zu Charlie.

»Brauchst du nicht«, sagt Charlie. »Ich fahre mit dem Rad.«

»Erlaubt dir das deine Mutter?«

»Klar«, sagt Charlie.

Er nimmt seine Bücher und geht zur Tür.

»Ist das alles?« fragt ihn Al.

Charlie bleibt an der Tür stehen. Er trägt dieselben Kleider, die er auch gestern anhatte, eine ausgeblichene Jeans und ein langärmliges T-Shirt, auf dem ein Dinosaurier Skateboard fährt. Er hat in dem T-Shirt geschlafen, und es ist arg zerknittert. Polly hat vergessen, die Wäsche zu waschen, und in Charlies Schrank gibt es kein einziges sauberes Kleidungsstück mehr, das ihm noch paßt. Obwohl seine Großmutter sich heute nachmittag um die Wäsche kümmern will, haßt Charlie seine Mutter dafür, daß sie nicht gewaschen hat. Aus irgendeinem Grund fürchtet er, sie nie wiederzusehen.

»Wie wär's, wenn du dich verabschieden würdest?« sagt Al. »See-you-later-alligator oder so was?«

»Bis dann«, sagt Charlie, während er aus der Tür schlüpft.

Al trinkt seinen Kaffee aus und flucht vor sich hin.

»Sag nichts«, warnt ihn Claire. »Sag Polly und Ivan nicht, wie sie ihr Familienleben gestalten sollen. Sag kein Wort.«

»Wenn man seinen eigenen Kindern nicht mehr sagen darf, was sie tun sollen, wem denn sonst?« sagt Al aufgebracht.

»Jedem anderen«, rät ihm Claire.

Der Frühstückstisch ist bereits abgeräumt, als Ivan herunterkommt.

»Ich bin nachmittags zurück«, sagt Ivan zu seinen Schwiegereltern. »Spätestens um sechs. Sagt Charlie, er soll zum Abendessen zu Hause sein.«

»Sag's ihm selbst«, sagt Al.

»Was?« sagt Ivan, der meint, die Feindseligkeit seines Schwiegervaters falsch verstanden zu haben.

»Das hast du doch gehört«, sagt Al. »Sag du es ihm. Das wird das erste Wort sein, das du seit zwei Tagen an ihn richtest.«

»Was zum Teufel soll das heißen?« sagt Ivan.

»Hör nicht auf ihn«, sagt Claire zu Ivan. »Fahr ins Krankenhaus.«

»Du hast zwei Kinder«, sagt Al. »Falls du das vergessen haben solltest.«

»Charlie weiß, daß wir uns zuerst um Amanda kümmern müssen«, sagt Ivan. »Du bist der, der zu dumm und egoistisch ist, um das zu verstehen. Polly hat das immer über dich gesagt, und ich Idiot habe dich immer verteidigt.«

»Ja, da hat sie recht gehabt«, sagt Al. »Ich war egoistisch. Ich habe meine Familie verlassen, und sie haben mich wiederaufgenommen. Das habe ich für den Rest meines Lebens büßen müssen. War es nicht so?« sagt er zu Claire.

»Du Narr«, sagt Claire. »Das ist jetzt nicht der richtige Moment.«

»Ich bin ein alter Mann, und vielleicht bin ich dumm, aber eine Sache weiß ich«, sagt Al zu Ivan. »Wage nicht, diesen Jungen zu vergessen.«

Ivan schüttelt angewidert den Kopf. Er greift nach Amandas Sporttasche, nimmt seine Schlüssel vom Schrank, geht hinaus und schlägt die Tür hinter sich zu. Es dauert eine Weile, bis der

Karmann-Ghia anspringt, und als er es endlich tut, röhrt der Motor wie ein Motorboot. Ivan fährt in Richtung Ash, noch immer wütend auf Al. Es fällt Al so leicht, Ratschläge zu geben; er ist so freigebig damit, daß es ihm leichtfallen muß. Als Al ihm zum letzten Mal einen Ratschlag gab, ging es um eine Konferenz, an der Ivan teilnahm. Als Al hörte, sie sei in Orlando, meinte er, Ivan solle doch die Kinder mitnehmen, damit sie Disneyworld besuchen könnten. Tatsächlich haben einige der Astronomen, die er kennt, ihre Familien mitgenommen und einen Urlaub aus der Reise gemacht. Ivan hatte gemeint, die Kinder seien zu alt für Disneyworld; er vergißt manchmal, wie jung sie noch sind, weil beide so viel weiter sind als er im gleichen Alter. Wenn er aufzählen müßte, was in seinem Leben wichtig ist, könnte er das mit drei Worten sagen: Polly, Amanda, Charlie. Er läßt den Motor des Karmann-Ghia aufheulen und weiß, daß er sich etwas vormacht. Es gibt noch etwas, das er liebt: die Wissenschaft. Deswegen wollte er Charlie nicht nach Disneyworld führen; er wollte nicht, daß sein Sohn von einer Scheinwelt beeindruckt würde, nachgemachten Unterseebooten, Seeungeheuern aus Plastik und sprechenden ausgestopften Bären.

Ivan möchte, daß alles, was Charlie großartig erscheint, reine Wissenschaft ist, so, wie das bei ihm war, als er heranwuchs. Er hat immer betont, wie vieles es gibt, das man bestaunen kann, ob es sich um eine Ameisenkolonie handelte, die sie fanden, oder um einen seltenen Pilz. Was soll er Charlie jetzt sagen? Ist es fabelhaft, daß ein ganzes Immunsystem von einem einzigen Virus angegriffen werden kann?

Da, wo Ivan abbiegen müßte, um auf den Highway Nr. 93 zu kommen, fährt er geradeaus weiter. Er tritt auf das Gaspedal und kurbelt sein Fenster herunter. Er behält den Fahrradweg im Auge, der parallel zur Straße verläuft. Viele Kinder fahren auf diesem Weg zur Schule, doch endlich erspäht Ivan Charlie auf seinem schwarzen Ragleigh-Rad; seine Bücher sind auf den Gepäckträger geschnallt, die losen Blätter in seinem Ringbuch flattern.

Ivan drückt auf die Hupe, und Charlie sieht sich nach ihm um. Ivan verlangsamt die Fahrt und fährt dann rechts an den Straßenrand, wo er stehenbleibt. Charlie radelt auf ihn zu und hält sich am Dach des Wagens fest, damit er mit dem Rad nicht umfällt.

»Ich hatte mich nicht von dir verabschiedet«, sagt Ivan.

»Ja, gut. Ich bin spät dran«, sagt Charlie.

»Fünf Minuten werden schon nicht so schlimm sein«, sagt Ivan. »Ich schreibe dir eine Entschuldigung.«

Charlie steigt vom Rad und legt es ins Gras. Dann setzt er sich hin. Er rührt sich nicht, als Ivan aussteigt und sich neben ihn setzt, aber er fühlt sich in der Falle. Eine Hand läßt er auf dem kühlen Metallrahmen seines Fahrrads liegen.

»Schönes Hemd«, sagt Ivan.

»Das ist alt«, sagt Charlie zu ihm.

»Oh«, sagt Ivan. »Wahrscheinlich hab' ich es noch nicht gesehen.«

Sie sind weniger als einen halben Meter vom Fahrradweg entfernt, und ab und zu fährt ein Kind vorbei, und sie spüren den Luftzug der Räder, die sich drehen.

»Ich weiß, daß du dir Sorgen um Amanda machst«, sagt Ivan. »Sie werden ein Heilmittel finden. Alles, was sie brauchen, ist Zeit und Geld.«

»Wieso bist du da so sicher?« sagt Charlie. »Du kannst das doch nicht mit Sicherheit wissen.«

»Kinderlähmung«, sagt Ivan. »Tuberkulose. Grippe. Diphtherie. Scharlach. All das war früher gefährlich oder tödlich.«

Charlie starrt in den Himmel. »Werden sie es rechtzeitig für Amanda finden?« fragt er.

Ivan vergißt leicht, daß Charlie acht Jahre alt ist. Er fährt so wild mit dem Fahrrad, fährt absichtlich über Bodenwellen in der Straße, seine Turnschuhe und Jeans sind so schmutzig, und er kaut Kaugummi so laut wie ein Teenager. Er lebt erst seit acht Jahren. Vor gar nicht langer Zeit schlief er noch mit einem Plüschhund namens Nova. In der Natur, weiß Ivan, ist alles möglich. Logik ist eine menschliche Annahme, die jede Form annehmen kann, die der Mensch sich wünscht. Ist es logischer, daß ein Kind stirbt, als daß ein Käfer auf Wasser läuft?

»Das ist sehr unwahrscheinlich«, sagt Ivan.

»Sag mir, ob ja oder nein!« schreit Charlie.

»Nein«, sagt Ivan. »Für Amanda wird es zu spät sein.«

Charlie fährt mit der Hand über eines der Räder seines Fahrrads, und es beginnt, sich in langsamen silbernen Kreisen zu drehen.

»Dann möchte ich, daß sie einfach stirbt«, sagt Charlie.

Charlie erwartet, daß sein Vater ihn schlägt, doch Ivan schaut ebenfalls zum Himmel auf. Ivan denkt an die Nacht, in der Amanda geboren wurde, daran, wie zart sie wirkte und wie zäh sie tatsächlich war.

»Gibt es etwas, was eine Lebensspanne von einem Tag hat?« fragt Charlie.

»Die Eintagsfliege«, sagt Ivan. »Von der Art der Ephemeroptera.«

Während er Charlie betrachtet, stellt sich Ivan einen Augenblick lang vor, es sei Brian. Beide sitzen vornübergebeugt, und beide sind so jung.

»Ich schreib' dir jetzt die Entschuldigung«, sagt Ivan.

Charlie nickt und reißt ein Blatt Papier aus einem Heft. Seine Kehle ist eng. Er will nicht, daß sein Vater geht. Ein Auto fährt vorbei, und das plötzliche Geräusch und die Vibration lassen Charlies Herz schneller schlagen. Letzte Nacht träumte er wieder, er sei der Tyrannosaurus, und ab und zu kommt die Panik aus seinem Traum wieder, sogar hier im hellen Tageslicht.

Letzte Nacht war er allein auf der Erde, oder zumindest gab es nichts mehr von seiner Art, nur noch Schildkröten, deren Panzer zu hart waren, um sie zu zerbrechen, und kleine, laufende Geschöpfe, die er nicht fangen konnte. Er versuchte, Erde zu essen, bloß um seinen Magen zu füllen, aber der Boden gab nicht nach. Er war schwarzes Eis.

Er ist der letzte seiner Art, also macht er sich nicht die Mühe, wegzulaufen und sich zu verstecken, als der Himmel donnernd explodiert mit tausend Feuern, die nicht verlöschen wollen, die aber nicht die Wärme zurückbringen können, die er braucht. Er hat ein schreckliches Verlangen, das Ding wiederzusehen, das wie er ist, aber größer; wenn er nichts von seiner eigenen Art sieht, dann weiß er, daß es mit ihm bald zu Ende sein wird. Er macht ein Geräusch, ein Bellen, das laut genug ist, um die Erde erzittern zu lassen, aber kein anderes Lebewesen wird es jemals hören. Er geht, so schnell er kann, rennt fast, als er Wasser sieht, einen flachen, schlammigen Teich, der noch nicht ganz zugefroren ist. Er beugt sich zum Wasser hinunter, wirft sich darauf, streckt die Klauen nach Fischen aus, nach Geschöpfen ohne Panzer, aber alles ist entweder klein und schnell genug, um ihm zu entkommen, oder erfroren und tot.

Er ist der Tyrannosaurus, der ins Wasser sinkt. Sein Körper ist schlaff, sein Schwanz liegt im kalten Schlamm, wird zu Lehm, macht ihn zu Lehm. Über ihm sieht der Himmel nicht mehr vertraut aus, daher schließt der Tyrannosaurus die Augen. Er hört zu atmen auf. Ihn kümmert nicht, wer sich an ihn erinnern und wer ihn finden wird. Luftblasen entweichen aus seinen Nüstern und kräuseln das flache Wasser. Er taumelt und versucht, auf die Füße zu kommen. Wieder macht er das bellende Geräusch. Er ist der letzte seiner Art, und das allein ist ein Kampf. Schon umgeben ihn Geschöpfe, die ihn überdauern werden, Fische und Schildkröten und Dinge mit Flügeln warten darauf, ihn in Stücke zu reißen, mit ihren Schnäbeln auf ihn einzuhacken. Mit erstaunlicher Anstrengung kommt er auf die Füße, und nach dieser Anstrengung hat er gewonnen, er kann sich fallen lassen, da hinunter, wo einst Schilf und warmes Wasser waren, wo der Schlamm ist, der ihn konservieren wird, oder wenigstens Teile von ihm, obwohl nichts das Geräusch bewahren kann, das er machte, als er zum letzten Mal zum Himmel aufblickte.

Charlie kann seinem Vater nicht von seinem Traum erzählen. Es ist dumm, in seinem Alter Alpträume zu haben, zu denken, man sei ein Geschöpf, das man nie auch nur gesehen hat. Trotzdem ist er froh, daß sein Vater hier auf dem Fahrradweg neben ihm sitzt.

»Komm«, sagt Ivan. »Ich fahr' dich zur Schule.«

»Nein«, sagt Charlie. »Ich hab' doch mein Fahrrad.

Charlie steht auf, und Ivan streckt den Arm aus, so daß Charlie sich einbilden kann, er ziehe seinen Vater hoch. Aber Ivan zieht sich nicht wie sonst selbst hoch, und er ist überrascht, wie stark Charlie ist.

»Alles in Ordnung?« fragt Ivan.

»Klar«, sagt Charlie.

»Willst du mit mir ins Krankenhaus fahren?« fragt Ivan. Er weiß nicht genau, wieviel er Charlie zumuten kann, aber er will ihn nicht ausschließen.

Charlie schüttelt den Kopf. »Ich will lieber zur Schule«, sagt er. Er hat bereits beschlossen, daß er nach der Schule schnell nach Hause radeln, diese schmutzigen Sachen ausziehen und einige der sauberen anziehen wird, die seine Großmutter gewaschen hat.

»Bist du sicher, daß alles in Ordnung ist?« sagt Ivan.

»Fahr nur weiter«, sagt Charlie. »Mami wartet wahrscheinlich auf dich.«

Ivan hebt Charlies Fahrrad auf und stellt es gerade. Was hätte er für ein solches Fahrrad gegeben, als er ein Kind war! Er wünscht sich, er könnte neben Charlie radeln, vielleicht nicht zur Schule, sondern an den Strand. Er wünscht sich, er wäre acht Jahre alt und könnte schneller radfahren als alle Kinder der Nachbarschaft. Er wüßte dann nicht mehr als Charlie. Man würde das nicht von ihm erwarten.

13

Al muß seiner Arbeit wegen nach New York zurück, aber Claire bleibt noch für den Rest der Woche. Jeden Tag bereitet sie sorgfältig Speisen zu, die auf einem Tablett zu Amanda nach oben gebracht werden. Und als Amanda endlich wieder zur Schule gehen kann, bleibt Claire da, und das merkwürdigste ist, daß Polly manchmal froh über die Anwesenheit ihrer Mutter ist. Nicht daß sie mit Claire reden wollte. Sie ist verlegen, wenn sie zusammen sind, und weiß nicht, was sie sagen soll. Aber als sie die Suppe aus Lauch und Kohl riecht, die ihre Mutter kocht, ist Polly nach Weinen zumute. Sie möchte bei ihrer Mutter in der Küche sein; nach all diesen Jahren will sie ihr nahe sein.

Es ist erst Mitte Oktober, aber es wird schon kalt. Auf den Feldern rings um Morrow gibt es Kürbisse und Stapel mit trocknenden Maiskolben; in den Regenrinnen der Häuser und auf den Gehsteigen liegen rote und gelbe Blätter, und an manchen Morgen, wenn Polly den Mülleimer nach draußen bringt, kann sie ihren Atem in der kalten Luft sehen. Dies war immer ihre liebste Jahreszeit, und sie fragt sich, wie Leute in Kalifornien leben können, ohne um die Farben des Herbstes zu trauern. Nun erscheinen ihr die schwarzen Bäume mit ihren reichen Rottönen herzlos und protzig. Es wird kälter, das ist alles, was sie weiß. Ehe man sich umdreht, wird es Winter sein.

Claire war draußen und wartete auf Al. Voriges Wochenende hat Al die Eingangsstufe repariert, und jetzt, kaum aus dem Auto gestiegen, sucht er nach dem Rechen. Er hat eine besondere Methode, Laub zu rechen, zu der gehört, daß über den ganzen Rasen verteilt einzelne Laubhaufen liegen. Polly und Ivan sehen ihm von der Küche aus zu; alle Laubhaufen haben die gleiche Größe.

»Zwanghaft«, sagt Ivan zu Polly.

»Biete ihm keine Hilfe an«, sagt Polly. »Du würdest es nie richtig machen.«

Im Haus ist es still. Laurel Smith hat Amanda abgeholt und ist mit ihr in ein Schallplattengeschäft im Einkaufszentrum gefahren. Claire kommt kurz herein, um den Wäschekorb zu holen, und geht wieder nach draußen, um die Wäsche auf die Leine zu hängen, obwohl im Keller ein ausgezeichneter Wäschetrockner steht. Charlie liegt noch im Bett; er war gestern abend lange auf und hat ferngesehen. Ivan und Polly sind verlegen, weil sie allein frühstücken. Als sie jung verheiratet waren und in Cambridge lebten, frühstückten sie immer zusammen, ehe Ivan zu seinen Kursen ins MIT ging und Polly den Bus zum Harvard Square nahm, wo sie in der Kunstabteilung des Harvard Coop arbeitete. Ivan stand immer als erster auf; er kochte extrem starken Kaffee, so bitter, daß manche ihrer Freunde sich weigerten, ihn zu trinken. Polly saß gern im Morgenrock am Tisch und sah Ivan zu. Alles, was er tat, war faszinierend, sogar die Art, wie er Toast mit Butter bestrich. An den Wochenenden waren sie gierig nacheinander. Sie mieden ihre Freunde, nicht nur, weil sie sich lieben wollten, sondern auch, weil niemand so interessant war wie sie beide füreinander.

»Hast du Lust auf eine Käseomelette?« fragt Ivan.

»O ja«, sagt Polly. »Danke.«

Ivan schlägt Eier in die Schüssel, die sie zur Hochzeit bekommen haben, obwohl sie nicht mehr wissen, von wem.

»Mein Vater hätte irgendwo leben sollen, wo er einen Rasen haben könnte«, sagt Polly.

»Warum?« fragt Ivan, während er im Kühlschrank nach Cheddar-Käse sucht. »Wahrscheinlich hätte er ihn einzementiert. Weil das sauberer ist.«

Polly lacht. »Da hast du recht.«

Ivan hält ein Stück Käse hoch, das grüne Schimmelflecken hat.

»Von wann ist der?« fragt er Polly scherzhaft. »Neunzehnhundertvierunddreißig?«

»Schimmel ist gesund«, sagt Polly zu ihm.

»Ach, wirklich?« sagt Ivan. »Warum zeigst du ihn nicht deiner

Mutter? Fragen wir sie, was sie von Leuten hält, die verschimmelte Nahrungsmittel aufheben.«

»Bloß nicht!« sagt Polly grinsend, während sie zu Ivan geht und versucht, ihm den Käse wegzunehmen.

»Ich wette, deine Mutter macht den ganzen Kühlschrank sauber, wenn sie das sieht«, sagt Ivan.

Er hält den Käse mit einer Hand hoch über seinen Kopf, mit der anderen Hand hält er Polly fern.

»Nur über meine Leiche!« sagt Polly. »Gib ihn mir!«

Polly springt hoch und schafft es, den Käse zu packen; dann prallt sie lachend gegen Ivan. »Du Ekel.«

»Wie wär's mit Rührei statt Omelette?« sagt Ivan.

Polly ringt noch immer nach Luft. Sie nickt. »Du hast schon immer das beste Rührei gemacht.«

»Wenn man angebranntes Essen mag«, sagt Ivan.

»Mag ich«, sagt Polly zu ihm.

Sie stehen nahe beieinander, ihre Schultern berühren sich.

»Darum hab' ich dich ja auch geheiratet«, sagt Ivan.

Polly fühlt sich unbehaglich; verliebt zu sein wirkt wie etwas Verbotenes, es ist nichts für sie, sondern nur für Leute, die keine Angst vor Fieber haben und nicht im Dunkeln erschauern.

»Der Fernseher war noch warm, als ich heute morgen aufstand«, sagt Ivan.

»David Letterman«, sagt Polly nickend. Das ist eine Sendung, die Charlie nicht sehen darf.

»Jetzt wird er bis weit nach zehn schlafen«, sagt Ivan. »Das sollte er eigentlich erst als Teenager tun.«

»Ich wecke ihn«, sagt Polly.

»Richtig, weck ihn auf«, stimmt Ivan zu. »Uns hat er das oft genug angetan.«

Polly geht nach oben. Durch das Fenster im Flur kann sie unten im Garten ihre Mutter sehen, die Ivans Hemden auf die Leine hängt. Noch immer stehen ein paar rote Astern am Zaun, und neben der Hintertür blühen einige Oktoberrosen.

»Zeit zum Frühstück«, sagt Polly, während sie an Charlies Tür klopft. Sie öffnet die Tür, ehe Charlie antworten kann, und bahnt sich im Dunkeln einen Weg zwischen den Turnschuhen und Sokken und Comicbüchern auf dem Fußboden. Sie zieht das Rollo hoch und öffnet das Fenster. Im Zimmer riecht es stark nach Turnschuhen, dazu kommt der Geruch aus einer Tüte mit Sägemehl, die Charlie eigentlich unten bei seinen Hamsterkäfigen aufbewahren wollte.

Der Tag fühlt sich an wie ein normaler Tag, wie ein Tag, den sie vor dem August hätten erleben können. Einen Augenblick lang gestattet sich Polly, froh zu sein. Ihre Tochter ist im Einkaufszentrum, um Kassetten zu kaufen, ihr Mann ist in der Küche und macht Frühstück, und ihre Eltern arbeiten im Garten. Polly lacht, als sie sieht, wie Charlie sich unter seinen Quilt kuschelt, aber sie geht hinüber und zieht ihm die Decke weg.

»So geht's einem, wenn man zu lange aufbleibt«, sagt Polly.

Charlie greift nach der Decke und zieht sie wieder hoch. »Ich will nicht aufstehen«, sagt er. »Es ist so kalt hier drin.«

Polly hat angefangen, schmutzige Kleider einzusammeln, die auf dem Fußboden liegen. Jetzt läßt sie das Bündel, das sie im Arm hat, auf Charlies Schreibtisch fallen. Sie geht zum Bett und beugt sich nieder, um Charlies Stirn zu berühren. Er dreht sich weg, aber Polly weiß bereits Bescheid. Er hat Fieber. Hohes Fieber. Polly läuft hinüber ins Badezimmer und holt das Thermometer aus dem Medizinschränkchen. Sie sieht die Zahnbürsten in ihren Ständern hängen und denkt sofort daran, was Ed Reardon bei der Versammlung des Schulkomitees gesagt hat. Es hat Geschwister gegeben, die die gleiche Zahnbürste benutzten, ohne sich mit AIDS anzustecken. Polly läuft zurück in Charlies Zimmer, läß ihn sich aufsetzen und den Mund öffnen und mißt seine Temperatur. Sein Schlafanzug ist schweißnaß.

»O Scheiße«, sagt Polly.

Sie tastet die Haut hinter Charlies Ohren und seinen Hals ab. Seine Drüsen sind geschwollen. Als sie ihm das Thermometer aus dem Mund nimmt, zeigt es mehr als 39 Grad an. Sie hilft Charlie, sich wieder hinzulegen, deckt ihn mit einer zweiten Decke zu und läuft dann zur Treppe.

»Ivan!« ruft sie.

»Frühstück!« schreit Ivan aus der Küche.

»Ivan!« brüllt Polly.

Ivan kommt aus der Küche zur Treppe gelaufen, einen Spachtel in der Hand.

»Charlie ist krank«, sagt Polly.

Ivan sieht sie nur an, dann rennt er die Treppe hinauf. Er geht an ihr vorbei in Charlies Zimmer. Polly bleibt ihm so dicht auf den Fersen, daß sie gegen ihn prallt, als er stehenbleibt.

»Bist du in Ordnung?« sagt Ivan zu Charlie.

»Ich bin krank«, sagt Charlie.

»Ich hole dir Tylenol«, sagt Ivan.

Polly folgt Ivan wieder auf den Flur und packt seinen Arm.

»Er hat sich angesteckt«, sagt Polly.

»Sei nicht albern«, sagt Ivan. Er geht ins Badezimmer und holt das Kinder-Tylenol. Polly kommt hinter ihm herein, als er sich über das Waschbecken beugt, um einen Pappbecher mit Wasser zu füllen.

»Er hat sich angesteckt«, sagt Polly. Ihre Stimme bricht, und sie faßt Ivan so hart an, daß der Pappbecher ins Waschbecken fällt. »Er hat es von ihr.«

Polly setzt sich auf die Toilette und beginnt zu weinen. Ivan schließt die Badezimmertür und setzt sich ihr gegenüber auf den Rand der Badewanne.

»Er hat eine Erkältung«, sagt Ivan.

»Bei ihr war es genauso«, schluchzt Polly.

»Hör auf«, sagt Ivan. »Willst du, daß er dich hört?«

»Ich hätte ihn wegschicken sollen«, sagt Polly. »O Gott! Ich hätte ihn in New York lassen sollen.«

»Um Gottes willen!« sagt Ivan. »Er hat bloß eine verdammte Erkältung! Er hat die Grippe! Was hätten wir tun sollen? Amanda in Quarantäne stecken? Du hörst dich an wie alle anderen.«

Polly sieht ihn unverwandt an.

Er hat recht.

Sie steht auf, wischt sich mit einem Handtuch das Gesicht ab und geht dann in ihr Schlafzimmer. Ihre Hände zittern, als sie Ed Reardons Nummer wählt. Er sagt ihr, sie solle sich keine Sorgen machen, er werde binnen fünf Minuten oder schneller dasein. Polly legt den Hörer auf. Dann steht sie im Flur, weil sie fürchtet, wenn sie in Charlies Zimmer ginge, könnte er sehen, welche Angst sie hat. Ivan ist hinunter in die Küche gegangen. Nun kommt er mit einem großen Glas Orangensaft und einigen feuchten Geschirrtüchern zurück, die Charlie abkühlen sollen.

»Geh nach unten«, sagt er zu Polly. »Entspann dich. Iß deine verbrannten Rühreier.«

Polly versucht zu lachen, aber ihre Stimme macht nicht mit.

»Deine Mutter ist ganz allein in der Küche. Sie weiß, daß etwas nicht stimmt.«

»Großer Gott«, sagt Polly. »Ich kann nicht mit ihr reden.«

Ed Reardon braucht viereinhalb Minuten, bis er da ist. Er trägt alte Jeans und einen grauen Pullover; er war den ganzen Morgen mit den Kindern draußen und hat Laub gerecht. Diesmal ist Mary wütend geworden; sie sind bei ihrer Schwester zum Mittagessen eingeladen, und wenn Ed nicht zurückkommt, gehen sie ohne ihn hin.

»Er hat die gleichen Symptome«, flüstert Polly Ed im Flur zu.

»Die Grippe grassiert«, sagt Ed. »Alle, die ich gestern sah, hatten sie. Ist seine Temperatur unter 39,5?«

Polly nickt. Ed legt einen Augenblick den Arm um sie, dann geht er in Charlies Zimmer.

»Willst du dich vorm Laubrechen drücken?« hört Polly ihn zu Charlie sagen.

Als Ed beginnt, Charlie zu untersuchen, kommt Ivan heraus. Polly sitzt im Flur, den Rücken an die Wand gelehnt.

»Du machst es dir selbst nur schwerer«, sagt Ivan. »Geh nach unten.«

Polly antwortet nicht.

»Oder willst du nur tun, was *er* dir sagt?« fragt Ivan mit wirklicher Bitterkeit.

»Darauf antworte ich nicht«, sagt Polly.

Ivan läßt sich neben ihr auf den Boden fallen.

»Tu das nicht«, sagt er.

»Was mache ich denn jetzt wieder falsch?« sagt Polly.

»Du schaffst einen Bruch zwischen uns«, sagt Ivan.

Polly blickt zu Boden. »Das tue ich nicht«, sagt sie. »Es passiert einfach.«

»Nein«, sagt Ivan zu ihr. »Es passiert nicht einfach. Man muß etwas dazu tun. Man muß es geschehen lassen.«

Sobald Ed Reardon aus Charlies Zimmer kommt, stehen Ivan und Polly auf.

»Grippe«, sagt Ed. »Aber damit alle beruhigt sind, mache ich einen AIDS-Test.«

»Sie meinen also, daß ich spinne«, sagt Polly.

»Jeder hätte reagiert wie Sie«, sagt Ed. »Ich sehe diese Symptome jeden Tag an Kindern, ich sehe sie seit Jahren, aber jetzt ist mein erster Gedanke AIDS. Wir haben das einfach im Kopf. Es war richtig, daß Sie mich gerufen haben. Ich werde eine Blutprobe ins Labor schicken und versuchen, das Ergebnis möglichst schnell zu bekommen. Aber Sie sollten wissen, daß ich hundertprozentig sicher bin, daß der Test negativ sein wird.«

Polly nickt, getröstet. Ehe sie nach unten gehen, sagt Ed: »Ich möchte nicht, daß Amanda heute nacht hier schläft. Ich will nicht, daß sie der Grippe ausgesetzt ist und womöglich wieder eine Lungenentzündung bekommt. Machen Sie ihr keine angst. Tun Sie so, als gönnten Sie ihr ein Wochenende bei einer Freundin. Wenn Sie sie niemandem anvertrauen können, dann bringen Sie sie lieber ins Krankenhaus, als sie hierzulassen.«

Claire und Al sind in der Küche, verwirrt über die Anwesenheit des Arztes.

»Was zum Teufel ist los?« fragt Al.

»Die Grippe«, sagt Ed. »Sie machen das fabelhaft da draußen. Hätten Sie Lust, auch mal in meinen Garten zu kommen?«

»Polly?« sagt Claire ängstlich.

»Alles bestens«, sagt Polly. In der Bratpfanne auf dem Herd sind die angebrannten Eier. Unberührt stehen Kaffee und Toast auf dem Tisch. Polly legt den Arm um ihre Mutter, und sie ist überrascht, wie schmal Claire ihr erscheint. »Wirklich.«

In dieser Nacht geht Charlies Fieber zurück, aber Amanda darf trotzdem bei Laurel übernachten, und sie ist begeistert. Laurel richtet ihr ein Bett auf dem Korbsofa, und sie essen hausgemachte Pizza und trinken echten Fruchtsaft zum Abendessen. Laurel hat keinen Kassettenrecorder, daher setzen sie sich in Laurels Auto und hören sich Amandas neue Kassetten an.

»So wäre es, wenn wir uns ein Zimmer teilten«, sagt Amanda. »Unsere Freunde wären gerade gegangen.«

»Und sie hätten uns Diamanthalsketten geschenkt«, sagt Laurel.

»Und rosa und gelbe Rosen«, sagt Amanda.

»Und weiße Sportwagen«, fügt Laurel hinzu. Die Batterie ihres Datsun erschöpft sich schon durch die Benutzung des Kassettenrecorders. »Porsches.«

Als sie den ersten Stern sehen, wünschen sich beide etwas.

»Sag mir deinen Wunsch«, bittet Laurel.

»Kann ich nicht«, sagt Amanda. »Er ist zu dumm.«

»Ich lache nicht«, sagt Laurel. »Ich versprech's dir.«

»Ich möchte meine Zahnspange los sein«, sagt Amanda.

»Das ist doch nicht dumm«, sagt Laurel Smith zu ihr.

»Nein?« fragt Amanda.

»Ein guter Wunsch«, sagt Laurel. »Ehrlich.«

Als sie zum Haus zurückgehen, läutet das Telefon. Es ist Polly. Sie ruft zum dritten Mal an, um sich nach Amanda zu erkundigen.

»Sie macht sich andauernd Sorgen«, sagt Amanda, nachdem sie den Hörer aufgelegt hat.

»Wahrscheinlich wollte sie dir bloß gute Nacht sagen«, sagt Laurel.

Amanda geht ins Bad und zieht sich aus. Sie hat eines von Laurels Nachthemden bekommen, und obwohl es ihr zu groß ist, ist es wunderschön; es ist aus weichem rosa Flanell und hat einen Spitzenkragen. Laurel hat ihr auch ein Handtuch und einen Waschlappen und ein kleines Seifenstück in Form einer Muschel gegeben. Als Amanda ins Wohnzimmer zurückkommt, ist sie so müde, daß ihr die Augen zufallen. Laurel deckt sie mit einem Baumwollquilt zu.

»Warte nur, bis du morgen früh die Vögel singen hörst«, sagt Laurel, während sie die Rollos hinter dem Sofa herunterläßt. »Sie werden dich in aller Frühe aufwecken, und du kannst dann ruhig noch mal einschlafen.«

»Ich möchte lieber aufstehen und sie beobachten«, sagt Amanda.

»Dann solltest du jetzt aber schlafen«, sagt Laurel zu ihr.
Laurel schaltet die Lichter aus und geht auf ihr Schlafzimmer zu. Stella, die Katze, folgt ihr auf dem Fuße.
»Laurel?« ruft Amanda.
»Alles in Ordnung?« fragt Laurel.
»Aber ja«, sagt Amanda. »Ich dachte nur, ob du vielleicht eine Lampe brennen lassen könntest?«
Laurel tastet an der Wand entlang und schaltet das helle Deckenlicht ein.
»Wart einen Augenblick«, sagt sie. Sie geht ins Schlafzimmer und zieht den Stecker der Lampe mit dem rosa Seidenschirm heraus. Dann stellt sie die Lampe hinter das Sofa und schließt sie an.
»Hier«, sagt Laurel. Der rosa Lichtschein der Lampe gefällt ihr.
»Du wirst doch mit mir reden, nicht?« fragt Amanda.
Laurel setzt sich auf den Rand des Couchtisches. »Du möchtest, daß ich bei dir bleibe, bis du eingeschlafen bist?«
»Nein«, sagt Amanda. »Hinterher, meine ich. Wenn ich tot bin.«
»Liebes, das kann ich nicht«, sagt Laurel ruhig.
»Doch, du kannst.« Amanda setzt sich auf und beugt sich vor. »Das tust du doch. Du bist ein Medium.«
»Das waren Träume«, sagt Laurel. Sie nimmt eine Hand von Amanda in ihre Hände. »Mehr war es nicht.«
Amanda zieht ihre Hand weg und betrachtet Laurel. »Vielleicht könntest du es. Du könntest es, wenn du es wirklich wolltest.«
Es ist jetzt dunkel, und draußen in den Sümpfen suchen Nachtreiher das seichte Wasser auf.
»Nein«, sagt Laurel. »Nicht einmal, wenn ich wirklich will.«
»Ich dachte, du könntest mit mir sprechen«, flüstert Amanda.
Laurel schluckt schwer und schüttelt dann verneinend den Kopf. Schwach vor Enttäuschung läßt Amanda den Kopf auf das Kissen zurückfallen.
»Ich werde von dir träumen«, sagt Laurel zu ihr.
»Wirklich?« fragt Amanda.
»Immer«, sagt Laurel.

»Du brauchst wirklich nicht bei mir zu bleiben, bis ich einschlafe«, sagt Amanda.

»Schon gut«, sagt Laurel. »Ich tu's gerne.«

Amanda hält die Augen geschlossen, und nach einer Weile hört sie Laurel aufstehen. Laurel zieht den Quilt über Amandas Schultern, geht dann in ihr Schlafzimmer und schließt die Tür. Aber das ist schon in Ordnung, Amanda weiß, daß sie wird schlafen können. Sie wünscht sich, sie könnte immer hierbleiben, denn sie ist nicht so ängstlich wie sonst in der Nacht. Während sie einschläft, ist Amanda vollkommen sicher, daß sie morgen früh als erste aufwachen wird; sie wird die erste sein, die die Vögel singen hört.

Doch vielleicht ist Ed Reardon der erste in der Stadt, der wach ist; schon lange vor dem Morgengrauen ist er auf den Beinen. Er hat Charlies Blutprobe selbst ins Labor gefahren und um Eile gebeten, damit Polly nicht bis Montag auf eine Antwort warten muß. Sie haben versprochen, die Testresultate bis zehn Uhr heute früh telefonisch durchzugeben. Ed Reardon weiß, daß er sich nicht in Polly verliebt haben kann, aber so fühlt es sich an. Er ist zu verwundbar; er zeigt Dinge, die er nicht zeigen sollte. Mary wollte nicht mit ihm reden, als sie und die Kinder von ihrer Schwester zurückkamen, und Ed hat nicht einmal versucht, sich ihr zu nähern. Jetzt kommt sie im Dunkeln nach unten und findet ihn in der Küche bei einer Tasse Pulverkaffee. Mary geht zum Herd und setzt Wasser für richtigen Kaffee auf.

»Gibt's da etwas, was ich wissen sollte?« sagt Mary.

»Es ist Viertel vor sechs«, sagt Ed. »Ich will mich nicht streiten.«

Mary setzt sich ihm gegenüber an den Tisch. »Sag's mir einfach«, bittet sie.

Sie sieht hübsch aus ohne Make-up; sie duftet nach Schlaf.

»Sag's mir jetzt, und dann frage ich dich nicht mehr«, sagt Mary.

Ed weiß, daß sie es ernst meint. Sie ist nicht nachtragend, sie vergibt leicht, und sie ist ehrlich genug, um zu erwarten, daß andere Leute ebenfalls ehrlich sind. Ed weiß, daß er mit ihr verheiratet ist. Ob ihm das in diesem Augenblick paßt oder nicht, spielt eigentlich keine Rolle.

»Es gibt nichts, was du wissen müßtest«, sagt er zu ihr.

Kurz nach zehn ruft Ed Polly an, um ihr mitzuteilen, daß Charlies Ergebnisse negativ sind.

»Gott sei Dank«, sagt Polly. »Ich bin fast verrückt geworden. Ich bin verrückt geworden.«

»Wenn sein Fieber zurückgegangen ist und er nicht hustet, können Sie Amanda nach Hause kommen lassen«, sagt Ed.

»Wie haben Sie das Labor dazu gebracht, die Tests am Wochenende zu machen?« fragt Polly ihn.

»Ich habe ihnen gesagt, daß es Ihretwegen ist.«

Sie schweigen jetzt beide. Charlie hat den Fernseher eingeschaltet, und Claire läßt in der Küche Wasser laufen. Mary und die Kinder ziehen sich an, damit sie hinaus zu einem Bauernhof fahren und sich ihren Kürbis für Halloween aussuchen können.

»Tja«, sagt Polly schließlich, »ich sollte wohl besser Schluß machen.«

»Ich auch«, sagt Ed Reardon.

Er lauscht, wie sie den Hörer auflegt, und legt dann ebenfalls auf. Er nimmt seine Jacke aus dem Schrank im Flur, holt seine Autoschlüssel und geht nach draußen.

»Ich kann's nicht glauben«, sagt Mary, als sie nach draußen kommt und ihn im Auto findet. »Steigt ein«, sagt sie zu den Kindern. »Kommst du wirklich mit?« fragt sie Ed.

Er weiß nicht, ob er mitfährt oder nicht, bis er den Schlüssel im Zündschloß dreht.

»Natürlich komme ich mit«, sagt Ed. »Wohin sollte ich sonst wollen?«

Der Supermarkt in Morrow öffnet am Sonntag erst um zwölf, und Polly macht sich sofort auf den Weg dorthin, nachdem ihre Eltern nach New York abgefahren sind. Amanda wird zum Abendessen zurück sein, und Polly möchte etwas Besonderes machen. Gott weiß, was Laurel Smith ihr gestern abend zu essen gegeben hat. Gott weiß, worüber sie geredet haben.

Polly fährt auf den Parkplatz, stellt den Wagen ab und nimmt einen Einkaufswagen, den jemand auf dem Parkplatz hat stehenlassen. Während sie auf den Supermarkt zugeht, nimmt sie ihren Einkaufszettel aus der Jackentasche.

»Du bist es ja tatsächlich«, sagt Betsy Stafford. »Aus der Entfernung war ich nicht sicher.«

Polly geht weiter, schiebt ihren Wagen die Rampe hoch der elektronischen Schwingtür entgegen.

»Polly, wir müssen reden«, sagt Betsy.

Du Ziege, denkt Polly. Sie schiebt ihren Wagen schneller.

»Ich weiß, daß du wütend bist«, sagt Betsy.

Polly bleibt wie angewurzelt stehen. Wenn sie eine Pistole hätte, würde sie sich umdrehen und Betsy erschießen, ohne sich etwas dabei zu denken. Sie würde stehenbleiben, um das Blut fließen zu sehen.

»Ich war in Panik«, sagt Betsy. »Ich bin immer noch in Panik.«

Polly sieht sich jetzt um und schaut Betsy an. Betsys Einkaufswagen ist mit Lebensmitteltüten gefüllt. Polly kann einen Beutel Orangen sehen, eine Schachtel mit Schokoladeneis, mehrere Rollen Papiertücher.

»Dir wäre es genauso gegangen«, sagt Betsy.

»Das bezweifle ich«, sagt Polly. »So dumm oder grausam bin ich nicht.«

»Glaubst du, daß es mir nicht das Herz bricht, die Jungen zu trennen?«

»Du atmest aber noch«, sagt Polly.

»Was glaubst du, wie ich mich fühle, wenn Sevrin nicht mit mir redet? Wenn er vor meiner Nase die Türen zuschlägt? Glaubst du, es gefällt mir, meinen Sohn nachts weinen zu hören?«

»Offen gesagt, wenn du dir über eine Ansteckung Sorgen machst, dann bin ich mehr mit Amanda zusammen als Charlie. Hast du keine Angst, ich könnte dich infizieren? Was ist, wenn die Wissenschaftler sich irren?« Polly weiß, daß sie hysterisch klingt, aber sie kann nicht aufhören. »Was ist, wenn du beim nächsten Mal diesen Einkaufswagen benutzt, wenn du in den Supermarkt gehst? Was ist, wenn du meine Bazillen bekommst?«

»Es bricht mir wirklich das Herz«, flüstert Betsy.

»Nein!« sagt Polly zu ihr. »Dir ist es nur peinlich. Mir bricht es das Herz.«

»Sevrin ist alles, was ich habe«, sagt Betsy. »Du hast Charlie. Sevrin ist mein einziges Kind. Ich konnte das Risiko einfach nicht eingehen.« Betsys Gesicht ist zerknittert; ihre Augen sehen geschwollen aus.

»Betsy, bitte«, sagt Polly. Sie ist erschöpft, und sie will nicht an all das denken.

»Ich möchte, daß du verstehst«, sagt Betsy.

Polly schließt die Augen und sieht Charlie mit 39,5 Fieber im Bett liegen. Sie sieht seinen Kopf auf dem Kissen und seine Schlafanzugjacke geöffnet und feucht von Schweiß. Die ganze Zeit, als sie dachte, Betsy und sie seien Berufskolleginnen, hat sie sich geirrt. Betsy war ihre Freundin.

»Ich verstehe ja«, sagt Polly. »Aber bitte mich nicht, dir zu verzeihen. Ich weiß nicht, ob Charlie und Sevrin das je tun werden.«

»Ich habe einen Keller voller Molche«, sagt Betsy. Sie versucht zu lachen, aber es hört sich erstickt an. »Ein paar davon müssen entkommen sein, und ich glaube, sie brüten da unten.«

»Dein Eis schmilzt«, sagt Polly.

Betsy schaut auf ihren Einkaufswagen hinunter und nickt.

»Ich muß etwas zum Abendessen einkaufen«, sagt Polly. »Ich möchte für Amanda Lammkoteletts machen und gebackene Kartoffeln und Schokoladenpudding. Nicht dieses Fertigprodukt, sondern selbstgemachten.«

»Der Fertigpudding kann nicht gut sein«, stimmt Betsy zu. »Er wird zu schnell fest.«

Polly nickt und geht; sie fühlt sich vollkommen ausgelaugt, unfähig, etwas anderes zu tun, als Speisen zuzubereiten, die niemand will, und zu warten. Da liegt der Mann, den sie liebt, neben ihr im Bett, und sie kann ihn nicht berühren; da sind ihre Familie, ihr Haus, die Vorhänge, die sie so liebevoll auswählte, die ersten Fotos, für die sie je bezahlt wurde, von Sevrins Geburtstagsparty. Polly kann nur einschlafen, wenn sie von tausend an rückwärts zählt. Das tat sie schon als kleines Mädchen; sie pflegte an einer Haarsträhne zu drehen, während sie zählte, und morgens wachte sie mit Knoten im Haar auf.

Heute nacht träumt sie, daß sie Amanda verloren hat und nicht finden kann. Im Traum kommt sie durch eine steinerne Allee. Sie kann Kinder weinen hören und das Geräusch von Schaufeln, die methodisch in die Erde fahren. Es regnet, und der Boden ist schlüpfrig. Beim Laufen spritzt Schlamm auf, legt sich auf ihre Beine und gibt ihnen die Farbe von Blut.

Eines weiß sie: Jemand hat ihr ihre Tochter weggenommen. Jemand hat einen mit Stacheldraht bewehrten Zaun aufgestellt. Jemand schreit in der Ferne. Da sind noch andere Kinder, die niemanden haben, der sich um sie kümmert, aber Polly hat keine Zeit für sie. Sie rennt schneller. Ihr Herz rast. Sie erreicht den Schuppen, nach dem sie gesucht hat, aber als sie ihn betritt, sieht sie nichts als ein Bett neben dem anderen. Reihen um Reihen eiserner Betten, die mit weißen Laken bezogen sind. Das ist das Kinderhaus. Das ist der Ort, an dem sie jeden Tag zu essen und zu trinken bekommen, aber noch immer ist niemand da, um sie in den Arm zu nehmen. Während sie durch den Schuppen geht, schreien Kinder nach ihr, Babys strecken die Arme aus und wollen aufgenommen werden. Das Schreckliche ist, daß sie für Polly alle gleich aussehen. Sie sehen aus wie Amanda, aber sie sind es nicht. Polly weiß, daß sie ihre eigene Tochter erkennen wird. Sie muß. Da ist sie, in einem kleinen Bett, das an die Wand geschoben ist. Amanda kann nicht mehr sprechen, aber Polly merkt, daß sie sie erkennt. Sie wickelt sie in ein Laken, und als sie den Schuppen verlassen und nach draußen gehen, schleift das Laken durch den Schlamm und macht ein zischendes Geräusch.

Die Allee, durch die sie herkam, ist der einzige Weg zurück, und ohne sie zu sehen, weiß Polly, daß Wächter da sind. Aber alle Wachposten werden einmal unaufmerksam, sie werden müde, wenn ihre Mägen gefüllt sind, wenn das Schreien weit entfernt ist. Polly duckt sich tief hinunter; noch ist es dämmrig, aber das wird nicht ewig dauern. Sie werden bis zur Dunkelheit warten. Wenn niemand hinschaut, wenn sie ihnen den Rücken zuwenden, wird Polly Amanda über ihre Schulter legen und sich auf den Weg machen. Das einzige, was sie wirklich fürchten müssen, ist der Vollmond, denn in diesem Traum ist sogar Mondlicht gefährlich.

14

Manchmal schläft Amanda den ganzen Tag, statt zur Schule zu gehen. Es gibt Tage, an denen ihr so übel ist, daß sie gar nicht vom Boden des Badezimmers hoch kommt. Ihre Mutter sitzt neben ihr auf den Fliesen und wischt ihr mit einem kühlen, nassen Waschlappen die Stirn. Sie sitzen neben der Toilette, und ihre Mutter hebt sie auf ihren Schoß und wiegt sie hin und her, und das verschafft ihr ein bißchen Erleichterung. Sachen, die sie früher gern aß, kann sie nicht einmal mehr sehen, weil ihre Kehle ganz zugeschnürt ist. Ihr Vater macht ihr eine süße Mischung aus Quellwasser, Honig und flüssigem Protein, und an ihren schlechten Tagen schlürft sie es aus einer Plastiktasse; das erinnert sie an kühles Teichwasser, das an den seichten Stellen grün aussieht.

An ihren guten Tagen besteht sie darauf, zur Schule zu gehen. Ihre Eltern haben es aufgegeben, sie zu Hause behalten zu wollen. Ihre Mutter gibt ihr ein gesundes Mittagessen mit, das sie nie anrührt. Ihr Vater läßt sie ein Röhrchen Vitamintabletten mitnehmen, das sie immer in einen Papierkorb ausleert. An guten Tagen geht sie zum Training, und sie trägt immer ihr Trikot. Sie ist so mager, daß sie weiß, sie sieht gräßlich aus, aber sie konnte es einfach nicht ertragen, ohne ihr Trikot in der Turnhalle zu sein. Sie trägt beim Training ihre glückbringende Halskette, und trotz seiner strengen Regel, die jeglichen Schmuck verbietet, verliert der Trainer nie ein Wort darüber, obwohl er sie letzten Dienstag mit einem Lutschbonbon erwischte und genauso behandelte wie alle anderen.

»Farrell!« rief er durch die Halle, und Amanda weiß noch immer nicht, wie er sie aus dieser Entfernung ertappen konnte. »Spuck das sofort aus!«

Heute war der Trainer wirklich grob zu den Mädchen, und auf der Bank herrscht Unzufriedenheit. Der nächste Wettkampf wird gegen Clarkson ausgetragen, eine Schule in einer reichen Gegend; die meisten Mädchen aus dieser Mannschaft gehen im Sommer in schicke Turncamps. Der Trainer spielt vor einem Wettbewerb gegen Clarkson immer verrückt, und vielleicht ist er deshalb so streng mit Jessie, als sie ihren Salto rückwärts verpatzt.

»Wenn du ihn nicht richtig kannst, dann mach ihn überhaupt nicht«, schreit der Trainer. »Nimm ihn aus deinem Programm raus.«

Jessie geht mißmutig und schweißgebadet zur Bank zurück. Für jedes Mädchen ist es schrecklich, vom Trainer angeschrien zu werden, aber für Jessie ist es am schlimmsten, denn sie muß mit ihm nach Hause gehen. Amanda sieht zu, wie Jessie sich neben Evelyn Crowley setzt. Sie haben viel Zeit miteinander verbracht, und jetzt stecken sie die Köpfe zusammen und flüstern. Amanda weiß, wo das Problem liegt. Jessie zieht die Beine nicht eng genug an. Amanda könnte im Schlaf einen Salto rückwärts machen. Sie träumt von den Turnbewegungen, und in ihren Träumen ist ihr Körper stark, und ihre Beine tun nicht weh.

Amanda wartet, bis Evelyn Crowley mit ihrer Übung auf dem Schwebebalken beginnt; dann geht sie hinüber zu Jessie. Amanda hinkt jetzt leicht, aber sie glaubt nicht, daß das wirklich jemand merkt. Sie setzt sich neben Jessie, aber keine von beiden schaut die andere an.

»Heute hat er's auf alle abgesehen«, sagt Amanda, während sie zuschaut, wie Evelyn den Balken besteigt.

»Er ist ein Scheusal«, sagt Jessie. Jeder kann sehen, wie sehr sie sich bemüht, nicht zu weinen.

»Er will einfach, daß du so gut bist, wie du sein kannst«, sagt Amanda. Der Trainer selbst hat ihnen das tausendmal gesagt.

»So gut wie du«, sagt Jessie. Sie schaut Amanda an. »Das meinst du doch.«

»Du vergißt das ›warst‹«, sagt Amanda.

Jessie sieht sie verständnislos an.

»So gut, wie ich war«, sagt Amanda.

Sie wenden die Blicke voneinander ab und starren den Trainer an. Er hat ein Klemmbrett und eine Punktetabelle und wertet die Leistung jeder Turnerin.

»Trainer müssen gemein sein«, sagt Amanda. »Das ist ihr Job.«

»Und abscheulich und fett und blöde«, fügt Jessie hinzu.

Darüber müssen sie beide lachen.

»Evelyn macht es ganz gut«, sagt Amanda.

»Ja«, sagt Jessie grollend. »Sie ist okay. Aber so gut wie du wird sie nie sein.«

»Och«, sagt Amanda, »vielleicht doch.«

Sie verstummen sofort, als sie den Trainer näher kommen sehen. Gespräche auf der Bank schätzt er gar nicht.

»Was zum Teufel ist los?« sagt Jack Eagan, als er sie erreicht. »Lupf deinen Hintern«, sagt er zu Jessie. »Du kommst hier nicht raus, bevor ich nicht einen perfekten Salto rückwärts gesehen habe.«

Jessie wirft ihm einen mörderischen Blick zu, steht auf und beginnt zu trainieren.

»Sie muß die Beine anziehen«, sagt Jack Eagan. Er setzt sich neben Amanda. Die Klemmtafel legt er zwischen sie. »Meinst du, wir haben eine Chance gegen Clarkson?«

Amanda will die Achseln zucken, aber als sie ihn ansieht, merkt sie, daß er es ernst meint. Er will ihre Meinung hören.

»Evelyn hat eine ganz gute Chance, Punkte zu machen.«

Der Trainer nickt, daher fährt Amanda fort. »Sue Sherman könnte beim Pferdsprung eine hohe Wertung bekommen.«

»Da könntest du recht haben«, sagt Jack Eagan. »Tu mir einen Gefallen.«

Amanda nickt, sprachlos.

»Wenn du diese Halskette beim Wettkampf gegen Clarkson trägst, dann schieb sie unter dein Trikot. Ich möchte keine Meuterei heraufbeschwören, bloß weil ein Mädchen Schmuck trägt. Okay?«

»Okay« sagt Amanda. Sie hatte keine Ahnung, daß sie zu einem Auswärtswettbewerb mitgehen durfte; sie war nicht einmal sicher, noch in der Mannschaft zu sein.

»Wenn du Gelegenheit hast, könntest du Jessie sagen, daß sie die Beine anziehen soll«, sagt der Trainer. »Auf mich hört sie ganz bestimmt nicht.«

»Wenn Sie wollen, tu' ich es«, sagt Amanda.

»Braves Mädchen«, sagt Jack Eagan. »Ich wußte, daß ich mich auf dich verlassen kann.«

Polly wartet nach dem Training auf Amanda; sie parkt in der halbrunden Auffahrt direkt vor der Schule, die eigentlich den Bussen vorbehalten ist. Es bricht Polly das Herz, als sie sieht, wie langsam Amanda geht, aber sie bleibt, wo sie ist, und springt nicht aus dem Wagen, um ihr zu helfen.

Sie kann den Unterschied zwischen ihrer Wut und ihrem Kummer nicht mehr benennen. Ihr Haus könnte an der Eingangstür ebensogut ein Seuchenschild tragen. Wenn sie in ein Geschäft geht, sogar wenn sie an der Tankstelle den Wagen auftankt, ignorieren die Leute sie, Leute, die sie seit Jahren kennt, Nachbarinnen, mit denen sie früher Kaffee trank, Geschäftsleute, die sie beim Namen kennen. Wenn Amanda Krebs oder einen Gehirntumor hätte, würden sie ihr Eintöpfe und Kuchen bringen. Sie würden ihr den Tank gratis füllen.

Wer ist schuld daran, wen sollte man niederschlagen, bestrafen, in einen Hund verwandeln, der am Boden durch Schlamm kriechen muß? Polly haßt ihre Nachbarn, aber die Schuld gibt sie sich selbst. Sogar in ihren Träumen ist sie schuldig. Letzte Nacht träumte sie, ein verlassener Wohnwagen stünde am Stadtrand. Alle in der Stadt wußten davon; sie versuchten, Polly daran zu hindern, ihn zu betreten, aber sie öffnete die Metalltür. Innen war es fürchterlich schmutzig, die Küchenschränke waren leer, es gab kein fließendes Wasser, ein Dutzend weiße Katzen kauerten unter den Möbeln.

Die Frau, die in dem Wohnwagen lebte, versuchte, sich zu verstecken, als die Tür geöffnet wurde. Sie war nur Haut und Knochen, und überall auf ihren Armen waren blauviolette Striemen. Alle Leute in der Stadt wußten von ihr; sie waren es, die sie hier festhielten. Mach die Tür zu, riefen sie Polly zu. Mach sie schnell zu.

Polly stand in der Tür und verfluchte jeden in der Stadt. Frösche kamen aus ihrem Mund, und ihre Worte wurden zu Wespen. Sie schwor sich, für diese Frau einen anständigen Platz zum Leben zu finden, selbst wenn sich sonst niemand darum kümmerte. Sie würde ihr Nahrung und Wasser, Wärme und ein Bett mit sauberen Laken geben. Die Frau kroch aus ihrem Versteck; ihr Gesicht war tränennaß. Dankbar griff sie nach Pollys Hand und küßte sie. In ihrem Traum wurde Polly kalt, weil sie wußte, was niemand sonst in der Stadt wußte. Sie wußte, sobald ihr jeder den Rücken zudrehte, würde sie fließendes Wasser finden, je heißer, desto besser, und diesen Kuß wegwaschen.

Als sie aus ihrem Traum erwachte, war ihr übel. Noch immer verachtet sie sich für ihren eigenen Traum, fühlt sich beschmutzt durch ihre eigenen nächtlichen Ängste. Mehr denn je ist sie aber überzeugt, daß sie ihr Kind nicht beschützt hat, daß sie nicht verhindern konnte, daß ihrem kleinen Mädchen dies zustößt.

Amanda strahlt, als sie in den Wagen steigt. Jessie hat tatsächlich zugehört, als Amanda ihr vorschlug, für den Salto rückwärts solle sie die Beine mehr anziehen. Amanda muß dauernd daran denken, daß der Trainer sie um Hilfe gebeten hat. Sie fühlt sich sehr erwachsen, wie ein Hilfstrainer oder so etwas.

»Du mußt mit Dad reden«, sagt Amanda zu Polly, kaum daß sie in den Wagen gestiegen ist. »Ich muß mit zu dem Wettkampf gegen Clarkson. Der Trainer verläßt sich auf mich.«

»Ich werd' mit ihm drüber reden«, sagt Polly, die weiß, daß der Gedanke Ivan nicht gefallen wird.

»Rede nicht mit ihm«, sagt Amanda. »Sag ihm einfach, daß er mich gehen lassen muß.«

»Ich spreche mit ihm«, sagt Polly.

Heute mittag hat Polly Laurel Smith im Café in der South Street gegenüber dem Geschenkladen getroffen. Laurel trug einen karierten Rock und einen dicken grauen Pullover, und ihr Haar war geflochten. Polly war erstaunt, wie jung sie aussah. Sie beginnt sich zu fragen, ob kinderlose Frauen weniger schnell altern, da sie den anderen viele Jahre ungestörten Nachtschlaf voraus haben.

Polly bestellte sich einen Salat und Kaffee, Laurel einen Hamburger, Pommes frites und einen Milchshake. Polly fühlte sich, als führte sie eine der Freundinnen ihrer Tochter zum Essen aus. Nachdem sie gegessen hatte, schob Laurel ihren Teller weg und beugte sich zu Polly hinüber, die Ellbogen auf den Tisch gestützt.

»Amanda hat einen Wunsch«, sagte Laurel.

Polly setzte ihre Tasse ab. Sie wollte nichts von Wünschen hören; noch etwas, was Amanda nicht würde haben können.

»Sie möchte ihre Zahnspange nicht mehr tragen«, sagte Laurel Smith.

»Ich dachte schon, sie wollte Bruce Springsteen zum Abendessen einladen!« konnte Polly gerade noch hervorbringen. Am Ton ihres eigenen Lachens hörte sie, daß sie hysterisch wurde. »Oder eine Reise nach Hawaii machen.«

Polly rang nach Atem. Laurel reichte ihr ein Glas Wasser, und sie trank einen Schluck.

»O Gott«, sagte Polly. »Ein so bescheidener Wunsch.«

Und jetzt, auf der Heimfahrt mit Amanda, überlegt Polly, was mit zwölf ihr letzter Wunsch gewesen wäre. Sie hätte sich gewünscht, ausgeführt zu werden, in einen Nachtklub, bis Mitternacht aufzubleiben und rosa Champagner aus einem Glas zu trinken, in dem Kirschen schwammen. Wenn sie hätte wählen können, hätte sie sich ihren Vater als Begleiter für den Abend ausgesucht. Er hätte einen Frack getragen, mit richtigen Frackschößen, und sie hätte hochhackige Schuhe aus blauer Seide angehabt.

»Ich hoffe bloß, daß der Wettkampf nicht am gleichen Tag ist wie der Termin beim Kieferorthopäden«, sagt Polly an der Ampel in der Ash Street. Sie schaut hinüber zu Amanda, die sie anstarrt. »Du hast doch wohl nicht gedacht, du müßtest die Zahnspange bis in alle Ewigkeit tragen, oder?«

Amanda beugt sich hinüber und wirft Polly die Arme um den Hals. »Du bist die tollste Mutter der Welt«, jauchzt sie.

Polly lacht und macht sich los. »Ich fahre!« sagt sie zu Amanda, aber sie greift nach Amandas Hand und drückt sie.

»Das kann nicht am gleichen Tag sein wie der Wettkampf«, sagt Amanda. Sie denkt nach. »Es muß vorher sein.«

»Doktor Crosbie hat vielleicht keine Zeit«, sagt Polly. »Hast du daran schon gedacht?«

»Er braucht doch nur eine Zange zu nehmen und sie rauszuziehen«, sagt Amanda. »Vielleicht kann er es heute noch machen.«

Polly grinst und sagt Amanda, sicher habe der Kieferorthopäde heute nachmittag keine Zeit, doch sobald sie zu Hause sind, ruft sie Crosbies Praxis an. Zu ihrem Erstaunen erfährt sie, daß sein Terminkalender voll ist, nicht nur heute, sondern auch die nächsten drei Wochen.

»Aber wir können nicht drei Wochen warten!« sagt Polly zu der Sekretärin. »Meine Tochter stirbt! Sie kann nicht drei Wochen warten.«

Crosbies Sekretärin bittet Polly zu warten, und während Polly der Musik vom Band zuhört, die sich automatisch einschaltet, öffnet sie den Kühlschrank, damit sie statt an Amanda an das Abendessen denken kann. Für einen Salat ist nicht genug Gurke da. Es gibt ein Stück Steakfleisch, das sie Amanda gern braten würde, aber es reicht nicht für alle, und sie will nicht, daß Amanda sich unbehaglich fühlt, weil sie etwas Besonderes bekommt. Polly beschließt, einfach ihren Hackbraten zuzubereiten, weil der nicht viel Zeit beansprucht. Sie mischt gerade Paniermehl und Parmesankäse unter das Hackfleisch, als die Sekretärin sich wieder meldet und sagt, es gebe keinen Termin. Polly reißt ein Stück Küchenkrepp von der Rolle über dem Spülbecken und wischt sich die Hände ab.

»Aber er muß ihr einen Termin geben«, sagt sie zu der Sekretärin.

»Doktor Crosbie kann Amanda nicht behandeln«, sagt die Sekretärin fest.

»Natürlich kann er das«, sagt Polly. »Er muß sich einfach für sie Zeit nehmen.«

»Doktor Crosbie behandelt keine Patienten mit AIDS«, sagt die Sekretärin.

Polly legt den Hörer auf und setzt sich hin. Natürlich, denkt sie. Sie kann es sogar verstehen. Sie kann es nur nicht glauben. Noch immer hat sie Paniermehl an den Händen. Sie kann Charlie im Keller hören, und sie fragt sich, ob er freiwillig so viel allein ist, weil er Sevrin verloren hat, oder ob die Kinder in seiner Schule genauso wenig mit ihm zu tun haben wollen wie Doktor Crosbie mit

Amanda. Polly geht nach unten, zwei Stufen auf einmal nehmend. Charlie hat alle vier Hamster in einen Käfig gesetzt, während er die beiden anderen Käfige reinigt. Seine Feldmäuse sind in einem alten Vogelkäfig. Er hat sie bereits gefüttert und ihren Wasernapf nachgefüllt. Polly geht zu ihm hinüber und faßt seinen Arm. Charlie sieht sie erschrocken an.

»Sagen die Kinder irgendwas zu dir?« fragt Polly.

»Welche Kinder?« sagt Charlie.

»Die Kinder in der Schule!« sagt Polly. »Wollen sie wegen Amanda nicht mit dir befreundet sein?«

»Ich will nicht mit ihnen befreundet sein«, berichtigt Charlie sie. Dann fügt er hinzu: »Deine Fingernägel tun mir weh.«

Polly läßt seinen Arm los.

»Bevor wir die Versammlung hatten, wollten sie nicht mit mir spielen, aber jetzt sind sie okay«, sagt Charlie. »Ist mir sowieso egal. Ich meine, ich brauche sie bloß, um Fußball zu spielen, das ist alles.«

Polly setzt sich auf einen Holzstuhl. Charlie beobachtet sie. Er schwitzt. Das meiste von dem, was er ihr gesagt hat, ist wahr, aber er hätte alles mögliche gesagt, um sie aus dem Keller zu entfernen. Die Minolta liegt auf dem Regal neben dem Hamsterfutter. Neben der Kamera liegen zwei unentwickelte Filme und ein Belichtungsmesser, den er aus der Dunkelkammer gestohlen hat und benutzen möchte, wenn er das nächste Mal zum Teich geht.

»Die Leute sind dumm«, sagt Polly.

»Ja«, stimmt Charlie rasch zu. Wenn sie ihm einen Augenblick den Rücken dreht, kann er vielleicht einen Plastikmüllsack über die Kamera werfen.

»Sie haben Angst, wenn sie keine zu haben brauchen, und sie haben keine Angst, wenn wirklich etwas da ist, wovor man sich fürchten müßte.«

»Ich weiß«, sagt Charlie nickend.

In diesem Augenblick sieht Polly die Minolta.

»Die Leute sind wirklich komisch«, sagt Charlie.

Wenn jetzt Juli oder auch August wäre, würde Polly ihm den Kopf abreißen, weil er mit der Minolta herumgespielt hat. Sie würde ihn fragen, warum zum Teufel er nicht zuerst um Erlaubnis gebeten hat; warum er meinte, sie überhaupt benutzen zu dürfen, solange eine alte Polaroid da ist, die sie ihm vielleicht leihen würde. Aber jetzt ist Oktober, hier unten im Keller ist es kalt, und ihr liegt nichts an ihrer Kamera. Ihm aber scheint viel daran zu liegen. Die Minolta ist in ihrer Hülle, und die Filmrollen sind ordentlich aufgereiht.

»Siehst du jemals Barry Wagoner? Ist er nicht in deiner Klasse?« fragt Polly.

»Barry ist ein Blödmann«, sagt Charlie ihr. »Ich muß diese Käfige fertigmachen, Mami. Ich habe zwei Männchen zusammengesperrt, und sie könnten sich etwas tun, wenn ich sie nicht bald trenne.«

Polly nickt und geht nach oben. Aus Amandas Zimmer hört sie das Geräusch des Kassettenrecorders, der ein Band zurückspult. Sie hört das Klirren von Metall, als Charlie alte Sägespäne aus einem Käfig in eine Mülltonne schüttet. Polly nimmt die Gelben Seiten und blättert, bis sie ZAHNÄRZTE findet. Sie ruft drei Kieferorthopäden an, aber keiner ist bereit, eine Patientin zu behandeln, die nicht seine eigene ist. Danach räumt Polly das Telefonverzeichnis wieder fort.

In diesen Tagen wird es um halb sechs dunkel; Polly beobachtet, wie das Licht verblaßt, und sitzt noch immer in der Küche, als Ivan aus dem Institut nach Hause kommt. Sobald sie ihn sieht, beginnt Polly zu schluchzen. Ivan setzt sich ihr gegenüber an den Tisch und sieht sie an.

»Alles in Ordnung?« fragt er, als Polly zu schluchzen aufhört.

Polly nickt und erzählt Ivan, daß der einzige Wunsch, den Amanda hat, nicht erfüllt werden kann; kein Kieferorthopäde ist bereit, sie zu berühren.

»O doch, sie werden«, sagt Ivan düster.

Er steht auf und geht zum Telefon.

»Crosbie will es nicht machen«, sagt Polly zu ihm.

»Scheiß auf Crosbie«, sagt Ivan. Er wählt Brians Nummer. Er muß warten, bis Adelle das Telefon in Brians Schlafzimmer getragen hat. Er sagt Brian genau, was sie brauchen, nämlich einen Kieferorthopäden, der bereit ist, eine AIDS-Patientin zu behandeln, und Brian sagt, er werde herumtelefonieren, sich erkundigen und dann zurückrufen. Als er den Hörer auflegt, merkt Ivan, daß Polly ihn beobachtet hat.

»Der Freund, für den du Blumen gekauft hast«, sagt Polly.

Ivan geht zum Kühlschrank und nimmt sich ein Bier. »Koch heute abend nicht«, sagt er. Er spürt einen scharfen Schmerz der ganzen Wirbelsäule entlang. »Ich hol' uns Pizza.«

»Ist es der, der im Sterben liegt?« fragt Polly.

»Richtig«, sagt Ivan wild. »Er ist achtundzwanzig Jahre alt.«

Polly nickt und weist auf sein Bier. »Kann ich auch eins haben?«

Ivan stellt ein weiteres Bier auf den Tisch.

»Ist dein Freund Zahnarzt oder so was?« fragt Polly.

Unwillkürlich muß Ivan lachen. »Er hat bei einem AIDS-Notdienst gearbeitet. Er hat Freunde.«

»Oh«, sagt Polly. Sie denkt darüber nach. »Gut.«

Ivan ist unterwegs, um Pizza zu holen, und Amanda deckt gerade den Tisch, als das Telefon läutet.

»Hier ist Brian«, sagt die Stimme am anderen Ende der Leitung.

»Brian«, sagt Polly. »O Brian.« Sie kann nicht glauben, wie jung er klingt, wie weit weg. »Ivan ist unterwegs, er holt Pizza.«

»Schon gut«, sagt Brian. »Sie sind Amandas Mutter. Ihnen kann ich die geheime Parole verraten. Sie lautet Rothstein. Bernard Rothstein. Er wird es machen.«

Polly wartet draußen auf der Veranda, als Ivan zurückkommt. Sie stehen da, die Pizza zwischen sich; Hitze steigt aus der Pappschachtel.

»Er hat angerufen«, sagt Polly zu Ivan. Ivan streckt die Hand aus und berührt ihr Gesicht; ihre Wange ist kühl und weich. »Er hat jemanden gefunden«, sagt Polly.

»Das ist gut«, sagt Ivan. »Das ist wirklich gut. Ich war außer mir. Ich war bereit, irgendeinen armen, unschuldigen Zahnarzt umzubringen.«

Polly muß wider Willen lachen. »Hör auf«, sagt sie.

»Wirklich. Irgendein armer, ahnungsloser Dummkopf würde gerade eine Füllung machen, und ich würde mit einem Gewehr hereinspazieren.«

Polly muß so lachen, daß er nicht verstehen kann, was sie sagt.
»Was?« fragt Ivan verwirrt.
»Du hast kein Gewehr«, bringt Polly mühsam hervor.
»Dann mit Pfeil und Bogen«, sagt Ivan. »Oder mit einer Pistole.«
Die Hintertür öffnet sich, und Charlie streckt den Kopf heraus.
»Mami?« fragt er, verwirrt, als er Polly lachen hört.
»Wen hast du denn erwartet?« fragt Polly. »Graf Dracula?«
»Ist das Mami?« sagt Amanda.
Amanda ist hinter Charlie getreten und späht an ihm vorbei auf die Veranda. Polly dreht sich in einem verrückten Tanz; die Kinder können sie in der Dunkelheit gerade noch erkennen. Ivan lacht tief unten in der Kehle; er hört sich an wie früher.
»Die spinnen«, flüstert Amanda ihrem Bruder zu.
»Tja«, sagt Charlie, »ganz bestimmt.«

Am Tag vor Amandas Termin bei Dr. Rothstein ruft Polly Ed Reardon an, um ihm zu sagen, daß sie zu der Zeit, zu der er gewöhnlich vorbeikommt, nicht zu Hause sein werden. Ed hat sich angewöhnt, abends auf seinem Heimweg bei ihnen Station zu machen. Manchmal trinken Polly und er zusammen ein Bier; sie sitzen am Küchentisch und reden über ihre Traumvorstellungen von Ferien. Pollys erste Wahl ist Frankreich; Ed hebt immer die Vorzüge eines Monats in Edgartown hervor. Sie werden nie auch nur die Hälfte der Orte sehen, von denen sie gesprochen haben, weder allein noch zusammen. Ed macht sich nichts vor; er weiß, daß ihre Gespräche weniger die zweier Liebender sind als die von zwei Menschen, die Wache halten. Und außerdem ist er ein Mann, der seinen Verpflichtungen nachkommt, auch wenn er sich in letzter Zeit wie ein Scharlatan fühlt. Er soll fähig sein, seine Patienten zu heilen, und das kann er nicht, doch grundlos glauben die Leute weiterhin an ihn. Heute abend ist er zu einem Hearing des Schulkomitees eingeladen, weniger als Gast denn als Zeuge. Der Schuldistrikt beruft ein solches Hearing ein, wenn eine Petition auftaucht wie die, in der Linda Gleasons Rücktritt verlangt wurde. Zwei weitere Kinder sind von der Cheshire-Schule genommen worden, doch ansonsten hat sich der Wirbel etwas gelegt. Einige der Lehrer, die die Petition gegen Linda Gleason unterschrieben hatten, haben sich jede erdenkliche Mühe gegeben, nett zu ihr zu sein; vielleicht ist es ihnen peinlich, vielleicht haben sie auch nur Angst um ihre Stellen. Nach dem Hearing gehen Ed und Linda Gleason gemeinsam hinaus zu ihren Autos. Die Nacht ist feucht, und es riecht nach Holzfeuer.

»Vielen Dank für Ihre Unterstützung«, sagt Linda. »Die haben ja keine Ahnung, daß ich selbst mit dem Gedanken spiele, mich zurückzuziehen.«

»Ich auch«, sagt Ed.

Beide holen ihre Autoschlüssel hervor.

»Aber wir werden es beide nicht tun«, fügt Linda Gleason hinzu.

Zu Hause werden sie beide von Kindern erwartet und von Abendessen, die noch warm im Ofen stehen.

»Wir könnten in unsere Autos steigen und nach Neu-Mexiko fahren«, sagt Ed. »Sie würden Jahre brauchen, um uns zu finden.«

Linda sieht ihn aufmerksam an. Schwer zu sagen, ob er spaßt oder nicht.

»Vergessen Sie für eine Nacht alles«, rät Linda ihm. »Nehmen Sie zwei Aspirin und rufen Sie mich morgen früh an.«

»Das wird wahrscheinlich nichts ändern«, sagt Ed.

Natürlich erwähnt er nicht, daß er sich wünschen würde, Polly säße neben ihm in dem Wagen, der nach Neu-Mexiko fährt. Ed weiß, wenn er das laut ausspräche, würde er den Eindruck eines Mannes machen, der verzweifelt. So geht er nach Hause, steigt neben seiner Frau ins Bett, aber das Gefühl, am richtigen Platz zu sein, hat er erst am nächsten Morgen, als er zu den Farrells fährt. Ivan hat Pfannkuchen gebacken; er hat die Schürze noch an.

»Ein freier Tag«, sagt Ivan, als er Ed einläßt.

»Nicht für alle«, scherzt Ed, aber er ist schockiert, als er sie alle zusammen beim Frühstück sieht. Er hat eher einzeln an sie gedacht statt als Familie. Polly winkt ihm vom Tresen her zu. Sie gießt kochendes Wasser durch einen Kaffeefilter; sie trägt ein Leinenkleid und Schuhe mit hohen Absätzen. Ed kann sich nicht erinnern, sie je zuvor so sorgfältig gekleidet gesehen zu haben. Er fühlt sich benommen. Etwas in ihm ist verwirrt, als Charlie und Amanda sich darum streiten, wer den Sirup zuerst bekommt.

»Gerade richtig zum Frühstück«, sagt Polly zu Ed.

Ed steht hinter Amanda und legt sanft die Hand auf ihren Halsansatz. Er drückt ihn leicht, zur Begrüßung, aber auch, um ihre geschwollenen Drüsen zu befühlen. Amanda hat zwei Bissen von ihrem Pfannkuchen gegessen, das ist alles.

»Leider hab' ich keine Zeit«, sagt Ed. »Ich muß heute ungefähr dreihundert Patienten untersuchen.«

Er wird in seinen Wagen steigen und in seine Praxis fahren. Den ganzen Morgen lang wird er Patienten untersuchen, dann wird er sich aus dem South Street Café ein Sandwich kommen lassen und es an seinem Schreibtisch essen. Um kurz nach sechs wird er nach Hause fahren. Er weiß, was er tun wird und wann er es tun muß, und Weglaufen gehört nicht dazu. Weder nach Neu-Mexiko noch nach Martha's Vineyard, noch nach Frankreich.

»Spar dein erstes Lächeln ohne Zahnspangen für mich auf«, sagt Ed zu Amanda.

»Keine Chance«, sagt Ivan. »Ich hab's mir bereits reserviert.«

»Viel Glück«, sagt Ed zu Amanda, aber er sieht Polly an.

»Danke, daß Sie vorbeigekommen sind«, ruft Polly, als habe er ihnen einen Höflichkeitsbesuch gemacht. Sie dreht sich bewußt nicht um, bis er gegangen ist.

Sie setzen Charlie vor der Schule ab und fahren dann in Richtung Boston. In der Praxis in Brookline braucht Doktor Rothstein länger als erwartet, um die Zahnspangen zu entfernen. Polly und Ivan sitzen im Wartezimmer und versuchen, nicht an die Rechnung zu denken, die er ihnen schicken wird, nicht daran, was die Versicherung für Amandas weitere medizinische Behandlung ersetzen und nicht ersetzen wird. Sie werden den Blazer verkaufen, wenn es sein muß. Polly kann wieder Hochzeiten und Geburtstagsparties fotografieren.

Bis zur allerletzten Minute, als Doktor Rothstein tatsächlich ins Wartezimmer kam, um sie zu begrüßen, waren Polly und Ivan nicht sicher, ob er nicht seine Meinung ändern würde. Als er aus seinem Behandlungszimmer kam, gab er Amanda die Hand und führte sie dann durch den Flur. Sobald sie auf dem Stuhl saß, streifte er zwei Paar Gummihandschuhe und eine Chirurgenmaske über und machte sich an die Arbeit. Er spricht zu Amanda hauptsächlich über Hunde; er ist ein fanatischer Liebhaber von West-Highland-Terriern. Er stellt sie in ganz Neuengland aus, und er ist im Begriff, eine Zucht zu beginnen. Amandas Mund schmerzt, weil sie ihn so lange geöffnet halten muß. Manchmal gibt sie ein Krächzen von sich, wenn Doktor Rothstein in seinem Monolog Platz für einen Kommentar läßt.

Als er den Bohrer benutzt, um die Metalldrähte zu durchtrennen, schließt Amanda die Augen. Der Lärm geht ihr durch und durch, und sie klammert sich an den Armlehnen des Stuhls fest, denn das Abnehmen der Zahnspangen tut fast genauso weh wie das Einsetzen. Rothstein sagt ihr, man dürfe nie einen Hund darauf abrichten, die Zeitung zu holen, denn damit schaffe man eine weitere Angewohnheit, die man ihm wieder abgewöhnen müsse. Amanda nickt zustimmend. Er legt etwas Metallenes in eine Metallschüssel, und das Geräusch läßt Amanda erschauern.

»Denk mal über einen Westie-Welpen nach«, sagt Doktor Rothstein. »Ich könnte dir einen aus dem Wurf aussuchen.«

Als er fertig ist, spült Amanda sich den Mund aus und spuckt in das kleine Becken. Sie fährt mit der Zunge über ihre Zähne. Der nackte Zahnschmelz fühlt sich kalt an. Doktor Rothstein legt Maske und Handschuhe ab. Nachdem er sich die Hände gewaschen hat, nimmt er einen Spiegel und sieht Amanda an.

»Bereit?« fragt er sie.

Amanda nickt, obwohl sie gar nicht so sicher ist. Was, wenn sie häßlicher ist als vorher? Was, wenn ihre Zähne noch genauso schief sind?

»Bist du sicher?« fragt der Kieferorthopäde.

»Ich bin sicher«, sagt Amanda.

Er hält ihr den Spiegel hin, und Amanda atmet tief ein und erst wieder aus, als sie ihr Gesicht vor sich sieht. Sie beugt sich vor und öffnet zögernd den Mund. Dann lächelt sie. Und obwohl sie versucht, den Mund geschlossen zu halten, lächelt sie noch immer, als sie hinaus ins Wartezimmer geht, weil sie es jetzt weiß. Sie wäre schön gewesen.

15

In der Halloween-Nacht kommt niemand an ihre Tür. Sie können Gelächter hören, als Kinder draußen über die Gehsteige tanzen, an Türen klingeln und mit ihren Bonbondosen rasseln. Im Hausflur stehen eine Schüssel mit Schokoladen- und Mandelriegeln und ein Glas mit Pennies für UNICEF. Charlie, der allen gesagt hat, er sei zu alt für Späße, hat den Fernseher eingeschaltet. Kurz nach acht setzt Ivan sich neben ihn auf die Couch und wirft ihm einen Schokoladenriegel zu. Sie können sie ebensogut selbst essen, niemand anderer will sie haben.

»Na, was für einen Film gibt es denn«, fragt Ivan, während er selbst einen Schokoriegel auspackt. Amanda und Polly sind oben in Amandas Zimmer und spielen im Bett Scrabble; Amanda hat Halsweh, und ab und zu kommt Polly nach unten, um Hustenbonbons oder Tee zu holen.

»*Halloween III*«, sagt Charlie tonlos.

Auf dem Bildschirm sieht man jemanden mit einem großen Messer und viele entsetzte junge Mädchen.

»Ich glaube, dafür bist du noch zu jung«, sagt Ivan.

»Ich hab' ihn schon gesehen«, sagt Charlie. »Er wird wirklich hart.«

»Was hältst du davon, wenn wir beide zusammen losgehen?« schlägt Ivan vor.

»Dad«, sagt Charlie müde. »Ich hab' wirklich keine Lust. Ehrlich.«

Als die Türglocke läutet, sehen Charlie und Ivan einander an.

»Da kommen welche«, sagt Ivan triumphierend.

Er greift nach ein paar Schokoladenriegeln und geht zur Tür. Draußen steht eine erwachsene Hexe in schwarzem Cape und mit einem hohen schwarzen Hut. Ivan starrt sie an und umklammert die Schokoriegel.

»Schon in Ordnung«, sagt Laurel Smith zu ihm. »Ich bin eine gute Hexe.«

Ivan lacht und öffnet die Tür. Als Laurel hereinkommt, weht kalte, duftende Luft herein. An ihren Stiefeln kleben einige gelbe Blätter. Auf den Augenlidern trägt Laurel silberne Lidstriche.

»Es ist eine Hexe«, ruft Ivan Charlie zu. »Was ist das?« sagt er zu Laurel, als er den Korb an ihrem Arm bemerkt.

»Süßigkeiten«, sagt Laurel.

»Sie bringen das ein bißchen durcheinander«, sagt Ivan. »Eigentlich müßten wir Ihnen etwas geben.«

Charlie steht mit offenem Mund in der Tür des Wohnzimmers. Er ist barfuß, und sein Hemd ist ihm zu klein; zwischen Hemd und Hose erscheint ein Streifen Haut, und seine Handgelenke sind zu schmal. Laurel Smith greift in ihren Korb und holt eine Papiertüte heraus, auf der sein Name steht; darin befinden sich Süßigkeiten und ein Jo-Jo, das im Dunkeln glüht.

»Das ist für dich«, sagt Laurel Smith.

»Nicht nötig«, sagt Charlie. Er hat sich nicht von der Tür weggerührt. »Ich brauche nichts.«

Ivan nimmt die Papiertüte. »Ich werd's für ihn aufheben«, sagt er zu Laurel. »Falls er es sich anders überlegt.«

Charlie tritt zur Seite, so daß Laurel Smith an ihm vorbei und die Treppe hinaufgehen kann. Selbst ganz in Schwarz ist sie wirklich hübsch. Charlie will haben, was immer sie ihm mitgebracht hat, aber er selbst wollte eigentlich auch losgehen und Leuten Streiche spielen. Er und Sevrin hatten geplant, ihren Vätern Rasiercreme zu stibitzen und alle auf der Straße geparkten Autos damit zu verzieren. Charlie geht zurück ins Wohnzimmer und wirft sich auf die Couch. Er stellt den Ton des Fernsehers so lange lauter, bis er Laurels Schritte oben auf dem Gang nicht mehr hören kann.

Laurel klopft zweimal an und öffnet dann die Schlafzimmertür. Sie hat diesen Besuch bereits mit Polly besprochen, aber Polly tut genauso überrascht wie Amanda, als Laurel in den Raum wirbelt.

»Süßigkeiten her, oder ihr könnt was erleben«, ruft Laurel grinsend.

»O meine Güte, eine Hexe!« schreit Polly.

Amanda kommt unter den Decken hervor und springt so schnell auf, daß das Scrabble-Brett abrutscht und alle Buchstaben auf den Fußboden fallen.

»Du siehst so schön aus!« sagt Amanda heiser.

»O vielen Dank!« sagt Laurel. »Dafür bekommst du einen ganzen Korb voller Süßigkeiten.«

Polly steht auf. »Ich mache Tee«, sagt sie zu ihnen. »Eßt nicht alles auf, bevor ich zurückkomme.«

Laurel setzt sich neben Amanda auf das Bett, den Korb auf dem Schoß. Amandas Nachthemd ist zu groß, und ihr Haar ist wirr. Sie rückt enger an Laurel heran.

»Sind viele Kinder draußen, die den Leuten Streiche spielen?« fragt Amanda.

Laurel Smith nickt.

»Ich hab' Angst«, sagt Amanda.

»Ich weiß«, sagt Laurel.

Laurel beugt sich vor und stellt den Korb auf den Boden. Er enthält Schokoladentörtchen und Stränge mit Plastikkugeln, die wie Rubinen und Perlen aussehen. Es gibt Schokolade aus Holland in Form von Äpfeln und Orangen und ein goldenes Stirnband mit Glitzersteinen. Heute abend, als Laurel über die Straße im Sumpfgebiet fuhr, stand ein großer Vollmond am Himmel, so vollkommen und weiß wie die Kinderzeichnung eines Mondes.

»Ich hab' wirklich Angst«, flüstert Amanda mit einer kleinen, rauhen Stimme.

Als Laurel Smith ihre Arme um das Mädchen legt, macht ihr schwarzes Cape ein raschelndes Geräusch. Sie halten sich fest umschlungen, wiegen sich hin und her, und sie bleiben lange Zeit so umarmt, nicht weil sie meinten, das würde irgend etwas ändern, sondern weil sie einander noch nicht loslassen wollen.

Amandas Temperatur steigt erst um Mitternacht. Danach erhöht sich das Fieber weiter bis zum nächsten Nachmittag, dem Tag des Clarkson-Wettkampfes, und erreicht 39,8 Grad.

Amanda hat schreckliche Schmerzen in den Gelenken, vor allem in den Handgelenken und den Knien. Wenn sie atmet, tut es weh, und wenn sie versucht, sich umzudrehen, weint sie. Sie fühlt sich elend und verzweifelt, weil sie den Wettkampf versäumt, und sie weigert sich, etwas zu essen oder zu trinken. Polly, die Dehydrierung fürchtet, bringt ihr Gläser mit Wasser und Limonade.

»Du mußt trinken«, sagt Polly zu Amanda, aber Amanda behauptet, sie könne nicht schlucken.

Die ganze Nacht über sitzen Ivan und Polly abwechselnd an Amandas Bett, zwingen sie, kleine Schlucke Wasser zu trinken, und tragen sie ins Badezimmer, wenn sie zur Toilette muß, weil ihre Beine zu sehr schmerzen, als daß sie gehen könnte. Draußen beginnt es zu regnen, ein kalter Regen, der an die Fenster prasselt und die letzten paar Blätter von den Bäumen reißt. Um halb sechs morgens ruft Polly bei Ed Reardon an und sagt seiner Frau, sie brauche Ed sofort. Noch vor sechs ist er bei ihnen. Er gibt Amanda eine Spritze mit Antibiotika und kann sie überreden, etwas Wasser zu trinken. Dann horcht er an ihrer Brust. Polly hat ihm gegenüber keine Atemschwierigkeiten erwähnt, aber Amandas Lungen sind voller Flüssigkeit.

»Du hast Schwierigkeiten mit dem Atmen«, sagt Ed.

»Nein, hab' ich nicht«, behauptet Amanda hartnäckig.

»Okay«, sagt Ed zu ihr. Er weiß, daß sie nicht weit von einer neuen Lungenentzündung entfernt ist. Diese Art Rückfall hat er die ganze Zeit befürchtet.

»Versuch zu schlafen«, sagt er zu Amanda.

»Können Sie mir Charlie raufschicken?« fragt Amanda. »Nur für einen Augenblick.«

»Aber sicher«, sagt Ed Reardon.

Er geht nach unten in die Küche, wo Polly und Ivan warten. Charlie sitzt am Tisch und ißt ein Brötchen mit Erdnußbutter. Er ist noch im Pyjama und sieht schläfrig aus.

»Sie möchte dich für eine Minute sehen, alter Junge«, sagt Ed zu ihm.

»Mich?« fragt Charlie überrascht und ein bißchen ängstlich.

»Na los«, sagt Ed Reardon zu ihm.

Charlie sieht seinen Vater an, der ihm zunickt. Sobald Charlie die Küche verlassen hat, sagt Ed: »Finden Sie jemanden, der bei Charlie bleibt. Sie muß möglicherweise morgen wieder ins Krankenhaus. Vielleicht schon heute abend.«

»Nein«, sagt Polly. »Diesmal nicht.«

Solange Amanda zu Hause ist, ist sie einfach ein Mädchen, das krank ist, das mit Grippe im Bett liegt wie Hunderte, wie Tausende anderer kranker Mädchen auch.

»Wir alle wußten, daß es dazu kommen könnte«, sagt Ed Reardon.

Ivan dreht sich zur Wand und boxt dagegen. Putzstückchen fallen als weißer Staub zu Boden. Ivan weint; er gibt keinen Laut von sich, aber er zittert am ganzen Körper. Es ist schrecklich anzusehen, seine Wut lähmt Polly. Ed geht hinüber zu Ivan und legt eine Hand auf seine Schulter, aber Ivan schüttelt sie ab. Als er sich endlich zu Ed umdreht, ist sein Gesicht naß.

»Sie ist meine Tochter!« sagt Ivan. »Sie ist elf Jahre alt.«

Oben steht Charlie auf der Schwelle zu Amandas Zimmer. Er klopft einmal an die offene Tür.

»Komm her«, sagt Amanda, als sie ihn sieht. »Schnell.«

Charlie schluckt und tritt ein.

»Ich möchte, daß du zu meinem Trainer gehst. Du mußt ihm sagen, warum ich gestern nicht zum Wettkampf gekommen bin.«

Amandas Stimme ist aufgebracht und heiser. Sie wirkt erregt, sogar außer sich.

»In Ordnung«, sagt Charlie.

»Du mußt es ihm erklären«, sagt Amanda.

»Gut. Mach' ich.«

»Wirst du's auch nicht vergessen?« sagt Amanda.

Charlie schüttelt den Kopf. Sie sieht alt aus, wie sie da im Bett liegt. Sie sieht zu weiß aus.

»Kannst du auch für mich herausfinden, wie die Wertung war?« fragt Amanda.

»Ich komme direkt nach der Schule nach Hause«, sagt Charlie zu ihr.

Auf dem ganzen Schulweg hat Charlie Angst. Er radelt schnell und schwitzt, als er in sein Klassenzimmer kommt. Den Vormittag über läßt er die Uhr nicht aus den Augen. Sie nehmen noch immer den Bürgerkrieg durch, aber selbst wenn Charlie wollte, könnte er nicht zuhören. Um elf stellen sich alle in einer Reihe auf, um in den Zeichensaal zu gehen. Jeden Freitag haben sie Kunstunterricht, und Charlie hat an einem Brontosaurus aus Pappmaché gearbeitet, dem ständig der Kopf abfällt. Charlie wartet, um sicherzugehen, daß er der letzte in der Reihe ist. Auf dem Gang bleibt er hinter den anderen Kindern zurück, und als sie in den Zeichensaal gehen, schlüpft er in die Jungentoilette. Klopfenden Herzens bleibt er in einer abgeschlossenen Kabine stehen, bis es auf dem Gang still wird. Dann geht er wieder hinaus und macht sich auf den Weg in die Turnhalle. Er kommt an einem Lehrer der fünften Klasse vorbei, aber Charlie tut so, als habe er ein Recht, auf dem Gang zu sein, und der Lehrer macht sich nicht die Mühe, ihn zu fragen, wohin er geht.

Als er die Turnhalle erreicht, hat Charlie noch mehr Angst. Den ganzen Tag hat er diese Angst gehabt, und er kann sie nicht abschütteln. Im Turnsaal ist Unterricht, aber Charlie öffnet trotzdem die Tür und schlüpft hinein. Die Fünftkläßler haben Sport, und Charlie erkennt einige der Jungen, die den Dritt- und Viertkläßlern immer das Leben schwermachen. Einige Jungen turnen an den Ringen, und Reihen von Jungen und Mädchen schlagen abwechselnd Purzelbäume. Charlie sieht Trainer Eagan nicht, weil er ganz hinten in der Halle ist und das untere Ende des Seils hält, an dem ein Junge hochklettert.

»He, du!« schreit der Trainer durch die Halle.

Erschrocken dreht Charlie sich zu ihm um.

»Ja, dich meine ich! Was hast du hier zu suchen?«

Einige der Fünftkläßler kichern.

»Also los!« sagt der Trainer zu Charlie. »Raus!«

Charlie bleibt stehen, wo er ist.

Der Trainer gibt das Seilende einem großgewachsenen Jungen und geht dann auf Charlie zu.

»Hör zu, mein Sohn«, sagt der Trainer. »Das ist kein Spaß. Verschwinde dahin, wo du jetzt zu sein hast.«

»Amanda hat mich geschickt«, sagt Charlie. Er wünscht sich jetzt, er hätte gepinkelt, als er auf der Jungentoilette war.

Der Trainer schaut Charlie aufmerksam an. Er kennt nicht

viele der Kinder aus den unteren Klassen; gewöhnlich werden sie von Rose im Turnen unterrichtet.

»Ich bin ihr Bruder Charlie.« Charlies Stimme bricht. »Sie konnte nicht zu dem Wettkampf kommen, weil sie krank war. Sie wollte nur, daß Sie das erfahren.«

Der Trainer nickt und tritt neben Charlie. Er legt eine Hand auf Charlies Kopf. Die Hand ist schwer. Charlie könnte schwören, daß sie zehn Pfund wiegt.

»Sie ist ein fabelhaftes Mädchen«, sagt Jack Eagan.

»Ja, Sir«, stimmt Charlie rasch zu. Er weiß nicht, ob er je zuvor jemanden mit Sir angeredet hat. Er schaut gerade vor sich hin, ängstlich, sich zu bewegen. Ihm direkt gegenüber müht sich ein Junge an den Ringen ab.

»Das war mein bestes Gerät«, sagt Jack Eagan, als er bemerkt, daß Charlie auf die Ringe starrt. Er nimmt seine Hand von Charlies Kopf. »Hast du's schon mal ausprobiert?«

»Nein, Sir«, sagt Charlie.

»Komm mit«, sagt der Trainer. Als Charlie ihm nicht folgt, dreht er sich um und sagt noch einmal: »Komm mit«, als sei Charlie taub. Als sie bei den Ringen angekommen sind, sagt der Trainer: »Komm runter, Simpson.«

Der Junge, der sich abmühte, springt auf den Boden.

»Laß mal sehen, wie du hochkommst«, sagt der Trainer zu Charlie.

Charlie sieht den Trainer an. Dann, angstvoll, springt er, so hoch er kann, und greift nach den Ringen.

»Gut«, sagt der Trainer. »Und jetzt zieh dich hoch.«

Charlie kann jeden Muskel in seinem Körper spüren, als er sich hochzieht.

»Streck die Beine gerade durch«, sagt der Trainer.

Charlie tut es, obwohl seine Beine zittern. Es ist verrückt, aber er könnte schwören, daß er sich stärker werden fühlt. Seine Beine hören auf zu zittern, und dann läßt er los und fällt auf die Füße.

»Nicht schlecht«, sagt der Trainer. »Hast du je an Kunstturnen gedacht?«

»Nein, Sir. Ich hasse Sport. Bis auf Fußball.«

Jack Eagan nickt unzufrieden. Was ihn betrifft, ist Fußball nicht einmal ein amerikanischer Sport.

»In welche Klasse gehst du?«

»In die dritte«, sagt Charlie.

»Nun, laß es mich wissen, wenn du bis zur fünften deine Meinung geändert haben solltest«, sagt der Trainer.

»Ja, gut«, sagt Charlie.

Der Trainer nimmt sein Klemmbrett und schreibt einen Zettel für Charlie.

»Gib das deiner Lehrerin, wenn sie fragt, wo du gewesen bist.«

»Amanda wollte wissen, wie der Wettkampf gestern ausgegangen ist«, sagt Charlie.

»Sag ihr, daß wir gewonnen haben«, sagt Jack Eagan.

Charlie kommt kurz nach zwei heim. Sein Vater ist zu Hause, und seine Großeltern sind schon da, obwohl erst Freitag ist. Charlie weiß, daß es schlecht steht, weil es im Haus so still ist, und als er nach oben gehen will, hält sein Vater ihn auf.

»Wir wollen keinerlei Geräusche da oben«, sagt Ivan zu ihm.

»Ich muß ihr etwas sagen«, sagt Charlie.

»Das kann warten«, sagt Ivan.

»Nein, kann es nicht!« beharrt Charlie.

Charlie beginnt, die Treppe hinaufzurennen, und als sein Vater ihm folgt und ihn am Arm packt, reißt Charlie sich los und schlägt Ivan. Er schlägt ihn hart, und dann, entsetzt über das, was er getan hat, weicht Charlie zurück. Sein Atem geht stoßweise, und seine Brust schmerzt. Er kann seinen Vater nicht ansehen, aber er hört, daß Ivan ebenfalls heftig atmet.

»Entschuldigung«, sagt Charlie.

Ivan setzt sich auf die Treppe. Er sieht müde aus, und er sieht alt aus, und das macht Charlie noch elender.

»Was hast du ihr denn so Wichtiges zu sagen?« fragt Ivan.

»Ich sollte herausfinden, ob ihre Mannschaft gestern gewonnen hat«, sagt Charlie.

»Und?« fragt Ivan.

»Ja, sie hat gewonnen«, sagt Charlie. Sein Gesicht ist heiß, und er fühlt sich, als werde er gleich weinen. »Das ist alles.«

»Ich werd's ihr sagen«, sagt Ivan. »Mach deine Hausaufgaben heute unten.«
»Warum?« sagt Charlie nervös.
»Weil ich's dir sage«, sagt Ivan zu ihm. Er steht auf und will nach oben gehen, dann überlegt er sich's anders. Er kommt zurück zum Treppenabsatz. »Weil Amanda sehr krank ist«, sagt er.
»So krank, daß sie stirbt?« sagt Charlie.
»Ja«, sagt Ivan. »So krank, daß sie stirbt.«
Ivan steht auf der Treppe und weint.
»Okay«, sagt Charlie nach einer Weile. »Ich mach' meine Hausaufgaben unten.«
Ivan wischt sich die Augen und nickt. »Guter Junge«, sagt er.
Oben bemühen sich Polly und Claire, Amandas Fieber niederzuhalten. Amanda hat sich die Gegenwart ihres Vaters und Großvaters strikt verbeten, wenn sie ausgezogen ist, und sobald sie Ivan sieht, versucht sie, sich mit dem Laken zu bedecken.
»Charlie hat eine Nachricht für dich«, sagt Ivan zu Amanda. »Ihr habt gestern gewonnen.«
Amanda lächelt und hält das Laken fester.
»Raus hier«, sagt Claire zu Ivan. »Kein Zutritt für Männer. Richtig?« fragt sie Amanda.
Amanda nickt, und Ivan verläßt das Zimmer.
»Das hilft immer«, sagt Claire. Sie taucht einen Waschlappen in eine Schüssel mit Wasser und fährt dann damit über Amandas nackte Arme.
»Oh«, sagt Amanda und erschauert.
Über das Bett hinweg sehen Polly und Claire einander an. Claire hatte keine Zeit, ihren Koffer so zu packen wie gewöhnlich, und sie hat sich von Polly ein Kleid geliehen, dessen Knöpfe über der Brust spannen. Nachdem sie Amanda von oben bis unten kalt abgerieben haben, decken Polly und Claire sie rasch wieder zu. Polly ist ruhig, bis ihr einfällt, wie sie selbst vor langer Zeit einmal Fieber hatte und ihre Mutter sie den ganzen Nachmittag lang abrieb; nicht einmal verließ sie das Zimmer, außer, um mehr kaltes Wasser zu holen.
»Geh und leg dich fünf Minuten hin«, sagt Claire zu Polly. Polly nickt und geht in ihr Schlafzimmer, aber sie legt sich nicht

hin. Als Ivan kommt, um nach ihr zu sehen, sitzt sie noch immer auf dem Bettrand. Ivan setzt sich neben sie und streicht ihr mit der Hand über den Rücken. Polly sieht ihn an, als kenne sie ihn nicht.

»Komm nach unten«, sagt Ivan. »Deine Mutter hat Kaffee gemacht. Du weißt ja, daß dein Vater immer sagt, sie mache den besten Kaffee der Welt.«

Polly schüttelt den Kopf; dann steht sie auf und geht zum Schrank. Sie kramt in den Fächern hinter den Schuhen, bis sie findet, was sie sucht. Ihre alte Polaroid. Zwei Filmschachteln liegen daneben.

»Polly«, sagt Ivan.

Sie beachtet ihn nicht. Sie öffnet das Blitzgerät.

»Das letzte gute Bild, das ich von ihr gemacht habe, war noch vor dem Sommer. Ich habe keine Zeit, einen Film zu entwickeln, und so habe ich das Foto sofort. Was, wenn es passiert, und ich habe kein Bild von ihr?«

Ivan schweigt.

»Ich habe kein einziges Bild von ihr ohne Zahnspange, aber dir ist das egal«, sagt Polly. »Allen ist es egal.« Sie reißt die Filmpakkung auf und schiebt sie in die Polaroid. »Schau mich nicht so an«, sagt Polly zu Ivan, nachdem sie die Kamera geladen hat. »Ich bin nicht verrückt.«

Ivan versucht zu lachen, aber seine Stimme bricht. Er steht auf und geht auf Polly zu.

»Bleib stehen, wo du bist«, sagt Polly.

Ivan steht mitten in ihrem Schlafzimmer. Seine Hände hängen herunter, als zerre die Schwerkraft an ihnen. Er trägt ein blaues Hemd, eine braune Cordhose und einen alten Pullover mit Lederflicken an den Ellbogen. Polly hebt die Kamera und fotografiert ihn. Der Blitz flammt auf, und dann ertönt ein quietschendes Geräusch, als die Polaroid das Bild ausschiebt.

»Das bist du«, sagt Polly.

Sie geht zu Ivan und reicht ihm das Bild. Während es sich entwickelt und auf dem leeren weißen Papier sein Abbild erscheint, hält Polly Ivan fest umarmt. Er riecht gut, und er fühlt sich auch gut an, so gut wie immer; dies könnte Jahre her sein, es könnte am

Tag ihres Kennenlernens sein. Sie hat es nie jemandem gesagt, aber sie wußte, sobald sie ihn gesehen hatte, daß sie Ivan heiraten würde. Es war weniger Liebe auf den ersten Blick als irgendein tiefes Wissen, daß er der Mann war, den sie eines Tages lieben würde.

Polly geht mit der Kamera in den Flur. Sie bleibt vor Amandas Zimmer stehen und schaut hinein. Al sitzt auf einem Stuhl neben dem Bett. Er hat Amanda die Comics vorgelesen, aber sie ist eingeschlafen, und der *Globe* liegt aufgeschlagen auf seinem Schoß.

»Hallo, Kind«, sagt er leise zu Polly, als er sie sieht.

Amandas Haar ist auf dem Kissen ausgebreitet. Sie liegt zusammengerollt, die Knie an der Brust, und ihr Atem geht schwer und laut. Wenn Polly diesen Raum verläßt, wird sie Ed Reardon anrufen und ihn bitten, sie im Krankenhaus zu treffen. Aber jetzt gleich hebt sie die Polaroid und fotografiert ihre Tochter. In der Nacht, in der Amanda geboren wurde, gab es ein Gewitter. Polly konnte fühlen, wie der Luftdruck auf ihren Körper preßte, und das erste, was sie dachte, als das Fruchtwasser abging, war: »O nein, ich will dieses Baby nicht verlieren«, denn so fühlte es sich an. Zu gebären, das Kind aus ihrem Körper herzugeben, erschien ihr wie ein schrecklicher Verlust. Und als sie Amanda hochhielten und Polly sie zum ersten Mal sah, brach sie in Tränen aus. Nach all den Jahren kann sie sich noch erinnern, wie sie sich in diesem Augenblick fühlte, kann sich noch an die Blitze erinnern, die am Himmel zuckten.

Polly steht neben ihrem Vater, die Hand auf seiner Schulter, bis Amanda die Augen öffnet.

»Hi«, sagt Amanda, als sie sieht, daß sie sie betrachten.

»Wir fahren ins Krankenhaus«, sagt Polly.

Amanda nickt und richtet sich ein wenig auf. »Ich will nur noch eins tun«, sagt sie. »Ich will ein Testament machen.«

»Auf keinen Fall«, sagt Polly rasch. »Das ist lächerlich.«

Amanda sieht ihren Großvater an und ist erleichtert, als er nickt.

»Dad!« sagt Polly, als er aufsteht und an Amandas Schreibtisch geht.

Al nimmt ein Notizbuch und einen Filzschreiber. Er kommt zu Polly zurück und legt eine Hand an ihre Wange.

»Laß es sie machen«, sagt Al so leise, daß Amanda ihn nicht hören kann.

Polly beißt sich auf die Lippen und nickt. Sie muß sich abwenden, als Al sich hinsetzt und das Notizbuch öffnet, aber sie geht nicht aus dem Zimmer.

»Jessie soll all meinen Schmuck bekommen«, sagt Amanda. »Das meiste ist in meiner Schmuckschachtel, aber ein paar Sachen habe ich in meiner obersten Schublade versteckt. Und du und Großmutter sollen meine Zeichenmappe haben.«

»Ah«, sagt Al. »Eine Zeichenmappe.« Er muß nur die Worte hinschreiben, ohne darüber nachzudenken.

»Ich möchte, daß Laurel alle meine Kassetten und meinen Kassettenrecorder bekommt.«

»Laurie?« sagt Al. Er weiß, wie wichtig es ist, daß er alles richtig aufschreibt.

»Laurel«, verbessert Amanda ihn. »Ich habe nicht viel, was Charlie gefallen würde, aber er kann meine Sporttasche haben, um Tierexemplare zu sammeln. Alles andere sollen meine Mutter und mein Vater bekommen.«

»Ich hab' es alles aufgeschrieben«, sagt Al. Er schreibt zu Ende und legt den Stift hin.

»Ich glaube, ich muß meinen Namen drunterschreiben«, sagt Amanda.

»Du hast recht«, sagt Al. Er bringt das Notizbuch an ihr Bett und schiebt Amanda den Stift in die Hand, damit sie unterschreiben kann. In diesem Augenblick dreht Polly sich um, damit sie sich immer an Amanda erinnern kann, wie sie jetzt gerade ist, wie sie sich bemüht, über alles zu verfügen, was sie besitzt, und noch immer etwas findet, das des Gebens wert ist.

Charlie und Al und Claire stehen lange im Vorgarten. Auf der anderen Seite der Straße hängen noch immer Kürbisse auf den Veranden, und schwarze Papierkatzen sind an die Fensterscheiben geklebt. Nachdem sie in den Blazer getragen worden war, schaute Amanda aus dem Fenster und winkte ihnen zu. Charlie kann nicht aufhören, daran zu denken, wie ihre Hand sich bewegte wie ein weißes Blatt Papier.

»Es ist kalt hier draußen«, sagt Claire.

»Du hast recht«, stimmt Al zu.

Sie gehen auf das Haus zu und bleiben dann stehen.

»Charlie?« sagt Al.

»Ich geh' nicht rein«, sagt Charlie. Er schaut immer noch auf die Stelle in der Einfahrt, wo der Blazer geparkt war.

»Charlie«, sagt Claire.

»Laß ihn«, sagt Al zu ihr.

Charlie steht auf dem Rasen, während seine Großeltern hineingehen. Nach einer Weile öffnet sich die Tür wieder, und Charlie stöhnt innerlich auf. Er will mit niemandem reden, aber es ist nicht seine Großmutter, es ist nur Al. Al kommt zu ihm heraus und bleibt bei ihm stehen.

»Amanda hat dir etwas hinterlassen«, sagt Al. Als Charlie nicht antwortet, fragt Al: »Hast du mich gehört?«

»Ich hab's gehört«, sagt Charlie.

»Ich glaube, sie würde wollen, daß du es jetzt gleich bekommst.«

Charlie schaut sich nach Al um, und als er die Sporttasche seiner Schwester sieht, nimmt er sie und geht ins Haus. Er geht hinunter in den Keller und holt die Minolta, den Belichtungsmesser, den Blitz und einen neuen Film, steckt alles in die Sporttasche und geht wieder nach oben.

»Ich weiß, was wir jetzt machen«, sagt seine Großmutter, als sie ihn sieht. »Wir spielen Canasta.«

»Ich will mit dem Rad wegfahren«, sagt Charlie.

»Erlaubt deine Mutter dir das?« fragt Claire besorgt.

»Natürlich erlaubt sie das«, sagt Al. »Gönn dem Jungen eine Pause.«

»Ich möchte, daß du in einer Stunde wieder hier bist«, sagt Claire zu Charlie. »Bleib nicht länger weg.«

Al klopft Charlie auf die Schulter und läßt ihn dann gehen. Charlie läuft hinaus zu seinem Fahrrad, steigt auf und tritt in die Pedale, so schnell er kann. Er radelt lange. Er fährt am Sumpfland vorbei und hinaus auf die Straße zum Strand, wo er nicht fahren darf. Die salzige Luft hier läßt seine Augen brennen; seine Lungen tun weh, wenn er zu tief atmet. Er fährt weiter, als er je allein gefahren ist. Als er umkehrt und zum Teich radelt, ist mehr als eine Stunde vergangen. Seine Großmutter wird wahrscheinlich verrückt, aber das ist ihm egal. Der Weg, auf dem er fährt, ist mit nassen Blättern bedeckt; der Regen gestern abend hat den Boden aufgeweicht, es ist gefährlich, hier radzufahren, aber Charlie fährt nur noch schneller. Um diese Jahreszeit kann man hier Rehe sehen, und manchmal findet man auch frische Einschußlöcher in den *Wildwechsel*-Schildern.

Charlie steigt vom Fahrrad und hockt sich auf den Boden. Ganz gleich, was geschieht, es wird immer zwei Kinder in ihrer Familie geben. Selbst wenn alles, was ihr gehörte, weggeworfen wird, selbst wenn ihre Schränke leer sind, ihr Zimmer wird immer ihr gehören, und immer, wenn ihn jemand fragt, in der Schule oder ein Fremder, den er kennenlernt, wird er sagen: »Ich habe eine Schwester, Amanda«, weil er immer eine Schwester haben wird. Er wird sie noch haben, wenn seine Eltern schon längst alt geworden und gestorben sind, und wenn er je eigene Kinder hat, wird er ihnen alles von ihr erzählen, was ihre Lieblingsmusik war, die Schimpfnamen, die sie ihm gab, damit sie sich auch an sie erinnern.

Mehr als eine Stunde lang sitzt er da neben seinem Fahrrad. Es kümmert ihn nicht, was seine Großeltern denken, er will nicht nach Hause. Als er endlich aufsteht, um näher an den Teich heranzugehen, sinken seine Turnschuhe im Schlamm ein. Er trägt seine Kameraausrüstung in der Sporttasche und setzt sich hin. Es kümmert ihn nicht, daß seine Jeans ganz naß und schmutzig werden, aber er ist behutsam mit der Sporttasche und stellt sie auf eine Stelle mit Kiefernnadeln. Eine lange Libelle mit blauen Flügeln schwebt über dem Wasser. Ein dicker grüner Frosch, der bald für den Winter verschwinden wird, wenn der Teich zufriert, sitzt im letzten Sonnenlicht. Etwas Größeres als ein Frosch bewegt sich in der Teichmitte, und Charlie schleicht leise näher heran. Er öffnet mit einer Hand die Sporttasche, nimmt die Minolta heraus und hält sie ans Auge. Er hört ein surrendes Geräusch, und es dauert eine Weile, bis er registriert, was das ist: ein

Fahrrad, das über nasse Blätter fährt. Charlie läßt die Kamera sinken, dreht sich um und sieht Sevrin, der sein Rad hinlegt. Rasch wendet Charlie sich wieder dem Teich zu und hebt erneut die Kamera. Was immer sich da bewegte, jetzt rührt es sich nicht mehr.

»Deine Großmutter ruft deine Freunde an, weil sie dich sucht«, sagt Sevrin. »Ich dachte mir, daß du hier bist.«

»Glänzende Schlußfolgerung«, sagt Charlie.

»Ja«, sagt Sevrin mit einem Lachen. »Was fotografierst du?«

Sevrin tritt etwas näher an den Teich und verliert auf den schlüpfrigen Blättern fast das Gleichgewicht.

»Weiß deine Mutter, daß du hier bist?« sagt Charlie.

»Nein«, sagt Sevrin abwehrend. »Deine auch nicht. Und auch nicht deine Großmutter.«

»Das ist was anderes«, sagt Charlie.

Sevrin setzt sich in einiger Entfernung hin.

»Die Typen in meiner neuen Schule sind Arschlöcher«, sagt Sevrin. »Einer bringt seine Hausaufgaben in einem Diplomatenkoffer in die Schule mit. Ich schwör's dir.«

»Ach ja?« sagt Charlie.

Er schaut scharf auf die Mitte des Teichs. Wenn Amanda hier wäre, würde sie wahrscheinlich schwimmen wollen. Kaltes Wasser machte ihr nie etwas aus. Es wird schnell dunkel, und Charlie greift nach dem Belichtungsmesser in der Sporttasche.

»Die ist doch von Amanda«, sagt Sevrin.

Charlie wendet sich zu ihm um und starrt ihn an. »Na und?« sagt er und wartet darauf, daß Sevrin etwas Gemeines über die Sporttasche sagt, weil sie rosa ist.

»Der Dinosaurier-Aufkleber ist gut«, sagt Sevrin.

Charlie dreht sich um und schaut wieder auf den Teich. Am Geräusch hört er, daß Sevrin mit dem Fuß auf den Boden klopft. Das tut er immer, wenn er nervös ist.

»Hör mal, es macht mir nichts aus, wenn du mich haßt«, sagt Sevrin. »Du bist immer noch mein bester Freund.«

Durch die Kamera sieht alles gelber aus, als es ist. Die Schatten wirken dunkler, dauerhafter. Charlie wird nie zulassen, daß er sie vergißt. Nicht in einer Million Jahren.

»Gib mir den Blitz«, sagt Charlie.

Sevrin eilt hinüber zu der Sporttasche und holt das Blitzgerät für ihn heraus.

»Vielleicht solltest du besser heimgehen«, sagt Charlie. »Deine Mutter macht sich sicher Sorgen. Du verschwendest bloß deine Zeit. Ich hab' die Schildkröte nicht mehr gesehen, seit wir zum letzten Mal hier waren.«

Sevrin denkt sorgfältig darüber nach. »Das ist okay«, sagt er. »Wenn jemand sie sieht, dann sind wir es.«

Die Nacht
der tausend Lichter

Deutsch von Elke vom Scheidt

Die Originalausgabe erschien unter dem Titel
»Illumination Night«
bei G. P. Putnam's Sons, New York

Für Sara Hoffman
1900–1985

Für Lillie Lulkin
1903–1987

1

Die Nacht der tausend Lichter

Simon schaut aus dem Fenster und sieht, daß sich im Fenster des Nachbarhauses etwas Weißes bewegt. Es ist der erste Samstag im Juli und so heiß, daß Libellen sich auf seinem Fenstersims niederlassen, zu müde zum Fliegen. Simon richtet sich auf, indem er die Arme auf die Fensterbank stützt; er preßt die Zehen gegen die Scheuerleiste. Er hört das Meer, das hinter einem struppigen Feld mit Krüppelkiefern liegt. Er hört das weiße Zeug im Fenster nebenan vor dem strahlend blauen Himmel flattern, und er hört seinen Hund, einen alten Schäferhund namens Nelson, ein Loch in den Boden scharren.

Simon, der im November vier wird, hat ein eigenes Zimmer, blau gestrichen, unter dem Dachfirst. Von hier aus hört er seinen Vater André, der draußen im Schuppen an seinem Motorrad arbeitet. Im Schuppen läuft das Radio, und Musik steigt spiralenförmig in den Himmel. Unten in der Küche zündet Vonny, Simons Mutter, den rechten hinteren Brenner des Herdes an. Es ist ein alter, schwarzer Herd, und unter dem schweren Metall biegen sich die Bodendielen. Der Herd wurde in den zwanziger Jahren installiert, ebenso wie die Wasserleitungen und die Elektrizität; bei jedem Gewitter flackert das Licht. Das Haus selbst – zwei kleine Schlafzimmer oben, Küche, Diele, Wohnzimmer, Bad und Sonnenveranda unten – ist ein braunes Ziegelhaus mit Schindeldach, das an seltsamen Stellen eingesunken ist. Die Zimmerdecken sind zu niedrig, und die Rohre ächzen. Draußen an dem niedrigen Lattenzaun wachsen alte, dunkle Rosen. Als sie das Haus zum ersten Mal sahen, im Jahr vor Simons Geburt, konnte Vonny nicht glauben, daß André es ernsthaft in Betracht zog. Damals gab es in den oberen Schlafzimmern Fledermäuse, und unter der Veranda lebte eine Stinktierfamilie. André hatte soeben seine Firma verkauft – er entwarf und fertigte Motorräder –, und sie kauften das Haus so, wie sie geheiratet hatten, plötzlich und über ihre eigene Kühnheit verblüfft. Das Wochenende, an dem sie das Grundstück kauften, war für sie beide der erste Besuch in Martha's Vineyard. Nachdem der Immobilienmakler ihnen das Haus gezeigt hatte, gingen sie essen und kamen dann zurück, um es allein zu erkunden. André stieg sofort hinunter in den Keller, um sich die Grundmauern anzusehen, und als Vonny nach ihm schaute, brach ihr Fuß voll durch das verfaulte Holz einer der Stufen. Sie stolperte nach vorn, und plötzlich, als habe das Holz sie losgelassen, fand sie ihr Gleichgewicht wieder. Sie setzte sich auf die zweite Stufe und begann zu weinen. Die Taschenlampe, die André hielt, malte Lichtkreise, als er sich hinkniete, um die verrottete Stufe zu untersuchen. Er trug ein weißes Hemd, Blue jeans und eine alte schwarze Jacke. Er schwang ein Bein über das zersplitterte Holz und sah zu, wie sie weinte. Zwei Stunden später kauften sie das Haus.

Das ist fünf Jahre her, und André hat es nie bereut. In der toten Wintersaison denkt Vonny allerdings oft an die Beacon Street. Sie haßt den Herd hier; beim Kochen bläst immer ein Luftzug die Hauptflamme aus, selbst an heißen, windstillen Tagen. Heute kämpft sie mit dem Herd, während sie Kartoffeln für Kartoffelsalat kocht. Simon hört, wie sie im Schrank nach dem großen Hummertopf greift, während er seine Schlafanzughose auszieht und Shorts und ein T-Shirt aus seiner Kommode nimmt. Er zieht sich das Schlafanzughemd über den Kopf und bleibt darin stecken. Wenn er die Augen aufmacht, sieht alles blau aus. Endlich schafft er es, das Hemd über den Kopf zu ziehen, und setzt sich dann hin, um sich anzuziehen. Er ist außerordentlich stolz auf einige Sachen, die er schon kann. Er liebt die Art, wie seine Mutter die Augen aufreißt, wenn ihm etwas gelingt, was er eine Woche zuvor noch nicht konnte. Simon wäre es egal, wenn die Welt an der Vordertür enden würde, obwohl er sie vielleicht gern so weit ausdehnen würde, daß auch der Schuppen und der steinige Weg dazugehörten, auf dem er mit seinem Fahrrad – sein Vater hat auf jedem Pedal zwei Holzklötze befestigt – so weit fährt, wie er sich entfernen darf. Hinter dieser Stelle gibt es ein Kliff und dann, nach einem sechs Meter tiefen Abhang, einen Salzwasserteich. Das Wasser dort ist so trübe, daß man unmöglich darin schwimmen kann, aber das Ufer ist übersät mit falschen Engelsflügeln und knochenweißen Krabbenscheren, und im Hochsommer wachsen im Gebüsch wilde rosa Stockrosen.

Im Nebenhaus hält Elizabeth Renny, die in diesem Winter vierundsiebzig wird, einen weißen Schal hoch. Durch den Stoff sieht der Rasen verschwommen und weit entfernt aus. Neben ihr hängen dünne Vorhänge, die an ihrer Haut kleben. Dieses Landhaus ist neuer als das Nebenhaus, es wurde um die Jahrhundertwende gebaut. Sie lebt seit mehr als fünfzig Jahren hier in Chilmark. Letzte Nacht fingen sich zwei Stare in ihrem Kamin, und Elizabeth Renny hörte sie die ganze Nacht mit den Flügeln schlagen. Sie konnte nicht schlafen, und dann, heute früh, war es still. Elizabeth lag wach in ihrem Bett und fühlte sich auf einmal benommen, und im Laufe des Morgens wurde ihr immer schwindliger. Sie fragte sich, ob die Stare es geschafft haben, im Kamin aufzusteigen, ohne die Flügel zu bewegen. Nun haben Schlaflosigkeit und Hitze eine eigenartige Wirkung auf sie. Seit Mai hat sie sich wegen des kommenden Winters Sorgen gemacht. Sie ist ganz allein; ihre Tochter lebt in einem Vorort von Hartford, Connecticut. Das ganze letzte Jahr über lag eine Art Film über ihrem rechten Auge. In letzter Zeit hat sich in der Mitte ihres Blickfeldes ein schwarzer Fleck gebildet. Nachts erschrickt sie vor albernen Dingen: dem Geräusch der Grillen, Ästen, die gegen das Fenster schlagen, dem Druck einer Katzenpfote auf ihrer Matratze. Im Moment ist ihr das egal. Durch das Tuch sieht alles weiß aus, und sie kann spüren, wie ihr Körper seinen Druck auf sie verringert. Gewöhnlich fühlen ihre Knochen sich an, als zögen sie sie schon in die Erde. Hier oben riecht es süß. Klee und Johanniskraut. In der Kiefer verläßt eine Spottdrossel ihre Astgabel und segelt über den höchsten Zweigen dahin. Elizabeth hört die Rufe der Vögel, denen sie jeden Morgen Brotkrumen streut: Star, Kardinalvogel, Spottdrossel, Kleiber. Wenn sie sich vorbeugt, sieht sie, daß das, was sie für eine Wolke gehalten hatte, ein Schwarm weißer Reiher ist, die mühelos am Himmel dahinziehen. Draußen ertönt Musik aus dem Kofferradio im Schuppen des Nachbarn, aber sie hört sie nicht. Simon ist der einzige, der sieht, wie sich das weiße Ding in der Luft bewegt. Vor dem Himmel sieht es aus wie eine Wolke. Einen Augenblick lang treibt es auf die Bäume zu, dann fällt es rasch hinunter. Oben in seinem Zimmer kann Simon das Geräusch von Kiefernzapfen hören, die auf den Boden fallen, oder von brechenden Knochen. Ein klapperndes Geräusch, das ihn an seine eigene Küche denken läßt. Ein Löffel, der gegen einen Metalltopf schlägt.

Sie hatten sich um den Schuppen gestritten, und jeder denkt, der andere habe gewonnen. Vonny wollte ihn für ihre Töpferscheibe, André für seine Motorräder, und am Ende kam es zu einem dürftigen Kompromiß. André stellte Vonnys Brennofen an der Wand neben einem kleinen, mit Maschendraht vergitterten Fenster auf. An Tagen, an denen sie Getöpfertes brennt, schiebt er das Rad, an dem er gerade arbeitet – im Augenblick eine 1934er Norton – hinaus in den Garten und ist für den Rest des Tages schlechter Laune. Wenn Vonny ihre Teller und Schalen endlich entfernt, ist es im Schuppen noch immer so heiß, daß André stundenlang warten muß, ehe er wieder hineingehen kann. An solchen Tagen arbeitet er bis Mitternacht, obwohl er keine festen Arbeitsstunden hat. Er ist hierher gekommen, um das zu tun, was er will – er restauriert alte Motorräder, die er an Sammler verkauft. Er ist in New Hampshire aufgewachsen, und man hat ihm beigebracht, nicht viel zu reden und auch nicht zu viel zuzuhören. Jetzt wünscht sich Vonny, die genau wußte, wie er war, als sie ihn heiratete, mehr von ihm. Es ist, als würde er von ihr erwarten, daß sie eine Brücke überquert, obwohl er von vornherein weiß, daß sie einen Umweg von hundert Meilen machen würde, um der Brücke auszuweichen. Er war an Mädchen aus New Hampshire gewöhnt, die für einen bestimmten Preis mit ihm ins Bett gingen: eine Liebeserklärung, die Möglichkeit einer Zukunft, Abendessen in einem Steakhouse mit mehreren Gläsern Wein. Als er nach Boston zog, eine plötzliche Entscheidung, bewirkt durch zwei Fuß hohen Schnee und den quälenden Husten seines Vaters mitten in der Nacht, verbrachte er viel Zeit damit, mit Frauen auszugehen, die alle komplizierte Pläne zu haben schienen, über die sie weiter nachdachten, während er sie küßte. Die meisten von ihnen verließen ihn, weil sie mit seinem Schweigen nichts anfangen konnten. Vonny erwartete nicht von ihm, daß er redete – zumindest damals nicht. Als sie sich zum ersten Mal liebten, in seiner Wohnung, trug Vonny nichts außer schwarzen Kniestrümpfen mit einem Muster aus blauen Rosen. Er war vollkommen überrascht gewesen, daß eine Frau, die erklärte, sie habe Angst vor Brücken, schon ein paar Stunden nach dem Kennenlernen vorschlug, ins Bett zu gehen. Als sie die Augen schloß und ihren Rücken durchbog, fühlte André seine Haut heiß und seine Brust eng werden. Er verliebte sich in die Art, wie sie ihre Augen schloß, lange bevor er sich in sie verliebte.

Der Wunsch zu reden begann mit ihrer Schwangerschaft. Manchmal weckte sie ihn um drei Uhr morgens auf und wollte mit ihm über seine Kindheit diskutieren. Sie fragte ihn nach seinem Vater aus – einem Gemeindeangestellten, der einen Schneepflug fuhr – und bestand darauf, daß er darüber nachdachte, welche Auswirkungen der Tod seiner Mutter gehabt hatte – der Wagen, in dem sie saß, war auf einer vereisten Straße außer Kontrolle geraten, als André elf war. Die Art, wie Vonny mit ihm reden wollte, war anders als die der anderen Frauen, die er gekannt hatte. Sie war von einer Dringlichkeit, die ihn veranlaßte, sich noch mehr zurückzuziehen. Manchmal während ihrer Schwangerschaft träumte André, er müsse dem Ufer eines Ozeans zuschwimmen, der mit jedem Zug tiefer wurde, und wenn er am nächsten Morgen erwachte, spürte er die Anstrengung in den Armen.

Er würde Vonny das nie sagen, aber er genießt es mehr denn je, allein zu sein. Er ist allein und arbeitet an der Norton, als er es hört. Zwei von Vonnys unglasierten Tellern rollen von der Oberkante des Brennofens. Durch das kleine Fenster kann er einen weißen Gegenstand mit Armen und Beinen sehen. Er sieht, wie er auf den Boden aufschlägt. Die Teller, die beim Herunterfallen nicht zerbrochen waren, zerschellen, als André über sie hinwegrennt. Er rennt geradeaus, mitten durch die Hecke aus Flieder, die ihre Gärten trennt. Er kann fühlen, wie sein Körper sich ausdehnt, und er spürt dieselbe Art von Pochen im Kopf wie früher – er hatte sie bis zu diesem Augenblick vergessen –, in dem Jahr, in dem seine Mutter starb und er jeden Tag von der Schule nach Hause rannte, voller Panik, bis er seine eigene Haustür erreichte.

Als er niederkniet, sieht sie aus wie ein Vogel, der in einem Netz gefangen ist. Seine Hände zittern, während er anfängt, das Tuch, das um sie gewickelt ist, von ihrem Gesicht zu ziehen. Dann, weil er das Gefühl hat, sich in etwas viel zu Privates einzumischen, hält er inne und fühlt durch den Stoff nach ihrem Puls. Ihr Handgelenk ist erstaunlich knochig; obwohl er nicht sagen kann, ob ihr Puls schwach oder stark ist, fühlt er sich regelmäßig an. Er steht auf, unschlüssig, ob er die alte Frau allein lassen soll. Dann läuft er zu ihrem Haus und durch die Hintertür zum Telefon auf dem Küchentresen. Zwei Katzen sitzen auf dem Tisch und schlecken Milch aus einer Schale. Sauber zusammengelegte und gefaltete Papiertüten stecken zwischen Küchenschrank und Kühlschrank. Er wählt 911, und eine Stimme, die gar nicht wie seine eigene klingt, sagt in den Hörer, Mrs. Renny habe einen Unfall gehabt.

Am Ende des Monats, als ein Krankenwagen Elizabeth Renny wieder nach Hause bringt, ist es bereits entschieden. Ihre Enkelin Jody wird kommen und für den Rest des Sommers bleiben. Mrs. Rennys Tochter Laura, die Schulpsychologin in Hartford ist, hat noch zwei Kinder, kleine Jungen, und einen Ehemann, und man kann nicht von ihr erwarten, daß sie sich um ihre Mutter kümmert, selbst wenn sie ein gebrochenes Schlüsselbein und ein gebrochenes Bein hat, was in ihrem Alter heilen mag oder auch nicht. Als Jody von der Entscheidung erfuhr, blieb sie die ganze Nacht aus und weigerte sich, ihren Eltern zu sagen, wo sie gewesen war. Sie spielte auf einen anrüchigen Nachtklub in Pawtucket, Rhode Island, an, aber tatsächlich hatte sie die Nacht im Haus ihrer besten Freundin Becky verbracht, Zigaretten geraucht, geweint und das Spätprogramm im Fernsehen angeschaut. Ihre Eltern, die eigene Probleme haben, sind froh, gleichzeitig eine gute Tat zu tun und sie loszuwerden. Sie richten alles für Mrs. Renny her, verlegen ihr Schlafzimmer von oben in den unteren Wohnraum, kaufen genug Lebensmittel für zwei Wochen ein und fahren dann mit der Fähre weg, endlich weit genug weg, um darüber zu reden, wie schnell die Zeit vergeht und wie erwachsen ihre Tochter wird.

Nachdem ihre Eltern abgereist sind, wirft Jody einen Blick in das Schlafzimmer, das einst Elizabeth Rennys war und nun ihres ist, und erkennt, wie sehr ihre Eltern sie betrogen haben. Sie ist sechzehn. Ihr Haar, obwohl hinten lang, ist vorne kurz geschnitten; auf jedem Augenlid trägt sie eine verschmierte Linie Lidschatten. Sie hatte schon immer vor, aus Hartford zu fliehen, aber nicht in ein Haus, das nach Katzen riecht. Sie haben ihr ein Fahrrad mit einem Korb besorgt, damit sie zum örtlichen Supermarkt fahren kann, und ein Konto eröffnet, das, wie sie ihr ausdrücklich gesagt haben, nie mehr als hundert Dollar enthalten wird. Weil es kein Entkommen gibt, packt Jody all die Sachen aus, die sie vor ihrer Mutter versteckt hatte: drei Flaschen Nagellack, einen winzigen blauen Bikini, ein Paket rotes Haarfärbemittel und ihre Antibaby-Pillen.

Den ganzen ersten Abend lang ist Jody besorgt, nun, da sie allein sind, tatsächlich mit ihrer Großmutter reden zu müssen. Doch Elizabeth Renny sagt beinahe nichts. Jody kann sehen, daß sie Schmerzen hat; ihre Großmutter hält die Lider gesenkt, als habe sie etwas Falsches getan. Statt sich zu Tode zu langweilen, säubert Jody die Küche, füttert die beiden ekelhaften Katzen und macht Rührei zum Abendessen. Sie gäbe alles für eine Tiefkühlpizza. Als sie das Tablett in den Wohnraum bringt, sagt ihre Großmutter: »Oh, das solltest du nicht. Du brauchst nicht für mich zu kochen.« Doch sie ißt jeden Bissen, obwohl Jody weiß, daß sie eine schreckliche Köchin ist. Hinterher spült Jody das Geschirr ab, und als sie mit der Medizin ihrer Großmutter ins Wohnzimmer zurückkommt, stellt sie fest, daß die alte Dame eingeschlafen ist. Jody weckt sie, und als sie ihrer Großmutter die Pillen hinhält, berühren sich tatsächlich ihre Hände. Jody zieht ihre so rasch zurück, daß die Tabletten auf den Teppich fallen und sie zwischen Staub und Katzenhaaren nach ihnen suchen muß.

Sie weiß, daß es ihrer Mutter gut gefallen würde, sie wie eine Sklavin schuften zu sehen. Zu Hause trug sie nicht einmal ihren eigenen Teller zur Geschirrspülmaschine. Die ganze Sache ist scheußlich, und sie betet, daß ihre Großmutter ohne ihre Hilfe ins Bad gehen kann. Um sieben läßt sie die Katzen hinaus. Um halb acht meldet sie ein R-Gespräch mit ihrer Freundin Becky an, und als Becky die Kosten akzeptiert, bricht Jody in Tränen aus.

»Meine Eltern bringen mich um, wenn die Telefonrechnung kommt«, sagt Becky, aber Jody weiß genau, daß ihre Freundlichkeit keine Grenzen kennt, nun da Jody buchstäblich ins kalte Wasser geworfen wurde.

»Wahrscheinlich verliere ich in weniger als vierundzwanzig Stunden den Verstand«, sagt Jody.

Mit Becky zu reden, bringt etwas von ihrem alten Elan zurück, und als die Katzen anfangen, am Fliegengitter zu kratzen, stößt Jody mit ihrem nackten Fuß die Tür auf. Dünne blaue Wolken stehen am Himmel, und sie hört den hellen Ruf einer Spottdrossel. Becky berichtet ausführlich von den Reaktionen all ihrer Freundinnen, als sie hörten, man habe Jody fortgeschickt. Schon gibt es interessante Gerüchte: eine Schwangerschaft, ein Drogenproblem, eine Scheidung in der Familie. Es ist noch nicht acht Uhr, als Jody den Hörer auflegt. Zuerst erscheint dieser Ort absolut still, doch dann gibt es seltsame Geräusche: das Summen des Kühlschranks, Kiesel, die gegen Kotflügel spritzen, wenn ein Auto schnell vorbeifährt, das Knarren der Stufen, als sie nach oben in ihr Schlafzimmer geht, nachdem sie die Hintertür verschlossen (etwas, was ihr zu Hause nicht im Traum einfallen würde) und sich vergewissert hat, daß ihre Großmutter noch schläft und – das gesteht sie sich selbst nicht ein – noch lebt.

Sie breitet ihren Kamm, ihre Bürste und ihre Nagellackflaschen auf dem weißgestrichenen Schreibtisch aus, aber es hilft nichts. Sie zieht ihr Nachthemd an, doch kaum liegt sie im Bett, da hört sie Eichhörnchen über die Zimmerdecke laufen; es hört sich an, als würden die Tierchen jeden Augenblick durchbrechen und in ihr Bett fallen. Sie steht auf, zieht Shorts und ein weißes, ärmelloses Unterhemd an, geht dann zum offenen Fenster und zündet sich eine Zigarette an, um ihre Nerven zu beruhigen. Sie hat sich einen durchsichtigen Glasaschenbecher aus der Küche mitgebracht, den sie nun auf das Fensterbrett stellt. Ihr Lidschatten ist vom Kopfkissen abgewischt worden, und ohne ihn sehen ihre grauen Augen viel größer aus. So unmöglich es auch scheint, der Himmel fängt erst an, sich dunkel zu färben. Die Blätter des Flieders erzeugen ein flüsterndes Geräusch, und noch immer ist es zu heiß. Jody raucht ihre Zigarette, und gerade, als sie sich etwas besser fühlt, hört sie draußen Schritte. Sie ist alles andere als ein Mädchen vom Land, stellt sich blutdürstige Wölfe im Gebüsch vor. Doch es ist nur ein Schäferhund, der auf der Grenze zwischen dem Garten ihrer Großmutter und dem der Nachbarn liegt. Als André den Schuppen verläßt, stützt Jody beide Ellbogen aufs Fensterbrett. Er trägt Blue jeans und, da es noch immer so heiß ist, kein Hemd. Sie kann seine Gesichtszüge nicht erkennen, aber er hat langes, dunkles Haar, das er sich aus den Augen streicht, als er sich herunterbeugt, um das Vorhängeschloß des Schuppens zu verschließen. Dann pfeift er scharf nach dem Hund. Die Erinnerung an etwas Weißes läßt ihn aufschauen, direkt zu ihrem Fenster. Rasch tritt Jody zurück, und erst als er sich abwendet und der Hund hinter ihm her durch die Tür trottet, beugt sie sich wieder vor in der vergeblichen Hoffnung, ihn noch einmal zu sehen.

In dreiundsiebzig Jahren hat Elizabeth Renny nur zwei folgenreiche Entscheidungen getroffen: als sie Jack Renny heiratete und von New York nach Chilmark zog, und als sie sich vorstellte, sie könne fliegen. Jetzt denkt sie, wenn Verlegenheit einen wirklich umbringen könnte, dann wäre sie jetzt tot. Sie war nicht bewußtlos, obwohl sie so tat, als André zu ihr eilte. Sie hatte die Augen geschlossen und gefürchtet, er könne ihr das Tuch vom Gesicht ziehen.

Der Juli hatte sie berauscht. Nachdem sie jahrelang nicht viel gesehen hatte – die Umrisse ihres Hauses, ihre Katzen, besondere Muster aus Mondlicht, wenn sie in heißen Sommernächten nicht schlafen konnte –, sah sie plötzlich alles. Zum ersten Mal seit Monaten schien der schwarze Fleck in ihrem Auge unwichtig; ihre Angst vor der Erblindung wich. Jetzt hat sie ihrer Enkelin den Sommer verdorben und sich selbst eigentlich auch. Sie hat immer geglaubt, sie hasse das Alleinleben, doch während sie Tina Turner in Stereo hört – aus dem Kofferradio im Schuppen nebenan und oben aus Jodys Zimmer –, merkt sie, daß Katzen ihr lieber sind. Die weiße Katze heißt Margot, der große Kater Sinbad. Ihre Enkelin wirft Brocken von altem Brot auf die Veranda, statt die Krusten in Stücke zu brechen. Jody verbringt den größten Teil ihrer Zeit damit, im Garten zu sitzen und Briefe zu schreiben, und nachmittags radelt sie zum Einkaufen in die Stadt. Mrs. Renny macht jeden Morgen eine kleine Liste – gewöhnlich Salat, Katzenfutter, eine Sorte Marmelade, Brot, Pflaumen. Sie hatte sich Sorgen gemacht, Jody könne ausbrechen, doch Jody kommt vom Supermarkt immer direkt nach Hause. Das Schlimmste, was ihre Enkelin getan hat, ist eine rotgefärbte Strähne in ihrem Haar, die rasch verblaßt. Als Elizabeth Renny sechzehn war, war sie noch ein Kind. Sie war abends nie allein unterwegs, bis ihre eigene Tochter acht Jahre alt war, und dann auch nur deshalb, weil ihr Mann verreist war und ein Hurrikan drohte. Sie fuhr ins Rathaus, wo Matratzen ausgelegt waren und Kaffee und Brote auf einem Bridgetisch standen. Sie würde gern für eine Stunde in die Haut ihrer Enkelin schlüpfen, nur, um zu sehen, wie sich das anfühlt. Wie würde Tina Turner durch die Ohren ihrer Enkelin klingen? Wie würde sich die Sonne auf ihrer Haut anfühlen? Wie schnell würden ihre Beine sich bewegen, wenn sie die Straße hinunter radelte?

Sie merkt, daß ihre Enkelin Angst vor ihr hat. Sie ertappt sie dabei, wie sie sie anstarrt, wenn sie zu Abend essen. Elizabeth kann jetzt im Haus herumgehen, das Bein hinter sich herziehend, wenn sie zwei Krücken benutzt. Als der Doktor zur Visite kam, merkte sie, daß er erstaunt war, sie nicht im Bett, sondern auf den Beinen anzutreffen. Sie ist immer stark gewesen. Als sie jünger war, pflückte sie wilde Pflaumen und verbrachte eine ganze Woche damit, Gelee zu kochen. Eine ganze Woche lang war ihre Haut glühend und rosa. Das Merkwürdigste von allem ist, daß sie nicht sicher ist, ob sie, falls ihre Knochen heilen, nicht nach oben gehen und es noch einmal versuchen wird.

Simon weckt Vonny. Sie zieht einen Morgenrock an und geht mit ihm nach unten. André läßt sie schlafen. Simon rollt Schlangen aus Knetmasse, während Vonny arme Ritter macht und dafür die letzten Eier verbraucht. Später wird sie zum Gemüsestand eines Bauernhofes fahren, wo die Eier immer am frischesten sind. Es ist kurz vor sieben, und Sonnenstrahlen fallen durch die Bäume. Man denkt immer, Teenager schlafen lange, aber als Vonny aus dem Fenster schaut, ist Mrs. Rennys Enkelin schon draußen auf der hinteren Veranda und trinkt eine Büchse Limonade. Wenn Vonny die Augen zusammenkneift, könnte es ebensogut sie selbst sein, die da draußen sitzt, fünfzehn Jahre jünger.

Als André nach unten kommt, geht er zum Herd und gießt sich eine Tasse Kaffee ein. Er stellt sich ans Fenster und sieht zu, wie Mrs. Rennys Enkelin müßig den Rücken der weißen Katze streichelt. Ihre Fingernägel sind blutrot lackiert. »Was zum Teufel macht sie den ganzen Tag da draußen?« sagt er.

»Sie plant ihre Zukunft«, sagt Vonny. »Erinnerst du dich nicht?«

»Nein«, sagt André.

Er spült seine Kaffeetasse aus und beginnt dann, für Simon und sich ein Mittagessen einzupacken, das sie mit an den Strand nehmen werden.

»Zwei Sorten Kekse«, verlangt Simon, und André legt noch eine Tüte mit Schokoladen- und Zitronenkeksen in die Kühltasche. Vonny lehnt ihren Stuhl gegen die Heizung, um André zu beobachten; in der dämmrigen Küche sieht seine Haut unnatürlich blaß aus. Simon kommt und setzt sich auf ihren Schoß. Sie legt die Arme um ihn und bemerkt, daß seine heruntergehängenden Beine die Sprossen des Stuhls nicht erreichen. Früher war sie die Art von Person, die nie einen Sicherheitsgurt anlegte und bedenkenlos Valium und Gin mischte. Jetzt macht sie sich dauernd Sorgen. Vielleicht hätte sie wissen sollen, daß sie so werden würde; sie hatte schon immer diese Panik vor Brücken. Sie paßt zu ängstlich auf Simon auf. In letzter Zeit macht sie sich nicht nur Sorgen wegen Windpocken und Mittelohrentzündungen, sondern auch wegen Simons Größe. Die Leute halten Simon oft für jünger, als er ist. Sie sind überrascht, wenn er in ganzen Sätzen redet und ohne Angst in die Brandung springt. Insgeheim mißt Vonny ihn zweimal im Monat am Küchentresen, indem sie Kekse dort aufstellt, an die er heranreichen muß.

Den ganzen Morgen arbeitet Vonny auf der Veranda vor dem Wohnzimmer an ihrer Töpferscheibe. Ihre Vasen und Krüge werden in Edgartown und Vineyard Haven verkauft, und einige der größeren, teureren Stücke werden verpackt und nach Cambridge verschifft. Wenn sie nicht einen besonderen Auftrag hat, zieht sie es vor, verschiedene Anteile von Kupferoxyd in ihren Glasuren zu verwenden, so daß ihre Töpferwaren von blassem Moosgrün bis zu einem so dunklen Grün reichen, daß es schwarz erscheint. Oft kratzt sie die Glasur weg, um den rötlichen Ton zu zeigen, mit dem sie bevorzugt arbeitet. Einige ihrer Kunden sagen, die Figuren und Muster dieser Sgraffito-Technik gäben ihren Töpferwaren etwas Unverwechselbares, aber darum kümmert sie sich nicht. Am liebsten ist ihr der Augenblick unmittelbar bevor der Ton Form annimmt. Es ist der Moment, in dem Vonny, wenn sie durch die Stimme ihres Kindes oder einen plötzlichen Regenguß gestört, den Blick von ihrem Ton abwendet, immer verblüfft ist über die Welt, die sie umgibt.

Am Nachmittag, nachdem André und Simon vom Strand zurückgekommen sind, wischt Vonny ihre Töpferscheibe sauber, badet dann Simon und legt ihn zu seinem Mittagsschlaf hin. An diesen heißen Tagen weint er nicht und behauptet, er sei nicht müde, und manchmal schläft er mehr als zwei Stunden. Vonny duscht sich und zieht dann weiße Shorts und ein T-Shirt mit dem Signet von Andrés ehemaliger Firma an – ein kleines rotes Motorrad in einem knallrosa Herzen. Als sie in die Küche herunterkommt, ist André am Telefon und versucht den Kunden in New Jersey zu erreichen, der die Norton unbesehen gekauft hat. Vonny füllt einen Weidekorb mit Blaubeeren, Weintrauben,

Aprikosen und Orangen. Auf ein Stück gelbes Notizpapier schreibt sie: *Ich bringe das nach nebenan.* Sie hält André das Papier hin, wartet, bis er nickt, und geht dann durch die Tür. Sie sollte eigentlich lieber etwas Selbstgebackenes oder eine Marmelade bringen als Obst, aber sie ist sicher, daß Elizabeth Renny eine viel bessere Köchin ist als sie selbst. Seit sie Nachbarn sind, ist Vonny nur einmal in Mrs. Rennys Haus gewesen, damals, als die Leitungen in ihrer Küche eingefroren waren und André hinging, um ihr zu helfen. Vonny mit Simon in einem Tragtuch brachte einen Schraubenschlüssel hinüber. Manchmal, wenn sie beide draußen sind, sprechen sie durch die Fliederbüsche miteinander. Irgendwann werden sie sich über die halbtote Kiefer unterhalten müssen, die zwischen den beiden Grundstücken steht. Sie hatten eine einzige Meinungsverschiedenheit – als Nelson die weiße Katze auf einen Baum scheuchte. Nelson liebt Katzen, aber draußen sind sie für ihn Freiwild. Er hält sie gern zwischen seinen Pfoten fest und beißt vorsichtig in ihren Rücken.

Vonny geht die Stufen zu Mrs. Rennys Haus hinauf, aber ehe sie an die Tür mit dem Fliegengitter klopfen kann, sagt Jody: »Meine Großmutter schläft.«

Das Mädchen steht unsichtbar hinter dem Fliegengitter. Vonny hat das unangenehme Gefühl, aufmerksam beobachtet worden zu sein, als sie den Rasen überquerte.

»Oh, das macht nichts«, sagt Vonny. Sie hält den Korb mit den Früchten hoch. »Ich wollte dies nur als Genesungsgeschenk vorbeibringen. Ich lasse es bei Ihnen.«

Das Mädchen öffnet die Gittertür. Sie ist gebräunt, und ihre Schultern sind etwas gebeugt. Sie hat schöne Augen und einen breiten, mürrischen Mund.

»Sie können reinkommen«, sagt sie.

Vonny tut das und stellt den Korb mit den Früchten auf den Tresen.

»Du bist Jody?« fragt sie.

Jody nickt. Sie hat eine Orange aus dem Korb genommen und schält sie.

»Wie lange wirst du bleiben?« fragt Vonny. Als sie hörte, daß ein Teenager im Nebenhaus wohnen würde, nahm sie natürlich an, ihre ständige Suche nach einem Babysitter habe sich damit erledigt. Jetzt, während sie das Mädchen kühl eine Orangenscheibe betrachten sieht, ist sie da nicht mehr so sicher.

»Man wird sehen«, sagt Jody. Das ist genau das, was ihre Mutter sagt, wenn sie eine Frage nicht beantworten will. »Es fängt an, mir hier zu gefallen«, sagt Jody. »Die Leute, die ich in Hartford kenne, sind schrecklich unreif.«

Sie können hören, daß Elizabeth Renny sich im Wohnzimmer bewegt. Etwas – eine Krücke – fällt auf den Boden. Vonny schaut durch den Flur und sieht Mrs. Renny mit ihren Krücken kämpfen. Während sie den Blick abwendet, betrachtet Jody sie, einen träumerischen Ausdruck im Gesicht. Als Mrs. Renny die Tür erreicht, springt Jody auf, um ihr in die Küche zu helfen.

»Ich meinte Stimmen zu hören«, sagt Mrs. Renny, und dann, als sie das Obst sieht: »Das sollten Sie doch nicht. Ich werde Ihnen und Ihrem Mann nie genug danken können.«

Vonny fällt es schwer zu lächeln. Jody steht in der Tür. Obwohl sie Vonny direkt und aufmerksam ansieht, scheint sie meilenweit weg zu sein. Vonny erinnert sich, daß sie selbst, als sie sechzehn war und so kühl wirkte, innerlich brannte. Wenn man sie drängen würde, müßte sie zugeben, daß sie sich eine Tochter gewünscht hatte. Doch während sie jetzt Jody sieht, ist sie doppelt froh um das, was sie bekommen hat. Eine Tochter, die so indifferent und verschlossen wäre, könnte sie nicht ertragen. Als Vonny geht, dankbar, wieder in der heißen Sonne zu sein, trägt Elizabeth Renny das Obst zum Spülbecken, lehnt ihre Krücke gegen den Tresen und wäscht jede einzelne Frucht.

»Sie ist ein nettes Mädchen«, sagt Mrs. Renny, und Jody lächelt. Was sie betrifft, ist Vonny absolut keine Konkurrenz.

Es ist die erste Augustwoche, und Simon ist so aufgeregt, daß er in der Mittagszeit nicht schlafen kann. Statt dessen krabbelt er mit einer Taschenlampe unter die dünne Decke. Seine Mutter hat ihm erzählt, daß die Nacht der tausend Lichter so ist wie tausend Glühwürmchen. Seit mehr als hundert Jahren, seit Oak Bluffs ein Methodistenlager mit den Zelten der Gläubigen unter den alten, riesigen Bäumen war, hat es einmal im Jahr eine Nacht der tausend Lichter gegeben. Die viktorianischen Landhäuser, die den Trinity Park umgeben, sind mit japanischen Laternen behängt, in denen Kerzen stecken. Auf ein Signal aus dem Pavillon im Zentrum des Parks hin werden sie alle gleichzeitig angezündet.

Simon weiß, daß seine Mutter den ganzen Tag Vorbereitungen getroffen hat. Sie macht ein besonderes Abendessen, und ehe sie nach Oak Bluffs gehen, werden sie ein Picknick abhalten mit Thunfisch- und Oliven-Sandwiches, Karotten, Chips und Schokoladenküchlein, bei deren Herstellung Simon geholfen hat. Sein Vater wird ihn ein paar Schlucke kaltes, dunkles Bier trinken lassen. Die Straßen werden voller Menschen sein, und die meisten Kinder werden Laternen tragen, die im Dunkeln leuchten.

Heute sind Simons Eltern böse aufeinander. Immer, wenn das so ist, geht sein Vater direkt in den Schuppen zur Arbeit, und seine Mutter kocht etwas mit brüsken, kontrollierten Bewegungen. Heute sind es Blaubeerbrötchen, die Simon bekommen wird, wenn er mit seinem angeblichen Mittagsschlaf fertig ist. Wenn seine Mutter wütend ist, glaubt sie, sie spräche ruhig, aber ihre Stimme ist brüchig. Während Simon mit seiner Taschenlampe im Bett liegt, streiten sie unten um Geld. Der Kunde in New Jersey, der die Norton kaufen sollte, hat im letzten Moment einen Rückzieher gemacht, und sein Vater bleibt auf einem teuren antiken Motorrad sitzen, das wahrscheinlich schwer zu verkaufen ist. Seine Reaktion bestand darin, daß er heute morgen die Insel verließ und aus Hyannis mit einer alten Vincent Black Shadow zurückkam, die zweitausend Dollar kostete. Noch haben sie Geld aus dem Verkauf von Andrés Firma, aber sie haben dieses Haus bar bezahlt und keine großen Rücklagen mehr, zum Beispiel auch keine Krankenversicherung. Vonny ist wütend. Sie will niemals so abgebrannt sein, daß sie ihren Vater um Geld bitten muß. Ihr Vater hat eine neue Familie und benimmt sich so, als ob seine alte Familie, die, mit der es nicht klappte, nicht existieren würde. Einmal hat Simon Vonny gefragt, wer ihr Vater sei, und sie begann zu weinen, ganz plötzlich, als habe man sie mit einer Nadel gestochen.

Als Vonny um drei Uhr kommt, um nach Simon zu sehen, schläft er unter seinem Quilt. Die Taschenlampe brennt noch. Vonny setzt sich auf den Bettrand und schiebt die Decke weg. Simon ist zu einem Ball zusammengerollt, und Vonny fühlt ihre Kehle eng werden, während sie ihn betrachtet. André hat gedroht, nicht zum Picknick und auch nicht nach Oak Bluffs mitzugehen. Vonny legt sich neben Simon. Sie liebt ihn am meisten, wenn er schläft. Wenn er wach ist, weiß Vonny nie, ob etwas ihn in Entzücken versetzen oder in Tränen ausbrechen lassen wird. Sie haben einen ständigen Kampf darum, wer seinen Willen durchsetzt, und Vonny gewinnt nie. Einen Kampf, der immer dann, wenn Simon schläft, sowohl grundlos als auch unvermeidlich erscheint.

Als Simon erwacht, sind die Arme seiner Mutter um ihn geschlungen. Er macht sich los, und obwohl er noch ganz schlaftrunken ist, sagt er: »Ich möchte, daß du trommelst.« Oft machen sie nur zu zweit wie eine Marschkapelle einen Zug durch alle Räume des Hauses. Ehe er aus dem Bett aufsteht, wirft Simon seiner Mutter die Arme um den Hals und gibt ihr einen Kuß. Sein Gesicht an ihrem Gesicht fühlt sich feucht an.

André hat den Lieferwagen direkt vor die Rückseite des Schuppens gefahren. Die Vincent Black Shadow steht hinten auf der Ladefläche, und er zieht die Metallrampe heraus, damit er sie abladen kann. Er weiß, daß das Mädchen von nebenan ihn beobachtet. Sie studiert seinen Rücken, während er sich anstrengt, die Metallplanke herauszuziehen. Er sollte sich unbehaglich fühlen, so beobachtet zu werden, aber es ist auch etwas Lustvolles dabei. Er springt auf die Ladefläche des Lieferwagens und fragt sich dabei, ob er nicht auf der Planke nach oben gegangen wäre statt zu springen, wenn sie nicht zugeschaut hätte.

Während er das Motorrad anhebt, das an dem blauen Metall entlangkratzt und eine Art silberne Narbe hinterläßt, atmet Jody tief ein und überquert den Rasen. Sie weiß, daß man sich in jemanden verlieben kann, ohne je mit ihm gesprochen zu haben, denn genau das ist ihr passiert. Sie hat so lange in der Sonne gesessen und an ihn gedacht, daß sie jetzt auf beiden Wangen einen

Sonnenbrand hat. So geraten Leute in schreckliche Situationen, denkt sie bei sich. Ruinieren sogar ihr Leben. Aber sie geht weiter. Sie weiß, daß die Zeit richtig ist, weil der Mond die ganze Woche lang rot gewesen ist, ein Mond für Verliebte, der sie wach hielt. Sie hat das sorgfältig geplant; sie wird ihm geradeheraus sagen, daß sie eine Fahrgelegenheit zu einem richtigen Supermarkt braucht wie A & P in Edgartown. Um ganz sicher zu gehen, hat sie mit einem rostigen Nagel einen ihrer Fahrradreifen zerstochen. Sie wird ihm die Wahrheit sagen.

Ihre Großmutter hat in letzter Zeit mehr geredet, vielleicht liegt das an den Schmerztabletten. Heute beim Frühstück hat sie Jody von den Matrosen in den Docks erzählt, die immer sagten: »Böse Taten geschehen bei gutem Wetter.« Noch so ein Sprichwort, das Jody haßt. Als sie den Lieferwagen erreicht, legt sie eine Hand auf das kühle Metall, und alle klugen Reden, die sie halten wollte, sind ihr vollkommen entfallen. Sie deckt mit einer Hand ihre Augen ab, damit sie nicht zwinkern muß, wenn sie zu ihm aufblickt.

»Hi«, sagt sie.

André blickt über die Schulter und lehnte dann das Motorrad wieder gegen den Rand der Ladefläche.

»Hi«, sagt er. »Jody, nicht wahr?«

Sie nickt. Sie antwortet nicht, weil sie glaubt, sie würde krächzen, wenn sie den Mund aufmacht.

»Willst du mit anfassen?«

Er streckt die Hand aus, ergreift ihre Hand und zieht sie hoch. Jetzt, da er sie tatsächlich berührt, kann sie es nicht fühlen. André packt das Motorrad. Jody geht auf die andere Seite, und zusammen schieben sie es die Metallplanke hinunter. Das alte Motorrad ist viel schwerer, als Jody erwartet hätte. Einmal kippt die Vincent in ihre Richtung, und sie keucht, aber André hält sie aufrecht, und sie rollen sie durch die offene Tür des Schuppens. Jody steht da, dümmlich, wie sie meint, während André mit dem Fuß die Ständer heraustritt. Es ist wirklich heiß im Schuppen, und aus irgendeinem Grund gibt die Hitze ihnen das Gefühl, flüstern zu müssen.

»Wie kommst du drüben zurecht?« sagt André.

»Ganz gut«, sagt Jody. Sie ist in Ekstase.

»Soll ich dich irgendwohin mitnehmen?« fragt André. »Ich muß ein paar Ersatzteile holen. Mußt du Einkäufe machen?«

Sie kann ihr Glück nicht fassen. Sie hätte sich gar nicht die Mühe mit dem rostigen Nagel machen müssen.

Er zieht ein blaues Arbeitshemd an und greift nach den Schlüsseln des Lieferwagens. Als sie den Schuppen verlassen, blendet die Sonne, und einen kurzen Augenblick lang können sie beide nichts sehen.

Vonny sieht die Ecken von Jodys mageren Schulterblättern unter ihrem Baumwollhemd, als sie auf den Beifahrersitz steigt. Eine Wolke von Abgasen steigt aus dem Auspuff. Das Schlimmste, was Vonny sieht, ist, daß auf der anderen Seite des Rasens am Küchenfenster Mrs. Renny ebenfalls zusieht, wie der Lieferwagen eine Linkskurve fährt und dann auf der Straße verschwindet. Das ist ein Spiegelbild, das Vonny erschauern läßt. Sie zieht die Vorhänge zu und spielt mit Simon am Küchentisch mit seinen Legosteinen. Um sechs ist André immer noch nicht zurück. Um halb sieben klagt Simon, er habe Hunger. Den ganzen Sommer lang hat er sich auf diesen Abend gefreut. Sie hatten geplant, am Strand zu picknicken und dann nach Oak Bluffs zu gehen, ehe es dort zu voll würde. Nun ist es für beides zu spät. Weil sie weiß, daß sie nach Oak Bluffs fahren wollen, ruft Vonny Nachbarn an, Sommergäste, Hal und Eleanor Freed, die eine kleine Tochter haben, ein Jahr älter als Simon. In ihrem Wagen muß Vonny Simon auf den Schoß nehmen und ihre Picknicktasche zwischen ihre Füße stellen. Zum Glück wird nicht von ihr verlangt, gesellig zu sein; die kleine Tochter der Freeds, Samantha, redet ununterbrochen. Simon betrachtet sie fasziniert, und Vonny fragt sich, ob er verblüfft ist, daß ein anderes Kind so viel zu sagen haben kann. Die Straßen sind bereits überfüllt, aber Vonny sieht keinen einzigen blauen Lieferwagen.

Am Rande von Oak Bluffs sagen die Freeds, die immer Wert auf Distanz gelegt haben und glauben, Leute, die das ganze Jahr hier wohnten, seien irgendwie nicht normal, Vonny solle um elf beim Wagen sein, wenn sie mit ihnen zurückfahren wolle. Einen Augenblick lang verspürt Vonny Panik. Sie hatte nicht angenommen, die Freeds wollten so lange bleiben; sie bezweifelt, daß sie Simon so lange wird wachhalten können. Sie verabschieden sich von den Freeds und setzen sich in die Nähe des Musikpavillons in den Ozean-Park, um ihr Picknick zu verzehren. Nachdem er ein halbes Sandwich gegessen und zwei Pappbecher Limonade getrunken hat, überrascht Vonny Simon, indem sie ihn nicht nur ein, sondern zwei Schokoladenküchlein essen läßt.

Als sie sich zum Pavillon aufmachen, ist die Straße vollkommen verstopft und der Himmel dunkelblau geworden. Vonny hält Simons Hand und zieht ihn ein bißchen, damit er mit ihr Schritt halten kann. Als sie durch das Tor gehen, das zum Trinity Park führt, wird die Luft um sie herum dunkler. Es scheint später zu sein, als es ist. In dieser Menschenmenge fühlt sich Vonny schwerelos. Unwillkürlich fragt sie sich, ob Elizabeth Renny wirklich versehentlich aus dem Fenster gestürzt ist. So sehr sie sich auch anstrengt, sie kann sich nicht vorstellen, wie das passieren konnte, ohne daß sie zuvor aufs Fensterbrett geklettert ist.

Der Weg, den sie einschlagen, ist schmal, und Vonny hört Simon heftig atmen wie immer, wenn er aufgeregt ist. Die Laternen sind noch nicht entzündet, aber es sind verblüffend viele. Den ganzen Tag hat Simon sich Glühwürmchen vorgestellt, die an Fäden von Haus zu Haus aufgehängt sind. Jetzt, da er die japanischen Lampions erblickt, ist es, als habe er nie zuvor Farben gesehen. Er möchte, daß sie auf der Stelle entzündet werden, er will, daß Rosa und Weiß leuchten, daß Blau und Gelb aufflammen.

Vonny kauft Simon eine Wunderkerze, und dann setzt sie sich ins Gras, während er die Kerze zu einem Kreis verbiegt. Ehe die Kapelle zu spielen beginnt, wird noch gesungen, und Vonny ist froh, daß sie die Worte des ersten Liedes nicht kennt. Es ist »Let Me Call You Sweetheart«, a cappella gesungen. Vonny sagt sich, daß es ja nur ein Lied ist. Es bedeutet ihr nichts. Aus dem Pavillon klingen die Stimmen fern und tief; sie scheinen vom Himmel zu kommen.

Nachdem sie zur Nationalhymne aufgestanden sind, zieht Vonny Simon auf ihren Schoß. Er kennt den ganzen Text von

»Someone's in the Kitchen with Dinah« und »Yankee Doodle Dandy«. Er liegt auf dem Rücken und betrachtet die Sterne. Es ist so dunkel, daß Vonny nicht wüßte, daß Simon da ist, wenn er nicht die Wunderkerze auf seiner Brust balancieren würde.

Endlich wird eine Laterne auf die Bühne im Pavillon gebracht. Eine ältere Frau hält einen Wachsstock an die Kerze darin, und alle klatschen Beifall. Vonny hebt Simon hoch, damit er sehen kann, wie die Kerzen rund um den Pavillon entzündet werden. Nun können die Kerzen in allen anderen Lampions angezündet werden. Jede Veranda, jeder Giebel der Häuser rund um den Trinity Park ist von warmen Farben erleuchtet. Alle promenieren über die Festwiese, um die illuminierten Häuser zu sehen, und Vonny hält Simons Hand, um ihn zwischen den vielen Fremden nicht zu verlieren. Simon hat das Gefühl, in einen Traum gestolpert zu sein, und das macht ihn auf der Stelle schläfrig. Er kann den Weg unter seinen Füßen nicht sehen, aber in der Ferne ist alles voller Licht.

Sie spähen in die Häuser, deren Türen geöffnet worden sind, und Vonny hat den Eindruck, ein Bühnenstück zu sehen. Der Pfad unter ihren Füßen wirkt weniger real als die Wohnzimmer fremder Menschen. Die Kapelle im Pavillon beginnt einen Marsch zu spielen, und Vonny hält Simons Hand fester. Sie fühlt sich plötzlich genauso, wie wenn sie eine Brücke überqueren muß. Ihre Beine werden zu Gummi, ihr Mund ist trocken. Sie zieht Simon auf den Gehsteig und steht vollkommen reglos. Sie weiß, daß sie zu schnell und zu flach atmet, also beugt sie sich nieder und konzentriert sich auf einen Riß im Pflaster. Sobald Vonny sich wieder bewegen kann, setzen sie sich auf den Gehsteig, an einen niedrigen Zaun gelehnt, der ein Stück Rasen umgibt, das von Muschelschalen, tränenden Herzen und Farnen eingerahmt ist. Vonny hilft Simon auf ihren Schoß, und zusammen betrachten sie schweigend die Lampions. Weniger als einen Meter neben ihnen steht ein Landhaus, das himmelblau und weiß gestrichen ist. Laternen hängen von den Schnitzereien, Bögen und Stützbalken. Der Weg, der zur Tür führt, ist von Sandbeuteln gesäumt, in denen brennende Kerzen stehen. Simon lehnt seinen Kopf gegen sie. Durch ihre Bluse und ihren dünnen

Pullover hindurch kann sie die Wärme seines Körpers spüren, und als er schwerer wird, weiß sie, daß er eingeschlafen ist. Wenn sie ihn um elf zum Wagen der Freeds zurücktragen muß, wird er im Schlaf die Arme um ihren Hals schlingen, und sie wird in der Dunkelheit unter der Last seines Gewichts schwanken. Aber jetzt fühlt sich der Zaun in ihrem Rücken kalt an, und wenn sie die Augen schließt, sieht sie noch immer gelbe Lichtkreise.

Er wollte die längere Strecke nach Hause nehmen und ihr Lambert's Cove zeigen, aber Jody brauchte im Supermarkt länger, als er erwartet hatte, und sobald sie zurück sind, trägt er die Tüten in die Küche ihrer Großmutter. Im Lieferwagen wandte sie den Blick nicht von ihm. Mit Vonny hat er nie die Sorglosigkeit gekannt, die er mit jungen Verliebten assoziiert, die Intensität, die sich nicht darum kümmert, was als nächstes geschieht, die Blindheit, die nicht weiter sieht als bis zum Rücksitz eines geliehenen Wagens für eine hektische Umarmung.

In Mrs. Rennys Küche hat er ein Gefühl, als habe er eine Ohrfeige bekommen. Was macht er hier? Er will jetzt nur noch nach Hause, obwohl er sich fragt, welchen Preis er wohl für diese Fahrt zum Supermarkt zu zahlen haben wird. Es ist kein Verbrechen, einem jungen Mädchen eine Fahrgelegenheit zu bieten, sich für einen kurzen Augenblick vorzustellen, sie zu küssen.

»Ich wünschte, ich könnte Ihnen irgendwie danken«, sagt Jody zu ihm.

Sein Schweigen ist extrem unbehaglich; sie wissen beide, was sie meint. Als André nicht antwortet, fügt Jody schnell hinzu: »Ich könnte mal bei Ihrem kleinen Jungen babysitten.«

Mrs. Renny kommt in die Küche und bedankt sich ebenfalls bei ihm.

»Ich hoffe, du hast nicht nur Tiefkühlkost gekauft«, sagt sie zu ihrer Enkelin, und Jody rümpft die Nase und fährt fort, den Kühlschrank mit Diätlimonade und Orangen und Eiern zu füllen.

Als André aus dem Fenster sieht, bemerkt er, daß sein Haus dunkel ist. Gewöhnlich brennt um diese Stunde das Licht in der

Küche, und die Lampen auf der Veranda schimmern mattgolden, eine Illusion, die durch Dutzende von Nachtfaltern hervorgerufen wird. Ihm fällt das Picknick wieder ein, und niedergeschlagen ahnt er, daß Vonny und Simon nicht auf ihn gewartet haben.

»Ich habe eine Verabredung vergessen«, sagt er plötzlich.

Jody dreht sich um und sieht ihn aufmerksam an. Eine so lahme Entschuldigung hat sie selten gehört. Einmal, als ein Junge anrief, mit dem sie nicht reden wollte, hat sie geschrien, gerade sei ein Lastwagen auf den Rasen ihres Vorgartens gefahren, und dann schnell aufgelegt.

»Im Ernst«, sagt André. »Heute ist doch die Nacht der tausend Lichter.«

Jody schließt die Tür des Kühlschranks und wischt sich die Handflächen an ihren Shorts ab. Sie weiß nicht, was die Nacht der tausend Lichter ist, und es kümmert sie auch nicht. Alles, was sie weiß, ist, daß er gleich gehen will.

Obwohl sie seit Jahren nicht mehr zur Nacht der tausend Lichter gegangen ist, erinnert sich Elizabeth Renny, daß sie beim ersten Mal einen blaßrosa Rock, eine Bluse mit breitem Kragen und kleine goldene Ohrringe getragen hat. Obwohl sie bereits verheiratet war, glaubt sie, sich in dieser Nacht in ihren Mann verliebt zu haben. Die Sterne waren vom Himmel gepflückt und in Laternen gesetzt worden. Sie zerbrach den Absatz eines ihrer Schuhe und ging barfuß die Trinity Avenue hinunter.

»Ich wünschte, ich könnte dir das zeigen«, sagt sie zu ihrer Enkelin.

André hofft inbrünstig, sie würden ablehnen, aber da er in die Enge getrieben ist, lädt er Jody und ihre Großmutter ein, ihn zu begleiten.

»Wir wollen Ihnen wirklich keine Umstände machen«, sagt Elizabeth Renny.

Jody nimmt ihre Handtasche von einem Küchenstuhl und hängt sie sich über die Schulter.

»Na gut«, sagt Elizabeth Renny. »Geht nur, ihr beiden. Ich bin zu alt.«

Jody wartet im Lieferwagen, während André sich vergewissert, daß niemand in seinem Haus ist. Dann fahren sie, ohne zu sprechen. Jody weiß, er will sie eigentlich nicht bei sich haben, aber es besteht noch immer die Möglichkeit, daß er seine Meinung ändert. Insekten prallen gegen die Windschutzscheibe, und André schaltet die Scheibenwischer ein; bald ist das Glas verschmiert mit ihren Überresten. Sie finden keinen Parkplatz, aber André fährt weiter, stellt den Wagen verbotswidrig in einer Einfahrt ab. Jody stolpert, als sie aus dem Lieferwagen steigt. Nach einem so vielversprechenden Anfang ist alles schief gelaufen. Sie gehen im Dunkeln die Straße entlang, und sie denkt, daß es dumm war, Shorts anzuziehen. Ihre Beine sind eiskalt. Sie muß sich anstrengen, um mit André Schritt zu halten.

»He, warten Sie«, sagt sie, beiläufig, wie sie hofft. Wenn er sie auf dieser Straße zurückläßt, wird sie nie wieder nach Hause finden. Sie läuft und packt Andrés Arm und stellt sich vor, daß jeder, der ihnen begegnet, sie für ein Paar hält. Sie will ihn in irgendeiner fremden, tiefen Weise, die sie nicht versteht. Als sie den Trinity Park erreichen, blinzelt Jody in der plötzlichen Lichterflut.

Jody denkt, wenn sie hier aufgewachsen wäre, wäre sie vielleicht glücklich gewesen. Wenn es jede Nacht rote Sterne und rosa Papierlaternen gäbe. Sie gehen durch die Straßen und halten Ausschau nach Simon und Vonny. Jody hofft, daß sie sie nicht finden werden. An einer überfüllten Ecke bleibt André plötzlich stehen. Er starrt an dem Pavillon vorbei und wendet sich dann an Jody. Er legt die Hände auf ihre Arme, und für einen trunkenen Augenblick glaubt Jody, er werde sie endlich küssen. Statt dessen beugt er sich herunter, damit sie ihn im Lärm der Menge hören kann.

»Da sind sie«, sagt er.

Vonny sieht der Kapelle zu. Simon sieht aus wie ein Baby, wie er da quer auf dem Schoß seiner Mutter liegt, die Beine gegen die Gehsteigkante gepreßt. Morgen wird er kleine rote Kratzer an den Fußknöcheln haben. André läßt Jody los, und als sie ihm über die Straße folgt, weiß Jody, daß sie auf der Rückfahrt hinten im Lieferwagen sitzen wird und die Sterne dann so weiß und scharf wie Drachenzähne sein werden.

2

Die ganze Nacht unterwegs

Im Oktober läßt ein Kälteeinbruch die Kürbisse an den Stengeln gefrieren, und Pferde, die draußen geweidet haben, kehren mit Eis an den Hufen in die Ställe zurück. Gelbe Blätter liegen in den Straßengräben, an Ort und Stelle festgefroren. Jody haßt den Wetterumschlag. Die Kälte macht ihr Gänsehaut. Die Sterne scheinen viel zu hell. Seit dem August hat Jody ihr Verlangen aufgeschoben, was nicht heißen soll, daß sie die Hoffnung aufgegeben hat. Statt nach dem Labor Day abzureisen, hat sie sich für das Schulsemester eingeschrieben und ist jetzt in der ersten Klasse der regionalen High School von Martha's Vineyard. Sie ist überzeugt, wenn ihre Gefühle für André so einseitig wären, wie sie schienen, dann wäre er fähig, sie anzusehen, mühelos. In dieser Woche ist André auf der Straße zweimal an ihr vorbeigefahren. Beide Male fuhr er allein im Lieferwagen, und sie war auf dem Heimweg von der Haltestelle des Schulbusses. Er sah sie nicht an, als er vorbeifuhr, aber sie ist sicher, daß er sie im Rückspiegel ganz genau betrachtet hat.

Sie möchte die kleinsten Einzelheiten seines Lebens wissen. Hat er im Schlaf die Arme um Vonny geschlungen? Rasiert er sich morgens oder abends? Denkt er je an sie, so wie sie an ihn denkt, wenn sie nicht einschlafen kann? Sie wird immer ungeduldiger. Sie heckt tausend Pläne aus. Sie wird sich im Lieferwagen verstecken, nur mit einem langen schwarzen Pullover bekleidet. Sie wird ihn um Mitternacht anrufen, nachdem sie sich vergewissert hat, daß ihre Großmutter schläft, und ihn bitten, eine Fledermaus zu fangen, die zwischen den Balken ihres Schlafzimmers hängt. Sie wird den kleinen Jungen kidnappen, Simon, und ihn um den Preis eines Kusses als Geisel festhalten. Statt sich während des Unterrichts Notizen zu machen, führt sie sorgfältig Buch über taktische Möglichkeiten, bis ihr Ringbuch voll ist. Doch als sie schließlich zu ihm geht, tut sie das, bevor sie merkt, was sie da macht. Sie hat keinen Vorsatz, es geschieht einfach. Sie weiß, so sollte es sein. Ihre Großmutter schläft schon seit Stunden, und Jody liegt bereits im Bett, als ihr einfällt, daß sie vergessen hat, die Katzen hereinzulassen. Sie kommen nicht, als sie sie ruft, also zieht sie einen Regenmantel über ihr Flanellnachthemd und schlüpft in ein Paar Lederstiefel, ohne sich die Mühe zu machen, sie zuzuschnüren. Draußen auf der Veranda zischt Jody so, wie ihre Großmutter es ihr gezeigt hat. Während sie dieses Geräusch macht, ruft Jody nicht die Katzen, sondern André. Sie glaubt, er könne sie hören, weil in seinem Haus das Küchenlicht brennt. Sinbad kommt zum Haus gelaufen. Jody öffnet ihm die Tür, und er schlüpft hinein. Dann geht sie durch den Garten.

Sie muß herausfinden, wer in der Küche ist. Sie geht zum Fenster und späht hinein, vorbei an einem Abwaschbecken voll schmutzigen Geschirrs. Er sitzt am Tisch, trinkt etwas – vielleicht Kaffee – und blättert einen Stapel Papiere durch. Rechnungen. Er trägt ein grünes Flanellhemd und Blue jeans. Mit einer Hand schiebt er seine Kaffeetasse auf der Untertasse hin und her. Jody spürt etwas von der Erregung, die Einbrecher empfinden müssen. Es hat eine enorme Wirkung, jemanden zu beobachten, der das nicht weiß und sich vollkommen natürlich benimmt. Ehe sie sich daran hindern kann, klopft Jody ans Fenster. Das kalte Glas fühlt sich scharf an. Als André sich zum Fenster umdreht, hält Jody den Atem an. Wenn schon sonst nichts, so wird ihr doch immer dieser Augenblick gehören, in dem er sie sieht und nichts anderes. Sie weiß, sie wird sich zerschmettert fühlen, wenn er einfach den Blick abwendet; also durchbricht sie den Blickwechsel und tritt zurück. Sie steht neben dem Johanniskraut, das beim Haus wächst. Sie greift in die Tasche, und als André herauskommt, ohne sich auch nur einen Pullover übergezogen zu haben, raucht Jody eine Zigarette. André läßt die Tür hinter sich zufallen und folgt dem Glühen ihrer Zigarette. Er glaubt, sein Herz klopfe so heftig, weil er wütend ist.

»Was machst du eigentlich hier?« sagt er.

Die Katze, deretwegen Jody ursprünglich hinausgegangen war, sitzt nebenan auf der Veranda, miaut und kratzt an der Tür.

Jody kann ihr eigenes Verhalten nicht mehr beurteilen. Sie konnte Leute schon immer manipulieren. Es fällt ihr nicht schwer, von ihren Eltern oder Freunden das zu bekommen, was sie will, wenn sie ihre Karten richtig ausspielt. Sie ist sicher, André herumkriegen zu können, indem sie ihm eine traurige Geschichte erzählt, durch die er sich nicht nur für sie verantwortlich fühlt, sondern auch für ihre Gefühle ihm gegenüber. Aber sie ist ihm so nahe, daß sie nicht richtig denken kann, und so sagt sie ihm die Wahrheit.

»Ich wollte Sie nur sehen«, sagt Jody.

Ihre Aufrichtigkeit trifft André unerwartet. Er merkt, wie kalt es ist. Drinnen schlafen alle. Selbst der Hund auf dem Küchenfußboden scheint meilenweit weg zu sein, durch den Schlaf ferngerückt. In letzter Zeit sind Vonny und André vorsichtig miteinander umgegangen. Bis heute abend hat André sich bemüht, nicht in den Garten zu gehen, wenn Jody draußen war, weil er wußte, daß sie auf ihn wartete, und Vonny hat sich nicht beklagt, als André ein zweites und dann ein drittes altes Motorrad nach Hause brachte. Aber Vorsicht genügt nicht. Etwas zwischen ihnen ist im Begriff zu zerbrechen.

»Du solltest mit Jungen deines eigenen Alters ausgehen«, sagt André zu Jody.

»Vielen Dank«, sagt Jody in einem Ton, der André daran erinnert, wie jung sie noch ist.

»Jody, geh nach Hause«, sagt André. Sie wissen beide, daß er nicht das Nachbarhaus meint, sondern den ganzen Weg nach Connecticut.

»Ich wollte Sie noch nicht mal um irgendwas bitten«, sagt Jody.

»Schau, ich will dich nicht sehen«, sagt André grausam. »Ich weiß nicht, wie ich dir das klarmachen soll.«

Jody spürt, wie ihr Gesicht heiß wird. Es wäre leicht, ihn zu hassen.

»Du bist bloß einsam«, sagt André.

Etwas Schlimmeres hätte er nicht sagen können.

»In Ordnung«, sagt Jody. »Wenn Sie es so haben wollen. Ich werde nie wieder herkommen.«

»Gut«, sagt André.

»Ganz bestimmt nicht«, sagt Jody.

André sieht zu, wie sie durch den Garten läuft und in der Dunkelheit verschwindet. Als er die Tür hinter ihr zufallen hört, geht er in sein Haus zurück. Er schaltet die Lampen im Untergeschoß aus und geht nach oben. Im Badezimmer vermeidet er es, in den Spiegel zu sehen. Er wäscht sich das Gesicht, geht dann zu Simons Tür und öffnet sie. Hier gibt es ein Nachtlicht, eine weißlich schimmernde Birne, die in der Steckdose steckt. Die Rollos aus Reispapier sind heruntergezogen. Simon liegt quer auf dem Bett. Er hat die Decken heruntergestrampelt, und seine Füße hängen über den Rand der Matratze. André beugt sich nieder und dreht seinen Sohn, damit sein Kopf wieder auf dem Kissen liegt. Dann deckt er ihn zu. Es wundert André, daß Simon so tief schlafen kann, daß man ihn sogar von einem Zimmer ins andere tragen kann, ohne daß er aufwacht. André kann sich nicht erinnern, selbst je so friedlich geschlafen zu haben. Kann es sein, daß jede Nacht seiner Kindheit gestört wurde durch das Geräusch von Hagel auf dem Dach, durch das Summen des Fernsehers, vor dem sein Vater im Wohnzimmer saß? Kann es sein, daß seine Laken sogar im August immer kalt waren? Er möchte für Simon alles sein, was sein eigener Vater nicht war, aber schon läuft Simon zu Vonny, wenn er Trost braucht. Wenn Simon mit André zusammen ist, ist es so, als glaube er, sein Vater könne Schmerz nicht erkennen. Wenn Simon bei solchen Anlässen hinfällt, dann rappelt er sich auf und läuft weiter, und André merkt erst später, wenn Simon auf Vonnys Schoß sitzt und ihr die Schramme zeigt, daß sein Sohn sich verletzt hat. André will nicht glauben, daß die Gleichgültigkeit seines eigenen Vaters etwas anderes war als das, wofür er sie hielt. Und doch, wenn er sich daran erinnert, wie sein Vater lange vor der Morgendämmerung aufstand und seinen Ford durch tief verschneite Straßen manövrierte, wo er später Schnee pflügen würde, wünscht sich André, er wäre wenigstens einmal aufgestanden und hätte eine Thermoskanne schwarzen Kaffee gekocht, statt im Bett liegen zu bleiben, bis er den Wagen starten hörte.

Als André sich neben ihr ins Bett legt, öffnet Vonny die Augen.

»Simon?« sagt sie in der Annahme, André sei nur kurz aufgestanden.

»Er schläft«, sagt André.

Vonny lächelt und rückt näher. André weiß, daß dieses Mädchen von nebenan einfach zum falschen Zeitpunkt kommt. Wäre sie vor ein paar Monaten erschienen, dann hätten er und Vonny darüber gelacht. Jetzt wird er Vonny gegenüber ihren Besuch nicht erwähnen. Und deswegen wird er erst im Morgengrauen einschlafen können.

Wenn er träumt, träumt er von den fliegenden Pferden, dem alten Karussell in Oak Bluffs. Er ist in schrecklicher Eile. Er weiß, daß Winter ist, weil die Straßen verlassen sind. Das Karussell sollte eigentlich geschlossen sein, aber er kann Musik hören. Wen soll er dort treffen? Warum hat er Angst? Er glaubt, daß Simon vielleicht in dem Holzhaus eingesperrt ist, in dem sich das Karussell befindet, und beginnt zu rennen.

Die Wolken hängen viel zu niedrig. Er weiß nicht, ob der Himmel über oder direkt vor ihm ist. Während André rennt, weiß er, daß er zu spät kommt, doch trotzdem läuft er noch schneller. Zum Glück ist noch eine Axt für ihn da. Er muß die Wand des Holzhauses zerhacken. Er weiß das. Als er die Axt schwingt, beginnt Schnee zu fallen. Endlich splittert das Holz, und er sieht, daß das Karussell sich nicht rührt. Wie seltsam aber, daß Spiegel, in einem Kreis aufgestellt, sich vor und zurück bewegen, alles verzerren, was er sieht, und es ihm unmöglich machen, Wirklichkeit und Spiegelung zu unterscheiden. Als er ein zischendes Geräusch hört, beginnt André zu schwitzen. Er untersucht die geschnitzten Pferde – sie sind aus Holz, ihre Mäuler stehen für alle Zeit offen, auf der Stelle erstarrt. Auf einer der Kutschen des Karussells ist ein geschnitzter Drache. Er biegt die Krallen. Als er das Maul öffnet, sieht André zwei scharfe weiße Fangzähne. Ein Strom von Moskitos und heißer Luft strömt aus seinem Maul, und das Zischen, das die Spiegel bewegt und die Spiegelungen verändert, windet sich um Andrés Hals.

André versucht wegzureißen, was ihn erstickt. Als er den Kopf zurücklehnt, sieht er ein gemaltes Schild, aber er kann nicht lesen, ob es *Das ist der Anfang* oder *Das ist das Ende* heißt.

Am Morgen stellt André fest, daß er keine Stimme mehr hat. Er kann sich nur durch geschriebene Notizen verständlich machen. Er trinkt heißen Tee mit Honig und schlürft Hustensaft direkt aus der Flasche. Als das keinen Erfolg hat, trinkt er drei Tassen heißen schwarzen Kaffee hintereinander, und gegen Mittag kann er wieder sprechen.

Jody spürt, wie sich Speichel unter ihrer Zunge sammelt, als sie sich in der Cafeteria umschaut. Gewöhnlich bringt sie ein Buch mit und beachtet niemanden. Heute entgeht nichts ihrer Aufmerksamkeit. Sie trägt enge schwarze Jeans und einen grauen Pullover, der ihre Augen wie glatte, flache Steine aussehen läßt. Ihre schwarzen Stiefel und ihre roten Armreifen hat sie sorgfältig ausgewählt. Fast zwei Monate lang hat sie ihre Mitschüler überhaupt nicht beachtet, also muß sie verlorene Zeit gutmachen. Die regionale High School von Martha's Vineyard hat insgesamt weniger Schüler als die Oberklasse zu Hause. Niemand nähert sich ihr mehr, und sie kann es keinem verübeln. In der ersten Schulwoche hat Jody zwei Mädchen, die besonders nett zu ihr waren, sofort zu verstehen gegeben, daß sie nicht an näherem Kontakt interessiert war. Jetzt reden sie nur noch mit ihr, wenn sie müssen. Jody hat keine Vertraute, die sie über die soziale Hierarchie der Schule aufklären könnte; daher muß sie sie selbst herausfinden, und das ist nicht leicht. Hier vermischen sich die Leute, es gibt kein deutliches Kastensystem wie in ihrer alten Schule. Die häßlichsten Jungen sitzen neben den hübschesten Mädchen. Jody nimmt an, daß die Leute es sich nicht leisten können, so gemein zueinander zu sein, wenn sie auf einer Insel leben. Wohin sie auch gehen, sie müssen sich zwangsläufig dauernd begegnen.

An den vorderen Tischen sieht sie zwei, die in Frage kommen. Einer ist blond und groß und trägt ein Flanellhemd und Jeans. Der andere hat rötliches Haar und eine Sonnenbrille mit Drahtgestell in der Hemdtasche. Jody hält beide für annehmbar, obwohl selbst die bestaussehenden Jungen der Schule sich im Vergleich zu André erbärmlich ausnehmen. Sie ist nie berechnender gewesen. Es ist ihr egal, was sie von ihr denken, und sie hat nichts zu verlieren. André hat ihr gesagt, sie solle mit Jungen ihres eigenen Alters ausgehen, und genau das hat sie nun vor.

Sie trägt ihr Tablett nach vorne und paßt genau auf. Der Junge mit dem roten Haar wendet ihr den Rücken zu, aber der Blonde schaut sie an. An seinem Tisch sitzen noch zwei weitere Jungen und ein Mädchen mit kurzen Haaren, das eindeutig verzweifelt um seine Aufmerksamkeit ringt. Jody bleibt in einigen Metern Entfernung stehen und erwidert seinen Blick. Sie braucht nichts weiter zu tun als zu warten, und er wird auf sie zukommen. Wenn er das tut, wird sie nur zwei Fragen haben: Hat er ein eigenes Auto, und um welche Zeit kann er sie nach der Schule treffen?

Simon hat bereits beschlossen, daß er keine Geburtstagsparty will. Er weigert sich, älter zu werden, solange er nicht größer ist. Er sagt seiner Mutter nichts von seiner Entscheidung, als sie ein Sandwich mit Erdnußbutter vor ihm auf den Tisch stellt und ihn kurz umarmt. Der Druck, den er in seiner Brust spürt, kommt davon, daß er sein Geheimnis für sich behält, aber er läßt sich nicht einschüchtern. Vonny spürt etwas, und als sie ihm ein Glas Saft bringt, berührt sie mit den Lippen seine Stirn. Sie ist tatsächlich heiß, nicht vor Fieber, sondern vor Scham.

Er weiß, daß er böse ist. Er muß böse sein. Er ist verwunschen. Etwas zieht an seinen Kleidern, dehnt sie aus, so daß Manschetten hochgekrempelt und neue Stiefel mit Zeitungspapier ausgestopft werden müssen, damit sie passen. Etwas sitzt auf ihm und drückt ihn so fest zusammen, daß er nicht wachsen kann. Seine Eltern halten ihn für dumm. Sie meinen, er wüßte nicht, daß seine Mutter ihn am Küchentresen mißt oder daß sein Vater ihm nie einen Ball zuwirft, sondern ihn statt dessen auf dem Boden rollen läßt, als hätte er es mit einem Baby zu tun. Simon sieht die Art, wie sie ihn anschauen, und jetzt mißt er sich selbst, auch dann, wenn sie ihn nicht messen.

Während Simon sein Mittagessen verzehrt, kniet Vonny vor einem Schrank und sucht ihre Kuchenformen. Simon hat Magenschmerzen. Sie plant bereits seine Geburtstagsparty. Wenn er es aufschieben kann, vier Jahre alt zu werden, kann er die Zeit nutzen, um vielleicht doch noch zu wachsen.

»Vielleicht bin ich nächsten Samstag krank«, sagt er beiläufig.

»Ach?« sagt Vonny. Sie nimmt zwei runde Formen heraus und stellt sie auf den Tresen.

»Vielleicht kriege ich Windpocken«, sagt Simon.

Während seine Mutter ihm den Rücken zudreht, kneift Simon sich. Ein rotes Mal erscheint auf seinem Unterarm.

»Guck mal«, ruft er, »ein roter Fleck.«

Vonny kommt zu ihm und untersucht seinen Arm. Simon beobachtet sie genau. Er weiß immer, wann sie ihm glaubt.

»Ja, vielleicht«, sagt Vonny.

Simon fängt an, sich besser zu fühlen.

»Gut, daß die Flecken jetzt da sind«, sagt Vonny. »Sie bleiben nur drei Tage. Danach bist du nicht mehr ansteckend.«

»Vielleicht ist es eine andere Sorte Pocken«, sagt Simon. »Eine, die länger dauert.«

Vonny lächelt, während sie die Kuchenformen ausspült. »Du darfst es dir aussuchen«, sagt sie zu Simon. »Schokolade oder Vanille?«

Wenn Simon morgens aufwacht, umfaßt er als erstes die hölzernen Spindeln am Kopfende seines Bettes und streckt sich auf seiner Matratze aus, um zu sehen, bis wohin seine Zehen reichen. Er schließt die Augen und blendet die Geräusche von Vögeln und Autos aus. Wenn es still genug ist und er genau genug hinhört, kann er vielleicht seine Knochen wachsen hören.

Bei Simons Party gibt es Schokoladenkuchen, zwei Sorten Eiscreme, blaue Ballons, die auf die Fensterscheiben geklebt sind, und Partyhüte mit Gummibändern unter dem Kinn und goldenen Fransen. Die Gäste sind zwei andere Vierjährige – Kate und

Matt – und deren Eltern, zwei Ehepaare, mit denen Vonny und André nie gesprochen hätten, wenn sie nicht alle zusammen in einem Kurs für natürliche Geburt gewesen wären. Matts Eltern, Jane und Doug, sind Architekten aus Boston, und die Häuser, die sie bauen, haben Sonnendecks, die in merkwürdigen Winkeln aus den Mauern springen, und Wände, die ganz aus Glas bestehen. Die meisten dieser Häuser sind nur zwei oder drei Monate im Jahr bewohnt, und ihre Eigentümer gehören Vereinen an, die private Strände besitzen. Statt ihnen zu sagen, daß er abgesperrte Strände für unmoralisch hält, statt sie zu fragen, warum irgendwer, der seine fünf Sinne beieinander hat, ein Glashaus mit Blick auf den Flughafen von Edgartown bauen sollte, redet André überhaupt nicht mit Jane und Doug. Und Kates Eltern, beide Lehrer an der regionalen High School, scheinen sich ihrerseits aus irgendwelchen Gründen nicht entschließen zu können, mit André zu sprechen. Seit nahezu drei Jahren veranstalten die Mütter eine wöchentliche Spielgruppe, die Vonny und Simon inzwischen nicht mehr ausstehen können. Kate läßt niemanden mit ihren Spielsachen spielen, und Matt beißt. Immer, wenn er seinen Drang beherrschen kann, seine Zähne in jemanden zu schlagen, bekommt er einen gelben Stikker mit einem lächelnden Gesicht. Er hat jetzt Hunderte davon, vielleicht die größte Sammlung lächelnder Gesichter auf der Welt. Zwanzig Minuten nach Beginn von Simons Geburtstagsparty beißt Matt Simon ins Bein. Vonny eilt herbei, um nachzusehen, ob die Haut verletzt ist, und André packt Matt und trägt ihn in eine Ecke.

»*Hier* wird nicht gebissen«, sagt André zu dem verblüfften Angreifer. »Kapiert?«

Nachdem Simon einen Eiswürfel bekommen hat, um ihn auf sein Bein zu drücken, winkt Vonny Jane in die Küche und sagt ihr, sie und Simon könnten nicht weiter zu der Spielgruppe kommen.

»Ich nehm's dir nicht übel, daß du nicht mehr mitmachst«, sagt Jane. »Eigentlich bin ich sogar erleichtert. Ist es nicht unglaublich, wie Kate ihre Spielsachen hortet?«

»Es ist nicht nur Kate«, sagt Vonny. »Ich habe bis jetzt gebraucht, um zu merken, daß Simon sich nicht mit jemand anfreundet, nur weil ich ihn für ihn ausgesucht habe.«

»Ich verstehe, was du meinst«, sagt Jane. »Sie haben so einen schrecklich eigenen Willen.«

Vonny macht Kaffee für die Erwachsenen und heiße Schokolade für die Kinder.

Jane, die glattes blondes Haar und einen selbstsicheren, direkten Blick hat, stützt ihre Ellbogen auf den Tresen und sieht zu. »Gib Matt nur eine halbe Tasse«, sagt sie zu Vonny. »Nach Kakao beißt er noch mehr.«

Jane hat ihr anvertraut, daß sie erwogen hat, sich von Doug scheiden zu lassen, aber sie hat Angst, ihn als Geschäftspartner zu verlieren. Sie hatten beide ihre Affairen, aber aus irgendeinem Grund verursacht der Gedanke, daß Doug mit seinen Kundinnen schläft, Vonny Unbehagen. Sie weiß, es ist eine schreckliche Idee, daß sein Betrug schlimmer ist, weil er ein Mann ist. Hin und wieder stellt sich Vonny vor, was sie tun würde, wenn André sie betrügt. Sie wird Martha's Vineyard verlassen und nach Boston zurückgehen. Sie wird sich in einem guten Schulbezirk ein Apartment mieten und sich ein Auto und einen Farbfernseher kaufen. Wenn André jedes zweite Wochenende kommt, um Simon zu besuchen, denn mehr wird der Richter ihm nicht erlauben, wird sie umwerfende Kleider tragen, die ihn verrückt machen. Er wird sich stundenlang fragen, wie sie sich das leisten kann und für wen sie sich eigentlich so anzieht. Wann immer ihr der Gedanke in den Sinn kommt, André könnte das Sorgerecht für Simon verlangen, hört Vonny schnell zu denken auf. Jedenfalls wird sie, wenn es sein muß, ihren Vater um ein Darlehen bitten, damit sie sich den besten Rechtsanwalt Bostons leisten kann. Oder sie wird gleich aufs Ganze gehen und einen New Yorker Anwalt nehmen, der sich vielleicht in sie verlieben wird.

An diesem Abend, nachdem die Gäste gegangen und überall auf dem Boden des Wohnzimmers Geschenke verstreut sind, kann Vonny nicht aufhören, an ihren New Yorker Anwalt zu denken. Sie ist erschöpft, und Simon ist noch immer aufgedreht. Er ist vier geworden und kein bißchen größer. Er überlegt, ob Eltern ihre Kinder wohl umtauschen und sich neue dafür geben lassen können. Er ist weinerlich und schmollt und bezeichnet Vonny als blöd. Als er in die Ecke gestellt wird, tritt er mit dem Fuß gegen die Wand, bis ein kleines Stück Putz auf den Boden fällt. Er will kein Abendessen und weigert sich, sich von Vonny den Schlafanzug anziehen zu lassen. Draußen geht ein kalter Regen bald in Hagel über.

»Also gut!« schreit Vonny. »Dann geh eben ohne Schlafanzug ins Bett und erfrier!«

»Schrei mich nicht an!« sagt Simon. Seine Lippen zittern. Seine Augen sind tränennaß.

»Ziehst du ihn nun an oder nicht?« fragt Vonny böse. Soll er doch heulen, denkt sie.

Simon steht auf und will davonlaufen, aber Vonny greift nach seinem Arm und weiß dabei, daß sie ihn zu fest anpackt. Sie zieht Simon auf den Teppich und zwingt einen Fuß in die Schlafanzughose. Simon ist so überrascht über ihre Grausamkeit, daß sein Atem stoßweise geht. Vonny sieht den Schrecken auf seinem Gesicht, aber sie kann anscheinend nicht aufhören. Sie schreit noch immer.

»Du bist vier Jahre alt«, sagt sie, »und benimmst dich wie ein großes Baby.«

»Ich bin kein Baby!« ruft Simon. Sein Gesicht ist tränennaß.

Vonny läßt den Schlafanzug fallen und hockt sich auf die Fersen. Sie hat vergessen, daß er doch ein Baby ist. Er hat Angst vor der Dunkelheit. Das Wort *Tod* hat er noch nie gehört. Dafür hat Vonny gesorgt. André hat sich gezwungen, sich nicht einzumischen, weil er wußte, daß Vonny wütend würde, wenn er es täte. Jetzt kommt er herbei und nimmt Simon auf. Simon wirft die Arme um Andrés Hals und fängt an zu schluchzen. Auch Vonny, die auf dem Boden kauert, ist nach Weinen zumute.

»Ich bring' ihn ins Bett«, sagt André.

»Klar«, sagt Vonny, als sei sie eine normale Person und kein Ungeheuer.

Später, nachdem Simon gebadet und zum Schlafen angezogen ist, bringt André ihn zurück ins Wohnzimmer, um gute Nacht zu sagen. Simon kommt langsam herüber und umarmt Vonny. Sie kann nicht ertragen, wie zögernd er das tut. Als Vonny flüstert, daß es ihr leid tut, benimmt Simon sich großzügig so, als habe er die ganze Episode vergessen. Tatsächlich küßt er sie zweimal. Noch später, als Vonny und André zu Bett gehen, erinnert sich Vonny, wie sie in ihrem Zimmer weinte, wenn sie sich mit ihrer Mutter gestritten hatte. Obwohl sie keine Ahnung hat, worum der Streit sich drehte, weiß sie noch, wie heiß ihre Tränen waren und wie sie aufhörten, als wäre ein Hahn zugedreht worden, sobald ihre Mutter in ihr Zimmer kam, um ihr einen Gutenachtkuß zu geben und sich mit ihr zu versöhnen.

Der Hagel wird heftiger. Eis bedeckt das nackte Johanniskraut und die hölzernen Zaunpfähle draußen vor dem Haus. Morgen wird es Verkehrswarnungen geben, und Nelson wird an der Leine ausgeführt werden müssen, damit er nicht ausrutscht. Heute nacht scheint kein Mond, und das einzige Geräusch ist das von etwas Hartem, das vom Himmel fällt. Als André und Vonny sich lieben, versuchen sie zu vergessen, daß sich im Zimmer neben ihrem ein Kind im Schlaf umdreht. Sie denken nicht daran, wie viele Male sie ihn oder einander enttäuschen werden. Während das Haus zur Ruhe kommt, säumen Vögel die Dachrinnen, um dem schlechten Wetter zu entgehen, und selbst die Spatzen, die nachts niemals zwitschern, stoßen heisere Warnrufe aus.

Elizabeth Renny ist zu alt, um für jemanden zu sorgen. Einmal war sie für die schreiende Wut der Jugend die Stimme der Vernunft, und das war mehr als genug. Es überrascht Elizabeth Renny zu entdecken, daß ihr nicht mehr viel an dem liegt, was so schrecklich wichtig zu sein schien, als ihre eigene Tochter Laura jung war. Dinge, die sie schockieren sollten, tun das nicht mehr. Sie weiß, daß Jody sie ständig belügt; soll sie wirklich glauben, daß dieses Mädchen mit der roten Strähne im Haar und verschmiertem Augen-Make-up jeden Tag später aus der Schule kommt, weil sie noch Chorsingen hatte? Sie bezweifelt, daß Jody den Unterschied zwischen Alt und Sopran kennt, aber sie kann sich sehr gut vorstellen, daß der blonde Junge mit dem roten Auto schon der Liebhaber ihrer Enkelin ist. Obwohl sie noch nie

Marihuana gesehen hat, kann sie sich auch das vorstellen, aus einer Pfeife auf dem Rücksitz des Autos dieses Jungen geraucht. Lauras Rebellion war gar nichts im Vergleich zu Jodys Verwegenheit. Jede ihrer Bewegungen verrät ihre Lust an der Gefahr. Elizabeth Renny weiß, daß dieser blonde Junge ihrer Enkelin mit der Zeit nicht mehr gefallen wird.

Was Elizabeth Renny am meisten überrascht, ist, daß sie nicht den Wunsch hat, Jody fortzuschicken. Es hat nichts mit Lauras fröhlicher Ankündigung zu tun, sie und ihr Mann Glenn beabsichtigten, sich versuchsweise zu trennen. Das Zusammenleben mit Jody ist wie das Zusammenleben mit einer interessanten Zeitbombe, und es lenkt Elizabeth von dem schwarzen Fleck in ihrem Auge ab.

Jodys neuester Trick ist, um zehn oder elf Uhr nach Hause zu kommen und sich dann um eins noch einmal bis zur Morgendämmerung davonzustehlen. Als das zum ersten Mal passierte, dachte Elizabeth Renny, ein Einbrecher wäre im Haus. Sie zog ihren Ehering ab und versteckte ihn unter ihrem Kissen. Die Katzen miauten, als die Tür geöffnet wurde, und als sie wieder zufiel, stand Elizabeth Renny auf und trat ans Fenster. Jody rannte über den Rasen auf den wartenden roten Toyota zu. Zumindest hatte der Junge den Anstand gehabt, die Scheinwerfer auszuschalten, um die Nachbarn nicht aufzuwecken. Jody wird ständig kühner und sorgloser. Oft läßt sie den blonden Jungen in den Büschen in der Nähe von Andrés Schuppen parken und zieht dann alle ihre Kleider aus, obwohl André sie vielleicht sehen könnte. Das nächtelange Ausbleiben gibt ihren grauen Augen einen unirdischen Ausdruck. Sie bekommt nur morgens ein paar Stunden Schlaf und muß sich immer beeilen, um sich für die Schule fertig zu machen.

Jody hat wieder verschlafen. Sie rennt nach unten, während sie noch ihre Bluse zuknöpft, und stellt fest, daß ihre Großmutter für sie ein Frühstück gemacht hat. Auf dem Tisch stehen Teller mit Rührei, zwei halbe Grapefruits und englischer Tee.

»Ich hab' keine Zeit«, erklärt Jody, während sie in ihre schwarzen Stiefel schlüpft. »Ich komm' zu spät zur Schule.«

»Ich würde gern mit dir reden«, sagt Elizabeth Renny.

Jody hängt sich ihre leinene Büchertasche über die Schulter. Sie trägt eine rosa Halskette, die ihr nicht sonderlich gefällt. Ein Geschenk von James, dem blonden Jungen.

»Ich bin um vier zurück«, sagt Jody, »wenn ich nicht Chorprobe habe.«

»Setz dich hin«, beharrt Elizabeth Renny.

Jody seufzt und läßt sich schwer auf einen Stuhl fallen. Ihre Büchertasche rutscht von ihrem Arm und poltert zwischen ihre Füße. Sie hört James' Wagen in die Einfahrt einbiegen, und aus irgendeinem Grund irritiert sie der Gedanke, daß er da draußen auf sie wartet.

Elizabeth Renny hat sich auf dieses Gespräch vorbereitet, und sie hofft, daß man das nicht zu sehr merkt. Sie hat sich sorgfältig angezogen, vielleicht ein bißchen zu formell mit ihrem schwarzen Wollkleid und den Schuhen mit hohen Absätzen. Direkt unter dem Kragen trägt sie eine Granatbrosche in Form eines Hundes.

»Ich fände es besser, wenn du nur am Wochenende über Nacht ausbleiben würdest«, sagt Elizabeth Renny.

Jody sieht zu ihrer Großmutter auf.

»Wäre es nicht besser, freitags auszugehen statt montags, wenn du früh aufstehen mußt? Dann könntest du samstags lange schlafen.«

Jody räuspert sich. Sie weiß, daß sie absolut kein Geräusch gemacht hat, als sie gestern abend fortging. Vielleicht heute morgen, als sie zurückkam. Oder diese verdammten Katzen, die ihr nach oben folgten.

»Wäre das nicht sinnvoll?« sagt Elizabeth Renny.

»Ja, sicher«, sagt Jody. Sie betrachtet ihre Großmutter aufmerksam, um sich zu vergewissern, daß nichts Sarkastisches in ihrer Miene ist.

»Na, dann ist das ja geklärt«, sagt Elizabeth Renny.

»Ich bin nicht verliebt in ihn oder so was«, sagt Jody plötzlich. »Er ist in Ordnung, aber ich will ihn nicht heiraten.«

»Zu meiner Zeit«, beginnt Elizabeth Renny, aber Jody fällt ihr ins Wort. »Warfen sich Mädchen nicht dem erstbesten Jungen an den Hals, der des Weges kam«, sagt sie verächtlich.

»Glaubten Mädchen immer, sie seien verliebt«, sagt Elizabeth Renny.

Jody schaut hinunter auf ihre Hände. Der rote Toyota hat eine Weile in der Einfahrt gestanden, und nun ertönt ungeduldig die Hupe.

»Jetzt werd' ich wirklich zu spät kommen«, sagt sie.

Elizabeth Renny wünscht sich, ihre Enkelin würde gehen. Sie hat Jodys nächtliche Ausflüge angesprochen, weil sie schließlich für sie verantwortlich ist. Und jetzt fällt ihr ein, daß Jody unmöglich hierbleiben könnte, wenn sie in der Schule durchfiele.

»Mach dir keine Sorgen«, sagt Elizabeth Renny ohne nachzudenken. »Du wirst dich verlieben.«

»Ich mach' mir keine Sorgen«, sagt Jody kalt. »Ich mach' mir nie welche.«

Sie nimmt ihren Mantel vom Haken und geht nach draußen. Nachdem sie in den Toyota gestiegen ist, wirft sie die Tür zu. Früher hat Jody ihre Großmutter nicht als Person betrachtet, sondern als ein Möbelstück, das sie auf ihrer nächtlichen Route zu umschiffen hatte. Sie wird sich nicht darum kümmern, was ihre Großmutter denkt. Sie weigert sich, sich aufzuregen. Sie wird James auf dem Weg zur Schule anhalten lassen, damit sie sich Diätcola und Zigaretten kaufen kann. Er ist in ihrer Macht. Er ist ein Sklave der Dinge, die sie zu tun bereit ist, wenn sie allein sind und ihr danach ist. Zur Schule werden sie es sicher ohnehin nicht rechtzeitig schaffen. Natürlich wird es nie wieder ganz dasselbe sein, wenn sie sich nachts davonmacht. Aber wenn sie ihre nächtlichen Verabredungen auf Freitag und Samstag beschränkt, dann nicht, weil ihre Großmutter das verlangt hat, sondern weil sie James allmählich satt hat. Nach einer Weile wird sie fast alles tun, um ihm aus dem Weg zu gehen. Und das ist der einzige Grund, warum sie auf dem Heimweg anhält, um ihrer Großmutter die Sonntagszeitungen zu kaufen, nachdem sie die ganze Samstagnacht ausgeblieben ist. Sie hat eine gute Entschuldigung, ihn nicht zu berühren, wenn sie Druckerschwärze an den Fingern hat.

Nelson liegt auf dem Boden der Veranda, während Vonny arbeitet. Vonny kann die Schmerzen in seinen Hüften fast spüren. Sie sind steif und arthritisch, und er streckt sich, um die bequeme Lage zu finden, die ihm nie vergönnt ist. Manchmal kommt er und legt seinen großen Kopf auf Vonnys Knie. Er starrt sie träumerisch an. Seine Augen sind trübe und wegen des grauen Stars von einem phosphoreszierenden Grün, wenn Licht hineinfällt.

Nelson hat sich angewöhnt, Vonny von Zimmer zu Zimmer zu folgen. Manchmal stolpert sie über ihn. Jedesmal, wenn er darauf besteht, sie auf die Sonnenveranda zu begleiten, wo er neben einem Faß nassem Ton liegt, während Vonny arbeitet, muß sie ihm hinterher das Fell ausbürsten. Vielleicht läßt sie zu, daß er ihr folgt und ihr im Weg ist, weil Nelson als Hund ihr Ebenbild ist, übermäßig sensibel – was Vonnys Mutter Suzanne einen »Einfühler« nennt und andere als »leicht zu überwältigen« bezeichnen würden. Sowohl Vonny als auch ihr Hund neigen dazu, den Schmerz eines anderen Geschöpfes auf sich zu nehmen. Wenn Simon einen Wutanfall hat und brüllt, ist es Nelson, der sich in einer Ecke verkriecht und wimmert. Wenn jemand sich den Zeh anstößt, hinkt Nelson und leckt sich die Pfote.

Vonnys Mutter behauptet, Einfühlung sei eine Gabe, aber Suzanne ist auch eine Frau, die, obwohl sie mit einem Augenarzt verheiratet ist und in einer Eigentumswohnanlage lebt, den sauren Boden Floridas umgräbt, um in ihrem Garten Ingwer anzupflanzen, der ihr, wie sie glaubt, die Treue ihres Ehemannes sichern wird. Vonny dagegen glaubt nicht an Astrologie, schwarze Magie oder auch nur Träume. Sie betrachtet ihr Einfühlungsvermögen als einen Makel wie einen Kratzer auf ihrer Seele, der Vibrationen durchläßt. Sie hütet sich vor Leuten mit starken Vibrationen, und sie ist dankbar, daß ihr Makel keine körperliche Form annimmt. Sie sieht keine blaue Aura um Menschen herum, keine Lichtstrahlen, die von ihren Fingerspitzen ausgehen. Sie bemitleidet die Nachbarin ihrer Mutter, die schwört, sie habe über Delray Beach ein silbernes Raumschiff gesehen. Sie bemitleidet sich selbst, weil diese ihre Gabe ihr ermöglicht, den Aufruhr zu fühlen, der in letzter Zeit in André herrscht. Jedesmal, wenn er an einem Fenster vorbeigeht, weiß sie, daß er an das Mädchen von nebenan denkt.

Natürlich hat sie keinen Beweis. Aber Vonny ist seiner Anziehungskraft sicher genug, um sich mehrmals täglich vorzustellen, ihn auf verschiedene Arten zu ermorden. Was kann sie tun, um ihre Ehe zu retten, ehe André etwas Dummes anstellt? Sie führt lange Telefongespräche mit ihrer Kindheitsfreundin Jill, die ihr rät, Seide zu tragen und sich so zu benehmen, als habe sie selbst einen Liebhaber. Sie kann es abwarten. Sie kann die Art von Abendessen kochen, die er bevorzugt. Sie kann es ihm ins Gesicht schreien, ihn schlagen, in der Nacht verschwinden. Oder sie kann ihn verblüffen, indem sie das tut, was er am wenigsten erwartet, nämlich Jody als Babysitter anheuern und mit ihm zu einer Dinnerparty bei Jane und Doug gehen, wo sie ihm genau zeigen wird, wieviel er zu verlieren hat. Vonny trägt ein rotes Satinkleid und trotz des Wetters schwarze, hochhackige Sandaletten. Obwohl André Parties haßt und nebenbei bemerkt hat, daß Simon Jody nicht gut genug kennt, um mit ihr allein gelassen zu werden, weiß Vonny, daß sie das Richtige getan hat, sobald Jody herüberkommt. Jody trägt Jeans und ein Sweatshirt, und Vonny sorgt dafür, daß sie dicht neben dem Mädchen steht, als André herunterkommt. Neben ihrem roten Satinkleid ist Jody so gut wie unsichtbar. André schenkt Jody keinerlei Aufmerksamkeit, und Vonny ist irgendwie ärgerlich, als Simon sich zu freuen scheint, sie zu sehen, und nichts dagegen hat, daß sie ihn allein lassen.

Auf der Party läßt Vonny André merken, daß andere Männer sich für sie interessieren. Sie lächelt jedesmal, wenn ein Mann mit ihr spricht, ganz gleich, was er sagt. Sie trinkt vier Gläser Wein und läßt Dougs Squashpartner ein bißchen zu dicht neben sich stehen. André verbringt den größten Teil des Abends in einer Ecke, aber Vonny spürt, daß er sie beobachtet. Um Mitternacht meint sie, ihren Standpunkt deutlich gemacht zu haben. Als sie nach Hause kommen, schläft Simon seit Stunden, und Jody sitzt auf der Couch und liest Zeitschriften, eine offene Tüte mit Brezeln neben sich. Vonny hat beinahe Mitleid mit ihr und gibt ihr zwei Dollar extra, als sie sie bezahlt. André und Jody ignorieren einander so vollkommen, daß Vonny sich einen Augenblick lang fragt, ob sie sich die Mühe mit dem roten Kleid überhaupt hätte machen müssen.

»Zehn Dollar, um sich mit Dougs Freunden zu langweilen«, beschwert sich André, nachdem Jody gegangen ist. »Nächstes Mal bleiben wir zu Hause.«

Während André die Kaffeekanne für den nächsten Morgen ausspült, geht Vonny nach oben, um nach Simon zu sehen. Jody hat ihm einen Sommerschlafanzug angezogen, und er liegt zusammengerollt, die Knie an der Brust. Vonny deckt ihn mit einer zusätzlichen Decke zu. Im Schlafzimmer zieht sie das Kleid aus, schleudert ihre hochhackigen Schuhe hinten in den Schrank und öffnet das Schloß ihrer Perlenkette. Auf dem Weg zur Kommode streift sie das Bett, und Andrés Kopfkissen fällt auf den Boden. Vonny hält ihre Perlen in einer Hand. An der Stelle, wo das Kissen war, liegt ein Stück Papier. Vonny setzt sich. Sie hört unten die Tür zuschlagen, als André den Hund hinausläßt. Zuerst meint sie, sie hätte einen Liebesbrief gefunden, aber als sie den Zettel auseinanderfaltet, sieht sie mit blauer Tinte geschrieben: »Ich hasse Sie.« Rasch zerknüllt Vonny das Papier, und weil sie es nicht über sich bringt, das Beweisstück fortzuwerfen, stopft sie es in die oberste Schublade ihrer Kommode. Sie erwähnt den Zettel nicht, als André ins Bett kommt.

Am Morgen macht sie Frühstück und beginnt dann, ihre Sommersachen in Kartons zu packen, die später auf den Speicher gebracht werden. Sie kann sich nie dazu bringen, diese Aufgabe zu erledigen, den Sommer ein für alle Male wegzuräumen, bis der Wetterbericht Schnee vorhersagt. Bald ist der Flur im Obergeschoß übersät mit Simons Sommerspielsachen: Eimer und Schaufeln und sein Dreirad. Auf den Betten liegen zusammengefaltete T-Shirts und Shorts. Nach dem Mittagessen legt Simon sich zu seinem Mittagsschlaf hin, und André fährt nach Vineyard Haven, um neue Winterreifen zu kaufen, die es jetzt im Sonderangebot gibt. Weil nichts sie daran hindert, läßt Vonny die gefalteten Sachen auf den Betten und das Spielzeug am Boden liegen. Sie geht nach unten, bindet ihr Haar mit einem Gummiband zurück, wählt dann Elizabeth Rennys Nummer und verlangt Jody zu sprechen.

Nachdem sie aufgelegt hat, trinkt Jody Orangensaft. Sie zittert tatsächlich. Sie wünscht, sie wäre mit James zu einem leeren Landhaus in Gay Head gefahren, das er kennt. Sie hätte warten können, während er durch ein unverschlossenes Fenster einstieg, und könnte jetzt mit ihm dort sein. Sicher hätte sie ihn einen Nachmittag lang ertragen können. Und es gibt noch einen anderen Jungen, der sich für sie interessiert, einen aus der Oberklasse, der gefährlicher und daher vielversprechender wirkt als James. Sie hätte auf dem Rücksitz seines Wagens, eines schwarzen Kabrioletts, auf ihn warten können, statt hier zu sein und den Anruf anzunehmen. Sie war so verblüfft, Vonnys Stimme zu hören, daß sie einwilligte, herüberzukommen, ehe sie darüber nachdenken konnte. Jody weiß, was passieren wird. Man hat ihr schon viele Vorträge gehalten. Sie kann jeden Ausdruck aus ihrem Gesicht verbannen, so daß es aussieht, als höre sie zu. Sie erkennt das lange Einatmen, das das Ende eines Vortrags ankündigt, das Gefühl der Freiheit, wenn man weiß, daß man bald erlöst sein wird.

Vonny würde nicht wagen, sie herüberzubitten, wenn André zu Hause wäre. Während sie über den Rasen geht, sieht sie, daß sein Lieferwagen nicht in der Einfahrt steht. Sie kuschelt sich in ihren Pullover. Es ist eiskalt heute, aber ihr Gesicht ist brennend heiß. Selbst ihr Schatten ist rot. Sie stellt sich vor, wie Vonny die Hand ausstreckt und sie ohrfeigt, und ihr Gesicht wird noch heißer. Mit ihren sechzehn Jahren, ohne je mit André geschlafen zu haben, weiß sie, daß sie die andere Frau geworden ist.

Als sie Vonny an der Tür warten sieht, verspürt Jody den Drang, sich umzudrehen und wegzulaufen. Statt dessen beschließt sie, überhaupt nichts zu sagen, falls ihr nicht direkte Fragen gestellt werden. Vonny öffnet die Tür weit, und Jody geht an ihr vorbei und bringt einen Schwall kalter Luft mit herein. Vonny hat Zeit, Jody zu betrachten, während sie ins Haus geht. Irgendwie fühlt sie sich unbehaglich. Sie kommt sich vor wie ein Direktor, der einen Schüler zu sich ruft, um ihn zu bestrafen.

»Setz dich«, sagt Vonny.

Jody setzt sich und reibt ihre Hände aneinander.

Wie eine Spinne, denkt Vonny.

»Trinkst du schon Kaffee?« fragt Vonny schelmisch.

Ein Punkt für Vonny, und Jody weiß es. Sie kennt auch ihre nächste Zeile. Haben Sie mich deshalb herbestellt? Um Kaffee zu trinken? Aber sie will Vonny zu nichts drängen. Als sie antwortet, klingt ihre Stimme mädchenhaft, auch für sie selbst. »Sicher«, sagt sie. »Mit Milch und Zucker.«

Vonny macht zwei Tassen Kaffee, eine mit Milch, die andere schwarz. Ihre Hände zittern. Sie fragt sich, ob Mörder sich so fühlen, ehe sie zum Messer greifen. Sie nimmt die Zuckerdose, stellt sie auf den Tisch und setzt sich dann Jody gegenüber. Früher hätte Nelson gebellt wie verrückt, sobald jemand durch die Tür gekommen wäre. Jetzt trottet er in die Küche, und als er sich unter den Tisch legt, streckt Jody die Hand aus und tätschelt seinen Rücken.

»Ich wette, du hast Spaß daran, Unruhe zu stiften«, sagt Vonny.

Jodys Gesichtsausdruck ist vollkommen undurchdringlich. Das, so weiß sie, macht die anderen verrückt.

»Nicht, daß du bei André eine Chance hättest«, sagt Vonny. »Ich will nur, daß du weißt, daß ich dich durchschaut habe.«

Jody nimmt einen Schluck von ihrem Kaffee. Sie hat zwei gehäufte Löffel Zucker hineingetan, und noch immer ist er zu bitter. Es ist Zeit, und sie weiß es. Jetzt benutzt Jody ihre Zeile.

»Haben Sie mich deshalb herbestellt? Um mir zu sagen, daß ich keine Chance habe?«

»Um dich wissen zu lassen, daß es dir leid tun wird«, sagt Vonny.

»Ich brauche nicht mit Ihnen zu reden«, sagt Jody. Sie will aufstehen, aber Vonny greift über den Tisch und packt eines ihrer Handgelenke. Ihr Griff ist stark.

»Setz dich hin«, sagt Vonny, und Jody gehorcht ohne nachzudenken. »Laß mich dir etwas sagen«, sagt Vonny. »Du wüßtest nicht mal, was du mit ihm anfangen solltest, wenn du ihn bekämst.«

Darin liegt eine tiefe Drohung, und Jody ist für einen Augenblick verwirrt.

»Männer und Jungen sind zweierlei«, sagt Vonny, nicht mehr ganz sicher, ob sie die Wahrheit sagt oder etwas erfindet, um Jody Angst zu machen.

»Sie machen mir keine Angst«, sagt Jody flach, aber zum ersten Mal denkt sie, sie könne vielleicht dem, was sie anzufangen hofft, nicht gewachsen sein.

Jodys Gesicht wirkt so offen, daß Vonny unwillkürlich bemerkt, wie rein ihre Haut ist. Vonnys eigenes Gesicht hat winzige Falten an unerwarteten Stellen. Sie kann sich gut vorstellen, wie Jody sich in André verlieben konnte. Ein Mädchen ihres Alters läßt sich durch seine Schweigsamkeit beeindrucken und schätzt sie.

Oben ertönt ein Poltern, und Vonny hofft, daß es nicht Simon ist, der zu früh aus seinem Mittagsschlaf erwacht. Wenn er aufwacht, weiß man nie, in welcher Stimmung er ist, und Vonny läßt ihn gewähren, mehr, wie sie weiß, als sie das tun würde, wenn er für sein Alter nicht so klein wäre. Sie will auf keinen Fall, daß Jody sieht, wie sie Simon anfleht, lieb zu sein, einen Keks zu essen, nicht mehr mit den Füßen auf den Boden zu trampeln. Als ein weiteres Poltern ertönt, steht Vonny abrupt auf.

»Ich glaube, mehr haben wir uns nicht zu sagen«, sagt sie.

»Oh, doch«, sagt Jody. In diesem Augenblick erscheint ihr das Leben sinnlos, wenn sie André nicht gewinnen kann. Sie hat versucht, ihn so eifersüchtig zu machen, daß er handelt. Sie hat sich mit James zur Schau gestellt, aber André ist wie ein Stein. Wenn er weinte, würden seine Tränen aus Granit bestehen. Und doch weiß Jody, wenn er frei wäre, würde er wirkliche Liebe finden, Nächte, die so lange dauern wie bei anderen Leuten das ganze Leben. »Glauben Sie nicht, Sie könnten mir meine Gefühle vorschreiben«, sagt sie.

Ein weiteres Geräusch ertönt, ein scharfes Krachen, und Vonny dreht den Kopf. Durch das Küchenfenster scheint die Sonne in ihr Gesicht. Für jemanden wie Jody verrät Vonnys Gesicht eine Kraft, die Vonny selbst nie gesehen oder von der sie auch nur gedacht hat, sie besäße sie. Sie hat hohe Wangenknochen und dunkle Augen. Ihr Haar ist schlicht und zum Nacken hin länger geschnitten. Als sie das Krachen zum zweiten Mal hört, fällt ein Schatten über ihr Gesicht. Selbst Jody erkennt den feuchten Geruch von Angst. Als Vonny aus der Küche läuft, folgt Jody ihr auf dem Fuße. Vonny kann kaum atmen. Das Licht hat sich verändert, und im Wohnzimmer ist es dunkel. Vonny stolpert über den Couchtisch. Am Fuß der Treppe bleibt sie stehen und merkt nicht einmal, daß Jody sie anrempelt und dann zurückfährt. Sie kann Simons Fahrrad durch den oberen Flur rumpeln hören.

»Halt!« schreit sie.

Vonny will die Treppe hinaufrennen. Und dann sieht sie ihn, wie er in voller Fahrt auf die Treppe zukommt.

»Halt!« schreit Vonny. »Bleib sofort stehen!«

Ihre Worte scheinen monumental, sie hallen in ihrem Kopf wider, als Simon die erste Stufe herunterfährt. Er wirft lachend den Kopf zurück, entzückt über die Geschwindigkeit, die er erreicht hat, und das Rumpeln der ersten Stufe. Jody streckt die Hand aus und packt den Rücken von Vonnys Bluse, als müsse sie sich stützen.

Die Treppe ist alt und so steil, daß André den Kopf einziehen muß, wenn er auf ihr geht. In dem Augenblick, in dem Vonny erkennt, daß sie nichts tun kann, gewinnt die Zeit eine merkwürdige Qualität. Bei Vonny geschieht alles schnell – ihr Herzschlag, die Schatten, die über ihre Haut ziehen –, nur Simon bewegt sich langsam. In diesem Moment kann sie seinen Tod sehen. Sie sieht sein Blut auf der Treppe. Sie weiß, wie sie ihm entgegenstürzen wird, Sekunden zu spät, unfähig, seinen Fall aufzuhalten.

Wenn es nicht passiert, wird sie ihr Leben ändern. Sie wird nicht mehr verbergen, wie sehr sie Simon liebt, um ihn nicht zu verwöhnen. Wenn es sein muß, wird sie Jody ihren Mann überlassen. Simon fährt fünf weitere Stufen hinunter. Er senkt wieder den Kopf und lacht lauter. Es ist wie eine Karussellfahrt. Er erreicht den Knick der Treppe, und weil er so viel Tempo gewonnen hat, ist es möglich, daß er die restlichen Stufen auf einmal nehmen wird.

»Halt!« schreit Vonny und hofft, Simon werde vom Rad abspringen, sich am Treppengeländer festhalten, seinen Sturz selbst bremsen. Erstaunlicherweise hält das Fahrrad an. Das Vorderrad ragt über den Rand einer Stufe und dreht sich im Leerlauf. Vonny packt zu, ergreift das Rad und zieht es hoch. Simon ist außer Atem, aber noch immer übermütig. Vonny zieht ihn mit einer Hand vom Fahrrad und läßt dann den Reifen los, so daß das Rad krachend die Treppe hinunterfällt. Sie schlägt Simon so hart auf den Po, daß Tränen in seine Augen treten. Vonny hat ihn noch nie geschlagen, und er heult sofort auf, als ihm klar wird, was passiert ist.

Vonnys Finger sind wie Tentakel um die dünnen Knochen von Simons Arm gekrallt, aber sie beachtet ihn nicht mehr. An ihren Armen und Beinen bildet sich Gänsehaut. Sie schaut nach unten und begegnet Jodys Blick. Sie fragt sich, ob sie genauso bleich ist wie Jody. Sie hebt Simon hoch und trägt ihn nach unten. Er weint noch immer, aber seine Schluchzer sind in einen Schluckauf übergegangen. Vonny und Jody stehen im Flur und betrachten das Licht, das durch das Fenster über der Tür fällt. Die Glasscheiben sind alt und dick. Sie verzerren Wolken und Himmel. Als draußen eine Hupe ertönt, vielleicht die von James, fahren beide zusammen. Vonny kniet nieder und tröstet Simon. Jody streicht sich mit den Fingerspitzen das Haar aus dem Gesicht. Sie hat vollkommen vergessen, weshalb sie hier war. Sie hat den Wunsch, auf jemandes Schoß zu sitzen. Statt dessen folgt sie Vonny in die Küche, wo Simon Apfelsaft und Kekse bekommt. Er schwört, nie wieder im Haus Fahrrad zu fahren, und wird nicht gescholten, als er fünf Kekse ißt statt der drei, die ihm normalerweise gestattet werden. Für André ist es die vielleicht größte Überraschung seines Lebens, als er aus Vineyard Haven zurückkommt und Vonny und Jody am Küchentisch vorfindet, wo sie heißen Tee mit Honig trinken. Keine von beiden macht sich die Mühe, ihn zu grüßen, oder bemerkt auch nur, daß er nach Hause gekommen ist.

3
Für die im Dunkeln

Es ist eine sternlose Winternacht, als Vonny den Laden von Chilmark verläßt und entdeckt, daß der Motor des Lieferwagens nicht anspringt. Neben ihr stehen mehrere Milchtüten und einige Brötchen für den nächsten Morgen. Sie hat Zeit vergeudet und in der Bücherei einige überfällige Bücher zurückgegeben; sie mußte an die Ladentür klopfen, um nach Geschäftsschluß noch eingelassen zu werden. Sie hatte vergessen, wie dunkel es um sechs Uhr abends sein kann. Sie hatte vergessen, wie verlassen Beetlebung Corner, das Zentrum von Chilmark, sein kann.

Wieder und wieder dreht sie den Zündschlüssel, mehr und mehr in Panik beim Geräusch des spuckenden Motors. Während sie sich auf den Lieferwagen konzentriert, schließt der Verkäufer das Geschäft ab und fährt weg. Vonny blickt auf, und der Parkplatz ist leer. Zwischen hier und zu Hause gibt es keine Telefonzelle. Sie hätte wissen müssen, daß so etwas passieren würde. Es ist zu kalt, um das Haus zu verlassen. Ehe sie in die Bücherei fuhr, mußte Vonny mit einem Feuerzeug den Griff der Fahrertür anwärmen, um den Schlüssel ins Schloß stecken zu können. Das hätte Warnung genug sein sollen. Martha's Vineyard ist im Eis eingeschlossen. Boote, die heute morgen ausgefahren sind, können nachts nicht in den Hafen zurückkehren.

Vonny hört die Papiertüte reißen, als sie nach ihren Einkäufen greift. Als sie aus dem Wagen steigt, läßt das Knirschen ih-

rer Stiefel im Schnee ihr Herz rasen. Sie macht sich nicht die Mühe, den Lieferwagen abzuschließen, da ihr jeder, der heute nacht das verdammte Ding stehlen will, willkommen ist.
Du hast nichts zu fürchten.
Nicht einmal ein Verrückter wäre in so einer Nacht unterwegs.
Natürlich ist es ein Fehler, das Wort *Verrückter* zu denken. Es ist gut möglich, daß solches Wetter genau das Richtige ist, um einen Wahnsinnigen blutdürstig zu machen. Wenn der Schnee nicht so hell wäre, könnte Vonny das Feld nicht von der Straße unterscheiden. Wenn sie rennen könnte, würde sie das tun, aber der Schnee ist rutschig und hat tückisch vereiste Stellen. Es ist erst kurz nach sechs, aber ebenso könnte es Mitternacht sein. Die Nacht ist dunkel und hüllt sie ein wie ein Mantel mit silbernen Rändern. Die Dunkelheit vibriert mit einem eigenen Leben. Vonny weiß, daß die Art von Entsetzen, die sie verspürt, irrational ist. Es ist das Entsetzen einer Frau, die meint, sie könne sich in der Finsternis verirren und über die eisige Peripherie der Erde ins Leere treten.

Als Kind mußte Vonny bei Licht schlafen. Mit zehn hatte sie noch immer Alpträume. In ihnen sahen alle Häuser genau gleich aus, und sie stellte sich oft vor, sie könne von der Schule aus nicht nach Hause finden. Nach der Scheidung ihrer Eltern begann sie die Sonntage zu fürchten, denn dann machte ihr Vater, Reynolds, mit ihr Fahrten über Land. Sie war sicher, daß er sie auf irgendeiner verlassenen Straße im Stich lassen würde, und ließ ihn nicht aus den Augen. Sie folgte ihm in Tankstellen und Geschäfte. Wenn es zu kalt war und er darauf bestand, daß sie im leerlaufenden Auto sitzen blieb, tat sie das mit hündischem Gehorsam. Aber sie schaute mit hektischer Angst durch die beschlagene Scheibe, bis sie ihn zum Wagen zurückkommen sah.

Als Vonny elf war, heiratete Reynolds wieder, und das machte den sonntäglichen Fahrten ein Ende. Reynolds neue Frau Gale lud sie ein, die Nacht bei ihnen zu verbringen, und weil Vonny keine passende Ausrede einfiel, nahm sie an. Vonnys Mutter und ihr Vater sprachen nicht miteinander, darum wartete Vonny draußen an der Ecke auf ihren Vater. Als sein Wagen vorfuhr, hatte sie ein seltsames, taubes Gefühl an der Hinterseite ihrer

Beine. Insgeheim hatte sie gehofft, ihre Mutter werde sie nicht gehen lassen. Auf dem Weg nach Manhattan lief das Radio, daher brauchten sie nicht zu reden. Als sie ankamen, erkannte Vonny, daß ihr Vater ihr ein Geheimnis vorenthalten hatte. Er war reich. In diesem Augenblick entdeckte Vonny die Teilbarkeit des »wir«. Nie dachte sie »wir sind reich«. Das alles gehörte ihm. Das Wohnzimmer mit den geknüpften Teppichen, die Bibliothek, die Reynolds als Büro benutzte, mit ihren roten Wänden und den blauen Sofas – jeder Raum war groß genug, um sich darin zu verirren, jeder hatte ein eigenes Echo. Zu beiden Seiten der Türe des Speisezimmers standen Truthähne aus Porzellan, so lebensecht, daß ihre Kehlen zu pulsieren schienen.

Vonny bekam einen rosa Morgenrock, von dem Gale sagte, sie werde ihn nur für sie aufheben. Zur Schlafenszeit gab Vonny ihrem Vater und Gale einen Gutenachtkuß und ging dann ins Gästezimmer. Wie immer ließ sie das Licht brennen. Später in dieser Nacht wachte Vonny auf und hörte Stimmen in der Halle. Sie hielt die Augen geschlossen, als jemand, ihr Vater oder Gale, die Tür öffnete und das Licht ausschaltete. Sie zwang sich, sich nicht zu rühren, bis sie sie durch die Halle in ihr eigenes Schlafzimmer gehen hörte. Sie begann, nach dem Lichtschalter zu suchen, zuerst langsam, dann immer hektischer. Doch statt des Schalters fand sie die Tür. Sie ging hinaus in die stockfinstere Halle und tastete sich an der Wand entlang. Mehr als alles andere fürchtete sie, sie könne stolpern und die Keramiktruthähne zerbrechen. Eine Art Lähmung kam über sie, und so blieb sie einfach mitten in der Halle stehen, wo sie gerade war, stundenlang, bis der Himmel hell wurde. Als sie durch die hohen Fenstertüren die Baumwipfel sehen konnte, merkte sie, daß sie vor dem Wohnzimmer stand. Sie schlich zurück in ihr Zimmer und saß im Bett, bis ihr Vater um neun Uhr hereinkam und ihr sagte, es sei bald Zeit, sie nach Hause zu fahren. Vonny zog sich an, packte ihr Köfferchen und ging dann an den Truthähnen vorbei zum Frühstück. Noch Wochen nach diesem Besuch konnte sie nicht schlafen, und als ihre Mutter schwor, sie nie wieder die Nacht in Manhattan verbringen zu lassen, war Vonny erleichtert.

Vonny denkt an viel gefährlichere Geschöpfe als Truthähne, während sie durch die Dunkelheit geht. Sie fühlt, wie die Milch in ihrer Tüte gefriert, in ihren Armen schwerer wird. Sie gestattet sich nicht, an Zahlen zu denken, denn das würde sie daran erinnern, daß sie drei Meilen zu gehen hat. Ihr Atem geht so schwer, daß sie schwören könnte, Eis in den Lungen zu haben. Entweder wird sie auf diesem Weg vor Angst sterben oder nicht. Sie wird entweder von wilden Hunden angefallen werden oder einfach weitergehen. Als sie die lange Schotterstraße erreicht, an der sie wohnt, zu beiden Seiten von Sommerhäusern gesäumt, die bis zum Memorial Day geschlossen sind, weiß Vonny nicht, ob sie es schaffen wird. Das ist der schlimmste Teil ihres Weges. Sie beginnt André zu hassen, der vermutlich nicht einmal merkt, daß die Geschäfte vor mehr als einer Stunde geschlossen haben. Ihre eigene Straße wirkt fremd, merkwürdig eng, merkwürdig abschüssig. Sie fragt sich, ob es wirklich ihre Straße ist oder ob sie irgendwo falsch abgebogen ist.

Einen wilden Hund hörst du schon lange, bevor er angreift.
Sie weiß das. Das ist eine Tatsache.
Du würdest ihn auf dem Eis ausrutschen hören.
Plötzlich erscheint ein Farbfleck in der flachen, weißen Landschaft. Vonny glaubt, sie sehe Sterne, aber bald erkennt sie, daß es Simon in einem orangefarbenen Schneeanzug ist. Simon und André laufen ihr entgegen und treffen sie am Rand der Einfahrt. Schnee liegt auf Vonnys Haaren und Stiefeln. Simon umfaßt ihr Bein.

»Du bist wieder da!« schreit Simon, und er zerrt kräftig an Vonny, so daß ihre Knie nachzugeben scheinen.

Die Frau, die auf der Straße panische Angst hatte, wird zu Rauch, der so schnell verfliegt, daß Vonny sich kaum noch daran erinnern kann. Schließlich ist das ihre Straße. Es ist ihr Haus.

»Was ist mit dir passiert?« fragt André. »Um Himmels willen!«

Vonny sieht André an. Sie weiß nicht, ob er wütend oder nur besorgt ist.

»Der Motor ist nicht angesprungen«, sagt sie zu ihm. »Du wirst den Wagen morgen früh holen müssen.«

»Wir haben gedacht, du hättest dich verirrt«, sagt Simon.
»O nein«, beruhigt ihn Vonny.
Du wirst erstaunt feststellen, wie leicht es ist, jemanden anzulügen, selbst die Menschen, die du am meisten liebst.
»Überhaupt nicht.«

Vonny und Jody sprechen über alles, nur nicht darüber, was sie fühlen. Jody kommt mindestens zweimal in der Woche zum Babysitten, und das gibt ihnen genug Gesprächsstoff. Sie sprechen darüber, um welche Zeit Simon zu Bett ging, als Vonny und André im Kino waren, was er gegessen hat, welche Bücher er vorgelesen haben wollte. Sie reden über Rezepte, wie man aus Erdnußbutter Knetmasse macht und Salzteig aus Maismehl. Sie sorgen dafür, daß sie nie über André sprechen. Sein Name kommt in ihrem Vokabular nicht vor. Sein Name würde es ihnen unmöglich machen, überhaupt zu sprechen. Manchmal steht André auf der Veranda und lauscht durch das geschlossene Fenster ihren gedämpfen Stimmen. Er kann es nicht ertragen, Jody in seinem Haus zu haben. Sie hinterläßt überall Spuren; Lippenstiftflecken auf Teetassen, ihren Geruch auf seinem Sofa und in seinen Teppichen. Er weiß, daß sie sich von ihrem Freund mit dem roten Toyota getrennt hat und sich nun mit mehreren anderen trifft. Er ist überrascht, daß sie gut mit Kindern umgehen kann, und eifersüchtig auf seinen eigenen Sohn, wenn Simon sich auf ihren Schoß kuschelt.

»Warum mußt du dich mit einem Teenager abgeben?« fragt André Vonny.

»Warum stört dich das?« versetzt sie. »Wo liegt das Problem?«

Natürlich kann er nicht antworten. Er muß es auf sich beruhen lassen.

»Teenager«, sagt er.

Irgendwie ist er verdrängt worden. Er kann nicht begreifen, warum Frauen gern so viel reden, obwohl es ihm gefällt, ihre Stimmen zu hören, wenn er die Worte nicht verstehen kann. Er stellt sich vor, es sei ein Lied, das er nicht kennt und nie zu lernen hoffen kann. Er wird in keiner Weise einbezogen, als sie einander Weihnachtsgeschenke geben. Jody bringt einen gelben Metallbulldozer für Simon und eine der Sahnetorten ihrer Großmutter für Vonny und André. Die ganze Zeit, während Vonny an ihrem Geschenk für Jody arbeitet, ist ihr bewußt, daß ihre Freundschaft, wenn es denn eine ist, nichts mit Vertrauen zu tun hat. Sie ist der Freundschaft mit einem wilden Tier nicht unähnlich, das einem ohne das geringste Zögern die Zähne in den Arm schlagen würde. Und doch fühlt Vonny sich zu ihr hingezogen. Wenn sie mit Jody zusammen ist, ist es fast so, als sei sie mit sich selbst zusammen, als greife sie zurück in die Vergangenheit nach dem sechzehnjährigen Mädchen, das sie selbst einmal war.

Die Schale, die Vonny für Jody macht, ist von einem tiefen Smaragdgrün, der Rand eingefaßt mit eingeritzten Leoparden. Als sie die Schale sieht, wünscht Jody, sie hätte Vonny etwas ebenso Schönes geschenkt. Sie bewahrt darin ihre Ohrringe und Halsketten auf, und wenn sie die Schale dreht, laufen die Leoparden im Kreis. Jody hat eine Menge gelernt, seit sie nach Vineyard gekommen ist. Wie man einen Kühlschrank abtaut, wie man einen Orgasmus heuchelt, wie man nicht zurückweicht, wenn man seiner Großmutter in die Badewanne helfen muß. Ihre Eltern haben sich jetzt offiziell getrennt. Ihr Vater hat ein Apartment in New Haven. Er hat sie eingeladen, ihn zu besuchen, aber er hat sie nicht aufgefordert, bei ihm zu bleiben. Ihre Mutter ruft einmal in der Woche an und beklagt sich darüber, daß alle guten Männer entweder verheiratet oder tot sind. Beide nehmen an, daß Jody nach Abschluß des Schulsemesters nach Hause kommen wird. Sie denken, Jody vermisse ihre Freundinnen, das örtliche Einkaufszentrum, ihre beiden jüngeren Brüder. Jody fragt sich manchmal, ob Vonny vielleicht die einzige Person ist, die sie versteht. Vonny weiß, daß sie nicht weg will. Und Jody ist sicher, daß Vonny auch weiß, wie sehr Jody André begehrt. Wenn Jody nach Connecticut zurückgeht, wird er sie völlig vergessen. Wenn das passiert, wird sie sterben, obwohl sie sich selbst sagt, sie versuche, ihn zu vergessen. Sie nimmt heiße Bäder, um auszubrennen, was immer sie so elend macht. Ihre Finger und Zehen bekommen schrumpelige Haut. Dampf steigt aus der alten weißen Badewanne auf. Als sie auf die Bademette tritt, fühlt sie sich schwach von der Hitze. Wo ist ihr Herz? Warum fühlt sie nichts, als ihre Mutter eines Nachts spät anruft und Jody in einem verzweifelten Augenblick bittet, nach Hause zu kommen, weil sie einsam ist? Ist sie die Art Mädchen, die zusehen könnte, wie ihre Familie in einem brennenden Haus umkommt, und dann losgehen, um sich Lidschatten zu kaufen? Warum nimmt sie anderen Mädchen deren wertlose Freunde weg, wenn sie hinterher größeren Ekel verspürt, wenn sie sie küssen muß, als wenn sie sie ausziehen?

Sie fühlt sich Vonny näher als allen anderen, und doch würde sie sie jederzeit betrügen. Ihre Wünsche sind ungeheuerlich. Ihre Tränen sind rot vor Wut. Jeden Tag tut sie so, als sei sie normal. Sie trinkt Orangensaft, sie kämmt sich das Haar, sie arbeitet für zwei Dollar fünfzig pro Stunde als Babysitter. Sie möchte explodieren. Sie möchte so frech sein, daß Fremde sie auf der Straße ohrfeigen. Wenn sie nicht nach Hause fährt, wird etwas Schreckliches passieren. Jeden Morgen, wenn sie an Elizabeth Renny vorbeigeht, die draußen auf der Veranda Vögel füttert, beißt Jody sich auf die Zunge, um ihre Großmutter nicht zu bitten, sie möge sie bleiben lassen. Die Katzen, Margot und Sinbad, hocken immer unter dem Vogelhaus. Sie wissen, daß ihre Glöckchen sie verraten und die Vögel vertreiben würden, daher wagen sie nicht zu springen. Statt dessen lecken sie sich die Lippen und liegen reglos, als seien sie vollkommen entspannt, aber ihre Ohren zucken.

Es ist die Woche nach Neujahr, die Woche der letzten Prüfungen, und Jody muß eine Geschichtsprüfung ablegen, bei der sie wahrscheinlich durchfallen wird, weil sie nicht ein einziges Mal ein Buch geöffnet oder auch nur daran gedacht hat zu lernen. Sie wirft einen letzten Blick in ihre Büchertasche, ehe sie hinausgeht: Wimperntusche, Zigaretten, Notizbücher, zwölf Dollar und vierzehn Cents. Sie zieht den Reißverschluß der Tasche zu und wirft sie sich über die Schulter. Sie trägt ein Paar alte Schuhe ihrer Großmutter, die sie in einem Wandschrank gefunden hat, Schuhe, von denen sie annimmt, sie würden Vonny gefallen, schwarze Pumps, an den Zehen offen, mit zehn Zentimeter hohen Absätzen. Damit sie passen, hat sie dicke weiße Sokken angezogen. Da die Leute in der Schule sie ohnehin anstarren, kann sie ihnen auch gleich Grund dazu geben.

Elizabeth Renny steht am anderen Ende der Veranda und zerbröselt Brotreste.

»Bis später«, ruft Jody ihrer Großmutter zu.

Elizabeth Renny versucht, den Flug eines Waldsängers zu verfolgen, aber das ist kein fairer Test. Der Waldsänger fliegt mit seinen Brotkrumen immer in die höchsten Zweige der Kiefer, und sie weiß nie genau, ob sie sich den Vogel nur vorstellt oder ihn wirklich noch sieht.

Jody steht da, eine Hand in die Hüfte gestützt. Sie glaubt, es müsse ihr Schicksal sein, von allen ignoriert zu werden außer von Jungen, an denen ihr nichts liegt. Sie möchte aufgehalten werden. Sie möchte nach Hause geschickt, bei etwas ertappt und bestraft werden. Sie denkt über alle möglichen Schwierigkeiten nach, in die sie geraten könnte. Es ist nicht fair, daß sie keine Knochen brechen kann. Wenn sie einen Kampf mit einem anderen Mädchen in der Schule erzwänge, würden ihr allenfalls ein paar Haare ausgerissen. Sie wünscht sich die Art von Schwierigkeiten, die Jungen haben.

Elizabeth Renny bemerkt ihre Enkelin erst, als sie auf dem Weg zum Schulbus die Einfahrt hintergeht.

»Schönen Tag!« ruft sie.

»Danke«, sagt Jody und weiß schon, daß es nicht das ist, worum es ihr geht.

Der Schulbus hält auf dem Weg nach Oak Bluffs so oft, daß Jody versucht ist auszusteigen. Als sie vor der High School vorfahren, klappert sie mit ihren hohen Hacken die Stufen hinunter und nimmt eine Zigarette heraus, während die anderen Jugendlichen auf die Schultür zugehen.

Ein Mädchen namens Garland bleibt zurück. Sie hat Jodys Schuhe betrachtet.

»Die sind aber toll«, sagt sie zu Jody.

»Sie sind alt«, sagt Jody kühl.

»Ich mag alte Sachen«, sagt Garland.

»Ich tue Dinge nicht, weil sie anderen Leuten gefallen«, läßt Jody sie wissen. In kurzen Stößen atmet sie den Rauch aus.

Garland nickt interessiert. Sie wird oft übergangen und weiß nicht, ob es sozialer Selbstmord ist, freundlich zu Jody zu sein. Während sie zusammen über den Lehrerparkplatz gehen, verlangsamt Jody ohne nachzudenken ihre Schritte, um sich Garland anzupassen. Aber als sie die Tür erreichen, bleibt Jody stehen.

»Geh weiter«, sagt Jody zu Garland.

»Du wirst doch nicht allein hier auf dem Parkplatz bleiben«, sagt Garland zu ihr. »Hier passieren komische Sachen. Ein paar ältere Schüler haben im Sommer einen Werwolf gesehen.«

»Ha«, sagt Jody, »das ist doch lachhaft!«

»Im Ernst. Es gibt auch einen Riesen, der an der Straße nach Chilmark wohnt.«

»Hast du den schon mal gesehen?« fragt Jody.

»Nicht persönlich«, gibt Garland zu. Jody wirft ihre Zigarette hin und zerdrückt sie mit der Fußspitze.

»Mir kann überhaupt nichts passieren«, sagt Jody.

Das erste Klingelzeichen ertönt. Eine Lehrerin öffnet den Kofferraum ihres Wagens und beginnt, die Teile eines naturwissenschaftlichen Modells zusammenzusuchen. Die Stücke ergeben keinen Sinn. Die Lehrerin trägt ein Plastikmodell des Verdauungstrakts an Jody und Garland vorbei. Im Kofferraum bleibt ein Käfig mit drei weißen Ratten stehen, außerdem eine Rolle Draht und ein Korb mit Salat.

»Wir sollten besser reingehen«, sagt Garland.

»Mir ist heute nicht nach Schule«, sagt Jody.

»Du wirst Schwierigkeiten kriegen«, sagt Garland.

»Das ist doch wohl meine Sache«, sagt Jody, »oder?«

Als Garland die Schule betritt, spürt Jody einen Augenblick Bedauern. Wenn sie eine wirkliche Freundin hätte, nicht jemanden wie Becky zu Hause, nicht Vonny, zu der sie nicht ehrlich sein kann, dann könnte sie ihre Gefühle für André vielleicht erklären und verstehen. Aber sie ist schlecht, und sie weiß es. Warum sollte jemand ihre Freundin sein? Sie geht zurück auf den Parkplatz und sieht, daß die Naturkundelehrerin ihre Schlüssel im Wagen gelassen hat. Ohne Zögern schließt sie den Kofferraumdeckel und steigt in den Wagen. Sie läßt die Tür zufallen und steckt den Schlüssel ins Zündschloß. Der Motor übertönt das Geräusch der Ratten, die an ihrem Käfig kratzen.

Jody spürt eine Welle von Hitze, als sie das Gaspedal heruntertritt. Sie biegt vom Parkplatz in die Straße von Edgartown nach Vineyard Haven ein, überrascht, wie leicht sich das Steuerrad drehen läßt. Sie hat einmal den Wagen ihres Vaters gefahren, und der hatte keine Lenkkraftverstärkung. Ein bißchen Druck mit den Fingerspitzen, und schon ist sie um die Kurve. Jody gewinnt die Kontrolle über den Wagen wieder und fährt weiter. Sie hat keine Ahnung, wo die Schalter für Licht und Scheibenwischer sind, und hofft, daß sie nicht in Dunkelheit oder bei Schneefall fahren muß. Ehe sie in die County Road einbiegt, probiert sie die Bremsen aus. Der Wagen bleibt mit einem so heftigen Ruck stehen, daß Jodys Kopf nach hinten fliegt. Jody gibt Gas, und der Wagen gleitet mühelos über die Straße. Sie kurbelt das Seitenfenster ganz herunter, damit sie nicht an der Hitze stirbt, die ihr Körper verströmt. Sie gibt sich Mühe, innerhalb der gelben Linien zu bleiben.

Wenn sie wüßte, wie man den Geschwindigkeitsanzeiger abliest, wäre sie entzückt zu sehen, daß sie mit vierundachtzig Meilen pro Stunde fährt. Die anderen Wagen, die sie überholt, sind farbige Schemen. Der Wind weht heftig. Einen Augenblick lang, als der Tacho auf mehr als neunzig steht, wird Jody so schwindlig, daß sie beinahe das Bewußtsein verliert. Dann, ganz plötzlich, wird ihr klar, daß sie ein Auto fährt. Sie hat ein Auto genommen, das einer Lehrerin gehört. Sie weiß nicht, wie man es anhält. Sie hat Schwierigkeiten, die Bremse zu finden. Fünfzehn Minuten, nachdem sie ihn gestohlen hat, fährt Jody den Wagen an den Straßenrand, überquert eine niedrige Böschung und hält an. Ihre Kleider sind schweißnaß. Sie fühlt sich noch elender als zuvor. Sie weiß, daß niemand sie aufhalten kann. Sie steigt aus dem Wagen und macht sich zu Fuß auf den Rückweg zur Schule. Obwohl sie rechtzeitig zur zweiten Stunde wieder in der Schule ist, schwitzt sie noch tagelang, wann immer sie eine Sirene hört, weil sie nicht weiß, daß es buchstäblich unmöglich ist, einen solchen Diebstahl ohne Augenzeugen aufzuklären. Drei der Augenzeugen entkommen, als die Polizei eintrifft und ein Polizist versehentlich den Riegel des Käfigs öffnet. Die Ratten springen aus dem Käfig und verschwinden in den Wäldern, ehe der Polizist seinen Partner davon überzeugen kann, daß der Käfig nicht von Anfang an leer war. Die einzige andere Zeugin, eine Schülerin der High School namens Garland, ruft Jody nach der Schule an und fragt, ob sie Lust habe, sie am Wochenende zu treffen und sich eine Pizza zu teilen. Jody überlegt kurz und sagt dann zu. Als sie den Hörer auflegt, weiß sie, daß sie hierbleiben wird.

Sie wird sich unentbehrlich machen. Sie höhlt grüne Paprikaschoten aus und füllt sie mit einer Mischung aus Hackfleisch, Reis und Tomatensoße.

»Oh, hallo!« sagt sie fröhlich, als Elizabeth Renny in die Küche kommt, um nachzusehen, was es mit dem Geklapper auf sich hat. »Ich dachte, ich mach' uns was Tolles zum Abendessen.«

Elizabeth Renny bemerkt die Rezeptseite einer alten Ausgabe von *Ladies' Home Journal* auf dem Tresen. Jodys Hände sind klebrig von dem Hackfleisch, und ohne ihr Augen-Make-up sieht sie aus wie zwölf. Ungewöhnlich starker Dampf dringt unter dem Deckel des Reistopfes hervor. Elizabeth Renny weiß, daß ihre Enkelin etwas will. Die gefüllten Paprikaschoten sind matschig und schmecken verbrannt, aber Elizabeth Renny und Jody essen beide höflich alles auf, was auf ihren Tellern ist.

Nachdem sie den Tisch abgeräumt hat, setzt Jody sich hin. »Meine Eltern meinen, ich sollte nach Hause kommen«, sagt sie. Sie räuspert sich und fährt dann fort. »Ich meine, ich sollte eigentlich bei dir bleiben und dir zur Hand gehen.«

Elizabeth Renny fragt sich, ob das Zur-Hand-Gehen bedeutet, wochenlang keine Hausaufgaben zu machen, feuerroten Nagellack zu tragen und ein Rudel von Freunden zu haben, die rücksichtslos auf die Hupe drücken, um ihre Ankunft zu verkünden. Wenn Jody nach Hause fahren würde, so könnte Elizabeth Renny abends wieder den Wind hören statt Rockmusik.

»Es ist wirklich schwierig, mitten im Schuljahr die Schule zu wechseln«, sagt Jody. »Man kommt ganz durcheinander. Und ich hätte auch nicht die richtigen Bücher.«

»Und außerdem würdest du den Chor vermissen«, sagt Elizabeth Renny.

»Das stimmt«, bejaht Jody rasch. »Ich würde ihn sogar schrecklich vermissen.«

Jody setzt den Kessel für Elizabeth Rennys Tee auf und holt sich eine Diätcola aus dem Kühlschrank. Sie hat abgenommen, da ist Elizabeth Renny sicher, weil sie so viel herumrennt und nur Diätlimonade trinkt.

»Es wäre schade, den Sommer zu versäumen, nachdem du den ganzen Winter hier verbracht hast«, sagt Elizabeth Renny.

Jody ist nicht sicher, ob sie das richtig verstanden hat. Das ist mehr, als sie erhofft hatte.

»Den ganzen Sommer?« sagt sie.

Elizabeth Renny fragt sich allmählich, ob sie erblinden wird. Sie probiert häufig aus, ob sich auch über ihr gutes Auge ein Film gelegt hat. Wenn das passiert, wird sie Jody wegschicken müssen. Es wäre nicht gut für Jody, wenn sie diejenige wäre, die sie fände. Elizabeth Renny hat entschieden, daß sie nicht zulassen wird, eine Blinde zu sein. Sie weiß, was man dann mit ihr machen würde. Man würde sie in ein Pflegeheim irgendwo in der Nähe von Hartford bringen, man würde sie an einen Rollstuhl fesseln, alle Fenster verschließen und sie mit Apfelmus und Milch füttern. Wenn sie Glück hat, wird sie noch lange genug leben, um die Goldamseln, die letzten Sommer unter der Dachrinne genistet haben, zurückkehren zu sehen. Sie weiß, wenn man im Frühjahr und im Sommer den Vögeln Futter streut, dann bleiben einige deswegen im Winter da. Man muß sie den ganzen folgenden Winter hindurch weiter füttern, weil sie sonst verhungern. Sie hat noch nicht entschieden, ob sie im Frühling einen Fünfzig-Pfund-Sack Vogelfutter bestellen wird. Die Wahrheit ist, daß sie nie fähig war, auch die allerfrechsten Vögel zu ignorieren, nicht einmal den Blauhäher, der, wenn Mrs. Renny an sonnigen Morgen auf der Veranda frühstückt, auf ihren Teller hinunterstößt und Toaststückchen stibitzt.

Sie sollte nicht mehr bei ihnen babysitten, und sie weiß das. Aber es ist schwer, Vonny im Stich zu lassen, wenn sie fragt. Und noch schwerer ist es, auf die Chance zu verzichten, in Andrés Haus zu sein. Sie hat einen seiner Pullover oben in der Kommodenschublade gefunden und ihn angezogen. Das T-Shirt, das sie trägt, ist warm genug, aber sie möchte die Wolle auf ihrer Haut spüren. Sie möchte etwas, das ihm gehört.

Nachdem Simon sein Abendbrot gegessen hat – ein mit Käse überbackenes Tomatensandwich, das Jody etwas zu lange im Ofen ließ –, machen sie Popcorn. Simon trägt die Schüssel ins Wohnzimmer und sieht zu, wie Jody Sachen vom Boden aufhebt und in einen großen Karton wirft. Sie schiebt den Karton in die Spielzeugecke, holt ein paar Bücher und setzt sich neben ihn.

»Die nicht«, sagt Simon, als er die Bücher sieht. »Erzähl mir eine Geschichte.«

»Die ›Drei Kleinen Schweinchen‹?« fragt Jody.

»Nein«, sagt Simon. »Was Aufregendes, richtig Gutes.«

»Das wird dir noch leid tun«, sagt Jody.

»Nein, wird es nicht«, sagt Simon. »Bitte!«

André und Vonny sind essen gegangen und jetzt wahrscheinlich im Kino. Unwillkürlich fragt Jody sich, ob sie dabei wohl Händchen halten. Wenn sie diejenige wäre, die neben ihm sitzt, dann wäre es mit Händchenhalten nicht getan.

»Wie wär's mit einem Werwolf?« sagt Jody.

»Was ist das?« fragt Simon.

»Ich weiß es«, sagt Jody. »Ein Riese.«

Simon nickt und steckt die Hand in die Schüssel mit Popcorn.

»Wer ihn sieht, bekommt solche Angst, daß sein Haar über Nacht weiß wird.«

»Kinder auch?« fragt Simon.

»O ja«, sagt Jody zu ihm. »Er hat einen Schatz unter seinem Kopfkissen, aber wenn du ihn stehlen willst, bekommst du Schwierigkeiten. Um den Schatz herum ist ein Ring aus Nägeln, aber der Kopf des Riesen ist so hart, daß er ihn durch das Kissen gar nicht spürt.« Sie schiebt sich etwas Popcorn in den Mund und verzieht das Gesicht. »Wir brauchen Salz.«

Jody geht in die Küche. Simon bleibt allein auf dem Sofa sitzen, bis ihm auffällt, daß die Ecken des Zimmers dunkel sind. Er steht auf und folgt Jody. Jody öffnet den Schrank über dem

Küchenherd, und als sie sich umdreht, steht Simon direkt hinter ihr.

»Ich hab' dir ja gesagt, daß du Angst kriegen würdest«, sagt sie.

»Ich hab' keine Angst«, behauptet Simon. Er hört etwas, schwere Schritte auf der Veranda. Sie kommen näher.

»Doch, hast du wohl«, sagt Jody.

Sie geht zur Tür, öffnet sie und läßt Nelson herein.

»Was macht der Riese sonst noch?« fragt Simon.

»Er schnarcht so laut, daß Bäume davon umfallen«, sagt Jody.

»Nein, das macht er nicht«, lacht Simon.

Jody salzt das Popcorn und probiert davon.

»Komm schon«, sagt Simon, »was noch?«

»Seine Schuhe sind so groß wie Ruderboote.«

»Erzähl mir was Unheimliches«, sagt Simon.

»Uh, uh«, sagt Jody. »Komm, wir wollen malen. Hol die Buntstifte.«

»Erzähl mir, wie er Kinder zum Abendbrot ißt.«

»Simon!« sagt Jody. »Das ist ekelhaft.«

Er folgt ihr auf dem Fuße, als sie ins Wohnzimmer geht. Jody stellt die Schüssel mit dem Popcorn auf den Couchtisch, setzt sich und legt die Füße hoch. Simon setzt sich so dicht neben sie, daß er fast auf ihrem Schoß kauert.

»Wenn er müde ist, deckt er sich mit einem Zelt zu statt mit einer Decke«, sagt Jody.

Simon rückt noch näher und zwirbelt eine seiner Haarsträhnen zusammen.

»Er kann mit bloßen Händen einen Baum fällen«, sagt Jody. »Er kann durch die Wolken greifen und den Mond packen.«

Sie wünscht, sie könnte nach oben gehen und in Andrés Bett steigen. Sie spürt ein Prickeln, als sie die Ärmel seines Pullovers hochschiebt.

»Weißt du, wie stark er ist?« sagt Simon.

»Wie stark?« fragt Jody lächelnd.

»So stark wie Donner. Weißt du, wie groß er ist?«

»Größer als ein Berg?« sagt Jody.

Sie beschäftigen sich mit einem Mickey-Mouse-Puzzle und

werden gerade fertig, als Vonny und André nach Hause kommen. Andrés Pullover liegt wieder zusammengefaltet in der Schublade, und alles Geschirr ist abgewaschen.

»Alles in Ordnung?« ruft Vonny aus der Küche.

»Mami!« schreit Simon.

Simon läuft in die Küche, und Jody nimmt die leere Popcorn-Schüssel und trägt sie hinterher.

»Er war sehr lieb«, sagt Jody zu Vonny.

André öffnet den Eisschrank und sucht nach einem Bier. Er riecht Butter und irgendeine Seife, mit der Jody sich wäscht.

»Ich wette, jemand hat Popcorn gemacht«, sagt André.

»Stimmt«, sagt Jody.

André schließt den Kühlschrank und sieht sie an.

»Hast du mir Süßigkeiten mitgebracht?« fragt Simon seinen Vater.

»Süßigkeiten?« sagt André. »Um diese Zeit?«

»Verdammt«, sagt Vonny, während sie in ihrer Handtasche kramt. »Ich hab' kein Kleingeld.«

»Das macht nichts«, sagt Jody zu ihr. Sie geht an André vorbei, um ihre Jacke zu holen. »Sie können mich nächstes Mal bezahlen.«

»André?« sagt Vonny.

Er greift nach seiner Brieftasche und zählt acht Dollar ab. Er hat keine Lust, je wieder ins Kino zu gehen, wenn er hinterher dies durchmachen muß.

»Acht, stimmt's?« sagt er zu Jody.

Sie möchte, daß er Vonny sagt, es sei zu dunkel, um sie allein nach Hause gehen zu lassen. Sie möchte, daß er sie auf halbem Wege durch den Garten aufhält und seine Hand unter ihre Jacke schiebt.

»Stimmt«, sagt Jody.

André legt das Geld auf den Tisch, damit er Jody nicht berühren muß. Jody rollt die Scheine zusammen und schiebt sie in ihre Tasche. Sie umarmt Simon zum Abschied und geht aus der Tür, während André ihr den Rücken zudreht. Sie läuft, bis sie die Stelle im Garten erreicht, an der er sie hätte aufhalten können. Sie bleibt dort stehen und schließt die Augen, ehe sie weiterläuft.

Vonny bereitet Simon tagelang vor. Sie sagt ihm, sie gingen zu einer Party, aber Simon weiß, worum es sich in Wirklichkeit handelt. Eine Vorstellung in der Vorschule, die er im kommenden Herbst besuchen wird. Garten und Straßen sind schlammig, und Simon trägt seine roten Gummistiefel. Vonny trägt ebenfalls Stiefel und einen Regenmantel. Als sie zum Lieferwagen hinausgehen, ist die Luft feucht, und ihre Gesichter glänzen. André wartet auf sie, einen Arm über den Beifahrersitz gelegt. Simons tiefer Wunsch ist, nicht von seiner Mutter getrennt zu werden und in die Schule gehen zu müssen. Es wäre vielleicht einfacher, wenn er in das kleine Schulhaus von Chilmark gehen könnte, aber die Vorschule befindet sich in der größeren Schule von West Tisbury. Gestern hatte Simon einen Wutanfall und stieß mit dem Fuß ein Loch in die Wand neben seinem Bett. Aber es gibt kein Entkommen. Er klettert in den Lieferwagen und läßt sich von Vonny anschnallen.

Vonny und André haben den ganzen Morgen gestritten. Obwohl sie heute alle zusammen sein werden, hat Vonny solche Angst vor der bevorstehenden Trennung von Simon, daß ein Kloß in ihrem Hals sitzt. Deshalb hat sie André angegriffen. Früher hätte er das ignoriert, doch heute wehrt er sich.

»Könntest du dein Fenster öffnen?« sagt Vonny.

Sie läßt nur ein Zehntel ihrer Gereiztheit erkennen, aber André versteht sie. Er dreht die Kurbel, bis das Fenster ganz geöffnet ist. Ihre Einfahrt ist halbwegs trocken, doch nebenan stehen riesige Pfützen, durch die man unmöglich fahren kann. Kleine Moskitoschwärme schwirren über dem stehenden Wasser. Vonny hat Mrs. Renny gedrängt, alle ihrer Besucher und Lieferanten ihre Einfahrt benutzen zu lassen, doch jetzt stehen sie plötzlich dem Wagen irgendeines Teenagers gegenüber, der zu bremsen versucht, aber im Schlamm weiterrutscht.

André streckt den Kopf durchs Fenster und ruft: »Zurück, Idiot!«

Der Junge setzt zurück.

»Könntest du das Fenster halb schließen?« fragt Vonny.

»Vielleicht sollten wir überhaupt nicht fahren«, sagt André.

Ein Hoffnungsschimmer für Simon.

Vonny tut so, als habe sie Andrés Kommentar nicht gehört. »Vielleicht wird Matt auch in deiner Klasse sein«, sagt sie zu Simon.

Jody kommt über den Rasen gerannt. Sie bleibt stehen und klopft an Vonnys Fenster. Als Vonny ihr Fenster herunterkurbelt, schaut André für einen Augenblick herüber und sieht, wie Jodys Atem sich mit der feuchten Luft vermischt.

»Tut mir leid, daß wir Ihre Einfahrt versperrt haben«, sagt Jody. »Viel Spaß in der Vorschule«, ruft sie Simon zu. Dann läuft sie zum Auto ihres Freundes.

»Kannst du deiner Freundin sagen, daß ich nicht will, daß ihre Romeos meine Einfahrt benutzen?« sagt André.

»Sag's ihr doch selber«, sagt Vonny.

»Mein Bauch tut weh«, verkündet Simon.

»Fabelhaft«, sagt Vonny zu André, als sei er daran schuld. »Sie ist nicht meine Freundin, sie ist mein Babysitter«, sagt Vonny.

»Sie ist *mein* Babysitter«, sagt Simon.

»Du könntest auch einen Babysitter brauchen«, sagt André zu Vonny.

Besorgt blickt Simon auf.

»Daddy hat nur Spaß gemacht«, sagt Vonny zu ihm.

Die Schule, für erwachsene Maßstäbe klein, ist für Simon riesig. Simon geht zwischen seinen Eltern, die Hand seiner Mutter fest umklammernd. Stimmen ertönen, während ältere Kinder in ihre Klassenzimmer laufen und ihre offenen Mäntel flattern. Vonny und André lächeln einander über Simons Kopf hinweg zu. Sie sind heute stolz auf Simon, und sie haben keine Ahnung, daß er deshalb dauernd über seine Schulter zurückblickt, weil er sicher ist, Fledermäuse schwirrten durch den Gang hinter ihm und verdunkelten das Licht der Lampen.

Sechs Kinder und ihre Eltern sind für heute eingeladen worden. Sechs weitere werden morgen kommen. Alle drängen sich in einem Klassenzimmer, in dem schon dreizehn Schüler und die Lehrerin, Miss Cole, sind. Als sie sich in einem Kreis auf den Boden setzen, rutscht Simon auf Andrés Schoß. Er kann den Herzschlag seines Vaters spüren. Die Lehrerin fordert die

Kinder, die zu Besuch gekommen sind, auf, sich die Fische und die Hamster anzusehen, aber Simon rührt sich nicht.

»Fische«, drängt Vonny ihn.

Die anderen Kinder haben sich in einer Reihe aufgestellt, um der Lehrerin durch den Raum zu folgen.

»Was glaubst du, welche Farbe die Hamster haben?« fragt Vonny und weiß, daß sie verzweifelt klingt.

Simon verbirgt sein Gesicht an der Brust seines Vaters. André schiebt Simon von seinem Schoß, steht auf und nimmt seine Hand. Das Aquarium steht unter einem Fenster, das auf den Schulhof hinausgeht. André bückt sich nieder und legt einen Arm um Simons Schultern. Es gibt zwei Engelbarsche und einen Schwarm bunter Kleinfische. Ein Wels rührt grünen Kies auf, als er auf dem Boden nach Nahrung sucht. Die Lehrerin erlaubt einem kleinen Mädchen, die Fische zu füttern. Während die anderen sich um sie scharen, geht die Lehrerin auf Simon und André zu. »Ich glaube, Sie sind im falschen Klassenzimmer«, sagt sie zu André. »Die Kindergartenklasse ist auf der anderen Seite des Ganges.« Sie beugt sich zu Simon nieder. »Wenn du ein großer Junge bist, wirst du auch hierher kommen.« Sie lächelt.

André läßt eine Hand auf Simons Schulter liegen. Ohne hinzuschauen weiß er, daß Simons Gesicht rot geworden ist. Er weiß auch, daß die Lehrerin nur freundlich sein wollte. Diese Art von Freundlichkeit läßt Andrés Blut gefrieren, aber er achtet darauf, in freundlichem Ton zu sprechen, als er Miss Cole sagt, daß sie durchaus im richtigen Klassenzimmer sind, da Simon im kommenden November fünf Jahre alt wird. Miss Cole glaubt, sie mache die Sache besser, indem sie Simon sagt, wie schön es sei, ihn in ihrer Klasse zu haben. Sie merkt nicht, daß sie in die Babysprache verfallen ist; mit einem größeren Kind würde sie nie so reden. Nachdem es André gelungen ist, Simon zum Hamsterkäfig zu schieben, bietet Miss Cole ihm die Ehre an, die Hamster zu füttern.

»Ich will nicht«, sagt Simon.

André schüttet etwas Futter in seine eigene Hand und fragt Simon, ob er es sich nicht noch einmal überlegen wolle. Als Simon den Kopf schüttelt, füttert André selbst die Hamster. Sie sind so satt, daß sie die proteinreichen Körner, die André durch den Maschendraht schüttet, kaum bemerken. Ein Hamster vergräbt sich in einem Stapel Holzspäne und wartet auf die Mittagszeit, wenn die Kinder gehen. Der andere sitzt auf seinen Hinterbeinen in einer blauen Kaffeedose, vollkommen regungslos.

Sie sprechen am späten Abend darüber, nachdem Simon im Bett ist. Sie fühlen sich schuldig und flüstern, überzeugt, Schwierigkeiten förmlich heraufzubeschwören, wenn sie zugeben, daß etwas nicht stimmt. Halten sie ihn vorschnell für nicht normal? Macht ihre Liebe zu ihm sie blind, unfähig, das zu sehen, was allen anderen klar ist? Simon in einem Klassenzimmer voller Kinder zu sehen, von denen einige sogar jünger sind als er, hat in ihnen eine Alarmglocke zum Klingen gebracht, die sie noch immer hören können. Er ist kleiner als alle anderen. Das ist eine Tatsache. Sie halten sich über den Küchentisch hinweg an den Händen und denken, was immer da nicht in Ordnung ist, sei sicherlich ihre Schuld.

Jody sieht das Licht in ihrer Küche brennen, als sie um Mitternacht fortgeht, und es brennt noch immer, als sie um drei Uhr nachts von einem älteren Schüler abgesetzt wird, mit dem sie sich gewiß nicht mehr abgeben wird, obwohl er ihr geschworen hat, sein Bruder könne sie mit Carly Simon bekannt machen, einer Sängerin, von der Jody meint, sowohl ihre Mutter als auch Vonny liebten sie.

Jody wundert sich, als sie das Licht sieht. Sie denkt, daß Paare, die um diese Zeit noch wach sind, sich entweder lieben oder über eine Scheidung sprechen. Sie weigert sich, Gewissensbisse zu haben. Vonny soll doch selbst auf sich aufpassen. Dennoch kann Jody nicht schlafen. Sie ist sicher, eine Frau weinen zu hören. Sie setzt sich im Bett auf und zieht die Knie an. Sie hört den Schrei einer Eule. Als sie sich zum Schlafen hinlegt, hat sie das Gefühl, sie habe sich vielleicht in alle drei verliebt. Immer wird sie außerhalb von dem stehen, was sie haben. Immer wird sie sich danach sehnen. In dieser Nacht träumt Jody von Eulen und einem Himmel, der mit unermeßlichem Licht gefüllt ist. Sie träumt, daß alles, was sie berührt, auseinanderfällt und nicht mehr zusammengesetzt werden kann.

Es ist Ende Mai. Das Meer ist ruhig, die Luft klar und süß. Niemand würde an einem solchen Tag Martha's Vineyard verlassen wollen. Auf der Fähre zählen sie Möwen und Segelboote, und als die Fähre in Woods Hole anlegt, gehen Vonny und Simon über die hölzerne Planke und warten darauf, daß André den Lieferwagen an Land fährt. Simon trägt eine silbrig schimmernde Jacke, die Vonnys Mutter ihm geschickt hat, und einen schwarzweiß gestreiften Overall. Ihr Kinderarzt hat alles für eine Reihe von Tests im Kinderkrankenhaus von Boston arrangiert. Es fällt Vonny leichter, sich darüber Sorgen zu machen, wie sie ohne Krankenversicherung diese Untersuchungen bezahlen soll, als darüber, was sie ergeben könnten und ob sie schmerzhaft sein werden. Sie haben Simon versprochen, hinterher mit ihm ins Aquarium zu gehen, obwohl Vonny nicht weiß, ob er dann dazu in der Lage sein wird. Trotzdem hat sie ihm von der Delphinschau und dem drei Stockwerke hohen Wasserbecken erzählt, und Simon schwankt jetzt zwischen stummem Entsetzen und Begeisterung, eine schreckliche Kombination. Vonny kann seine Gefühle förmlich durch seine Haut an die Oberfläche treten sehen.

Nachdem André den Lieferwagen von der Fähre gefahren hat, laufen sie darauf zu. Vonny ist rot im Gesicht, als sie Simon ins Auto hebt. Einen Augenblick vergißt Simon, welches Ziel sie haben, und streitet mit ihr, bis Vonny ihn wieder aus dem Wagen hebt, damit er allein einsteigen kann. Vonny weiß, sie sollte daran denken, daß er vier Jahre alt und ein großer Junge ist, ganz gleich, wie er ihr vorkommt.

Über Simons Kopf hinweg treffen sich Vonnys und Andrés Blicke. André hat nicht gut geschlafen, und man sieht es ihm an. Er hat sich mit den Untersuchungen einverstanden erklärt, aber er ist noch immer nicht sicher, daß sie das Richtige tun. Man wird Simon auf eine irreguläre Knochenstruktur und auf Hormonabnormalien untersuchen. Was ist das Schlimmste, was passieren könnte? Eine Hormonbehandlung, die mehr kosten wird, als sie sich jemals leisten können? Ein Sohn, der nie größer als einen Meter werden wird? Tod bei einer Operation? Sie möchten, daß man ihnen versichert, Simons Wachstumsmuster liege innerhalb der normalen Spanne. Weil die Antwort, die sie sich wünschen, so exakt ist, ist in ihnen nur Raum für scharfes, präzises Entsetzen. Andrés Angst bewirkt, daß er sich von Simon und von Vonny zurückzieht. Auf dem Weg nach Boston singen sie Lieder, aber André achtet nur auf die Entfernungsschilder. Zum Mittagessen teilen sie sich Sandwiches und Saft, während André, der behauptet, keinen Hunger zu haben, eine Büchse warme Cola trinkt.

Außerhalb von Boston hält André an einer Mobil-Tankstelle. Er steigt aus und betankt den Lieferwagen. Während er auf den Angestellten wartet, der das Geld holen kommt, scheint ihm jeder Lieferwagen, der auf der 93er nach Süden fährt, die Freiheit zu verkörpern. Er hat in letzter Zeit Schwierigkeiten gehabt, seine Motorräder zu verkaufen, und ihr Bankkonto schmilzt wie Schnee in der Frühlingssonne. Wenn er nicht aufpaßt, wird er der Ehemann werden, der ausgeht, um eine Schachtel Zigaretten zu kaufen, und nie wiederkommt. Der Vater, der aussteigt, um den Lieferwagen mit unverbleitem Benzin zu betanken, und dann verschwindet. Als er bezahlt, zählt er langsam die Scheine ab. Er setzt sich hinter das Steuerrad, doch nachdem er von der Zapfsäule weggefahren ist, parkt er den Wagen, statt zurück auf die Schnellstraße zu fahren.

»Ich bin gleich wieder da«, sagt er zu Vonny.

Die Herrentoilette ist unversperrt und nicht sehr sauber. Er wäscht sich lange die Hände. Ein halb geöffnetes Fenster mildert den Geruch nach Urin und Benzin. Er könnte sich blitzschnell an diesem Fenster hochziehen und hindurchklettern. Er hat dreiundvierzig Dollar, eine MasterCard und eine Visa-Kreditkarte. Er hatte erwartet, Florida zu hassen, als sie vor zwei Wintern Vonnys Mutter besuchten, aber jetzt denkt er an Pelikane, an Hitze und schmelzenden Teer. Er könnte allein fahren, ohne Helm, ohne Passagier, der die Maschine zusätzlich belastet. Er dreht den Wasserhahn zu und fährt sich mit der Hand durchs Haar. Als er aus der Tür tritt, ist er noch immer nicht sicher, ob er zum Lieferwagen zurückgehen wird. Der Verkehr auf der 93er ist ohrenbetäubend, und der Himmel ist von einem tiefen, wolkenlosen Blau. Wenn er per Anhalter fährt, kann er in zweieinhalb Tagen in Florida sein. Er schließt den Reißverschluß seiner Jacke und schaut dann zu dem geparkten Lieferwagen hinüber. Vonny und Simon sind fort. Waren sie jemals da? Waren sie Geschöpfe, die er erfunden hat? Er denkt an Entführer, Mörder, die nach Westen unterwegs sind, Menschen, die auf ihrem Weg ins Böse vor nichts haltmachen. Er ist wie gelähmt. Er ist ein feuriger Speer. Vonny und Simon kommen um die Ecke von der Damentoilette auf der anderen Seite der Tankstelle, und er ist nicht sicher, daß sie es wirklich sind. Die Erleichterung, die er verspürt, tut so weh, daß er blinzelt.

Ihre Taschen sind vollgestopft mit Schokoladenriegeln. Die Fenster der Tankstelle sind opak und voller Himmel. André weiß, jetzt wäre der Moment, um wegzulaufen. Aber er geht langsam über den Asphalt, beschattet die Augen mit der Hand. Als er in den Lieferwagen gestiegen ist und die Tür zugezogen hat, reicht Vonny ihm einen Mandelriegel, der durch die Hitze schon in ihrer Hand geschmolzen ist.

Die Ärzte begrüßen sie, als würden sie sie seit Jahren kennen. Man hat ihnen gesagt, daß die meisten Kinder besser zurechtkommen, wenn sie nur von einem Elternteil begleitet werden, daher bleibt Vonny im Wartezimmer. Simon spricht nicht, aber er geht mit André und dem Arzt, bis sie die Tür erreichen. Dann denkt er *Nadeln*, er denkt *Metallklammern, Blut, dunkle Gänge, kalte Hände, Fremde*. Er läuft zurück und stürzt sich auf Vonny.

»Bitte«, sagt er zu ihr.

Das Wort tut Vonny in der Seele weh. Sie möchte ihn in die Arme nehmen und aus dem Gebäude laufen. Sie möchte den Arzt mit einer Lichtschranke fernhalten. Statt dessen legt sie die Hände auf Simons Schultern und hält ihn von sich fern. Sie ist eine Verräterin. Sie lächelt.

»Ich versprech' dir, es wird nicht lange dauern«, sagt sie zu ihm. »Und danach gehen wir ins Aquarium.«

»Ich will nicht zum Aquarium.« Simons Stimme ist heiser vor Angst. »Ich will nach Hause.«

André sagt etwas zu dem Arzt und kommt dann zu ihnen zurück. Er hockt sich neben Simon.

»Ich bleibe bei dir«, sagt André. »Ich lass' dich nicht allein.«

Simon sieht ihn angstvoll an. Es ist nicht André, dem man Blut abnehmen will.

»He, rat mal, wie der Doktor heißt«, sagt André. »Doktor Fischmann.«

Unwillkürlich muß Simon lachen.

»Kann ein Doktor ein Fisch sein?« sagt André.

»Nein«, sagt Simon.

André steht auf und nimmt Simons Hand. Es dreht ihm den Magen um, das zu tun. Warum kann er es dann so gut machen?

»Kann ein Fisch ein Doktor sein?«

»Nee«, sagt Simon.

André sieht Vonny an und nickt. Simon ist besiegt. André geht auf die Tür zu, und Simon folgt ihm.

»Fragen wir ihn, ob er in einem Aquarium schläft«, hört Vonny André sagen, als sie das Wartezimmer verlassen. Sie kann Simon lachen hören. Später wird Simon weinen, und mehrmals wird er weinen wollen, es aber unterdrücken. Dinge werden ihm weh tun, und er wird Angst vor Dingen haben. Und doch kann Vonny eine Zeitschrift lesen, kann Kaffee trinken und einem Zweijährigen beim Spiel mit einem Puzzle zuschauen, während ihr Sohn aus dem Labor in die Röntgenabteilung gebracht wird. Wie kann sie müßig das Kleingeld in ihrem Portemonnaie zählen und dann telefonieren, um die Anfangszeiten der Delphinschau zu erfragen? Warum muß Vonny erst später, in dem abgedunkelten Aquarium, wo André und Simon die große Seeschildkröte betrachten, die Augen von den Pflastern auf Simons Arm abwenden.

Ein Taucher in schwarzem Gummianzug gleitet durch die grünen Schatten des Aquariums über Fischschwärme, Haie und Muränen hinweg.

Warum hat sie erst jetzt das Gefühl zu ertrinken?

4

Das Loch im Himmel

Es ist möglich, nach Manhattan zu gelangen, ohne eine einzige Brücke zu überqueren, wenn man keine Angst hat vorm Fliegen. Vonny nimmt eine Maschine der New York Air vom Dukes County Airport nach La Guardia. Nachdem es ihr gelungen ist, ein Taxi zu ergattern, besteht sie darauf, daß der Fahrer durch den Midtown Tunnel fährt. Es ist Juli, und der Rücken ihres Leinenkleides klebt an dem Plastiksitz, als sie mit dem Taxifahrer streitet. Jedesmal, wenn er das Wort »Triborough-Brücke« ausspricht, setzt Vonnys Herz aus. Ihre innere Temperatur steigt um fünf Grad. Die Luft in New York ist feucht und stickig. Der Taxifahrer ist Israeli und kann so gut argumentieren, daß Vonny ihm zehn Dollar extra bieten muß, damit er die von ihr gewünschte Route fährt. Sie ist noch immer nicht sicher, daß er nicht doch über die Brücke in der 59. Straße fahren wird, bis sie im Midtown Tunnel in einem Stau steckenbleiben. Erst dann gestattet sie sich, sich zu entspannen. Ihre Knöchel sind natürlich immer noch weiß.

Die Nachrichten über Simon waren gut, und Vonny sollte glücklich sein. Natürlich ist sie erleichtert. Alle Untersuchungen, die man mit Simon anstellte, erwiesen sich als negativ. Er hat keine Hormonstörungen und auch keinen abnormen Knochenbau. Die Entscheidung liegt bei ihnen – sie können warten und hoffen, daß er wächst, oder eine Hormonbehandlung beginnen, die über zehntausend Dollar im Jahr kosten wird, eine Behandlung, von der die Ärzte nicht sagen können, daß sie unschädlich ist. Nur einer der Ärzte, ein Hämatologe, von dem Vonny sicher ist, daß er nicht mehr weiß als sie, hat eine Vermutung gewagt, wie groß Simon werden wird, und von einem Meter fünfzig gesprochen. Wenn sie Glück haben. Ihr eigener Kinderarzt glaubt noch immer, daß Simon später schneller wachsen wird.

Mit anderen Worten, niemand weiß etwas.

Mehr von Angst als von Vernunft geleitet haben sie sich gegen die Hormonbehandlung entschieden. Doch Vonny kann den Knoten in ihrem Magen nicht loswerden. Die ganze Welt scheint gefährlich. Simon kann alles mögliche passieren. Alle denkbaren Plagen verfolgen sie. Je älter Simon wird, desto weniger kann sie ihn beschützen. Sie kann über nichts von all dem mit André sprechen, der sie ohnehin für übermäßig beschützend hält, aber sie hat andere Ängste in bezug auf einen sehr realen Punkt, den André nicht leugnen kann. Sie haben ganz plötzlich kein Geld mehr, ihr Sparbuch ist leer, und auf ihrem Girokonto stehen nur ein paar hundert Dollar, die schon für unbezahlte Rechnungen vorgesehen sind. Das ist der Grund für Vonnys Reise. Es geht nicht nur um die Rechnung des Kinderkrankenhauses über fünfzehnhundert Dollar. André hat seit Monaten kein Motorrad verkauft. Jetzt sieht es so aus, als werde er als Mechaniker arbeiten müssen, diesmal nicht auf eigene Rechnung, sondern als Angestellter, der von jemand anderem Anweisungen entgegenzunehmen hat. Tagelang haben sie darüber gestritten, wer mehr gedemütigt wäre, wenn Vonny nach New York führe. Um Geld bitten zu müssen – oder, wie André es ausdrückt, zu betteln –, verursacht einem Mann wie André tiefen, beständigen Schmerz. Er zieht sich nur noch mehr zurück. Beide haben begonnen, sich zu fragen, ob er vielleicht ein Versager ist. Am Vorabend ihrer Reise hat Vonny ihn geradeheraus gefragt, ob er nicht wolle, daß sie fährt.

»Du mußt tun, was du für richtig hältst«, hatte André düster geantwortet.

»Was soll das heißen?« hatte sie geschrien.

Weil André danach nicht mehr mit ihr sprechen wollte, hat Vonny ihre Entscheidung allein getroffen und ist im Begriff, die erste Nacht von Simon getrennt zu verbringen. Sie hat sich seit Wochen davor gefürchtet, ihn zu verlassen, doch als sie jetzt durch den Midtown Tunnel fährt, löscht das Alleinsein auch die jüngste Vergangenheit aus. Simon und André beginnen zu verblassen. Sie war seit zweieinhalb Jahren nicht mehr in New York, und in dieser Zeit ist die Stadt größer und lärmender geworden. Sie ist so fremd, daß sogar die Luft anders aussieht, stickig und leicht gelblich. Als sie aus dem Taxi steigt, kommt ihr kleiner Koffer ihr zu schwer vor. Sie kann sich beinahe vorstellen, wie die Zellen ihres Körpers sich auflösen und mit der heißen, gelben Luft verschmelzen.

Sie hat immer Wert darauf gelegt, ihren Vater um nichts zu bitten, und im Gegensatz zu vielen Frauen, die sie kennt, war sie froh, ihren Nachnamen zu ändern, als sie André heiratete. Vonnys Vater, Reynolds Weber, hat ihre Mutter in einem Anfall von Rebellion geheiratet. In seinem Falle bedeutete das, daß er seine Familie und das Geld seiner Familie zurückwies. Ihre Ehe ging nicht gut. Nach der Scheidung begann Reynolds, einige der Backwarenfabriken seines Vaters zu leiten, und kaum waren seine Eltern gestorben, da verkaufte Reynolds rasch an einen großen Backwarenkonzern. Seitdem hat Reynolds seine Zeit seiner zweiten Ehe und dem Sammeln von Goldmünzen gewidmet, die vor 1900 geprägt wurden. Vonny ist gekommen, um fünftausend Dollar zu erbitten; das ist zwar weniger, als jede einzelne dieser Münzen wert ist, aber es wird sie davor bewahren, eine Hypothek auf ihr Haus aufnehmen zu müssen.

Wenn sie jemals nervöser war, so kann sie sich nicht daran erinnern.

Sie hat ihren Vater um nichts mehr gebeten, seit sie sechzehn war und sich verzweifelt einen Angorapullover wünschte, der dreiundzwanzig Dollar kostete. Sie dachte ernstlich, sie würde sterben, wenn sie diesen Pullover nicht bekäme, und war überrascht, als sie es nicht tat.

Sie schafft es, am Portier vorbeizukommen, ohne zusammenzubrechen, aber sie fühlt sich schwindlig und muß sich im Aufzug an der Messingstange festhalten. Sie hat vor, hier eine Nacht zu verbringen, dann hinauszufahren nach Long Island und eine weitere Nacht bei Jill zu bleiben, ihrer Freundin aus der Kindheit, die sie, obwohl sie das kaum glauben kann, seit drei Jahren nicht mehr gesehen hat. Sie hat den Zeitpunkt ihrer Ankunft sorgfältig geplant und die Sekretärin ihres Vaters um einen Termin um zwei Uhr gebeten, in der Hoffnung, daß Reynolds Frau Gale und ihr elfjähriger Sohn Wynn ihre Zusammenkunft nicht stören werden. Es ist ein Scherz zwischen Reynolds und Gale, daß sie länger gebraucht haben, um Wynn zu bekommen, als die meisten Leute verheiratet bleiben, nämlich beinahe zehn Jahre. Wann immer Vonny sich über die beginnende Unabhängigkeit Simons Sorgen macht, sagt André: »Willst du, daß er so wird wie Wynn?« Das ist allerdings nicht ganz fair, denn die einzigen nachteiligen Beweise gegen Wynn bestehen darin, daß er nicht allein mit dem Bus fahren darf und daß er gezwungen wird, eine verkleinerte, ansonsten aber identische Version der Garderobe seines Vaters zu tragen.

Vonny wird von einem Hausmädchen namens Odell in die Wohnung gelassen; eindeutig erinnert diese sich nicht an sie und fordert sie auf, in der Halle zu warten. Von dieser Halle gehen vier Schlafzimmer, ein Mädchenzimmer und die beiden Arbeitszimmer von Reynolds und Gale ab. Gale ist Therapeutin und auf junge, reiche Frauen mit Anorexie spezialisiert, die sie zum Essen drängt. Vonny hat ein einziges Mal in ihr Arbeitszimmer gespäht und Limoges-Porzellan voller Schokoladenherzen und süßer getrockneter Aprikosen gesehen. Von der Tür aus, wo sie steht, kann Vonny die dunklen Sofas und die geäderten Marmortische im Wohnraum sehen. Die Porzellantruthähne sind immer noch da und bewachen die Tür des Speisezimmers. Die Wohnung ist eiskalt, und Vonnys Kleid, noch immer schweißfeucht, klebt ihr am Rücken. Sie bekommt eine Gänsehaut. Einen Augenblick lang verspürt sie so starke Panik, daß sie sich fragt, ob sie vielleicht an Gedächtnisschwund leidet. Jetzt, wo Simon und André ihr wie ein Traum vorkommen, weiß sie nicht mehr, was sie hier soll. Um was wollte sie bitten? Was kann sie wirklich erwarten? Sie stellt ihren Koffer auf einen Mahagonitisch, öffnet ihre Handtasche und sucht eine Bürste. Als sie sich einem goldgerahmten Spiegel zuwendet und sich das glatte Haar aus dem

Gesicht bürstet, sieht sie eine große, dunkle Frau mit kurzen Haaren, die ein beiges Kleid, einen dünnen goldenen Ehering und ein rosa Armband aus Elfenbein trägt. Das einzige an ihr selbst, was ihr vertraut erscheint, sind ihre Augen.

Reynolds plötzliches Eintreten läßt sie zusammenfahren. Einen Augenblick lang wissen sie nicht, wie sie einander begrüßen sollen. Schließlich lacht Vonny und schüttelt ihrem Vater die Hand.

»Das ist wirklich eine Überraschung«, sagt Reynolds, und Vonny ist nicht sicher, ob er eine angenehme oder eine unangenehme Überraschung meint. Als sie Simon zum letzten Mal hierher mitbrachte, war er achtzehn Monate alt, und Reynolds hatte Vonny gesagt, sie müsse alles bezahlen, was er zerbreche.

Sie läßt sich in sein Arbeitszimmer führen, den Raum, in dem er seine Goldmünzen aufbewahrt. Hier oben hört man keinerlei Straßenlärm. Sie könnten ebensogut in den Wolken sein. Ein abgenutzter brauner Teppich liegt auf dem Parkettboden, und zwei bequeme Sessel stehen vor Reynolds Schreibtisch. Als Vonny sich ihrem Vater gegenübersetzt, fühlt sie sich wie eine ungelernte Arbeiterin, die sich um eine Stelle bewirbt, für die sie in keiner Weise qualifiziert ist.

»Ich verlasse die Wohnung nie, wenn es so heiß ist«, sagt Reynolds. Er gießt sich Kaffee aus einer Silberkanne ein und bietet auch Vonny davon an. Vonny nickt, aber im Grunde würde sie alles für eine Zigarette geben. Sie hat nicht mehr geraucht, seit sie schwanger zu werden versuchte. Jetzt würde sie am liebsten ihren Vater bitten zu warten, um hinunter zum Drugstore zu laufen.

»André und Simon wohlauf?« fragt Reynolds.

»Ja, bestens«, sagt Vonny.

»Und Mutter ist noch mit ihrem Augenarzt zusammen?«

»In Delray Beach«, beruhigt ihn Vonny.

Ein etwas schiefes Lächeln erscheint auf Reynolds Gesicht, als er an Vonnys Mutter denkt, die in sicherer Entfernung in Florida sitzt. Er ist wirklich eine beeindruckende Persönlichkeit. Vonny hätte nicht gern mit einem Bankier wie ihm zu tun, wenn sie eine Hypothek auf ihr Haus aufnehmen müßten. Sie ist sicher, daß

Reynolds freiberuflich arbeitenden Leuten, die kein regelmäßiges Einkommen haben, niemals eine Hypothek gewähren würde.

»Wo übernachtest du?« fragt Reynolds.

Vonny verschlägt es die Sprache. Natürlich hat er ihren Koffer draußen in der Halle gesehen. Wenn es so etwas wie eine Ausladung gibt, dann hat Vonny gerade eine bekommen. Rasch sagt sie: »Bei Jill. Draußen auf Long Island.«

»Reizendes Mädchen«, sagt Reynolds.

Vonny macht sich nicht die Mühe zu erwähnen, daß das reizende Mädchen jetzt Töchter im Teenageralter hat.

»Ich werde dir die Wahrheit sagen«, sagt Vonny. Sie beugt sich vor und weiß, daß sie verzweifelt aussieht. »Ich bin aus einem bestimmten Grund hier.«

»Ach, ja?« sagt Reynolds.

Vonny ist sicher, daß er auf diesen Tag gewartet hat. Nach so vielen Jahren betrachtet er seine erste Ehe noch immer als Schlinge um seinen Hals.

»Was immer es ist«, sagt Reynolds, »ich würde es gern erledigen, bevor Wynn nach Hause kommt.«

Vonny schiebt ihre Kaffeetasse weg. Wynn weiß nicht genau, wer sie ist. Er hat sie höchstens vier oder fünf Mal gesehen. Einmal, als Wynn fünf oder sechs war, nannte Vonny ihren Vater in seiner Gegenwart Dad, und Wynn hob den Kopf und hörte aufmerksam zu. Vonny merkte, daß ihm niemand gesagt hatte, daß sein Vater schon einmal verheiratet gewesen war. Manchmal fragt sie sich, ob er es herausgefunden hat oder ob er sich vorstellt, sie sei eine Tante oder eine entfernte Kusine. Aber Vonny versteht, worum es Reynolds geht. Er hat seine erste Ehe ausgelöscht, und damit hat er auch Vonny ausgelöscht. Das ist das natürliche Voranschreiten der Verleugnung. Und doch zieht sich etwas in ihr zusammen, wenn er Wynn vor ihr beschützt. Sie fühlt sich jetzt weniger wie eine Bettlerin als wie eine Diebin. Ehe sie verheiratet war, führten Reynolds und Gale sie zum Abendessen aus. Unmittelbar vor dem Dessert bemerkte Vonny, daß Gale den Rubinring trug, den Vonnys Großmutter immer ihr versprochen hatte. Vonny entschuldigte sich, ging auf die

Damentoilette und erbrach sich. Es ergibt keinen Sinn; Vonny haßt Schmuck, für sie ist er nur lästig, und doch wünscht sie sich diesen Ring. Insgeheim hofft sie, daß sie vielleicht eines Tages entdecken, der Ring, den ihre Großmutter in Indien kaufte, sei in eine langsam wirkende Säure getaucht, die Fleisch wegfrißt, oder mit einem Fluch beladen, der seiner Trägerin die Sprache raubt.

Aber vorerst kann Gale durchaus noch sprechen. Vonny hört sie jetzt draußen in der Halle. Und die ruhige Stimme des Jungen. Reynolds wird ungeduldig. Aber da ist noch etwas. Er scheint Angst vor Vonny zu haben.

»Was willst du?« sagt er.

»Ich brauche Geld«, sagt Vonny, irgendwie erregt darüber, wie grob sie sich anhört.

»Kommt nicht in Frage«, sagt Reynolds.

Es ist erstaunlich. Er brauchte nicht einmal zu überlegen.

»Darf ich dir sagen, wofür ich es brauche?« fragt Vonny höflich.

Darf ich dir sagen, daß sie eines Morgens zweiunddreißig Nadeln in deinen Enkelsohn gestochen haben? Darf ich dir sagen, daß du, wenn ich jemals meinem Kind so kalt gegenüberstehen würde, meine Erlaubnis hättest, mir mitten durchs Herz zu schießen?

»Ich glaube nicht, daß ich das wissen muß«, sagt Reynolds.

Auf dem Schreibtisch ihres Vaters liegt ein Brieföffner aus Messing. Vonny ist fasziniert von seiner scharfen, kalten Form.

»Du denkst vielleicht anders darüber«, sagt Reynolds, »aber ich schulde dir nichts.«

Zu Hause wacht Simon jetzt wahrscheinlich aus seinem Mittagsschlaf auf, und Vonny fragt sich, ob er weinen wird, wenn er merkt, daß sie nicht da ist. Kann es sein, daß sie als Kind den Kopf auf das Kissen ihres Vaters legte, wie Simon es tut, wenn er zu ihr kommt, um neben ihr zu schlafen? Kann es sein, daß er ihre Hand hielt, wenn sie die Straße überquerten?

»Ich brauche fünftausend Dollar«, sagt Vonny.

»Verdiene sie«, schlägt Reynolds vor.

Suzanne, Vonnys Mutter, schwört, sie habe sich seines Aussehens wegen in Reynolds verliebt. Das macht Vonny nervös. Sie wollte André aus demselben Grund. Wenn sie daran denkt, wie sie sich in ihn verliebte, denkt sie an sein dunkles Haar und an die Kleider, die er zu tragen pflegte, ein wasserblaues T-Shirt und eine abgetragene, braune Lederjacke. Sie denkt an die Wärme, die von seiner Haut ausging. Und da war noch etwas. Das erstaunt Vonny jetzt, aber sie war fasziniert von seinem Schweigen, von der Art, wie er wirklich zuzuhören schien, was sie zu sagen hatte. Ihre Mutter hat ihr erzählt, am meisten sei sie davon fasziniert gewesen, wie aufrichtig Reynolds war, wie wenig Achtung er vor Geld hatte.

Es ist erschreckend, wie falsch Menschen einander beurteilen können. Und noch erschreckender, wenn man annimmt, daß ein erstes Urteil richtig war und daß es möglich ist, daß jemand sich total und bis zur Unkenntlichkeit verändern kann. Vonny fragt sich, ob ihre Mutter Reynolds erkennen würde, wenn sie ihm auf der Straße begegnete.

Gale öffnet die Tür von Reynolds Arbeitszimmer. Sie erstarrt, als sie Vonny sieht, gewinnt aber rasch ihre Fassung wieder. Sie schließt die Tür hinter sich und lächelt.

»Vonny!« sagt sie, und einen Augenblick lang denkt Vonny, Gale werde den Raum durchqueren, um sie zu umarmen. Statt dessen geht Gale zu Reynolds, küßt ihn und tritt dann zurück.

»Wynn ist zu Hause«, sagt sie bedeutungsvoll.

Obwohl Vonny weiß, daß sie zu jung ist, um einen Herzanfall zu bekommen, spürt sie in ihrem Inneren ein schreckliches Pulsieren.

»Wir sprechen über Geld«, sagt Reynolds zu seiner Frau.

»Das stimmt«, sagt Vonny. Sie macht keinen Versuch, ihre Stimme zu kontrollieren, als sie bricht, obwohl sie weiß, daß Reynolds vor allem zurückschreckt, was auch nur entfernt an Hysterie erinnert. »Gibst du mir das Geld oder nicht?« sagt Vonny. »Wir wollen doch keine Zeit vergeuden, oder? Das wollen wir doch nicht.«

»Beruhige dich«, sagt Reynolds zu Vonny.

Vonny spürt, wie Gale sie beobachtet. Vielleicht ändert sie ihre Diagnose.

»Ich bin absolut bereit, dir die Fünftausend zu geben«, sagt Reynolds. Er wäre entsetzt, wenn er wüßte, daß auch in seiner Stimme eine Spur von Hysterie mitklingt.

Vonny merkt, daß die einzige vielsagende Information, die sie über seine Kindheit hat, vielleicht gar nicht stimmt. Suzanne hat ihr erzählt, daß Reynolds' Vater ihn ans Bett zu fesseln pflegte, wenn er nicht schlafen wollte. Vonny fragt sich, wie ihre Großmutter das Schreien aushalten konnte. Das Geräusch von Simons Schreien macht sie gleichzeitig benommen und wild. Sie tut dann alles, um ihn zum Aufhören zu bringen.

»Aber für mich muß auch etwas dabei herauskommen«, sagt Reynolds. »Ich möchte, daß du eine Übereinkunft unterschreibst, in der die Scheidungsregelung aufgehoben wird.«

Einen Augenblick lang ist Vonny verwirrt. Hat er vergessen, daß nicht sie diejenige ist, von der er sich scheiden ließ?

»Ich möchte frei sein, selbst entscheiden zu können«, sagt Reynolds. »Es ist mein verdammtes Recht, selbst zu entscheiden.«

Was bedeutet, daß Vonny nichts bekommen wird statt der fünfzig Prozent seines Vermögens, die Reynolds ihr zugestand, als er so verzweifelt seine Ehe mit Suzanne beenden wollte. Vonny hat niemandem erzählt, wieviel sie einmal erben wird. Selbst André hat keine Ahnung, daß seine Schwiegermutter, die in letzter Zeit jeden Abend mit ihrer Nachbarin auf der Veranda den Horizont nach UFOs absucht, es geschafft hat, Reynolds das abzutrotzen.

Als Vonny merkt, wie aufmerksam Reynolds und Gale sie beobachten, weiß sie, daß sie sie in der Hand hat. Für diesen kurzen Augenblick werden sie alles tun, was sie verlangt, damit sie unterschreibt. Um ihre Macht zu erproben, bittet Vonny um eine Tasse Tee.

Gale springt von der Sofalehne auf, auf der sie gesessen hat, und ruft sofort in die Halle nach Odell. Gales Hast läßt Vonny überlegen, ob sie nicht zehntausend oder fünfzehntausend Dollar verlangen könnte. Vielleicht sogar zwanzig. Reynolds würde sie anschreien, er müßte sich vielleicht beherrschen, um sie nicht zu schlagen, aber am Ende würde er wahrscheinlich einwilligen.

Sie denkt daran, was all das Geld für sie bedeuten würde. Sie denkt an Benzinrechnungen und Collegegebühren und einen Schrank voll neuer Kleider. Doch etwas läßt sie innehalten. Etwas veranlaßt sie, müßig die Beine übereinanderzuschlagen und sich zu fragen, ob Odell an Zitrone zum Tee denken wird. Wie lächerlich anzunehmen, sie würde die Nacht hier verbringen. Sie muß beinahe darüber lachen.

Gale kommt mit dem Tee zurück. Auf dem Tablett stehen sowohl ein Teller mit Zitronenschnitzen als auch ein silbernes Kännchen mit Sahne. Sie wollen sie mit Sahne bestechen. Vonny weiß, daß sie ebenso freundlich zu ihrer Katze sind, einem geschmeidigen schwarzen Tier, dessen Namen Vonny nie behalten konnte. Während sie ihren Tee trinkt, fragt Vonny sich, ob sie es wohl in den nächsten zwanzig Minuten, ehe die Stoßzeit beginnt, bis Penn Station schaffen wird. Die Long Island Rail Road wird sie noch vor der Abendessenszeit zu Jill bringen. Heute nacht wird Vonny zwei Türen von ihrem früheren Zuhause entfernt schlafen. Vor langer Zeit stellte ihr Vater hausgemachte Apfelkuchen her, wie sie heute weiß aus Trotz gegen die Fabrikkuchen, die sein eigener Vater produzierte. Zuerst schnitt er auf einem großen Holzbrett die Äpfel. Dann träufelte er Zitronensaft über die Scheiben, damit sie nicht braun wurden, während er den Teig bereitete. Er mischte Butter und Mehl und verknetete den Teig so heftig, daß der Küchentisch wackelte. Er benutzte nur braunen Zucker, niemals weißen, und zog grüne Äpfel den roten vor. In jedem Kuchen, den er buk, waren vier Äpfel, ungeschält, aber sorgfältig von Hand entkernt.

Vonny ist ziemlich sicher, daß man Odell angewiesen hat, Wynn in der Küche festzuhalten, und in gewisser Weise tut ihr das leid. Sie würde ihn gern einmal wirklich betrachten und nachschauen, ob irgend etwas Vertrautes in seinem Gesicht ist. Als sie Reynolds sagt, daß sie nicht auf seinen Vorschlag eingehen könne, antwortet er, das habe er erwartet. Er glaubt, ihre Entscheidung habe etwas mit Geld zu tun, aber sie hat mehr mit dem Ausdruck auf seinem Gesicht zu tun, als er sie fragte, wo sie die Nacht verbringen würde. Sie freut sich tatsächlich auf die Hitze der Straße, auf die lange Fahrt durch den unterirdischen

Bahnhof, damit sie ihren Zug nicht verpaßt. Sie geht allein zur Tür, so begierig, das Haus ihres Vaters zu verlassen, daß sie es kaum erwarten kann, bis der Aufzug endlich das Erdgeschoß erreicht.

Auf dem Weg hinaus nach Long Island fragt Vonny sich, was wäre, wenn Simon und André beide mit im Zug wären und der Unterwassertunnel, durch den sie fahren, explodierte. Wen würde sie retten? Sie weiß sofort, daß die Antwort Simon lautet. André, da ist sie sicher, könnte für sich selbst sorgen. Und sie sieht keinen Sinn darin, sich an die Oberfläche zu kämpfen, wenn niemand sonst da ist, den zu retten sich lohnen würde. Die Oberfläche ist ohnehin eine Illusion. Die hohen Gebäude, die Taxis, die Schienenstränge durch Queens sind nichts als geformter Staub. Vonny nimmt an, daß sie eine Hypothek auf ihr Haus oder wenigstens einen persönlichen Kredit bekommen kann. Ihr ist jetzt klar, wenn sie den Ring ihrer Großmutter bekommen hätte, würde sie ihn nun vom Finger nehmen, auf den Boden fallen lassen und mit großem Vergnügen zuhören, wie er in den hinteren Teil des Zuges rollt.

Nach seinem Mittagsschlaf fängt Simon an, seine Mutter zu vermissen. Es ist weniger ein Gedanke als ein Schmerz, so, als habe er zu viele Süßigkeiten gegessen. Als sein Vater sein Essen herrichtet, weint Simon, weil es keine Reiskuchen gibt, obwohl er Reiskuchen eigentlich gar nicht mehr mag. Seine Mutter gibt ihm immer Orangensaft, niemals Apfelsaft. Er macht seinen Vater so verrückt, daß dieser sagt: »Du bekommst das hier oder gar nichts«, als er eine Tüte mit Salzcrackern auf den Tisch wirft.

Danach essen sie schweigend, kauen Salzcracker und Käsescheiben und wagen nicht, sich anzusehen. Alle Fenster sind geöffnet, aber die Luft ist reglos, hängt in schweren, unsichtbaren Fäden herunter. Nelson hat sich nicht aus der Mulde weggerührt, die er sich heute morgen in der schattigsten Ecke des Gartens geschart hat. Während Simon mit einem Meßlöffel aus Plastik Hundefutter in Nelsons Napf füllt, telefoniert André in der Nachbarschaft herum, um zu sehen, ob Simon jemanden besuchen kann, damit er selbst die Arbeit an der Harley beenden kann, die er zu verkaufen hofft, um Simons Arztrechnungen zu bezahlen. Zuerst versucht er es bei den Mitgliedern der ehemaligen Spielgruppe, aber Matt ist bereits zum Strand unterwegs, und Kate hat Besuch von ihren Großeltern bekommen. André ruft als letzte Hoffnung die Freeds an. Eleanor Freed hat nicht die leiseste Ahnung, mit wem sie spricht, bis André sich als Simons Vater vorstellt. Sie ist so verblüfft über die freundliche Anfrage ihres griesgrämigen Nachbarn, daß sie sagt, er solle Simon herüberbringen, und es hinterher sofort bereut.

Simon füllt den Futternapf gefährlich voll. Einzelne Brocken fallen in die metallene Wasserschüssel. Sie saugen sich voll Wasser, und als Simon danach greift, lösen sie sich in seiner Hand auf. Nelson ist schon in Ordnung, aber er will niemals spielen. Um ihn dazu zu bringen, einen Ball zu apportieren, muß man sich gewaltig anstrengen. Wenn er ihn endlich bringt, legt er einem den Ball zu Füßen und läßt sich dann erschöpft niederfallen. Nelson ist eigentlich der Hund seiner Mutter, und sofort fängt Simon wieder an, seine Mutter zu vermissen. André legt den Hörer auf und nimmt Simon den Meßlöffel fort, ehe er noch mehr Schmutz machen kann.

»Gehen wir«, sagt André fröhlich.

Als sie nach draußen kommen, läuft Simon auf den Lieferwagen zu, aber André ruft: »Nein, falsche Richtung!« Simon bleibt stehen und dreht sich um. Er muß die Augen mit den Händen beschatten und kann das Gesicht seines Vaters doch nicht genau sehen.

»Hier rüber«, ruft André.

Simon läuft hinüber zum Schuppen und sieht zu, wie André das Motorrad herausschiebt.

»Machen wir eine Testfahrt«, sagt André.

Simons Adrenalinspiegel steigt um hundert Prozent. Sowohl André als auch Simon wissen, wenn Vonny hier wäre, dürfte Simon die Harley nicht besteigen. André kann Simon gerade lange genug stillhalten, um ihm den Helm aufzusetzen und den Gurt festzuziehen. Zweimal ermahnt er Simon, sich gut festzuhalten. Er darf um keinen Preis den Gürtel seines Vaters loslassen. Simon tritt zurück, während André die Harley mit dem Fuß startet. Dann streckt André eine Hand aus und hilft Simon auf den Rücksitz des Motorrades. Simons Knie stehen vor; mit klebrigen Fingern hält er sich an Andrés Ledergürtel fest. Bis zu den Freeds ist es weniger als eine Meile. Wenn sie Glück haben, werden sie nicht auf den Collie stoßen, der alles jagt, was sich langsamer als mit Lichtgeschwindigkeit bewegt. Simon lacht und hält sich bei jeder Unebenheit der Straße stärker fest. Auf halbem Wege erinnert sich André, daß der letzte Besitzer dieses Motorrades bei einem Verkehrsunfall in Eastham getötet wurde. Er achtete nicht weiter darauf, als der Besitzer des Schrottplatzes ihm das erzählte, doch nun bricht André der kalte Schweiß aus. Er verlangsamt die Fahrt und biegt vorsichtig in die Einfahrt der Freeds ein. Er hakt den Helm auf und hebt Simon vom Motorrad. Eleanor Freed winkt von der Veranda.

»Sind Sie sicher, daß er sich hier wohl fühlen wird?« ruft sie André zu.

»Aber ja«, versichert André ihr. »Er wird sich bestimmt wohl fühlen.«

Samantha Freed, jetzt sechs Jahre alt, bindet gerade eine weiße Wäscheleine an einen Magnolienbaum. Dann zieht sie an der Leine und bindet das andere Ende um den Stamm eines alten Apfelbaumes. Simon streckt die Hand nach seinem Vater aus. Er erinnert sich vom vorigen Sommer vage an Samantha, aber er hat noch nie wirklich mit ihr gespielt, und seine Mutter setzt ihn nie einfach irgendwo ab, sie bleibt immer bei ihm.

»Ich bin ja nur ein Stückchen weiter die Straße herunter«, beruhigt ihn André. »Wenn ich dich abholen komme, wirst du nicht mitgehen wollen.«

»Bleib da«, bittet Simon seinen Vater, obwohl er nicht weiß, warum er das tut. Er ist nicht sicher, daß seine Mutter das hier billigen würde, und er weiß auch nicht, ob er es billigt.

André beugt sich herunter und umarmt ihn. Samantha Freed zieht an dem Seil, bis es straff etwa zwanzig Zentimeter über dem Boden ist. Sie trägt getupfte Shorts und ein blaues T-Shirt. Sie setzt sich hin und zieht ihre Sandalen und ihre Söckchen aus.

»Ruf einfach an, wenn du mich brauchst«, sagt André.

Er läßt Simon ihre Telefonnummer aufsagen. Während er die

Zahlen wiederholt, blinzelt Simon im Sonnenlicht, um zu sehen, was Samantha macht.

»In Ordnung?« fragt André.

»In Ordnung«, stimmt Simon zu.

André startet sein Motorrad, und als er winkt, winkt Simon zurück. Eleanor Freed topft Pflanzen ein. Alle Blumenkästen vor ihren Fenstern enthalten rosa Geranien. Samantha hält sich mit einer Hand am Apfelbaum fest. Ein Fuß steht auf dem Boden, der andere balanciert auf dem Seil. Simon geht langsam auf sie zu.

»Nies bloß nicht oder so was«, warnt Samantha ihn.

Simon hält den Atem an. Es ist kühl unter den Bäumen. Simon sieht, daß Samantha ein Päckchen Kaugummi in der Hemdtasche hat. Auf ihrem Knie sind zwei Schrammen. Langsam hebt Samantha den anderen Fuß und stellt ihn auf das Seil. Simon hält noch fester den Atem an. Er würde lieber blau anlaufen und umfallen als niesen.

Samantha konzentriert sich auf das Seil. Sie nimmt die Hand vom Baumstamm. Jetzt steht sie auf dem Seil und bewegt erst einen Fuß, dann den anderen. Ihre dünnen Arme sind ausgestreckt, an den Ellbogen leicht angewinkelt. Sie geht fast über die ganze Länge des Seils, dann fällt sie plötzlich herunter. Sie sitzt auf dem Boden, atemlos, mit glänzenden Augen. Simon geht zu ihr hinüber, so beeindruckt, daß er nicht sprechen kann.

»Beinahe hätte ich's geschafft«, sagt Samantha. Ihr Haar ist mit einem elastischen Band zurückgebunden. Am Haaransatz haben sich kleine Strähnen gelöst.

»Gut gemacht«, sagt Simon und wiederholt damit genau das, was seine Mutter sagt, wenn er etwas fast geschafft hat.

Die Sohlen von Samanthas Füßen haben Grasflecken vom Barfußgehen. Samantha nimmt einen Kaugummi heraus, wikkelt ihn aus und stopft ihn sich in den Mund. Der Geruch nach Pfefferminz läßt Simon das Wasser im Mund zusammenlaufen.

»Da«, sagt Samantha.

Sie nimmt einen weiteren Kaugummi und gibt ihn ihm.

»Möchtest du Bärenfamilie spielen?« sagt Samantha.

Simon nickt zustimmend. Er hat keine Ahnung, was das ist. Er ist verblüfft über Samanthas Kenntnisse. In diesem Augenblick ist er vollkommen davon überzeugt, daß sie alles weiß, was sich zu wissen lohnt.

»Weißt du, wie man Bärenfamilie spielt?« fragt Samantha argwöhnisch.

»Klar«, sagt Simon.

Samantha steht auf und schlüpft in ihre Sandalen. Simon rollt den Kaugummi in seinem Mund zu einem Ball zusammen.

»Komm«, sagt Samantha. »Sie sind oben auf der Veranda.«

Simon folgt ihr zurück in die Sonne. Zwei Bären, einer gelb, der andere blau, sitzen auf einer Bank. Simon hat vergessen, daß er seinen Vater nicht gehen lassen wollte. Er hat vergessen, daß der Gedanke an seine Mutter ihm einen Kloß in der Kehle verursacht. Wenn er neben Samantha steht, reicht sein Kopf bis zu ihrer Brust. Er hat Angst, sie könne denken, daß er für ihr Spiel zu klein ist, aber Samantha erlaubt ihm, der Bär zu sein, der Geburtstag hat, und es dauert nicht lange, bis Simon herausgefunden hat, daß er bei diesem Spiel nichts weiter zu tun braucht, als seinen Bären sprechen zu lassen und ihn gelegentlich über das Geländer der Veranda zu werfen, damit er gerettet werden kann.

Hinterher wird André sich mit der Frage herumschlagen, ob er es geplant hat. Er hätte Simon bei sich behalten und mit ein paar Legosteinen oder Murmeln beschäftigen können, während er die Kupplung einstellte. Er wird sich fragen, ob die Hitze ihn benommen gemacht hat; es muß im Schuppen an die vierzig Grad heiß gewesen sein. Wie wütend war er, weil Vonny wegfuhr, um ihren Vater um Geld zu bitten? Was kann einem Mann passieren, der nur für einen Tag allein gelassen wird? Er wird beinahe glauben, daß es eine Trennungslinie zwischen Körper und Geist gibt, Wesen, die den gleichen Raum bewohnen, aber wenig miteinander zu tun haben. Er hat Probleme mit der Kupplung, und das ärgert ihn. Er reißt sich den Daumen auf, während er das Schwungrad mit einem Schraubenschlüssel festzieht, und Blut läuft an seinem Arm herunter. Es ist fast drei, als er mit der Arbeit fertig ist. Er rollt die Harley nach draußen in die Einfahrt und geht dann ins Haus, um sich ein Bier zu holen. Nach wenigen Minuten ist das Bier warm. Ein rotschwänziger Falke kreist am Himmel. Er hört das Geräusch von Reifen auf der Straße und schaut zur Tür hinaus, ob Vonny vielleicht früher zurückgekommen ist. Er findet es dumm, daß sie zu ihrem Vater gefahren ist, obwohl Reynolds deutlich gezeigt hat, daß er nichts mit ihr zu tun haben will. Er versteht das Bedürfnis nicht, mit seinen Eltern in Verbindung zu bleiben. Wenn er seinen eigenen Vater einmal im Jahr sieht, dann ist das einmal zuviel.

Ein BMW mit Kennzeichen von New Jersey fährt in die Einfahrt. Einer von Jodys Freunden, der sie von Mad Martha's nach Hause fährt, der Eisdiele, in der sie in diesem Sommer arbeitet. Zumindest kommt sie nicht mehr sehr häufig zum Babysitten zu ihnen. Der Junge will den Pfützen nebenan ausweichen und benutzt daher die Einfahrt. André haßt ihn nach nur einem einzigen Blick. Seine Eltern haben Geld, das sieht man. Er hat ein Kassettenrecorder im Auto, das er voll aufgedreht hat. Van Halen. Das paßt. André schlürft das warme Bier und spürt, wie Wut in ihm hochsteigt. Als er siebzehn war, lieh sein Vater ihm nicht einmal seinen alten Chrysler. Er fuhr ein Fahrrad, bis er genug Geld verdienen konnte, um sich sein erstes Motorrad zu kaufen. Eigentlich einen Scooter, den er umbaute. Er hat bereits entschieden, daß er Simon niemals ein Auto kaufen wird. Er will nicht, daß er zu einem Jungen heranwächst, der viel zu schnell in die Einfahrt braust und sich aufspielen kann, solange das Geld seines Vaters hinter ihm steht.

Jody steigt aus. Ihr Gesicht ist ausdruckslos. Sie trägt Blue jeans und ein ärmelloses schwarzes T-Shirt. Ihr Haar, das länger ist als letzten Sommer, ist mit einer Silberspange zurückfrisiert. Als der Junge die Hand ausstreckt und nach ihrem Arm greift, tritt André von der Gittertür zurück. Während Jody sich von dem Jungen zum Abschied küssen läßt, wirft André seine Bierdose in einen Plastikmüllsack. Die Reifen quietschen, als der Junge zurücksetzt. André hört das Geräusch von Metall auf Metall und spürt den Aufprall in seinem Körper. Er rennt zur Tür und sieht, wie der BMW, jetzt im ersten Gang, versucht, sich von der Harley zu lösen. Aber es gibt kein rasches Entkommen. Die Harley steckt unter der rückwärtigen Stoßstange des BMW fest.

Jedesmal, wenn der Junge seinen Wagen bewegt, schleppt er das Motorrad mit. Der Junge steigt aus dem Wagen und versucht nach Kräften, die Harley freizuzerren, während André über den Rasen rennt.

Jody, die am Kühlschrank stand, als sie das Krachen hörte, stellt ihre Diätcola auf den Tresen neben die Büchsen mit dem Katzenfutter. Als sie sieht, wie André Gary packt, stößt sie die Tür mit dem Fliegengitter auf und fliegt über den Rasen. André hat Gary zu Boden gestoßen. Gary beteuert, es sei ein Unfall gewesen.

»Bitte, beruhigen Sie sich doch«, sagt er zu André. »Mein Vater wird das Motorrad bezahlen.«

Damit hat er André genau das Falsche gesagt. Statt ihn erkennen zu lassen, daß er es mit einem Jugendlichen zu tun hat, läßt ihn das wünschen, den Burschen mit dem Rücken gegen die Radspeichen zu pressen. Aber er läßt ihn los und steht gerade auf, als Jody sie erreicht.

»Aufhören!« schreit Jody ihn an

Bei diesen Worten steigt etwas Bösartiges in André auf. Sobald der Junge aufzustehen versucht, stürzt André drohend auf ihn zu und erschreckt ihn so, daß er liegenbleibt, die Hände erhoben, um sein Gesicht zu schützen. Diese Art Demütigung ist nicht angenehm. Gary ist im letzten Schuljahr der High School in Livingston, New Jersey, und für den Sommer mit seiner Familie hier. André fühlt sich, als habe er gerade Simon zu Boden geschlagen. Angewidert zieht er den Schlüssel aus dem Zündschloß. Er öffnet den Kofferraum des BMW und holt einen Wagenheber heraus, den er als Hebel benutzt, um die Stoßstange des Wagens zu verbiegen. Die Harley wird mindestens drei weitere Wochen Arbeit brauchen. André könnte den Jungen auf der Stelle umbringen. Während er sich abmüht, die Maschine unter dem Wagen hervorzuzerren, verkratzt er den Lack des BMW.

»Sie zerkratzen ihn absichtlich!« ruft Gary.

Um ihm Angst zu machen, geht André mit dem erhobenen Wagenheber auf ihn zu. Zu seiner großen Überraschung bricht der Junge in Schluchzen aus. Einen Augenblick weiß André nicht mehr, was er hier macht oder wie er überhaupt hierher gekommen ist. Er kann sich nicht erinnern, über den Rasen gerannt zu sein. Er merkt, daß das Geräusch, das er hört, das Pulsen seines eigenen Blutes ist.

»Wagen Sie es nicht, ihn anzurühren!« sagt Jody. Gary ist ihr egal. Sie kennt ihn erst seit zwei Wochen, seit er in die Eisdiele kam, um ein Eis zu essen, und dann den ganzen Nachmittg wartete, bis sie mit der Arbeit fertig war. Aber ihre Wut ist real; sie wird Gary verteidigen, sich sogar für ihn schlagen.

»Ich bin versichert«, sagt Gary. Er wischt sich mit dem Hemdsärmel das Gesicht ab.

»Ich denke, ich werde deinen Vater anrufen«, sagt André. »Ich werde ein Wörtchen mit ihm reden. Also los«, sagt er, als Gary zögert, »wer ist dein Vater, du Angeber?«

»Ich werde Ihnen das Geld geben«, sagt Gary. »Rufen Sie nicht meinen Vater an.«

André sieht, daß der Junge zittert. Er hat dieses Spiel satt.

»Verschwinde«, sagt er zu dem Jungen.

Gary sieht ihn aufmerksam an. Er traut ihm nicht.

»Los, verschwinde«, sagt André erschöpft. »Ich will dich hier nicht mehr sehen.«

Gary läuft zu seinem Wagen und setzt sich hinter das Steuer. André dreht sich um und geht auf sein Haus zu, während der BMW die Einfahrt verläßt.

»Sie können meinen Freunden nicht verbieten herzukommen!« schreit Jody.

André geht weiter. Er kann sich nicht überwinden, die Harley zu berühren. Er weiß, daß Vonny das gegen ihn benutzen wird, vor allem, wenn sie das Geld von ihrem Vater bekommt. Er ist zu verantwortungslos, um sich um ein Motorrad zu kümmern, von einer Familie ganz zu schweigen.

»Für wen halten Sie sich eigentlich?« ruft Jody ihm zu. Sie ist in Tränen aufgelöst.

»Geh zurück in deine Eisdiele«, ruft André zurück, ohne sich umzuwenden.

Während sie ihn weggehen sieht, spürt Jody, wie etwas in ihr zerbricht. Sie läuft ihm nach, und als sie ihn erreicht, schlägt sie ihn zwischen die Schulterblätter. André dreht sich nach ihr um, schockiert. Sein T-Shirt ist schweißnaß, und seine Kehle ist so trocken, daß sie schmerzt. Jody weint noch immer, und ihr Gesicht sieht teigig aus wie das Stück einer beschädigten Frucht.

»Sie sind widerlich«, sagt sie zu André. Sie fragt sich, ob sie verrückt wird. Sie schlägt ihn wieder, diesmal auf die Brust.

Zuerst starrt André sie nur an, als sei sie von einem anderen Planeten. Dann packt er ihren Arm und hält ihn fest, so daß sie sich nicht bewegen kann. Nun weiß Jody Bescheid. Sie werden beide verrückt. Sie tritt nach ihm, aber André packt ihr Bein, und sie fällt zu Boden. André hat sich selbst oder einen anderen Menschen noch nie so verachtet. Als er sich niederbeugt, um seine Arme um sie zu legen, hört Jody sofort zu weinen auf. Es ist der Augenblick unmittelbar ehe Jody bekommt, was sie haben will. André sagt ihr, sie solle ruhig sein. Er hilft ihr auf, dann führt er sie über den Rasen und in den Schuppen. Sie verdienen keine sauberen Laken, keine Kissen, keinen Ventilator im Fenster. Sobald die Tür des Schuppens geschlossen ist, ist die Hitze unerträglich. Beide fühlen sich schwach, aber sie denken nicht mehr. Sie nehmen sich nicht einmal die Zeit, sich auszuziehen. André zieht den Reißverschluß von Jodys Jeans auf und schiebt sie hinunter auf ihre Schenkel. Wenn ihr Rücken nicht von dem rauhen Holz hinter ihr gestützt würde, würde Jody hinfallen. Nach all dieser Zeit können sie keine Minute mehr warten.

Wenn André sich gestattet hatte, an sie zu denken, dann hatte er sich vorgestellt, sie behutsam zu küssen und zuzusehen, wie sie ihre Bluse auszieht. Nun schaut er sie nicht einmal an. Wenn er es täte, würde er sehen, daß ihre Augen geschlossen sind. Sie kann es nicht ertragen, daß sie an Vonny denkt. Sie will nicht an Vonny denken. All diese Jungen von der High School, mit denen Jody zusammen war, sind bedeutungslos. Sie weiß absolut nichts. Sie weiß nur, daß sie, wenn sie ihn ansieht, wenn sie sieht, wie wütend er ist, dem ein Ende machen muß. Also schaut sie an die Decke. Sie rührt sich nicht bis auf ein unwillkürliches Erschauern, als er ihren Slip herunterzieht. Sie schmilzt in der Hitze. Mit ihrem Nervensystem ist etwas nicht in Ordnung. Die Geräusche haben ein Echo. Als André den Reißverschluß seiner Hose öffnet, kann sie fühlen, wie er an der metallenen Zahnreihe entlanggleitet. Ihre Schulterblätter werden nach oben an die Wand gedrückt, als er in sie eindringt, und für einen Augenblick ist sie gewichtslos. Sie steht kurz davor, in Tränen auszubrechen, aber sie wird es nicht tun. Sie schlingt die Arme um seinen Hals und zieht ihre Jeans aus, damit sie ihre Beine um ihn legen kann. André hat eine Hand unter ihrem T-Shirt, die Finger seiner anderen Hand krallen sich in das Fleisch ihres Gesäßes. Das hier werden sie für den Rest ihres Lebens bereuen. Taub, stumpf und blind, das einzige an ihnen, das real erscheint, ist ihr Begehren. Immer und immer wieder hat Jody sich vorgestellt, wie sie sich ihm zeigen würde, wenn sie einmal zusammen wären. Sie glaubte, sie hätte alles geplant. Wie ihr Hals länger wirken würde, wenn sie ihn bog, wie manierlich sie alles machen würde. Jetzt ist ihr Mund überall auf ihm. Als er sie endlich ächzend auf die Lippen küßt, löst Jody sich auf. Die Moleküle, die sie zusammenhalten, fallen auseinander. Sie ist nur noch ein Bogen aus Hitze, und ihre Haut wird schwarz und blau. Tage später wird sie die blauen Flecken streicheln, die André auf ihr hinterläßt, blaue Flecken, über die er schockiert wäre, denn er hatte nie die Absicht, sie zu verletzen.

Von Jills Küche aus kann Vonny den Southern State Parkway hören. Ihr wird klar, daß sie das Geräusch als Kind nie bemerkte, wenn auch das Summen des Verkehrs durch ihre Träume gehuscht sein und ihr das Gefühl gegeben haben muß, daß er immer von dem Haus wegführte, in dem sie lebte. Jill, die Vororte haßt, kam zurück, nachdem sie und ihr Mann entdeckt hatten, daß sie es sich nicht leisten konnten, anderswo zu leben. Sie würden auf der Stelle umziehen, doch jetzt sitzt Jill in der Falle. Ihren Töchtern gefällt es hier tatsächlich. Die jüngere, die zwölf ist, nimmt jetzt Ballettstunden. Die ältere, Melissa, sitzt Vonny gegenüber am Tisch und trinkt kalorienarmen Eistee mit Zitrone. Melissas blondes Haar ist zu einem Zopf geflochten, und sie sieht ganz ähnlich aus wie Jill mit sechzehn. Jill war im vierten Monat schwanger, als sie ihren High School-Abschluß machten, und Vonny war diejenige, die Jills und Brians erstes Rendezvous eingefädelt hatte, daher hat sie ein unbehagliches Gefühl von Verantwortung.

Bei diesem Besuch fühlt Vonny sich Melissa am nächsten. Mit ihrem blaßrosa Nagellack und ihren purpurroten Turnschuhen kommt ihr Melissa vertrauter vor als Jill, die gar keine Ähnlichkeit mehr mit dem Mädchen hat, das sie einmal war. Jill hat Vonny nie in Chilmark besucht. Einmal, bevor Vonny André kennenlernte, kam Jill nach Boston, weinte ein ganzes Wochenende lang und fuhr dann wieder nach Hause zu Brian und ihren beiden kleinen Töchtern. Heute stehen die Dinge viel besser, versichert Jill Vonny. Jill spricht vor Melissa über die allerpersönlichsten Dinge, und das hält Vonny davon ab, ihre wahre Meinung zu sagen. Ihre Meinung ist, daß Jill das tut, was sie immer getan hat: Sie verkauft sich unter Wert. Sie hat sich eingeredet, sie sei dumm. Vonny fragt sich, ob sie nach all diesen Jahren wirkliche Freundinnen sind. Sie reden am Telefon miteinander, aber sie sehen sich nur bei Vonnys seltenen Reisen nach New York. Jill hat André zweimal und Simon nur einmal gesehen.

Nach dem Abendessen, als sie Brian und die Mädchen zurücklassen, um einen Spaziergang durch die Nachbarschaft zu machen, verspürt Vonny den Drang, einen Arm um Jill zu legen. Statt dessen gehen sie so dicht nebeneinander, daß ihre Schultern sich berühren. Es dämmert, und sie riechen geschnittenes Gras. Kinder rufen einander in den Hintergärten. Sie gehen zur High School, wo sich der dunkler werdende Himmel in hohen Bogenfenstern spiegelt. Jill nimmt eine Zigarette und ein Feuerzeug aus der Tasche und berichtet, was aus einigen der Leute geworden ist, die sie früher kannten. Sie erwähnt vier Scheidungen, einen Nervenzusammenbruch und etliche Mädchen, nun Frauen, die in letzter Zeit wieder zu studieren begonnen haben.

»Wie sind wir so schnell alt geworden?« fragt Jill.

»Du hast schon mit siebzehn gesagt, du wärest alt.«

»Tja, war ich auch«, behauptet Jill. »Bin ich auch. Aber jetzt habe ich fette Oberschenkel, die es beweisen.«

»Hast du nicht«, sagt Vonny.

»Du hast dich gar nicht verändert«, sagt Jill zu Vonny.

Als Vonny ungläubig lacht, sagt Jill: »Wirklich. Eigentlich siehst du sogar besser aus.«

Sie setzen sich auf einen Randstein, damit Jill noch eine Zigarette rauchen kann, ehe sie heimgehen. Früher taten sie das an jedem Sommerabend, warteten auf Jungen, flohen vor ihren Müttern. Sie sehen Jills jüngere Tochter Kerry auf dem Fahrrad die Straße entlang fahren. Als Vonny und Jill zur High School gingen, fuhren Mädchen, die fast dreizehn waren, nicht Fahrrad, und sie spielten auch nicht Ball. Sie kämmten ihr Haar und stritten sich mit ihren Müttern und schworen sich, sie würden nie vergessen, wie es ist, jung zu sein. Sie haben es vergessen, und sie wissen das. Sie wünschen sich, sie könnten noch immer in benachbarten Häusern wohnen. Sie wünschen sich, sie könnten einander noch immer Geheimnisse anvertrauen. Jill pflegte Vonny von ihren Liebesaffären zu erzählen, doch in letzter Zeit hat sie damit aufgehört. Sie erkannten beide, daß es immer wieder dieselbe Geschichte war. Wenn sie sich heute als erwachsene Frauen kennenlernen würden, würden sie einander nicht einmal mögen, geschweige denn beste Freundinnen sein.

Die Laternen der Southern State werden eingeschaltet, und sie erinnern Vonny daran, daß heute die Nacht der tausend Lichter ist. Sie ist dem Fest absichtlich ausgewichen nach dem, was voriges Jahr geschah, und jetzt fragt sie sich, ob sie einen Fehler gemacht hat. Sie könnte jetzt in Oak Bluffs sein. Sie könnte jetzt bei André sein, der hoffentlich ohne sie nicht hingeht.

Während sie zum Haus zurückgehen, kommt ein winziger Schnauzer von einer Veranda gerannt und folgt ihnen bellend, bis Vonny sich umdreht und »Buh« schreit. Als der Schnauzer daraufhin kehrtmacht, biegen sie sich vor Lachen.

Kerry hat ihr Fahrrad abgestellt und sitzt auf der Zementstufe vor dem Haus.

»Möchtest du noch einmal in ihrem Alter sein?« fragt Jill.

»Und ob!« sagt Vonny.

»Nein, das möchtest du nicht«, sagt Jill. »Es ging dir miserabel.«

»Das stimmt nicht«, behauptet Vonny.

»Ich kann mich besser an dich erinnern als du«, sagt Jill. »Es ging dir miserabel.«

Jills Töchter teilen sich ein Zimmer, so daß Vonny Melissas Bett haben kann. Überall an der Wand hängen Poster von Bruce Springsteen, und Vonny fühlt sich, als werde sie beobachtet. Das Geräusch des Verkehrs läßt sie nicht einschlafen. Sie denkt über ihren Vater und den Tag nach, an dem er fortging. Er war rücksichtsvoll genug, seine Sachen erst nach Mitternacht zu packen und dann zu gehen, damit Vonny es nicht sah. Sie sah es aber trotzdem. Ein gemieteter Lieferwagen war in der Einfahrt hinter Suzannes Wagen geparkt. Vonny hatte bei Jill zu Abend gegessen und war lange dort geblieben. Sie kann sich nicht mehr erinnern, ob sie neun oder zehn Jahre alt waren, aber sie weiß noch, daß sie sich ein Zelt aus Laken gebaut und sich mit Taschenlampen, Keksen und Thermoskannen voll Wasser verproviantiert hatten. Sie hatten geschworen, einander immer die Wahrheit zu sagen, aber als Jill fragte: »Findest du das mit deinem Vater nicht schrecklich?«, hatte Vonny ein saures Gesicht gemacht und nein gesagt.

Als ihr Vater mit dem Lieferwagen wegfuhr, beobachtete Vonny ihn von ihrem Fenster aus. Dann ging sie hinaus in den Garten. Dort stand ein blühender Kirschbaum, und Vonny setzte sich zwischen ihn und den Weidenbaum, den Reynolds in der Woche gepflanzt hatte, in der Vonny geboren worden war. Später mußte die Weide gefällt werden – ihre Wurzeln kamen dem Abwassertank in die Quere –, aber in dieser Nacht waren ihre Blätter silbrig wie an Äste gehängte Sterne. Die ganze Woche lang schlief Vonny auf einem Feldbett im Zimmer ihrer Mutter. Ihre Mutter fürchtete sich vor dem Alleinsein, und Vonny ging es ebenso. Wenn ihr Vater ausziehen konnte, war alles möglich. Häuser konnten Feuer fangen, Heime konnten zerbrechen, und Kinder konnten in jedes der identischen Häuser ihres Blocks wandern, ohne daß sie je vermißt wurden.

Als sie morgens in Melissas schmalem Bett aufwacht, weiß Vonny nicht, wo sie ist. Nach dem Frühstück fühlt sie sich noch immer merkwürdig ausgeschlossen. Jill fährt sie zum Flughafen und bittet sie dann, noch ein paar Tage zu bleiben. Vonny hat plötzlich entsetzliche Angst, Simon könne etwas passieren, wenn sie nicht rasch nach Hause fliegt. Sie beugt sich nach hinten und nimmt ihr Gepäck vom Rücksitz.

»Du fehlst mir«, sagt Jill.

Vonny umarmt Jill und verspricht, sie bald wieder zu besuchen, ein leeres Versprechen, über das sie beide grinsen müssen. Sie steigt aus, winkt und geht dann ein Ticket kaufen. Sie läßt ihre Handtasche und ihren Koffer durch den Metalldetektor laufen und trinkt einen Kaffee, bis ihr Flug aufgerufen wird. Der Warteraum ist etwas zu voll. Vonny steht hinter einer Familie, und gerade, als sie im Begriff ist, über die Rampe in die Maschine zu gehen, geschieht etwas. Sie lehnt sich an die Wand und läßt die Leute, die hinter ihr sind, vorbeigehen. Ihre Beine wollen sich nicht bewegen. Ihre Haut ist kalt. Sie weiß nicht genau warum, aber sie weiß, wenn sie in das Flugzeug geht, wird sie sterben.

Dein Herz schlägt viel schneller als ein menschliches Herz.

Die Stewardeß an der Tür beobachtet sie, und Vonny ist sicher, daß man ihr ansieht, was mit ihr passiert. Sie hat irgendwo gelesen, daß ein Krankenwagen in New York durchschnittlich dreieinhalb Stunden braucht, bis er einen erreicht. Bis dahin wird sie tot sein.

»Geht es Ihnen nicht gut?« fragt die Stewardeß.

Die Stewardeß, die näher gekommen ist und jetzt neben Vonny steht, ist blond und spricht mit einem südlichen Akzent.

»Doch, doch«, sagt Vonny. »Mir tut nur mein Knöchel weh.«

Anscheinend glaubt sie mir.

»Möchten Sie sich auf mich stützen?« fragt die Stewardeß.

Vonny lächelt und lehnt sich an ihre Schulter. »Ich liebe Boston«, sagt die Stewardeß.

»Ich auch«, sagt Vonny.

Du bist eine tote Frau, also kannst du genausogut Konversation machen.

Während des Starts ist Vonny erstaunlich ruhig. Ihr Herz rast nicht mehr. Nach fünf Jahren Tabakabstinenz bittet sie den jungen Mann, der neben ihr sitzt, um eine Zigarette und zündet sie an, sobald das Nicht-Rauchen-Signal ausgeschaltet wurde. Der

Himmel ist voller dünner, spinnwebartiger Wolken. Vonny fühlt überhaupt nichts. Sie denkt nicht an Simon oder André oder ihren Vater, sondern an die kühle Vollkommenheit der Wolken. Als sie sich zur Landung anschicken, bemerkt Vonny einen purpurnen Streifen am fernen Horizont. Eine gefährliche Farbe für diese Jahreszeit. Sie schließt die Augen und stellt sich vor, direkt in diese Farbe hineinzufliegen. Sie gibt ihr nach, läßt ihre Energie verströmen. Als das Flugzeug landet, ist sie ganz schlaff. Sie muß ihre Beine zum Gehen zwingen. Sie schafft es, das Flugzeug zu verlassen. Sie weiß, daß sie schon fast zu Hause ist, und doch ist sie überzeugt, daß sie verloren ist.

Vielleicht denkst du, du hättest dir eine Art Wahnsinn zugezogen, aber es ist zu schnell über dich gekommen. Du gehst langsam. Du wagst nicht zu laufen.

Draußen auf dem Parkplatz winkt Simon ihr von Andrés Schultern aus zu. Vor dem blauen Himmel ist Simons Hand wie eine Flagge, und Vonny folgt ihr blindlings. Als sie ihn erreicht, läßt sie ihr Gepäck zu Boden fallen. Simon springt ihr in die Arme.

»Ich stehe in der zweiten Reihe«, sagt André. Er trägt eine Sonnenbrille, so daß sie seine Augen nicht sehen kann. In einer Hand läßt er den Autoschlüssel kreisen.

»Hast du mir was mitgebracht?« fragt Simon.

André nimmt Vonnys Koffer auf, und sie zeigt auf die Seitentasche, in der sich ein Stofftier befindet, das Vonny in dem Drugstore in Jills Nähe gekauft hat. Ein kleines gelbes Küken, das quiekt. André wirft Simon das Küken zu und geht dann auf den Lieferwagen zu.

»Yipee«, sagt Simon, als er das Küken quieken läßt.

»Mein Vater hat nein gesagt«, berichtet Vonny André. Niemand kann sehen, daß mit ihr etwas nicht stimmt, obwohl ihre Beine sich anfühlen, als hätte sie gerade einen Marathonlauf hinter sich. »Er wird uns das Geld nicht geben.«

»Dachte ich mir«, sagt André. Er ist den Sommer und die dauernde Hitze leid.

»Was soll das heißen?« sagt Vonny.

»Ich wünschte bei Gott, du würdest das nicht dauernd sagen«, sagt André. »Dreh mir nicht jedes Wort im Mund herum.«

Sie haben den Lieferwagen erreicht. Als Simon hineinklettert, stehen André und Vonny sich gegenüber. André wendet den Blick ab.

»Er hat seit Jahren nichts mit dir zu tun gehabt. Ich weiß nicht, wieso du erwartet hast, das würde jetzt anders sein«, sagt er, bewußt grausam. »Wie geht's Jill?« fragte er, weil er ablenken, sich auf sicheren Boden begeben will.

Beide steigen in den Lieferwagen. Vonny schließt Simons Sicherheitsgurt, während er sein neues Stofftier betrachtet.

»Sie sagt, sie würde uns besuchen«, sagt Vonny. »Ihre Tochter trägt rote Turnschuhe. Sie erinnert mich an Jody, nur etwas weniger mürrisch.«

André startet den Wagen und setzt zu schnell zurück. Fast rammt er einen Jaguar mit New Yorker Kennzeichen. Gestern nacht hat er jede Stunde nach Simon gesehen. Selbst als er Simons tiefen, schlafenden Atem hörte, war er noch nicht beruhigt. Er hat den wilden Drang, Vonny alles zu erzählen, gleich hier auf der Stelle. Er verspricht sich selbst, daß alles in Ordnung sein wird, wenn er nach Hause fahren kann, ohne etwas zu sagen. Er ist nicht mehr sicher, was wirklich geschah. Er ist wütend, als habe man ihn überlistet. Wenn er nicht aufpaßt, wird er anfangen, Vonny die Schuld zu geben. Sie war nicht da, mußte ja ihren Vater um Geld bitten, obwohl sie beide wußten, daß es hoffnungslos war.

Auf der Heimfahrt sprechen sie nicht miteinander. Vonny erzählt Simon von dem Flugzeug und verspricht ihm, eines Tages werde er auch fliegen. Simon verkündet, daß Samantha Freed seiltanzen kann. Vonny lächelt und schaut dann neugierig zu André hinüber.

»Er war einen Nachmittag bei ihr«, sagt André mit leicht defensivem Unterton. Er hält das Steuerrad fest umklammert. Vonny sieht für ihn wunderschön aus, aber extrem fern. »Eleanor Freed hat ihn eingeladen.«

Nachdem er an Samantha erinnert worden ist, betrachtet Simon sein neues Spielzeug jetzt mißtrauisch. Er hatte vergessen, daß er sich eigentlich einen Bären gewünscht hatte, so wie die von Samantha.

»Irgendein idiotischer Freund von Jody hat die Harley überfahren«, sagt André.

»Na, großartig«, seufzt Vonny.

»Ist es etwa meine Schuld?« sagt André.

Simon blickt auf seine Schuhe herunter. Überall über den Zehen sind Schrammen.

»Das hab' ich nicht gesagt«, sagt Vonny. Sie ist erschöpft. Es ist ihr egal, ob es seine Schuld ist oder nicht.

André preßt die Lippen zusammen und biegt in ihre Straße ein. Als sie bei den Freeds vorbeikommen, sieht Vonny, daß da tatsächlich zwischen zwei Bäumen ein Seil ausgespannt ist. Hoch oben, wo die Äste der Bäume nicht zusammentreffen, steht ein Kreis intensiv blauen Himmels. Vonny legt einen Arm um Simons Schultern und zieht ihn an sich. Sie hat ihn schrecklich vermißt. Sie will ihn nicht mehr loslassen.

Als sie in der Einfahrt parken, sieht Vonny Elizabeth Renny, die draußen Vögel füttert. Sie braucht ihre Krücken nicht mehr. Erschrocken über das Geräusch des Lieferwagens dreht Elizabeth Renny sich nach ihnen um.

»Wie ich sehe, geht es Ihnen viel besser«, ruft Vonny über den Rasen hinweg.

André nimmt Vonnys Koffer und geht dann die Treppen der Veranda hinauf. Nelson sitzt hinter der Tür und winselt, weil er heraus will.

»Viel besser«, ruft Elizabeth Renny zurück.

Als die Tür offen ist, rennt Nelson auf Vonny zu und springt an ihr hoch. Sie lacht und schiebt ihn dann weg. Während sie auf das Haus zugeht, zittern ihre Beine. Sie muß einfach in Bewegung bleiben.

Drinnen ist es kühl, das weißt du ja. Du wirst dich besser fühlen, wenn du erst einmal drinnen bist. Heute wirst du draußen Wäsche aufhängen, aber morgen, wenn es Zeit ist, deinen Sohn im Haus seiner neuen Freundin abzuholen, wirst du nur den halben Weg die Straße hinunter schaffen und dann nach Hause zurückrennen müssen. Wieder werden deine Beine aus Gummi sein. Du wirst dich fühlen, als würdest du in den Himmel gezogen. Du wirst deinem Mann sagen, du hättest dir den Knöchel verstaucht, und natürlich wird er dir glauben. Wenn er in den Lieferwagen steigt und wegfährt, um deinen Sohn abzuholen, wirst du am Küchentisch sitzenbleiben, bis du aufgehört hast zu zittern. Du wirst tatsächlich spüren, wie der Kreis immer enger wird, bis du genau weißt, wo du sicher bist. In weniger als einer Woche wird es dir unmöglich sein, aus deiner eigenen Haustür zu treten.

Dann werden das Lebensmittelgeschäft und die Post so unerreichbar sein wie ferne Planeten.

5

Der Riese von Chilmark

Der Riese von Chilmark verkauft im Sommer Zinnien und Eier und im Herbst Kürbisse und Chrysanthemen. Keiner seiner Kunden sieht ihn jemals. Sie kaufen die Ware an einem Stand an der Straße, der aus rohen Kieferbrettern gezimmert ist. Sie geben Kommentare über den Unterschied zwischen Stadt- und Landleben ab, während sie ihr Geld durch einen Schlitz in eine Kaffeebüchse schieben. Durch Gutgläubigkeit gerührt, sind die Leute im allgemeinen ehrlich und bezahlen ihren Kürbis oder ihren Blumenstrauß und nehmen sich das Wechselgeld richtig heraus. Ein paarmal im Jahr stecken Teenager das Geld ein, das sie in der Kaffeedose finden. Kinder aus der Gegend stehlen gelegentlich Eier, mit denen sie sich freudig bewerfen. Der Riese sieht die Reste auf der Straße, zerbrochene braune Schalen und gelbe Schlieren. Wenn es dunkel geworden ist, trägt er einen Eimer Wasser aus seinem Haus und spült so viel von den angetrockneten Eiern fort, wie er kann. Um den Rest kümmern sich die Krähen.

Entgegen den Berichten des Lieferboten, der Lebensmittel und Hühnerfutter bringt, ist der Riese kein alter Mann. Er ist nicht zweieinhalb Meter groß, obwohl er sich an bestimmten Stellen seines Hauses bücken muß, um nicht mit dem Kopf an die Decke zu stoßen. Es ist ein altes Haus, für einen kleineren Mann gebaut, den Großvater des Riesen, Edward Tanner, der einsiebzig war. Der Riese, der jeden Morgen Kaffee aus einer weißblauen Staffordshire-Tasse trinkt, die sein Großvater ihm aus England mitgebracht hat, ist vierundzwanzig Jahre alt. Die meisten Leute in Chilmark haben ihn schon so lange nicht mehr gesehen, daß sie vergessen haben, daß er existiert. Ein paar alte Frauen erinnern sich gut an seinen Großvater Edward Tanner; sie wurden an Sommerabenden von ihm geküßt.

Der Riese kam im Oktober an. Es war ein regnerischer Abend, an dem es nach Holz roch, und sein Großvater trank gerade Bier und putzte seine Stiefel. Als es an die Tür klopfte, wäre der Großvater des Riesen am liebsten in sein Bett gesprungen und hätte sich die Decke über den Kopf gezogen. Etwas sagte ihm, er solle die Tür nicht öffnen. Es hatte schon etliche wütende Ehemänner gegeben, die ihn hatten sehen wollen, und obwohl er jetzt für so etwas zu alt war, gab es immer noch ein paar offene Rechnungen. Er hatte kleinere Schulden, und an Steuern hatte er nie geglaubt. Wegen des kräftigen Klopfens hatte er das Gefühl, draußen sei eine Amtsperson.

Der Riese stand draußen und schluckte Regen. Er war zehn Jahre alt und schon einsachtzig groß. Als Edward Tanner die Tür öffnete, sah er nur einen großen Mann in einem schwarzen Mantel.

»Wenn Sie keine Schwierigkeiten wollen, lassen Sie mich in Ruhe«, sagte Edward Tanner. Drohend hielt er einen Stiefel hoch.

Die Hühner im Hühnerhaus gackerten wie verrückt. Es regnete so heftig, daß alle Süßkartoffeln im Garten freigespült und weggeschwemmt wurden.

»Großvater?« sagte der Riese in einem hellen, zögernden Flüstern. Es war, als spreche ein verborgener Bauchredner mit einer Kinderstimme aus dieser Männergestalt.

»Keine dummen Scherze!« sagte Edward Tanner. Er hätte nicht erschrockener sein können, wenn ein Geist an seiner Tür erschienen wäre.

»Ich bin's, Eddie«, sagte der Riese mit seiner hellen Kinderstimme, und Edward Tanner der Ältere sank ohnmächtig zu Boden.

Es gibt so etwas wie verkommene Eltern, und die Eltern des Riesen waren so verkommen, wie man nur sein kann. Vielleicht hätten sie auch Probleme gehabt, wenn ihr Sohn kein Riese gewesen wäre, aber Eddies Länge machte ihrer Ehe ein Ende. Der Vater des Riesen war nahezu vierzig, als Sharon, die neunzehnjährige Tochter von Edward Tanner, die nicht schwer zu überreden war, ihm folgte und die Insel verließ. Tatsächlich dauerte ihre Ehe länger, als Edward Tanner vorhergesagt hatte. Die Eltern des Riesen waren acht Jahre lang zusammen, ehe der Riese und seine Mutter im Süden New Jerseys sitzengelassen wurden.

Sharon machte sich auf, um einen anderen Mann zu finden, und schleppte ihren Sohn durch vier Staaten, bis sie bei einer Marinebasis in Rhode Island das fand, was sie suchte. Sie nahm an, Eddie sei ihre Strafe, und sie zog es vor, wenn er unsichtbar blieb. Wenn ihre Freunde kamen, versteckte er sich im Wandschrank im Flur und betete, der Matrose der betreffenden Nacht möge ohne Mantel gekommen sein. Einen Riesen im Schrank vorzufinden, wenn man nur nach einem Kleiderbügel greift, reicht aus, um auch einem starken Mann einen Herzanfall zu verursachen. Der Riese wußte, was er war, seit er zwei Jahre alt gewesen war. Er hatte Bilder von sich selbst in Büchern gesehen. Er war das Geschöpf unter der Brücke, das Ziegen verschlang. Er war der Besitzer der Harfe, der an seinem eigenen Eßtisch einschlief. Eines Morgens würde er aufwachen, und sein Kopf würde durch das Dach ragen und seine Arme und Beine durch die Fenster. Wilder Wein würde ihn überwuchern. Vögel würden in seiner Armbeuge nisten.

Der Riese ging bis zur vierten Klasse in die Schule, doch als sie nach Rhode Island zogen, kümmerte er sich nicht mehr darum. Er konnte die grausamen Neckereien nicht mehr ertragen, und es gab niemanden, der auf ihn aufpaßte. Sharon war häufiger fort als zu Hause. Um seine Tage auszufüllen, begann der Riese Bilder zu machen. Zunächst mit Stiften und Lippenrot und Lidschatten, die er aus der Handtasche seiner Mutter gestohlen hatte, später mit billigen Wasserfarben. Weil er seine Gemälde vor seiner Mutter verbergen wollte, die ihn nur ausgelacht hätte, und außerdem Papier knapp war, arbeitete der Riese an Miniaturen. Seine Gemälde eines ganzen Jahres paßten in einen Gummistiefel. Man konnte einen ganzen Staat, New Jersey zum Beispiel, auf die Größe einer Erdbeere reduzieren. Ein vollkommenes, winziges Gesicht oder einen Baum voller Blüten zu malen, konnte ihn eine Stunde beschäftigen. Wenn er Glück hatte, hörte er erst auf, wenn er ins Bett ging, und hatte dann einen Grund, morgens aufzuwachen.

Der Riese ertappte Sharon oft dabei, daß sie ihn anstarrte, als empfinde sie Ekel oder, schlimmer, Angst vor ihm. Vielleicht hatte sie ihn nur behalten, um ihrem Vater zu trotzen, den sie abwechselnd anbetete oder verfluchte. Sie drängte ihre Freunde, das einzige Foto, das sie von Edward Tanner hatte, als Ziel für ihre Wurfpfeile zu benutzen. Doch manchmal nahm sie die Pfeile heraus und holte die Fotografie herunter, um sie dem Riesen zu zeigen. Der Großvater des Riesen saß auf einem Stuhl in seinem Wohnzimmer. Er blickte direkt in die Kamera, und er schien ärgerlich. Als sie noch bei ihm gewohnt hatte, hatte Sharon davon geträumt, das Haus niederzubrennen und nach New York zu fliehen. Jetzt beschrieb sie liebevoll jedes Zimmer. Sie hatte den Riesen schließlich nach ihrem Vater benannt. Und der Riese wußte, daß sie ohne ersichtlichen Grund ganz plötzlich ihre Meinung ändern konnte. Wenn sie nett war und ihm Schokolade anbot oder ihm ein Abendessen kochte, dann traute er ihr nie. Wenn sie schrecklich war, wußte er, daß es nicht dauern würde. Er hatte von klein an gelernt, daß er vorsichtig sein mußte. Wutanfälle konnte er sich nicht leisten. Nicht bei Sharon. Einmal hatte sie sich von einem ihrer Freunde ein Auto geliehen und war mit dem Riesen zu einem Picknick gefahren. Der Riese war neun Jahre alt, und weil Sharon so freundlich zu ihm war, fühlte er sich ein bißchen zu wohl. Auf dem Heimweg fuhren sie auf der 95er Autobahn. Der Riese saß auf dem Beifahrersitz, eine Papiertüte auf dem Schoß, in der noch einige Sandwiches und Törtchen waren. Er hatte sich das Beste bis zuletzt aufgehoben, ein Schokoladentörtchen mit Streuseln in Regenbogenfarben. Er griff in die Tüte, doch als er es herausnahm, brach das Törtchen in Stücke. Er konnte an nichts anderes denken als daran, wie gern er dieses Törtchen gegessen hätte. Er vergaß sich. Er vergaß, mit wem er zusammen war. Er stieß ein Wimmern aus und trat gegen das Armaturenbrett.

»Oh, um Gottes willen«, sagte Sharon zu ihm. »Sei kein solches Baby. Nimm ein anderes.«

»Ich will kein anderes«, hatte der Riese gesagt.

»Nimm ein anderes«, sagte seine Mutter zu ihm.

»Nein, ich will nicht«, sagte der Riese.

Als er erneut gegen das Armaturenbrett trat, streckte Sharon die Hand aus und faßte sein Bein. Der Wagen geriet aus der Spur.

»Bist du verrückt?« schrie Sharon. »Willst du dieses Auto ruinieren und mich in Schwierigkeiten bringen? Nimm sofort ein anderes Törtchen.«

Der Riese betrachtete die Krümel auf dem Autositz und begann zu weinen.

»Ich will nicht«, sagte er.

Sharon fuhr an den Straßenrand. Es war beinahe Stoßzeit und viel Verkehr.

»Raus!« sagte sie.

Der Riese starrte sie an.

Sharon beugte sich zur Seite und stieß seine Tür auf. Sie gab ihm einen Stoß.

»Hast du nicht gehört?« sagte sie.

Als der Riese die Hände auf den Sitz legte, um sich abzustützen, hinterließ er auf der Polsterung Streifen von Schokolade.

»Raus jetzt!« sagte Sharon und stieß ihn halb aus dem Auto. Er wollte die Tür nicht loslassen, daher schlug sie ihm auf die Hände, und als er seinen Griff lockerte, zog sie die Tür zu.

Sie trat hart auf das Gaspedal. Ohne auf den fließenden Verkehr zu achten, fuhr sie auf die Fahrbahn, schnitt einen Kombiwagen und raste davon. Der Riese folgte ihr, am Straßenrand entlangrennend. Er lief weiter, auch, als er den Wagen nicht mehr sehen konnte. Seine Augen und sein Hals waren voller Tränen. Immer wieder schrie er »Mami!«, bis es nicht einmal mehr ein Wort war. Weit vor ihm fuhr ein Wagen auf den Randstreifen; schwarzer Qualm stieg aus seinem Auspuff, während der Motor leerlief. Der Riese wußte nicht genau, ob es das richtige Auto war, bis er es erreichte und Sharon weinend darin sitzen sah.

Der Riese stand am Straßenrand und wischte sich mit dem Ärmel das Gesicht. Es war so heiß, daß sein Haar schweißnaß war. Sharon stieg aus dem Wagen und kam auf ihn zu. Jedesmal, wenn ein Lastwagen vorbeifuhr, zitterte die Erde. Sharon weinte noch immer und machte keinen Versuch, das zu verbergen.

»Schau mal, ich will dich nicht«, sagte Sharon.

Am Straßenrand wuchs Goldrute, und jemand hatte einen platten Reifen liegen lassen.

»Verstehst du das?« sagte Sharon.

Der Riese hatte vom schnellen Laufen Seitenstiche. Jedesmal, wenn er Luft holen wollte, spürte er einen neuen Stich.

»Ich bin auch nur ein Mensch«, sagte Sharon, »verstehst du?«

Der Riese war so dankbar, daß sie nicht ohne ihn weitergefahren war, daß er beinahe erneut in Tränen ausgebrochen wäre. Es war ihm egal, was sie zu ihm sagte. Es war ihm egal, was sie von ihm dachte. Mehr als alles andere wünschte er sich, seine Mutter würde ihn in die Arme nehmen, aber er wußte, das war zuviel verlangt.

»Steig ein«, sagte Sharon zu ihm. »Und wisch dir bloß die Krümel ab, ehe du alles schmutzig machst.«

Danach blieb Sharon häufiger fort, und der Riese fragte sie nie, wohin sie ginge oder wann sie zurückkäme. Er lernte kochen, er ging unaufgefordert zu Bett, er wusch seine Kleider im Waschbecken im Badezimmer. Er war so daran gewöhnt, allein zu sein, daß er, als Sharon endgültig verschwand, eine Woche brauchte, bis er merkte, daß sie nicht wiederkommen würde. Er war nicht wirklich überrascht, er empfand eigentlich überhaupt nicht viel, aber er konnte nicht schlafen. Er kontrollierte ständig die Glühbirnen in der Wohnung, um sicher zu sein, daß sie nicht durchbrennen und ihn im Dunkeln lassen würden. Er schlief tagsüber in einem Sessel am Fenster, und als ihm die Lebensmittel ausgingen, zog er einen alten schwarzen Mantel an, der seinem Vater gehört hatte, und ging in ein Lebensmittelgeschäft, um einzukaufen. Er wußte, daß seine Stimme ihn verraten würde, daher zeigte er auf das, was er wollte. Würstchen und Brot, eine Tüte Milch, Senf. Die Adresse seines Großvaters fand er in einer Schublade unter einem schwarzen Nylonslip. Noch immer fragt er sich, ob seine Mutter absichtlich dreißig Dollar in der Zuckerdose hinterlassen oder sie in ihrer Eile nur vergessen hatte.

Der Riese, der seit dem Tod seines Großvaters vor fünf Jahren allein gelebt hat, vergißt manchmal den Klang seiner eigenen Stimme. Die Hühner, die er der Eier wegen hält, sind Ururenkel der Zucht seines Großvaters. Gemalt hat er weiterhin, und einige seiner Miniaturen sind so klein, daß er für die Einzelheiten eine Lupe benutzen muß. Die Farben und das dicke, cremefarbene Papier, das er bevorzugt, bestellt er per Post. Der Stand am Straßenrand und das Erbe der lebenslangen Ersparnisse seines Großvaters – achttausend Dollar, die er in einer metallenen Kassette im Hühnerstall aufbewahrt – gestatten dem Riesen den Luxus, anderen Menschen aus dem Weg zu gehen. Er weiß, daß er viele Dinge nie kennengelernt hat: ein Auto oder Freunde zu haben. Geheimnisvolle Dinge wie Kinos und Eisenwarenläden. Er war nie am Lucy-Vincent-Strand, der weniger als eine Meile von seinem Haus entfernt ist. Mit diesen kleinen Verlusten kann er leben. Er verzweifelt nur dann, wenn er seine Chancen bedenkt, sich jemals zu verlieben.

Jody hört durch einen der Jungen, die Eier zu stehlen pflegten, wieder von ihm. Es ist ihr letztes Schuljahr. Sie hat es geschafft, ihre Eltern zu überreden, sie bis zum Schulabschluß bleiben zu lassen. Der Gedanke, nach Connecticut zurückzukehren, und sei es nur für ein Wochenende, macht sie krank. Sie ist dünner als letztes Jahr und sehr viel vorsichtiger. Seit André hat sie mit niemandem mehr geschlafen, aber die Jungen der High School sind noch immer hinter ihr her, obwohl sie kaum ein Wort spricht, wenn sie sich mit ihnen verabredet. Sie gehört jetzt zu einer Gruppe von Jungen und Mädchen, deren gemeinsames Interesse schnelle Autos und das Schwänzen von Schulstunden sind. Oft schleppt sie ihre Freundin Garland mit, nicht, weil sie ihr leid tut, da sie weniger Verabredungen hat, sondern weil sie eine Anstandsdame will. Sie hat sich entschlossen, André treu zu bleiben, obwohl er sie im Stich gelassen hat. Wann immer sie anruft und sich anbietet, Simon zu hüten, sagt Vonny, sie habe mit ihrer Töpferei zuviel zu tun, um auszugehen. Jody ist sicher, daß das eine Lüge ist. André ist derjenige, der sie nicht in der Nähe haben will, obwohl Jody sich davon nicht beeindrucken läßt. Sie kann warten, sie hat Zeit. Und wenn ein Junge ihr helfen will, diese Zeit zu vertreiben, ist das in Ordnung, aber wenn er Jody ausführt, muß er auch Garland in Kauf nehmen.

Sie sind auf dem Weg nach Edgartown, und Garland muß hinten neben Rose und Carl sitzen, einem Pärchen, das die Hände nicht voneinander lassen kann. Als Greg, der Junge, der den Wagen fährt, von dem Riesen zu sprechen beginnt, glaubt Jody ihm nicht. Sie klappt den Sonnenschutz herunter, sieht in dem kleinen Spiegel Garland an und rollt die Augen.

»Ihr Leute glaubt doch, daß jemand, der nicht von der Insel ist, auf alles hereinfällt«, sagt Jody.

»Aber es stimmt«, sagt Greg. »An zwei Abenden war er hinter mir her, und beide Male bin ich ihm weggelaufen. Er ist fast zwei Meter fünfzig groß, weißt du.«

»Schrecklich«, sagt Rose und schüttelt sich.

Greg blickt hinüber zu Jody, um zu sehen, ob sie von seinem Kampf mit dem Riesen beeindruckt ist. Sie nimmt einen Kamm heraus und frisiert sich. Als sie an dem Stand am Straßenrand vorbeikommen, sieht sie Kaffeedosen, in denen große gelbe Chrysanthemen stehen.

Carl entwindet sich Rose, damit er sich vorbeugen kann. »Manute Bol von den Washington Bullets ist zwei Meter zwanzig groß«, sagt er zu Greg. »Du willst mir doch nicht einreden, daß dieser Kerl dreißig Zentimeter größer ist?«

»Willst du damit sagen, daß ich ein Lügner bin?« fragt Greg.

»Nein, nein«, sagt Carl. »Ein Angeber.«

»Ach, ja?« sagt Greg. Er bremst und wendet mit quietschenden Reifen. Noch immer versucht er, Jody zu beeindrukken, und noch immer hat er keinen Erfolg damit. Als sie den Stand am Straßenrand erreicht haben, wendet er wieder, und zwar so heftig, daß Jody gegen die Wagentür geschleudert wird. Dann fährt er direkt neben den Stand. Der Motor läuft leer. Das Haus des Riesen liegt in einer Vertiefung hinter einem Hain aus Johannisbrotbäumen; alles, was sie von ihm sehen können, ist ein leicht schiefer Kamin. Der Junge auf dem Rücksitz beginnt bereits, die Nerven zu verlieren.

»Auf diese Weise kommen wir nie nach Edgartown«, sagt er.

»Hast du genug Mumm, was zu nehmen?« fragt Greg seinen Freund.

»Ach was«, sagt Carl. »Was soll ich denn mit Blumen?«

»Hol die Eier«, sagt Greg. »Wir bewerfen den Stand damit, dann muß der Riese rauskommen.«

»Sie sind albern«, sagt Garland zu Jody. »Werdet doch erwachsen«, sagt sie zu den Jungen.

»Na?« sagt Greg, als sein Freund zögert. Greg grinst und beugt sich dann über den Sitz, so daß er die hintere Wagentür öffnen kann. Rose kreischt. Carl greift rasch nach dem Türgriff und schlägt die Tür wieder zu.

»Ich nicht«, sagt er. »Dazu kriegst du mich nicht.«

»Du glaubst mir also«, sagt Greg. »Stimmt's?«

Greg hofft, daß er nicht wird aussteigen müssen, um Jody zu beeindrucken. In Wirklichkeit zittert er, genau wie damals mit zwölf, als der Riese und irgendein alter Mann ihm nachriefen, als er ein paar Eier und einen bereits faulenden Kürbis gestohlen hatte. Zumindest hat er sich diesmal nicht in die Hose gemacht. Aber natürlich hat er den Riesen noch nicht gesehen.

»Verschwinden wir«, sagt Garland.

Der Himmel ist nicht mehr ganz so blau. Die Johannisbrotbäume werfen ihre Schatten auf das bereits dunkle Moos. Unwillkürlich haben alle zu flüstern begonnen. Während Jody ihre Handtasche auf den Boden neben ihren Füßen stellt, schließt sie mit sich selbst eine Wette ab. Wenn sie den Riesen nicht sieht, wird sie den Mund halten. Wenn sie ihn sieht und überlebt, wird sie Vonny alles erzählen. André wird sie hassen, aber er wird es überwinden.

Jody öffnet ihre Tür.

»He!« sagt Greg. Er versucht, sie am Arm zu packen, aber Jody ist schon ausgestiegen.

»Komm zurück!« ruft Garland.

Draußen ist es frisch geworden. Die Erde ist dunkel und steinig, aber vom Straßenrand aus führt ein Weg zu dem Stand. Jody hält die Augen auf den Weg vor sich gerichtet. Als sie dem Stand näher kommt, riecht sie die rohen Kieferbretter und den etwas süßlichen Duft verfaulender Gemüse. Jody würde lieber einem Riesen gegenübertreten als Vonny, aber sie wird zu Vonny gehen, wenn es sein muß. Sie verstößt nie gegen die Wetten, die sie mit sich selbst abschließt.

Greg ist wahrscheinlich ein Lügner, obwohl er hupt wie verrückt, um ihre Aufmerksamkeit zu erregen. Wenn es hier einen Riesen gibt, dann wird sie ihn bei diesem Gehupe sicher nicht im Schlaf überraschen. Greg nimmt die Hand nicht von der Hupe, bis Jody den Stand erreicht. Und obwohl er aussteigt und sie beobachtet, hat er nicht den Mut, ihr zu folgen.

Jetzt sieht Jody, daß die Blumensträuße verschiedene Gelbtöne aufweisen, von Gold bis zu blassem Elfenbein. Der Stand ist überdacht, und in seinem kühlen Inneren liegen Melonen und ein Kürbis. Jody greift an der Geldbüchse vorbei nach einem Korb mit braunen Eiern. Entweder ist sie so nervös, daß ihre Hände heiß sind, oder die Eier sind noch warm. Würde sie wirklich eine Familie zerstören? Vielleicht wäre es eine Erleichterung für alle Beteiligten. Vielleicht wäre Vonny gern wieder in Boston. Ein Geständnis könnte ein Akt der Barmherzigkeit sein. Jody folgt dem Weg, der in die Vertiefung führt. Die Eier im Korb rollen gegeneinander. Sie kann den leerlaufenden Motor von Gregs Wagen und die vorbeifahrenden Autos nicht mehr hören. Das Gras hier ist eigenartig weich und blaß; es ist nie gemäht worden. Sie kann das Haus sehen, und für einen angeblichen Riesen ist es viel zu klein. Sie braucht nur einen Blick auf ihn zu erhaschen, dann kann sie Vonny alles sagen. Sie geht hinunter zum Haus, das einen frischen grauen Anstrich hat. Das Fundament besteht aus braunen und roten Steinen. Die Tür, an die nie ein Besucher klopft, ist ochsenblutrot. Jody späht durch das vordere Fenster. Sie atmet schwer, und es ist kaum etwas zu sehen. Das Fenster ist aus altem Glas, das verzerrt. Sie glaubt einen steinernen Kamin, eine blaue Couch und einen alten Holztisch zu sehen. Jetzt kann sie die Hühner hören, und sie folgt ihrem Gackern hinter das Haus. Hier gibt es einen sonnigen, eingezäunten Bereich mit mehreren Hühnerställen. Die Hühner, deren Eier Jody gestohlen hat, sind rote Bantamhühner. Ihre Federn glänzen in der Sonne. Als ein Hahn kräht, bekommt Jody eine Gänsehaut. Sie schaut nach der Seite der Hühnerställe und sieht ihn. Er verharrt wie erstarrt, unfähig, sich zu bewegen oder auch nur zu atmen, seit sie vom Haus kam. Er sitzt auf einem Metallstuhl, eine Tasse Kaffee in der Hand, eine Zeitung auf dem Schoß. Er trägt beige Hosen und ein weißes Hemd. Sein Haar, das er im Küchenausguß gewaschen hat, ist noch naß und glatt zurückgekämmt. Es trocknet in der Sonne. Die Ärmel seines weißen Hemdes sind aufgekrempelt. Von Jodys Standpunkt aus ist es unmöglich, seine Größe abzuschätzen, aber die alten Arbeitsstiefel, die er trägt, sind riesig. Er ist bei weitem der schönste Mensch, den Jody je gesehen hat. Neben ihm wirken alle anderen mißgestalt. Unsicher beugt Jody sich nieder und stellt, ohne ihn aus den Augen zu lassen, den Korb mit den gestohlenen Eiern auf den Boden. Dann dreht sie sich um und rennt. Sie verliert fast das Gleichgewicht, als sie den Abhang wieder hinaufläuft. Der Riese wünscht, er könne ihr helfen, aber er wagt nicht aufzustehen und ihr zu zeigen, wie groß er ist. Also sieht er hilflos zu. Ein halbwüchsiger Junge erscheint am Rand des Abhangs und wirft zwei scharfkantige Steine nach ihm, aber der Riese bleibt, wo er ist. Endlich hat sie den Abhang erklommen. Als sie fort ist, steht der Riese auf und sammelt langsam die Eier ein.

Da bist du. Der Himmel ist blau, und es ist Oktober. Dein Sohn, der bald fünf werden wird, geht seit mehr als einem Monat zur Vorschule, und du hast ihn nicht ein einziges Mal hingefahren. Du bist nicht in seinem Klassenzimmer gewesen, hast ihn nie auf dem Schulhof beobachtet. Morgens packst du ihm sein Schulbrot ein und lächelst. Du bereitest Tüten mit Sandwiches, kalten Traubenküchlein, geschälten Karotten und kernlosen Orangenscheiben vor. Von der Hintertür aus winkst du ihm nach wie die beste aller Mütter.

Du hast in Science-fiction-Romanen über Kraftfelder gelesen, und nun hat sich diese Kraft, von der du glaubtest, sie existiere nur in der Phantasie, in deiner Umgebung breitgemacht. Wenn du dem Kraftfeld nahe kommst, etwa hinaus auf die Veranda gehst, formt sich in deiner Kehle ein Knoten von der Größe einer Walnuß. Wenn du in das Kraftfeld trittst, indem du einen Fuß auf die Verandastufen stellst, wirst du zurückgeschleudert. Du kannst fühlen, wie das Kraftfeld in deinen Körper eindringt. Du kannst nicht weiter gehen. Wenn es eine elektronische Schranke gäbe, die dir jedesmal einen Schock versetzte, wenn du versuchtest, das Haus zu verlassen, könntest du nicht schlimmer in der Falle sitzen. Wenn du nicht aufpaßt, fängst du vielleicht noch an, an böse Geister zu glauben. Was ist schon freier Wille, wenn du nicht deine eigene Straße betreten kannst, wenn der Gedanke, zum Supermarkt zu gehen, dir solche Übelkeit verursacht, daß du dich hinlegen mußt? Du würdest deine Seele für eine Zigarette geben, die du leider nicht haben kannst, weil du in kein Geschäft gehen kannst. Mehr als alles andere fürchtest du, daß der Kreis sich um dich schließen könnte. Kann jemand auf einer Couch leben? Kann jemand aufgelöst und dann in einem Weinglas, einem Teelöffel, einem Fingerhut aufbewahrt werden?

Jeden Morgen sagst du dir, daß dieser Tag anders sein wird. Dies ist der Tag, an dem du deinem Mann zum Abschied einen Kuß geben und dein Kind zur Schule fahren wirst. Du wirst die Bilder, die es gemalt hat, an der Wand des Klassenzimmers bewundern. Du wirst draußen auf dem Parkplatz mit den anderen Müttern plaudern. Auf dem Heimweg wirst du das Fenster herunterkurbeln, und kalte Luft wird in deine Wangen beißen. Du wirst bei einem Geschäft anhalten, in dem du nie zuvor gewesen bist, und eine Schachtel Zigaretten kaufen. Wenn die Sonne scheint, wirst du auf einer Klippe über dem Strand parken. Um diese Jahreszeit werden keine Touristen da sein, nur du, du allein. Du wirst die lange Strecke nach Hause nehmen und hupen, um deinem Mann anzukündigen, daß du wieder da bist.

Da dieser Tag noch nicht gekommen ist und du noch immer nicht das Haus verlassen kannst, wirst du Stunden damit zubringen, über die Ursache des Kraftfeldes nachzudenken. Als Kind warst du wie eine kleine Erwachsene; wenn du mit acht einen Führerschein gehabt hättest, wärest du geradewegs nach

Kalifornien gefahren. Du hättest allein und mit Liebhabern sowohl in der Stadt als auch auf dem Land gewohnt. In einer Novembernacht, in der der Mond orangefarben war und dreißig Zentimeter Neuschnee lagen, hast du ein Kind bekommen. Natürlich hast du immer Angst vor Brücken gehabt. Wenn du dich anstrengst, kannst du dich noch an andere Anlässe erinnern, bei denen du dich gefürchtet hast, einmal in einer überfüllten U-Bahn in Manhattan, ein andermal, als ein Freund in Boston dir eine falsche Adresse gab und du vor einer fremden Haustür saßest und dich vor plötzlichem Entsetzen nicht rühren konntest. Als du schwanger warst, hattest du eine krankhafte Angst davor, auf Eis oder Schlamm auszurutschen und dein Baby zu zerquetschen. Bald wirst du sehen, daß das Aufwühlen der Vergangenheit wertlos ist. Es ist egal, aus welchem Grund das so ist, aber du bist von einem Kraftfeld umgeben.

Unglücklicherweise bist du mit einem Mann verheiratet, der nicht an Furcht glaubt und der, da bist du sicher, schon daran gedacht hat, dich zu verlassen. Du verbirgst deine Ängste, und wenn du sicher bist, daß niemand zu Hause ist, wirst du versuchen, an dem Kraftfeld vorbeizukommen. Du wirst versuchen, das zu tun, wovor du die größte Angst hast: in den Wagen steigen und irgendwo hinfahren. Dir wird den ganzen Morgen übel sein. Du wirst drei Tassen Kaffee trinken und es dann bereuen. Zuletzt wirst du die Schlüssel von einem Metallhaken unter einem Hängeschrank in der Küche nehmen. Dein Herz wird zu rasen beginnen, und dabei bist du noch gar nicht in der Nähe des Kraftfeldes. Wenn du die Hintertür öffnest, wirst du ein bösartiges Summen hören. Du trittst hinaus auf die Veranda und stellst fest, daß deine Lungen sich angespannt und wund anfühlen. Deshalb fragst du dich, ob vielleicht kein Sauerstoff in dem Kraftfeld ist. Alles, was du tun mußt, ist, daran vorbeizukommen. Also rennst du los. Beim Laufen merkst du, daß das Kraftfeld kein langer senkrechter Raum ist, der von der Erde bis zum Himmel reicht. Es ist so groß wie ein Ozean. Es hört überhaupt nicht auf. Du bist noch immer mitten darin, wenn du in den Lieferwagen steigst. Du läßt trotzdem den Motor an und drückst einen Fuß auf das Gaspedal, obwohl deine Beine fast zu schwer sind, um sie zu bewegen. Du schaffst es bis zum Ende der Einfahrt, und dann, ganz plötzlich, bekommst du keine Luft mehr. Rasch legst du den Rückwärtsgang ein. Wenn jemand hinter dir stünde, würdest du ihn überrollen, ohne einen Gedanken daran zu verschwenden. Du siehst jetzt, daß du es nie schaffen wirst. Du weißt nicht einmal, wohin du es nie schaffen wirst, weil du vergessen hast, dir ein Ziel vorzunehmen. Du stellst den Lieferwagen ab, aber er rollt weiter. Du ziehst die Schlüssel aus dem Zündschloß und kratzt dir mit dem scharfen Rand deines Hausschlüssels eine lange, dünne Linie in die Handfläche.

Dann läufst du. Du fühlst, wie die vibrierende Energie des Kraftfeldes nachläßt. Du fühlst, wie deine Beine stärker werden. In der Küche beugst du dich über den Ausguß und trinkst dann ein Glas kaltes Wasser. Es ist halb zehn morgens, und wenn du aus deinem Fenster schaust, wirst du erstaunt sein, daß der Himmel noch immer so wolkenlos und blau ist wie vorhin, ehe du aus der Tür gingst.

Simon hat tatsächlich angefangen, sich auf die Schule zu freuen. Diese ganze Woche lang ist er für die Hamster verantwortlich. Er sorgt dafür, daß keine Stifte oder Puzzleteile durch den Maschendraht in den Käfig geworfen werden, und, was das Wundervollste von allem ist, er darf die Hamster über das Wochenende des Columbus-Tages mit nach Hause nehmen.

Die anderen Kinder in seiner Klasse scheinen nicht zu bemerken, daß Simon nicht so aussieht wie sie. Was sie betrifft, so bemerken sie nur eines an ihm: Er kann sehr gut teilen. Aber draußen auf dem Schulhof haben einige der älteren Jungen einen Spitznamen für ihn, Däumi. Obwohl Simon nicht weiß, daß das eine Abkürzung für Däumling ist, verursacht der Name ihm Unbehagen. Er bleibt auf dem Schulhof allein. Wenn er wieder im Klassenzimmer ist, hilft Simon mit, aus Bauklötzen Straßen zu bauen, malt mit Fingerfarben und zieht auf Malpapier den Umriß seiner Hand nach. Ein kleines Mädchen namens Tara, das fast so klein ist wie Simon, hat ihn sich als Freund erwählt. Dafür läßt Simon sie die Wasserflasche für die Hamster füllen. Obwohl Tara nicht halb so interessant ist wie Samantha Freed, die

Simon nicht vergessen hat, obwohl er sie erst nächsten Sommer wiedersehen wird, sitzt Simon immer neben Tara, wenn vorgelesen wird.

Die heutige ist eine von Simons Lieblingsgeschichten, und er kennt sie auswendig. Ein kleiner Zauberer namens Fisher bringt einem Wolf gute Manieren bei. Der Wolf, der viel größer ist als Fisher, sitzt auf einem Holzstuhl, und Milch läuft über sein Gesicht. Er trägt eine Narrenkappe, während Fisher einen Zaubertrank bereitet, der aus dem Wolf einen Gentleman machen soll. Die Kinder kreischen vor Vergnügen, als sie ein Bild von Fisher sehen, der sich die Nase zuhält, während er in einem Mixer den Zaubertrank aus Himbeersaft, Gurkenschalen, einer halben Tasse Salzwasser und einer Scheibe Pizza zubereitet. Fisher ist so winzig, daß er auf den Tisch steigen muß, um das Maul des Wolfes zu erreichen. Simon fragt sich, welche Art Zaubertrank er zubereiten könnte, um seine Eltern glücklich zu machen. Wenn er zu lange über seine Eltern nachdenkt, beginnt er zu glauben, daß das, was mit ihnen passiert, seine Schuld ist. Seine Eltern benehmen sich, als seien sie Fremde. Wenn Simon einen Wutanfall hat, dann schreien sie ihn nicht an; sie sehen nur müde aus und geben nach. Ist es seine Schuld, daß seine Mutter weint, während sie das Abendessen kocht? Gibt es einen Fehler, den er gemacht und der seinen Vater vertrieben hat?

Nach der Schule rennen er und Tara um die Wette zum Parkplatz, aber sobald er seinen Vater sieht, bleibt Simon stehen, und Tara gewinnt den Wettlauf. Als Tara ihm auf Wiedersehen sagt, hört Simon sie nicht, und sie ruft: »Sag mir auf Wiedersehen, Simon.« Simon winkt und überlegt sich, welche Zutaten er verwenden könnte: Orangenlimonade, Vanilleeis, die Feder eines Eichelhähers, Hagebuttentee. Früher rannte Simon auf seinen Vater zu, wenn er ihn auf dem Parkplatz sah. Jetzt ist er vorsichtiger. Er geht. Nachdem Simon in den Wagen gestiegen ist, fragt er, ob sie beim Supermarkt anhalten können.

»Wozu?« fragt André.

»Ein paar Sachen kaufen«, sagt Simon.

Sie halten am Laden von Alley's, und André folgt Simon zwischen den Regalen hindurch. André bezahlt die Orangenlimonade und das Eis und nimmt an der Theke eine Schachtel Zigaretten für Vonny mit. Während er auf sein Wechselgeld wartet, legt er eine Hand auf Simons Kopf. Simon braucht einen Haarschnitt, und obwohl sein Haar noch immer seidig ist, verändert es sich allmählich, wird etwas kräftiger, weniger wie das eines kleinen Jungen. Auf dem Heimweg fragt André nach den Hamstern, und Simon sagt ihm, daß er am Freitag zeitig abgeholt werden muß, damit sie den Käfig und das Hamsterfutter in den Lieferwagen laden können. Das Eis schmilzt. Sobald sie in der Küche sind, stellt André es in den Tiefkühlschrank. Simon hängt seine Jacke auf, legt seine Proviantdose auf den Tisch und läßt dann Nelson hinaus. Nelson braucht lange, um sich vom Boden zu erheben, und Simon muß mehrmals pfeifen, um ihn auf sich aufmerksam zu machen. Obwohl er geübt hat, um es den älteren Jungen auf dem Schulhof nachtun zu können, ist sein Pfeifen noch immer mehr Atem als Ton.

André hört Vonny draußen auf der Sonnenveranda. Manchmal tut sie nur so, als ob sie arbeite, aber André hört das Quietschen der Töpferscheibe, während sie einen Topf dreht. Zuerst dachte er, sie wisse irgendwie, daß er ihr untreu war. Er hat gehört, daß es so etwas gibt; man riecht den Betrug an der anderen Person. Es ist nicht so sehr, daß er bedauert, was mit Jody geschehen ist, sondern vielmehr, daß das einem anderen Menschen passiert zu sein scheint. Er hat sich aufrichtig gefragt, ob er wieder mit ihr zusammen sein will. Was er eigentlich möchte, ist, daß Vonny und er sich gerade erst kennengelernt hätten. Er möchte diese erste Nacht, als sie in sein Apartment kam und dann drei Tage nicht mehr fortging. Er möchte sie lieben, ohne zu reden. Er möchte sich nicht so enttäuscht fühlen.

Er hat Vonny auf die Probe gestellt und Jodys Namen erwähnt, aber sie zeigte keine Reaktion. Wenn Jody anruft und fragt, ob sie einen Babysitter bräuchte, hört André genau zu und hört keinerlei Argwohn in Vonnys Stimme. In einer Woche redet er sich ein, das, was zwischen ihnen nicht stimmt, habe etwas mit der Weigerung von Vonnys Vater zu tun. In der nächsten Woche meint er, die Sorge um Simons Wachstum habe den Bruch zwischen ihnen verursacht. Immer fragt er sich, ob Vonny ebenso enttäuscht ist wie er. Er mußte einen Teilzeitjob in einer Garage in Vineyard Haven annehmen. Das ist nicht das, was er sich vorgestellt hatte, und er ist sicher, daß es auch nicht das ist, was Vonny erhoffte. Bei der Arbeit redet er kaum ein Wort, und er weiß, wenn er kein so guter Mechaniker wäre, hätte man ihn längst entlassen. Er und Vonny sprechen nie über den Job. Er verschwindet jeden Morgen und bringt einmal in der Woche einen Scheck nach Hause.

Eine Zeitlang hat er sich gefragt, ob er vielleicht so heftig reagiert, weil er sich durch den Job so gedemütigt fühlt. Er hat versucht, Vonny zu glauben. Sie hat sich den Knöchel verstaucht. Sie hat Kopfschmerzen. Sie möchte nicht im Regen ausgehen. Er glaubt ihr nicht mehr. Er weiß, daß sie lügt, wenn sie ihm erzählt, sie habe eine Freundin besucht, während er in der Garage in Vineyard Haven war. Er hat sich erkundigt, und weder Jane noch Peggy haben sie seit dem Sommer gesehen. Jedesmal, wenn sie anrufen, sagt Vonny, sie habe keine Zeit, mit ihnen zu reden. Als er merkt, daß Vonny seit zwei Monaten das Haus nicht verlassen hat, spürt er einen Anflug von Angst. Er versucht, sie zu verlocken, bietet ihr an, ins Kino zu gehen oder übers Wochenende in ein Hotel in Boston. Er wappnet sich gegen ihre Entschuldigungen. Er sieht, daß sie, wenn sie ihn anlächelt, ihn zu täuschen versucht, als sei er ein Idiot, der sie nicht besser kennt. Er hat Angst, wenn er sie zur Rede stellt, könnte sie ihn beschuldigen, mit Jody geschlafen zu haben. Also wartet er und hofft, sie bei einer Lüge zu ertappen.

Während Simon einen Stuhl zum Tiefkühlschrank schiebt, um an das Eis zu gelangen, geht André hinaus auf die Veranda. Bitte, belüg mich, denkt er. Vonny hat eine Vase fertig gemacht, die sie zum Trocknen auf eine Steinplatte stellt. Sie trägt einen gelben Kittel über dem Pullover und abgetragene Blue jeans. Unter ihren Fingernägeln und an den Sohlen ihrer Turnschuhe klebt Ton. Sie sieht zu ihm auf und lächelt, als er in der Tür steht.

»Wie war dein Tag?« fragt André.

»Prima«, sagt Vonny. Sie steht auf und streift die Turnschuhe ab, um keinen Ton ins Haus zu tragen. »Ich hab' dich nicht mal kommen hören. Ist Simon in der Küche?«

»Warum fahren wir heute abend nicht rüber zu Matt's?« fragt André. »Wir könnten essen gehen. Im Meneshma Inn«, schlägt er vor.

Vonny rümpft die Nase. Sie trägt ihr Haar aufgesteckt, und er sieht die Biegung ihres Nackens.

»Ich würde lieber hierbleiben«, sagt Vonny. »Ich habe ein Huhn aufgetaut.«

Das Huhn, erinnert sich André, hat er letzte Woche gekauft, als Vonny nicht zum Einkaufen fahren konnte, weil sie sich fiebrig fühlte. Während sie durchs Wohnzimmer gehen, hören sie das Summen des Mixers, und Vonny läuft in die Küche, um nach Simon zu sehen. Sie sieht, daß er einen orangefarbenen Milchshake zubereitet und lacht trotz der Unordnung. Simon ist verwundert und erfreut, sie lachen zu hören.

»Was ist das?« fragt Vonny.

»Es ist für euch«, sagt Simon.

Vonny und André wechseln einen Blick. Es ist die Art von wortloser Kommunikation, bei der Simon sich früher immer ausgeschlossen fühlte. Jetzt ist er entzückt. Als sie den Milchshake aus hohen Gläsern trinken, beobachtet Simon sie aufmerksam. Im Gegensatz zu dem Wolf, der zum Gentleman wird, werden seine Eltern nicht sofort verwandelt. Aber an diesem Abend, als Vonny ihn zu Bett bringt, liest sie ihm zwei Geschichten vor und küßt ihn dreimal. Selbst André hat ein Gefühl von Hoffnung. Während Vonny das Geschirr abwäscht, tritt er hinter sie, legt seine Arme um sie und küßt ihren Nakken. Er spürt, wie sich ihr Körper zu ihm neigt. Gegen Mitternacht, als sie sich lieben, glaubt André, er werde sich von Jody fernhalten können. Vielleicht ist seine Ehe doch nicht ruiniert. Doch hinterher zittert Vonny. Sie läßt nicht zu, daß er sie berührt.

»Was ist los?« sagt André, als sie sich auf den Bettrand setzt.

»Nichts«, behauptet Vonny. »Zuviel Kaffee.«

Er kann das nicht auf sich beruhen lassen. »Ich meine, warum du nicht aus dem Haus gehst.«

»Ich weiß nicht, wovon du redest«, sagt sie.

»Du hast das Haus seit Wochen nicht verlassen«, sagt André.

Er würde lieber von Monaten sprechen, hat aber Angst, es zu weit zu treiben.

»Du bist verrückt«, sagt Vonny.

Sie steht vom Bett auf und nimmt sich eine Zigarette aus dem Päckchen auf dem Schreibtisch. Sie fragt sich, wie lange sie dieses Versteckspiel noch treiben kann. Wenn er einmal herausfindet, was mit ihr nicht stimmt, wird er sie verlassen. Natürlich hat sie sich früher schon manchmal vorgestellt, er würde gehen, aber sie glaubte immer, sie und Simon würden zusammen bleiben. Nun weiß sie, daß sie Simon nicht behalten könnte. Sie kann nicht für ihn sorgen. Sie kann ihn nicht einmal zur Schule fahren. Es ist niederschmetternd zu sehen, wie sehr sie André braucht.

Heftig stößt sie den Rauch aus.

»Ich mach' mir Sorgen um dich«, sagt André.

»Das brauch' ich mir nicht anzuhören«, sagt Vonny. Sie drückt ihre Zigarette aus, zieht einen blauen Morgenrock an und läßt ihn allein. Im Dunkeln geht sie nach unten und macht erst Licht, als sie in der Küche ist. Sie weiß, daß sie einen taktischen Fehler begangen hat, und hofft, daß er einschlafen wird. Morgen kann sie ihn versöhnen. Sie wird versuchen, mit ihm zu fahren, wenn er ihre Töpferwaren in Edgartown abliefert.

Sie hört seine Schritte auf der Treppe. Sie hat ein flaues Gefühl im Magen. Sie nimmt einen gefrorenen Schokoladenkuchen aus dem Tiefkühlschrank und reißt die Verpackung auf. André, nur in Jeans, kommt in die Küche.

»Bin *ich* vielleicht verrückt?« sagt er zu ihr.

Vonny weiß, es ist am besten, ihn zu ignorieren.

»Beweis es mir«, sagt André. »Laß uns irgendwo hingehen, jetzt sofort.«

»Es ist drei Uhr nachts«, sagt Vonny. Ruhig schneidet sie den Schokoladenkuchen an. Sie ist sicher, daß das das Ende ist. Draußen vor der Tür vibriert das Kraftfeld. Sie leckt das Messer ab. »Willst du ein Stück?« fragt sie.

»Also los«, sagt André. »Laß mich sehen, wie du das Haus verläßt.«

»Du weckst Simon auf«, sagt Vonny zu ihm.

André geht zur Hintertür und reißt sie auf. Er muß das hier nicht tun. Er könnte nach Florida unterwegs sein. Er könnte mit einem siebzehnjährigen Mädchen davonlaufen, das ihn wirklich liebt. Würde Vonny doch nur an ihm vorbei nach draußen in den Garten gehen und schnippisch sagen: »Siehst du, du bildest dir alles nur ein.« Sie steht gegen den Küchenschrank gelehnt. Er kann durch ihren Morgenrock hindurchsehen.

»Geh«, sagt André. »Zeig mir, daß ich mir irre.«

Vonny würdigt ihn keines Blickes. Sie geht durch die Küche und dann, schlimmer denn je zitternd, durch die Tür. Draußen gibt es weder Sterne noch Wind. Vonny geht weiter, auch, als der Druck des Kraftfeldes sich auf sie legt und ihr den Atem nimmt. André sieht zu, wie sie in ihrem Morgenrock durch die Dunkelheit geht. Sie dreht sich nach ihm um. Ihr Gesicht ist so weiß wie der Mond.

»Komm zurück«, sagt André.

Als Vonny sich nicht rührt, geht André hinaus und läuft die Verandastufen hinunter.

»Mit mir ist etwas nicht in Ordnung«, sagt Vonny.

André fürchtet, sie werde zurückweichen, als er einen Arm um sie legt, aber sie tut es nicht. Sie steht mit ihm im Zentrum des Kraftfeldes, bis sie zusammen vorsichtig zurückgehen.

Elizabeth Rennys Haus ist überfüllt. Die beiden Jungen, Jodys Brüder, werden im Speicher schlafen müssen. Jodys Mutter wird auf der Couch schlafen. Es ist das Wochenende des Columbus-Tages, und als sie ankommen, sind sie erschöpft. Laura hatte vergessen, einen Platz auf der Fähre zu reservieren, und sie warteten in Woods Hole drei Stunden in einer Schlange. Laura ist in letzter Zeit nicht mehr sie selbst. Sie und Glenn sind nun seit fünf Monaten legal getrennt, und die Trennung ist ganz und gar nicht das, was sie erwartet hatte.

Kaum haben sie das Haus betreten, laufen Keith, der zehn ist, und der dreizehnjährige Marc nach oben in den Speicher, um nach Fledermäusen zu suchen. Laura umarmt ihre Mutter, und dann, als sie Jody sieht, schnappt sie nach Luft.

»Du bist ja richtig erwachsen geworden!« sagt sie, und es

klingt vorwurfsvoller, als es gemeint ist. Sie umarmt Jody und tritt dann zurück, um sie zu betrachten. »Donnerwetter«, sagt Laura.

Jody hat zum Abendessen Lasagne gemacht, und Laura und die Jungen können es nicht fassen, daß sie kochen kann.

»Sie war mir eine große Hilfe«, sagt Elizabeth Renny.

Jody blickt auf den Tisch herunter und lächelt. Sie kann nicht verstehen, warum diese Aufmerksamkeit ihr gefällt. Ihre Brüder, die sich noch nicht genügend zu Hause fühlen, um frech zu sein, beobachten sie, sagen aber nichts. Ihr typisches Verhalten, wenn sie Erwachsene kennenlernen. Nach dem Essen gehen die Jungen nach oben. Sie breiten ihre Schlafsäcke aus und durchsuchen dann den Speicher, leuchten mit ihren Taschenlampen in alle Ecken. Jody ist in der Küche und wäscht ab. Ihre Mutter sieht zu, erstaunt, daß sie sogar weiß, was ein Geschirrspülmittel ist.

»Ich fall' in Ohnmacht«, sagt Laura.

»Willst du endlich aufhören?« lacht Jody. »Setz dich hin. Stör mich nicht.«

Laura geht ins Wohnzimmer, wo ihre Mutter Tee mit Zucker und Zitrone trinkt.

»Ich weiß nicht, was du gemacht hast, Mutter«, sagt Laura zu Elizabeth Renny. »Sie ist ein anderer Mensch.«

»Wohl kaum«, sagt Elizabeth Renny. »Nur ein Jahr älter.«

Jedesmal, wenn Elizabeth Renny die Tasse wieder auf die Untertasse zurückstellt, hört man das leise Klirren von Porzellan. Als Laura ihr diesen Besuch vorschlug, war ihr erster Impuls, nein zu sagen. Jetzt ist sie nervös. Um so mehr, als Laura ihr weiterhin Komplimente macht.

»Das hast du fabelhaft gemacht«, sagt Laura zu ihr. »Wenn ich mich mit Jodys Unarten hätte herumschlagen müssen, als Glenn und ich uns trennten, wäre ich nicht damit fertig geworden.«

Laura hat helle Haut und den gleichen aufgeworfenen Mund wie Jody. Gelegentlich hat ihre Stimme den Ton eines kleinen Mädchens, und darum klingen einige ihrer Sätze ein wenig weinerlich. »Aber ich glaube wirklich nicht, daß das hier der richtige Ort für sie ist. Das Leben hier ist nicht das, was ich für Jody wünsche.«

Laura hatte sich verzweifelt danach gesehnt, Martha's Vineyard zu verlassen und hinaus in die Welt zu gehen, in ihrem Fall zum College in Boston. Elizabeth Renny erinnert sich vage daran, wie verletzt sie damals war. Sie hatten einander nahe gestanden, und dann waren sie auf einmal Feindinnen. Als Elizabeth Rennys Mann starb, fünf Jahre nach Lauras Wegzug, konnten sie nur noch unter großen Anstrengungen miteinander reden. Es scheint unmöglich, daß diese Frau, die einundvierzig Jahre alt ist, einmal ihr kleines Mädchen war. Ebenso unmöglich kommt es Elizabeth Renny vor, daß sie selbst je eine verheiratete Frau war, die achtundzwanzig Jahre lang einen Arm um die Schulter ihres Mannes legte, ehe sie einschlief. Sie sollte etwas Mitgefühl mit Laura empfinden – sie haben beide ihre Männer verloren, mußten beide mit einer halbwüchsigen Tochter fertig werden –, aber sie spürt keines. Wie kann Laura mit ihrer ruinierten Ehe und ihren beiden ungezogenen Jungen verlangen, daß Jody College-Bewerbungen schreibt? Elizabeth Renny meint, daß Jody ein Recht hat, ihr Leben so zu führen, wie sie es will. Sie betrachtet Laura als selbstsüchtige Mutter, was nicht heißen soll, daß sie sich nicht fragt, ob sie vielleicht ebenso selbstsüchtig ist, ob sie nicht jedesmal, wenn Jody um Mitternacht aus ihrem Schlafzimmerfenster kletterte, irgendwie mit ihr ging und vorsichtig über das Dach balancierte.

»Jody muß selbst entscheiden, wo sie leben will«, sagt Elizabeth Renny.

»Natürlich«, sagt Laura.

»Du mußt jetzt an dein eigenes Leben denken«, sagt Elizabeth Renny.

»Genau das tue ich ja«, versetzt Laura. »Das versuche ich zu tun.« Sie lacht. Sie beugt sich zu ihrer Mutter vor. »Ich habe mein ganzes Leben noch vor mir«, sagt sie zu ihrer Mutter. »Stimmt das vielleicht nicht?«

Elizabeth Rennys nachlassende Sehkraft läßt die Züge ihrer Tochter weicher erscheinen. Lauras Gesicht ist blaß und formlos. Als Kind hatte sie wunderbare Haut, die immer aussah, als erröte sie.

»Kannst du näher kommen?« fragt Elizabeth Renny.

Laura ist verwirrt, aber sie steht auf und geht auf ihre Mutter zu. Unruhig bleibt sie vor ihrem Stuhl stehen. Sie weiß nicht, was sie mit ihren Händen machen soll, also verschränkt sie die Arme.

»Ich komme mir albern vor«, sagt Laura.

Oben toben die Jungen herum wie Ungeheuer und erschrekken einander in der Dunkelheit.

»Bitte, nimm meinen Rat an«, sagt Elizabeth Renny. »Mach nicht so viel Getue um Jody.«

»Mein Gott, Mutter, ich glaube, ich weiß selbst, wie ich mit meiner eigenen Tochter umgehen muß«, sagt Laura.

Elizabeth Renny wünscht, das hätte auch auf sie zugetroffen, aber sie wußte nie, wie sie sich verhalten sollte. Sie ist noch immer besorgt, Laura zu verletzen; was sie auch sagt, wird falsch sein. Später, als Elizabeth Renny sich zurückgezogen hat, kommt Jody ins Wohnzimmer und hilft Laura, die Couch mit abgenutzten rosa Laken zu beziehen.

»Wir vermissen dich zu Hause«, sagt Laura beiläufig. »Wahrscheinlich weißt du, daß ich es gern hätte, wenn du zurückkämst und dein letztes Schuljahr bei mir absolviertest. Vielleicht könntest du dich in Boston einschreiben. Oder in Connecticut, wenn du zu Hause wohnen bleiben und pendeln möchtest. Dein Vater muß deine Collegegebühren zahlen, ob ihm das paßt oder nicht.«

»Mami«, sagt Jody.

Laura beißt sich auf die Zunge. Sie kann nicht glauben, daß ihr Mann ärgerlich über den Unterhalt für die Kinder ist, den er bezahlen muß. Wenn sie nicht aufpaßt, wird sie ihn so schlecht machen, daß Jody sie einfach reden läßt, genau wie die Jungen.

»Ich versuche nicht, dich unter Druck zu setzen. Ich möchte nur gern, daß du nach Hause kommst.«

Jody greift nach einer dünnen Baumwolldecke. »Ich glaube, ich werde hierbleiben«, sagt sie. Sie wagt nicht, ihre Mutter anzusehen.

»Ich wette, morgen wird es zu kalt sein, um draußen Picknick zu machen«, sagt Laura rasch. »Ich weiß gar nicht mehr, wann wir am Columbus-Wochenende je schönes Wetter hatten.«

Laura und Jody nehmen je eine Ecke der Decke in die Hand. Von ihrem Krankenhausbett aus sieht Elizabeth Renny, wie die Decke sich in der Luft aufbläht und dann über die Couch fällt. Elizabeth Renny denkt nicht mehr oft an den Winter oder ihr blindes Auge. Sie weiß, daß es Vögel gibt, die ihr ganzes Leben in der Dunkelheit zubringen, die aus nachts blühenden Blumen trinken, nur von ihrem Duft gelenkt. Als sie in dieses Haus einzog, stellte sie oft in Sommernächten eine Schale mit Honig auf die Fensterbank. Jedesmal, wenn sie das tat, war der Honig am nächsten Morgen verschwunden. Vielleicht waren es ja auch Eichhörnchen oder Mäuse, die sie so versorgte, aber sie stellte sich lieber vor, Nachtvögel hätten diese Schale gefunden.

Simon erwacht von dem Geräusch des metallenen Laufrades, das sich dreht. Er taucht aus dem Schlaf auf wie ein Schwimmer, erschrocken über das Quietschen. Er hat vergessen, daß der Hamsterkäfig auf seiner Kommode steht. Jetzt erfährt er das Geheimnis der Hamster; tagsüber mögen sie sich vielleicht verstecken, aber nachts verschaffen sie sich Bewegung. Am Dienstag wird Simon nicht mehr für die Hamster verantwortlich sein; dieses Wochenende ist sein Abschied. Simon zieht einen Stuhl an die Kommode heran. Ein Hamster läuft im Rad, der andere hockt auf der Kaffeedose und wartet, bis er an der Reihe ist. Entweder sehen sie Simon im Dunkeln nicht, oder sie kümmern sich nicht darum, nicht einmal, als er sein Gesicht dichter an das Glas drückt.

Das Nachtlicht brennt, und unter der Tür ist ein Lichtstreifen, denn im Flur brennt Licht. Das Haus ist so still, daß es beinahe beängstigend ist. Simon weiß, daß seine Eltern schlafen. Er hat angefangen, wieder Hoffnung für sie zu haben. Manchmal kommt er in ein Zimmer und stellt fest, daß sie in ein Gespräch vertieft sind. Sie sehen zu ihm auf, als wären sie überrascht, ihn zu sehen. Er ist sicher, daß bis zu seinem Geburtstag alles wieder in Ordnung sein wird. Vielleicht bekommt er sogar das Kaninchen, das er sich wünscht. Indem er diese Hamster versorgte, wollte er beweisen, daß er reif ist für ein eigenes Haustier. Zweimal hat er den Hamsterkäfig sauber gemacht, Salat gewaschen, mit Hilfe eines Fingerhuts ihren Freßnapf gefüllt. Wenn er ein Kaninchen bekommt, wird er ihm beibringen, auf seinem Kopfkissen zu schlafen; er wird ihm ein Halsband aus Pfeifenreinigern und Holzperlen machen.

Er mißt noch etwas Futter für die Hamster ab und hebt den Drahtdeckel des Käfigs an. Die Hamster blicken kurz auf, als er das Futter in den Napf gibt, und machen dann weiter, als existiere Simon gar nicht. Er sieht ihnen noch eine Weile zu, dann steigt er hinunter und schiebt den Stuhl wieder weg. Das Rollo ist nicht heruntergezogen, und während er wieder zu seinem Bett geht, sieht er den Vollmond und schaut weg. Der Himmel ist dunkelblau, und die Bäume sehen vor diesem Hintergrund schwarz aus, obwohl ihr Laub sich verfärbt hat.

Simon schläft im Stehen ein. Er trägt einen einteiligen Flanellschlafanzug mit Füßen und einem Reißverschluß, und die Wärme macht ihn noch schläfriger. Der Mond, das Geräusch des Laufrades, das schwache Licht unter seiner Tür, all diese Dinge könnten ein Traum sein. Im Garten nebenan ist ein Riese. Er hat blonde Haare und trägt eine dunkle Jacke, die an den Ärmeln zu kurz ist. Der Riese bleibt neben der Kiefer stehen, und Simon bemerkt, wie er sich bücken muß, damit sein Kopf nicht die untersten Äste streift. Simon reibt sich die Augen, aber der Riese ist immer noch da. Was ist das da unter seinem Arm? Eine sprechende Harfe? Ein Sack voll Gold? Simon beobachtet ihn wie hypnotisiert. Er steht ganz still. Der Hamster im Laufrad wird langsamer. Die Uhr auf dem Kaminsims im Wohnzimmer schlägt viermal. Wenn Simon nicht so müde wäre, würde er aufbleiben und dem Riesen zuschauen, aber der Garten ist dunkel, man sieht kaum etwas, und daher geht Simon wieder in sein Bett und zieht die Decke hoch.

Am Morgen wird er nicht mehr wissen, was er geträumt und was er wirklich gesehen hat. Die Hamster werden schlafen, wenn er nach ihnen sieht. Nebenan wird Jodys Bruder Keith über einen Korb mit braunen Eiern stolpern, wenn er nach draußen zum Auto läuft, um seine Robotersammlung zu holen.

Die Eier werden, ohne zu zerbrechen, ins Gras rollen und dort liegenbleiben, bis Jody niederkniet und sie einsammelt und in ihr gerafftes weißes Nachthemd legt.

6

Die sichere Person

Simons Kaninchen hat lange Ohren und heißt Dora. Nach nur einem Monat ist sie bereits darauf trainiert, eine Kiste mit Streu zu benutzen, und knabbert nur noch gelegentlich an Decken oder springt auf den Tisch, um aus der Zuckerdose zu fressen. Es war reines Glück, daß Nelson nicht einmal den Kopf hob, als das Kaninchen aus seinem Korb gelassen wurde. Er ignoriert Dora noch immer, außer in Augenblicken, in denen ihn der unbezwingliche Drang überfällt, sie zu jagen. Dann rutschen Nelsons Pfoten über den Boden, doch sobald das Kaninchen absolut reglos dasteht, hält Nelson inne und schaut beiläufig über die Schulter, um sich zu vergewissern, daß niemand gesehen hat, daß er sich wie ein Hund benahm.

Vonny hatte erwartet, daß sie das Kaninchen hassen würde, aber sie stellt fest, daß sie Dora mag. Eines Tages läßt Simon die Tür angelehnt, und Vonny findet das Kaninchen auf der Türschwelle, entsetzt über den offenen, kalten Raum, der sich vor ihm erstreckt. Vonny nimmt es auf und spürt, wie es zittert. Sie setzt Dora auf den Küchentisch und schüttet ihr etwas Zucker in ein Schälchen. Kürzlich hat Vonny gemerkt, daß sie das Haus verlassen und nahezu überall hingehen kann, solange André bei ihr ist. Sie hat keine Ahnung, warum, aber wenn sie mit André zusammen ist, löst das Kraftfeld sich auf. Anfang Dezember kann sie mit André nicht nur zu Simons Schule fahren, sie kann sogar mit ihm durch den Gang in Simons Klassenzimmer gehen. André beginnt zu glauben, daß Vonny geheilt ist. Er ist entzückt, als Vonny ihm ruhig beim Packen hilft, damit er ein Motorrad nach Providence liefern kann. Doch an der Tür, als er im Begriff ist zu gehen, gerät Vonny in Panik und bittet ihn, er solle bleiben.

Jody steht auf der Veranda ihrer Großmutter, und es kommt ihr vor, als gehe André endgültig fort. Sie hat ihr Versprechen nicht gehalten, Vonny alles zu erzählen, und einen Augenblick lang scheint es so, als brauche sie das auch nicht. Jody steht regungslos da und wartet darauf, daß André zu ihr gerannt kommt und sie beim Arm faßt. Sie ist fast erleichtert, als es so aussieht, als habe Vonny ihn zum Bleiben überredet.

Was sie an dem Versuch gehindert hat, die Ehe der beiden zu zerstören, war der Korb mit Eiern, den der Riese ihr einmal in der Woche bringt. Zuerst hatte sie Angst vor seinem Geschenk. Sie wünschte, er würde sich zeigen, ihr etwas antun, wenn er das wollte, sie in einer dunklen Nacht erschrecken. Sie fühlte sich nicht einmal in ihrem eigenen Bett sicher. Sie kann sich nicht vorstellen, was er will. Was glaubt er mit diesen Eiern zu erkaufen? Vielleicht erwartet er gar nichts dafür. Sie wird kühner, wacht früh auf und erwartet ihn in der Küche in der Hoffnung, ihn einmal zu ertappen, aber sie ist immer zu spät. Sie glaubt ihn nachts zu hören, aber dann sind es nur Waschbären, die sich an den Mülltonnen zu schaffen machen. Der Winter ist regnerisch, es gibt mehr vereiste Pfützen als Schnee, und der Riese hinterläßt keine Fußspuren. Wenn die Eier nicht wären, würde sie denken, es habe ihn überhaupt nie gegeben.

Zweimal, als sie beim Fahrunterricht in der Schule hinter dem Steuer saß, fuhr Jody an seinem Stand vorbei, aber er war für den Winter mit Brettern vernagelt, und von der Straße aus konnte sie das Haus des Riesen nicht sehen. Beide Male wurde sie wegen zu schnellen Fahrens getadelt, und jetzt sagt Mr. Edwards, der Fahrlehrer, zu Beginn des Unterrichts sein »Nie schneller als fünfundfünfzig Meilen« immer direkt an sie gerichtet.

Viele der jungen Leute, die Jody kennt, haben sich schon bei Colleges beworben; samstags büffeln sie für die Aufnahmeprüfungen. Jody geht samstags zum Supermarkt, macht ihre Einkäufe und wartet dann, bis sie mit dem Lieferboten nach Hause zurückfahren kann. Manchmal geht sie nachmittags zu Garland, und sie sehen sich vom Videorecorder Filme an oder liegen auf Garlands Bett und rauchen Zigaretten. Jody fällt es erstaunlich leicht, ihre Geheimnisse für sich zu behalten, während Garland ihr Herz ausschüttet. Jody hat ein schlechtes Gewissen deswegen; sie läßt Garland in dem Glauben, sie seien beste Freundinnen, obwohl Garland sie nicht einmal richtig kennt. Garland plant ihr Leben geradlinig. Sie weiß, daß sie nach der High School für ihren Vater arbeiten wird; wahrscheinlich wird sie Rob Norris heiraten, wenn sie ihn dazu bringen kann, ihr einen Antrag zu machen. Wenn ein Riese ihr mitten in der Nacht eigenartige Geschenke machte, würde sie die Polizei rufen und ihn festnehmen lassen. Oder sie würde es ihrem Vater erzählen, der, weil er ein Eisenwarengeschäft besitzt, wahrscheinlich die größte Stahlfalle aufstellen würde, die er finden kann.

Jody ist von beiden Eltern über die Weihnachtsfeiertage eingeladen worden, aber sie hat keine Lust. Sie will nicht hören, wie ihre Mutter sich über ihren Vater beklagt. Und sie will nicht, daß ihr Vater ihr ein viel zu teures Armband schenkt, nur weil er ein schlechtes Gewissen hat. Sie weiß von ihren Brüdern, daß ihr Vater mit jemandem liiert ist, und Jody will auf keinen Fall, daß ihr Vater seiner Freundin sagen muß, sie solle alle ihre Sachen aus seiner Wohnung räumen, damit Jody nicht roten Nagellack in seinem Badezimmer oder einen silbernen Gürtel im Schrank neben seinen Krawatten findet. Sie schreibt ihren Eltern während des Sozialkundeunterrichts Briefe und sagt ihnen, sie könne ihre Großmutter um diese Jahreszeit unmöglich allein lassen. Daran ist etwas Wahres. Jody hat auf dem Speicher eine Schachtel mit Christbaumschmuck gefunden, blaue Glaskugeln und einen silbernen Engel. Sie trägt die Schachtel nach unten.

»Die sind ja ganz staubig«, sagt Elizabeth Renny, als Jody ihr eine Glaskugel reicht. Sie erinnert sich, daß sie sie gekauft hat, als Laura zehn oder elf Jahre alt war, bei Woolworth in Hyannis.

»Ich werd' sie abstauben«, sagt Jody.

Jody reißt ein altes T-Shirt in Streifen und setzt sich mit gekreuzten Beinen auf den Fußboden. Sie muß die Katzen wegschieben, die glauben, Jody habe extra für sie neues Spielzeug hervorgezaubert. Jody hat etwas gekauft, das sie für das perfekte

Geschenk für ihre Großmutter hält: einen Sack voller Sonnenblumenkerne. Sie hat ihre Großmutter dabei ertappt, wie sie traurig die wenigen Vögel beobachtete, die diesen Winter ihre Brotkrumen und Körner aufpickten. Die Kardinalvögel, die bei Schnee und Eis immer so leicht zu erkennen sind, sind nicht zurückgekommen, aber Garlands Vater hat Jody versichert, daß Kardinalvögel Sonnenblumenkernen nicht widerstehen können. Die Geschenke von Jodys Familie sind schon angekommen: ein Wollpullover und eine Seidenbluse von ihrer Mutter, ein goldener Armreif von ihrem Vater, Plastikohrringe in Form von Goldfischen von ihren Brüdern. Sie weiß, daß sie bis Weihnachten hätte warten sollen, ehe sie ihre Pakete öffnete. Jetzt wird sie keine Überraschung mehr haben. Ihre Großmutter kann ja nicht in ein Geschäft gehen, und Jody hat gesehen, wie sie versuchte, Versandhauskataloge zu lesen. Aber jedesmal schiebt sie sie wieder beiseite, ärgerlich, weil sie die kleinen Druckbuchstaben nicht erkennen kann.

Elizabeth Renny hat Weihnachten schon seit mehreren Jahren nicht mehr gefeiert. Sie findet nicht, daß es ein Anlaß zum Feiern ist, wenn sie einmal im Jahr von ihrer Tochter einen Fruchtkuchen und einen Schal bekommt. Jetzt beginnt sie mit hoher, zittriger Stimme »White Christmas« zu singen. Jody legt den Baumschmuck, den sie abreibt, hin, hört zu und klatscht dann Beifall.

»Ich dachte immer, ich könnte singen«, sagt Elizabeth Renny.

»Sing noch etwas«, sagt Jody.

»O nein«, sagt Elizabeth Renny. »Ich mache mich nur einmal zum Narren.«

Sie nimmt eine Glaskugel auf und hält sie gegen das Licht. Ihr Spiegelbild ist verschwommen und sieht flüssig aus. Elizabeth Renny könnte schwören, es ist nur Augenblicke her, da war sie im gleichen Alter wie Jody. Sie und ihre Schwester Maureen, die seit achtzehn Jahren tot ist – länger, als Jody lebt, pflegten am Abend vor Weihnachten rote Socken aufzuhängen. Morgens fanden sie darin kleine Geschenke, über die sie sich unmäßig freuten: Bänder, getrocknete Früchte, Tintenfläschchen, Schildpattkämme für ihr Haar. Elizabeth Renny hat zwei dieser Kämme, die Ränder aus Silberfiligran haben, in weißes Seidenpapier gewickelt. Obwohl sie ganz anders sind als die feuerroten Plastikkämme, die Jody benutzt, werden diese Kämme Jodys Weihnachtsgeschenk sein.

Elizabeth Renny trug ihr Haar immer lang. Ehe sie blind zu werden begann, erschrak sie manchmal vor ihrem Spiegelbild. Als Kind hatte sie Angst vor alten Damen; sie klammerte sich an den Rock ihrer Mutter, wenn eine alte Tante zu Besuch kam. Jetzt erkennt sie, daß sie selbst zehnmal schlimmer aussieht als ihre Tante damals. Sie fragt sich, ob der kleine Junge von nebenan sie vielleicht für eine Hexe hält. Sie kann sich nicht erinnern, ob sie ihre Tante jemals direkt als Hexe bezeichnet oder nur so fest daran geglaubt hat, daß es ihr vorkommt, als habe sie es laut gesagt. Heute abend ist ihr Spiegelbild fast schön, es verschwimmt im Licht, wird silbern und dann tiefblau.

An diesem Abend wird im Garten der Baum abgeladen. Die zwei Männer, die in einem verbeulten Lastwagen vorfahren, sind Leute vom Land, die jeden Winter Weihnachtsbäume verkaufen und Jody versprochen haben, sie würden liefern. Und geliefert haben sie, direkt auf den Rasen, aber sie wollen den Baum nicht die Verandatreppe hinauftragen. André und Simon sind im Schuppen und holen versteckte Geschenke heraus, um sie im Haus zu verpacken, als der Lastwagen vorfährt.

Diese Weihnachten haben sie etwas zu feiern. Seit Simons Untersuchung im Kinderkrankenhaus ist er um sechs Zentimeter und eine Kleidergröße gewachsen. Unter ihrem Baum liegen vier neue Overalls, ein Schneeanzug und zwei Pullover – der eine mit einem Rentiermuster, der andere mit schwarzen Katzen. Vonny und André bringen es in diesen Tagen nicht übers Herz, ihm etwas zu verweigern, und Simon ist oft überrascht über ihre Willfährigkeit. Ehe André ihn daran hindern kann, ist Simon auf das Nachbargrundstück gerannt und winkt und ruft Jody. André wünscht, er hätte seinen Sohn rechtzeitig gepackt, ehe er entwischen konnte.

Jody trägt Jeans, einen dicken grünen Pullover und hohe Stiefel. Sie und Simon betrachten den Baum und bewundern ihn. Erst vor ein paar Tagen, in einem Geschäft in Edgartown, hat

André eine Silberkette gefunden und wollte sie für Vonny kaufen. An der Kette hing eine kleine Glocke. Als er die Kette hob, läutete sie ganz leise. Man mußte sehr nahe daran sein, um den Ton zu hören. Sobald André erkannte, daß die Kette das perfekte Geschenk für Jody wäre, legte er sie schnell wieder hin und kaufte Vonny ein Paar blauer Emailohrringe, die wunderbar aussehen werden, wenn sie ihr Haar hochgesteckt trägt.

»He, Simon!« ruft André durch den Garten. Er wird fast alles tun, um nicht nach drüben gehen zu müssen. »He, Jody!« ruft er dann noch.

Jody blickt auf und winkt ohne Begeisterung.

»Dieser Baum ist größer als unserer«, sagt Simon zu ihr.

»Er sah nicht so groß aus, als ich ihn ausgesucht habe«, sagt Jody.

Jody packt den Stamm des Baumes und zieht. Äste kratzen über den Boden, aber der Baum rührt sich nicht von der Stelle.

»Vielleicht kann der Riese dir dabei helfen«, sagt Simon.

Jody starrt ihn an.

»Zu Weihnachten kriege ich vielleicht einen Bären«, verkündet Simon.

»Was für ein Riese?« fragt Jody ihn.

»Ich weiß nicht«, sagt Simon.

Sie starren den Baum an. Obwohl ihr Atem in der Kälte weiße Wölkchen bildet, besteht kaum die Chance, daß es zu Weihnachten Schnee geben wird.

»Riesen sind nie da, wenn man sie braucht«, sagt Jody.

Simon nickt. »Sie haben Angst vor Leuten.«

»Komm, Simon!« ruft André. Sie wollen ihre Geschenke im Küchenschrank verstecken, während Vonny auf der Veranda ihre Päckchen packt. André hat in den ganzen letzten Tagen für Vonny Töpferwaren ausgeliefert – in der Woche vor Weihnachten verkauft sie mehr als sonst im ganzen Jahr. Er hat sie bei den Ladeninhabern entschuldigt, die sich erkundigten, warum sie nicht mehr käme; sie müsse Überstunden machen, um alle Aufträge auszuführen, sie habe Halsschmerzen, Kopfweh, sie sei in Urlaub. Dieses Jahr hatte Vonny schreckliche Angst, sie würde nicht fähig sein, in Geschäfte zu gehen, um Weihnachtseinkäufe zu machen. André mußte vor jedem Laden auf sie warten, direkt vor dem Geschäft geparkt, falls sie ihn brauchte. Er stoppte ihre Zeit; sie konnte nicht länger als sechs Minuten in jedem Laden bleiben, dann mußte sie wieder nach draußen zum Lieferwagen laufen. Eigentlich soll er nicht wissen, was sie für ihn gekauft hat, aber als sie aus dem Schuhgeschäft herauskam, war der Karton, den sie bei sich hatte, so groß, daß er nur ein Paar Stiefel enthalten konnte.

»Mein Vater kann dir helfen«, sagt Simon zu Jody.

»Ist nicht nötig«, sagt Jody. »Das schaff' ich schon.«

»Dad!« schreit Simon. Er schlägt mit den Armen auf und ab, während er ruft, als müsse er sich selbst aufziehen.

André steckt die Hände in die Taschen und geht über den Rasen.

»Du mußt eine Vorliebe für Weihnachtsbäume haben«, sagt er zu Jody und achtet darauf, nicht sie anzusehen, sondern den Baum.

»Das kann unmöglich der sein, den ich ausgesucht habe«, sagt Jody. Es ist erstaunlich, wie tonlos sie ihre Stimme klingen lassen kann.

»An die Arbeit, Geselle«, sagt André zu Simon. Er weist ihn an die Spitze des Baumes und sagt ihm, er solle die Zweige halten, damit er denkt, er helfe. Dann hebt André den Baum an und schleppt ihn die Stufen hinauf.

»Sie brauchen das nicht zu tun«, sagt Jody zu ihm.

»Ich weiß«, sagt André. »Aber ich bin schon dabei.«

Jody packt ein paar lange Äste und hilft mit, den Baum durch die Tür zu bugsieren. Sie sieht bereits, was sie da anrichten: sie wird den ganzen Abend Tannennadeln zusammenfegen müssen. Elizabeth Renny ruft ihnen zu, sie sollten vorsichtig sein. Dann nimmt sie ihre Handtasche und sucht nach ihrem Portemonnaie.

»Lassen Sie mich Ihnen etwas zahlen«, sagt sie zu André und reicht ihm eine Fünf-Dollar-Note.

André weicht zurück und schüttelt verneinend den Kopf. Wenn Simon nicht hinübergelaufen wäre, hätte er Elizabeth Renny sich selbst mit dem Baum abmühen lassen, nur um Jody nicht begegnen zu müssen.

»Dann lassen Sie es mich dem Jungen geben«, sagt Elizabeth Renny, als André das Geld zurückweist. »Er hat mitgeholfen.«

Simon nimmt das Geld ohne Zögern.

»Danke«, sagt André nachdrücklich zu ihm.

»Danke«, sagt Simon zu Mrs. Renny.

Simon läuft aus der Tür, ehe jemand beschließen kann, daß er das Geld zurückgeben soll. Elizabeth Renny weiß nicht wieso, aber sie fühlt sich in ihrer eigenen Küche unerwünscht. Sie spürt, daß zwischen Jody und André etwas vorgeht, und doch nimmt sie einen Mantel vom Haken und folgt Simon hinaus auf die Veranda. Sie zieht die Tür hinter sich zu und macht sich zur Mitverschworenen, indem sie die beiden einen Augenblick allein läßt.

»Was wirst du dir damit kaufen?« fragt Mrs. Renny Simon. »Ein Lastauto?«

»Nein«, sagt Simon, der auf der untersten, vereisten Stufe balanciert. »Ein Bett für mein Kaninchen.«

In der Küche haben André und Jody von den Tannennadeln brennende Handflächen.

»Schau, es tut mir leid«, sagt André.

»Schon in Ordnung«, sagt Jody, obwohl sie keine Ahnung hat, was sie damit meint.

»Nein, ist es nicht«, sagt André. »Ich war ein anderer Mensch«, beginnt er. Dann hält er inne. Es ist sinnlos, solche Dinge zu sagen oder auch nur zu denken.

Jody merkt, daß er nervös ist. Dauernd schaut er zu ihrer Großmutter hinüber, die auf der anderen Seite der Tür Simon beschäftigt.

»Ich hatte vor, rüberzugehen und ihr alles zu erzählen«, sagt Jody.

André sagt nichts, er rührt sich nicht, aber sie merkt, daß er in Panik gerät.

»Aber ich habe mich dagegen entschieden«, sagt Jody und fällt die Entscheidung, während sie spricht.

»Ja, gut«, sagt André. Schweiß steht auf seiner Stirn.

»Dad!« ruft Simon von der Veranda. Elizabeth Renny dreht sich mit entschuldigendem Blick nach ihnen um. Länger kann man einen Jungen wie Simon am Abend vor Weihnachten eben nicht in eine Unterhaltung verwickeln.

»Frohe Weihnachten«, sagt André zu Jody.

Er kann sich die Silberkette um ihren Hals vorstellen, hören, wie das Glöckchen läuten würde, wenn sie sich herunterbeugt, um ihre Stiefel anzuziehen oder sich im Bett umdreht. Der Gedanke macht ihn schwindlig, und als Elizabeth Renny hereinkommt, nimmt er sie kurz und vollkommen unerwartet in den Arm, ehe er die Tür aufstößt. Dann stürmt er die Stufen hinunter, hebt Simon hoch und rennt über den Rasen. Simon schreit vor Entzücken. Wolken verdecken den Mond, während Simon auf den Armen seines Vaters auf und ab hüpft. Im Haus treten sie auf der Stelle, bis alles Eis von ihren Schuhen abgesprungen ist. Nelson klopft mit dem Schwanz auf den Boden, um sie zu begrüßen. Simon zieht den Reißverschluß seiner Jacke auf, wirft sie auf einen Stuhl und läuft dann ins Wohnzimmer zu seiner Mutter.

»Nicht gucken!« schreit Vonny.

Von der Tür aus sieht André, wie Vonny verpackte Geschenke unter das Sofa schiebt. Simon steht nahe bei ihr und hat die Hände über die Augen gelegt. Das Kaninchen hat sich auf einem von Andrés alten Pullovern auf dem Couchtisch zusammengerollt; eines seiner Ohren zuckt im Schlaf.

»Ich hab's gesehen!« jubelt Simon, der sich noch immer die Augen zuhält. »Ich habe einen Bären gesehen!«

Vonny sieht zu André auf und lächelt. Nachdem Simon zu Bett gegangen ist, wird André losfahren und einen Laden suchen müssen, der noch geöffnet ist. Sie hatten gehofft, er würde die Sache mit dem Bären vergessen, aber da er noch viele Male in seinem Leben enttäuscht werden wird, können sie ihm ebensogut geben, was er haben will.

Der Riese weiß nicht, wie andere Leute sich verlieben. Leiden sie unter Schlaflosigkeit? Appetitlosigkeit? Hören sie ein Klingeln in den Ohren? Der Riese schläft in einem großen Holzbett mühelos ein, zum Frühstück ißt er Haferflocken und Toast, und er kann einen einzelnen Wassertropfen aus dem Wasserhahn am

Küchenausguß im ganzen Haus hören. Sein Leben hat sich nicht verändert. Er kümmert sich um die Hühner, macht sein Haus sauber, malt seine Miniaturen. Der einzige Unterschied ist, daß er einmal in der Woche sehr spät nachts mit einem Korb mit Eiern drei Meilen weit geht und erst zurückkehrt, wenn die Sonne aufgeht. Der Weg dorthin, auch wenn es manchmal so kalt ist, daß er zwei Paar Handschuhe tragen muß, ist immer schön. Die Straße schimmert eisig, die Rinden der Eichenbäume sehen aus wie rohes Silber. Doch der Rückweg ist scheußlich, endlos und dunkel. Wenn er nach Hause kommt, bricht der Riese zusammen und schläft bis Mittag.

Der Riese kann nicht aufhören, über die Liebe nachzudenken. Obwohl er sich kaum an seinen Vater erinnert, weiß er, was zwischen seiner Mutter und ihren Freunden als Liebe angesehen wurde. Das Begehren, das er sah, wirkte brutal und gemein, aber immer, wenn er seine Mutter mit anderen Frauen reden hörte, fragte er sich, ob ihm etwas entgangen war. Sie beschrieb ihre Verhältnisse, als sei sie ein schwärmerisches Mädchen, zeigte die Geschenke vor, die ihre Freunde ihr gegeben hatten, bot ihren Nachbarinnen Pralinen aus Schachteln an, die mit Bändern verschnürt waren, und nahm ein Paar billige Ohrringe aus einer Pappschachtel so behutsam in die Hand, als seien sie aus Gold.

Der Riese beobachtete seine Mutter aufmerksam, wenn sie sich anzog, um zu einer Verabredung zu gehen oder in eine Bar, um jemand neuen zu finden. Langsam trug sie ihr Make-up auf. Sie zog sich zwei- bis dreimal um, bis sie zufrieden war. Oft rief sie ihm im Weggehen zu, er solle sich für den Fall, daß sie jemanden mitbringe, nicht sehen lassen. Aber die Art, wie sie aussah, wenn sie da in der Tür stand, fertig zum Ausgehen, faszinierte den Riesen, und er konnte sich nicht rühren. Etwas Wahnhaftes ging von ihr aus; die Nacht war voll geheimnisvoller und endloser Möglichkeiten. Der Riese hat sich solche Möglichkeiten nie für sich selbst vorgestellt. Wer sollte ihn schon als Liebhaber wollen? Selbst wenn er allein ist, kann er sich nicht vormachen, er sei wie alle anderen. Stühle sind zu klein für ihn. Porzellan zerbricht in seiner Hand.

Der Riese weiß, daß sein Großvater ihn liebte, aber das tröstet ihn wenig. Sein Großvater mochte alles, was irgendwie mangelhaft war. Wenn ein Tisch zerbrach, war er deswegen um so wertvoller, ein Pullover ohne Flicken war kein richtiger Pullover, und wozu waren Planeten gut, wenn es so etwas wie Sternschnuppen gab? Der Riese stellte fest, daß er das Glück hatte, als Kind geliebt zu werden. Er weiß, wie es ist, wenn man sich vor dem Donner fürchtet und jemanden bei der Hand halten kann. Worüber er nichts weiß, ist die Leidenschaft, obwohl er allmählich denkt, Leidenschaft habe weniger mit einem unkontrollierbaren Drang als mit Hoffnung zu tun. Wenn das blaue Licht der Dämmerung erscheint, dann fühlt der Riese, was Verlangen sein könnte. Wenn er sich wünscht, mit dem Mädchen mit den grauen Augen zusammen zu sein, dann fühlt er sich zur gleichen Zeit stärker und schwächer, als er ist.

Er hat sich selbst gesagt, daß er die Eier ohne jegliche Erwartung zu Jodys Haus bringt, aber das stimmt nicht ganz. Er ist ziemlich sicher, daß die Erhebung, die er spürt, wenn er ihren Garten betritt, nicht zu den Gefühlen normaler Leute gehört. Er hat angefangen, dumme Sachen zu machen. Er vergißt den Kaffeetopf auf dem Ofen, und wenn er zurückkommt, findet er ihn brodelnd und den Kaffee auf dem Boden zu einem schwarzen Satz verkocht. Er geht im hellen Tageslicht nach draußen zu seinem Stand, um ein paar lose Bretter festzunageln, und läßt zu, daß einige Autofahrer ihn sehen, die sicher mit einer Wagenladung voll ungläubiger Freunde wiederkommen werden, um ihn anzugaffen.

Am Weihnachtsabend geht der Riese in der Dämmerung hinaus zu den Hühnerställen. Seine Kehle ist wie zugeschnürt von dem blauen Licht. Die Temperatur sinkt, und weil die Erde noch warm ist, steigt an unerwarteten Stellen Nebel auf, breitet sich unter den Hühnerställen aus und kreist Farne ein. Der Riese füttert seine Hühner, und auf dem Weg nach draußen findet er ein Ei, das er heute morgen übersehen hat. Er nimmt das Ei aus dem Stroh und steckt es in die Tasche seiner Strickjacke. Im Haus zündet er ein Feuer an, dann legt er das Ei auf den Tisch und holt seine Farben. Er nimmt eine Nadel, sticht ein kleines Loch in die Schale des Eis, hebt es an den Mund und saugt das rohe Ei aus.

Er benutzt Acrylfarben und malt sorgfältig mit den feinsten Pinseln, die er hat. Er hält ein Vergrößerungsglas ans Auge und unterbricht seine Arbeit nur einmal, als er einen Krampf in den Fingern hat und seinen Pinsel hinlegen muß, um die Faust mehrmals zu öffnen und zu schließen.

Als er fertig ist, ist dem Riesen so heiß, daß er sich nicht damit aufhält, einen Mantel anzuziehen, und er spürt die Kälte nicht, als er zu Jodys Haus geht. Er hat länger als geplant gebraucht, um das Ei zu bemalen, und der Tag bricht fast schon an, als er das Haus erreicht. Er geht zur hinteren Veranda, die mit Tannennadeln bedeckt ist. Dann tut er etwas so Dummes, daß er es nicht glauben kann: Er legt die Hand auf den Türknopf. Als er seine Hand nach rechts dreht, dreht sich auch der Türknopf. Rasch nimmt er die Hand weg, aber die Tür öffnet sich. Der Riese hält den Atem an, bückt sich und tritt ein. Sein Puls geht so wild, daß er meint, er müßte alle im Haus aufwecken. Er legt das Ei in eine weiße Untertasse, die auf dem Küchentisch steht. Das Ei rollt hin und her und liegt dann still. Der Riese hat die Szene ihrer ersten Begegnung gemalt. Winzige Hühner picken im Staub, während ein Mädchen mit einem Eierkorb mit wehenden Haaren fortläuft. Auf einem Stuhl in der Nähe der Hühnerställe hat der Riese sich selbst gemalt. Er trägt ein weißes Hemd, wie er es an jenem Tag tat, aber auf seinem Bild ist sein Herz sichtbar, und er umklammert es mit den Händen, als sei es verwundet.

Nachdem er den langen Weg in der Kälte zurückgelegt hat, ist der Riese jetzt von der Wärme in diesem Haus benommen. Wenn er die Augen schließt, wird er auf der Stelle einschlafen. Zwei Katzen überraschen ihn und reiben ihre gewölbten Rücken an seinen Beinen. Sie folgen dem Riesen zur Küchentür. Er kann den Weihnachtsbaum und die geöffneten Geschenkpakete darunter sehen. Die Katzen spazieren vor ihm auf und ab. Als der Riese sich niederbeugt und den Rücken der weißen Katze streichelt, hebt sie den Kopf zu ihm und miaut. So dumm kann er nicht sein, und doch hat er keine Lust zu gehen und den grausamen, dunklen Heimweg anzutreten. Er weiß, daß er das Gesetz bricht, weiß, daß die Leute am Weihnachtsmorgen früh aufstehen. Aber er rührt sich nicht, selbst als er über sich Schritte hört.

Jody kommt die Treppe herunter, eine Wolljacke über dem Nachthemd. Sie sieht ihn und bleibt auf dem Treppenabsatz stehen, reibt sich die Augen. Sie sagt sich selbst, sie werde keine Angst haben, solange er sich nicht bewegt. Dann wird sie sich umdrehen, nach oben rennen und sich im Badezimmer einschließen. Doch derjenige, der sich umdreht und rennt, ist der Riese. In seiner Panik vergißt er, sich zu bücken, und stößt mit dem Kopf gegen den Rahmen der Küchentür. Das Krachen ist so laut, daß sein Schmerz hörbar ist. Der Riese taumelt zurück. Jody umklammert das Treppengeländer. Mitten auf der Stirn des Riesen ist eine klaffende Wunde.

»Ich will Sie nicht erschrecken«, sagt der Riese.

»In Ordnung«, sagt Jody. »Gut. Erschrecken Sie mich nicht.«

Die Katzen wollen sich nicht von dem Riesen trennen. Sie streichen um ihn herum, bis sie in Richtung Küche verschwinden.

»Ich wollte Ihnen ein Geschenk bringen«, sagt der Riese hilflos.

»Warum?« sagt Jody.

Die Treppe ist kurz und geschwungen. Jody lehnt ihren Kopf an einen niedrigen Balken und stützt sich mit einer Hand ab.

»Ich weiß nicht, was ich hier mache«, sagt der Riese zu ihr.

»Seien Sie leise«, sagt Jody. »Meine Großmutter schläft nebenan.«

Der Riese ist verlegen. Er glaubte zu flüstern.

»Was ist Ihr Geschenk?« sagt Jody und verengt die Augen. »Sie?«

Der Riese blickt zu Boden. Er ist ein Narr.

»Nein«, sagt er, und diesmal flüstert er wirklich.

Jody merkt, daß sie zittert. Sie zieht ihre Wolljacke enger um sich.

»Sie können nicht einfach in die Häuser von Leuten gehen«, sagt Jody freundlicher.

»Das stimmt«, sagt der Riese.

Der Riese fürchtet sich, sie anzusehen, und Jody ist sicher, daß er keine Ahnung hat, wie schön er ist. Sie fühlt sich, als hätte sie einen Leuchtkäfer in einem Marmeladenglas gefangen. Sie will den Deckel nicht vom Glas schrauben.

»Und?« sagt Jody.

»Und?« sagt der Riese verwirrt.

»Kommen Sie jetzt nach oben oder nicht?« sagt Jody.

Der Riese weicht zurück. An seinem Hals ist eine blaue Vene zu sehen. Jody weiß, daß sie die falschen Dinge empfindet. Sie sollte Angst haben, zumindest spüren, daß sie mit der Gefahr spielt. Sie fragt sich, ob die Kraft, mit der er sie begehrt, ihre Sinne verwirrt. Sie beugt sich vor, tritt auf den Saum ihres Nachthemdes.

»Schnell«, sagt sie zu ihm.

Der Riese folgt ihr die Treppe hinauf. Er hat Angst, Fragen zu stellen. Er hat die Fähigkeit zu sprechen verloren. Die Katzen laufen ihnen nach, bis Jody sie verscheucht. Er sieht ihr Bett und ist gelähmt. Er bleibt in der Mitte des Zimmers, an der einzigen Stelle, an der er aufrecht stehen kann, bis Jody ihm sagt, er könne sich ruhig auf ihr Bett setzen. Bald wird es hell werden; gelbe Streifen erscheinen am Himmel, aber im Schlafzimmer ist es dunkel. Jody zieht ihre Jacke aus und setzt sich auf einen Holzstuhl. Sie zieht sich das Nachthemd über den Kopf. Einen Augenblick lang fürchtet sie, es könnte unmöglich sein, ihn zu lieben, er könnte zu groß sein. Aber sie geht und setzt sich neben ihn. Sie fühlt, daß der Riese zittert, und sie erwartet, er werde zu schüchtern sein, um sie anzusehen, doch als sie sich ihm zuwendet, starrt er sie an.

»Wie heißt du?« sagt Jody.

Der Riese lacht.

»Was ist daran so komisch?« fragt Jody, vage verletzt durch sein Lachen.

Um sicher zu sein, daß er wirklich ist, berührt Jody seine Wange und fährt dann mit den Fingern an seinem Hals entlang, bis sie den ersten Knopf seines Hemdes erreicht.

»Eddie«, sagt der Riese.

Sein Name klingt plötzlich wie das merkwürdigste Wort auf der Welt; es ist, als hätte er ihn nie zuvor gehört. Er kann nicht glauben, daß er den Mut hat, sie zu berühren. Er hält sie so, daß seine Hände über ihren Rippen liegen. Der Riese gibt einen Laut von sich, den er von sich selbst noch nie gehört hat. Als er angefangen hat, sie zu küssen, weiß er nicht, ob er damit wieder wird aufhören können. Jody legt sich zurück, und der Riese lehnt neben ihr. Er denkt gleichzeitig zu viel und überhaupt nicht. Er fürchtet sich, seine Arbeitsstiefel auf ihre sauberen Laken zu legen. Er fürchtet, sie zu verletzen. Er war noch nie mit einer anderen Frau zusammen, und er weiß, daß sie das merken wird.

Der Riese zieht sich von Jody zurück. Er setzt sich in der Dunkelheit auf.

»Was ist?« flüstert Jody. Sie klingt erschrocken und atemlos. Sie stützt sich auf die Ellbogen.

Der Riese zieht seinen Pullover und sein Hemd aus, dann beugt er sich herunter und schnürt seine Stiefel auf. Er zieht die Stiefel aus, dann steht er auf und zieht sich ganz aus. Als er seine Kleider faltet und auf den Stuhl legt, zittern seine Hände. Er legt sich neben Jody und zieht sie an sich. Wenigstens, denkt er, kann sie ihn in der Dunkelheit nicht sehen.

Als Jody nach unten kommt, ist Elizabeth Renny in der Küche und macht Kaffee. Das bemalte Ei liegt noch auf der Untertasse auf dem Tisch, und Jody nimmt es und hält es in der Hand. Elizabeth Renny kneift die Augen zusammen, aber für sie sieht das Ei aus wie eine blaue Kugel, einfach ein Stück Christbaumschmuck. Jody legt das Ei wieder auf die Untertasse, und als Elizabeth Renny sich eine Tasse Kaffee nimmt, bemerkt sie, daß Jody nach Seife und Stroh riecht.

Oben öffnet der Riese das Schlafzimmerfenster und klettert auf den Fenstersims und springt dann geräuschlos zu Boden. Auf den Telefondrähten ist Eis. Eis hüllt alle Bäume ein. Es ist noch so früh, daß niemand einen Riesen bemerkt, der die Straße hinunterläuft, grinsend wie ein Verrückter.

Wenn du an einem verschneiten Mittwochmorgen deine Mutter in Delray Beach anrufst, ist das erste, was sie dir sagt, daß es dreißig Grad heiß ist und daß ihr Mann in diesem Augenblick Orangen von ihrem Baum pflückt. Du hast mit dem Anruf ge-

wartet, bis dein Sohn und dein Mann aus dem Haus sind, weil du weißt, daß dies ein schwieriges Gespräch werden wird. »Mutter«, sagst du, als du ein Wort einwerfen kannst, »mit mir stimmt etwas nicht.«

Am anderen Ende der Leitung wird es still. Du kannst die Hitze Floridas förmlich spüren.

»Ich hab' wirkliche Probleme, das Haus zu verlassen«, wirst du ihr sagen.

Deine Mutter wird so heftig lachen, daß du zuerst denkst, sie werde ersticken. »Mein Gott«, wird sie schließlich sagen, »ich dachte, du wolltest mir beibringen, daß du Krebs hast. Du kannst nicht aus dem Haus gehen? Schätzchen, in Florida gehen die Leute den ganzen Sommer lang nicht aus dem Haus, und niemand findet etwas dabei. Es ist so heiß, daß die Sonne dich braten würde wie ein Spiegelei.«

Du könntest es jetzt lassen und über das Wetter reden, aber du bist schon einmal so weit gekommen. Du erzählst ihr den Rest. Du kannst nicht Auto fahren, du kannst nicht allein sein, du hast starke körperliche Symptome: schweißnasse Hände, Herzrasen, einen Knoten im Magen, der sich wie ein Tumor anfühlt. Der Gedanke an einen Flug macht dich physisch krank. Du kannst nicht ohne deinen Mann in einen Supermarkt oder ein Kino gehen, und selbst dann mußt du einen Sitz am Rand haben für den Fall, daß du deinem Drang zur Flucht nicht widerstehen kannst. Du bist deinen Freundinnen mit lahmen Entschuldigungen so oft ausgewichen, daß sie aufgehört haben, dich anzurufen. An einem schmatzenden Geräusch hörst du, daß deine Mutter die Lippen schürzt. »Wann hat das alles angefangen?« wird sie fragen. Wenn du ihr sagst, daß es direkt nach dem Besuch bei deinem Vater war, dann wird sie in eine Tirade darüber ausbrechen, weil er mit aller Macht versucht, ihr Leben zu ruinieren. »Nachdem ich mit einem Flugzeug geflogen war«, wirst du ihr sagen. »Vielleicht bin ich verrückt«, wirst du sagen und erwarten, daß sie dir widerspricht. Sie wird »hmmm« murmeln und darüber nachdenken. Du wirst ihr sagen, daß du schreckliche Angst davor hast, dein Sohn könne entdecken, daß mit dir etwas nicht stimmt. Als deine Mutter fragt, ob du es vor ihm verbirgst, *räumst du ein, daß du das tust. »Dann wird er es nie merken«, wird deine Mutter sagen. »Du hast es auch nie gemerkt.«*

Dann wirst du dich hinsetzen. Du wirst erwägen, den Hörer aufzulegen.

»Was?« wirst du sagen, und deine Mutter wird sagen: »Du hast mich doch gehört.« Jetzt wird sie dir sagen, daß sie nach ihrer Scheidung zwei Monate lang nicht aus dem Haus ging. Fast ein Jahr lang bestellte sie ihre Lebensmittel telefonisch im Supermarkt, und die Eltern deiner besten Freundin fuhren dich überallhin, wohin du mußtest. Damals hattest du angenommen, deine Mutter habe zu tun, aber wenn du jetzt darüber nachdenkst, dann weißt du nicht, was sie eigentlich tat. Deine Mutter sagt dir, ihre Angst davor, das Haus zu verlassen, habe drei Jahre gedauert, und dann sei sie eines Tages einfach in ihr Auto gestiegen, bis an die Ecke gefahren und dann weiter.

»Frag mich nicht, wie es anfing oder aufhörte«, wird deine Mutter sagen. Wenn sie meint, das sei ein Trost, dann irrt sie sich. Dies ist eine schreckliche Nachricht, eine Krankheit, die vielleicht erblich ist, und mehr denn je fürchtest du, du könntest dein eigenes Kind anstecken. Deine Mutter überrascht dich, indem sie fragt, ob du willst, daß sie ein Flugzeug nimmt und dich besucht. Du sagst ihr, daß du allein darüber hinwegkommen mußt, also ohne sie. Du beginnst dich zu fragen, was sie sonst noch vor dir geheimgehalten hat und ob du als Kind wirklich mehr wußtest als heute. Ehe du das Gespräch beendest, wird deine Mutter dir sagen, du würdest ganz bestimmt nicht verrückt. »Ja, sicher«, wirst du sagen, mit derselben verdrossenen Stimme, die du als Teenager hattest. Deine Mutter wird dir sagen, daß sie kürzlich im Fernsehen eine Talkshow über deine Störung gesehen hat. »Was du hast, das sind Panikanfälle«, wird sie leise sagen, so daß du weißt, daß ihr Mann mit den soeben gepflückten Orangen in die Küche gekommen ist. Deine Mutter wird erst auflegen, nachdem du versprochen hast, in einem Krankenhaus oder einer Klinik anzurufen, und du versprichst es, aber es wird eine Woche dauern, bis du das wirklich tust.

Sie werden dich an ihren Experten verweisen, der zuerst kein Wort von dem verstehen wird, was du sagst, weil deine Stimme bricht. Sobald du ihm sagen wirst, daß du das Haus allein nicht verlassen kannst, wird er die Litanei deiner Symptome aufsagen. Er wird alles über dich wissen, und du hast weniger als vier Sätze zu ihm gesagt. Schwitzende Hände, wird er sagen. Gummi in den Beinen, Herzrasen, eine Schranke, die Sie nicht überschreiten können. Er behauptet, das sei keine Geisteskrankheit. Als er dir sagt, daß du an Agoraphobie leidest, wirst du froh sein, einen Namen für das zu haben, was mit dir nicht stimmt. Natürlich hast du deiner Mutter nicht geglaubt, aber jetzt hat ein vollkommen Fremder dir gesagt, daß du nicht verrückt bist. Da du zu weit entfernt wohnst, um am Behandlungsprogramm des Therapeuten teilzunehmen, wird er dir einen Fernkurs und eine Liste von Büchern nennen. Er wird dir sagen, daß du dein Verhalten ändern kannst, daß du gegen diese Erkrankung kämpfen und gewinnen kannst. Als er dich fragt, ob du eine sichere Person hättest, verstehst du ihn nicht, und sofort fällt dir dein Sohn ein. Du denkst daran, wie er schlafend im Bett liegt, wie sicher er sich fühlen muß, umgeben von Stofftieren, zufrieden in dem Bewußtsein, daß du und dein Mann direkt auf der anderen Seite des Flurs sind. Als der Therapeut erklärt, eine sichere Person sei jemand, auf den man sich verlassen könne, jemand, in dessen Gegenwart man Dinge schaffe, die man allein oder mit anderen nicht könne, merkst du, daß deine sichere Person dein Mann ist. Diese Erkenntnis rüttelt dich auf. Ganz gleich, was du von ihm denkst, im Innersten deines Herzens vertraust du ihm mehr als jedem anderen Menschen auf Erden.

Später, wenn dein Mann nach Hause kommt, wirst du ihn so fest umarmen, daß er einen Augenblick fürchten wird, in seiner Abwesenheit sei irgendeine Tragödie passiert. Du wirst ihm sagen, daß es ein Heilmittel gibt für das, was du hast, du wirst all die Dinge planen, die du jetzt nicht tun kannst, aber tun wirst, sobald du geheilt bist. Du wirst den ganzen Abend Verlangen nach ihm haben, und wenn dein Sohn im Bett ist, wirst du deinen Mann lieben und weinen, wenn es vorbei ist. Die ganze Woche lang wirst du auf das Postauto warten. Du wirst am Fenster sitzen. Du wirst den Schnee ansehen und abwechselnd Entsetzen und Hoffnung verspüren. Als das Postauto erscheint, merkst du, daß du wirst warten müssen, bis dein Mann nach Hause kommt und dir das Päckchen holt, das an dich adressiert ist.

André sitzt im Schuppen und hat den Kerosinheizer voll aufgedreht. Angeblich arbeitet er an einer Ducati, einer Maschine, die er so gern haben wollte, daß er einen überhöhten Preis bezahlte. In Wirklichkeit liest er eines der Bücher von Vonnys Bücherliste, das er für sie aus der Bibliothek geholt hat. Es ist ein Buch über Panikanfälle, und die Wahrheit ist, daß er selbst auch eine leise Panik verspürt. Sie haben bereits mehrere der Kapitel in Vonnys Programm zur Verhaltensänderung durchgenommen, und es ist klar, daß es keine Zaubermittel zur Heilung gibt. Vonny muß üben, muß sich eine Reihe kleiner Ziele setzen und Techniken benutzen wie Konzentration und Entspannung, etwas, woran André in keiner Weise glaubt. Er hat Lust auf ein Bier, aber er will noch nicht ins Haus gehen. Ihm ist klar, daß dieses Phobienprogramm eine Prüfung sein wird. Es wäre einfacher, selbst zum Supermarkt zu gehen oder Simon von der Schule abzuholen, als diese ganzen Veränderungen mit Vonny durchzugehen. Er hat alles gelesen, was er bekommen konnte, und versteht noch immer nicht, warum Vonny nicht einfach hinter das Steuerrad steigen und irgendwo hinfahren kann. Und als er sich das eingesteht, ist er sich nicht hundertprozentig sicher, daß er will, daß sie es versteht.

Seit ihre Panikanfälle begannen, ist Vonny völlig von ihm abhängig gewesen. André versteht so viel: Er ist ihre einzige sichere Person. Sobald ein Phobiker einmal mit einer neuen sicheren Person Orte aufsuchen kann, wird der Kreis der Abhängigkeit zu zerbrechen beginnen. André spürt eine merkwürdig heiße Eifersucht, als er sich vorzustellen versucht, wer diese andere sichere Person sein könnte. Er fühlt sich schon jetzt betrogen. Er schaltet das Heizgerät aus, zieht den Reißverschluß seiner Jacke zu und trägt die Bücher ins Haus. Als er den Herd anzündet, um sich Kaffee zu kochen, hört er Vonnys Entspannungsband im Wohnzimmer laufen. André öffnet den Schrank und sucht nach Zucker, kann aber die Zuckerdose nicht finden. Er gießt sich eine Tasse heißen Kaffee ein, wirft den Filter in den

Abfalleimer und öffnet den Kühlschrank. Es ist keine Milch da. Er schlägt die Tür wieder zu und trinkt seinen Kaffee im Stehen am Tresen. Vonny stellt ihren Kassettenrecorder ab und kommt in die Küche. André weiß nicht, ob er sich das einbildet oder ob sie wirklich hier in ihrer eigenen Küche ängstlich aussieht. Sie sollen Simon beim Haus eines Schulfreundes absetzen und dann hinausfahren, damit Vonny das Fahren üben kann. Ihr Ziel ist der Parkplatz vor den Klippen von Gay Head. André würde lieber zu Hause bleiben, eine Dusche nehmen und fernsehen.

»Fertig?« sagt André zu Vonny.

»Wahrscheinlich«, sagt Vonny. »So gut ich eben kann.« Was bedeutet, daß sie entsetzliche Angst hat. Nach zwei Übungswochen kann Vonny wieder zum Supermarkt gehen, solange André draußen vor der Tür wartet. Zweimal hat sie Kartons mit Töpferwaren ausgeliefert, aber ihr Herz hat hinterher derartig gerast, daß sie sich geweigert hat, wieder nach Edgartown zu fahren. Jetzt werden sie also hin und her fahren und jedesmal Vonnys Symptome messen, um zu sehen, ob sie abnehmen.

»Simon«, ruft Vonny, als sie ihren Mantel und seine Jacke von den Haken neben der Tür nimmt. Ihr Gesicht ist gerötet, André weiß nicht, ob vor Erregung oder vor Angst. Simon soll bei seiner Freundin Tara essen, und Vonny hat Truthahnsandwiches gemacht, die sie und André bei einer Pause im Lieferwagen essen werden. Vonny geht zur Treppe. »Simon!« ruft sie.

Oben in seinem Zimmer liest Simon Dora, dem Kaninchen, ein Buch vor, das er auswendig kennt. Er hat André neulich gebeten, ein Schild für sein Zimmer zu machen, auf dem steht BITTE NICHT STÖREN.

»Komme schon!« ruft Simon seiner Mutter zu.

Er liest dem Kaninchen weiter vor.

Vonny fragt sich, ob alle sich verschwören, um sie vom Fahren abzuhalten. Sie geht in die Küche, setzt sich aber nicht hin aus Angst, nicht mehr aufzustehen. Sie ist geübt im Vermeiden, das weiß sie.

»Kannst du nicht was tun?« sagt Vonny zu André.

André geht zur Küchentür und ruft: »Ich zähle bis drei.«

Simon klappt sein Buch zu, schaut das Kaninchen entschuldigend an und läuft dann nach unten.

»Ich wollte bloß allein sein«, sagt Simon, während er die Jacke und den Rucksack nimmt, die Vonny ihm gibt.

Es erstaunt Vonny, daß ihr fünfjähriger Sohn sich genau das wünscht, wovor sie sich am meisten fürchtet. Wenn es je eine Zeit gab, in der sie allein sein wollte, dann kann sie sich nicht mehr daran erinnern. Sie stellt sich vor, daß sie nicht existiert ohne eine andere Person, die sie wahrnimmt. Sie stellt sich vor, ihre Haut sei Staub und ihre Knochen ein Puzzle, das kundige Hände braucht, um zusammengesetzt zu werden.

»Nun ja, wir müssen ja nicht fahren«, sagt Vonny.

»Wann entschließt ihr euch endlich?« sagt Simon, deutlich angewidert.

André legt Simon eine Hand auf den Rücken und führt ihn zur Tür.

»Kommt Mami jetzt oder nicht?« fragt Simon ihn.

Vonny nimmt die Tüte mit den Sandwiches, geht zur Tür und legt einen Arm um Simon. Er ist erstaunlich kräftig, als sie ihn an sich zieht. Während sie nach draußen gehen, vergißt Simon sich und hält ihre Hand. Auf dem Weg zu Tara hören sie Radio. Vonny küßt Simon zum Abschied und sieht dann zu, wie André ihn zu dem gelben Haus mit den grünen Läden führt. Als die Tür geöffnet wird, winkt Taras Mutter Vonny zu, aber Simon geht hinein, ohne sich umzusehen. Vonny weiß, daß Kinder ihre Unabhängigkeit erklären müssen. Sie sieht, wie er ins Haus läuft, und das letzte, was sie von ihm sieht, ist sein blauer Nylonrucksack. Es ist kalt im Lieferwagen, und Vonny fröstelt. André steigt wieder ein und wirft die Tür zu. Vonny räuspert sich.

»Ich sollte doch fahren«, sagt sie zu ihm.

»Richtig«, sagt André.

Er steigt aus, und Vonny rutscht hinter das Steuer. André fühlt sich überhaupt nicht wohl bei dem Gedanken, von jemandem, der Panikanfälle hat, in der Gegend herumgefahren zu werden. Er fummelt am Radio herum, sucht einen guten Sender. Vonny legt einen Gang ein und tritt auf das Gaspedal. Sie ist seit fast fünf Monaten nicht mehr gefahren und erinnert sich nicht, daß der Schalthebel so schwer ging, das Steuerrad so leicht. Heute abend, mit André an ihrer Seite, sollte das Kraftfeld eigentlich nicht aktiviert sein, aber Vonny spürt eine Woge von Panik direkt unter ihrer Brust. Sie weiß, daß sie tief atmen sollte, sich sogar eine Hand auf den Bauch legen, damit sie merkt, daß er sich wölbt, wenn sie einatmet. Sie tut es an einer Ampel und fühlt sich ein wenig besser.

Hinter dem Zentrum von Chilmark steigt die Straße an. Rechts liegen vom Wasser überflutete Marschen, dahinter der Hafen von Menemsha. Hohes Riedgras läßt nicht erkennen, wo man gehen könnte und wo man wie ein Stein untersinken würde.

Vonny biegt nach links in den weniger befahrenen Moshup's Trail ein, eine Straße, die am Meer entlangführt. Sie fängt an, etwas in der Magengrube zu spüren. Ein Draht, der festgezogen wird. Die Indianer benannten diese Straße nach dem legendären Riesen, der über Gay Head hinaus zu einem Ort namens Noman's Island gehen wollte. Bei Ebbe warf er riesige Steine in den Ozean, aber man erzählt sich, er sei dann müde geworden. Er konnte sich nicht überwinden, seine Insel zu verlassen. Das Ende der Erde, denkt Vonny. Der letzte Fels vor einem Ozean ohne Grund. Als die Panik wieder aufsteigt, diesmal in ihrer Kehle, fährt sie an den Straßenrand, wie sie es in ihrem Programm gelesen hat, und wartet, bis ihre Panik nachläßt, ehe sie es erneut versucht, statt einfach aufzugeben.

André beobachtet sie, sagt aber nichts. Er greift nach der Papiertüte mit ihrem Abendessen, nimmt ein Sandwich heraus und beginnt es auszupacken.

»Muß das sein?« sagt Vonny.

»Wenn ich essen will, esse ich«, sagt André.

Vonny schaltet das Radio aus und lauscht dem Wind und dem Knistern der Plastikverpackung. Der Himmel ist dunkel geworden. Sie ist vierunddreißig Jahre alt. Sie hat Angst vor einer leeren Straße.

»Steig aus«, sagt Vonny plötzlich.

André hört auf, das Sandwich auszuwickeln.

»Korrigier mich, wenn ich mir irre«, sagt André. »Aber bist

du nicht diejenige, die diese verdammten Sandwiches doppelt eingepackt hat?«

»Steig aus«, sagt Vonny.

»Sei nicht so nervös«, sagt André. »Ich laß' dich nicht fahren, wenn du so nervös bist.«

Vonny lacht geringschätzig. »Du hast mir überhaupt nichts zu befehlen.«

»So hab' ich das nicht gemeint«, sagt André.

»Okay«, sagt Vonny sehr ruhig. »Du kannst fahren.«

André schiebt sein Sandwich wieder in die Tüte, steigt aus, schlägt die Tür fest zu und geht von hinten um den Wagen herum. Vonny spürt die Welle, die sich in ihr anstaut. Es ist mehr Wut als Angst. Sie wird so nicht weiterleben. Sie wird nicht Sekunden, Meilen und Schritte zählen. Wenn das Kraftfeld sie umbringt, soll es doch. Soll André Simon großziehen, soll er wieder heiraten, eine Jüngere, eine, die sich nicht vor der Dunkelheit fürchtet. Eine Stewardeß. Eine Rennfahrerin. Eine Zirkusakrobatin.

Vonny sieht im Rückspiegel, wie André um den Wagen herumgeht. Er ist ein schwarzer Streifen, ein Schatten, der ihren Schatten bedeckt. Ihr Bein, das doch so schwach ist, tut jetzt etwas Erstaunliches. Es bewegt sich und tritt hart auf das Gaspedal. Ehe André nach dem Türgriff langen kann, legt Vonny einen Gang ein und startet. Sie fährt auf den Horizont zu. Die Panik in ihrem Hirn steigt höher. Sie blickt kurz in den Rückspiegel und sieht André dort stehen. Die Tüte mit ihrem Abendessen kippt um, und alles fällt auf den Boden. Zigaretten fliegen wie Schrapnelle vom Armaturenbrett. Als sie auf den Tacho blickt und feststellt, daß sie über fünfundsechzig Meilen fährt, spürt sie eine Welle von Erregung, von Schrecken – sie kann die Symptome nicht mehr unterscheiden. Ihr Herz pocht, und ihre Hände sind feucht, aber sie fühlt sich köstlich leicht. Sie weiß, so könnte es sein. Irgendwo im Hals erzeugt Vonny gutturale Geräusche, als bewege sie das Auto durch bloße Willenskraft. Sie ist allein auf der Welt, und es gefällt ihr. Als sie auf das Kraftfeld trifft, tritt Vonny auf die Bremse. Als ihre Panik sie zu überwältigen droht, sagt sie sich, daß da nichts ist, wovor sie sich fürchten muß. Sie ist an einem Winterabend eine Viertelmeile gefahren und hat ihren Mann zurückgelassen. Sie wendet.

Als sie neben ihm an den Straßenrand fährt, reißt André die Tür auf, greift in den Wagen und zieht den Zündschlüssel ab. Vonnys Augen glänzen. Sie will das Steuerrad nicht loslassen. »Bist du verrückt?« ruft André. Er zieht sie aus dem Lieferwagen. Er geht ein paar Schritte, kommt dann zu ihr zurück. »Mach das nie wieder mit mir«, sagt er. Seine Stimme klingt erstickt. »Hast du mich gehört?« fragt er.

Vonny legt den Kopf zurück und bemüht sich, den Himmel zu sehen. Morgen wird sie ganz langsam anfangen, zuerst in den Wagen steigen und einfach nur da sitzen, dann rückwärts in die Einfahrt hinunterfahren. Man hat ihr geraten, sie solle sich kleine Ziele setzen, und sie versteht jetzt, daß es Wochen dauern kann, ehe sie in der Lage ist, ihre eigene Einfahrt zu verlassen. Sie wird einige Rollen Drops in ihren Manteltaschen mitnehmen; sie wird dafür sorgen, daß sie immer eine Straßenkarte und einen vollen Tank hat. Wenn sie das nächste Mal diesen Straßenabschnitt erreicht, dann wird das am frühen Morgen sein, und sie wird bereit sein.

7

Mit Fremden reden

Den ganzen Frühling lang beobachtet Elizabeth Renny ihre Nachbarin, die in ihrer Einfahrt auf und ab fährt. Das Geräusch der Räder auf Schlamm und Kies erzeugt ein beruhigendes Summen, wenn Elizabeth Renny Laken auf die Wäscheleine hängt, die Futternäpfe der Vögel mit Körnern füllt oder mit einer Heckenschere dem wuchernden Flieder zu Leibe rückt, der schon blau wird. Gelegentlich winkt Elizabeth Renny, aber meist ignoriert sie ihre Nachbarin. Es gibt keine höfliche Art, wie man Vonny fragen könnte, was in aller Welt sie da tut außer tiefe Rinnen in die Einfahrt zu graben und eine Menge Benzin zu verschwenden.

Neulich hat Elizabeth Renny etwas Schreckliches getan. Sie hat ihr Testament geändert und alles Jody hinterlassen. Natürlich ist alles nicht gar so viel: ein kleines Sparkonto, ihre persönlichen Besitztümer und das, was der Verkauf des Hauses einbringen wird. Ihr Anwalt erschien zur verabredeten Zeit, aber ehe er sie die Papiere unterschreiben ließ, fragte er dreimal: »Sind Sie sicher, daß Sie das wollen?« Zuvor war Laura die Erbin gewesen, und nach ihrem Tod hätten sich die drei Enkel das teilen sollen, was noch da war. Elizabeth Renny stimmt ihrem Anwalt darin zu, daß dieses neue Testament alles andere als fair ist. Sie hat entschieden, daß sie das Recht hat, das Falsche zu tun. Schließlich geht es um ihr Geld, ihr Haus, ihren Tod.

Sie hat all das weder Jody noch ihrer Tochter gegenüber erwähnt, und dabei soll es auch bleiben. Die Änderung ihres Testaments hat auch in ihr etwas geändert. Sie glaubt nicht mehr, daß sie den Tod foppen kann, indem sie seinen Zeitpunkt und seine Art selbst bestimmt. Sie möchte sehen, was aus Jody wird, und jetzt, wo es schon beinahe zu spät ist, wünscht sich Elizabeth Renny, morgens aufzuwachen. Sie ist eine alte Frau, und es kann sein, daß sie bald vollständig blind ist. Und sie will ihr Leben. Sie fühlt, wie sich alles in ihr verlangsamt. Das ist ein eigenartiges Gefühl, als habe die Zeit sich verschoben. Sie weiß, daß sie stirbt, und es scheint ein lächerlicher Tod, nicht durch Unfall oder Krankheit verursacht, sondern durch diese Verlangsamung. Sie hat die kindische Angst, wenn sie nicht mehr existiere, werde ringsum überhaupt nichts mehr existieren. Vögel, Bäume, Himmel, alles wird in der Stunde ihres Todes verdampfen. Sie hat viel über sich selbst nachgedacht, und nun ist sie doch tatsächlich überzeugt, die Welt sei in ihr enthalten.

Sie beschließt, ihr Haus in Ordnung zu bringen. Sie heuert einen Mann an, um den Keller zu entrümpeln, und wirft angeschlagene Teller fort. Eine Woche lang recht Jody täglich den Garten, und Elizabeth Renny ist noch immer nicht zufrieden. Obwohl in der Kiefer ein Specht lebt, möchte sie den halbtoten Baum fällen lassen, bevor er auf das Haus stürzt. Sie möchte, daß dieses Grundstück etwas wert ist, wenn es verkauft wird. Sie geht hinüber zu dem leerlaufenden Lieferwagen und überrascht Vonny, die rasch auskuppelt und nach der Handbremse greift.

»Ich hab' Sie nicht mal gehört«, sagt Vonny.

»Ich nehme an, allmählich kennen Sie jeden Zentimeter dieser Einfahrt«, sagt Elizabeth Renny und gibt damit ihrer Nachbarin Gelegenheit zu erklären, was sie hier seit Wochen macht.

Vonny lacht, erklärt nichts und nimmt eine Zigarette aus einem Päckchen auf dem Armaturenbrett.

»Ich würde dieses Jahr gern die Kiefer fällen lassen«, sagt Elizabeth Renny. »Es sei denn, Sie hätten etwas dagegen.«

»Überhaupt nicht«, sagt Vonny.

»Gut«, sagt Elizabeth Renny, und dann, aus reiner Höflichkeit, fügt sie hinzu. »Kommen Sie doch mal zum Tee zu mir herüber.«

»Das kann ich nicht«, sagt Vonny rasch und fühlt, wie ihr Panikpegel steigt. Ohne ihre sichere Person war sie noch in keinem anderen Haus.

»Ja, natürlich«, sagt Mrs. Renny. »Sie haben zu tun.«

Als Mrs. Renny langsam über den Rasen zurückgeht, verspürt Vonny den Drang, ihr nachzulaufen. Sie wünscht sich verzweifelt, fähig zu sein, zu einer Tasse Tee in das Haus ihrer Nachbarin zu gehen. Warum ist sie so entsetzt bei dem Gedanken, sie könne vor der alten Dame einen Anfall haben? Woher weiß sie so sicher, daß das Kraftfeld sich wie ein Eisengitter aufrichten wird, sobald sie einen Schritt tut, um ihrer Nachbarin zu folgen? Sie fühlt sich wie ein Kind, unfähig, für sich selbst zu sorgen. Obwohl sie sich um Simon kümmert, tut sie nur so, als sei sie erwachsen. Sie ist diejenige, die jemanden braucht, der ihre Hand hält. Sie kennt den Zorn, den Kinder empfinden, wenn sie verzweifelt einen Elternteil brauchen, und das verursacht ihr einen bitteren Geschmack im Mund.

Nachts träumt Vonny, sie sei wieder ein Kind. Sie ist in ihrem eigenen Garten und sucht nach einem Schatz. Obwohl der Himmel dunkel ist, wirft eine schwarze Metallaterne neben ihr gelbes Licht. Sie gräbt mühelos in der Erde und läßt sich dann auf Hände und Knie nieder. Als sie in das Loch schaut, sieht sie den Rubinring ihrer Großmutter. Es überrascht sie nicht im mindesten, daß der Ring auf dem Finger einer Hand steckt, die durch die Erde nach oben dringt. Die Hand ist weiß. Sie will sie.

Vonny schwitzt, als sie erwacht. Ihr T-Shirt und ihr Slip kleben an ihrem Körper. Als André eine Stunde später erwacht, steht Vonny am Fenster und studiert die Entfernung zwischen ihrem Haus und dem Nachbarhaus.

»Alles in Ordnung?« sagt André.

Vonny nickt. Letztes Mal, als sie den Flieder betrachtete, gab es nur Knospen. Nun sind plötzlich Blätter dran.

»Sicher«, sagt Vonny.

André steht aus dem Bett auf, zieht sich eine Jeans an und tritt dann hinter sie. Im letzten Monat hat André sich Vonny näher gefühlt. Er weiß, wenn er vormittags in der Garage arbeitet, wartet sie auf ihn. Manchmal, wenn er die Einfahrt hinunterfährt, sieht er, wie sie vom Fenster zurückweicht. Ihr Bild wird durch das Glas geisterhaft und zugleich tröstlich verzerrt. Schrecklich, aber das hat ihn von Jody kuriert. Und er weiß, daß Jody ebenfalls kuriert ist. Wenn sie ihn jetzt sieht, ruft sie laut: »He, André!«, und dann lächelt sie, als sei sie früher dumm gewesen.

André und Vonny legen sich wieder ins Bett und lieben sich, rasch, falls Simon aufwacht. Vonny ertappt sich dabei, daß sie auf das Geräusch eines Flugzeugs irgendwo über ihnen lauscht. Sie denkt schon an den Moment, in dem der Lieferwagen aus der Einfahrt biegt. Als dieser Moment kommt, steht Vonny an der Tür und winkt. Nelson ist dem Lieferwagen bis zur Straße gefolgt, und als er wiederkommt, läßt Vonny ihn herein und wischt mit einem Lappen seine Pfoten ab. Es ist die letzte Maiwoche und noch immer schlammig, daher zieht Vonny hohe Stiefel an. Sie zieht sich einen schwarzen Pullover über den Kopf, schlüpft dann in einen Regenmantel und zieht den Gürtel zu. Neben der Tür stehend raucht sie eine Zigarette, dann setzt sie sich an den Tisch und lauscht den Geräuschen des Hauses. Ein loser Fensterladen schlägt gegen einige Holzschindeln. Wasser fließt durch Metallrohre. Nelson tappt über den Boden, legt seinen Kopf auf ihr Knie und wimmert leise. Sie streichelt seinen Kopf und sagt ihm, er sei ein lieber Hund.

Vonny denkt an ihren Traum, dann erinnert sie sich, wie sie mit ihrem Vater im Garten stand und er ihr Sirius zeigte. Er sagte ihr, Segler legten ihren Kurs nach dem roten Stern fest, aber irgendwie sei der Stern weiß geworden wie alle anderen auch. Es erstaunte sie zu hören, daß ein Stern die Farbe wechseln kann. Sie spürt ein Gefühl von Verlust, als habe sie gerade vom Tod ihres Vaters erfahren. Sie greift in ihre Tasche und vergewissert sich, daß sie alles hat, was sie braucht: eine Rolle Drops, Zigaretten, Streichhölzer, ihre Schlüssel. Sie hakt Nelsons Leine ein und geht zur Hintertür. Draußen riecht es naß. Sobald Vonny die Tür aufstößt, zerrt Nelson an seiner Leine. Er hat die Witterung des Katers aufgenommen, der im Garten kauert. Vonny sieht ein, daß es nicht gut ist, Nelson als Schutz zu benutzen. Sie nimmt ihm die Leine wieder ab und schließt ihn im Haus ein. Sie steht auf der Veranda und ißt zwei Drops. Sie hat den Drang, den ganzen Weg zu rennen und es hinter sich zu bringen, aber sie weiß, sie soll es langsam angehen – stehenbleiben und warten, bis sie es erneut versuchen kann, wenn es sein muß.

Die hölzernen Geländer der Veranda sind brüchig und müßten erneuert werden. Als sie die Stufen hinuntergeht, wird ihr Hals eng. Sie sagt sich, sie allein habe das Kraftfeld geschaffen, und sie allein könne es wieder loswerden. Sie beginnt, den Garten zu durchqueren. Auf halbem Weg zum Haus ihrer Nachbarin steigt Vonnys Panikpegel grundlos an. Pegel eins ist das Anfangsstadium – schweißige Hände und ein Flattern im Magen. Zehn ist ein ausgewachsener Anfall. Sie ist schon bei fünf, ohne zu wissen warum. Der Reiz, der ihre Anfälle auslöst, kann unerhört trivial sein. Es kann das Krächzen eines Raben sein. Ein Auto irgendwo auf der Straße kann ein bißchen zu schnell fahren. Ihr Pegel steigt rasch. Sie hat den überwältigenden Wunsch zu rennen. Sie ist ein Fuchs, der sich einen Fuß abbeißen würde, um aus einer Falle zu entkommen. Sie lehnt sich gegen die Kiefer und beschließt, bis fünfzig zu zählen. Wenn sie danach immer noch laufen muß, wird sie es tun. Sie zählt zu schnell. Sie kann den würzigen Duft der Kiefer riechen. Ihr Regenmantel ist zu warm. Sie greift in ihre Tasche und zählt die Schlüssel an ihrem Schlüsselring. Noch immer hat sie den Schlüssel zum Haus ihrer Mutter in Florida. Im Garten ihrer Mutter gibt es Ingwer, Salbei und Zitronenmelisse. Sie hat einen Orangenbaum und einen Steingarten voller Sukkulenten.

Sie merkt, daß sie bis hundert gezählt hat. Das einzige Symptom, das geblieben ist, ist ein Brennen im Magen. Da die Entfernung zu Mrs. Rennys Haus jetzt nicht größer ist als die zu ihrem eigenen, geht sie langsam weiter. Sie wird nicht an die Tatsache denken, daß sie schließlich wieder nach Hause muß. Wenn nötig, wird sie die Polizei anrufen, um eskortiert zu werden. Sie klopft zweimal an die Tür. Sie weiß nicht, was sie tun wird, wenn Mrs. Renny nicht zu Hause ist. Sie beginnt wieder zu zählen und ist bei zwanzig angelangt, ehe Mrs. Renny zur Tür kommt. Mrs. Renny blinzelt in der plötzlichen Helligkeit.

»Ich kann nicht lange bleiben«, sagt Vonny. Sie zieht den Gürtel ihres Regenmantels straff.

»Wie nett«, sagt Elizabeth Renny. Sie ist äußerst verwirrt. Sie kommt zu dem Schluß, daß sie eine Verabredung getroffen haben muß, die sie vergessen hat.

»Vielleicht kann ich nicht bleiben«, korrigiert sich Vonny. Während Mrs. Renny Teewasser aufsetzt, schaut Vonny aus dem Fenster, um abzuschätzen, wie weit es bis zu ihrem Haus ist. Mrs. Renny fragt, welche Art Tee sie möchte. Vonny nennt englischen Frühstückstee, trinkt dann aber auch Oolong. Mrs. Renny serviert Kuchen, nicht hausgemacht, aber trotzdem gut.

»Möchten Sie nicht den Regenmantel ausziehen?« fragt Mrs. Renny.

»O nein«, sagt Vonny. Sie nimmt einen Bissen Kuchen. »Etwas stimmt nicht mit mir«, sagt sie und verstummt dann plötzlich, entsetzt über ihre eigenen Worte.

Vonnys Fernkurs rät, daß Phobiker ihrer Umgebung mitteilen, was nicht stimmt. Niemand wird ihr die Tür vor der Nase zuschlagen, und niemand wird sie anstarren, als sei sie verrückt. Und wenn doch, und das ist es, was Vonny Sorgen macht, dann ist er nicht viel wert.

»Dann behalten Sie ihn um Gottes willen an«, sagt Elizabeth Renny und stellt sich vor, Vonny habe eine Art Hautleiden.

»Ich habe Panikanfälle«, sagt Vonny mit fester Stimme. »Ich kann ohne André nirgendwo hingehen.«

Elizabeth Renny, die in dem Glauben erzogen worden ist, man solle Schwierigkeiten für sich behalten, schneidet weiteren Kuchen ab. Anscheinend kann Vonny nicht aufhören zu reden.

»Ich kann nicht glauben, daß das mir passiert ist«, sagt Vonny. »In meinem Alter.«

Elizabeth Renny, die alles dafür geben würde, in Vonnys Alter zu sein, ist verwirrter denn je.

»Sie haben Angst, Ihr Haus zu verlassen?«

Vonny nickt, dann steht sie auf und räumt den Tisch ab. André wird erst in etwa einer Stunde aus Vineyard Haven zurück sein. Ihr Haus wirkt etwas entfernter.

»Aber Sie sind hier«, sagt Elizabeth Renny verständnislos.

»Nun, ja«, sagt Vonny. Der Weg nach hier, der ihr so monumental erschien, wirkt jetzt wie eine unbedeutende Leistung. »Ich soll üben und jeden Tag ein bißchen mehr schaffen.«

Elizabeth Renny merkt, daß dies ernst ist. In einem Augenblick sieht Vonny gut aus, und im nächsten scheint ihr Gesicht zusammenzufallen. Vonny erinnert sich plötzlich daran, daß sie diese Straße entlanggehen kann, wann immer sie will. Es gibt bessere Dinge, um sich davor zu fürchten, als eine von Krüppelkiefern und Eichen gesäumte Landstraße.

»Gehen Sie mit mir die Straße hinunter«, sagt Elizabeth Renny.

Vonny dreht sich zu ihr um. Ihr Rücken drückt gegen das Spülbecken, so daß sich eine nasse Linie auf ihrem Regenmantel bildet.

»Ich bin sehr langsam«, warnt Elizabeth Renny Vonny. »Alles andere als ein Jogger.«

»Ich kann nicht«, sagt Vonny.

Mrs. Renny steht auf und nimmt einen dünnen Pullover, der über der Lehne ihres Stuhls hing.

»Im Ernst«, sagt Vonny. »Ich kann nicht.«

Mrs. Renny nimmt ihren Hausschlüssel aus einer Schale auf dem Tresen.

»Vielleicht komme ich nicht weiter als bis zu meinem eigenen Haus«, sagt Vonny.

»Ich weiß nicht, warum ich mich damit aufhalte, die Tür zu verschließen«, sagt Elizabeth Renny.

Vonny geht hinaus auf die Veranda und wartet auf Mrs. Renny. Elizabeth Renny braucht lange, um den Schlüssel ins Schloß zu stecken, und sie fürchtet, Vonny werde merken, daß mit ihren Augen etwas nicht stimmt, aber als sie sich umwendet, übt Vonny ihre tiefe Atmung.

Als sie langsam ihren Spaziergang beginnen, sinken ihre Füße im Schlamm ein, während sie den Rasen überqueren. Sie gehen an Vonnys Haus vorbei und die Einfahrt hinunter.

»Was ist, wenn ich rennen muß?« sagt Vonny.

»Wie herrlich«, sagt Elizabeth Renny, »wenn man rennen kann.«

Mrs. Renny muß dreimal stehenbleiben, und jedesmal, wenn sie das tut, konzentriert sich Vonny auf einen kleinen Flecken der Straße und zählt Ameisen und Steine. Sie weiß, wenn sie sich auf etwas außerhalb ihrer selbst konzentriert, hält sie das in der Gegenwart fest und verhindert, daß sie sich einen Panikanfall vorstellt und damit womöglich auslöst. Wenn sie einen Anfall hat, dann sind ihre Beine das erste, was versagt, das weiß sie. Wer wird sie nach Hause tragen? Wer wird sie retten?

»Können Sie von hier aus die Magnolie sehen?« fragt Elizabeth Renny.

Vonny merkt, daß sie schon fast bei den Freeds sind. Deren Haus wird nie vor dem Memorial Day bezogen, daher sehen die Freeds den Baum nie, wenn er am schönsten ist. Die Fenster sind hinter verschlossenen und für den Fall von Stürmen vernagelten Läden verborgen. Die Verandaschaukel ist abgenommen und in der Garage verstaut worden.

»Ja«, sagt Vonny. »Ich kann den Baum sehen.«

Er ist voller rötlichweißer Blüten. Bald kann Elizabeth Renny einen Schimmer von Violett und Weiß sehen, der sich wie eine Wolke vor ihr auf der Straße ausbreitet. Hier hat sie an Sommerabenden immer gestanden, um auf ihren Mann zu warten, wenn er von der Arbeit kam. Sie hielt dabei ihre Tochter an der Hand. Wenn ein Auto vorbeifährt, führt Vonny Mrs. Renny an den Straßenrand. Vonnys Regenmantel flattert hinter ihr, als sie Mrs. Renny über die Pfützen hilft. Sie stehen bis zu den Knöcheln im Schlamm, aber von hier aus haben sie einen wunderbaren Blick auf die Magnolie.

Es ist ein herrlicher Tag und viel wärmer, als alle erwartet hatten. André hat alle Fenster des Lieferwagens heruntergekurbelt, als er die Straßenbiegung unmittelbar vor dem Grundstück der Freeds erreicht. Er glaubt zu träumen, als er Vonny und Mrs. Renny am Straßenrand stehen sieht. Wie ist es möglich, daß Vonny sich ohne ihn so weit vom Haus entfernen konnte? André tritt auf die Bremse. Es dauert eine Weile, bis er merkt, daß Mrs. Renny soeben auch zu einer sicheren Person geworden ist. Er nimmt einen tiefen Atemzug. Er weiß, daß er sich freuen sollte. Er beobachtet sie unbemerkt, aber nicht sehr weit entfernt von den großen Blüten, die bis zum Memorial Day den ungemähten Rasen übersäen werden.

Sie reden nie über die Zukunft. Manchmal, wenn sie zusammen sind, stehen sie exakt zur gleichen Zeit auf, um die Türen zu versperren oder die Rollos herunterzuziehen, als ob sie sich irgendwie schützen könnten. Es gibt keinen Schutz. Jody kennt den Grund, warum immer sie diejenige ist, die in sein Haus kommt, sie weiß, warum sie nie zusammen in ein Kino gehen und nie Freunde haben werden. Sie hat gesehen, wie Leute an dem Stand haltmachen und in die Vertiefung spähen. Sie selbst hat das auch getan.

Sich in den Riesen zu verlieben ist so, als falle man in einen Teich mit Wasser. Die Welt stülpt sich um und löst sich auf. Wenn sie in seinem Haus sind, vergißt Jody wirklich, was er ist. Die Zimmer sind so klein, daß jeder darin unbeholfen wirkt, und sie beide verbringen viel Zeit im Bett, wo man alles vergessen kann. Zu unerwarteten Zeiten fällt ihr ein, wie unmöglich ihre Zukunft ist: wenn ihre metallene Spindtür im Umkleideraum der Schule zufällt; wenn sie blaue Laken aus seinem Schrank nimmt; wenn sie ihre Großmutter zum Abschied küßt und die Straße hinunter zu der Stelle läuft, wo er sie erwartet, in der Dunkelheit verborgen.

Sie kann keine Freundinnen mehr haben. Sie kann Garland nicht sagen, wer es ist, den sie liebt, und sie kann sie nicht belügen. Also geht Jody ihr ganz aus dem Weg. Noch schwerer ist es, nicht mit Vonny zu reden, obwohl Vonny jetzt, wenn sie kommt, Jodys Großmutter besucht. Vonny und Elizabeth Renny gehen mehrmals in der Woche miteinander spazieren. Einmal, als Vonny auf Mrs. Renny wartete, betrachtete sie Jody aufmerksam und sagte dann: »Du bist verliebt.«

»Uh, uh«, sagte Jody.

»Ja, das bist du«, sagte Vonny. »Du siehst richtig entflammt aus.«

»Ich mache eine Diät«, sagte Jody. »Vielleicht liegt es daran.«

Vonny senkte die Stimme. »Du bist doch nicht schwanger, oder?«

»Himmel, Sie hören sich an wie meine Mutter«, sagte Jody.

»Oh«, sagte Vonny verletzt.

»Ich nehme die Pille, klar?«

»Das ist deine Sache«, sagte Vonny. »Vergiß, daß ich gefragt habe.«

»Schauen Sie«, hatte Jody gesagt, »es gibt nichts mehr, worüber Sie sich Sorgen machen müßten.«

»Und worüber hätte ich mir vorher Sorgen machen müssen?« fragte Vonny.

Sie konnten hören, wie Elizabeth Renny nebenan eine Schreibtischschublade schloß.

»Nichts«, sagte Jody und meinte André.

»Ich verstehe«, sagte Vonny.

Könnte es sein, daß sie nie etwas gemeinsam hatten außer die Tatsache, daß sie dieselbe Person liebten? Vonny erinnert sich nicht mehr an das Mädchen, das sie selbst einmal war, wenn sie Jody sieht. Sie sieht eine andere Frau. Eine, die sie kaum kennt.

Ehe sie ging, legte Vonny rasch einen Arm um Jody. »Sei keine Fremde«, sagte sie.

»Natürlich«, stimmte Jody zu, aber sie wußten beide, daß sie genau das geworden war.

Der einzige Mensch, mit dem Jody über den Riesen sprechen kann, ist Simon. Zuerst wich sie ihm aus, aber jedesmal, wenn Simon sie sah, rannte er über den Rasen. Er will alles wissen. Es erstaunt Jody, daß jemand, der so klein ist wie Simon, so präzise sein kann. Welche Schuhgröße trägt der Riese? Ist er groß genug, um den Himmel zu erreichen? Wie groß genau war er, als er fünf Jahre alt war? Jody ist nicht sicher, ob Simon wirklich glaubt, daß es einen Riesen gibt, oder ob er meint, sie teilten einen gemeinsamen Traum. Sie sagt ihm, daß der Riese mit zehn schon so groß war wie ein ausgewachsener Mann. Sie erzählt ihm, daß der Riese durch die Wolken greifen kann. Es verschafft Jody einen eigenartigen Trost, wenn sie über den Riesen sprechen kann, selbst wenn sie ihn in eine Geschichte verwandelt. Ab und zu teilt sie Simon einen Zipfel von der Wahrheit mit. Die

Hühner im Garten des Riesen sind rot; Salat und Erbsen haben schon zu sprießen begonnen; sein Haus, das er immer grau anstreicht, liegt an der South Road, ist aber durch eine Vertiefung des Bodens und durch Johannisbrotbäume mit federförmigen Blättern vor neugierigen Blicken geschützt.

Den ganzen Frühling lang schläft Jody im Bett des Riesen, wann immer sie kann. Sie verläßt das Haus ihrer Großmutter am Freitagabend und kommt erst am Montagmorgen zurück. Sie versuchen nicht, sich vorzustellen, wie es mit ihnen weitergehen wird. Sie fragen einander nicht, wie lange es dauern mag. In der letzten Schulwoche kann Jody nur noch flüstern. Ihr Haar wird strähnig und knotig. Sie versteckt ihren Talar auf dem Speicher. Der Tag der Abschlußfeier ist auf ihrem Kalender markiert als der letzte Tag ihres Lebens. Sie wird in irgendeine Art von Zukunft geschleudert. Was sie für ihn empfindet, wird zu einer fiebrigen Erinnerung. Sie hält das Ende des Schuljahres vor ihm geheim und hofft, er werde ihr Bangen nicht bemerken. Endlich sagt sie dem Riesen, sie könne ihn an diesem Wochenende nicht sehen.

Er fragt nicht, warum.

»Hast du keine Angst, daß ich einen anderen treffe?« sagt Jody. »Vielleicht komme ich nie mehr zurück.«

»Ich kann dich nicht dazu zwingen«, sagt der Riese.

»Doch, das kannst du«, sagt Jody. »Wenn dir wirklich etwas daran läge.«

Der Riese setzt sich im Bett auf und wendet den Blick ab. Jody betrachtet seinen Rücken und weiß, daß sie ihn verletzt hat. Sie ist schrecklich. Sie ist ein Biest. Sie hat nie etwas Schönes gesehen, bevor sie ihn sah.

»Es ist der Schulabschluß«, sagt sie. »Meine Familie kommt.«

»Ich wünschte, ich könnte dabei sein«, sagt der Riese.

»Du versäumst wirklich nichts«, sagt Jody.

Laura und Jodys Brüder treffen am späten Freitagabend im Haus ein. Jodys Vater und seine Freundin Robin wohnen im Kelly House in Edgartown. Laura weiß das, und je mehr sie zu verbergen sucht, wie aufgebracht sie ist, desto mehr ist es sichtbar. Sie hat zwei große Koffer und acht Kleider zum Wechseln mitgebracht. Sie hat sich blonde Strähnen ins Haar färben lassen, und Jody wagt nicht, ihr zu sagen, daß sie dadurch älter aussieht. Jody hat das Pech, daß ihre Abschlußfeier der Anlaß sein wird, bei dem ihre Mutter die Freundin ihres Vaters kennenlernt. Sie ist achtundzwanzig Jahre alt.

Sobald Laura das Haus betreten hat, merkt Jody, daß die Blicke ihrer Mutter allzu fahrig sind. Laura gibt ihr eine Schachtel, die in rosafarbiges Papier gewickelt ist. Darin befindet sich ein Geschenk, ein Kleid, das sie in Boston gekauft hat. Jody dankt ihrer Mutter, und als Laura die Achseln zuckt, weiß Jody, daß etwas bevorsteht. Mark und Keith spüren ihre Spannung und machen die Sache nur noch schlimmer. Sie streiten sich pausenlos und tun das genaue Gegenteil von allem, was ihnen gesagt wird. Jody hat zum Abendessen einen Schmorbraten gemacht, aber niemand hat Hunger.

»Ich weigere mich, etwas Schlechtes über euren Vater zu sagen«, sagt Laura zu ihren Kindern.

»Gute Idee«, sagt Elizabeth Renny.

»Dieser Bastard«, sagt Laura, sobald die Jungen nach oben gegangen sind.

Laura beugt den Kopf, und Tränen fallen in ihren Teller.

»Nicht weinen, Mami«, sagt Jody.

»Ich weine ja gar nicht«, versetzt Laura.

Jody schaut über den Tisch hinweg ihre Großmutter an.

»Hoffen wir, daß sie ein Verhältnis mit einem Mann hat, der zwanzig Jahre jünger ist als Glenn«, sagt Elizabeth Renny.

Laura lacht, und ihre Stimme bricht. »Du weißt, daß er mir die Schuld dafür geben wird, daß Jody nicht aufs College geht.«

Jody kann sich nicht unsichtbar machen, aber sie kann immerhin die Teller abtragen. Sie bürstet sie sauber und stapelt sie aufeinander.

»Du kannst nicht für immer hierbleiben«, sagt Laura zu ihr.

»Nicht jeder ist dazu geschaffen, aufs College zu gehen«, sagt Elizabeth Renny.

»Ja, sicher«, sagt Laura. »Dir wäre es ganz recht, wenn sie

hierbleibt. Genau wie du wolltest, daß ich bliebe, ohne dich darum zu kümmern, was ich wollte.«

Sie wissen beide, daß das nicht wahr ist, aber Elizabeth Renny fragt sich, ob es ihre Schuld ist, daß Glenn mit einem achtundzwanzigjährigen Mädchen schläft.

»Es tut mir leid«, sagt Laura.

Für den Rest des Abends verhalten sie sich, als sei alles in Ordnung. Doch als Jody nach oben geht, muß sie sich beherrschen, um nicht aus ihrem Fenster zu klettern und zum Haus des Riesen zu laufen. Sie zwingt sich, sich auszuziehen, und schlüpft in ihr Nachthemd. Dann geht sie, um sich die Zähne zu putzen. Als sie die Tür des Badezimmers öffnet, sieht sie ihren jüngeren Bruder Keith, der sich, über die Toilette gebückt, erbricht. Jody geht zu ihm und legt eine Hand auf seinen Rücken. Durch die dünne Pyjamajacke kann sie fühlen, wie sein Rücken zittert; dann verkrampft er sich und erbricht sich erneut. Sie läßt eine Hand auf seinem Rücken liegen, als er aufsteht und die Spülung betätigt.

»Ich muß was Falsches gegessen haben«, sagt Keith, aber Jody weiß, daß er überhaupt nichts gegessen hat.

»Mama macht dich verrückt«, sagt Jody. Es kommt ihr eigenartig vor, daß sie dieselben Eltern haben.

»Ja«, sagt Keith. Dann fügt er abwehrend hinzu: »Sie ist okay.«

Weil er seine eigenen vergessen hat, leiht Jody ihm Zahncreme und Zahnbürste.

»Möchtest du in meinem Zimmer schlafen?« fragt Jody. Sie weiß vom Babysitten bei Simon, daß Kinder manchmal leichter einschlafen können, wenn man so tut, als schlafe man bei ihnen. Aber Keith ist elf und über solche Tricks schon erhaben. Seine Arme sind zu lang für seinen Körper. Eines Tages wird er größer sein als sein Vater. Er schüttelt verneinend den Kopf, aber Jody merkt, daß der dunkle Flur, der auf den Speicher führt, ihn ängstigt.

»Ich habe meine Robe da oben gelassen«, sagt Jody zu ihm.

Sie weiß, daß er erleichtert ist, als sie ihm über den Flur vorangeht. Ihre Schritte hallen auf dem Holz wider. Die Tür ist so oft gestrichen worden, daß Jody fest drücken muß, um sie zu öffnen.

Drinnen schläft ihr Bruder Mark tief, das Gesicht in den Staub gepreßt, der seinen Schlafsack umgibt. Jody nimmt ihren Talar. Er schwingt auf dem hölzernen Kleiderbügel. Sie zupft an der Plastikhülle herum, die die Robe schützt, bis Keith in seinen Schlafsack geschlüpft ist. Er schließt die Augen so fest, daß winzige Linien auf seinen Augenlidern erscheinen.

»Gute Nacht«, flüstert Jody, aber Keith stellt sich schlafend.

In ihrem eigenen Zimmer hängt Jody die Robe in den Schrank und schließt dann die Tür. Sie setzt sich vor ihren Spiegel, ohne das Licht einzuschalten. Sie wird ihr Haar nie blond färben oder versuchen, jünger auszusehen, als sie ist. Sie wird niemals rasch einschlafen, solange jemand, den sie liebt, Angst hat oder krank ist, und niemals mit einem Mann leben, den sie nicht mehr liebt, nur weil sie sich fürchtet, allein zu leben. Jody legt sich in ihr Bett und wünscht sich, sie könnte Laura alles sagen; aber sie weiß, daß sie das nicht kann, obwohl sie nicht sicher ist, ob sie damit ihre Mutter oder sich selbst schützt.

Kurz vor neun zieht Jody das weiß und rosa gemusterte, ärmellose Kleid an, das ihre Mutter ihr mitgebracht hat. Der Saum ist mit weißer Spitze besetzt, die hervorschauen soll. Laura läßt ihre beiden Söhne ihr Haar mit Wasser kämmen. Beim Frühstück mahnt sie zur Eile, aber dann müssen sie alle warten, bis Elizabeth Renny fertig angezogen ist, und inzwischen zerknittern Röcke und Hosen und sammeln Katzenhaare ein.

»Scheiße«, sagt Laura, während sie sich im Spiegel betrachtet.

»Mutter«, sagt Jody.

»Was?« sagt Laura. »Ich darf fluchen. Ich bin erwachsen.«

Sie sagt Jody, sie solle sich umdrehen, und frisiert ihr das Haar, steckt Strähnen wieder fest, die aus den Schildpattkämmen gerutscht sind. Jodys Brüder sind hinausgeschickt worden, um im Auto zu warten. Es ist ein herrlicher Junitag mit wolkenlosem Himmel. Elizabeth Renny kämpft mit ihrem Reißverschluß und stützt sich dann auf die überladene Sofalehne, während sie ihre Füße in die Schuhe gleiten läßt. Sie ist froh und stolz auf Jody, aber sie fragt sich, ob sie die ganze Abschlußfeier durchhalten und es auch noch bis in das Restaurant schaffen wird, in dem sie alle zu Mittag essen sollen.

»Alles bereit?« sagt Jody zu ihrer Großmutter, als sie überraschend von rechts zu ihr tritt.

Elizabeth Renny nimmt Jodys Arm und geht mit ihr nach draußen. Jody hilft ihr in den Wagen und steigt dann auf den Rücksitz zu ihren Brüdern. Die Schachtel mit ihrer Robe und ihrem Barett liegt auf dem Boden neben ihren Füßen. Laura fährt etwas zu schnell zur High School. Überall auf der Straße sind Autos geparkt. Die Luft summt vom Geräusch der Lautsprecheranlage, die gerade getestet wird. Jodys Brüder tragen Anzüge, weiße Hemden und, was am schlimmsten ist, Krawatten. Sie rutschen unbehaglich auf dem Sitz herum, als Laura auf den Parkplatz fährt und anhält.

»Hilfe, ich werde erdrosselt!« sagt Jodys Bruder Mark, hält seine Krawatte senkrecht in die Luft und läßt die Zunge aus dem Mund hängen.

Keith lacht nervös.

Nachdem alle ausgestiegen sind, möchte Jody ihnen so schnell wie möglich entkommen.

»Ich treffe euch hinterher«, sagt sie.

Laura kommt um den Wagen herum und zupft ihren Kragen zurecht. »Was auch immer passiert«, flüstert sie, »sorg dafür, daß ich beim Mittagessen nicht neben deinem Vater sitze.«

Jody nickt und geht über den Parkplatz. Die Abschlußklassen haben sich vor der Turnhalle versammelt. Die schwarzen Roben der Jungen flattern, während sie sich die Hände schütteln und heimlich Zigaretten rauchen. Garland winkt Jody zu sich und hilft ihr, ihr Barett festzustecken.

»Kaum zu glauben, daß wir es geschafft haben, was?« sagt Garland. »Endlich frei.«

Jody hat ein schreckliches Gefühl, weil sie Garland so lange aus dem Weg gegangen ist. Sie umarmt sie und steckt Garlands Barett über ihren blonden Flechten fest. Sie möchte Garland sagen, daß sie jemanden liebt, aber bei hellem Tageslicht und hier hinter der Turnhalle scheint allein das Wort *Riese* lächerlich. Ihr Geheimnis gehört der Nacht an, leeren Straßen, einem Bett, das an die Wand geschoben wurde.

Die Schulabgänger werden angewiesen, zwei gerade Reihen zu bilden.

»Oh, Gott«, flüstert Garland. »Jetzt ist es soweit.«

Als das Orchester zu spielen beginnt, spürt Jody einen Kloß in ihrer Kehle. Sie geht direkt hinter Garland. Sie überqueren die schmale Straße, gehen an den Tennisplätzen vorbei und über das Spielfeld. Als Jody an der Reihe ist, die hölzerne Plattform zu betreten, brennt die Sonne auf ihre schwarze Robe herunter. Während sie ihr Diplom in Empfang nimmt und dem Schulleiter die Hand schüttelt, ertönt vereinzelter Applaus unter den Zuschauern. Jody geht den Mittelgang entlang und setzt sich zwischen Garland und einen Jungen, den sie aus dem Biologieunterricht kennt. Ihre Brüder pfeifen und rufen ihren Namen, und Jody sieht sich um, läßt die Augen über die Zuschauerreihen schweifen, bis sie sie findet, und winkt. Sie sieht ihre Großmutter direkt in die Sonne blicken; ihre Mutter, die auf dem Rand ihres Stuhls sitzt, beschattet ihre Augen mit dem Programm. Jody späht nach der hinteren Reihe und macht endlich ihren Vater aus, der einen beigen Anzug und eine Sonnenbrille trägt. Jody nimmt an, daß die Frau neben ihm Robin ist. Beide sehen gebräunt aus, als habe für sie der Sommer schon vor langer Zeit begonnen.

Hinter den Stuhlreihen, jenseits des Baseballfeldes, bewegt sich etwas zwischen den Bäumen. Der Tag wird heißer, und Jody kneift die Augen zusammen. Ein Mann geht durch die Hitzeschwaden. Er trägt schwarze Hosen, ein weißes Hemd und eine schwarze Krawatte. Sein blondes Haar ist sauber zurückgekämmt. Jody spürt, wie sich ihr Magen vor Verlangen zusammenkrampft. Aus dieser Entfernung wirkt er nicht einmal groß. Auf der Hälfte des Feldes mitten in der Markierung bleibt er stehen. Jody weiß, wenn man alle Leute zusammenzählen würde, die er in den letzten zehn Jahren gesehen hat, dann wären es nicht annähernd so viele wie die Menge, die er jetzt vor sich sieht. Sie ist nicht gut genug für ihn, sie verdient seine Liebe nicht, und außerdem weiß sie, wenn er noch einen Schritt weiter auf die Menge zugeht, wird es sie umbringen, aber sie wird ihn aufgeben müssen.

Nach der Zeremonie ist ihr Vater der erste, der sie findet. Er zieht Robin hinter sich her, und als er Jody erreicht, legt er seine Hände auf ihre Schultern und küßt sie auf beide Wangen.

»Meine schöne Tochter«, sagt er zu Robin. »Jetzt brauchen wir sie nur noch zu überreden, aufs College zu gehen.«

Robin lacht und gratuliert Jody. Jody lächelt, blickt aber an Robin vorbei.

Der Riese geht langsam über den Platz. Jody kann nicht erkennen, ob er sie oder einen Fluchtweg sucht.

»Ich hab' mich schon lange darauf gefreut, dich kennenzulernen«, sagt Robin.

Als Jody aufschaut und ihren Blick trifft, weicht Robin einen Schritt zurück. Dann kommt sie sich albern vor, weil sie sich von dem kühlen Blick hat beeindrucken lassen, lacht und sagt: »Ich liebe Abschlußfeiern.«

Jodys Brüder kommen auf sie zugelaufen und bleiben dann abrupt stehen. Hinter ihnen ist Laura, ärgerlich, weil Elizabeth Renny so lange braucht, um sich durch die Menge zu drängen. Sie wollte die erste sein, die Jody erreicht.

»Jody«, ruft Laura schwach und winkt dann.

Jody winkt zurück. Er ist jetzt näher gekommen. Im Sonnenlicht wirkt er wie ein Fremder. Suchend blickt er in die Menge. Jody möchte seinen Namen rufen, aber sie beißt sich auf die Zunge.

»Du hast es tatsächlich geschafft zu kommen«, sagt Laura zu Jodys Vater. »Was für eine Überraschung.«

»Nicht heute«, sagt Glenn zu ihr. »Ja?« Er gibt Elizabeth Renny einen flüchtigen Kuß. »Du siehst großartig aus, Mutter.«

Laura schnaubt, als er sie Mutter nennt.

»Wir sollten besser gehen«, sagt Glenn. »Wir haben einen Tisch reserviert.«

»Ich liebe Meeresfrüchte«, sagt Robin.

Alle wenden sich ihr zu, als seien sie überrascht, sie zu sehen.

»Ja, tatsächlich«, sagt Robin.

Jodys Brüder nehmen erfreut das Angebot ihres Vaters an, mit ihm und Robin nach Edgartown zu fahren. Sie weichen absichtlich den Augen ihrer Mutter aus, um nicht sehen zu müssen, welch mörderische Blicke sie ihnen zuwirft.

»Was ist mit dir?« sagt Glenn zu Jody. »Fahr doch mit uns.«

Der Riese kommt auf sie zu. Mehrere Leute haben sich umgedreht, um ihn anzustarren, aber der Riese scheint das nicht zu bemerken. Jody hat keine Ahnung, wie sie ihn ihrer Familie vorstellen soll. Sie hat nie gedacht, daß sie im gleichen Universum existieren.

»Heilige Scheiße«, sagt Jodys Bruder Mark. »Nun guck dir das mal an!«

»Mark!« sagt Laura, bereit, ihn zu schelten, bis er ihren Ärmel packt und daran zieht. Sie dreht sich um, um zu sehen, worauf er zeigt.

Jody hat gehofft, der Riese würde eines Tages zustimmen, ihre Großmutter kennenzulernen. Sie hat sich vorgestellt, daß ihre Großmutter am späten Nachmittag auf der Veranda sitzen und die Vögel füttern würde. Er wäre ihr nicht so ungewöhnlich vorgekommen, denn wie Jody weiß, kann ihre Großmutter kaum sehen. Elizabeth Renny hätte den Kopf bewegt, wenn sein Schatten über sie gefallen und ihr die Sonne genommen hätte. Sie hätte das Gesicht zu ihm erhoben, wenn er gesprochen hätte.

Jetzt ist er nur noch ein paar Meter entfernt. Er wartet, um zu sehen, ob er näher kommen soll. Es ist unmöglich, daß sie ihn nicht gesehen hat. Sie blinzelt, aber noch immer ist ein Gleißen von Licht zwischen ihnen. Sie kann sein Gesicht nicht sehen, aber trotzdem nimmt er ihr den Atem.

Jody winkt, und der Riese tritt näher. Elizabeth Renny sieht sein weißes Hemd.

»Das ist Eddie«, sagt Jody zu ihrer Familie.

»Oh«, sagt Elizabeth Renny, »ich kannte auch einen Eddie, als ich in der High School war.«

»Herzlichen Glückwunsch«, sagt der Riese förmlich zu Jody.

Jody möchte, daß er sich herunterbeugt und sie küßt.

»Sind alle bereit?« sagt Jodys Vater laut. »Laßt uns gehen.«

Der Riese hält eine kleine Schachtel, die er in Jodys Hände legt.

»Nett, Sie zu sehen«, sagt Jodys Vater zu dem Riesen. »Aber wir müssen uns beeilen. Wir haben einen Tisch reserviert.« Jody ist so bestürzt über die Taktlosigkeit ihres Vaters, daß sie stolpert. Ihre hohen Absätze knicken um, und sie verliert das Gleichgewicht. Der Riese streckt die Hand aus, um sie zu stützen, überlegt es sich dann aber anders und hält sich zurück.

»Wir gehen zum Mittagessen aus«, sagt Jody zu dem Riesen. »Tut mir leid.«

»Das ist in Ordnung«, sagt der Riese. »Ich habe schon gegessen.«

Jody weiß, er versucht, sie zu beschwichtigen, aber sie kann nicht ertragen, wie scheußlich ihre Familie sich benimmt. Sie kann sich selbst nicht ertragen.

»Es tut mir leid«, sagt sie zu ihm.

»Wirklich«, sagt der Riese, »das ist okay.«

»Ich erinnere mich noch an den Tag meiner Abschlußfeier«, sagt Elizabeth Renny. »Es regnete in Strömen.«

»Komm, Mutter«, sagt Laura, als rede sie mit einer Schwachsinnigen.

Jodys Vater besteht darauf, daß sie in seinem Wagen mitfährt. Jody sieht alles verschwommen, während sie auf die Straße zugehen. Sie hat keinen Appetit. Sie hat keinen Mut.

Nachdem sie im Wagen sitzen, beugt Glenn sich hinüber und drückt die Knöpfe herunter, so daß alle Türen verschlossen sind. Jody sitzt hinten zwischen ihren Brüdern.

»Damit willst du's mir heimzahlen, was?« sagt Glenn.

Er dreht den Schlüssel zu heftig im Zündschloß, der Motor heult auf und erstirbt dann.

»Sei nicht so heftig zu ihr«, sagt Robin zu ihm.

»Sie wissen überhaupt nichts von mir!« sagt Jody zu ihr.

»Ich versuche zu helfen«, sagt Robin.

»Lassen Sie's«, sagt Jody. »Sie können es nicht.«

Jody dreht sich um und verrenkt den Hals, um aus dem Rückfenster zu schauen. Sie kann den Riesen sehen. Er entfernt sich immer mehr, geht den Weg zurück, den er gekommen ist.

»Das kannst du mir glauben«, sagt Glenn. »Du bleibst keinen Tag länger hier.«

»Soll das heißen, daß ich zu dir ziehen soll?« sagt Jody kalt, weil sie weiß, daß ihn das zum Schweigen bringen wird.

»Keine Widerrede«, sagt Jodys Vater. »Du sollst überhaupt nichts sagen.«

Auf dem Rücksitz weint Keith.

»Hör auf zu schreien«, sagt Jody zu ihrem Vater.

»Du irrst dich«, sagt Glenn. »Ich bin derjenige, der hier sagt, was gemacht wird.«

Niemand geht zum Essen ins Restaurant. Schweigend fahren sie zu Elizabeth Rennys Haus zurück. Als Laura Jodys Sachen zusammenpackt, bricht sie sich zwei Fingernägel ab. Sie läßt den großen Koffer oben stehen, damit er später abgeholt wird, und trägt zwei kleinere Koffer hinunter in Glenns Auto. Jodys Brüder spielen auf dem Rasen Fangen, aber Jody wird angewiesen, im Auto zu warten, während ihr Vater in Elizabeth Rennys Haus geht, um zu telefonieren und im Hotel ein Zimmer für sie zu bestellen. Ihre Eltern haben schon entschieden – morgen werden sie sie nach Connecticut zurückbringen, bis sie beschlossen haben, was als nächstes mit ihr geschehen soll. Jody sitzt auf dem Rücksitz des Wagens ihres Vaters. Noch immer trägt sie ihr Barett und ihre Robe. Sie öffnet die Schachtel, die der Riese ihr gegeben hat, und findet eine goldene Nadel, die einst seiner Großmutter gehörte. Sie steckt sie unter der schwarzen Robe an ihr Kleid. Wenn es heute abend dunkel wird, wird es die leichteste Sache der Welt sein, aus ihrem Zimmer zu schleichen, ihren Hotelschlüssel ins Gras zu werfen und einfach weiterzugehen.

Samantha Freeds Eltern sind besorgt. Jeden Tag schlingt Samantha ihr Frühstück in sich hinein und verschwindet. Obwohl sie nur die Straße hinunter zu Simons Haus geht, denken sie an dieses Mädchen, das vermißt wird, Jody. Sie haben Simons Vater nie gemocht, und auch jetzt trauen sie ihm nicht. Sein Haar ist zu lang, und außerdem hat er mit Motorrädern zu tun.

Und noch etwas macht ihnen Sorgen. Nicht, daß sie das dumme Geschwätz über einen Riesen glauben, aber sie haben eine plötzliche Angst vor Absonderlichkeiten. Obwohl Simon um fast zwölf Zentimeter gewachsen ist, seit sie ihn das letzte Mal gesehen haben, sind sie überzeugt, daß er noch immer nicht normal ist. Er ist nicht richtig für Samantha. Hal Freed behauptet, genau deshalb interessiere Samantha sich so für ihn: Sie kann Simon herumkommandieren. Sie hat jemanden gefunden, der zu ihr aufschaut.

Obwohl es ihr nicht leicht fallen wird, das zu sagen, was gesagt werden muß, beschließt Eleanor Freed, einen Spaziergang zu Simons Haus zu machen. Als sie dort ankommt, sind die Kinder im Garten, umgeben von Stofftieren. Eines davon, ein heißgeliebter Pudel namens Alfred, hatte Samantha unbedingt Simon schenken wollen unter dem Vorwand, sie sei zu groß für solche Dinge. Simons Vater untersucht draußen vor dem Schuppen ein rotes Motorrad. Die Kinder bemerken sie nicht, daher geht Eleanor Freed um den Schuppen herum und überrascht André. Er wirft einen Schraubenschlüssel in einen ölverschmierten Werkzeugkasten und starrt sie an.

»Eleanor Freed«, sagt sie. Und als er sie weiter verständnislos ansieht, fügt sie hinzu: »Samanthas Mutter.«

Es ist klar, daß die Kinder hier nicht beaufsichtigt werden.

»Ach ja, natürlich«, sagt André. »Das sind Sie.«

Es hat keinen Sinn, eine Unterhaltung mit ihm in Gang bringen zu wollen, daher sagt Eleanor, sie sei gekommen, um seine Frau zu besuchen.

»Meine Frau?« sagt André verwirrt. Vonny hat nie Besuch.

Eleanor Freed blickt auf und sieht Vonny an der Tür mit dem Fliegengitter. Sie ist sehr erleichtert, daß sie André verlassen und durch den Garten gehen kann. Unterwegs ruft sie Samantha ein Hallo zu. Beide Kinder blicken auf. Sie winken und kehren schnell zu ihrem Spiel zurück.

»Kinder sind sehr vergeßlich«, sagt Vonny und öffnet die Tür. Sie sind seit fünf Jahren jeden Sommer Nachbarinnen, doch dies ist das erste Mal, daß die eine das Haus der anderen betritt.

»Um ehrlich zu sein, ich mache mir Sorgen um sie«, sagt Eleanor. »Ich fürchte, sie gewöhnen sich zu sehr aneinander.«

»Ach?« sagt Vonny.

»Simon ist ein reizender Junge«, sagt Eleanor.

Vonny spürt, wie sie sich von Eleanor zurückzieht, als sei sie beleidigt worden.

»Nur ein bißchen zu klein«, sagt Vonny.

André kommt herein und läßt die Tür mit dem Fliegengitter hinter sich zufallen. Er wäscht sich am Küchenausguß mit scharfer, grüner Seife die Hände.

»Ich bring' die Maschine in die Werkstatt, um ein paar Sachen daran zu machen«, sagt er zu Vonny. Vonny kennt die Wahrheit – er kann einfach dem Drang nicht widerstehen, das Motorrad noch ein letztes Mal zu fahren, ehe es verpackt und an einen Käufer in Delaware geschickt wird. André nimmt die Schlüssel für den Lieferwagen aus der Tasche.

»Falls du sie brauchst«, sagt er.

»Machst du Witze?« sagt Vonny. Obwohl sie nun schon bis zum Ende ihrer Straße kommt, wenn André in der Einfahrt auf sie wartet, ist sie noch nicht bereit, allein zu fahren. »Ich fahre nirgendwo hin.«

Vonny klingt ängstlich, und Eleanor Freed ist nicht überrascht, daß es in dieser Ehe Probleme gibt.

»In Ordnung«, sagt André. Er weiß, daß er Vonny manchmal unter Druck setzt und sich wünscht, sie möge auf der Stelle geheilt sein, zu anderen Zeiten aber ihre Abhängigkeit genießt. Als er an Vonny vorbeigeht, legt er eine Hand auf ihre Schulter und läßt sie einen Moment dort liegen. »Ich bleib' nicht lange weg.«

»Stört es Sie, wenn ich rauche?« fragt Vonny Eleanor Freed, nachdem André gegangen ist. »Nächsten Monat höre ich damit auf.«

»Tun Sie's nur«, sagt Eleanor. Sie setzt sich in die Nähe des Fensters, damit sie Samantha im Auge behalten kann.

»Schauen Sie«, sagt Vonny jetzt, »wenn Sie nicht wollen, daß Ihre Tochter mit Simon spielt, dann sagen Sie das doch einfach.«

»Sie sind gekränkt«, sagt Eleanor Freed.

»Natürlich bin ich das«, sagt Vonny. »Was soll ich denn tun? Ihnen seine Tabellen zeigen, um zu beweisen, daß er wächst? Ihnen versprechen, daß Ihre Tochter nicht mit jemandem befreundet ist, der nicht normal ist?«

»Sie meinen, ich denke, er sei nicht gut genug für sie«, sagt Eleanor. »Das war nicht meine Absicht. Vielleicht ist es dieses verschwundene Mädchen. Von nebenan.«

»Jody«, sagt Vonny.

Die Polizei ist zweimal dagewesen, das erste Mal spät in der Nacht, als Vonny und André schon im Bett waren. Seither ist Vonny mehrmals nebenan gewesen, aber Mrs. Renny weigert sich, über ihre Enkelin zu sprechen. Als sie André fragte, ob er betroffen sei, sagte er: »Natürlich bin ich betroffen. Sollte ich nicht betroffen sein, wenn jemand, den ich kenne, verschwindet?« Da verstand Vonny, daß zwischen ihnen mehr gewesen war als ein Zettel unter seinem Kopfkissen. Hätte er »wir« statt »ich« gesagt, hätte sie es vielleicht nie gemerkt. Sie hatte immer geglaubt, wenn sie ihren Mann je bei einer Untreue ertappen würde, würde sie ihn verlassen, wenn nicht binnen einer Stunde, so doch binnen eines Tages. Sie fängt an, an eine zweite oder sogar an eine dritte Chance zu glauben.

Hinter der Hecke hören die Kinder, wie ihre Mütter sich an der Tür voneinander verabschieden. Als Eleanor den Rasen überquert, beschließen sie, sie zu erschrecken und von hinten anzufallen.

»Oh, großer Gott«, sagt Eleanor. »Was sind denn das für Ungeheuer?«

»Wir sind es!« ruft Samantha.

»Wir sind es nur!« kommt das Echo von Simon.

Vonny schaut nach draußen und sieht, daß die Kinder Eleanor durch die Einfahrt folgen. Sie ist noch immer wütend und überlegt, ob sie Simon zurückrufen soll. Dann besinnt sie sich anders. Warum sollte sie Simons und Samanthas Freundschaft ruinieren, um Eleanor Freed einen Gefallen zu tun?

Am Ende der Einfahrt bleiben die Kinder stehen.

»Nun komm schon«, sagt Eleanor Freed zu ihrer Tochter. »Zeit zu gehen.«

»Noch nicht«, sagt Samantha. Ihre Stimme klingt weinerlich, und Eleanor weiß, daß es Schwierigkeiten geben wird.

»Sie kann zum Abendessen bleiben«, sagt Simon.

»Bitte!« bettelt Samantha.

Sie stehen dicht nebeneinander. Eleanor ist sich klar darüber, daß es lange dauern wird, sie zu trennen. Sie hat nicht die Energie, sich durchzusetzen, daher stimmt sie zu. Falls Vonny einverstanden ist.

»Ganz bestimmt!« behauptet Simon.

»Höchstens bis sieben«, sagt Eleanor Freed zu Samantha. »Sonst strapazierst du die Gastfreundschaft zu sehr.«

Nachdem Eleanor gegangen ist, sitzen Simon und Samantha in der Einfahrt.

»Macht deine Mami manchmal Pizza?« fragt Samantha.

»Nicht sehr oft«, sagt Simon. Mit einem Stock malt er Kästchen in den Sand. Er weiß, daß Vonny zum Abendessen ein Huhn auftaut, und er will Samantha noch nicht verraten, was es geben wird. Er hat Angst, daß sie dann vielleicht doch nicht bleibt.

»Ich frage mich, ob der Riese eine Küche hat«, sagt Simon.

»Spinnst du?« sagt Samantha. »Es gibt keine Riesen.«

»Gibt es doch«, sagt Simon. »Ehrlich.«

»Ganz ehrlich?« sagt Samantha. Sie ist etwas verwirrt, weil ihr Vater ihr gesagt hat, daß es keine Riesen, Monster oder Ungeheuer gibt, aber sie weiß, daß Simon nicht lügt. Bald werden sie sich Probleme einhandeln, aber sie wissen es noch nicht. Sie haben nicht einmal die Absicht, den Riesen zu suchen, doch ganz plötzlich tun sie es.

Sie warten am Ende der Einfahrt, geben Samanthas Mutter genügend Zeit, um nach Hause zu kommen, und spähen dann über die Schulter. Sobald sie sicher sind, daß Vonny sie nicht sieht, rennen sie davon wie der Blitz. Der Wind fährt ihnen durch die Haare. Sie springen über Vertiefungen in der Straße, die seit dem letzten Winter da sind. Es ist schwer, sich an eine Zeit zu erinnern, in der nicht Sommer war. Schwer, sich daran zu erinnern, daß ihre Mütter ihnen gesagt haben, sie dürften sich nicht weiter entfernen als bis zum Ende der ungeteerten Straße, an der sie wohnen. Niemals. Sie biegen in die Asphaltstraße ein und rennen, bis ihre Beine schmerzen. Simon weiß von Jody, daß der Gemüsestand des Riesen an der South Road liegt. Sie laufen, bis Simon sagt: »Mein Herz schlägt zu schnell.« Samantha verlangsamt das Tempo und läßt Simon Zeit. Gelegentlich vergessen sie, daß sie ein Ziel haben, und bleiben stehen, um sich Steine und Tausendfüßler anzusehen. Der Tag wird erst wärmer und dann heiß. Sie sind noch zu unerfahren, um eine Thermosflasche mitzunehmen, sie wissen nicht, daß im wirklichen Leben den Leuten heiß wird, daß die Zunge zu brennen beginnt und die Füße nach den ersten drei Kilometern müde werden.

Lange bevor sie das Haus des Riesen erreichen, merken Samantha und Simon, daß sie Angst haben. Sie tun etwas so Schlimmes, daß ihre Stimmen brüchig klingen, wenn sie sprechen. Es ist zu spät, um noch umzukehren, also halten sie sich bei den Händen und erwähnen die Tatsache nicht, daß sie sich vollkommen verirrt haben. Simons Gesicht ist heiß und gerötet. Er versucht, Samantha zu glauben, als sie ihm sagt, sie seien beinahe da, wobei er vergißt, daß eigentlich ja er derjenige ist, der sie führen sollte. Er wartet im hohen Gras, während Samantha einen Mann, der seinen Reifen wechselt, fragt, ob sie auf der Straße nach Edgartown sind. Sie wissen, daß sie eigentlich nicht mit Fremden reden dürfen, aber jetzt, da sie schon einmal böse waren, können sie anscheinend gar nicht mehr damit aufhören. Als sie schließlich den Stand erreichen, haben sie Blasen an den Füßen. Sie gehen an dem Stand vorbei und bleiben stehen, als sie in der Vertiefung das Dach sehen.

»Das muß das Haus sein«, sagt Simon.

Der Wind ist heiß, und oben auf der Straße hat der Asphalt zu schmelzen begonnen.

Beide wünschen sich, sie wären wieder zu Hause.

»Es gibt keine Riesen«, sagt Samantha entschieden.

»Ja«, stimmt Simon zu, obwohl er den Riesen mit seinen eigenen Augen gesehen hat.

»Wir glauben nicht an ihn«, sagt Samantha. »Richtig?«

Simon tritt näher an Samantha heran. Sein Kopf reicht ihr bis zur Schulter.

»Richtig«, sagt Simon.

Gegen Abend beginnt Vonny, Huhn und Reis zuzubereiten. André sollte bald nach Hause kommen, und Vonny nimmt an, daß

Eleanor die Kinder mit zu sich nach Hause genommen hat. Sie haben ihre Stofftiere zurückgelassen, und noch immer ist da, wo sie gespielt haben, eine Vertiefung im Gras.

Vonny stellt die Flamme unter dem Reis kleiner und legt den Deckel auf den Topf. Dann ruft sie Eleanor an und bittet sie, Simon nach Hause zu schicken.

»Simon?« sagt Eleanor. »Was meinen Sie? Die Kinder sind doch bei Ihnen.«

Rasch legt Vonny auf und läuft nach draußen. Sie ruft die Kinder und klatscht in die Hände, als riefe sie den Hund. Ihre Stimme wird schärfer, und sie kann die Ränder des Kraftfeldes spüren. Als sie wieder ins Haus zurückläuft, läutet das Telefon. Eleanor Freed. Vonny sagt ihr, daß die Kinder nicht da sind.

»Legen Sie auf«, sagt Eleanor. »Ich rufe die Polizei an.«

Vonny legt auf und greift dann nach den Schlüsseln des Lieferwagens. Das Metall schneidet in ihre Handfläche. Sie hat Schwierigkeiten, klar zu sehen, aber sie springt in den Wagen und schafft es, den Schlüssel ins Zündschloß zu stecken. Als sie aus der Einfahrt fährt, spürt sie, wie ihr Kopf sich mit Blut füllt. Sie hat keine Ahnung, wohin sie fährt, aber sie fährt schnell dorthin. Wenn sie jetzt mit jemandem spräche, würden ihre Worte zu Glas werden und ihn mitten durchschneiden. Sie denkt an Jody, die schon fast eine Woche lang vermißt wird. Sie denkt an Verrückte und Gräber am Straßenrand. Sie kurbelt das Fenster herunter und schreit die Namen der Kinder. Am Ende der Straße hält sie an, nicht, um zu sehen, ob ihr Verkehr entgegenkommt, sondern vielmehr, weil sie nicht weiß, welchen Weg die Kinder eingeschlagen haben könnten. Sie biegt nach links ab und schneidet einen Wagen, dessen Hupe hinter ihr ertönt. Sie schaut nicht auf die Straße, sondern in die Büsche und Gräben am Straßenrand. Der Lieferwagen überfährt die doppelte gelbe Linie, aber sie tritt stärker aufs Gas. Sie hört eine Sirene, verlangsamt aber ihre Fahrt erst, als die Nase des Polizeiwagens die Stoßstange des Lieferwagens berührt. Dann bleibt sie stehen. Als der Polizist an ihrem Fenster erscheint, weint sie.

»Mein Sohn ist verschwunden«, sagt sie ihm.

Sie muß das dreimal sagen, ehe er sie verstehen kann.

Die Polizei besteht darauf, ihren Führerschein zu sehen, den sie natürlich nicht bei sich hat. Er geht zurück zu seinem Wagen und ruft über Funk seine Dienststelle an. Während sie wartet, stellt Vonny sich vor, sie werde explodieren. Sie denkt daran, einfach wegzufahren, aber sie weiß, daß er sie doch einholen und erneut anhalten würde. Als der Polizist wiederkommt, entschuldigt er sich. Eleanor Freed hat die Kinder als vermißt gemeldet. Dennoch sagt er Vonny, sie solle nicht zu schnell fahren. Was nützt es, wenn sie einen Frontalzusammenstoß baut, ehe man ihren Sohn finden kann? Vonny beißt sich auf die Zunge und nickt. Das Kraftfeld hat angefangen, rings um den Lieferwagen zu flackern. Sie versucht, rückwärts zu zählen, aber es gelingt ihr nicht. Sie läßt den Lieferwagen an, wartet, bis der Polizist weggefahren ist, und fährt dann los, langsamer zuerst. Sie ruft Simons Namen durch das offene Fenster. Ihre Stimme ist heiser.

Sobald du ihn gefunden hast, kannst du zusammenbrechen. Dann kannst du dich dem Kraftfeld ergeben.

Sie tritt stärker auf das Gaspedal.

Jody hat unregelmäßig geschlafen, seit sie ins Haus des Riesen gekommen ist. Sie bleibt die ganze Nacht wach und schläft dann morgens ein, eingelullt durch das Gackern der Hühner im Garten. Endlich hat sie den Riesen davon überzeugt, daß sie fort müssen, zumindest für eine Weile. In drei Monaten wird Jody achtzehn, und ihre Eltern haben dann kein Recht mehr, über ihr Leben zu bestimmen. Seit sie sich versteckt hat, hat Jody zweimal die Dunkelheit abgewartet und ist dann die Straße entlang zu der Telefonzelle an der Tankstelle gegangen. Sie hat ihre Großmutter angerufen und sich für ihr Verschwinden entschuldigt, und gerade gestern abend hat sie zwei Plätze für einen Flug von Boston nach San Francisco gebucht.

Sie hat ihr Leben in ihre eigenen Hände genommen. Niemand kann ihr sagen, wen sie lieben soll. Natürlich ist sie aufgeregt. Jeder in ihrer Situation würde zittern, wann immer auf der Straße ein Auto vorbeifährt. Deshalb hat der Riese eingewilligt, mit ihr fortzugehen. Er will sie nicht verlieren, aber jedesmal, wenn er daran denkt, seine Hühner zu verlassen, wird ihm die Kehle eng. Wen kann er bitten, sich um sie zu kümmern, während er fort ist? Den Postboten? Seinen nächsten Nachbarn, achthundert Meter weiter, einen Mann, mit dem er noch nie gesprochen hat? Der Riese kann sich nichts Schlimmeres vorstellen, als Jody zu enttäuschen. Er hat immer versucht zu gefallen, sogar als Kind, und jetzt ist es ihm peinlich, wenn er daran denkt, daß es Zeiten gab, in denen er mit einem Ziegelstein auf dem Kopf schlief, seinen Gürtel ganz eng schnürte und sich vorstellte, er könne so seine Blutzufuhr drosseln und, wenn schon nicht schrumpfen, so doch wenigstens nicht mehr wachsen.

Wenn Jody lieb zu ihm ist, ist der Riese vollkommen wehrlos. Freundlichkeit hatte immer eine besondere Wirkung auf ihn. Als er fünfzehn und unverkennbar ein Mann war, hatte er vierzig Grad Fieber. Während sein Großvater an seinem Bettrand kauerte und Alkohol auf ein Tuch goß, um ihm damit den Hals und die Brust abzureiben, begann der Riese zu weinen. Sein Großvater richtete ihn auf und klopfte ihm auf den Rücken, weil er dachte, er könne ersticken. Jetzt bedauert der Riese alles, was er seinem Großvater nie gesagt hat. Sein Großvater weinte jedesmal, wenn er einem seiner Hühner den Hals umdrehte, und ehe sie dieses bestimmte Huhn zum Abendessen verzehrten, sprach der alte Mann ein kurzes Gebet. Er gab jedem Huhn einen Namen, der besser zu einem Matrosen gepaßt hätte als zu einem Huhn: Mighty, Primo, Good Sam, Gunther.

Im Spätherbst, wenn das Nachmittagslicht dünn und blaß war, sah der Riese seinem Großvater gern zu, wenn dieser die Gemüsebeete nach Kohl absuchte, der noch keinen Frost abbekommen hatte. Sein Großvater trug eine marineblaue Jacke, die der Riese manchmal gern anzieht, obwohl sie ihm zu kurz ist. In den Taschen sind noch ein paar Hustenbonbons, und der Geruch von Tabak und Schweiß hängt im Futter fest.

Der Riese will nicht nach Kalifornien. Er will sein Zuhause nicht verlassen. Er existierte nicht, bevor er auf diese Insel kam, und er fürchtet, er werde zu existieren aufhören, wenn er sie verläßt. Jody schläft, aber der Riese sitzt im Schatten im Garten und prägt diesen Ort seinem Gedächtnis ein. Er schläft in einem Liegestuhl ein, und als er aufwacht, gegen Abend, hat er ein Stechen im Nacken. Er steht auf, reckt sich und sammelt ein paar Erdbeeren ein, um die in den Eimern am Gemüsestand zu ersetzen. Er geht an seinem Haus vorbei, sieht nach, ob gerade keine Autos vorbeikommen, und steigt dann den Abhang hinauf. In jeder Hand einen Eimer mit Erdbeeren, geht er auf den Stand zu. Er sieht die zwei Kinder aus dem Augenwinkel. Viel bewußter ist er sich des vorbeirasenden Autos, des silbernen Blitzens, als die Sonne sich im Seitenspiegel fängt. Vermutlich ist er überraschter und erschrockener als sie, aber es liegt in seiner Natur, reglos stehenzubleiben, wenn er überrascht ist. Er verspürt sofort eine gewisse Verwandtschaft mit dem kleinen Jungen, der zwar weit den Mund aufreißt, aber sich nicht von der Stelle rührt. Das kleine Mädchen ist diejenige, die schreit, als sie ihn sieht. Was aus ihrem Mund kommt, gleicht eher elektrischem Strom als einem Geräusch, und es erfüllt den Riesen mit Scham.

Erdbeeren fallen aus den Zinkeimern auf den Boden und rollen den Hügel hinunter, als das kleine Mädchen vor ihm davonläuft. Die Luft ist warm und dick, die Schatten grün wie Äpfel. Der Riese fühlt den Aufprall des Autos, als sei er derjenige, der getroffen wird. Er rennt auf das kleine Mädchen zu, während sie noch in der Luft ist. Es sieht aus, als bleibe sie ewig dort, schwebend im blauen Himmel. Der Riese läßt seine Eimer fallen. Er kommt an dem kleinen Jungen vorbei und sagt ihm, er solle in den Gemüsestand gehen. Niemand sollte dies sehen. Der kleine Junge öffnet und schließt den Mund wie ein Fisch, aber er tut, was ihm gesagt wurde. Als das kleine Mädchen auf dem Asphalt auftrifft, ist der Riese neben ihr. Er kniet über ihr auf der Straßendecke, als der Wagen mit kreischenden Bremsen anhält und an den Straßenrand fährt. Staub steigt in die Luft und fällt herunter wie Regen. Der Fahrer steigt aus, doch ehe er sich bewegen kann, ruft der Riese ihm zu, er solle die Straße hinauffahren und einen Krankenwagen rufen.

Der Riese weiß, daß man Verletzte nicht bewegen soll, aber er kann es nicht ertragen, das kleine Mädchen auf der Straße liegen zu sehen. Er hebt sie auf und trägt sie ins Gras. Als er ihr sagt, sie solle die Augen aufmachen, tut sie das, ganz kurz, aber lange genug, um ihm zu zeigen, daß sie blaue Augen hat. Er bewegt sich nicht, als er Sirenen hört, und auch nicht, als der Krankenwagen kommt. Er steht auf und tritt zurück, damit die Sanitäter sich um sie kümmern können. Sie untersuchen sie rasch und tragen sie dann in den Krankenwagen. Drei Polizeiwagen fahren vor. Der Staub, der jetzt aufsteigt, ist wie eine Welle; er bleibt auf den Blättern und in den Falten der Kleider des Riesen hängen.

Kaum hat sie den quer geparkten Polizeiwagen gesehen, der die Straße versperrt, weiß Vonny, was auch immer da geschehen ist, es hat etwas mit ihr zu tun. Sie sieht das Kraftfeld, das zum ersten Mal sichtbar ist.

Es ist ein tödlicher, brauner Film. Er kann dich zudecken. In ihm ist Hitze, die in dicken, dunklen Linien ausstrahlt.

Vonny schwitzt, als sie den Fuß vom Gaspedal nimmt. Sie fährt geradewegs in das Kraftfeld hinein, und während sie das tut, explodiert es zu weißen Lichtfunken. Sie fährt an die Seite, läßt den Motor laufen und springt aus dem Auto. Ihr Herz tut weh, als sie zum Krankenwagen rennt. Sie stößt einen Sanitäter beiseite und sieht Samantha. Sie beginnt zu weinen. Ein schreckliches Weinen, das wenig Tränen hat und ihr die Kehle verbrennt.

»Das andere Kind«, sagt sie zu dem Sanitäter.

Es ist unmöglich, sie zu verstehen, da ihre Kehle wie in einen Schraubstock gezwängt ist. Der Sanitäter starrt sie verständnislos an, steigt dann hinten in den Krankenwagen und zieht die Türen zu. Vonny läuft zum nächststehenden Polizisten.

»Mein kleiner Junge«, kann sie hervorstoßen.

Sie hat die Hand des Polizisten gepackt, und ihr Griff ist erschreckend. Die Hand einer Verrückten.

»Entspannen Sie sich«, sagt der Polizist. »Hier ist kein kleiner Junge.«

Der Krankenwagen schaltet seine Sirene ein und fährt auf die Straße. Jody steht im Haus des Riesen am Fenster, voller Angst, ihr Vater habe die Polizei hergeschickt, um nach ihr zu suchen. Sie trägt eines der alten weißen Hemden des Riesen und sonst nichts. Sie sieht Andrés Lieferwagen oben an der Straße und zieht die Vorhänge auf, aber sie kann nichts weiter sehen als das

Sonnenlicht, das flackernde Blaulicht und die grünen Blätter der Johannisbrotbäume. Jenseits dieser Bäume sitzt der Riese, zusammengesunken, den Kopf in den Händen. Er weiß, daß es seine Schuld ist. Er kann einem kleinen Mädchen solche Angst einjagen, daß es vor ein Auto läuft. Er kann ein anderes Leben ruinieren. Wie kann jemand ihn lieben? Er würde diese Liebe nicht einmal wollen. Er kann an nichts anderes denken als an dieses kleine Mädchen, hoch in der Luft, gefangen zwischen den Wolken.

Vonny läßt den Polizisten nicht los. »Mein kleiner Junge«, beharrt sie. Das sind die einzigen Worte, die sie kennt.

Der Riese erinnert sich an das andere Kind. Daß er den Jungen vergessen konnte, läßt ihn nur noch mehr Selbstverachtung spüren.

»Ich wollte nicht, daß er Blut sieht«, sagt der Riese.

Vonny dreht sich nach ihm um. Die Art, wie sie ihn anschaut, läßt die Haut des Riesen brennen.

»Er ist in dem Gemüsestand«, sagt der Riese.

Vonny läuft hin, tritt ein. Das Rauschen ihres eigenen Blutes füllt ihren Kopf. Es ist stockfinster, und die Luft riecht nach Staub und Holz. Sie zwingt ihren Puls, nicht mehr zu pochen; wenn sie nicht sehen kann, so kann sie wenigstens hören. Sie folgt dem Geräusch seines Weinens und findet Simon in einer Ecke, zusammengekauert zwischen Spinnweben und Kürbissen. Vonny sinkt neben ihm auf die Knie und zieht ihn auf ihren Schoß. Sie küßt ihn auf Kopf und Hals. Sie fühlt seine Rippen durch das T-Shirt, als sie ihn in der Dunkelheit umarmt.

8

Der Johannisbrotbaum

Er packt seinen Koffer und bringt die Hühner fort, trägt eines nach dem anderen zur nächstgelegenen Farm und setzt sie um Mitternacht dort aus, damit sie sich unter die Hühner seines Nachbarn mischen. Doch auch nachdem die Flugkarten nach Kalifornien mit der Post gekommen sind, bringt er weiterhin Erdbeeren und Salat nach oben zum Gemüsestand. Wenn er so handelt, als werde sich nichts ändern, dann wird sich vielleicht auch nichts ändern. Doch auf den Veranden und an den Theken der Lebensmittelgeschäfte sprechen die Leute über ihn. Sie sagen, er sei zweieinhalb Meter groß und wachse noch. Er ist zu einem alten Mann geworden, der Lumpen trägt und lebenden Hühnern mit den Zähnen die Köpfe abreißt. Schon erzählt man sich einen Witz. Wie viele Riesen sind notwendig, um ein Haus zu überdachen? Einer, wenn man ihn in wirklich dünne Scheiben schneidet.

Eine Zeitlang gab es ein langsames Defilee von Autos. Manchmal parkten fünf oder sechs Autos auf der Straßenböschung. Sie warteten auf den Riesen, aber er kam nur nachts nach draußen. Eine Woche nach dem Unfall fuhr ein Polizeiwagen vor, und ein Polizist stieg aus und regelte den Verkehr, winkte die Neugierigen weiter. Der Polizist, Hammond West, hatte den alten Eddie Tanner gekannt und als Junge manchmal kleine Arbeiten für ihn erledigt. Sie kamen nicht allzu gut miteinander aus, und als Mann ging Hammond Eddie aus dem Weg, aber er erinnert sich noch, wie der Riese seinem Großvater nachlief, einen Sack Saatgut oder Mehl über der Schulter. Es bricht Hammond West das Herz, wenn er sich vorstellt, wie viele Touristen und Störenfriede Schlange stehen werden, wenn der Riese zum Rathaus kommen und das Protokoll der Untersuchung unterschreiben muß. Er muß dann über seine Mutter und seinen Vater nachgrübeln, die beide taub waren. Hammond kamen sie immer vollkommen normal vor, außer, wenn sie mit Beamten zu tun hatten. Seine Eltern fürchteten sich vor Steuereinnehmern, Landvermessern, Beamten der Verkehrsbehörde. Treffen mit einem seiner Lehrer brachte seine Mutter und seinen Vater immer aus der Fassung. Daher hat er seinen Vorgesetzten, der zwanzig Jahre jünger ist als er, überredet, ihn den Augenzeugenbericht von Eddies Enkel aufnehmen zu lassen. Hammond wartet, bis der Verkehr nachgelassen hat; dann nimmt er seine Sonnenbrille ab und geht den Weg hinunter in die Vertiefung, wo es, wie er schätzt, mindestens zehn Grad kühler ist.

Hammond fällt es schwer, an die Tür zu klopfen, weil er weiß, daß der Riese das Mädchen da drinnen hat. Der Riese weiß nicht, welches Glück er hat, daß der Vater seiner Freundin ein Großmaul ist. Als seine Tochter binnen vierundzwanzig Stunden noch nicht gefunden worden war, begann Jodys Vater Beschimpfungen auszustoßen und sagte, er werde ein paar richtige Polizisten aus Hartford mitbringen. Er brüllte etwas von einem Burschen, der ein Riese sei und mit dem sich seine Tochter eingelassen habe, und damit war der Fall so gut wie erledigt. Nicht, daß man vom Revier aus nicht mehr nach Jody gesucht hätte, aber man verstand jetzt, warum sie weggelaufen war. Seit dem Unfall allerdings haben sie aufgehört, Jodys Vater als das Arschloch aus Hartford zu bezeichnen. Sie beginnen zu erwägen, den Riesen zur Befragung zu bestellen. Hammond liebt einige dieser Polizisten wie seine Söhne, und er hat sie wie Söhne behandelt. Vielleicht ist das der Grund, warum er seine Polizeimarke abnimmt und in die Hosentasche steckt, ehe er anklopft.

Es dauert eine Weile, bis der Riese an die Tür kommt, etwa genauso lange, wie Jody braucht, um ins Badezimmer zu laufen und sich in der Wanne zu verstecken.

»Ich wette, Sie erinnern sich nicht mehr an mich«, sagt Hammond, als der Riese die Tür öffnet. »Hammond West.«

»West«, wiederholt der Riese, aber der Name sagt ihm nichts. Er blinzelt im Sonnenlicht. Kalter Schweiß steht auf seiner Stirn. Er ist sicher, daß er gleich wegen irgend etwas verhaftet wird.

»Wie geht's dem kleinen Mädchen?«

»Nicht so gut, wie man es ihr wünschen würde«, sagt Hammond.

Zum ersten Mal begegnet der Riese Hammonds Blick. Hammond richtet sich auf und stellt sich, ohne sich dessen bewußt zu sein, auf die Zehenspitzen, um größer zu wirken. »Wir dachten, es wäre viel einfacher, wenn Sie Ihren Unfallbericht niederschreiben, statt aufs Revier zu kommen.«

»In Ordnung«, sagt der Riese. »Ich schick's Ihnen mit der Post zu.«

»Tut mir leid«, sagt Hammond. »Ich muß mich vergewissern, daß Sie ihn eigenhändig niederschreiben.« Er schaut an dem Riesen vorbei ins Haus. »Ich hätte nichts gegen etwas Trinkbares.«

Der Riese sagt nichts, doch er tritt beiseite, und Hammond folgt ihm ins Haus.

»Ich kann mich noch gut an Ihren Großvater erinnern«, sagt Hammond, nachdem der Riese ihm ein Glas Eiswasser geholt hat.

Jedesmal, wenn Hammond einen Schluck trinkt, klappern die Eiswürfel in seinem Glas aneinander. Er sitzt dem Riesen gegenüber und sieht zu, wie dieser seinen Unfallbericht schreibt. Neben dem Bett liegen ein Paar weißer Sandaletten mit Fersenriemen und eine Tube mit irgendeiner Art von Make-up – Hammond weiß nicht genau, ob Lippenstift oder Lidschatten. »Er war ganz vernarrt in seine Hühner«, sagt Hammond. »Wollte kein einziges verkaufen.«

Hammond trinkt sein Eiswasser aus und geht zum Spülbecken, um das Glas auszuspülen. Die Hühnerställe sind leer. Das einzige Geräusch, drinnen wie draußen, ist das Kratzen der Feder, mit der der Riese schreibt.

»Ich bin froh, daß ich nicht mehr jung bin«, sagt Hammond. Er nimmt die Aussage des Riesen auf und liest sie durch. »Sie müssen unterschreiben«, sagt er zu dem Riesen. Dann beugt er sich nieder, um die Unterschrift gegenzuzeichnen. »Mann, wenn ich jung wäre und dabei erwischt würde, daß ich eine minderjährige Ausreißerin bei mir beherbergte, wüßte ich nicht, was ich tun würde. Aber vermutlich wäre ich so schlau, dafür zu sorgen, daß sie ihre Sachen packt. Tja, vielleicht würde ich auch packen und mit ihr gehen.«

Der Riese kommt Hammond ziemlich bleich vor.

»Wenn Sie dieses Mädchen aus Hartford hier haben, dann muß ich sie sehen«, sagt Hammond. »Ich muß wissen, daß sie freiwillig hier ist.«

Der Riese nickt und steht auf. Hammond folgt ihm durchs Zimmer. Der Riese öffnet die Tür zum Badezimmer, und Jody starrt ihn aus der Badewanne an. Sie trägt Jeans und einen Pullover, der ihr zu groß ist. Ihre Arme sind um die Knie geschlungen.

»Bist du verrückt?« sagt sie zu dem Riesen. »Dieser Typ darf mich doch nicht sehen.«

Der Riese schließt die Tür.

»Damit ist das wohl in Ordnung«, sagt Hammond. »Vermutlich werde ich mich ein paar Tage lang überhaupt nicht daran erinnern, daß ich sie gesehen habe.« An der Tür sagt er zu dem Riesen: »Vielleicht hätte sie genauso große Angst gehabt, wenn ich es gewesen wäre, der zwischen den Bäumen auftauchte.«

Nachdem Hammond gegangen ist, kann der Riese nicht aufhören, die Vordertür anzustarren. An diesem Abend kann er nichts essen, und seine Augen wirken glasig. Er bittet Jody, zur Telefonzelle zu gehen und im Krankenhaus anzurufen, und als sie zurückkommt, berichtet Jody ihm, das Mädchen sei auf dem Weg der Besserung. Am Morgen läßt er sie nochmals anrufen, obwohl bei Tageslicht jemand sie sehen könnte. Diesmal sagt sie ihm, das Mädchen sei entlassen worden. Jody lügt, und sie merkt, daß der Riese ihr nicht glaubt. Er hat eine schreckliche Gewohnheit angenommen. Er läßt seine Fingerknöchel knacken, einen nach dem anderen. Für Jody hört sich das an, als bräche er seine eigenen Knochen.

 Sie sagt sich, wenn sie ihn nur noch zwei Tage hinhalten könnte, würde alles in Ordnung sein. Dann werden sie reisen; solange sie die Wahrheit vor ihm verheimlichen kann, wird er seine Meinung nicht ändern. Außer, wenn er sie aus dem Haus schickt, um im Krankenhaus anzurufen, läßt Jody den Riesen nicht aus den Augen. Sie möchte sich von ihrer Großmutter verabschieden, aber sie schiebt es auf; sie fürchtet, wenn sie ihn verläßt, und sei es nur für ein paar Stunden, werde er sie nicht erkennen, wenn sie wiederkommt. Sie sagt ihm, er sei nervös, weil er noch nie in einem Flugzeug geflogen ist. Sie sagt ihm, sie würden an den Sternen vorbeifliegen. Und als er ihr den Rücken dreht, nimmt sie die Batterien aus seinem Radio und hält sie unter kaltes Wasser, bis sie wertlos sind. Er wird die Nachricht niemals hören, aber er kennt die Wahrheit ohnehin, und er weiß, daß es seine Schuld ist.

 Wenn der Riese schläft, sind seine Träume scheußlich, voll mit Wut und verdrehten Bäumen. Er versucht, nicht zu träumen. Er schließt die Augen und tut so, als schlafe er, als Jody ins Bett kommt, aber er kann nicht so tun, als habe er kein Verlangen nach ihr. Er ist angewidert von sich selbst, von seinem unbeholfenen Begehren. Er denkt an den Ausdruck auf dem Gesicht des kleinen Mädchens und fragt sich nicht, warum Jody nicht sieht, was für ein Ungeheuer er ist, sondern nur, wann sie es erkennen wird.

 Er muß noch einmal mit ihr zusammen sein, und als Jody einschläft, beginnt er sie zu lieben. Als er die Hand zwischen ihre Beine legt, greift Jody nach ihm, aber er schiebt ihre Hand weg. Er küßt sie und bewegt seine Finger in ihr nach oben. Er läßt sich nicht von ihr berühren, nicht einmal, nachdem sie einen Orgasmus gehabt hat. Er zieht sie hoch, so daß sie auf der Bettkante sitzt, und kniet sich auf den Boden. Das Zimmer ist so dunkel, daß man kaum sehen kann, wo das Bett aufhört. Seine Küsse werden heißer, als er sich abwärts bewegt. Jody ist dankbar für die Dunkelheit. Sie ist die gierigste Person, die es je gegeben hat. Sie würde sich wünschen, daß dies ewig anhielte, wenn sie nicht

Zeit bräuchte, um sich schneller zu bewegen. Sie fühlt, wie sein Lebewohl sich über ihr und durch sie bewegt. Als er mit seiner Zunge in sie eindringt, ist sie zu etwas geworden, das er trinken kann. Sie ist unfähig, still auf ihren rückwärts abgestützten Armen zu bleiben. Er zieht sie auf sich, und als er sich auf den Boden zurücklehnt, folgt sie ihm nach unten, wagt nicht, ihn loszulassen. Er ist in ihr, und doch ist ein schrecklicher Abstand zwischen ihnen. Sie sind verwirrt, gewöhnt an die Grenzen eines Bettes statt an diesen geheimnisvollen Boden, der in der Dunkelheit zu schwimmen scheint.

Langsam bewegt sich Jody auf und ab. Sie möchte, daß sie einander weh tun, laut schreien, alles wegbrennen, was falsch ist zwischen ihnen. Der Riese ist schweißgebadet und still. Er zuckt nicht zusammen, als sie ihre Fingernägel in seine Haut gräbt. Er gibt keinen Laut von sich. Jody ist nicht im mindesten überrascht, daß er nicht mit ihr zurück ins Bett geht, sondern den Rest der Nacht in einem Sessel am Fenster verbringt. Von da aus kann er die leeren Hühnerställe und den Garten sehen, in dem bald Salat und Paprika und ein besonderer roter Kohl wachsen werden, der so süß ist, daß die Leute in Tränen ausbrechen, wenn sie ihn für Kohlsalat raspeln, und andere sich beschweren und Prise um Prise Salz hinzufügen.

Elizabeth Renny ist böse auf sich selbst, weil sie so schlecht sieht. Bei der Abschlußfeier ist ihr der Riese völlig entgangen, und jetzt, als sie fragt, ob sie ihn kennenlernen könne, sagt Jody, er sei viel zu schüchtern. Das hindert Elizabeth Renny nicht, darüber nachzudenken, was geschehen könnte, wenn sie aus Kalifornien zurückkehren. Der Riese wird alle Glühbirnen auswechseln, die ihr jetzt, da sie nicht mehr auf eine Leiter steigen kann, unerreichbar sind. Sie wird sie zu einem späten Frühstück einladen und Pfannkuchen mit Sauerrahm servieren. Sie wird ihnen als Willkommensgeschenk eine Katze kaufen. Wenn sie das Gefühl hat, ihn gut genug zu kennen, kann sie den Riesen bitten, die Kiefer zu fällen. Eines ist sicher: Elizabeth Renny hat nicht vor, in nächster Zeit zu sterben. Zumindest nicht, ehe sie wieder heimgekommen sind und sich niedergelassen haben. Sie fragt sich, ob der Riese ihr Haus seinem eigenen vorziehen wird, obwohl ihre Nachbarn es sicher nicht schätzen würden, wenn er hier Hühner hielte.

Seit Jody fortgelaufen ist, ist etwas Merkwürdiges mit Elizabeth Renny passiert. Sie wird jünger. Eines Morgens bemerkt sie, daß die braunen Flecken auf ihren Händen verschwunden sind. Am nächsten Tag ist ihr Haar fühlbar dichter. Sie fährt mit Jodys Fahrrad einmal rund um den Garten und spürt keine Schmerzen in den Beinen. Wenn Laura oder Glenn anrufen, um sich zu erkundigen, ob es etwas Neues über Jody gibt, ist Elizabeth Renny schnippisch wie ein Teenager. Laura sagt sich, die Stimme ihrer Mutter klinge wegen der schlechten Verbindung so hoch. Sie hat keine Ahnung, daß ihre Mutter nicht mehr ihre alten, polierten Schnürschuhe trägt, sondern weiche schwarze Ballerina-Slipper, und daß die Schlaflosigkeit der alten Frau einem tiefen, traumlosen Schlaf gewichen ist. Sie würde niemals glauben, daß Elizabeth Renny jetzt in der Lage ist, zwanzigmal hintereinander ihre Zehen zu berühren, als habe ihre Knochenstruktur sich verändert.

Noch einmal spürt sie die Regungen eines jungen Mädchens und lernt Ungeduld und Wünsche neu kennen. Sie weiß, daß Jody plant, nach Kalifornien zu gehen, und sie kann nicht aufhören, an all die Dinge zu denken, die sie selbst nie gesehen hat. Sie wartet auf ihre Enkelin, sie läßt ihre Tür unverschlossen, und als Jody endlich kommt, in der Nacht vor ihrer Abreise, faßt Elizabeth Renny ihre Hand und will sie nicht loslassen. Sie löchert sie mit Fragen. Als Jody ihr sagt, daß der Riese keine Dusche hat und sie ihr Haar im Ausguß waschen mußte, besteht Elizabeth Renny darauf, daß sie eine heiße Dusche nimmt. Sie folgt ihrer Enkelin ins Badezimmer und redet weiter, während Jody duscht. In dem dampfenden Badezimmer ist Elizabeth Rennys Haut gerötet; ihr Haar kräuselt sich um die Stirn. Jody tritt aus der Dusche und stellt sich vor, sie sehe eine junge Frau, die ihr ein Handtuch reicht.

»Sag mir nicht, wo ihr in Kalifornien bleiben werdet«, sagt Elizabeth Renny zu ihr. »Ich könnte mich verraten und die Katze aus dem Sack lassen.«

»San Francisco«, sagt Jody.

»Sag's mir nicht!« sagt Elizabeth Renny. Sie geht hinter Jody her und sitzt auf dem Bett, während Jody ihr Haar frottiert. »Hotel oder Motel?«

»Ich weiß nicht«, sagt Jody. »Ich werd' dir schreiben, sobald ich ankomme.«

Jody nimmt einen kleinen Koffer aus dem Schrank und packt ein Baumwollkleid, zwei weiße Hemden, Unterwäsche, ein Paar Sandalen und ihre Schildpattkämme ein. Warum kann sie die Vorstellung nicht abschütteln, allein auf dem Flughafen in Kalifornien anzukommen? Sie wartet darauf, daß ihr Koffer auf dem silbrigen Förderband erscheint. Über ihr fliegen Düsenmaschinen so niedrig, daß ihr Dröhnen den Zementboden erzittern läßt.

Als sie nach unten gehen, stellt Jody ihren Koffer neben die Tür. Dann nimmt sie eine Diätlimonade, die noch im Kühlschrank steht, und läßt die Dose aufschnappen. Sie fühlt sich wie eine Hundertjährige. Sinbad springt auf den Tresen und reibt sich an ihrem Arm. Sie bereut nicht, daß sie den Riesen nach ihren Anrufen im Krankenhaus belogen hat, aber jede Lüge hat ihr etwas genommen. Sie greift nach der Limonade und verschüttet sie.

»Ich bin ein bißchen nervös«, sagt sie. »Das ist alles.«

Elizabeth Renny faßt in eine Metalldose, die eigentlich für Mehl gedacht ist, nimmt etwas Geld und legt es auf den Tisch. Jody starrt das Geld an.

»Nimm es«, sagt Elizabeth Renny, als Jody zögert.

Jody schiebt das Geld in ihre Tasche. Als sie Elizabeth Renny umarmt, ist sie überrascht, wie klein ihr ihre Großmutter erscheint.

Jody tritt zurück, nimmt dann einen Lappen und wischt die verschüttete Limonade auf. Sie starrt aus dem Fenster über dem Ausguß, während sie das Tuch ausspült. Nebenan ist Licht in der Küche und in den oberen Schlafzimmern. Obwohl der Himmel im Westen noch hell ist, hat sich Dunkelheit über den Rasen gelegt, und Vonnys und Andrés Haus wirkt klein und weit entfernt. Achtlos beißt Jody sich auf die Lippe; sie schmeckt einen Tropfen ihres eigenen Blutes. Sie weiß, es ist Zeit zu gehen.

Das Telefon läutet. Jody und ihre Großmutter starren einander an. Das Klingeln ist dünn und hoch, und Elizabeth Renny läßt es läuten. Das kann nur Laura sein, und sie wird niemals glauben, daß keiner zu Hause ist. Als sie das Läuten nicht mehr ertragen kann, nimmt Elizabeth Renny den Hörer ab und hängt dann rasch wieder ein. Vielleicht liegt es nur daran, daß Jody ihre Großmutter immer mit hochgestecktem Haar gesehen hat, aber von hinten gesehen könnte sie schwören, daß sie nicht älter ist als achtzehn.

»Nun los!« sagt Elizabeth Renny zu Jody. In ihrer Stimme ist ein leichtes Zischen, als spräche sie mit einer ihrer Katzen.

Jody nimmt ihren Koffer und tritt durch die Tür. Sie dreht sich um und sieht, daß ihre Großmutter sich bereits abgewandt hat und in einen Schrank schaut, in dem Katzenfutter aufbewahrt wird. Als das Telefon wieder zu läuten beginnt, schiebt Elizabeth Renny eine Tina-Turner-Kassette in den Rekorder, den Jody zurückgelassen hat. Es ist erstaunlich, wie Musik alle anderen Geräusche aufsaugen kann, wie sie einen leeren Raum füllen und ganz neu erscheinen kann, selbst wenn es ein Lied ist, das schon tausendmal gespielt wurde.

Jody findet ihn draußen im Garten. Er trägt alte Jeans und ein weißes T-Shirt.

»Eddie«, sagt Jody, und beide sind überrascht, als sie seinen Namen laut ausspricht. »Wir müssen jetzt gehen.«

Er geht ins Haus und zieht ein blauweiß gestreiftes Hemd über sein T-Shirt. Er kann sich nicht überwinden, die versteckte Kassette im Hühnerstall anzurühren, aber er holt ihre Koffer und trägt sie nach draußen. Jody wartet bereits an der Straße. Die hintere Tür des Taxis, das sie gerufen hat, wird aufgestoßen. Der Fahrer schluckt und rührt keinen Finger, als der Riese den Kofferraum öffnet und ihre Koffer hineinstellt. Der Fahrer spricht kein Wort mit ihnen, aber ab und zu betrachtet er den Riesen im Rückspiegel. Er weiß, daß er in Ohnmacht fallen wird, wenn der Riese ihn anspricht, aber sowohl der

Riese als auch das Mädchen schauen schweigend aus den Fenstern.

Die Beine des Riesen drücken gegen den Fahrersitz; er hat Krämpfe in den Schenkeln, weil er sich so zusammenfalten muß. Er erinnert sich an die Nacht, als er zum ersten Mal auf die Insel kam, er erinnert sich an die hölzerne Bank, auf der er während der Überfahrt saß, und an das Rollen der Fähre in der Dunkelheit. Da waren Zigarrenrauch und Regen und der kratzende schwarze Mantel an seinem Hals. Im Alter von zehn Jahren wußte er genug, um nur nachts auszugehen. Jetzt ist beinahe Mittag. Die Reise, die Jody geplant hat, ist lang. Sie vermeiden den Flughafen von Duke's County, wo Jody erkannt werden könnte, und fliegen statt dessen vom Logan-Airport in Boston ab. Jody hat sich verkleidet, indem sie einen Schal über ihr Haar gebunden hat und eine Sonnenbrille mit Metallfassung trägt, aber sie hat nicht bedacht, daß niemand ihr einen zweiten Blick schenken wird, solange sie mit dem Riesen zusammen ist.

Als sie auf das überfüllte Dock fahren und aus dem Taxi steigen, ist der Riese geblendet von der Sonne. Während Jody den Fahrer bezahlt, nimmt er die Koffer aus dem Kofferraum, aber sein Kopf dreht sich. Jody holte ihre Fahrkarten, und während sie auf die Fähre zugehen, schaut sie in ihre Handtasche, um sich zu vergewissern, daß sie nichts vergessen hat. Hier sind zu viele Leute. Der Riese kann nicht atmen. Jody bemerkt nicht, daß die Leute starren, aber der Riese weiß es. Er blickt unbewegt geradeaus. Er versucht, sich auf die Fähre zu konzentrieren und auf den weißen Schaum, der aufspritzt, wenn Wellen den Bug treffen, aber die Sonne ist direkt über ihnen, und jeder Schritt, den er tut, zwingt ihn, über seinen eigenen Schatten zu gehen.

»Verdammt«, sagt der Riese, als sie die hölzerne Rampe erreichen, die auf die Fähre führt.

Jody erinnert sich an den Geschmack ihres eigenen Blutes. Sie wäre nicht stark genug, ihn zu halten, selbst wenn sie es versuchte.

»Ich habe meine Flugkarte im Taxi vergessen«, sagt der Riese zu ihr.

Er stellt die Koffer hin und wendet sich ab.

»Warte«, sagt Jody.
Sie trägt ein Sommerkleid und weiße Ledersandaletten. Der Saum ihres Kleides bewegt sich in der Brise.
»Bin gleich wieder da«, sagt der Riese.
Sobald er zu laufen beginnt, weichen die Leute zurück und treten beiseite. Der Raum, der für ihn freigemacht wird, füllt sich mit Menschen, die sich bemühen, einen Blick auf ihn zu erhaschen, nachdem er sicher an ihnen vorbei ist. Obwohl die Menge sich zwischen sie schiebt, kann Jody ihn noch lange sehen. Sie beobachtet, wie er am Fahrkartenschalter, am Taxistand und am Parkplatz vorbeiläuft. Ihr Baumwollkleid hält sie kühl, selbst in der heißen Sonne, was ihr Glück ist, denn im Bus nach Logan Airport wird es noch heißer sein. Beim letzten Aufruf besteigt Jody die Fähre und bleibt oben an der Reeling stehen. Sie weiß, daß er inzwischen auf dem Weg nach Hause ist, aber sie beobachtet trotzdem weiter das Ufer, selbst dann noch, als die Fähre begonnen hat, durch den Hafen zu fahren. Das Wasser ist wie Glas, grün und klar, und nicht einmal die stampfenden Maschinen der Fähre können seine ruhige Oberfläche lange aufwühlen. Während sie auf das Festland zufahren, verschwindet die Heckwelle, und das Wasser ist wieder ruhig, als hätten sie es nie durchschnitten.

Bei der Beerdigung sehen ihre Eltern dich nicht an. Es war ein Fehler, daß du gekommen bist. Du weißt, daß sie deine Gedanken lesen können. Der Tod ihres Kindes verfolgt dich. Du kannst nicht an ihren Namen denken, ohne daß etwas in dir zerreißt, und doch denkst du ein dutzendmal am Tag, Gott sei Dank, daß es nicht mein Kind war. Auf dem ganzen Heimweg von der Beerdigung drehst du eine Münze zwischen den Fingern, aber das Kraftfeld ist merkwürdigerweise nicht da, und du hast keine Symptome. Daß du an den Straßenrand fährst und weinst, betrachtest du nicht als Symptom.

Jeden Tag sagst du deinem Kind, daß es nicht seine Schuld war. Er ist gefährlich verwirrt. Jemand hat ihm gesagt, wenn Leute sterben, kehrten sie zur Erde zurück, und nun wartet er darauf, daß seine Freundin wiederkommt. Er sagt, er sehe ihren

Schatten auf dem Rasen und ist bereit für sie, wenn sie wiederkommt. Er beginnt, jeden Tag zu verschwinden, aber du und dein Mann beschließen, sich keine Sorgen zu machen. Er braucht etwas Zeit für sich allein. Dann, als du übst und vom Supermarkt zurückkommst, wo du für deine Nachbarin eingekauft hast, entdeckst du, wohin dein Kind jeden Tag gegangen ist. Das Haus des kleinen Mädchens wird bereits von mehreren Immobilienmaklern angeboten, aber dein Sohn ist da und wartet auf seine Freundin. Du fährst an den Straßenrand und rufst ihn, verlangst, er solle in den Lieferwagen steigen. Du legst den Gang ein, begierig, von diesem leeren Haus wegzukommen. Er sitzt gegen die Tür gelehnt. Er trägt rote Shorts und ein kurzärmliges Hemd mit drei Knöpfen, die aufgeknöpft sind. Du sagst ihm, daß niemand wiederkommt. Du sagst ihm, er solle nicht warten. Du sagst ihm, in seiner Vorstellung werde sie immer lebendig sein. Die meisten Leute, versicherst du ihm, sterben erst, wenn sie sehr alt sind, vielleicht sogar hundert Jahre, älter als Schildkröten, älter als die Bäume.

»*Du wirst niemals sterben*«, *sagt er zu dir.*

Du fährst weiter.

»*Wenn du jemals sterben würdest*«, *sagt er,* »*dann würden Daddy und ich auch sterben.*«

Du hältst beide Hände am Steuerrad. Du weinst nicht.

»*Nein*«, *sagst du.* »*Du und Daddy würdet nicht sterben. Der Tod jedes Menschen gehört nur diesem einen Menschen.*«

Als du in deine Einfahrt fährst, steigt er aus dem Lieferwagen, ohne ein Wort zu sagen. Du kannst die Tatsache nicht ertragen, daß er plötzlich Angst vor lauten Geräuschen hat. Erhobene Stimmen oder Hundegebell lassen ihn in Tränen ausbrechen. Er ist losgelöst, interessiert sich nicht mehr für seine Haustiere oder neue Spielsachen. Das, worauf du gewartet hast, ist endlich geschehen. Kleider, die Weihnachten gekauft wurden, passen nicht mehr. Obwohl er noch immer kleiner ist als die meisten Kinder seines Alters, fängst du, wenn du ihn am Küchenschrank mißt, zu weinen an, ehe du dich beherrschen kannst. Aber deinem Sohn scheint es egal zu sein. Er beginnt, schlampig zu werden. Obwohl deinem Mann nichts so fern liegt wie Bestechung, hat er einen Plan entwickelt, um Simon für etwas zu interessieren. Er geht in einen Laden und kommt mit einem Ball und einem Korb zurück, den er am Schuppen befestigt. Selbst wenn dein Sohn in diesem Tempo weiter wächst, dein Kinderarzt hat dir gesagt, daß er nie mehr als mittelgroß werden wird. Seine Zukunft als Basketballer ist wahrscheinlich begrenzt. Trotzdem besteht dein Mann darauf, daß er das Spiel erlernt. Du hörst den Ball aufprallen, wenn sie draußen auf dem Sand üben. Du schaust aus dem Fenster. Zuerst ist dein Sohn uninteressiert. Er steht mit gekreuzten Armen, eine Parodie erwachsener Langeweile, während dein Mann einen Korb nach dem anderen wirft.

Du wirst das Gefühl nicht los, daß der Unfall dir recht gegeben hat. Du fragst dich, ob Phobiker in den Zeitungen nach Verbrechen und Unglücksfällen geradezu suchen, die ihre Weltsicht bestätigen. Du hast geahnt, daß dort draußen Gefahr war, und nun weißt du, daß du recht hattest. Das Geräusch des Basketballes, der gegen den Schuppen prallt, macht dir nur noch bewußter, was alles du verlieren kannst. Nachts träumst du, du seist ein Kind. Dein Vater ist in der Küche und rollt Teig für Gebäck aus. Du erkennst das Geräusch eines Messers, das Äpfel schneidet, und alles scheint vertraut: das Geräusch der Autostraße, die Farbe des Himmels. Obwohl du schläfst, erkennst du, daß dein Vater in deinem Traum jünger ist, als du jetzt bist. Du wachst auf und erinnerst dich, wie er im Auto zu singen pflegte, und daß er einmal eine schöne Stimme hatte. Das hast du erkannt: Dein Vater wird nicht mehr am Leben sein, wenn er gestorben ist. Das hast du vorher wirklich nicht gewußt. Du hast den Tod betrachtet, als ob du fünf Jahre alt wärest. Du hast dir vorgestellt, mit deinem Vater zu kämpfen, nachdem er tot wäre, ihn davon überzeugen zu wollen, daß du noch etwas wert bist. Es interessiert dich nicht mehr, daß du jemandes Tochter bist. Aber zumindest hat dein Kampf mit deinem Vater dich erkennen lassen, was du für dein eigenes Kind bist. Du bist die Person, die niemals stirbt, du bist eine Mutter, nicht ganz menschlich, nur dazu da, ihn zu lieben.

Du hast angefangen, über Babies nachzudenken, und du möchtest eins. Du vergißt, daß Babies bedeuten, mitten in der

Nacht aufzustehen, du vergißt, wie es ist, sich tief über eine Wiege zu beugen und sich zu vergewissern, daß dein Baby atmet. Leben zu schaffen im Angesicht des Todes, das ist ein Beweis von Stärke. Du liebst deinen Mann ohne Verhütungsmittel vierzehn Tage nach deiner Periode, und nachher sagst du dir, es seien die zwei Biere gewesen, die dich etwas so Dummes tun ließen. Wenn du wirklich alle Gefahren betrachtest, vor denen jedes Kind steht, das zur Welt kommt, dann bist du wie gelähmt. Du hörst auf, deine Straße entlang zu fahren. Du bittest deinen Mann, für deine Nachbarin einzukaufen. Du weigerst dich, das Haus zu verlassen. Aber jetzt fängst du an, in deinem eigenen Haus Angst zu haben. Du denkst an falsch angeschlossene Stromkabel, spontane Entzündung, Blitzeinschläge, plötzlichen Kindestod. Wenn dein sicherer Ort anfängt, sich gefährlich anzufühlen, kann das bedeuten, daß das Muster deiner Phobien zusammenbricht. Es kann ein Zeichen von Genesung sein. Warum erscheint dann alles so schwierig? Warum bist du so sicher, daß du verloren bist, wenn du nicht ganz von vorne beginnst? Warum spürst du, nachdem du das Kraftfeld durchbrochen hast, noch immer seine scharfen Ränder? Du denkst darüber nach, solange du es aushältst, und dann, eines Morgens, gehst du nach draußen und fährst in der Einfahrt hin und her. Nachdem du das zum dritten Mal getan hast, hast du aufgehört, dich nach dem Grund zu fragen, warum du von vorn beginnen mußt. Du bist einfach eine Frau, die die Kunst des wirklichen Lebens übt.

Simon gefällt, wie der Staub aufwirbelt, wenn er mit dem Ball dribbelt. Er mag das Geräusch des Metalls, wenn der Ball den Ring berührt und dann in und durch den Korb springt. Seine Arme werden locker, wenn er eine Weile gespielt hat, und Hitze steigt aus seinen Gliedmaßen in die Mitte seines Körpers. Jedesmal, wenn er einen Korb wirft, fühlt er sich, als esse er Donner. Es gibt ein Krachen in seiner Kehle. Der Donner ist es, der ihn wachsen läßt, er explodiert in ihm und nimmt allen Raum unter seiner Haut ein.

Nelson liegt im Schatten und schaut zu; seine Augen wandern hin und her, während Simon zum Korb läuft. Simon versucht, den Hund nicht anzusehen, denn jedesmal, wenn er das tut, denkt er an den Tod. In Simons Vorstellung ist der Unfall zu einem einzigen Aufblitzen von Licht geworden. Er sieht das Licht hinter seinen Augenlidern, wenn er abends einschläft oder ein dunkles Zimmer betritt. Er sieht es jedesmal, wenn er ein lautes Geräusch hört, etwa das Zuschlagen einer Autotür. Aber wenn er Basketball spielt, wird alles blau. Das liegt nicht nur daran, daß er den Kopf in den Nacken wirft, wenn er nach dem Korb zielt. Es ist blauer als der Himmel.

Niemand wird ihn je davon überzeugen, daß der Unfall nicht seine Schuld war. Er glaubt noch immer nicht ganz daran, daß er nicht alles rückgängig machen kann, wie man ein Band zurückspult und es dann ohne den Riesen noch einmal laufen läßt. Er wird das Haus weiter unten an der Straße immer als Samanthas betrachten, selbst wenn es verkauft ist, und er denkt abwechselnd, daß Samantha mit ihrer Familie in New York oder aber irgendwo in seinem Garten ist. Sie erscheint ihm höchst real, realer als letzten Winter, als sie ihm eine Postkarte aus New York schickte.

Simon versucht, nur an Basketball zu denken. Gewöhnlich ist er leicht frustriert. Wenn er einen Knopf nicht zuknöpfen kann, reißt er ihn manchmal einfach von seinem Hemd ab. Wenn er einen Schuh nicht zubinden kann, wirft er ihn quer durchs Zimmer. Aber wenn sein Vater ihm beibringt, wie man den Ball halten und zielen muß, dann erstaunt Simon sie beide, indem er zuhört. Er weiß, wenn er sich wirklich Mühe gibt, dann ist das etwas, was er tatsächlich kann. Es hilft ihm zu vergessen, daß er nachts weint und manchmal sein Bett näßt. Er versteht nicht, warum Leute sterben müssen. Was passiert mit ihnen, wenn ihr Körper nicht mehr funktioniert? Manchmal denkt er, Samantha sei in ihm, und das ist der Grund, warum ihr Schatten in seinem Garten bleibt und nicht nach New York City zurückgekehrt ist.

Er weiß, daß sein Vater versucht hat, ihn glücklich zu machen. André spielte Eishockey, als er in New Hampshire heranwuchs, und er macht sich nicht einmal viel aus Basketball; jetzt kann er mit Simon kein Gespräch führen, in dem nicht Larry Bird und die Celtics vorkommen. Ein Mechaniker, den er in Boston kannte, verkaufte ihm für die kommende Saison zwei Dauerkarten für den Boston Garden. Sie werden in einem Hotel in der Nähe des Charles River schlafen, nur sie beide allein, und sich mit ungesunden Sachen vollstopfen, bis sie umfallen.

Aber als die Karten mit der Post ankommen, schließt Simon sich im Badezimmer ein und will nicht herauskommen.

»Das reicht«, sagt André zu Vonny. »Das ist wirklich das Letzte. Nichts, was ich tue, macht ihn glücklich.«

Simon weiß nicht, wie er seinem Vater beibringen soll, daß er es nicht verdient, die Celtics zu sehen. Da er derjenige war, der von dem Riesen wußte, hätte es ihn treffen sollen. Er fragt sich, wie lange es dauern wird, bis er aufhört, sie zu vermissen. Wie lange, bis er diesen Lichtblitz nicht mehr sieht?

Auf dem Gang streiten seine Eltern. André schwört, er werde die Badezimmertür aus den Angeln heben, auch wenn das bedeutet, daß er zu spät zur Arbeit kommt. Simon hört, wie seine Mutter ihn auffordert, die Tür aufzusperren. Er hört, wie sie anfängt, bis drei zu zählen. Er öffnet die Tür und geht an Vonny und André vorbei geradewegs in sein Zimmer. Vonny folgt ihm und steht in der Tür.

»Schließ dich nie wieder da drinnen ein«, sagt sie zu ihm. »Hast du mich verstanden?«

Er nickt mit dem Kopf. Er hat vollkommen verstanden. Er sollte wegen Ungehorsams in sein Zimmer geschickt werden, und daher schließt er die Tür, als seine Mutter nach unten geht, und bestraft sich selbst. Er wird sich zwei Tage lang nicht gestatten, Basketball zu spielen. Er wird drei Tage lang nicht fernsehen. Er legt sich voll bekleidet auf sein Bett, schläft ein und träumt, daß Samantha aus dem Himmel tritt. Ihr Kleid und ihre Schuhe sind blau, und ihr Haar ist zu einem Pferdeschwanz gebunden. Rings um sie ist dieses erstaunlich helle Licht, hell genug, um seine Augen mit Tränen zu füllen. Als Simon aufwacht, ist er ganz naß. Er hat in die Hose gemacht, und sein Körper ist schweißgebadet. Er zieht seine Sachen aus und ein trockenes T-Shirt und Shorts an.

Bis auf das Summen der Töpferscheibe, an der seine Mutter arbeitet, ist es still im Haus, als er nach unten geht. André ist in der Garage in Vineyard Haven und wird erst in einigen Stunden wiederkommen. Simons Kaninchen Dora frißt aus dem Napf, den Vonny für sie gemacht hat. In schwarzen Buchstaben steht KANINCHEN unter dem Rand. Vonny hat ihr Futter und Wasser gegeben, und Dora folgt Simon nicht mehr von Zimmer zu Zimmer. Simon hört den Ruf einer Wachtel. Draußen über dem Gras summen Mücken. Simon ist noch immer heiß. Er holt sich ein Glas Limonade, und als er sich an den Tisch setzt, bemerkt er, daß Dora ihr Futter aufgefressen hat. Er nimmt einen Löffel und gibt Zucker in den Napf des Kaninchens. Dann schaut er ihm beim Fressen zu. In kurzen Abständen hält Dora inne und bleibt reglos, dann wendet sie sich wieder dem Napf zu. Simon streichelt das Kaninchen, das in letzter Zeit so wenig beachtet wurde, daß es argwöhnisch ist. Neben dem Herd schnarcht Nelson. Simon wird klar, daß Samantha nie älter werden wird. Sie wird nie lernen, über ein Seil zu balancieren; sie wird nie größer werden. Wie kann Simon ohne sie weitermachen? Wie kann er es wagen zu wachsen, zur Schule zu gehen, ein Haustier zu haben? Er geht zur Tür und öffnet sie und lehnt sich dagegen, bis sie offen stehenbleibt. Das Kaninchen sitzt da und beobachtet ihn. Nelson hört in seinem Traum, daß die Tür geöffnet wird, und setzt sich auf. Sein Blick ist noch trübe, aber wie immer ist er bereit, das Haus zu verlassen. Simon schiebt den Hund weg. Er nimmt Dora auf und setzt sie direkt vor die offene Tür. Das Kaninchen rührt sich nicht. In seinem Schnurrbart klebt Zucker. Simon holt die Zuckerdose und legt eine schmale Spur durch die Küche aus der Tür hinaus, die Verandastufen hinunter. Seine Brust fühlt sich eng an, und sein Magen tut weh; Zucker klebt an seinen feuchten Fingern. Langsam beginnt das Kaninchen der Spur zu folgen und hoppelt endlich die Stufen hinunter. Simon geht langsam an ihm vorbei ins Haus. Er schließt die Tür und beobachtet Dora durch das Fliegengitter. Nachdem sie den Zucker gefressen hat, sitzt sie da. Ihr Körper bewegt sich mit dem Atem auf und ab.

»Lauf«, sagt Simon durch das Gitter.

Dora richtet sich gerade auf, als habe sie ihn gehört.

Weit oben fliegen Flugzeuge vorbei, und Simon hört das

rhythmische Quietschen von Vonnys Töpferscheibe auf der Veranda. Er lehnt sein Gesicht gegen den kühlen Draht der Tür. Nach einer Weile geht er hinaus und nimmt Dora auf. Es ist ein heißer Tag, der erste von vielen, und selbst die braunen Kaninchen, die in der Dämmerung kommen, um Gras zu fressen, haben sich an dunklen Stellen unter den Brombeerbüschen versteckt. Diese Kaninchen sind nicht so geräuschlos, wie sie scheinen. Manchmal, mitten in der Nacht beginnen sie zu schreien, und niemand weiß warum. Rufen sie einander? Haben sie die Witterung einer Eule aufgenommen? Oder kommt der Schrei einfach aus ihrer Kehle, um den Bann ihres Schweigens zu brechen?

Kies und Steine spritzen auf, als Andrés Lieferwagen in die Einfahrt einbiegt. André läßt den Motor laufen und reißt die Tür auf. Das Kaninchen in Simons Armen zittert.

»Verdammt«, sagt André.

Er schreit, und Simon weiß nicht genau warum.

»Das kannst du mit mir nicht machen«, sagt André.

Seit er das Haus verlassen hat, hat André an seinen Vater gedacht. Er hat so intensiv gedacht, daß er nicht mehr weiß, ob er auf seinen Vater, auf seinen Sohn oder auf sich selbst wütend ist. Er weiß nur, wenn er sich jetzt an seinem Vater messen würde, dann stünden sie ungefähr gleich. Und das kann er nicht aushalten. Das gleiche Ausmaß von Distanz und Schweigen. Die Nullsumme.

Als er die Einfahrt entlanggeht, sieht er, daß Simon Angst vor ihm hat. Er muß aussehen wie ein Verrückter. Er hat an einer Triebwelle gearbeitet, und seine Hände sind ölverschmiert. Er kümmert sich nicht darum. Er geht zu Simon und packt ihn bei den Schultern.

»Sprich mit mir!« sagt André.

Simon umklammert sein Kaninchen und weicht zurück.

»Sprich mit mir, sag' ich!«

»Ich will nicht!« sagt Simon.

André reißt Simon das Kaninchen aus den Händen.

»Du tust ihr weh!« schreit Simon.

André ignoriert Simon. Er läuft die Stufen hinauf und schubst

Dora unsanft ins Haus. Simon klagt seinen Vater an; nie hat er jemanden mehr gehaßt. Als er sich gegen Andrés Bein wirft, spürt er, wie der Donner in ihm in seine Fäuste schießt, als er seinen Vater schlägt, und er fühlt, wie der Donner aus seinem Mund kommt, als er ein schreckliches Geräusch macht. Vonny kommt herbeigerannt, ihre Arme mit blutfarbenem Lehm beschmiert. André hat den Arm gesenkt und ihn um Simon gelegt. Er dreht sich um, als Vonny die Tür öffnet.

»Hör sofort auf!« sagt Vonny. Es ist nicht ganz klar, mit wem sie spricht.

»Misch dich nicht ein«, warnt André sie. »Tu uns das nicht an.«

Simon weint, und sein Gesicht ist ölverschmiert. Wenn Vonny einen Schritt weiter geht, dann wird er zu ihr laufen und beide Arme um ihre Beine schlingen, bis sie sich niederbeugt und ihn hochhebt. Vonny tritt zurück, faßt mit beiden Händen den Griff der Gittertür und schließt sie. Sie dreht sich um, um nicht zusehen zu müssen.

André kniet nieder und läßt sich von Simon schlagen.

»Sprich mit mir«, sagt er. »Simon.«

Ohne den Donner ist eine unglaubliche Leere in ihm. Simon lehnt sein ganzes Gewicht gegen André. Als er diesmal den Mund öffnet, kommt kein Donner heraus.

»Ich will nicht, daß jemand, den wir kennen, stirbt«, sagt Simon.

André weiß nicht, was er gedacht hätte, wenn er seinen Vater je hätte weinen sehen, aber er macht nicht den Versuch, seine Tränen zurückzuhalten. Er legt seine Hände jetzt sanfter auf Simons Schultern und läßt sie auch dort liegen, nachdem er Simon ein Stück von sich geschoben hat.

»Das können wir nicht erhoffen«, sagt er zu Simon. »Wir können nur hoffen, uns zu erinnern. Dann wird sie immer bei dir sein. Wirst du dich erinnern?«

»Ja«, sagt Simon.

»Ja«, sagt André, »ich glaube, das wirst du tun.«

Elizabeth Renny ißt nur Hafermehl, verdünnt mit Milch, gesüßt mit braunem Zucker. Sie ißt es zum Mittagessen, und abends ißt sie es wieder. Jeder Löffel läßt sie erschauern. Das Hafermehl ist unbeschreiblich köstlich. Hin und wieder hat sie den Drang, sich auf Hände und Knie niederzulassen und zu kriechen. Sie hat das entdeckt, als sie eine Nadel verlor, während sie ein Kleid säumte, und sich bücken mußte, um auf dem Boden danach zu suchen. Es war eine so angenehme Stellung, daß sie sich kaum überwinden konnte, wieder aufzustehen. Sie ist kleiner als früher. Sie weiß das vom Sitzen in dem allzu weich gepolsterten Sessel; ihre Füße erreichen den Boden nicht mehr. Sie versinkt in den Kissen. Sie schläft mehr als früher. Sie schläft ein, während sie aufrecht im Sessel sitzt. Bis sie sechs war, teilte sie ein Zimmer mit ihrer Schwester, und manchmal denkt sie jetzt nachts, sie könne den Atem ihrer Schwester hören. Wenn eine der Katzen zu ihr ins Bett kommt, stellt sie sich vor, sie sei ein Stofftier, und hält sie etwas zu fest. Eines Morgens verliert sie einen Zahn. Sie wickelt ihn in Seidenpapier und legt ihn unter ihr Kopfkissen. Vonny kommt mit ihren Lebensmitteln herüber, aber jetzt erinnert sich Elizabeth Renny nicht mehr, wer sie ist, obwohl sie sich das nicht anmerken läßt.

»Sind Sie sicher, daß Sie zurechtkommen?« sagt Vonny zu ihr. Sie hat ihren kleinen Jungen bei sich. Er bückt sich, um die weiße Katze zu streicheln. Elizabeth Renny lächelt. Sie greift in ihre Tasche und bietet dem Jungen einen sauren Bonbon an.

»Diese soll man nicht kauen«, sagt sie verschwörerisch. »Dann halten sie länger.«

Während Simon den Bonbon auswickelt, geht Vonny in die Küche und schaut in Mrs. Rennys Telefonbuch. Mrs. Renny konnte schon seit einiger Zeit nicht mehr mit ihr spazierengehen, und obwohl Vonny sich häufig Sorgen machte, hat sie die Unabhängigkeit ihrer Nachbarin respektiert. Sie weiß nicht, wo sie die Grenze ziehen soll. Woher soll sie wissen, wann es richtig ist, einzugreifen? Der Müll ist nicht nach draußen gebracht worden, und das Geschirr ist nicht gewaschen. Während sie noch bei Mrs. Renny sind, muß Simon auf die Toilette, doch einen Augenblick später kommt er wieder heraus und besteht darauf, daß sie nach Hause gehen. Vonny schiebt ihn zurück ins Badezimmer, aber er hat recht, es riecht schrecklich, und als Vonny das Licht einschaltet, sieht sie die Exkremente auf dem Fußboden. Nachdem sie zu Hause sind, nimmt Vonny sich ein Bier und starrt auf das Telefon. Dann ruft sie Mrs. Rennys Tochter an. »Es geht mich ja nichts an«, liegt ihr auf der Zunge, aber das stimmt eigentlich nicht.

»Ich mache mir Sorgen um Ihre Mutter«, sagt sie zu Laura. »Ich mache mir solche Sorgen, daß ich meine, Sie sollten so bald wie möglich herkommen.«

Laura trifft am nächsten Tag ein, ohne sich die Mühe zu machen, vorher anzurufen. Kaum ist sie durch die Tür gekommen, da bricht sie auch schon in Tränen aus, und Elizabeth Renny weiß nicht warum. Das Haus ist ein Chaos. Im Ausguß stehen Schalen mit angetrocknetem Hafermehl, der Boden ist bedeckt mit Resten von Katzenfutter. Laura beginnt sofort, das Geschirr zu waschen, und weint, während sie die Teller spült.

»Mutter«, sagt sie, nachdem sie Tee gekocht hat und mit Elizabeth Renny am Tisch sitzt. »Du kannst nicht weiterhin allein leben.«

Elizabeth Renny nimmt die Hand ihrer Tochter und betrachtet ihren Diamantring. Er leuchtet im Licht, und die Farben werden von dem Stein eingefangen und reflektiert. In dieser Nacht bringt Laura ihre Mutter zu Bett und deckt sie zu. Es ist eine schöne Sommernacht, blau und klar und voller Sterne. Draußen herrscht Ebbe, und die Luft riecht nach Seetang und Salz. Elizabeth Renny erkennt ihre Tochter, als Laura die Fenster öffnet und etwas frische Luft hereinläßt.

»Wo sind deine netten Jungen?« fragt Elizabeth Renny.

»Bei ihrem scheußlichen Vater«, scherzt Laura. Sie weiß nicht, warum ihr dauernd die Tränen kommen und ihre Kehle sich so eng anfühlt. Sie hätte ihre Mutter häufiger sehen sollen. Sie hätte nicht so weit wegziehen sollen. Und doch fühlt sich das Haus noch genauso an wie damals, als sie hier lebte. Dieselben Möbel, dieselbe Hitze. Es ist, als wäre sie nie fort gewesen. Wenn sie näher gewohnt hätte, wäre sie dann besser vorbereitet auf dies hier?

Elizabeth Renny gibt ihr ein Zeichen, und Laura beugt sich tiefer über sie.

»Weinen sie, wenn du sie verläßt?« fragt Elizabeth Renny.

»Nein«, sagt Laura. Sie berührt die Stirn ihrer Mutter und dann ihre Wangen. »Sie weinen nicht.«

»Du hast nette Jungen«, sagt Elizabeth Renny. »Du hast eine schöne Tochter.«

Elizabeth Renny ist glücklich. Sie hält die Hand ihrer Tochter. Ihre Hand ist so klein, daß sie in Lauras beinahe verloren wirkt. Elizabeth Renny denkt an ein Baby, das auf dem Schoß seiner Mutter sitzt und in die Sonne schaut. Sie riecht Kekse und Milch, sie fühlt die Wärme von einem fremden Körper an ihrem eigenen. Da gibt es einen handgenähten Quilt, geschmückt mit Vögeln und Buchstaben des Alphabets. Elizabeth Renny rollt sich zusammen und zieht die Knie an die Brust. Es gefällt ihr, wie ihr Kissen riecht, wie frische Seife, wie Puder.

Laura legt sich neben sie ins Bett und nimmt sie in die Arme. »Schsch«, hört Elizabeth Renny sie sagen. »Schlaf jetzt.«

Elizabeth Renny lächelt im Schlaf. Alle ihre Träume sind weiß. Sie träumt, daß sie Sonnenlicht sieht. Sie sieht die Wände ihres Zimmers zu Hause, sie hört ihre Mutter in der Küche Haferbrei kochen. Ihr Vater läßt am Ausguß Wasser laufen, während er sich rasiert. Sie hört, daß ihre Schwester die Vorhänge aufzieht, und den Verkehr auf der Straße. Laura schläft noch, als Elizabeth Renny aufwacht. An diesem Morgen ist Elizabeth Renny so klein, daß sie in einen Kinderstuhl passen würde. Sie weiß Worte, die in ihrem Kopf sind, aber sie kann sich nicht erinnern, wie man spricht. Sie richtet sich auf und schaut aus dem Fenster. Gerade beginnt die Sonne aufzugehen. Auf dem Rasen sieht sie einen farbigen Schimmer. Sie erinnert sich nicht mehr an den Namen dessen, was sie sieht, aber sie lächelt, als der Farbfleck auf dem Geländer der Veranda landet. »Hübsch«, denkt sie bei sich. »Hübscher roter Vogel.«

Deine Mutter ruft immer im falschen Moment an. Wenn du gerade deinen Mann liebst oder etwas zu Abend ißt, was scheußlich schmeckt. Diesmal ruft sie dich an dem einzigen Morgen an, an dem dein Sohn um acht Uhr noch schläft und du die Chance hast, länger im Bett zu bleiben. Du läufst in die Küche. Du läßt sie reden und gießt dir eine Tasse Kaffee ein. Der Tag ist schon heiß, und du glaubst draußen über dem Schuppen zwei grüne Reiher fliegen zu sehen. Deine Mutter klagt über die Hitze in Florida; nicht, daß sie ihr etwas ausmachte, aber nächsten Sommer werden sie und ihr Mann vielleicht etwas in Martha's Vineyard mieten. Du erinnerst dich an das leere Haus in der Nachbarschaft. Du erinnerst dich, daß sie dir als Kind immer Plastikschuhe anzog, wenn du an den Strand gingst, damit du nicht von Krebsen gebissen würdest. Du kannst dich an keinen Todesfall in deiner Kindheit erinnern, aber als du deiner Mutter das sagst, zählt sie eine ganze Litanei auf: ein Cockerspaniel, Schildkröten, deine Lehrerin in der zweiten Klasse, dein Großvater. Du hast all das überlebt, und du fragst dich, ob dein Sohn auch so viel Glück haben wird. Du bemerkst an ihm eine neue Art von Vorsicht. Er weiß etwas, das er vor einem Jahr und sogar vor ein paar Monaten noch nicht wußte.

»*Mein Gott, du kannst ihn nicht vor allem beschützen*«, *wird deine Mutter sagen, aber genau das ist es, was du willst. Deine Mutter wird dich daran erinnern, daß wir nicht die Hälfte von dem wissen, was auf dieser Welt vor sich geht. Sie wird dir erzählen, daß sie und ihre Nachbarin gerade letzte Woche ein UFO gesehen haben.*

»*Mutter*«, *wirst du sagen,* »*du machst dich unglaubwürdig.*«

Das UFO war silbern und rund und hing wie ein Ball am Himmel. Sie und ihre Nachbarin tranken Eistee und aßen Kekse auf der verglasten Veranda der Nachbarin. Sie hörten ein Summen, das sie für einen dieser riesigen Moskitos hielten, die es in Florida gibt, aber dann schauten sie zum Himmel. Was das damit zu tun hat, deinem Sohn den Tod fernzuhalten, weißt du nicht. Was das mit dem Ausdruck auf seinem Gesicht zu tun hat, als du dich mit ihm hinsetztest und ihm zu erklären versuchtest, daß eure Nachbarin alt war und ein gutes Leben gehabt hätte, weißt du nicht. Du möchtest deine Mutter fragen, warum Menschen sterben müssen, aber statt dessen gießt du dir mehr Kaffee ein und trinkst ihn schwarz und kochend heiß.

Deine Mutter wird versuchen, das grüne Licht zu beschreiben, das das UFO umgab. Als sie und ihre Nachbarin die NASA anriefen, um ihre Beobachtung zu melden, gerieten sie an einen automatischen Anrufbeantworter und mußten eine Nachricht hinterlassen. Du fragst dich, warum deine Mutter dir am Telefon realer vorkommt als persönlich. Jedesmal, wenn du sie von Angesicht zu Angesicht siehst, streitet ihr euch wie damals, als ihr noch im gleichen Haus lebtet und gefürchtete Gegnerinnen wart. Du denkst daran, wie sie auf der Veranda sitzt, Eistee trinkt und den Himmel beobachtet. Jahrelang konnte sie ihr Haus nicht verlassen, nicht einmal, um um den Block zu fahren, und jetzt sagt sie dir, wenn man sie dazu aufforderte, würde sie mit einem UFO mitfliegen. All das bewirkt, daß du sie vermißt.

Wenn du den Hörer aufgelegt hast, werden alle noch schlafen. Du wirst hinausgehen auf die Veranda. Vor hundert Jahren benutzte man sie, um in heißen Julinächten draußen zu schlafen. Die ganze Familie schleppte ihre Matratzen herbei und lauschte den Zikaden. Sie flüsterten und betrachteten die Sterne. Roter Ton steht in einem Wasserfaß, damit er weich wird. Die Oberfläche des Wassers sieht dick und bräunlichrot aus. Wenn du in das Faß greifst, bewegt sich der Ton zwischen deinen Fingern wie etwas Lebendiges. Du nimmst, soviel du willst, und trennst ihn ab, knetest ihn, bis die Luftblasen aufplatzen. Draußen ist es still, und der Himmel ist flach vor Hitze. Du sitzt an der Töpferscheibe und fängst an, sie mit dem rechten Fuß in Bewegung zu setzen, du drückst den Ton darauf und siehst zu, wie er sich wie ein mißgeformter Planet dreht.

Auf der anderen Seite des Rasens sammeln sich Vögel auf den Verandageländern, den Stufen, auf dem Dach. Sie werden von Tag zu Tag kühner. Sie übernehmen das Haus, und einige ihrer Lieder beginnen vertraut zu klingen. Während du den Ton zentrierst, merkst du, daß das Kraftfeld zu schrumpfen angefangen hat. Es ist jetzt klein genug, um in eine Streichholzschachtel zu passen, die du in deiner Tasche aufbewahrst. Manchmal kannst du fühlen, wie es pulsiert, nur um dich wissen zu lassen, daß es noch da ist. Du bist bei zwei Beerdigungen gewesen, und doch hat der Sommer nie so gut gerochen oder so heiß gewirkt. Jetzt weißt du, was dein Sohn meinte, als er behauptete, die Schatten blieben, wenn die Leute gestorben sind. Du siehst lange Schattenflecken an unerwarteten Stellen. Du hast das Gefühl, deine Nachbarin wohnt noch immer nebenan, obwohl du in dem leeren Haus gewesen bist und dein Mann derjenige ist, der den zu hoch gewachsenen Rasen mäht. Vor hundert Jahren wartete die Familie auf dieser Veranda darauf, daß eine Meeresbrise etwas Erleichterung von der Hitze bringen würde. Der Flieder war schon gepflanzt, war aber kaum mehr als ein paar Zweige. In den heißesten Nächten stellte die Familie Krüge mit Wasser neben die Tür; Mutter und Töchter trugen weiße Nachtgewänder und flochten ihr Haar im Dunkeln, ehe sie es hochsteckten und ihre geröteten Nacken freilegten. Wie klar die Planeten am Himmel gewesen sein müssen, wie dunkel die Straßen bei Nacht. Millionen von Leuchtkäfern müssen durch die Büsche geflogen sein, blaßgelbe Lichter, die den ganzen Juli hindurch aufblitzten und erloschen. Du wünschst dir, du wüßtest, um welche Stunde sie alle einschliefen, eingelullt von Leuchtkäfern und Hitze. Es gab eine Zeit, in der die Leute glaubten, der Saft eines Johannisbrotbaumes sei so dick wie Blut. Sie glaubten, die Seele eines sterbenden Kindes könnte eingefangen und in einer Flasche aufbewahrt werden. Wer kann glauben, daß nichts zurückbleibt? Wer bemüht sich nicht, die winzigen Fragmente eines Lebens zu sehen, die nicht verlöschen wollen?

Wenn du fest mit dem Daumen drückst, kannst du spüren, wie die Energie des Tons den Druck erwidert, aber sie reicht nicht, um deinen Fingern zu widerstehen. Du öffnest die Mitte des Tons und beginnst dann, mit Daumen und Zeigefinger die Seiten anzuheben. Du übst stetigen Druck auf den Ton aus. Die linke Hand liegt innen, die Fingerspitzen deiner rechten Hand folgen, und so beginnst du den Ton hochzuziehen. Du denkst an die Teller in deinem Haus, die nie benutzt wurden, als du heranwuchsest, weißes Porzellan mit einem Rand aus Gold und Rosa. Viel zu zerbrechlich. Das ist nicht das, was du willst.

Inzwischen weißt du, daß du immer Angst haben wirst. Selbst wenn der Himmel flach und klar ist. Selbst wenn dein Mann und dein Sohn sicher in ihren Betten schlafen. Du weißt, daß du je-

desmal, wenn du allein in den Laden fährst, um einen Liter Milch zu kaufen, damit rechnen wirst, daß die Erde dich verschluckt.
Aber du wirst trotzdem hinfahren.

Nachdem sie fort ist, ist die Stille unerträglich. Er geht in seinem Haus auf und ab, aber es gibt nicht genug Raum für ihn, und eines Nachts geht er in der Dunkelheit hinaus und läuft mehr als fünf Meilen zum Eisenwarengeschäft. Er geht hinter das Haus, stemmt ein Fenster auf und klettert hinein. Nachdem sich seine Augen an die Dunkelheit gewöhnt haben, bahnt er sich einen Weg an den Dünger- und Saatgutsäcken vorbei zur Elektroabteilung. Er greift sich einen Kassettenrekorder aus einem Regal und stopft sich die Taschen mit Kassetten voll. Seine Hände zittern, aber er schafft es, ein Streichholz anzuzünden, damit er die Preisschilder lesen und genug Bargeld hinterlegen kann, um das zu bezahlen, was er genommen hat. Den ganzen Weg nach Hause läuft er. Der Himmel ist schwarz und voller Sterne. Ein paar Kassetten fallen aus seinen Taschen und zerbrechen auf der Straße, und als er sein Haus erreicht, sind seine Kleider schweißnaß. Er sitzt an seinem Tisch und untersucht den Kassettenrekorder. Es gibt keine Gebrauchsanweisung. Er wählt achtlos irgendein Band, schiebt es hinein und drückt auf Play. Als er die Musik hört, weint er.

Er ist gemütskrank und wird jeden Tag bleicher. Er wünscht sich, er existierte nicht. Seine Pinsel bleiben unberührt, sein Garten kümmert ihn so wenig, daß das Unkraut wuchert. Kunden rechnen nicht mehr damit, am Gemüsestand etwas zu finden. Niemand hält mehr an. Außer der Frau, die kommt, um ihn zu quälen.

Beim ersten Mal machte der Lieferwagen eine U-förmige Wende ohne anzuhalten. Er bemerkte es nur, weil die Reifen quietschten und ihm das Geräusch einen Schauder über den Rücken jagte. Dann begann der Lieferwagen, mit laufendem Motor am Straßenrand anzuhalten. Er ist jeden Tag da, und der Riese kann inzwischen das Geräusch seines Motors von allen anderen unterscheiden. Eines Morgens steigt die Frau aus ihrem

Lieferwagen. Der Riese, der aus der Tür getreten ist, um besser zu sehen, erkennt sie als die Mutter des kleinen Jungen, den er davor bewahrt hat, den Unfall mitanzusehen. Er läuft zurück in sein Haus und kommt erst wieder heraus, nachdem sie weggefahren ist. Am nächsten Morgen kommt sie wieder. Der Riese beobachtet sie vom Fenster aus. Er achtet auf die Zeit. Sie steht genau fünf Minuten lang am Straßenrand. Sie kommt jeden Morgen wieder. Sie wird der einzige Inhalt seines Tages. Wenn er ihren Lieferwagen auf der Straße hört, läßt er alles liegen, was er gerade tut, und schaltet seinen Kassettenrekorder ab. Der Riese weiß, daß sie etwas will, etwas unbedingt will. Er weiß, wie das ist. Auch er wollte einmal etwas.

Er kann nicht wissen, wie feucht Vonnys Hände sind, wann immer sie das Steuerrad umfassen. Er kann nicht wissen, daß sie manchmal, wenn sie nach Hause kommt, so schweißgebadet ist, daß sie zum Schuppen geht, den Schlauch nimmt und sich Wasser über den Kopf laufen läßt. Er kann nicht wissen, daß sie hierherkommt, weil dieser Fleck Erde derjenige ist, vor dem sie am meisten Angst hat. Oder daß sich ihre Angst nachts in Verlangen verwandelt und sie ihren Mann so begehrt, daß sie selbst davor erschrickt. Sie muß sich die Faust in den Mund stecken, damit sie kein Geräusch macht, wenn sie sich lieben.

Die Zeit des Flieders ist schon lange vorbei. Alles, was Vonny können muß, ist, fünfzehn Minuten lang am Straßenrand stehen, dann etwas kaufen und nach Hause fahren.

Jeden Tag steigt sie für einen längeren Zeitraum aus. Sieben Minuten, dann zehn. Manchmal raucht sie eine Zigarette, und immer schaut sie auf die Uhr. Um diese Jahreszeit ist viel Verkehr auf der Straße, und man hört das unangenehme Brummen gemieteter Motorräder und Mopeds. Dem Riesen tut die Kehle weh, wenn er Vonny sieht. Das Essen hat er fast aufgegeben. Gelegentlich erinnert er sich daran; dann öffnet er eine Dose, macht den Inhalt heiß und verschlingt ihn, was immer es auch ist, Rinderragout oder Gemüsesuppe.

Der Riese möchte die Laken auf seinem Bett nicht wechseln, aber endlich tut er es doch. Als er sie abzieht, findet er eine von Jodys Haarspangen, ein dünnes Silberband, vergessen zwischen

Matratze und Laken. Er legt die alten Laken wieder auf das Bett zurück, hält die Haarspange und studiert sie. Als er ein Klopfen an der Tür hört, fährt er zusammen. Er kann sich nicht vorstellen, wer außer der Frau auch nur davon weiß, daß er lebt, und die war schon da und ist wieder fort. Durch das Fenster sieht er den Polizisten, Hammond West. Zwei Tage hintereinander hat der Riese abwechselnd Brahms und Johnny Cash gehört, und er fragt sich, ob auf dem staubigen Regal des Eisenwarenladens vielleicht seine Fingerabdrücke entdeckt worden sind. Er macht sich nicht die Mühe, den Kassettenrekorder zu verstecken. Er öffnet die Tür und bleibt stehen, ohne Hammond hereinzubitten.

»Ich dachte, ich schaue mal, wie's Ihnen geht«, sagt Hammond.

Hammond ist in Zivil. Er trägt abgenutzte Khakihosen und ein kariertes Hemd. Der Riese starrt ihn einfach an.

»Was muß man tun, damit man hier was zu trinken bekommt?« sagt Hammond.

»Bedienen Sie sich«, sagt der Riese zu ihm. Seine Stimme ist flach, nicht so tief, wie man erwarten würde.

Hammond geht an ihm vorbei zum Kühlschrank.

»Kein Bier, he?« sagt Hammond. Er nimmt eine Flasche Apfelsaft heraus und schaut sich nach einem Glas um.

»Es gibt keine«, sagt der Riese zu ihm. So trinkt Hammond aus der Flasche.

»Ich vermute, das Mädchen ist weg«, sagt Hammond. Als der Riese nicht antwortet, fügt er hinzu: »Ihre Eltern suchen sie immer noch. Sie werden sie finden, wenn sie gefunden werden will. Ich hatte nicht gedacht, daß Sie mit ihr gehen würden.«

»Natürlich nicht«, sagt der Riese. »Sie halten mich für einen Sonderling.«

»Nein«, sagt Hammond. »Ich meine, daß das hier Ihr Zuhause ist.«

»Sind Sie hier, um mich wegen etwas zu verhaften?« sagt der Riese.

»Nur, wenn Sie etwas getan haben, was ich wissen sollte.«

»Verhaften Sie mich oder lassen Sie mich in Ruhe«, sagt der Riese.

»Sieht so aus, als störte ich Sie«, sagt Hammond.

»Ich brauche nicht mit Ihnen zu reden«, sagt der Riese zu ihm. »Ich brauche nichts zu erklären.«

Hammond hat seine Aufgabe erledigt. Er schraubt die Flasche mit dem Apfelsaft zu und stellt sie wieder in den Kühlschrank. Der enthält nicht viel: ein Päckchen Cheddar-Käse, etwas welken Kopfsalat, zwei Stangen Butter. Hammond schließt den Kühlschrank und sieht dann, daß der Riese weint. Rasch wendet Hammond sich ab und schaut aus dem hinteren Fenster in den Garten. Es ist leer da draußen.

»Ich habe als Kind im Sommer einmal für Ihren Großvater gearbeitet«, sagt Hammond. »Er hätte mich fast verrückt gemacht. Er ließ mich Holz hacken, bis ich dachte, ich würde umfallen, aber das war noch nicht das Schlimmste. Er redete die ganze Zeit, und daran war ich nicht gewöhnt. Meine Eltern waren taub, und wir benutzten alle eine Zeichensprache. Mir wurde ganz schwindlig von seinem Gerede. Es hat mich verwirrt. Er hatte einen Hahn, der Primo hieß, und wenn Ihr Großvater nicht mit mir redete, dann redete er mit Primo.«

»Ich kannte Primo«, sagt der Riese. Er hört sich an wie ein Kind; seine Stimme ist leise und tonlos vom Weinen.

»So ein Bastard von einem Hahn«, sagt Hammond. »Lebt doch glatt fünfzig Jahre.«

Die ganze Zeit hat der Riese die silberne Haarspange in der Hand gehalten. Er legt sie auf den Tisch und kann die Augen nicht davon abwenden.

»Gehen wir raus zu ihnen«, sagt Hammond.

Der Riese wendet sich ihm zu, ohne zu verstehen.

»Sie müssen doch Ihre Hühner irgendwo hingebracht haben. Jetzt wollen wir sie zurückholen.«

Der Riese sieht Hammond an, und als er erkennt, daß es sich nicht um einen Scherz handelt, holt er unter dem Spülbecken einen leeren Sack hervor.

»Ich werde damit gegen das Gesetz verstoßen«, sagt er zu Hammond.

»Nein, werden Sie nicht«, erwidert Hammond. »Dafür werde ich sorgen.«

Sie nehmen den Streifenwagen und fahren auf der Straße zur benachbarten Farm. Dort parken sie und warten auf die Dämmerung. Als es dunkel genug ist, steigen sie aus, laufen hinüber zu dem Lattenzaun, der die Kühe am Streunen hindern soll, und legen sich bäuchlings auf die Erde.

»Los«, drängt Hammond West. »Ich bleibe mit der Taschenlampe direkt hinter Ihnen.«

Der Riese krabbelt unter den Holzlatten durch. Ein Wagen fährt vorbei, beleuchtet die Straße, und der Riese drückt sein Gesicht auf den Boden.

»Jetzt ist die Luft rein«, sagt Hammond, nachdem die Scheinwerfer verschwunden sind.

Der Hühnerhof ist von einem hohen Drahtzaun umgeben. Der Riese war schon einmal hier. Er reicht West den Sack.

»Ich fange sie ein«, sagt er. »Sie halten sie nur in dem Sack fest.«

Der Riese übersteigt den Zaun mühelos und kauert sich nieder. Er wartet auf Hammond. Dieser bleibt oben am Zaun hängen und zerreißt sich beim Abspringen das Hemd.

»Alles in Ordnung?« fragt der Riese, und Hammond nickt ungeduldig. Sie betreten den ersten Hühnerstall. Der Riese erkennt einige seiner Hühner am Ton ihres Gluckens. Er packt rasch zwei Hennen und stößt Hammond an, damit dieser den Sack öffnen kann, ehe sie zu gackern beginnen und die anderen aufscheuchen. Es ist zu dunkel, um alle Tiere zu finden, aber sie schaffen es, zwölf einzufangen, bevor Hammond sagt: »Die Zeit ist um.«

Sie gehen denselben Weg zurück. Der Riese läßt Hammond zuerst gehen, dann klettert er über den Zaun, den Sack mit den Hühnern in einer Hand. Sie laufen zum Streifenwagen, und als sie einsteigen, hebt der Riese den Sack auf den Rücksitz und stößt ein Ächzen aus. »Alles in Ordnung!« sagt der Riese und klopft Hammond etwas zu fest auf den Rücken.

»Ich hoffe, wir haben die besten erwischt«, sagt Hammond. »Noch einmal mache ich das nämlich nicht.«

»Ich dachte, ich müßte Sie vielleicht da oben auf dem Zaun zurücklassen.« Der Riese grinst.

»Sehr komisch«, sagt Hammond. »Ich möchte mal sehen, wie Sie sich anstellen würden, wenn Sie so alt wären wie ich.«

Noch immer ist ihr Adrenalinpegel hoch; ab und an lachen sie ohne jeden Grund. Der Sack auf dem Rücksitz gackert und bewegt sich und läßt sie immer wieder von neuem beginnen. Als Hammond neben dem Gemüsestand anhält, ergreift der Riese den Sack, hebt ihn über die Rückenlehne und stellt ihn auf seinen Schoß.

»Tja«, sagt er, »also vielen Dank.«

Der Riese steigt aus dem Wagen, und Hammond steigt ebenfalls aus. Er stellt sich so hin, daß er sich auf das Dach des Streifenwagens stützen kann. »Eines sage ich Ihnen, Eddie«, sagt er. »Wenn ich einen Chiropraktiker aufsuchen muß, damit er meinen Rücken wieder in Ordnung bringt, dann schicke ich Ihnen die Rechnung.«

»Nur zu.« Der Riese lacht.

Die Grillen zirpen; die Hitze läßt sie schneller singen.

»Morgen wird es noch heißer«, sagt Hammond.

»Ja«, sagt der Riese. »So ist's eben im Juli.«

Es spielt keine Rolle, daß die Böschung stockfinster ist, als der Riese zu seinem Haus hinuntergeht; er kennt den Weg. Er geht hinter dem Haus vorbei in den Hühnerhof. Langsam nimmt er die Hühner aus dem Sack, eines nach dem anderen, und hält jedes am Boden fest, bis es aufhört, mit den Flügeln zu schlagen. Dann öffnet er die Hand weit und läßt es los.

Der Riese geht ins Haus und macht sich die erste anständige Mahlzeit seit Wochen – ein Käsesandwich und einen Salat. Er ist zu aufgeregt, um viel zu schlafen, wacht vor der Morgendämmerung auf und geht nach draußen. Hammond hatte recht, der Tag ist noch heißer. Schon jetzt. Die Hühner scharren im Staub, und der Riese streut ihnen etwas Futter hin. Er weiß, wenn er sich jetzt nicht um seinen Garten kümmert, dann wird die Hitze die Blüten an den Melonenranken versengen, die Sonnenblumen werden vertrocknen und ihre Stengel umknicken. Der Riese holt den Schlauch heraus und wässert die Pflanzen. Dann beginnt er zu jäten, nur ein bißchen, weil die Erde jetzt so trocken ist, daß sie leicht zu bearbeiten ist, und ehe er sich versieht, hat er eine ganze Reihe Kopfsalat gesäubert.

Er kocht sich Kaffee und setzt sich draußen auf eine Holzkiste, um ihn zu trinken. Der Himmel wird hell, und hinter den Bäumen erscheint ein roter Streifen am Horizont. Der Riese geht wieder an die Arbeit; er jätet, bis er mit Schweiß bedeckt ist, dann zieht er sein Hemd aus. Er füllt die Kiste mit Kopfsalat, den ersten Tomaten des Jahres und grünen Bohnen und trägt sie dann zum Gemüsestand hinauf.

Er hat Blasen in den Handflächen, aber er arbeitet noch immer, als Vonnys Lieferwagen angefahren kommt. Der Riese geht um sein Haus herum, um einen besseren Blick zu haben. Vonny ist früh dran heute morgen; sie lehnt am Lastwagen und betrachtet die vorbeifahrenden Autos. Manchmal fällt es ihr schwer, diesen Ort zu verlassen. Sie sieht jetzt, daß es endlich etwas zu kaufen gibt, und geht hinüber zum Gemüsestand. Sorgfältig wählt sie Kopfsalat und Bohnen aus. Sie faltet zwei Dollarnoten und schiebt sie durch den Schlitz der Kaffeebüchse; dann beschließt sie, auch den Strauß Blumen mitzunehmen, die wild unter einem Brombeerbusch wuchsen und die der Riese gepflückt hat, und sucht in ihren Taschen nach Kleingeld.

Vonny sieht ihn in dem Moment, in dem sie gerade wieder in den Lieferwagen steigen will. Sie erkennt sofort, wie jung er ist. Er starrt sie direkt an, und für diesen einen Augenblick hat Vonny das Gefühl, er gehöre ihr. Wenn sie jetzt fährt, kann sie mit Simon und André noch an den Strand gehen. Sie haben versprochen, auf sie zu warten. Vonny schiebt die Blumen und die Gemüse in eine Armbeuge, damit sie winken kann. Der Riese hebt eine Hand in die Luft und sieht dann zu, wie sie wieder in den Lieferwagen steigt. Sein Rücken und seine Arme tun weh von der schweren Arbeit, aber er kehrt in seinen Garten zurück und stellt Schalen mit Salz auf, um die Schnecken fernzuhalten. Er weiß, bald wird Vonny nicht mehr hier anhalten. Sie wird jeden Tag ein Stückchen weiter fahren, bis der Gemüsestand nur noch ein kleiner Punkt am Weg ist und kein Ziel mehr. Aber der Riese wird andere Kunden haben, und einige von ihnen werden schwören, daß seine Gemüse für sie besser sind als Medizin.

Heute nacht wird der Riese auf sauberen Laken schlafen, und über ihm werden zahllose unbekannte Planeten stehen. Er möchte für alle Zeit wach bleiben, sich immer daran erinnern, wie er sich in diesem Augenblick fühlt. Aber seine Arme schmerzen, und er merkt, wie müde er ist. Er legt sich ins Gras, streckt sich in seiner vollen Länge aus und blickt durch die grünen Blätter in den Himmel.

ROBERT JAMES WALLER

Die Wiederentdeckung der Liebe –
vom Autor des Welterfolgs
»Die Brücken am Fluß«

41498

43773

43578

43265

GOLDMANN

ELIZABETH GEORGE

....macht süchtig!

Spannende, niveauvolle Unterhaltung
in bester britischer Krimitradition.

43771

43577

42960

9918

GOLDMANN

GOLDMANN

*Das Gesamtverzeichnis aller lieferbaren Titel erhalten Sie
im Buchhandel oder direkt beim Verlag.*

Taschenbuch-Bestseller zu Taschenbuchpreisen
– Monat für Monat interessante und fesselnde Titel –

✶

Literatur deutschsprachiger und internationaler Autoren

✶

Unterhaltung, Thriller, Historische Romane
und Anthologien

✶

Aktuelle Sachbücher, Ratgeber, Handbücher
und Nachschlagewerke

✶

Esoterik, Persönliches Wachstum und
Ganzheitliches Heilen

✶

Krimis, Science-Fiction und Fantasy-Literatur

✶

Klassiker mit Anmerkungen, Autoreneditionen
und Werkausgaben

✶

Kalender, Kriminalhörspielkassetten und
Popbiographien

Die ganze Welt des Taschenbuchs

Goldmann Verlag · Neumarkter Str. 18 · 81673 München

Bitte senden Sie mir das neue kostenlose Gesamtverzeichnis

Name: _____

Straße: _____

PLZ / Ort: _____